UNTER DER SONNE

Roman

von Micky Neilson

Ins Deutsche übertragen von
Oliver Hoffmann

Bibliografische Information der Deutschen Nationalbibliothek
Die Deutsche Nationalbibliothek verzeichnet diese Publikation in der Deutschen Nationalbibliografie; detaillierte bibliografische Daten sind im Internet über http://dnb.d-nb.de abrufbar.

Amerikanische Originalausgabe:
»AUROBOROS – Coils of the Serpent: Under the Sun« by Micky Neilson published in the US by Warchief Gaming LLC, USA, November 2022.

© 2021 Warchief, LLC. Auroboros Coils of the Serpent, Warchief Gaming, and their respective logos are trademarks of Warchief, LLC. Alle Rechte vorbehalten.

STORY DEVELOPED BY Chris Metzen
COVER ART Éva Kárpáti
LAYOUT DESIGN Mark Bryner, Malea Clark-Nicholson, Rob Dolgaard
GRAPHIC DESIGN Mark Bryner
PRODUCT DEVELOPMENT Ryan Collins
BUSINESS OPERATIONS Lisa Pearce, Mike Gilmartin
PUBLISHING Anna Wan, Byron Parnell
AUROBOROS: COILS OF THE SERPENT CREATED BY
Chris Metzen, Daniel Moore, Mike Carrillo, Mike Pirozzi, Sam Moore, William Bligh

Deutsche Ausgabe: Panini Verlags GmbH, Schloßstr. 76, 70176 Stuttgart
Geschäftsführer: Hermann Paul
Head of Editorial: Jo Löffler
Head of Marketing: Holger Wiest (E-Mail: marketing@panini.de)
Presse & PR: Steffen Volkmer
Übersetzung: Oliver Hoffmann
Lektorat: Eevie Demirtel
Umschlaggestaltung: tab indivisuell, Stuttgart
Satz und E-Books: Greiner & Reichel, Köln
Druck: GGP Media GmbH, Pößneck
Printed in Germany

YDAURO002
ISBN 978-3-8332-4171-7
1. Auflage, Dezember 2022

Auch als E-Book erhältlich: ISBN 978-3-7367-9816-8

Findet uns im Netz:
www.paninicomics.de

PaniniComicsDE

VORWORT

Als Kind und Jugendlicher hatte ich eine sehr enge Gruppe von Freunden. Obwohl einige von uns schon seit der ersten Klasse zusammen auf dieselbe katholische Schule gegangen waren, kamen wir erst um 1985/86 als feste Gruppe zusammen. Sie bestand aus Sam Moore, Mike Pirozzi, Billy Bligh und mir. Für die damalige Zeit waren wir ziemlich verrückt, wir stürzten uns auf alle Filme, Comics und Transformer-Bausätze, die wir in die Finger bekamen. Es war eine fantastische Zeit für fantasievolle Kinder – es schien, als kämen alle paar Monate neue, aufregende Produkte auf den Markt. Transformers, G. I. Joe, Thundercats, He-Man – ihr wisst sicher, wovon ich rede. Eine Welt nach der anderen. Geschichte um Geschichte. Wir verschlangen den Kram einfach. Das machte uns zu Freunden.

Doch eines schicksalhaften Tages – in der Schulkantine, in der fünften Klasse – trat etwas Unerwartetes in unser Geek-Leben. Unser Kumpel Bill brachte ein Spiel mit, das er Dungeons & Dragons nannte. Ihr dürft davon ausgehen, dass es sich dabei für gute katholische Kinder wie uns um gefährlichen Rock 'n' Roll-Kram handelte. D & D schlug in unseren jugendlichen Köpfen ein wie eine Bombe.

So gut er konnte, erklärte Bill uns die Regeln und leitete während der Mittagspause eine kurze Spielsitzung für uns. Es war das erste Drachenlanze-Modul, Drachen der Verzweiflung, und ich spielte die Rolle des Barbaren Flusswind. Nach all den Jahren ist es schwer, sich an die Einzelheiten dieser aufregenden, fieberhaften zwanzigminütigen Sitzung zu erinnern. Aber sie hat mich verändert.

Ich wollte nicht mehr nur Geschichten in meinen geliebten Welten sehen oder lesen. Nein, ich wollte in ihnen zu Hause sein.

In den nächsten Jahren leitete Bill unsere erste D & D-Kampagne. Sam, Mike und ich spielten sie zusammen mit Bills jüngeren Geschwistern Jennifer und Bobby, und wir schickten unsere

Charaktere in ein großes, ausgelassenes Abenteuer. Unsere Kampagne war ein Flickenteppich aus Zufallsbegegnungen und gelegentlichen Dungeons aus damals veröffentlichten Materialien. Sie war ziemlich geradlinig.

Aber irgendwann dann nicht mehr.

Irgendwann dachten wir plötzlich gemeinsam darüber nach, wohin uns das Abenteuer führen könnte – und in unseren Köpfen nahm eine eigene Welt Gestalt an. Drastnia nannte Bill sie. Unter seiner Regie deckten unsere Figuren einen geheimen Pakt zwischen den Mächten des Guten und des Bösen auf, die die Zivilisation unter sich aufteilen wollten. Unsere aufsässigen Charaktere wollten sich das nicht gefallen lassen, und so machten wir uns daran, das ganze verdammte System zu stürzen, was später unter dem Schlagwort »Untergang des alten Sularia« lief. Unsere bizarren Charaktere, bekannt als die Fünf, entwickelten sich zu echten Anarchisten ... Ich bin nicht sicher, was das über unseren kollektiven Geisteszustand zu dieser Zeit aussagt, aber so war es nun mal. Diese Respektlosigkeit und der Wunsch, uns gegen jegliche Form von Autorität aufzulehnen, sollten noch jahrelang ein Markenzeichen unseres Rollenspiels sein.

Diese frühen Abenteuer mit meinen engsten Freunden zu erleben, war für mich eine unglaublich spaßige, unfassbar fantasievolle und zutiefst inspirierende Reise. Teil dieses kreativen Prozesses zu sein und gemeinsam mit ihnen Welten zu erschaffen, war alles, was ich mit meiner Zeit zu tun gedachte. Aber irgendwann gingen wir alle auf verschiedene Highschools und hatten keine Zeit mehr, uns zu treffen und D&D zu spielen.

Etwa 1992 beschlossen Sam, Mike und ich, uns wieder zu treffen und eine neue Kampagne zu starten, die in unserer kleinen Welt Drastnia spielen sollte. Zu uns gesellten sich unser Kumpel Mike Carrillo und Sams jüngerer Bruder Daniel. Wir siedelten die Handlung chronologisch ein paar Hundert Jahre nach den Ereignissen im alten Sularia an und schufen ein neues Reich namens Rechtbrand – ein deutlich bodenständigeres Setting mit einer autoritären Kirche, die im ganzen Land für Recht und Ordnung sorgte. Trotz der starren Strukturen gab es in Rechtbrand auch Elemente, die widerspiegelten, wo wir uns zu dieser Zeit in unserem Leben befanden: wilde Musikfestivals, Hippie-Druiden, sprechende Tiere und rauchgeschwängerte lange Nächte. Wir spielten eine Band auf der Flucht – unsere Charaktere forderten auf Schritt und Tritt Autoritäten heraus und stellten die Welt auf die Probe, um zu sehen, ob sie wirklich etwas wert war.

Sam und ich wechselten uns jede Woche als Spielleitung ab und entwickelten die Welt und ihre Mythologie gemeinsam weiter. Die Mikes waren immer lustige Rollenspieler und trieben mit ihrem unverwechselbaren Witz und Flair die Geschichte voran. Daniel war immer der Spaßvogel, der gegen die Regeln verstieß und wirklich absurde Dinge tat, die Sam und mich auf Trab hielten. So einen Spieler gibt es in jeder Gruppe, oder?

Unsere Charaktere waren ein tolles Team: eine Bruderschaft verbitterter Ausgestoßener, könnte man sagen. Ich glaube, wir haben viele unserer Lebensprobleme durch das gemeinsame Spielen dieser Kampagne gelöst. Unsere Charaktere waren zu gleichen Teilen dreiste Anarchisten, Armleuchter und Helden wider Willen. Die ganze Kampagne war ... glorreiches Chaos. Dieses Buch erzählt die Geschichte, die wir damals spielten und schließlich »Unter der Sonne« tauften.

Natürlich wäre das ohne seinen Autor, Micky Neilson, nicht möglich gewesen.

Micky und ich sind schon lange befreundet. Wir haben ein paar Jahrzehnte lang bei Blizzard Entertainment zusammengearbeitet ... Welten erschaffen, Geschichten erzählt, all die tollen Sachen. Micky war einer der ersten professionellen Autoren, die ich je kennengelernt habe – ich meine, er hatte mit vierundzwanzig bereits fünf großartige Drehbücher fertiggestellt! Sein Können, seine Fantasie und seine unermüdliche Arbeitsmoral haben mich immer umgehauen. Mehr muss ich zu ihm wohl nicht sagen.

Als ich darüber nachdachte, aus »Unter der Sonne« einen Roman zu machen, wusste ich, dass Micky der Autor sein musste. Sicher, er ist ein toller Schriftsteller mit einem riesigen Erfahrungsschatz, aber auch er ist mit einer festen Gruppe von Freunden aufgewachsen, die zusammen D & D gespielt haben. Er kennt sich mit diesem Kram aus. Nicht nur mit »Elfen und Zwergen«, sondern auch mit den Beziehungen hinter all den Fantasy-Elementen – dem Motor, der all die beweglichen Teile antreibt.

Nach langem Bitten meinerseits willigte Micky ein, dieses Monster zu schreiben, und jetzt, fast genau ein Jahr später, stehe ich voller Demut vor dem, was er geschaffen hat.

Im Gegensatz zu konventionellen Romanen oder Drehbüchern, die sich an die bewährte dreiaktige Struktur halten, ist »Unter der Sonne« etwas ... nun, sagen wir einfach, wir sind direkt in die fünfaktige Struktur gerutscht, und dabei belassen wir es besser. Ich wollte, dass dieses Buch unsere Abenteuer, die wir während der Kampagne tatsächlich gespielt haben, nachzeichnet, und das so authentisch wie möglich. Irgendwie hat Micky das alles geschickt miteinander verwoben und die Motive und Charaktere dieser Geschichte mit viel Herz und Seele wiedergegeben.

Ich bin ihm unendlich dankbar, dass er sich mit mir auf dieses Abenteuer eingelassen hat – und für seine grenzenlose Geduld und Großzügigkeit angesichts all meiner endlosen Story-Notizen und Anregungen auf dem Weg zum fertigen Buch.

Die Entwicklung von »Unter der Sonne« – sowohl durch die Rollenspiele vor dreißig Jahren als auch durch die Zusammenarbeit mit Micky bei dieser Romanumsetzung – war eine wirklich erstaunliche Erfahrung, die ich auf ewig in Ehren halten werde.

So schließt sich der Kreis.

Geschichten erfinden und mit Freunden Welten erschaffen. Möge es niemals enden.

Chris Metzen
Creative Director, Warchief Gaming

ANMERKUNG DES AUTORS

Chris Metzen und ich kennen uns schon sehr lange und wir haben viele Jahre bei Blizzard zusammengearbeitet. 2016 verließ ich das Unternehmen, um andere kreative Wege einzuschlagen und eigene Projekte zu verfolgen. Einige Zeit nachdem Chris Blizzard verlassen hatte, erzählte er mir von einem Kreativprojekt – einem Rollenspiel im Stil von D&D.

Chris ist eine Ideenmaschine, ein Weltenbauer erster Güte, und ich war wahnsinnig gespannt darauf, was er sich ausdenken würde. Außerdem hatte ich im Laufe meines Lebens immer wieder Rollenspiele gespielt und liebte sie, und dann ... rief mich Chris an und fragte mich, ob ich einen Roman über die Kampagne schreiben wolle, die er in den Neunzigern mit seinen Kumpels gespielt hatte, um die Kickstarter-Aktion für seine neue Welt zu begleiten. Von Anfang an Teil des Ganzen sein? Aber so was von!

Ich sah mir seine Entwürfe an und entdeckte eine Geschichte mit viel Herz und lustigen, fesselnden Charakteren, in deren Zentrum eine großartige Botschaft stand. Sicher, einige Teile waren etwas ungewöhnlich. Bei einem unserer ersten Telefongespräche sagte Chris: »Ich weiß, das ist ein bisschen schräg, aber es gibt eine Stelle, an der die Figuren einem Idioten einen Haufen Möbel klauen. Sie vermasseln alles und rennen lachend in die Nacht hinaus. Einer von ihnen hat diesen riesengroßen Schrank auf dem Rücken. Das ist völlig sinnlos, es bringt die Geschichte nicht voran, weswegen man es instinktiv rausschneiden würde. Aber ...«

Chris erklärte mir, warum er diese Szene für wichtig hielt, und ich stimmte ihm zu. Als ich den Entwurf las, gefiel sie mir sogar sehr gut. Es war genau das, was ein Charakter in einem meiner eigenen Rollenspielabenteuer getan hätte. Nach wie vor ist dies eine meiner Lieblingsszenen im Buch, und ich hoffe, dass sie am Ende auch eine von euren ist. Für mich war diese Art von Flair wichtig. Ich wollte eine erstaunliche Geschichte erzählen, aber ich wollte auch dem Geist eines guten, alten, unbekümmerten Rollenspiel-Abenteuers treu bleiben.

Deshalb wollte ich die Charaktere auch so originalgetreu wie möglich darstellen, und ich war der Meinung, dass wahrscheinlich niemand sie so gut »kannte« wie die ursprünglichen Spieler (ich erinnerte mich, für meine eigenen Rollenspielcharaktere detaillierte Hintergrundgeschichten geschrieben zu haben). Chris hielt das für eine gute Idee, und tatsächlich, als ich mich mit der alten Mannschaft unterhielt, lieferte sie mir eine Menge toller Informationen, die ihren Weg in dieses Buch fanden.

Für alle Rollenspieler da draußen hoffe ich, dass »Unter der Sonne« euch an späte Abende erinnert, an denen man mit Freunden am Tisch sitzt, Cola (oder etwas Stärkeres) trinkt, Chips isst und würfelt. Für alle anderen hoffe ich, dass die Abenteuer von Xamus, Oldavei, Wilhelm, Nicholas, Darylonde und Torin euch in eine Welt voller Monster und Magie entführen, in der Gefahr, Spannung und Spaß hinter jeder Ecke lauern … aber auch an einen Ort, an dem es absolut vernünftig ist, ein übergroßes Schlafzimmermöbel zu stehlen und damit abzuhauen.

Micky Neilson

HANDELNDE PERSONEN

XAMUS FROOD
Hochelf, Zauberer/Kämpfer
Spieler: Sam Moore

TORIN BLUTSTEIN
Wüstenzwerg, Kämpfer
Spieler: Mike Pirozzi

OLDAVEI
Ma'ii, Kleriker
Spieler: Mike Carillo

WILHELM WALLAROO
Mensch, Barde
Spieler: Daniel Moore

NICHOLAS AMANDREAS
Mensch, Gespensterklinge

und

DARYLONDE KRALLENHAND
Mensch, Wildniswahrer
Spieler: Chris Metzen

PROLOG

Es begann mit Tausenden Schreien.
Dann folgten Szenen apokalyptischer Verwüstung: Städte, die im Feuer vergingen. Armeen, die wie Ameisen die Landschaft überschwemmten. Wütende Plünderer mit Augen aus Flammen und Krieger in dunklen, andersweltlichen Rüstungen. Hoch aufragende Monstrositäten, die hinter ihnen hertrampelten. Große Zitadellen, hochragende Minarette und stählerne Festungen, die in Stücke zerbarsten.
Bilder von Gemetzel und Verwüstung, furchterregend und erschreckend zugleich. Die Sonne selbst schien zu verglühen. Eine flammende Gestalt, die sich im blutroten Dunst materialisierte, gewaltige Flügel ausbreitete und mit ihnen schlug – eine Schlange aus Flammen, die den Himmel verschlang. Die Erde bebte und riss auf. Ozeane aus Feuer überspülten die Welt.
Die Schreie verstummten.
Beunruhigt von den Visionen trat eine hochgewachsene Gestalt aus der felsigen Öffnung eines Höhlensystems, die dem klaffenden Maul eines Bären glich. Knarren und Stöhnen begleitete jede ihrer Bewegungen. Während sie nachdenklich zum hellen Mond emporsah, löste sich ein gelbes Blatt von ihrem Oberkörper und schwebte an knorrigen, baumstammartigen Beinen vorbei nach unten, um vor ihren Wurzelfüßen zum Liegen zu kommen.
Die Gestalt blickte auf die umliegenden Hänge und die vielen Bäume, die vom Mondlicht silbern gefärbt, aber dennoch grün waren.
Der Hüter fühlte sich alt und müde. Er fragte sich, ob er möglicherweise in den Herbst seines Lebens eintrat. Wie auch immer, es gab noch viel zu lernen und zu tun. Seine Visionen bestätigten die Sorge, die er seit vielen langen Monaten verspürte. Die Zeit war knapp, und er musste sich darauf vorbereiten, wer und was kommen würde: ein mächtiger, furchtbarer Sturm, der Welten vernichten würde.

TEIL 1
Nichts als Ärger ...

1

*Seltsame Aufträge und
seltsame Leute*

Ein wunderschöner Tag für eine Hochzeit.

Die Schatten waren inzwischen lang, aber draußen war es immer noch angenehm warm.

Lachen und Musik wurden vom leichten Wind herübergetragen, ein Streichorchester spielte unter einem stabilen Pavillon. Hier starrte eine feuerhaarige Frau in einem blassblauen, bodenlangen Gewand mit ausgebreiteten Armen gen Himmel und wirbelte auf der Stelle. Dort lächelte ein rotgesichtiger Kaufmann breit und nickte im Takt der Melodie, den Becher in der einen Hand, die andere schützend auf der Münzbörse, die an seinem Gürtel hing. Ein räudiger Hund streifte umher und suchte nach Essensresten, während sich Bauern und Händler mit ihren Familien auf der Tanzfläche tummelten. Gäste aus dem ganzen Land hatten sich versammelt, um das junge Brautpaar zu feiern, das sich in der Mitte des weiten Feldes in einer liebevollen Umarmung wiegte und einander sehnsüchtig in die Augen blickte. Eine schöne, erbauliche Szene ... die Xamus Frood völlig kaltließ.

Schließlich kannte er das Brautpaar nicht. Genau genommen kannte Xamus hier niemanden. Sein einziges Ziel war es, vor dem Treffen am nächsten Tag die Zeit totzuschlagen und seine Lieblingssorte Schnaps zu trinken: den, der nichts kostete.

Mit einem tiefen Zug kippte er den letzten Rest seines gekühlten Whiskeys hinunter und stellte den Tonkrug beiseite. Er lehnte sich im Sessel zurück und drehte sich einen Rauchstängel. Mit Grünflusen, erstmals von Zwergen in der alten Welt angepflanzt. So erzählte man es sich jedenfalls. Wie dem auch sei, von allen

Rauchkräutern, die er probiert hatte – und ja, es waren viele gewesen –, war Grünflusen bei Weitem sein liebstes.

Das Leben, dachte Xamus, *gehört den Lebenden.* Nicht, dass sein Volk diesen Gedanken gutgeheißen hätte.

Schwerfällig, herrisch, engstirnig in ihrem Glauben und isoliert in ihrer Zuflucht, hatten die Hochelfen der Welt vor langer, langer Zeit den Rücken gekehrt. Im Gegensatz dazu war Xamus entschlossen, ihr die Stirn zu bieten, eine Haltung, die sich in seinem Auftreten widerspiegelte, vom Hemd mit den hochgekrempelten Ärmeln über die verblassenden Tätowierungen an den Armen bis hin zu der weiten Latzhose mit der überdimensionalen Gürtelschnalle und den abgewetzten Stiefeln. Wie so oft diente sein langes, volles braunes Haar dazu, die spitzen Ohren zu verbergen, die sonst seine Abstammung verraten hätten. Obwohl es ihm half, lange Erklärungen zu vermeiden – die meisten Leute glaubten schließlich, dass Elfen ausgestorben waren –, war sein langes Haar weder ein Versuch der Verkleidung noch, wie manche glaubten, ein Symbol der Rebellion gegen die Tradition. Nein, er ließ sich die Locken einfach wachsen, weil er keinen Drang verspürte, sie zu schneiden.

Xamus war mit dem Drehen fertig, griff in seine Weste und zog einen Taschenleuchter heraus.

Er klappte den Deckel auf, drückte auf das Zündhütchen und steckte den Rauchstängel an. Der Elf nahm einen langen Zug und ließ den Blick unter der breiten Krempe seines ausgeblichenen Hutes noch einmal über die Menge schweifen.

Er stieß eine blaue Rauchwolke aus, die sich verwirbelte, verwehte, auflöste und damit einen Neuankömmling offenbarte, dem die anderen unbehagliche Blicke zuwarfen, bevor sie ihm aus dem Weg gingen. Die anständigen Stadtbewohner betrachteten ihn als Wilden. Er war ein Zwerg, aber kein gewöhnlicher Eisenzwerg. Nein, dieser kleine, stämmige Kerl war ein Wüstenzwerg, erkennbar an seinem dunklen Teint, dem sandblonden Haar – ein hoher Kamm auf dem Schädel und ein geflochtener Bart, der bis zur Hälfte seines ledernen Wamses herunterhing – und den Tätowierungen. Sie zierten beide Seiten seines rasierten Kopfes, seine Arme und den Teil seiner Beine, der unter dem Saum seines blauen Kilts zu sehen war.

Der Fremde watete durch die Menge und balancierte ein Fass

auf der linken Schulter. Er blieb stehen, musterte seine Umgebung und sah dann Xamus an. Der Zwerg zeigte mit einem seiner dicken Finger in Richtung des Elfen. »Du!«, rief er und ließ die nächststehenden Feiernden zusammenzucken.

Xamus deutete fragend mit einem Finger auf seine Brust.

»Ja, du, du beschissener Abschaum!« Der Zwerg richtete seine Aufmerksamkeit auf eine Frau neben ihm. »Keine Sorge, junge Frau, ich regle das.« Zielstrebig näherte er sich dem Elfen bis auf wenige Schritte und fixierte ihn mit einem finsteren Blick. Das Orchester und die Menge verstummten.

Der Zwerg trat neben Xamus, nahm das Fass von seiner Schulter, stellte es mit dem Zapfhahn nach unten ab und setzte sich darauf. »Abschaum wie wir sollte nicht allein trinken müssen«, brummte er mit tiefer Stimme. »Her mit deinem Becher.«

Xamus gehorchte, während das Orchester weiterspielte und die Gäste ihre Gespräche wiederaufnahmen, wobei einige von ihnen den Kopf schüttelten.

Der Zwerg beugte sich zwischen seine Beine und zapfte etwas, das wie Honigmet aussah und roch. »Torin«, sagte er, drehte sich um und drückte Xamus den Becher in die Hand, wobei er die Hälfte des Inhalts verschüttete und ein Lächeln zeigte, bei dem ein paar Zähne fehlten.

»Xamus«, antwortete der Elf.

Während Xamus den Becher leerte, beugte sich Torin zu ihm vor und kniff ein Auge zusammen. »Also ... was bringt einen Fremden nach Herddahl?«

»Ich bin zum Angeln hier«, erwiderte Xamus.

Torin starrte ihn an. Ein Lächeln huschte über sein Gesicht, gefolgt von einem Grummeln, das in seinem Bauch begann, nach oben drang und zu einem der lautesten Lacher wurde, die Xamus je gehört hatte. Die Festgäste in der Nähe warfen ängstliche Blicke in ihre Richtung und flüsterten miteinander. Eine korpulente Bäuerin betrachtete Torins Kilt, schnappte nach Luft und sah schnell wieder weg.

»Blödsinn!«, platzte Torin heraus, dessen Gesicht rot angelaufen war. »Das Einzige, was man hier an den Haken kriegt, sind Dornhaie und Krabben – und sonst kann man sich hier nur Filzläuse im Bordell holen!«

Xamus verkniff sich eine Antwort, aber er fragte sich innerlich, ob in diesem Zwerg mehr steckte, als man ihm auf den ersten Blick ansah.

Hinter Torins dröhnendem Gelächter verbarg sich eine scharfe Beobachtungsgabe. Der Zwerg war schon immer gut darin gewesen, Dinge mitzubekommen. Besonders die Dinge, die andere zu verbergen suchten. »Du bist also auch hier, um den Magistrat zu sehen«, verkündete er.

Xamus antwortete ihm nicht.

Auch recht, dachte Torin. *Das musste er auch nicht.* Der Zwerg dachte schweigend nach ... Der Magistrat von Herddahl, Raldon Rhelgore, suchte für irgendein lokales Problem »Hilfe« von außerhalb. Wahrscheinlich Drecksarbeit. Warum sollte er sonst nicht einfach die örtliche Miliz beauftragen? Der Bund Rechtbrander Handelsstädte, zu dem Herddahl gehörte, legte großen Wert auf sein strenges »Recht« und seine kostbare »Ordnung« – bis es unangenehme Angelegenheiten zu erledigen gab. Dann war es an der Zeit, die unkultivierten Heiden zu engagieren. Die Doppelmoral der Rechtbrander war enorm ausgeprägt.

Aber Torin brauchte Geld und seine Verdienstaussichten waren begrenzt. Das Leben auf der Straße glich oft entweder einem Fest oder einer Hungersnot. In letzter Zeit neigte es häufiger zur Hungersnot, als ihm lieb war. Die größte Frage war nun, da er wusste, dass dieser »Angler« am selben Köder knabberte wie er, ob er ein Verbündeter oder ein Konkurrent sein würde. Das blieb abzuwarten.

»Nun«, sagte Torin, bückte sich und schenkte sich selbst einen Becher ein. »Wenn die Sonne aufgeht ...« Er richtete sich auf, leerte seinen Becher, rülpste heftig und wischte sich den Schaum vom Schnurrbart. »... können wir ihn genauso gut gemeinsam aufsuchen.«

★ ★ ★

Alles in Raldon Rhelgores Räumlichkeiten in der Großen Halle war poliert, abgewischt, abgestaubt oder gefegt. Die Kissen auf den Stühlen, auf denen Torin und Xamus gegenüber dem Schreibtisch des Magistrats saßen, waren so hart und makellos, dass sie besonders unbequem waren. Torin fand, dass Möbel prinzipiell gut eingesessen sein sollten, und sein Rücken schmerzte bereits, während Raldon immer weiterredete.

»Wie gesagt, es handelt sich um ein lokales Problem.« Raldons Haut sah aus, als hätte sie noch nie die Sonne gesehen. Sein spärlicher Spitzbart war sicherlich gewichst, um das Grau an seinem Kinn zu verbergen. Lange dunkle Strähnen hingen von seinem Haaransatz glatt bis knapp über die Schädelbasis. Seine Lippen blieben beim Sprechen meist gespitzt, was ihm das Aussehen eines Tieres verlieh, das ständig die langen, gelben Zähne fletschte.

Die hohe Rückenlehne seines Stuhls reichte bis wenige Handbreit unter die Decke. Er zupfte an den Ärmeln seiner Robe, als er fortfuhr: »Eine kleine Anzahl Jugendlicher ist verschwunden. Alle sind jünger als zwanzig, aber keiner jünger als dreizehn. Einige sind die Kinder hochrangiger Vertreter der Ernterzunft.«

»Entführt, um Lösegeld zu erpressen?«, fragte Torin, nahm einen Kerzenhalter samt Kerze von der Schreibtischkante und zog die Kerze vom Dorn. Raldon starrte den Zwerg an, als wolle er ihm die Gegenstände entreißen, aber dazu saß er zu weit weg. Xamus beobachtete das Geschehen schweigend, der Hauch eines Grinsens umspielte seine Lippen.

»Eine naheliegende Vermutung, aber nein«, antwortete Raldon. »Ich glaube, Kultisten haben sie entführt. ›Kinder der Sonne‹ nennen sie sich. Ein Orden, der erst seit Kurzem hier in der Gegend aktiv ist. Seither hat er viel Zwietracht gesät und bedauerlicherweise ein gewisses Maß an Beliebtheit erlangt, vor allem bei jungen und … beeinflussbaren Menschen.«

Torin versuchte, die Kerze wieder auf den Dorn zu setzen, wobei er den spiralförmigen Griff des Kerzenleuchters abriss. Er prallte von der Armlehne seines Stuhls ab und fiel zu Boden.

Ein Muskel in Raldons linker Wange zuckte, als er in angespanntem Tonfall hinzufügte: »Man munkelt, der Kult habe das Ziel, den sularischen Glauben zu verdrängen.«

Die sularische Kirche war die traditionelle Autorität des Reiches, eine Mischung aus Regierung und Religion, die schon seit Jahrhunderten bestand. »Ich habe schon von diesen ›Kindern‹ gehört«, sagte Xamus. »Lumpenpropheten.«

Raldon sah den Elf an. »Aber dennoch haben sie irgendwie eine gewisse Anhängerschaft erlangt, trotz ihrer Verunglimpfung der Kirche, ihrer lächerlichen Behauptungen, der sularische Glaube habe die Massen im Stich gelassen, und ihrer eitlen, blasphemischen These, sie allein böten eine neue Hoffnung …«, er hob theatralisch die Arme, »... auf Erlösung für ganz Rechtbrand.«

»Erlösung von der Sünde«, ergänzte Xamus.

»Ha!«, platzte Torin heraus. »Was soll das denn bringen?« Er versuchte, den Griff wieder anzubringen, und murmelte: »Ich mag meine Sünden, vielen Dank. Die Leute sollen leben, wie sie wollen ...« Ein jähes Geräusch erregte die Aufmerksamkeit aller.

Xamus und Torin schauten über die Schulter zur Kammertür, die jemand aufgerissen hatte. Dort setzte gerade eine gebückte Gestalt einen schwarz gestiefelten Fuß über die Schwelle und hielt sich mit einer Hand mit langen, spitzen Fingernägeln am Türpfosten fest. Sie beugte den Oberkörper in den Raum und witterte.

»Du bist spät dran!«, rief Raldon.

Der Mann stürmte vollends herein, blieb dann stehen und hob die halb geballten Fäuste auf Brusthöhe. Sein Kopf flog herum, seine Nasenlöcher blähten sich, als er den Raum weiter beschnüffelte.

»Darf ich vorstellen? Das ist Oldavei«, sagte Raldon. »Er stammt aus der östlichen Wüste.«

Torin fielen mehrere Dinge auf: Feines blassbraunes Haar bedeckte die Haut des Neuankömmlings. Er war von Kopf bis Fuß voller Wüstenstaub. Zusammen mit dem Haarknoten und dem auf beiden Seiten rasierten Kopf, der schwarz-roten Weste und der ledernen Reithose kennzeichnete ihn dies als einen Ma'ii, einen Angehörigen eines geheimnisvollen Volkes aus der Wüste Tanaroch, das die meisten Menschen in Rechtbrand für nicht besser als wilde Tiere hielt. Zwerge und Ma'ii waren traditionell verfehdet. Torin hatte eine gemeinsame Vergangenheit mit den Wüstenbewohnern, die seine eigenen Gefühle ihnen gegenüber gelinde gesagt kompliziert machte. Der Ma'ii kam dem Zwerg ... merkwürdig vor. Ihm fiel eine Tätowierung auf der Stirn des Besuchers auf, ein Kreis, der oben und unten von vertikalen Linien unterbrochen war, die auf beiden Seiten horizontal ausliefen.

Oldavei näherte sich, beugte sich vor und roch mehrfach kurz an Xamus, dann holte er tief Luft. Der Ma'ii nickte sich selbst zu, dann wandte er seinen Kopf gen Torin, reckte die Schnauze dicht an ihn heran und schnupperte hektisch.

Xamus unterdrückte ein Lachen. Torin war deutlich weniger amüsiert. »Weg mit dir, du verdammter Köter!«

Oldavei richtete sich auf und trat scheinbar zufrieden einen Schritt zurück. »Fremde wie ich«, sagte er und entblößte ein Maul voller spitzer Zähne. »Ich freue mich über eure Gesellschaft! Dachte schon, ich müsste alles allein erledigen.«

Torin wandte sich an den Magistrat und fragte: »Kommt sonst noch wer?«

»Meines Wissens nicht«, antwortete Raldon. »Ihr drei werdet doch miteinander klarkommen, oder?«

Torin sah Xamus an, der ein Achselzucken andeutete.

»Mir scheißegal«, entgegnete Torin, »solange das Geld stimmt.«

Oldavei schlug dem Zwerg auf die Schulter, trat hinter Xamus' Stuhl an die Wand, drehte sich um und ließ sich in den Schneidersitz gleiten. »Bitte«, wandte er sich an Raldon, »fahrt fort.«

Mit einer Miene wie jemand, der gerade etwas Unangenehmes gekostet hatte, sprach Raldon weiter. »Mir ist zu Ohren gekommen, dass diese widerspenstigen Kultisten ...«

Oldavei kicherte und wurde dafür von Raldon mit einem scharfen Blick bedacht. »Verzeihung«, sagte der Ma'ii.

Der Magistrat räusperte sich. »Sie haben ... ein Lager in den nördlichen Gebirgsausläufern. Ihr sollt dorthin gehen und die Vermissten zurückholen, falls sie dort sind. Ohne unnötige Komplikationen.«

»Definiert *Komplikationen*«, sagte Oldavei.

»Versucht, niemanden zu töten«, stellte Raldon klar.

»Verstanden«, erwiderte Oldavei.

Dann stellte Xamus die Frage, die Torin schon vor seiner Ankunft in Herddahl bewegt hatte: »Warum heuert Ihr uns an und setzt nicht Eure eigene Miliz ein?«

Raldon strich sich den Spitzbart glatt. »Es handelt sich um eine delikate Angelegenheit«, sagte er. »Die Miliz ist ein stumpfes Schwert, das erst Blut vergießt und dann Fragen stellt. Einige führende Mitglieder der Ernterzunft haben sich für die Botschaft dieser Sekte erwärmt. Wenn ich mich also täusche und die Kinder der Sonne die Jugendlichen nicht entführt haben und ein Konflikt ausbricht ...«

»Könnte jemand anderes diesen bequemen Sitz einnehmen«, schlussfolgerte Xamus und nickte in Richtung des Magistratsstuhls.

Raldon durchbohrte ihn mit Blicken.

Das war ein Teil der Antwort, schloss Xamus. Aber da war noch mehr: Nachdem er den ganzen Monolog des Bürokraten aufmerksam verfolgt hatte, hielt er es auch für wahrscheinlich, dass Raldon seine Hände in Unschuld waschen wollte, falls das Vorhaben scheiterte. Er würde ganz sicher leugnen, von ihrer Aktion gewusst zu haben, sollte man sie erwischen. Xamus war lange genug dabei, um eine unausgesprochene und unbequeme Wahrheit zu begreifen: Er und andere Abenteurer seiner Art waren in den Augen von Wichtigtuern wie dem angesehenen Magistrat hier … zu einhundert Prozent entbehrlich.

2

Die trauernde Witwe

Kurz vor Mittag trafen sich die drei Abenteurer vor dem Haupteingang des *Ruhelosen Ponys,* Herddahls billigstem und am wenigsten frequentierten Gasthauses. Torin hatte seine Waffe, eine gut gearbeitete einschneidige Streitaxt, auf den Rücken geschnallt. Xamus trug ein fremdländisches, elegantes Langschwert an der einen Hüfte, einen Dolch an der anderen.

Oldavei lehnte mit einem Krummsäbel an der linken Seite an einem Anbindepfosten. Auf dem Rücken trugen sie ihr Gepäck, an dem Schlafsäcke festgezurrt waren – alle außer Torin.

»Keine Ausrüstung?«, fragte Xamus den Zwerg.

Torin winkte ab. »Pah! Unnötiger Ballast. Ich reise mit leichtem Gepäck.«

»Na schön«, sagte Xamus. »Tja, ich schätze, wir sollten uns nach Reittieren umsehen.«

»Reittiere?«, platzte Torin heraus und kniff ein Auge zu.

»Ja«, entgegnete Xamus. »Du weißt schon, Pferde.«

»Ah, bloß nicht!«, erwiderte der Zwerg. »Pferde sind Kreaturen aus der Hölle.« Er schien zu erschaudern. »Vor denen habe ich echt Bammel.«

Xamus überlegte, ob sein neuer Gefährte scherzte. Als ihm klar wurde, dass der Zwerg es ernst meinte, sah er Oldavei an.

Der Ma'ii zuckte die Achseln. »Ich kann nicht mal reiten.«

Der Elf nickte. »Gut, so viel zum Thema Reittiere.« Er spähte die schmale Seitenstraße entlang und weiter zu den dunstverhangenen Grenzgipfeln. »Anderthalb Tage zu Fuß, würde ich schätzen.«

»Dann lasst uns keine Zeit verlieren«, drängte Torin und übernahm die Führung, als sie sich zu dritt auf den Weg machten. Sie schoben sich durch die überfüllten gepflasterten Straßen Herddahls, vorbei an Fuhrwerken und Vieh, Bettlern und Arbeitern, bis sie erst die steinernen Gebäude der Stadt und dann die hölzernen Bauten der äußeren Stadtgrenze hinter sich gelassen hatten. Stumm und in leichtem Tempo schritten sie weiter durch das weitläufige Ackerland der Region. Hier flankierten majestätische Felder ihren Weg. Auf der einen Seite pflügte ein schwitzender, haariger Hügelriese in Latzhose tiefe Furchen entlang eines flachen Abhangs, während eine kniende Riesin Saatgut ausstreute. Weiter hinten, wo sich die Ebene nach beiden Seiten bis zum Horizont erstreckte, streuten menschliche Arbeiter aus Jutesäcken Getreidesamen hinter von Ochsengespannen gezogenen Pflügen aus.

»Ich wette, sie säen Gerste«, sagte Torin. Feixend wandte er sich zu Xamus um. »Daraus lässt sich vortreffliches Bier brauen!«

Hier wurde recht intensive Landwirtschaft betrieben, dachte der Elf. Ein Gewerbe, das bis vor Kurzem ausschließlich die Alten Familien ausgeübt hatten. Die Präsenz von Hügelriesen hatte zugenommen, was sich die Ernterzunft zunutze machte. In dem Bestreben, die Alten Familien als Konkurrenten auszustechen, heuerten die Zunfthöfe Riesen an. Sie konnten an einem Tag verrichten, wofür einfache menschliche Arbeiter fünf Tage gebraucht hätten. Das schlussendliche Ziel der Zunft war es, die alteingesessenen Bauern vollständig zu verdrängen und Herddahl als genossenschaftlich organisierte Handelsstadt zu etablieren – eine Stadt, die zweifellos fest unter ihrer Kontrolle stehen würde. Wo und wie Magistrat Raldon in das Ganze hineinpasste, wusste Xamus noch nicht.

Oldavei zog das Tempo an und übernahm die Führung, wobei er mit seltsam hinkendem Schritt dahinstapfte. Ab und zu blieb der Ma'ii stehen und hob den Kopf, um zu wittern und all die verschiedenen einzigartigen Gerüche aufzunehmen, die das Land zu bieten hatte. Unter freiem Himmel, auf Abenteuer ausziehend, war er ganz in seinem Element. Für ihn schienen die Stunden und ihre Reise wie im Flug zu vergehen, so sehr war er in der Schönheit der Umgebung versunken.

Schließlich ließen sie jegliche Besiedlung hinter sich, während die nördlichen Gebirgsausläufer immer näher kamen und die wolkenverhangenen Grenzgipfel dahinter auftauchten. Der Himmel hatte eine mattgoldene Farbe angenommen, als sich das Trio in einem breiten, flachen Tal wiederfand.

Seine Wände hielten die Strahlen der tief stehenden Sonne fern und die Luft kühlte merklich ab. Im Osten mündete ein Nebenfluss der Talisande in einen gurgelnden Bach, der nahe der Straße in einer lang gezogenen Biegung nach Süden abzweigte.

Die drei machten am Bach Rast, um zu trinken und ihre Wasserflaschen aufzufüllen, als überraschend ein Schrei die Stille durchbrach. Es war ein durchdringender, trauriger Klagelaut, der einige lange Sekunden anhielt, bevor er verstummte.

Torin sah Xamus fragend an. Der Elf ließ schweigend seinen Blick über das hohe Gehölz schweifen. Oldavei, der mit einem Wasserschlauch in der Hand am Bach kauerte, seufzte tief. Torin wandte sich an den Ma'ii, der sich kopfschüttelnd erhob.

»Was ist das?«, fragte der Zwerg.

Oldavei zögerte mit seiner Antwort einen Moment, als überlege er, ob es klug wäre, sein Wissen kundzutun. Schließlich sah er die anderen an und erklärte düster: »Die trauernde Witwe.«

»Die was?«, wollte Torin wissen.

Der Ma'ii sah in den Wald. »Es heißt, ein frisch verheiratetes Ehepaar sei vor langer Zeit auf dieser Straße unterwegs gewesen. Eine Räuberbande griff es an, aber anstatt die Ehre seiner Frau zu verteidigen, nahm der Ehemann Reißaus und lief davon. Sie streckten ihn vor den Augen seiner weinenden Frau mit Pfeilen nieder. Sie bewies mehr Mut als ihr Mann, nahm ein Messer und griff den Anführer an, aber ihr Dolch war seinem Schwert nicht gewachsen. Er hat sie niedergemacht und die Räuber überließen ihren Leichnam und den ihres Mannes den Bussarden. Die Legende besagt, dass sie in diesen Wäldern spukt, eine Wiedergängerin – gequält vom feigen Verrat ihres Mannes –, deren grässliche Gestalt von Wut entstellt ist. Ein Blick auf ihr abscheuliches Antlitz, und selbst die mutigsten Krieger sollen vor Angst davonlaufen, aber …« Oldavei band den Wasserschlauch an seinen Gürtel, während die anderen warteten. »Es heißt, wenn ein Mann sie ansieht und die Tapferkeit zeigt, die ihrem Gatten fehlte, wird das die Schönheit der Witwe wiederherstellen und ihren Geist befreien.«

Torin stand stumm da, den Mund leicht geöffnet.

Neben ihm sagte Xamus: »Hm.«

Oldavei ging in Richtung Straße. »Das sind aber sicher nur Geschichten. Ammenmärchen. Wir sollten weitergehen.«

Torin hob eine Braue und warf Xamus einen Blick von der Seite zu. »Klingt für mich nach völliger Pferdescheiße!«, sagte er, ehe er sich in Bewegung setzte.

Xamus folgte ihm stumm.

In den nächsten Stunden hielt Torin ein flottes Tempo und blieb Oldavei dicht auf den Fersen, während er die herannahenden Schatten wachsam beobachtete. Die drei hatten das Ende des Tals noch nicht erreicht, als die Dunkelheit hereinbrach, und sie hielten an, um ihr Nachtlager aufzuschlagen.

Nach einem leichten Abendessen aus Pökelfleisch und Brot saßen sie rauchend um ein knisterndes Feuer, das schwankende Schatten auf die nahen Bäume warf. Xamus zog gerade seine Stiefel und seinen Hut aus, nachdem sie mit dem Rauchen fertig waren, da rief Torin »Ho!« und warf ihm einen Flachmann zu. Der Elf fing ihn auf und wollte gerade trinken, als er den Zwerg fluchen hörte: »Ich will verdammt sein!« Xamus ließ den Flachmann sinken und sah, dass der Zwerg auf seine entblößten Ohren deutete. »Du bist ein Elf!«

Xamus erwiderte den Blick des Zwerges und schaute dann zu Oldavei, der mit einem Stück halb zerkauter Wurst im offenen Mund im Schneidersitz dasaß. »So ist es«, antwortete er.

Torin deutete immer noch auf ihn. »Wie das? Ihr seid doch ausgestorben! Jedenfalls sagt man das.«

»Nicht alle«, widersprach Xamus. »Einige von uns existieren noch, versteckt an geheimen Orten.«

Torin hatte den Finger gesenkt, starrte Xamus aber immer noch ungläubig an. »Aber du siehst so verdammt ... menschlich aus. Das hat mich ganz schön genarrt.« Der Zwerg, der sich einer scharfen Beobachtungsgabe rühmte, vor allem in Bezug auf andere, war leicht verwirrt.

»Ich habe nicht versucht, jemanden zu täuschen«, beteuerte Xamus.

Oldavei erlangte die Sprache wieder und sagte: »Ein Elf, der mit dem einfachen Volk herumzieht ... das würde großes Aufsehen erregen. Es ist klug von dir, es zu verbergen!«

»Ich will nicht ...«, begann Xamus, aber Torin unterbrach ihn: »Magie! Ich habe gehört, die Elfen beherrschen mächtige Magie!«

»Nun ja, ich ...«

»Warum bist du weggegangen?«, unterbrach Oldavei ihn.

»Wenn dein Volk sich versteckt ... Warum bist du hier unterwegs?«

»Ja, genau!«, fügte Torin hinzu.

Nach einer kurzen Pause antwortete Xamus: »Ich sehe die Dinge einfach anders als die anderen.«

»Freunde und Familie zurückzulassen, ist nichts, was man leichthin tut«, konstatierte Oldavei. Die Art, wie er es sagte, machte deutlich, dass er aus Erfahrung sprach.

»Richtig«, stimmte Xamus ihm zu. »Aber hier draußen, auf solchen Abenteuern, bei denen ich etwas über die Welt lernen und mit Abschaum wie euch trinken kann ...« Er warf Torin den Flachmann wieder zu. »Genau hier gehöre ich hin.«

»Hm«, brummte Torin und beäugte Xamus etwas misstrauisch, als dieser sich auf den Rücken legte.

Die drei hatten es sich gemütlich gemacht und waren gerade am Einschlafen, als ein langes, durchdringendes Stöhnen die Nachtluft zerteilte. Torin fuhr hoch. Oldavei und Xamus bewegten sich im Halbschlaf.

»Sie ist es«, flüsterte Oldavei. »Die trauernde Witwe.«

»Pferdescheiße!«, entgegnete Torin. Ein Holzscheit im Feuer knackte und ließ ihn zusammenzucken. Dann ertönte ein Rascheln unmittelbar jenseits des Lichtkreises des Lagerfeuers. Der Zwerg sah hinüber und erspähte zwei glitzernde Augen in der Dunkelheit. »Verdammt noch mal ...«, murmelte er und griff nach seiner Axt. Langsam erhob sich Torin. »Also gut, Witwe, wenn du das bist, dann komm raus! Wenn du einen mutigen Zwerg suchst, einen mutigeren wirst du nicht finden!«

Oldavei bemerkte, wie die Knie des Zwerges leicht zitterten, als Torin die Axt mit beiden Händen umklammerte und Kampfhaltung einnahm.

Die brennenden Augen sanken mit einem dumpfen Geräusch ins Unterholz.

Torin umfasste seine Axt fester und biss die Zähne zusammen, seine Augen weiteten sich ...

Ein pelziges Geschöpf trat in den Feuerschein. Es war etwa so groß wie eine Katze, vierbeinig, mit einem langen, dünnen Schwanz und großen, runden Augen in einem nagetierartigen Gesicht. Ein Merkmal stach besonders hervor: das Maul. Seine

Enden reichten fast bis zum Hals der Kreatur, es stand teilweise offen und war mit kleinen, nadelartigen Zähnen besetzt.

Vor den Augen des entgeisterten Torin stellte sich das Tier auf die Hinterfüße, hob die Schnauze in den Himmel und stieß einen langen, lauten, klagenden Schrei aus, der den Zwerg zusammenzucken ließ und sowohl Xamus als auch Oldavei dazu veranlasste, sich die Ohren zuzuhalten.

Endlich hörte das Jaulen auf. »Du kleiner …«, sagte Torin und machte einen Schritt nach vorn. Pfeilschnell wirbelte das Geschöpf herum und war verschwunden. Der Zwerg blieb stehen und atmete erleichtert auf, als ein anderes Geräusch hinter dem knisternden Feuer aufstieg: Lachen.

Der Zwerg drehte sich um und sah, wie sowohl Xamus als auch Oldavei ohne großen Erfolg versuchten, ihr Gelächter zu unterdrücken.

»Ihr habt es beide gewusst, nicht wahr?«, rief Torin. »Ja, ja, ein echter Schenkelklopfer!« Er richtete die Axt auf Oldavei. »Apropos Schenkelklopfer …« Er stapfte zu dem sitzenden Ma'ii hinüber, der immer noch kichernd die Handflächen ausstreckte.

»Entschuldige!«, japste er. »Ich bitte tausendmal um Verzeihung. Das war doch nur Spaß. Die Viecher heißen Merwins. Oder Jauler. Ich kannte sie bisher allerdings auch nur vom Hörensagen.«

»So, so, Jauler. Ein bisschen Spaß auf meine Kosten, was?« Torin beugte sich vor. »Nur weiter so, dann jaulst bald du!«

Oldavei schloss den Mund, die Hände immer noch erhoben. Der Zwerg stapfte zurück zu seinem Schlafplatz, kniete nieder und legte seine Axt ab. Er rollte sich auf den Rücken, und gleich darauf verstummte das Lachen und wich dem Knacken und Knistern des Feuers.

»Was ich mich schon die ganze Zeit frage«, sinnierte Xamus laut. »Was hattest du denn mit der Axt vor? Die trauernde Witwe noch mal töten?«

Daraufhin brach Oldavei erneut in Gelächter aus, in das Xamus bald einfiel.

»Ach, leckt mich doch!«, fluchte Torin, woraufhin die beiden nur noch lauter wieherten.

Auch der Zwerg musste wider Willen grinsen.

3
Kinder der Sonne

Nachdem das Lager abgebaut war, brach das Trio auf und verließ nach einigen Stunden die Schlucht. Sie folgten dem Weg bis zu einer Gabelung kurz vor den breiten, niedrigen Bergrücken, die die südlichste Grenze des Vorgebirges markierten. Im Osten lag das Talisandebecken, im Westen weitläufiges Ackerland. Die Gruppe nahm sich einen Augenblick Zeit, um nach Norden zu schauen. Nur wenige wussten, was hinter den Grenzgipfeln lag, die sich wie die Mauern einer unvorstellbar kolossalen Festung erhoben. Jenseits der Gebirgskette lag die berüchtigte Nordwildnis, ein Ort, wohin sich seit Jahrhunderten kein Lebewesen mehr gewagt hatte.

Selbst auf diese Distanz kamen sich die drei im Vergleich zu den Bergen so winzig vor, dass sie sich fast unbedeutend fühlten, als sie weiter ins Vorgebirge vordrangen.

Als sie auf einem grasbewachsenen Bergrücken ihre Mittagsmahlzeit einnahmen, war die dichte Wildnis licht bewaldeten, flachen Hängen gewichen. Sie waren gerade mit dem Essen fertig, als der Wind, der bisher aus dem Osten geweht hatte, seine Richtung änderte.

Oldavei riss den Kopf hoch, drehte sich in verschiedene Richtungen, und seine Nüstern blähten sich, als er einige Male kurz und schnell witterte. Er sprang auf und seufzte tief, während er sich grob nach Nordwesten orientierte.

Dann sah er über die Schulter, grinste die anderen an und sagte: »Ich habe sie.«

Oldavei ging voran und sprang über Kämme und Hänge, bis er sich in einem Tal zwischen zwei Hügeln umdrehte, einen Finger an die Lippen legte und den beiden ein Zeichen gab, ihm zu folgen. Er ging in die Hocke und näherte sich mit langsamen, verhaltenen Bewegungen der nächsten Kuppe.

Bald lagen die drei auf dem Bauch nebeneinander und spähten durch das hohe Gras in eine weite Senke hinab, in der sich eine geschäftige Siedlung erstreckte. Dutzende von Wohnhäusern, die trotz ihrer einfachen Bauweise aus Flechtwerk und Lehm stabil wirkten, umgaben ein viel größeres, längliches Gebäude. Hier und da saßen Gestalten in Roben um kleine Feuer und wiegten mit erhobenen Armen ihren Oberkörper. Oldavei sah, dass sie die Augen geschlossen hatten. Er konnte erkennen, dass sie sangen, und da der Wind günstig stand, roch er Weihrauch. An der südlichen Grenze der Ortschaft luden weitere Gestalten in Roben Vorräte aus einem Gebäude, das wie ein Lagerhaus aussah, auf offene Wagen. Auf der anderen Seite standen Ochsen in einem Pferch.

Die Farben der einfachen pastellfarbenen Gewänder der Kinder der Sonne reichten von Beige über Safran und Salbei bis hin zu Ocker. Durch diesen Kleidungsstil und das Fehlen sichtbarer Waffen erinnerten sie Oldavei an östliche Wüstennomaden – ein friedlicher und relativ harmloser Haufen. Vielleicht waren diese Kinder der Sonne ihnen ähnlich und man verstand ihre Absichten falsch, dachte er.

Xamus deutete auf die Arbeiter, die die Wagen beluden. »Die scheinen mir jung genug, um unsere vermissten Jugendlichen zu sein«, sagte er.

Einige Belader unterhielten sich angeregt, während sie ihrem Tagwerk nachgingen.

»Was glaubt ihr, worüber sie plaudern?«, fragte Torin.

»Ich ...«, begann Oldavei.

»Wir könnten versuchen, näher heranzukommen«, schlug Xamus vor.

»Nicht nötig«, meinte Oldavei.

»Mm, nicht viel Deckung«, erwiderte Torin. »Vielleicht wird man uns ...«

»Ich kann sie hören!«, unterbrach Oldavei ihn, diesmal lauter. »Wenn ihr mal die Klappe halten würdet.«

»Ich bitte tausendmal um Verzeihung, Majestät«, gab Torin zurück. »Lausch ruhig!«

Xamus war davon ausgegangen, dass die Entfernung es unmöglich machte, ihre Unterhaltung zu belauschen, aber er schwieg, während Oldavei verharrte und sich konzentrierte.

»Sie freuen sich auf eine bevorstehende Reise«, teilte er gleich darauf mit.

Xamus runzelte die Stirn. »Meinst du das ernst oder ist das wieder ein Scherz?«, erkundigte er sich.

»Ich schwöre«, antwortete Oldavei.

»Er sagt sicher die Wahrheit«, bestätigte Torin. »Ich habe mal ein Weilchen bei den Ma'ii gelebt.« Er deutete auf sein Ohr. »Die können eine Fliege auf zwanzig Schritt hören.«

Oldavei wartete, den Kopf mit einem Ohr in Richtung des Geländes geneigt. »Sie planen eine Karawane ... in die Wüste. Dort werden sie ... die Lehren des Großen Propheten hören.« Xamus und Torin sahen einander an. »Es ist eine Ehre ... Heimat und Familie zurückzulassen, ein notwendiges Opfer für die Entdeckung des ... wahren Ichs.«

»Wahres Ich? Klingt wie ein Haufen Pferdescheiße, wenn ihr mich fragt«, warf Torin ein.

Oldavei hob eine Hand, um ihn zum Schweigen zu bringen. Nach kurzem Lauschen sagte er: »Sie wünschten, sie könnten jetzt schon aufbrechen und nicht erst morgen früh.« Die Arbeiter machten eine Pause und füllten Becher mit einer Flüssigkeit, die wie Wasser aussah, aus einem Fass auf einem Wagen.

»Na schön«, sagte Torin mit einem Glitzern in den Augen, als er seine Axt losmachte und sich anschickte aufzustehen. »Lasst uns ein paar Schädel spalten. Auf mein Zeichen ...«

»Warte«, bat Xamus. »Sie brechen erst morgen auf. Das verschafft uns Zeit. Bei Einbruch der Dunkelheit können wir näher ranschleichen, beobachten und abwarten – und sie heute Nacht im richtigen Augenblick befreien. Möglicherweise sogar, ohne dass es jemand mitbekommt.«

»Ohne dass es jemand mitbekommt?«, erwiderte Torin angeekelt. »Scheiß drauf. Reine Zeitverschwendung. Was meinst du?«, fragte er Oldavei.

»Warten erscheint mir sinnvoll«, antwortete der Ma'ii.

Torin seufzte tief und rollte sich auf den Rücken. »Verdammte Weicheier«, murmelte er, schloss die Augen und legte die Axt auf seine Brust. »Weckt mich, wenn es Zeit ist, Leuten wehzutun.«

Der Tag verlief ohne Zwischenfälle. Xamus und Oldavei wechselten sich bei der Bewachung der Siedlung ab, während Torin die ganze Zeit über tief und fest schlief. Als sich das Sonnenlicht aus dem Tal zurückzog, schichteten die Kinder der Sonne Holzscheite auf, um einige größere Feuer zu entzünden. Als die Nacht hereinbrach, versammelten sich die Gläubigen im Kreis um die Flammen, hielten sich an den Händen und sangen.

Xamus weckte Torin und die drei machten sich auf den Weg den Hang hinunter zu einer zuvor ausgewählten Stelle. Dort kauerten sie im dichten Gestrüpp hinter einem umgestürzten Baum und warteten. Der Stamm war auf Hüfthöhe abgeknickt und einige Stränge aus hellem Holz verbanden ihn noch mit dem verwurzelten Teil. Zu ihrer Linken standen die beladenen Wagen und einige leere Karren. Zu ihrer Rechten, nicht weiter als dreißig Schritte entfernt, befand sich die nächstgelegene Hütte. Unmittelbar dahinter, im Zentrum eines offenen Platzes, brannte ein Lagerfeuer, um das die jungen Fuhrleute einen Ring gebildet hatten. Sie wiegten sich und sangen, wobei sich ihre Stimmen mit denen der anderen Kinder der Sonne zu einer fast hypnotischen Harmonie verbanden.

Tiefer in der Siedlung flankierten zwei Akolythen in Roben die Tür des großen Gebäudes, von dem, obwohl er keinen Schornstein erkennen konnte, Rauch aufstieg. Die Tür öffnete sich und ein langhaariger Mann mit steinerner Miene trat im Schein des Feuers heraus. Er war hochgewachsen und besaß, obwohl er den Zenit seines Lebens bereits überschritten hatte, einen muskulösen Körperbau, der sich sogar unter dem etwas fantasievolleren Gewand abzeichnete. Es war violett gefärbt und mit glänzendem Gold verziert. Ein Siegel schmückte sein Revers und an seiner Seite hing ein Krummsäbel von geheimnisvoller Machart und Herkunft.

Er stand mit ausgebreiteten Armen vor der Tür und rief: »Kinder!«

Alle Gesänge verstummten, die Tänzer hielten inne. Alle Augen richteten sich auf den Redner. »Nun ist es Zeit für ein Mahl und für Gemeinschaft. Kommt!«

Der Anführer wandte sich um, sagte etwas zu den Wachen an der Tür und betrat wieder das Gebäude. Während sich die Kinder schweigend in den Speisesaal begaben, nahmen die Wachen Fackeln auf und begannen an gegenüberliegenden Seiten des Geländes mit einem Rundgang. Torin, Xamus und Oldavei duckten sich in die Schatten des Blattwerks, als einer der summenden Akolythen gerade mal eine Schwertlänge entfernt an ihrem Versteck vorbeischritt. Eine Fackel in seiner Hand erleuchtete seinen Weg.

Sobald der Wachmann außer Hörweite war, richtete Oldavei sein scharfes Gehör auf die Halle. »Ich kann nicht verstehen, was die da drin reden«, gab er leise zu. »Aber es lohnt sich möglicherweise, es herauszufinden.«

»Das sehe ich auch so«, erwiderte der Elf. Informationen waren wertvoll, und das Wissen um die Pläne des Ordens würde den dreien vielleicht ein Druckmittel in die Hand geben, um mit dem Magistrat einen höheren Preis auszuhandeln. »Aber wie kommen wir näher ran, ohne dass eine der Wachen Alarm schlägt ...«

»Macht mal Platz«, sagte Oldavei und legte seine Reisetasche ab. »Ich habe eine Idee.« Torin wich einen Schritt zurück, musterte den Ma'ii aber mit plötzlichem Interesse scharf.

Oldavei grunzte, erbebte und verrenkte sich. Seine Kleidung und sein Krummsäbel schienen Falten zu werfen, während sie langsam an Sichtbarkeit verloren. Xamus und Torin wichen noch weiter zurück, als die Kleidung und der Säbel des Ma'ii ganz verschwanden. Knochen und Sehnen knackten und knarzten. Seine Haut und seine Muskeln verschoben sich, als rege sich etwas unter ihnen. Sein Antlitz und seine Zähne verlängerten sich, während sein Körper leicht schrumpfte. Seine Beine veränderten ihre Form und bogen sich nach hinten, als er auf alle viere fiel. Ihm wuchsen ein breiter, buschiger Schwanz und ein grobes Fell. Als die Metamorphose abgeschlossen war, starrten der Elf und der Zwerg wie gebannt auf einen sandfarbenen Kojoten.

Torins Stimme war leise und heiser. »Ein Wandler. Sieht man nicht jeden Tag.«

Xamus wirkte bestürzt und zugleich leicht beunruhigt.

Der Kojote hob den hundeartigen Kopf und musterte die beiden. In den Tieraugen schimmerte Intelligenz und sogar ... Erheiterung? Über ihre Verblüffung? Es wirkte zumindest so. Das Tier verzog die Lippen zu einem Ausdruck, der an ein Lächeln erinnerte. Dann kroch es unter der Stelle durch, wo die umgestürzte Baumkrone noch mit dem Stamm verbunden war. Als der nächste Wächter die südliche Grenze des Geländes erreichte und ihm die Sicht von einem Wagen versperrt war, warf Oldavei einen letzten Blick auf seine Gefährten, bevor er davonhuschte.

4
Ungeladen

In Kojotengestalt glitt Oldavei hinter einen Karren, kauerte sich nieder und wartete, bis der Mann mit der Fackel vorbeigegangen war. Obwohl die erste Wache nun außer Sichtweite war, konnte der Ma'ii sie noch wittern, als er um die nächste Hütte herumhuschte.

Er wusste, dass es das Schwierigste war, an dem Lagerfeuer vorbeizulaufen. Es würde ihn nicht nur anstrahlen, er würde auch einen langen Schatten werfen. Das Zeitfenster, in dem die beiden Wachen ihn am ehesten nicht bemerken würden, war klein, Oldavei hockte sich wieder hin und sog die Luft ein. Genau im richtigen Augenblick sprang er auf, sprang blitzschnell an dem Feuer vorbei und am Speisesaal entlang, während die erste Wache in die entgegengesetzte Richtung sah. An der Rückseite des Gebäudes angekommen, duckte er sich am Fuß eines Fassstapels. Aus dem Inneren drangen dumpfe Feierlaute, während er sich still und leise zusammenkauerte. Niemand gab Alarm. Er richtete sich auf und wollte gerade auf die untersten Fässer springen, als der Wind drehte und er etwas witterte, das ihm vertraut und doch fehl am Platz schien: den Geruch eines Menschen, aber im gleichen Atemzug auch den Gestank von Tod und Verwesung.

Oldavei robbte zur hinteren Ecke des Gebäudes und spähte umher. Zunächst sah er nichts. Dann bewegte sich einer der Schatten in der Nähe der Umfriedung. Eine menschliche Silhouette, die Quelle der Gerüche, die Oldavei wahrnahm, huschte in der Dunkelheit von einem Schatten zum anderen. Sie schien sich weniger zu bewegen, als vielmehr wie dunkles Wasser zu fließen.

Der Ma'ii schnüffelte weiter und stellte fest, dass der merkwürdige Todesgeruch, den er wahrnahm, nicht von dem Fremden stammte, aber eng mit ihm verbunden war. Er umhüllte den Eindringling wie ein Leichentuch und ließ auf ein Wesen schließen, das viel Zeit in der Gesellschaft des Todes verbracht hatte.

Der schattenhafte Fremde kletterte vollkommen geräuschlos an der Wand einer Hütte empor. Nicht einmal die scharfen Ohren des Ma'ii konnten einen Laut vernehmen. Dieser Neuankömmling – ein Mann, wie Oldavei an seinem Geruch feststellte – war eindeutig dabei, tiefer in die Anlage vorzudringen. Sicherlich konnte er das Feuer nicht auf die gleiche Art umgehen, wie Oldavei es getan hatte. Die Entfernung war für einen Menschen zu groß. Man würde ihn zweifellos bemerken.

Während Oldavei gebannt zusah, kauerte sich der Mann auf das Dach, sprang mit lang gestrecktem Körper hoch und über das Feuer. Mit einem lautlosen Überschlag landete er auf dem Dach der nächstgelegenen Hütte.

Er arbeitet sich in Richtung Speisesaal vor, stellte Oldavei fest, als der Mann auf das unterste Fass sprang, dann auf das nächste und schließlich aufs Dach.

Sehnen dehnten sich, wuchsen, vergrößerten sich. Fell, Schwanz und Schnauze verschwanden. Für einen kurzen Augenblick stand da ein Wesen, das halb Kojote, halb Mensch war. Seine Gestalt verschwamm kurz, dann waren Kleidung und Waffe wieder da. Wieder in Ma'ii-Gestalt, umrundete Oldavei leise den rauchenden Schornstein. Wie erwartet sprang der Eindringling auf das gegenüberliegende Ende des Daches. Er huschte vorwärts und zog dabei ein elegantes einschneidiges Schwert aus einer Rückenscheide. Oldavei pirschte sich an ihn heran und zog seinen Krummsäbel. Trotz der Leichtfüßigkeit des Ma'ii ertönte ein Knarren unter ihm. Er wich zurück, als der Fremde sich ihm bis auf wenige Schritte näherte, und blieb angespannt und wachsam stehen.

Von dem Mann ging eine stille Bedrohung aus. Seine Kleidung, vom ärmellosen Hemd bis zu den Schuhen mit den weichen Sohlen, war schwarz und unauffällig. Auffällig war jedoch, dass alles, was er trug ... unbenutzt und frisch wirkte. Das lange, dunkle Haar des Fremden war zu einem Zopf gebunden und seine scharfen haselnussbraunen Augen musterten Oldavei durch eine blau getönte Brille.

Ein Augenblick verging, in dem beide darauf warteten, dass der andere sich bewegte, während von unten die Geräusche des Abendessens ertönten.

Schließlich fragte Oldavei leise: »Was willst du hier?«

»Der Tod ist mein Geschäft«, antwortete der Fremde mit heiserer Stimme. »Du wärst gut beraten, mir nicht in die Quere zu kommen.«

»Du bist ein Assassine«, stellte Oldavei fest. »Auf wen hast du es abgesehen?«

»Ich schulde dir keine Antwort!«, entgegnete der Mann. »Du gehörst offenbar nicht zu ihnen, also geh mir aus dem Weg!«

Trotz des anmaßenden Tonfalls des Fremden spürte Oldavei ein gewisses Zögern in seiner Stimme. Der Ma'ii reckte das Kinn. »Ich habe das gleiche Recht, hier zu sein, wie du«, sagte er. »Ich werde sogar gut dafür entschädigt.«

»Das werde ich auch«, antwortete der Neuankömmling mit zusammengebissenen Zähnen.

»Tja, nun, ich habe Verstärkung ganz in der Nähe«, sagte Oldavei. »Wie wäre es, wenn ...«

»Genug!«, spie der Fremde und stürzte sich mit einem schnellen Ausfallschritt auf ihn.

Der Ma'ii reagierte instinktiv und augenblicklich. Er parierte, dann konterte er, aber die Reaktionen seines Gegners waren schnell – fast unnatürlich schnell. Oldavei befand sich sofort in der Defensive. Der Fremde griff ihn nicht nur mit seiner Klinge an, sondern auch mit Tritten. Einer davon verfehlte seinen Kopf nur um Haaresbreite, weil er sich rechtzeitig wegduckte. Der Assassine blockte einhändig einen Gegenschlag des Krummsäbels des Ma'ii mit seiner eigenen Klinge und stieß dann zwei Finger seiner freien Hand seitlich gegen Oldaveis Hals. Ein Ruck ging durch seine rechte Seite, der seinen Arm betäubte, und er war gezwungen, die Waffe fallen zu lassen. Der Ma'ii war jedoch noch lange nicht besiegt. Er griff mit der Linken nach dem Handgelenk des Fremden, stürzte sich auf ihn und biss ihn in die Schulter, was seinem Gegner einen scharfen Fluch entlockte.

Oldavei hörte Aufruhr von unten, just als der Assassine einen Arm um ihn schlang, sich drehte und ihn warf. Der Ma'ii flog über die Hüfte seines Gegners und krachte in – und durch – das Dach.

In ihrem Versteck hatten Xamus und Torin das Klirren von Schwertern gehört.

Sie waren näher ans Licht herangetreten und beobachteten zwei Gestalten, die auf dem Dach kämpften.

»Verflucht, was glaubst du ...« Torin war gerade dabei, etwas zu sagen, als ihn das Knacken von Holz unterbrach. Die beiden Schattengestalten verschwanden aus ihrem Blickfeld, was Rufe und Schreie aus der Halle zur Folge hatte.

»Sieht so aus, als würde unsere Nacht gerade deutlich interessanter«, antwortete Torin und machte sich mit der Axt in der Hand auf den Weg.

Dem Zwerg auf den Fersen, rief Xamus: »Versuch wenigstens, niemanden zu töten!«

Oldavei, der Assassine und eine ganze Menge Dachtrümmer krachten auf einen dicken Holztisch. Gestalten in Roben fielen, sofern sie nicht ohnehin bereits standen, von den grob gezimmerten Bänken und schrien vor Schreck und Entsetzen auf. Teller und Becher flogen durch die Gegend, Essen wurde verschüttet. Oldaveis Krummsäbel stürzte von oben herab, und seine Spitze spaltete einen Käseblock, ehe die Waffe sich eine Haaresbreite von seinem linken Ohr entfernt in die Tischplatte bohrte. Der Ma'ii schnappte sich seine Waffe und rollte sich in derselben Bewegung vom Tisch. Wie es der Zufall wollte, stand er nun den Jugendlichen aus Herddahl gegenüber. Vier von ihnen starrten mit großen Augen Oldavei und über seine Schulter auch den Assassinen an.

»Sie sind unseretwegen hier!«, rief eine junge Frau und presste sich gegen die Wand. »Sie wollen uns zurückholen. Wir können aber nicht zurück«, schluchzte sie beinahe hysterisch. »Wir wollen ins Paradies! Zu Hilfe! Zu Hilfe!«

Von rechts drang ein Kultist auf Oldavei ein. Der Ma'ii wandte sich ihm zu, bleckte die Zähne, knurrte tief aus der Brust heraus und schaffte es so, den Mann am weiteren Vorrücken zu hindern. Oldavei spürte, dass sich ihm von hinten noch jemand näherte. Er wirbelte herum und packte einen zweiten Kultisten an der Kehle. Die ganze Zeit über schrie die junge Frau: »Beschützt uns, Brüder! Haltet sie uns vom Leib!«

Auf dem Tisch erhob sich der Assassine, das Schwert in der Hand, und schritt in den hinteren Teil des Raumes, wo der Anführer der Kultisten schweigend und teilnahmslos vor dem Kamin stand.

»Taron Braun!«, rief der Fremde und richtete sein Schwert auf den älteren Mann. »Heute stirbst du!«

Wieder erhoben sich gellende Schreie. In der Nähe des Anführers wich eines der Kinder der Sonne zurück und warf dabei eine Fackel um, die die Wand in Brand setzte.

Braun hob eine Hand und rief: »Das Licht der Sonne brennt in mir und ich fürchte kein Unglück!« Es gab einen Blitz, ein blendendes Licht aus der Hand des Anführers, als ein schillerndes, gestaltloses Leuchten direkt vor dem Fremden erschien. Der Assassine schrie auf, schloss die Augen, fasste sich mit einer Hand an den Kopf und fiel auf die Knie.

Panik brach aus, als sich die Kinder der Sonne nahe der Tür zusammenrotteten, um zu fliehen. Oldavei bemerkte, dass der keuchende Akolyth, den er festhielt, dunkelviolett angelaufen war. Er ließ ihn los und der Mann sank in sich zusammen. Am Kopfende des Tisches kippte der Assassine nach vorn, wobei er eine Schale mit Obst umstieß, und blieb regungslos liegen.

Von den vier Halbwüchsigen waren nur die junge Frau und ein ebenso junger Mann wie erstarrt vor Angst stehen geblieben. Oldavei schlug den Jungen mit dem Knauf seines Krummsäbels bewusstlos. Der Ma'ii warf einen raschen Blick in den hinteren Teil des Raumes und stellte fest, dass der Kultführer nirgends zu sehen war.

Draußen kamen Torin und Xamus einige Schritte vor dem Speisesaal zum Stehen, als eine wahre Flut von Kindern der Sonne herausströmte.

Die beiden Wachen, die sich ebenfalls dem Saal genähert hatten, sahen das Duo und stürmten vor. »Tod den Ungläubigen!«, brüllte einer von ihnen.

Xamus gestikulierte mit den Händen und sagte leise etwas in der uralten Sprache seiner Vorfahren. Torin sah ihm fassungslos zu. Er würde gleich Zeuge von Magie werden. Von *echter* Magie. Noch dazu von elfischer! Sein Blut geriet in Wallung.

Der Elf streckte eine geschlossene Faust aus, dann öffnete er sie ruckartig, um seinen Spruch mit der dramatischen Geste zu unterstreichen. Die Wachen schrien und taumelten beiseite.

»Blind!«, schrie einer der beiden.

»Ihr Götter, ich kann nichts sehen!«, brüllte der andere.

Einer von ihnen rannte geradewegs ins nahe gelegene Lagerfeuer und sein Gewand ging in Flammen auf. Der heulende, brennende Kultist rannte mit dem Gesicht voran gegen die Wand einer Hütte und stürzte, während die Flammen auf das Gebäude übergriffen.

Torin war beeindruckt, aber auch verwirrt. »Und mir hast du gesagt, ich soll niemanden umbringen!«

»Das hätte ein Schlafzauber werden sollen«, gab der Elf zu.

»Was? Hätte ...«, stammelte Torin. »Was nützt die beste Magie, wenn ...« Er hielt inne und schlug einem heranstürmenden Akolythen die flache Seite seiner Axt auf den Kopf. Der Mann ging zu Boden. »Wenn sie nicht das tut, was du willst?«, beendete er dann seinen Satz.

»Meist funktioniert es«, sagte Xamus, als er zwei der Jugendlichen aus dem rauchenden Gebäude kommen sah.

»Ja, klar, meist«, brummte Torin, als der Elf auf die beiden losstürmte, einen jungen Kultisten zu Fall brachte und seine Arme um die Taille des anderen schlang. Torin trat an seine Seite und schaute besorgt in die brennende Halle, die die letzten Akolythen nun offenbar verlassen hatten.

»Wo ist der Köter?«, fragte Torin, doch da stolperte Oldavei schon aus dem Gebäude. Er schleifte den männlichen Jugendlichen, den er bewusstlos geschlagen hatte, hinter sich her und hatte die protestierende junge Frau über seine Schulter geworfen. Er ließ beide fallen, schaute zu Torin und keuchte: »Noch einer!«, dann rannte er zurück in die Rauchschwaden.

»Ich habe ein Seil gefunden«, vermeldete Xamus und kniete nieder, um die junge Frau zu fesseln.

Torin wandte sich um und sah, dass der Elf bereits Hände und Füße der beiden anderen Ausreißer zusammengebunden hatte. »Gut, dass du nicht versucht hast, es herbeizuzaubern«, spottete der Zwerg. »Du hättest stattdessen auch Schlangen beschwören können.«

Der Speisesaal stand nun komplett in Flammen, erleuchtete das gesamte Gelände und strahle eine sengende Hitze aus.

Torin schaute zur Tür. »Komm schon, Köter, komm schon ...«

Die verbliebenen Dachbalken brachen ein, und der Zwerg glaubte schon, seinen Kameraden verloren zu haben, als Oldavei plötzlich wieder auftauchte, eine schwarz gekleidete Gestalt über den Schultern, ein gerades Schwert in einer Hand. Als er heranstolperte, eilte Torin herbei, um ihm beim Ablegen des Fremden zu helfen. Oldavei ließ das Schwert fallen, stützte sich auf die Knie und hustete heftig.

»Wer ist das?«, erkundigte sich Torin und deutete auf die Gestalt am Boden.

»Assassine«, antwortete der Ma'ii erstickt. »Er hatte es auf den Anführer abgesehen.«

Xamus, der nun den letzten bewusstlosen Kultisten gefesselt hatte, richtete sich auf und sah sich um. »Apropos, wo ...« Dann entdeckte der Elf ihn, er stand in einiger Entfernung auf einem flachen Hügel. Der Mann hob eine Hand, und das Licht, das von ihr ausging, überstrahlte den Glanz des Feuers im Speisesaal. Die letzten verstreuten Gläubigen eilten zu ihm. Einen Augenblick später erlosch das Licht.

»Fort«, konstatierte Xamus und drehte sich zu Torin und Oldavei um. »Was machen wir jetzt?«

Der Zwerg blickte gen Süden, wo eine leichte Brise bereits dafür gesorgt hatte, dass die Glut der brennenden Hütte auf einen Wagen übersprang. »Ich sage, wir spannen zwei Ochsen vor einen der Wagen«, schlug der Zwerg vor. »Die restlichen Tiere lassen wir frei und dann machen wir uns aus dem Staub.«

Der Assassine regte sich, kam auf alle viere und presste eine Hand gegen seine Schläfe. »Was zum Henker war das denn?«, fragte er.

»Und was ist mit ihm?«, erkundigte sich Oldavei.

Torin und Xamus antworteten unisono: »Er kommt mit uns.«

5
Amandreas

Der schwarz gekleidete Fremde saß auf dem Kutschbock zwischen Torin und Xamus, der die Zügel in der Hand hielt. Er schwieg grimmig und ließ alle Fragen zu seiner Identität oder seinem Ziel unbeantwortet.

Im Gegensatz zum Schweigen des Assassinen herrschte auf der Ladefläche des Wagens, wo Oldavei die Kinder der Sonne bewachte, ein unaufhörliches Gezeter. Als die leidenschaftlichen Anrufungen eines »Großen Propheten« in der Wüste und die Klagen über den Ausschluss der Jugendlichen aus dem »Paradies« die Geduld des Ma'ii bis zum Äußersten strapaziert hatten, öffnete er eine der Kisten, die sie auf der Ladefläche gelassen hatten, zog den darin liegenden Leinenstoff heraus und riss ihn in Streifen. Der Reihe nach knebelte er die protestierenden Jugendlichen, dann setzte er sich wieder auf die Kiste. Nachdem sich die Ausreißer beruhigt hatten, richtete Oldavei seine Aufmerksamkeit erneut auf den seltsamen Geruch ihres neuen Begleiters.

»He, Freund!«, rief Oldavei ihm zu. »Warum stinkst du eigentlich, als hättest du auf einem Friedhof genächtigt?«

Der Fremde seufzte tief.

»Was meinst du damit?«, fragte Torin den Ma'ii.

»Er riecht nach Tod«, sagte Oldavei.

»Was du nicht sagst«, antwortete Torin und beugte sich vor, um kurz zu schnuppern, woraufhin der Fremde leicht zurückwich. »Ich glaube dir mal!«, rief der Zwerg Oldavei zu. Dann wandte er sich an den Assassinen: »Also, woher kommt der Geruch? Dilettierst du in Nekromantie?«

Keine Antwort.

»Du hältst dich wohl für besonders clever, was?«, flüsterte der Zwerg dem Fremden ins Ohr. »Weißt du, ich bin durchaus in der Lage, Gefangene zum Reden zu bringen.«

»Dafür hältst du mich?«, fragte der Mann und funkelte ihn an.

»Oh, habe ich da einen wunden Punkt getroffen?«, entgegnete der Zwerg. »Irre ich mich denn? Bist du freiwillig hier?«

Der Fremde verkniff sich eine Antwort.

»Etwas verunsichert ihn!«, rief Oldavei.

»Wenn jemand von euch nur die Hälfte der Dinge sähe, die ich gesehen habe, würde das weit mehr bewirken, als euch zu verunsichern ...« Der Fremde sah Torin durchdringend an. »Es würde euer Haar schlohweiß werden lassen.«

Einen Augenblick herrschte Stille, dann brachen Torin und Oldavei in Gelächter aus.

Xamus lachte ebenfalls.

Torin warf mit weit aufgerissenen Augen einen Blick über seine Schulter. »Euer Haar schlohweiß werden lassen!«, äffte er den Gefangenen nach, woraufhin Oldavei nur umso lauter lachte.

Der Fremde verschränkte die Arme.

»Unser neuer Freund hat einen Hang zur Dramatik«, sagte Torin. Er seufzte und lehnte sich zurück. »Wie du willst, Sonnenschein. Der Magistrat wird sich schon um dich kümmern.«

Stunden später, als die Sonne über den östlichen Gipfeln aufging, erreichten sie Herddahl.

Nach der Übergabe der Jugendlichen fanden sich Torin, Xamus und Oldavei in der Kammer des Magistrats wieder. Sie saßen auf denselben Plätzen wie zuvor, während der Fremde schweigend im hinteren Teil des Raumes an der Wand lehnte.

Torin stellte enttäuscht fest, dass Raldon die Kerze und den Leuchter vom Schreibtisch entfernt und in ein Bücherregal geräumt hatte, das außer Reichweite stand. Er fummelte an einem seiner Bartzöpfe herum, während der Magistrat mit zusammengepressten Lippen und gerötetem Gesicht dasaß. »Diese ... Ausreißer haben eine ganz schön wilde Geschichte erzählt«, begann er. »Heldentaten, die beinahe nicht zu glauben sind. Flammen. Chaos. Blindheit!«

Er warf einen Blick auf Xamus, der den Kopf neigte und in stillschweigendem, leicht verschämtem Eingeständnis die Augenbrauen hob.

»Tod!«, schäumte der Magistrat. »Zerstörung! Verwüstung! Muss ich fortfahren?«

»Wir haben sie zurückgebracht«, beharrte Xamus.

Oldavei meldete sich von seinem Platz auf dem Boden zu Wort: »Außerdem einen Wagen, Ochsen, ein paar Ballen ziemlich edlen Leinenstoff ...«

»Unauffällig!«, brüllte Raldon mit flammendem Blick. »Ihr hättet unauffällig vorgehen sollen! Diskret!«

»Wären wir ja auch gewesen«, sagte Torin und deutete mit dem Daumen auf den Fremden. »Wenn dieser Scheißkerl da nicht gewesen wäre.«

»Nicholas«, verbesserte der Mann ihn. Er stieß sich von der Wand ab, trat hinter Xamus und Torin und räusperte sich. »Herr, mein Name ist Nicholas Amandreas. Ich bin ... Söldner.«

»Mm. Dieser Beruf scheint sich im Augenblick größter Beliebtheit zu erfreuen«, antwortete Raldon. »Was wolltest du auf dem Anwesen?«

»Taron Braun töten«, entgegnete Nicholas. »Den Anführer der Kinder der Sonne.«

»Auf wessen Geheiß?«, hakte Raldon nach.

»Auf Geheiß mächtiger Personen, Herr. Mehr darf ich nicht sagen.«

»Hör auf, um den heißen Brei herumzureden, und antworte mir«, gab Raldon zurück. »Sonst lasse ich dir die Zunge herausschneiden. Warum hast du diesen Auftrag erhalten?«

Nicholas rang die Hände und erwiderte: »Ich glaube, geschäftliche Gründe träfe es am ehesten.«

Der Magistrat beugte sich vor und stützte die Ellbogen auf den Tisch. »Erkläre dich.«

»Meine Auftraggeber sehen die Kinder der Sonne als destabilisierende Kraft innerhalb der Handelsstädte. Als geschäftsschädigend. Abträglich für den Gewinn. Sie haben mich angeworben, um der Schlange den Kopf abzuschlagen.«

Raldon lehnte sich zurück. »Nun, das ist interessant«, sagte er. »Eine Gilde von außen also, die ihre Geschäftsinteressen von den Kindern der Sonne bedroht sieht.«

Nicholas antwortete nicht. Raldon zupfte an seinem gewachsten Kinnbart und schien im Kopf irgendwelche Berechnungen anzustellen.

Torin räusperte sich. »Fehlt nur noch die Bezahlung ...«

»Ihr bekommt die Hälfte«, antwortete Raldon und beugte sich vor, nachdem er offensichtlich zu einem Entschluss gekommen war.

»He«, protestierte Torin. »Wir haben die kleinen Scheißer unversehrt zurückgebracht.«

Raldon hob drohend einen Finger. »Aber ihr habt die Aufgabe nicht zu meiner Zufriedenheit erledigt! Ihr habt diesen Schlamassel angerichtet, jetzt müsst ihr auch hinter euch aufräumen!«

»Aufräumen?«, erwiderte Xamus.

»Findet Taron Braun und tötet ihn«, sagte der Magistrat und griff nach einer Schreibfeder und einem kleinen Stück Pergament. »Wenn ihr diese Aufgabe erfüllt habt, werde ich euch den Rest der vereinbarten Summe auszahlen.«

»Und was ist mit ihm?«, fragte Xamus und wies auf Nicholas.

»Macht das unter euch aus«, sagte Raldon und überreichte ihm eine hastig hingeworfene Notiz. »Gebt das dem Schatzmeister und lasst euch hier erst wieder blicken, wenn eure Arbeit erledigt ist.«

★ ★ ★

Die Mittagszeit rückte näher, als das Trio seine Waffen bei der Hallenwache abholte und mit etwas schwereren Geldbeuteln auf die Hauptstraße trat.

»Halber Lohn, doppelte Arbeit«, murrte Torin und ging um einen Haufen Pferdeäpfel herum, den ein Fuhrwerk vor ihnen hinterlassen hatte. »Diese Situation missfällt mir zusehends.«

Plötzlich ließ eine Stimme sie zusammenfahren. »Halt!« Als sie sich umschauten, sahen sie Nicholas aus einem dunklen Ladeneingang treten.

»Was zum Teufel willst du?«, erkundigte sich Torin.

»Eine Frage«, erwiderte der Attentäter, als die drei stehen blieben. »Ich habe ... mich gefragt, ob ihr eine Methode im Sinn habt ... Braun zu finden.«

»Was, wenn ja?«, antwortete Torin.

»Nun, ich habe das Gefühl, unsere Ziele könnten übereinstimmen«, sagte Nicholas.

Die Gruppe ging weiter, während Torin fortfuhr: »Warum sollten wir dich zu *unserer* Beute führen?«

»Die Kinder der Sonne könnten hinter jeder Ecke lauern. Ein weiteres Paar Augen und Ohren und ein geübter Schwertarm würden die Chancen, Braun zu finden, für alle erhöhen. Ihr müsst eure Münzen außerdem nicht mit mir teilen. Alles, was ich für meine eigene Bezahlung brauche, ist ein Beweis, dass er tot ist.«

Der Zwerg brummte: »Tut uns leid, aber wir müssen dir mitteilen, dass wir keine Ahnung haben, wo wir ...«

»Ich habe eine Idee«, fiel Xamus ihm ins Wort. Torin seufzte. Der Elf wandte sich der Stadtbibliothek zu.

Torin sah Oldavei an, der die Achseln zuckte.

Sie traten ein, fanden, was Xamus suchte, und begaben sich in ein Hinterzimmer. Während Nicholas die Bücherregale durchstöberte, entrollten sie eine große Karte Rechtbrands auf einem Tisch in der Mitte des Raumes.

»Ich werde uns den richtigen Weg zeigen können«, erklärte Xamus.

»Wie das?«, fragte Oldavei.

»Magie«, erwiderte Xamus. Der Elf zog einen Gegenstand aus seiner Latzhose, der Nicholas' Aufmerksamkeit erregte. Es war ein Amulett, ein grober, handgefertigter Sonnenanhänger aus Metall mit einer schwarzen Schnur. »Den habe ich einem der Ausreißer abgenommen, als ich ihn gefesselt habe«, sagte der Elf. »Braun muss ihn ihm geschenkt haben. Er trägt noch seine Spuren.« Er hielt den Gegenstand über den Tisch und begann leise in seiner Muttersprache zu singen.

Torin wich rasch drei Schritte zurück.

Xamus hielt inne und drehte sich zu ihm um. »Was tust du da?«

»Ich habe deine Magie mit eigenen Augen gesehen«, entgegnete der Zwerg. Zu Oldavei und Nicholas gewandt sagte er: »Er hat versucht, ein paar der Arschlöcher auf dem Anwesen in Schlaf zu versetzen. Stattdessen hat er sie geblendet!«

Oldavei und Nicholas sahen einander an. Xamus schüttelte den Kopf, wandte sich wieder dem Tisch zu und fuhr fort, mit ausgestrecktem Arm in sanften, wohlklingenden Tönen zu singen. Er öffnete die Hand. Anstatt zu fallen, hing das Amulett in der Luft, die Schnur baumelte wie ein Schwanz herab. Dann schwebte es weiter nach oben.

Oldavei und Nicholas traten zu Torin.

Der Gegenstand hing nun knapp unter den Deckenbalken, wo

er einen Moment innehielt. Dann beschrieb er eine Spirale, wobei die baumelnde Schnur zunächst kleine Kreise zeichnete, deren Radius immer größer wurde. In der Mitte einer weiten Kurve verharrte das Ganze und fiel dann, das Amulett voran, die Schnur hinter sich herziehend.

Xamus öffnete die Augen. Die anderen traten an seine Seite, um zu sehen, wo das Amulett gelandet war.

»Skarstadt!«, rief Torin.

»Wenn Braun untergetaucht ist«, ergänzte Nicholas, »eignet sich Skarstadt dafür ganz hervorragend. Dort leben sicher Landsleute der Kinder der Sonne.«

»Die Stadt ist groß, die Suche wird nicht einfach«, gab Oldavei zu bedenken. Dann deutete er auf Nicholas und fügte hinzu: »Unser unheimlicher Freund hier könnte also doch nützlich sein.«

»Kannst du den Ort eingrenzen?«, fragte Nicholas Xamus.

Der Elf antwortete nicht sofort. Schließlich meinte er: »Nein, das vermag ich leider nicht.«

»Es ist ein Rattennest von einer Bergbaustadt«, schimpfte Torin.

»Die Heimat der derbsten, verkommensten und billigsten Tavernen aller Handelsstädte«, erklärte Oldavei.

»Gutes Argument«, sagte Torin und nickte bedächtig. »Wann brechen wir auf?«

Oldavei lachte, dann schob er seinen Kopf in die Nähe des Zwerges und schnupperte unaufhörlich.

»Geh weg, du verrückter Saftsack!«, rief Torin und schubste ihn weg.

Der Ma'ii lachte, sichtlich erfreut über das Unbehagen seines Kameraden.

»Dann ist ja alles geklärt«, verkündete Xamus und schnappte sich das Amulett. »Herrschaften, die erste Runde geht auf mich!«

6

Der Tagebau

Den Rest des Tages kamen sie gut voran und lagerten schließlich auf einem Feld direkt an der Hauptstraße, zehn Meilen südlich von Herddahls Hauptstadt Mittstad und in Hörweite des plätschernden Flusses Talisande. Während der gesamten Reise hatte sich ihr neuer Begleiter zurückgehalten. Jetzt, als sie am Feuer saßen, den Flachmann herumreichten und rauchten, saß Nicholas außerhalb des Feuerscheins, lehnte den Whiskey ab und war still, aber aufmerksam, während Torin sich die schmerzenden Füße rieb und mit den müden Zehen wackelte.

»Wir hätten den Wagen behalten sollen«, maulte er.

Oldavei, der die Knie angezogen und die Arme um die Beine geschlungen hatte, sah Nicholas an. »Mich beschäftigt etwas«, begann er. »Als du Taron Braun im Speisesaal angreifen wolltest, hat er etwas mit dir gemacht. Magie.«

Xamus pustete Rauch aus und fragte: »Was für welche?«

»Seltsame«, sagte der Ma'ii. »Ein Lichtblitz.«

Xamus sah Nicholas an und erkundigte sich: »Irgendeine Idee, was es war?«

Torin brummte: »Wir haben nicht mal gefragt, ob wir den Wagen behalten dürfen.«

Nicholas' raue Stimme erklang aus der Dunkelheit. »Wer weiß? Irgendein Taschenspielertrick. Er hat mich vorübergehend geblendet. Ist doch egal.« Leises Rascheln und ein tiefes Seufzen zeigten an, dass er sich schlafen legte.

»Ich meine ja nur, es hätte nicht schaden können, nach dem Wagen zu fragen«, schloss Torin, während er sich niederließ.

Oldavei dachte nach. Als er noch bei seinem Volk gelebt hatte, was ihm ewig her zu sein schien, hatte er verschiedene Magieformen kennengelernt. Er war ziemlich sicher, dass es sich bei dem, was der Anführer der Kinder der Sonne gewirkt hatte, um keinen Taschenspielertrick gehandelt hatte. Wenige Augenblicke später, als er sich in seinen Schlafsack kuschelte, fragte er sich, welche weiteren Überraschungen der fremdartige Kult für sie bereithalten mochte.

Als sie am nächsten Tag ihre Wanderung fortsetzten, hielt sich Nicholas zurück und schwieg, während die anderen müßig plauderten. Erst als sie sich einen Weg entlang der westlich verlaufenden Talisande und in das Grenzland von Skarstadt gebahnt hatten, wurde der Assassine lebhafter. Er schloss zur Gruppe auf und erläuterte die Geschichte der Stadt: Nachdem der Goldsucher Dengun Eisennarbe sie hundertfünfzig Jahren zuvor gegründet hatte, florierte die Stadt durch den Abbau von Edelsteinen und galt lange als bevorzugter Standort für arbeitssuchende Bergleute und die Barone, denen sie Einnahmen brachten. Skarstadt blühte auf, bis Gier und Rebellion zu Kriegen mit der benachbarten Handelsstadt Talis führten. Danach erreichte die »Stadt der Juwelen« ihren alten Glanz nie wieder ganz. Später ließ ein Erdbeben einen Großteil des wohlhabendsten Viertels von Skarstadt in einem Steinbruch versinken, was zu einer Abwanderung der Bevölkerung führte. Die einst mächtige Industriehochburg wurde zu einem bloßen Schatten ihrer selbst. Trotz aller Widrigkeiten blieb jedoch eine Konstante bestehen: der Alkohol.

»Es gibt dort sogar eine Brauergilde«, informierte Nicholas die anderen.

»Jetzt sprichst du langsam meine Sprache«, antwortete Torin.

Gegen Mittag, als sie sich der Stadt näherten, wurde die Luft immer drückender. Eine dichte Wolkendecke behinderte die Fernsicht und streute das Licht, wodurch es später zu sein schien, als es tatsächlich war. Mehrere Gerüche hingen in der stickigen Luft, von denen der auffälligste eine mineralische Essenz war, eine Art Beigeschmack, der in den Atemwegen verweilte. Zu den Gerüchen gesellte sich das immer lauter werdende Getöse von klirrenden Spitzhacken, klappernden Loren, splitternden Steinen und der Chor der Arbeiterlieder. Die sonderbare Akustik der Umgebung erzeugte den Eindruck, als käme der Schall aus allen Richtungen gleichzeitig. Der allgegenwärtige Lärm und die stechenden Gerüche waren für Oldaveis geschärfte Sinne besonders unangenehm. Sie veranlassten den Ma'ii, der normalerweise weit vor den anderen herging, den Kopf und seinen Blick ruckartig in immer neue Richtungen zu wenden und dicht bei ihnen zu bleiben.

Sie umrundeten einen steinigen Bergrücken, in dessen Ostseite sich ein Stollen öffnete. Lieder und Spitzhackenschläge ertönten aus der holzgefassten Stollenöffnung, als sie eine Reihe von Gleisen überquerten und einem unbefestigten Weg folgten, der von einer mit klapprigen Hütten, Zelten und Feuern übersäten Fläche in ein schwindelerregendes Labyrinth enger Straßen überging. Sie schlängelten sich durch baufällige, verfallene Gebäude, die an Höhe und Stockwerken zunahmen, je weiter die Gruppe vordrang. Musik aller Art bedrängte sie, während sie weitergingen, begleitet von Gejohle und Gelächter, Rufen und Liedern, die von Dächern, aus Türöffnungen und offenen Fenstern herüberwehten.

Die gewundenen Straßen wurden immer steiler, was in einigen Fällen zu einer optischen Täuschung führte, die den Eindruck erweckte, die verfallenen Gebäude drängten sich aneinander und neigten sich bedenklich, als wollten sie jeden Moment auf die unebenen Pflastersteine stürzen. Die Lautstärke und die Kakofonie nahmen noch zu, als sie ein Viertel erreichten, in dem Bürger hin und her spazierten oder stolperten, die meisten in dreckstarrender Arbeitskleidung, die Haut mit Schmutz überzogen. Ihre Augen wirkten trüb und leer, während sie murrend oder krakeelend von einer Taverne zur nächsten zogen, einzeln, zu zweit oder in Gruppen, oft in Begleitung spärlich bekleideter Frauen, deren ungepflegtes, lustloses Aussehen dem ihrer Begleiter in nichts nachstand.

Ein Würgegeräusch veranlasste Oldavei, hinter sich zu schauen. Seine Begleiter wandten den Kopf und wurden gerade noch Zeuge, wie ein Schwall von Erbrochenem auf die Straße hinter ihnen spritzte. Torin lachte herzhaft. Kaum waren sie weitergegangen, wobei sie sich dicht an der rechten Häuserfront hielten, entdeckten sie eine seltsame Kreatur, die direkt gegenüber in einer Tür stand. Sie war klein, grünhäutig, mit einem Kittel bekleidet, hatte einen breiten Mund und reptilienartige Züge. Sie stand wie eine Statue da, die Arme schlaff an der Seite herabhängend, und starrte sie mit runden, nicht blinzelnden Augen an.

»Salamar«, verkündete Nicholas, in dessen Stimme eine leichte Faszination mitschwang. »Meisterbotaniker.«

Eine lange Greifzunge schoss aus dem Maul des Echsenwesens, streckte sich nach oben, leckte an seinem linken Augapfel und verschwand dann wieder.

»Eher gruselige Gestalten«, antwortete Torin und verzog das Gesicht, als hätte er gerade an einer Zitrone gesaugt.

»Nun«, sagte Xamus, als sie um eine Kurve bogen, »jetzt, wo wir hier sind, können wir uns auch gleich an die Arbeit machen.«

Nicht weit vor ihnen rief eine dröhnende Stimme von der Uferpromenade: »Offene Bühne für Lautisten! Heute offene Bühne für Lautisten!« Bei dem Rufer handelte es sich um einen bärtigen Mann mit ledrigem rotem Gesicht, der in extravagante, aber verschlissene Gewänder gehüllt war, die einst einem Mitglied der Elite Skarstadts gehört haben mochten. »Sucht nicht weiter! Bier zum halben Preis! Die besten Barden im ganzen Land! Nicht verpassen! Die Auftritte beginnen jetzt!« Über dem Alten schwang ein hölzernes Schild an einem herunterhängenden Kragbalken. Darauf stand in verblassten Buchstaben: *Der weltberühmte Tagebau*.

»Für Arbeit ist morgen noch Zeit genug!«, sagte Torin und eilte auf den Türsteher zu.

Oldavei folgte ihm mit einem breiten Grinsen. Xamus sah Nicholas an, der die Achseln zuckte und ihnen folgte.

»Hier entlang, die Herren«, krächzte der Türsteher, als Torin über die Schwelle trat. »Euch erwartet Unterhaltung ohnegleichen! Die Hobgoblin-Tänzerinnen haben heute Abend frei, und dafür solltet ihr dankbar sein«, verkündete er mit einem Lächeln und einem Zwinkern, als die anderen eintraten.

Der rauchgefüllte *Tagebau* war innen weitaus geräumiger, als sein Äußeres vermuten ließ. Stühle und Tische drängten sich im Hauptraum, wo die Zuschauer vor einer kleinen, derzeit noch leeren Bühne saßen. An der rechten Wand befand sich eine Theke, die mit Fässern bestückt war, die alle erdenklichen Getränke enthielten. Auf der linken Seite führte eine klapprige Holztreppe in den ersten Stock, der mit Gästen aller Art, jeden Geschlechts und jeder Größe vollgestopft war. Ein Eisenzwerg hob einen Becher und schrie einem Gnoll, der triumphierend die Faust hochriss, etwas zu. Ein Minotaurus, der beide überragte, stieß ein donnerndes Gebrüll aus und goss sich einen Strom von Bier in den

Schlund. Ein paar Menschen johlten und drehten sich im Kreis. Im ersten Stock standen zu beiden Seiten Oger-Türsteher in eng anliegenden Wämsern, die Arme über der Brust verschränkt, und musterten die Menge.

Eine Handvoll betrunkener Bergleute räumte einen Tisch in der Nähe des Bühnenrandes, den die Gruppe sofort besetzte. Kaum hatte Torin seine Axt abgelegt und sich zu den anderen gesetzt, fragte eine mollige blonde Kellnerin in einem zu engen Mieder nach ihren Getränkewünschen.

Wenige Augenblicke später brachte die Schankmaid einen Krug Bier und vier Becher.

»Lasst uns einen draufmachen!«, schlug Torin vor und schenkte die erste Runde ein.

Ein schäbiger Barde mit Bundhaube betrat die Bühne, stellte sich als Beauregard Gutkirch vor und rezitierte mit theatralischem Flair Gedichte. Xamus, der mit dem Rücken zur Bühne saß, wollte seinen Stuhl umdrehen, überlegte es sich dann aber anders. Am Tisch zu seiner Linken hielt eine Gruppe von drei lauten, stämmigen Bergleuten lange genug inne, um zu lachen und auf sie zu zeigen, ehe sie sich wieder ihrem Bier widmeten.

Als die Schankmaid zurückkam und den leeren Krug gegen einen vollen austauschte, fragte Xamus sie, ob sie die Menschen in Roben, die sich Kinder der Sonne nannten, gesehen oder von ihnen gehört habe.

Die Frau sah leicht verärgert aus. »Davon weiß ich nichts«, erwiderte sie brüsk und ging.

Torin, der an seiner Pfeife paffte, schielte über den Tisch hinweg zu Xamus.

»Was?«, fragte der Elf.

»Woher wissen wir«, entgegnete Torin, »dass dein ›magisches Amulett‹ den richtigen Punkt auf der Karte angezeigt hat?«

Xamus zündete sich ebenfalls eine Pfeife an, ehe er antwortete. Er zog einmal daran und versicherte: »Der Zauber hat funktioniert.«

»Woher weißt du das?«, hakte Torin nach.

»Weil ich es spüre, wenn ein Zauber scheitert«, sagte Xamus.

Oldavei saß mit dem Becher in der Hand links von Xamus, die Füße auf dem Sitz, die Knie gespreizt. »Warum geht deine Magie manchmal schief?«, wollte er wissen.

Xamus sah zu ihm hinüber und war überrascht, dass der Ma'ii wirklich interessiert zu sein schien.

Der Elf leerte seinen Becher und dachte gründlich über seine nächsten Worte nach. Schließlich antwortete er: »Weil es wilde Magie ist.«

»Was um alles in der Welt ist wilde Magie?«, wollte Torin wissen.

Ein neuer Künstler betrat die Bühne, er trug ein Narrenkostüm samt Narrenkappe. »Der Große Gambolo« holte Bälle aus seinen Taschen und jonglierte, während er mit trällernder Stimme von schönen Jungfrauen und verlorener Liebe sang. Vom Nebentisch, an dem die Bergleute saßen, rief ein bärtiger Mann dem Narren zu, er solle sich verpissen. Neben ihm schrie ein langhaariger Bergmann, er solle woanders mit seinen Eiern spielen.

»Ich habe bei meinem Stamm einiges über wilde Magie gelernt«, sagte Oldavei. »Die meisten meiden sie, weil sie unberechenbar ist, nicht wahr?«

»Ja«, antwortete Xamus.

»Warum um alles in der Welt wirkst du sie dann?«, fragte Torin und sah sich nach der Schankmaid um.

Er entdeckte sie auf der Treppe und winkte mit dem leeren Krug. »*Weil* sie unberechenbar ist«, erwiderte Xamus. »Weil sie wild ist.«

Nicholas, der ein wenig vom Tisch abgerückt saß, ergriff das Wort. »Wenn man den langen Weg statt des kurzen nimmt, wird man stärker. Das habe ich mal gelesen.«

Oldaveis Blick schweifte in die Ferne. »Mit manchen Arten von Magie befasst man sich besser nicht«, murmelte er.

Nicholas rückte näher an den Tisch, stützte die Ellbogen darauf und stellte seinen Kelch daneben. »Ihr habt vorhin nach dem Zauber gefragt, den Taron Braun gewirkt hat«, begann er. »Ich habe gesagt, er habe mir nichts ausgemacht, aber ich habe gelogen …« Er senkte den Blick. »In der Tat fühlte es sich … einen Augenblick lang so an, als hätte meine Seele Feuer gefangen.«

Für einen Moment herrschte Stille am Tisch.

»Genug geklagt und gejammert!«, erklärte Torin und knallte seinen Becher auf den Tisch. »Weib!«, rief er, »wo bleibt unser …« Er drehte sich um und sah die Schankmaid, die keine Handbreit entfernt stand und einen vollen Krug in der Hand trug. Sie knallte das neue Gefäß auf den Tisch, warf dem Zwerg einen Blick zu, der Stein zum Schmelzen hätte bringen können, und schnappte sich den leeren.

»Wie die sich anschleicht, die Kleine«, brummte Torin, legte seine Pfeife beiseite und griff den frischen Krug.

Nicholas schob seinen Becher hin, um ihn nachgefüllt zu bekommen, ging aber zunächst leer aus, weil Torin das Gefäß an die Lippen setzte und trank.

In diesem Augenblick betrat ein neuer Künstler die Bühne und schob die blaue Brille, die ihm auf die Nase gerutscht war, nach oben. Der hochgewachsene Mann war mit einem Übermaß an Ausrüstung beladen, darunter eine abgenutzte Basstrommel und eine verzierte Mandoline. Er trug einen hufeisenförmigen Schnurrbart und einen Streifen Kinnhaar, der über seine Kieferpartie hinausragte, und seine dicke schwarze Lockenmähne war genauso lang wie die von Xamus. Gekleidet war er in ein schwarzes Lederwams und eine ebensolche Hose. Auf dem Kopf trug er einen übergroßen himmelblau-weiß gestreiften Schlapphut, dessen Streifen sich spiralförmig von unten nach oben schlängelten. Bevor er zu spielen anfing, hantierte er mit seinem Gepäck. Er versuchte, ein Stück nach dem anderen abzulegen, verhedderte sich mit den Riemen oder verknotete sie, fummelte an irgendetwas herum, gab dann auf und ging zum nächsten Instrument über. Dabei erzeugte er unangenehme Töne, wenn er versehentlich Mandolinensaiten anschlug. Schließlich gelang es ihm, einen Reiserucksack und einen Gürtel mit Langschwert und Dolch auf der Bühne abzulegen. Als er sich von all diesen Ausrüstungsgegenständen befreit hatte und in die Mitte der Bühne trat, sah man, dass sein Wams vollständig geöffnet war und seine Brust entblößt. Er stellte die Basstrommel zu seinen Füßen, zupfte probeweise auf der Mandoline, und als er zufrieden war, stellte er sich breitbeinig hin und ließ den Blick über die Menge schweifen.

»Hört gut zu, ihr verklemmten Heiden!«, rief er. »Ich bin Wilhelm Wallaroo, und ich bin hier, um euch das Staunen zu lehren!«

Er begann zu spielen, seine Finger tanzten blitzschnell über die Saiten und griffen in schwindelerregender Folge Akkorde, während die Trommel den Takt schlug. Von seinen Lippen sprudelte ein Lied, das zum schnellen Tempo der Musik passte:

Nenn es Schicksal, wenn du magst.
Ich will, dass du verstehst.
Das Glück lacht dem, der etwas wagt,
Den Weg zu Ende geht.

»Verdammt, der Junge ist gut«, sagte Xamus und drehte seinen Stuhl um.

»Er bringt mein Blut in Wallung, das ist mal sicher!«, stimmte ihm Torin zu, als der Barde fortfuhr.

Reise weiter, meilenweit, quer durch dieses Land.
Auf Straßen, die sich winden,
Schau mir an so allerhand,
Werd meine Muse finden.

Nicholas wippte mit dem Kopf zu der rasanten Melodie. Das Publikum teilte die Wertschätzung der Abenteurer jedoch nicht. Viele hielten sich die Ohren zu, um das Dröhnen der Trommel zu dämpfen. Einige Gäste im ersten Stock hatten aufgehört zu tanzen und zu trinken und beugten sich herunter, um über das Geländer zu schauen. Die Gesichter der Bergleute in der Nähe verzogen sich vor Ekel.

»Was ist das für eine Scheiße?«, rief der Bärtige.

»Es reicht!«, schrie der Langhaarige neben ihm. Der dritte schleuderte einen leeren Becher auf die Bühne.

Wilhelm wich dem Geschoss geschickt aus, änderte dann den Text seines Liedes und sah dem bärtigen Mann direkt in die Augen:

Apropos Muse, traf heut deine Mutter.
Sie liebt diesen Barden so sehr.

Der Mann deutete auf ihn und neigte den Kopf, als wolle er sagen: »Lass es sein.«

Wilhelm schmunzelte.

Sie schmolz in meinen Armen wie Butter
Und sprach: »Ich sehne mich nach deinem ...«

Der Bärtige sprang von seinem Stuhl auf, stürmte auf die Bühne und schlug nach Wilhelms linkem Bein, aber der Barde war zu schnell. Er zog das Bein zurück, spannte den Fuß an und trat den Angreifer direkt vor die Stirn. Der Bergmann flog rückwärts gegen seinen langhaarigen Begleiter. Der dritte wich seinen Kameraden aus, direkt an Oldaveis Stuhl vorbei. Der Ma'ii nahm die Beine vom Sitz und streckte den Fuß aus. Der Bergmann stolperte und knallte mit dem Gesicht auf den Bühnenrand. Er brach wimmernd zusammen, die Hände auf die blutende, gebrochene Nase gepresst.

Torin lachte schallend, hielt aber inne, als Xamus den Blick durch die Taverne schweifen ließ und seine Augen von einer Seite zur anderen huschten. Der Holzboden erzitterte. Torin drehte sich um und sah, wie die beiden Oger Gäste aus dem Weg schubsten und Stühle beiseitestießen, als sie heranstürmten. Er schaute wieder auf die Bühne und bemerkte, dass Wilhelm sich inzwischen mit dem langhaarigen Bergmann prügelte.

»Unfaires Kräfteverhältnis«, sagte Torin, nachdem er Wilhelms Chancen abgeschätzt hatte.

»Finde ich auch«, stimmte Oldavei ihm zu. »So geht man doch nicht mit einem begabten Musiker um.«

Torin hob mit glänzenden Augen die Axt. Sein Grinsen entblößte seine Zahnlücken. »Spalten wir ein paar Schädel!«

7

Grünlicht

Chaos brach aus.

Nach dem rücksichtslosen Angriff der Oger prügelten sich alle Gäste im gesamten *Tagebau*. Becher und Krüge flogen. Tische wurden umgeworfen. Eine Kakofonie aus zerbrechendem Geschirr, splitterndem Holz, Schreien, Flüchen und Schmerzensschreien erfüllte die Luft.

Auf der Bühne packte der Bergmann mit der gebrochenen Nase seinen bärtigen Freund unter den Achseln und schleifte ihn weg. Oldavei stürzte sich von seinem Sitz auf den ersten heranstürmenden Oger, das Maul weit aufgerissen, die krallenbewehrten Finger gespreizt, und stieß einen furchterregenden Kampfschrei aus.

Der Rausschmeißer griff nach oben, packte ihn an Hals und Unterleib, drehte sich um und schleuderte ihn von sich. Der Ma'ii flog über die Köpfe der betrunkenen Schläger hinweg, wobei er sich drehte wie ein Diskus, bis er auf die Bar krachte, von ihr abprallte und gegen eines der kleinen Fässer knallte, die die Wand dahinter säumten.

Der Oger stapfte weiter und kam kurz vor der Bühne zum Stehen, als Xamus auf seinen Rücken sprang und die Arme fest um den Stiernacken des Wachmanns schlang.

Gleichzeitig wirbelte Torin herum und knallte die flache Seite seines Axtblatts gegen das rechte Knie des zweiten Türstehers. Der Rohling brüllte vor Schmerz und stürzte kopfüber auf Nicholas zu, ehe der Assassine einen eigenen Angriff starten konnte, woraufhin beide zu Boden gingen. Der Oger landete auf dem Assassinen und presste ihm die Luft aus den Lungen, während Wilhelm den langhaarigen Bergmann von der Bühne auf den Tisch warf, der dadurch in zwei Teile zerbrach.

Torin versetzte dem am Boden liegenden Türsteher einen schnellen Tritt zwischen die Beine, was einen Schmerzensschrei auslöste und dafür sorgte, dass das massive Gewicht von Nicholas herabrollte. Als der Oger sich aufsetzte, griff Torin nach dem heruntergefallenen Krug und warf ihn Nicholas zu, der das Gefäß geschickt auffing. Er schlug es dem Rausschmeißer auf den Kopf und dieser brach bewusstlos zusammen.

Der Oger, den Xamus würgte, drehte sich im Kreis und versuchte den Elfen abzuschütteln, indem er wild mit den Armen nach hinten schlug. Sein Gesicht färbte sich tiefrot, die Augen quollen hervor. Seine Drehungen, Schläge und Schritte wurden langsamer, bis er schließlich mit dem Gesicht voran bewusstlos auf die Bühne knallte.

Wilhelm, der gerade ausholte, um dem Türsteher seine Mandoline auf den Kopf zu hauen, warf einen Blick auf Xamus und sagte: »Hey, danke für die Hilfe!«

Xamus ließ den Oger los, schaute auf und lüftete den Hut.

Oldavei stolperte auf dem Weg zurück zur Bühne gerade an der Schankmaid vorbei, die einen knienden, schlaffen Bergmann am Kragen gepackt hielt und ihm mehrfach ins Gesicht schlug, als eine dröhnende Stimme rief: »Du!«

Die Gruppe drehte sich um und sah einen stämmigen, wild dreinblickenden Mann in einer Schürze auf sie zukommen.

»Das ist dein Werk!«, rief der Mann mit der Schürze und zeigte auf Wilhelm.

»Scheiße, der Inhaber«, sagte Wilhelm.

»Die Miliz ist auf dem Weg!«, schrie der Inhaber.

»Zeit zu gehen«, ächzte Nicholas und kam stöhnend auf die Beine.

Wilhelm nahm seinen Rucksack und seinen Gürtel. Er warf sich beides über die Schulter, hielt kurz inne, um seine zertrümmerte Trommel zu beklagen, und lief dann mit den anderen in Richtung Tür.

»Du kriegst in dieser Stadt keinen Fuß mehr auf den Boden, Wallaroo!« Die Stimme des Tavernenbetreibers folgte ihnen auf die Straße. »Hörst du? Du bist erledigt!«

Die Gruppe rannte in die nächtliche Stadt hinaus und blieb

stehen, als das rhythmische Stampfen gestiefelter Füße, das ihnen entgegenschallte, an ihr Ohr drang.

»Hier!«, keuchte Wilhelm und deutete auf eine enge Gasse.

Es stank nach Urin und Fäkalien, als sich die eine Hälfte der Gruppe hinter einem Stapel Holzbretter und die andere hinter einem Stapel Fässer versteckte. Sie duckten sich, als ein Trupp von zwölf leicht gepanzerten Skarstädter Milizionären vorbeizog.

Als die Soldaten verschwunden waren, traten Xamus, Torin, Oldavei und Wilhelm aus ihrem Versteck und atmeten erleichtert auf.

»Typisch Skarstadt«, jauchzte Oldavei, »hier wird es nie langweilig.«

»Was für ein Auftakt«, sagte Nicholas, der zu Wilhelms Überraschung aus dem Schatten trat. »Aber kein Problem. Wir suchen uns ein Gasthaus, schlafen ein wenig und nehmen unsere Suche morgen wieder auf.«

»Suche?«, fragte Wilhelm.

»Wir suchen den Führer eines Kultes«, sagte Xamus. »Sie nennen sich Kinder der Sonne.«

»Oh«, antwortete Wilhelm. »Ja. Ich bin schon eine Weile in der Stadt und habe Gerüchte über seltsame Sonnenanbeter gehört.« Er ging den Weg zurück, den sie gekommen waren, und fuhr fort: »Hier entlang!«

»Er steht nicht gern still, was?«, meinte Torin zu Xamus, während sie ihm folgten.

Die Gruppe musterte jeden schattigen Winkel und jede erleuchtete Tavernentür, während sie umgeben von den Klängen der Musik und der Feiernden weitergingen. Sie kamen an dem einen oder anderen strauchelnden Feiernden vorbei.

Wilhelm rückte die Mandoline auf seiner Schulter zurecht. »Ich habe gehört, die Kultisten halten sich in einem Lagerhaus im Grünlichtviertel auf.«

»Mm«, murmelte Nicholas. »Arboreten und Gewächshäuser. Zweifellos von den Salamar gepflegt.«

»Wunderbar«, meinte Torin.

»Ist auf diesen Anführer, den ihr sucht«, fuhr Wilhelm fort, »eine Belohnung ausgesetzt?«

»Ja!«, ließ sich Oldavei vernehmen. »Ein Kopfgeld. Wenn du uns hilfst, ihn zu finden, kriegst du einen Anteil.«

»Na klar«, erwiderte Torin. »Ausgezeichnete Idee. Lasst uns die Gruppe noch größer machen. Sollen wir noch jemanden rekrutieren? He, du da!« Er packte einen vorbeischwankenden Betrunkenen am Arm. »Möchtest du bei unserem geheimen Auftrag mitmachen?«

»Ich habe Angst vor Bienen«, lallte der alte Mann.

»Dann halt nicht«, antwortete Torin und ließ ihn los.

»Hm?«, fragte Wilhelm geistesabwesend. »He, Mann, kein Problem. Ist eure Sache. Aber ihr habt mir vorhin geholfen, also ist es das Mindeste, dass ich euch zu dem Lagerhaus bringe. Es liegt in dieser Richtung.«

Sie gingen weiter, bis die Lichter verblassten und der Lärm abebbte und sie sich in verschlungenen, dunklen Straßen wiederfanden, die sich verbreiterten und verflachten, als die drückende Luft sich lichtete. Dicht gedrängte Gebäude wichen niedrigeren, weitläufigeren Konstruktionen, einige davon aus Glas, zwischen denen üppige Gärten, Haine und Spazierwege verliefen. Die mineralischen Gerüche wurden durch eine Fülle botanischer Düfte mit einem Unterton von Dung ersetzt. Ab und zu lugten neugierige runde Augen, ohne zu blinzeln, aus dem dichten Laub hervor.

Augenblicke später schaute Wilhelm sich um. »Folgt mir!«, sagte er und bog auf einen schmalen Feldweg zwischen hohen Sträuchern ein.

Sie gingen weiter, bis rechts von ihnen ein hölzerner Geräteschuppen in Sicht kam. Wilhelm kletterte auf einen Karren an der Seite des Gebäudes. Er nahm Reisetasche und Mandoline ab, legte sie auf das Gefährt, erklomm die Dachschräge und schob sich auf die andere Seite. Als die anderen sich zu ihm gesellten und auf dem Bauch liegend über den Dachfirst spähten, deutete er über ein Feld mit Parselkraut und über eine breite Gasse zu einem Lagerhaus, das im Licht des gerade aufgegangenen Mondes durch seine schiere Größe beeindruckte.

Zwei Wachen standen am Tor. Farbe und Stil ihrer Gewänder ähnelten denen der Kultisten in Herddahl, waren aber etwas aufwendiger gestaltet, aus feinerem Stoff und mit einer flammenden Sonne auf der Brust versehen.

»Sie scheinen ... fähig zu sein«, bemerkte Xamus.

Die Wachen waren groß, von kräftiger Statur und standen aufrecht. Sie trugen Stiefel an den Füßen und Krummschwerter an der Hüfte.

»Stimmt«, pflichtete Torin ihm bei. »Nicht wie diese Milchbärte im Vorgebirge.«

»Nun«, sagte Wilhelm, »jetzt, da ihr wisst, wo sie zu finden sind, ist es wohl an der Zeit für mich – he, wo ist euer Freund?«

Oldavei, der am anderen Ende des Daches kauerte, bemerkte, dass Nicholas nicht mehr neben ihm war. Er reckte den Hals, schnupperte mehrmals und richtete seinen Blick auf das Dach des Lagerhauses. »Da«, sagte er.

Die anderen folgten seinem Blick. Zuerst sahen sie nichts, dann erhaschten sie eine kaum merkliche Bewegung auf dem Dach, einen sich bewegenden Schatten, der wieder verschwand. Kurz darauf überquerte eine huschende Gestalt wie der Schatten eines fliegenden Vogels die Gasse.

Einen Atemzug später kehrte Nicholas so leise, wie er verschwunden war, zurück.

»Versuchst du etwa, das Kopfgeld allein einzutreiben?«, fragte Oldavei.

»Mitnichten«, antwortete Nicholas. »Vor allem nicht angesichts neun bewaffneter Wachen.«

»Neun?«, vergewisserte sich Torin.

»So viele habe ich zumindest durch das Oberlicht gesehen«, entgegnete Nicholas. »Es könnten auch noch mehr sein.«

»Irgendeine Spur von Braun?«, erkundigte sich Xamus.

»Nein, aber ich konnte nicht den gesamten Bereich einsehen«, erwiderte Nicholas.

Oldavei sah Torin und Xamus an. »Heute Nacht käme uns ein zusätzlicher Schwertarm sehr gelegen«, sagte er. »Wir wissen, dass er kämpfen kann.«

Wilhelm sah ihn überrascht an. »Heute Nacht? Ihr wollt das jetzt durchziehen?«

»Ich bin dafür«, antwortete Oldavei. »Wir wissen nicht, ob Braun dort ist oder nicht, aber wenn, dann können wir nicht riskieren, dass er verschwindet.« Er sah zu Torin. »Du hast mehr getrunken als der Rest von uns, was meinst du?«

Torin rülpste herzhaft. »Ich sage, wir machen uns an die Arbeit. Ich kämpfe betrunken ohnehin besser.«

»Dann heute Nacht«, fasste Xamus das Gespräch zusammen. Er wandte sich an Wilhelm: »Wie steht's, Barde? Bist du dabei?«

»Nun ja, ich könnte ein paar Münzen extra gebrauchen«, antwortete Wilhelm. »Ich versuche, mir die Gebühren für das Bardenfeld-Musikfest zusammenzusparen.«

»Oh«, rief Oldavei, »Bardenfeld! Das größte, lauteste, ausgelassenste Fest in ganz Rechtbrand! Glaube ich zumindest. Ich habe dort genug gesoffen, um einen Bison zu ertränken.«

»Klingt wie etwas, das ich unbedingt sehen muss«, meinte Torin.

»Eins nach dem anderen«, sagte Xamus. »Erst mal brauchen wir einen Plan, wie wir Taron Braun erledigen können.«

8

Hirn gegen Braun

Die große Glasscheibe des Oberlichts in der Mitte des Flachdachs der Lagerhalle stand einen Spaltbreit offen. Xamus und Nicholas kauerten daneben und spähten hinunter. An den Rändern des weitläufigen Raums stapelten sich Kisten und Kästen unterschiedlicher Form und Größe.

In der Mitte des Raumes befand sich ein breiter, langer Tisch, den Reihen von Kandelabern erleuchteten. Jeweils ein Kultist auf jeder Seite nahm Gegenstände aus den Kisten am Ende des Tisches – offenbar geflochtene, beschlagene Lederrüstungen. Die Kultisten reichten sie an die Gefährten neben ihnen weiter, die die Ware begutachteten und dann an den nächsten in der Reihe weitergaben, der sie auf ein Pergament eintrug. Die Rüstungen wurden dann jeweils an einen vierten in der Reihe weitergereicht, der sie in eine von mehreren offenen Kisten legte. Die acht Männer am Tisch schienen nicht bewaffnet zu sein.

Xamus veränderte lautlos seine Position, um einen besseren Blick auf den hinteren Teil des Lagerhauses zu haben, wo eine Holztreppe zu einem geschlossenen Raum auf hölzernen Stützen führte.

Zwei Männer kamen gerade ins Gespräch vertieft diese Holztreppe herunter. Einer von ihnen war groß und schlank. Er trug eine verzierte bernsteinfarbene Robe und einen Krummsäbel an der Hüfte. Neben ihm ging ähnlich gewappnet Taron Braun. Xamus deutete auf ihn. Nicholas nickte stumm. Am Fuß der Treppe unterhielten sich die beiden Männer in den Roben kurz. Dann stieg Braun die Treppe wieder hinauf, während der große Mann die Arbeiter am Tisch beaufsichtigte.

Geräuschlos ließ sich Nicholas auf einem dicken Binderbalken nieder und kroch ein Stück nach vorn, um Platz für Xamus zu schaffen, dessen zusätzliches Gewicht das Holz zum Knarren brachte. Die Männer im Lagerhaus waren so in ihre Arbeit vertieft, dass sie keine Notiz davon nahmen. Von ihrer neuen Position aus stellten Xamus und Nicholas fest, dass der hintere Raum durch eine Tür am oberen Ende der Treppe zugänglich war und eine unverglaste Fensteröffnung den Blick auf das Erdgeschoss des Lagerhauses freigab.

Einen Moment lang kauerten die beiden Männer reglos auf dem Dach und warteten.

Draußen, zwischen dem Lagerhaus und der breiten Gasse nahe dem hinteren Ende des Gebäudes, stand Wilhelm. Er zupfte auf seiner Mandoline herum, was die Aufmerksamkeit der beiden Wachen an der Vorderseite auf sich zog, die angelaufen kamen und riefen: »Du da! Lass das!«, und: »Was hast du hier zu suchen?«

Wilhelm wandte sich ab und entfernte sich, wobei er sang:

Die liebreizend Jungfer Susann ...

Er ging schneller und umrundete einen Haufen kaputter Kisten.

Glaubte, sie liebt ihren Mann,
Doch dann wurd er frech, und so schlug ihm Susanne ...

Neben einer geschlossenen Hintertür blieb der Barde stehen.

Den Schädel ein mit einer Pfanne!

Als die Wachen um den Kistenstapel herumkamen, sprangen Torin und Oldavei auf und schlugen beide mit den Knäufen ihrer Waffen bewusstlos. Wilhelm nahm einen Schlüsselbund vom Gürtel einer der Wachen, knebelte beide und fesselte sie mit einem Seil aus dem Geräteschuppen.

Torin, der Oldaveis Reisetasche umhängen hatte, warf die Waffen der Männer über die Gasse ins Parselkraut, während Oldavei sich zum erkennbaren Erstaunen Wilhelms, der mit verschränkten Armen und offenem Mund dastand, in einen Kojoten verwandelte.

Als Torin zurückkehrte und Oldavei seine Verwandlung vollendet hatte, sagte Wilhelm: »Ich, äh ... Ich dachte, du verarschst mich nur, als du sagtest, er könnte das.«

»Verständlich, aber nein«, antwortete Torin und wartete.

Oldavei sah erwartungsvoll zu Wilhelm auf, wobei er die Zunge aus dem Maul hängen ließ und mit dem Schwanz wedelte.

Torin deutete auf Wilhelms linke Hand. »Schlüssel«, befahl er.

»Oh!«, entgegnete Wilhelm. »Ja, natürlich.« Er probierte einen Schlüssel nach dem anderen aus, bis das Schloss der Hintertür sich öffnete. Dann zog er die Tür so weit auf, dass Oldavei hineinspazieren konnte.

Von ihrem Platz auf dem Balken aus beobachteten Xamus und Nicholas das Auftauchen Oldaveis, der zwischen den Beinen der Männer am Tisch umherlief und so deren Aufmerksamkeit und die des bewaffneten Aufsehers auf sich zog.

»Da ist unsere Ablenkung«, sagte Nicholas. Dann sprang der Assassine flink von einem Balken zum nächsten und machte sich so auf den Weg in den hinteren Teil des Lagerhauses. Xamus beobachtete ihn beeindruckt. Das Geschick des Elfen war nicht unerheblich, aber die akrobatischen Fähigkeiten des Assassinen übertrafen seine eigenen bei Weitem. Er ließ sich resigniert auf einen Kistenstapel hinunter und machte sich daran, auf ihnen in Richtung Hinterzimmer zu flitzen.

Die Kultisten machten derweil Jagd auf Oldavei, der fröhlich vor ihnen wegrannte, zwischen Kisten hindurch und unter dem langen Tisch hin und her. Der Aufseher stapfte zur Hintertür. »Verflucht, wer hat die ...« Ein kräftiger Schlag Wilhelms, der direkt vor der Tür stand, ließ den hochgewachsenen Mann zurücktaumeln, und der folgende Schlag legte ihn flach.

Ein Schrei ertönte von einem der abgelenkten Kultisten. »Ungläubige!«

»Heiden!«, rief ein anderer.

Xamus sprang von den Kisten zum Fuß der Treppe und stürmte nach oben, wobei er immer zwei Stufen auf einmal nahm. Nicholas ließ sich von oben herabfallen und rannte mit gezogenem Schwert hinterher.

Taron Braun hatte sich von einem Schreibtisch in der Ecke des Raums erhoben und war herumgefahren, als Xamus die Tür eintrat. Als Braun die Hand hob und den Mund öffnete, sprach der Elf schnell eine Beschwörungsformel. Braun warf den Kopf zurück und schrie aus voller Kehle, die Augen ungläubig geweitet. Er hielt sich beide Hände vor den weit aufgerissenen Mund, um den Schrei zu unterdrücken.

Nicholas drängte sich vor. »Was sollte das denn?«, fragte er Xamus.

»Ich wollte ihn zum Schweigen bringen«, antwortete der Elf. »Hatte scheinbar den gegenteiligen Effekt.«

Auf dem Boden des Lagerhauses in der Nähe der Kisten, von denen Xamus gesprungen war, schlug Torin einen Kultisten mit der flachen Seite seiner Axt nieder. Einem anderen Akolythen, der auf ihn zustürmte, versetzte er einen Kopfstoß gegen das Kinn. Das Geschrei Taron Brauns lenkte einen dritten vorübergehend ab, der daraufhin Torin anbrüllte: »Eine große und schreckliche Macht erhebt sich im Osten! Du wirst geläutert werden!« Er zog einen Krummdolch aus seinem Gewand und griff an. Torin schlug zu, seine Axtklinge traf die Dolchklinge und prellte dem Kultisten die Waffe aus der Hand. Dann drehte Torin sich und schlug den Axtstiel gegen das Schienbein des Angreifers, der mit dem Gesicht voran auf die Dielen stürzte.

Wilhelm, dem Blut aus der zertrümmerten Nase floss und dessen Brille zertrampelt war, hatte bereits einen Akolythen zu Fall gebracht und lieferte sich nun einen heftigen Schlagabtausch mit zwei anderen auf der gegenüberliegenden Seite des Tisches. Der kräftigste der beiden spuckte einen Zahn aus und verkündete: »Der Große Prophet wird die Zivilisation neu erschaffen«, kurz bevor Wilhelm einen linken Haken vortäuschte und ihn mit einer vernichtenden Rechten an der Schläfe traf.

Oldavei, immer noch in Kojotengestalt, kaute auf dem Handgelenk eines schreienden Kultisten herum. Die beiden drehten sich am Ende des Tisches, der der Eingangstür am nächsten war, umeinander, während ein zweiter Kultist versuchte, den Ma'ii am Schwanz zu packen.

In der Ecke des Raumes stand Nicholas bereit, um den zu Boden gegangenen, immer noch brüllenden Anführer zu enthaupten.

»Worauf wartest du noch?«, fragte Xamus und zog seine Klinge.

Als Brauns Schreie verstummten, antwortete Nicholas: »Ich … ich glaube nicht, dass ich das kann.«

»Ich erinnere mich an dich«, sagte Braun mit erstickter Stimme, »widerliche Kreatur.«

Xamus hob seine Klinge.

Braun richtete sich auf. »Das Licht verzehre dich!« Er ballte die rechte Faust, um die ein gleißendes Licht erschien, das Xamus kurzzeitig blendete. Ein ähnliches, reinweißes Leuchten blitzte direkt vor Nicholas auf, woraufhin dieser sein Schwert fallen ließ und sich an den Kopf fasste. Braun warf sich zusammengerollt zur Seite in Deckung, während Xamus dort zustieß, wo kurz zuvor noch sein Hals gewesen war. Der Anführer des Kultes sprang auf die Fensterbank und von dort auf den Boden, wo er sich erneut abrollte und auf die Füße kam, um seinen Krummsäbel zu ziehen.

Wilhelm, der gerade seinen letzten Gegner niedergeschlagen hatte, wirbelte herum und zog seine Klinge. Krummsäbel und Langschwert prallten aufeinander, als Braun auf ihn zustürmte. Der Hieb des Kultführers schlug Wilhelms Schwert zur Seite. Der Krummsäbelknauf erwischte den Barden hinter dem Ohr, während Braun zur Tür rannte. Wilhelm stolperte gegen den Tisch, fing sich, drehte sich um und spürte einen Luftzug an der linken Wange, als ein wirbelnder Gegenstand vorbeiflog. Die sich im Flug mehrfach überschlagende Axt grub sich gleich links neben der Wirbelsäule zwischen Brauns Schulterblätter. Der Kultführer krümmte sich und kam stolpernd zum Stehen, wobei er mit der linken Hand kraftlos nach oben griff. Blutrot sprudelte es aus seinem Mund, seine Hand erschlaffte, er kippte nach vorn um und blieb regungslos liegen. Einen Augenblick lang herrschte Schweigen, als Torin an Wilhelm vorbeischritt, um seine Waffe zurückzuholen.

Der Akolyth, der nach Oldaveis Schwanz gegriffen hatte, wich Richtung Eingangstür zurück, Tränen rannen ihm über die Wangen. »Das Bl... Blut der Ungläubigen wird fließen!«, rief er, ehe er sich abwandte und floh.

Oldavei hatte die Hand des anderen Kultisten losgelassen. Der Mann stand in stummem Schock da und starrte auf Tarons Leichnam. Der Ma'ii bewegte sich hinter ihn. Während Torin die Axt aus dem Körper des Kultführers riss, drehte sich der Kultist um. Zu spät. Oldavei, der nun wieder seine normale Gestalt angenommen hatte, schlug mit dem Knauf seines Krummsäbels zu und traf den Akolythen an der Kinnspitze, sodass seine Beine nachgaben.

Torin rollte den Kultführer auf den Rücken, dann streckte er Wilhelm die Hand entgegen. »Dolch!«, sagte er.

Der Barde reichte ihm seine kleine Klinge und beobachtete neugierig, wie der Zwerg Taron das Siegel vom Revers schnitt. »Was willst du ...«

»Der Beweis seines Todes«, erklärte Torin.

Xamus erreichte das Ende der Treppe, Nicholas' Arm über die Schulter gelegt. Torin beendete seinen Schnitt, erhob sich, gab Wilhelm den Dolch zurück und steckte das Siegel in eine Kilttasche. Er beäugte den Assassinen, während Xamus sich näherte. Nicholas' Blick war verschwommen, er schien etwas oder jemanden zu sehen, der nicht anwesend war.

»Ich werde mich niemals unterwerfen!«, platzte er heraus. »Du wirst meine Seele nicht bekommen!« Dann murmelte er so leise weiter, dass man seine Worte nicht mehr verstehen konnte.

In diesem Augenblick erschien ein Hauptmann der Miliz mit gezogenem Schwert in der Tür. Er trat ein, gefolgt von zwei Soldaten, von denen sich einer umdrehte und rief: »Hier! Wir haben sie!«

Xamus flüsterte etwas und hob die linke Hand. Die Gesichtszüge der drei Milizionäre erschlafften. Ihnen fielen die Augen zu und sie sanken in einen tiefen Schlaf.

»Ich will verdammt sein«, sagte Torin und nickte Xamus zu. »Endlich hat es geklappt.«

Wilhelm warf sich Nicholas' freien Arm über die Schulter, und die Gruppe beeilte sich, um sich an dem zu sich kommenden Aufseher vorbeizuschieben und durch die Hintertür zu entkommen. Als die restlichen Milizionäre an der Front des Lagerhauses ankamen, liefen die Abenteurer über einen offenen Platz, durch einen Durchgang zwischen zwei kleineren Gebäuden und weiter bis zu der Baumlinie an der Bezirksgrenze. Unter dem Blätterdach hielten sie inne.

Torin musterte Nicholas.

»Mein Leben gehört mir«, nuschelte der Assassine. »Mir allein, klar?«

»Braun hat einen Zauber gewirkt«, erklärte Xamus. Er sah Oldavei an. »Ähnlich wie der, den du nach unserer Begegnung im

Vorgebirge beschrieben hast. Blendendes Licht. Ich habe mich schnell erholt, er …«, der Blick des Elfen huschte zu Nicholas, »… eher weniger.«

»Vielleicht derselbe Zauber«, mutmaßte Oldavei und nahm Torin seine Reisetasche wieder ab. »Aber das Geschwätz ist neu.«

»Der steht völlig neben sich«, meinte Torin. »So schnell werden wir Herddahl nicht erreichen und hier können wir nicht untertauchen. Die Miliz kennt unsere Gesichter.«

»Wir könnten dem Fluss nach Westen folgen«, schlug Wilhelm vor. »Richtung Tàlis.«

»Den Fluss werden sie beobachten«, wandte Torin ein. »Aber auf Nebenstraßen Richtung Tàlis, das scheint mir eine gute Idee zu sein.«

»Ich bin sicher, wir könnten notfalls einen kleinen Karren ›ausleihen‹, um ihn zu transportieren«, schlug Oldavei vor und deutete auf Nicholas.

Torin dachte darüber nach und sah dann Xamus an, der nickte.

Nicholas' Lider wurden schwer, seine Augen waren schon halb geschlossen. Während sie sich durchs Unterholz bewegten, murmelte er: »Nicht das Ende. Der Tod ist nicht das Ende.« Dann verstummte er.

9
Gesucht

Die Handelsstadt Talis war weithin nicht nur als Handelszentrum Rechtbrands bekannt, sondern auch als Stadt des freien Denkens, der Forschung und des technischen Fortschritts. Ein Ehrfurcht gebietendes Wunder ihrer Zeit, das unvergleichliche technische Leistungen hervorbrachte. Ein Ort, an dem bedeutende Köpfe kühne neue Methoden erdachten, um den mächtigen Fluss Talisande nutzbar zu machen.

Im Gegensatz zu Skarstadt war Talis nicht einfach nur eine Stadt am Fluss, und den fantasievolleren Chronisten sei es verziehen, wenn sie behaupteten, in Talis seien der Fluss und die Stadt der Brücken eins, denn hier kanalisierte und leitete ein komplexes Geflecht ineinandergreifender Kanäle, Dämme und Deiche das Wasser des Flusses um. So wie die Talisande sich ihren Weg durch und um die Stadt bahnte, so bewegten sich auch die Schiffe auf ihr fort, oft dicht gedrängt, Bug an Heck, nicht nur durch die natürliche langsame Strömung des Flusses, sondern mit menschlicher Hilfe auch durch ein meisterhaft konstruiertes System von Zentralschleusen, das als Kontrollsystem zur Regulierung des Schiffs- und Warenflusses diente.

Es gab zwei zentrale Schleusenkanäle, von denen einer für den Transport von Schiffen flussaufwärts bestimmt war und der andere demselben Zweck flussabwärts diente. Durch das Heben und Senken des Wasserspiegels und das Öffnen und Schließen der Tore hoben die Schleusen die Schiffe an, brachten sie von einem Ende der Stadt zum anderen und setzten sie dort wieder in den Fluss zurück. Über den Kanälen, Werften, Plätzen und Wasserstraßen der Stadt ragten miteinander verbundene Bogen, Brücken und Stege in einem unübersichtlichen, aber dennoch majestätischen Netz aus poliertem Stein empor.

Der fortschrittliche Charakter von Talis zog die größten Geister des Landes an wie ein Magnet, aber die Stadt der Brücken war für Personen aus allen gesellschaftlichen Schichten eine unwiderstehliche Verlockung. So kam es, dass gebildete Gelehrte und Mystiker mit leuchtenden Augen auf denselben gepflasterten Wegen wandelten wie ungewaschene Landstreicher.

Xamus, Torin, Wilhelm, Nicholas und Oldavei hatte sich in einem alten Badehaus in Middenstadt eingemietet. Das Zimmer war klein und muffig, das Holz weich und in den Ritzen, Ecken und Winkeln wucherte schwarzer Schimmel. An zwei Wänden standen Stockbetten. Oldavei schlief, wenn überhaupt, auf dem Boden. Nicholas lag gegenwärtig in einem der unteren Betten und schlummerte unruhig, während Torin an einem Tisch in der Mitte des Raumes saß und seine Axt schärfte. Oldavei saß auf dem anderen Ende des Tisches, ein Bein baumelnd, das andere angewinkelt, während er Xamus beobachtete, der sich eine Sitzgelegenheit ins letzte schwindende Licht des Tages am offenen Fenster gestellt hatte.

Xamus sprach die Worte seiner Ahnen und gestikulierte dabei. Zwischen seinen Händen erschien ein Flämmchen, das sich zunächst langsam auf die Größe einer menschlichen Faust ausdehnte und sich dann schnell verdichtete, ehe es flackerte und sich ganz auflöste. Xamus seufzte.

Oldavei räusperte sich. »Mein Lehrmeister hat einmal gesagt«, begann er, »der Schlüssel zu wilder Magie liege darin, ihre chaotische Natur zu verstehen.«

»Hm«, erwiderte Xamus. Er krümmte die Finger und begann wieder mit den bekannten Bewegungen, rezitierte Worte der Macht und dachte über die Instabilität des Feuerballs nach, den er zu beschwören und zu kontrollieren versuchte. Der Funke aus Hitze und Feuer entzündete sich, verpuffte, stabilisierte sich dann und brannte hell. Xamus grinste, als die Flamme zwischen seinen Händen züngelte und sich drehte, seine Handflächen erhitzte und ihr Licht in seinen Augen funkelte. Doch sein Grinsen erlosch, als der Ball schnell wuchs und sich ausbreitete, sodass er den Kopf in den Nacken werfen musste, als die Flammen die Krempe seines Hutes versengten.

»Nicht den Hut, nicht den Hut!«, protestierte er und löschte das Feuer.

Der Elf nahm seinen Hut ab und begutachtete die versengte Krempe. Er warf Oldavei einen strengen Blick zu. »Das hat dein Lehrmeister nicht wirklich gesagt, oder?«

Der Ma'ii erhob sich, sprang vom Tisch und legte Xamus eine Hand auf die Schulter.

»Eigentlich hat mein Lehrmeister gesagt: ›Wenn du auch nur ein halbes Gehirn hast, halte dich von wilder Magie fern. Sie ist gefährlich.‹« Als Xamus Oldaveis Hand abstreifte, fuhr der Ma'ii fort: »Vielleicht gibt es hier eine Lektion zu lernen: Spiel mit dem Feuer und wir könnten uns alle verbrennen!«

»Ich glaube ihm kein einziges Wort!«, brummte Torin, ohne mit dem Schärfen seiner Axt innezuhalten.

Dann ertönte Nicholas' Stimme hinter dem Zwerg. »Was ist passiert?« Der Assassine setzte sich auf und rieb sich die Schläfen.

»Brauns Angriff hat einen ganz schönen Tribut gefordert«, antwortete Xamus und trat vor ihn hin. »Sein Lichtzauber hat dich benommen gemacht.« Er sah zu dem Zwerg hinüber, der aufgehört hatte, seine Axt zu schärfen, und sich auf seinem Stuhl umgedreht hatte. »Aber Torin hat ihn erledigt und wir haben dich hierhergebracht.«

»Nach Talis«, ergänzte Oldavei, der jetzt neben Xamus stand.

»Drei volle Tage!«, platzte Torin heraus. »Seit drei verdammten Tagen sitzen wir hier fest!«

Nicholas sah sich im Raum um. Leicht alarmiert fragte er: »Wo ist Wilhelm, ist er …«

»Es geht ihm gut«, beruhigte Oldavei ihn mit erhobener Hand. »Er spielt mit dem Gedanken, heute Abend sein Glück mit der Mandoline zu versuchen, um sich etwas dazuzuverdienen.«

Nicholas war offenkundig erleichtert. Er leckte sich die trockenen Lippen, schüttelte den Kopf und sagte: »Ihr hättet mich zurücklassen können. Ihr hättet mich zurücklassen *sollen*.«

»Tja, nun, Abschaum wie wir muss zusammenhalten«, erwiderte Xamus. Er sah zu Torin hinüber, der grunzte, was der Elf als widerwillige Zustimmung deutete.

»Außerdem hättest du das auch nicht getan, oder?«, meinte Oldavei mit breitem Grinsen, das seine spitzen Zähne sehen ließ.

Als Nicholas nicht antwortete, erzählte ihm Xamus: »Du hast

ein wenig gesprochen. Während du ...« Er suchte nach dem richtigen Begriff. »Während du krank warst.« Der Elf war nicht sicher, ob Nicholas wirklich leicht erbleichte oder ob es am Licht der Kerze auf dem Tisch lag, die Torin gerade anzündete.

»Was habe ich gesagt?«, wollte der Assassine wissen.

»Du hast über dein Leben gesprochen, deine Seele«, entgegnete Xamus. »Hast gesagt, der Tod sei nicht das Ende.«

Jetzt war sich Xamus sicher, dass Nicholas erbleichte.

»Es war, als würdest du mit jemandem reden, der nicht da war«, sagte Oldavei. »Den Rest der Nacht, als wir dich hierherbrachten, hast du weitergeredet, aber das meiste war zu leise, um es zu verstehen.«

»Hat das etwas mit deinem Zögern zu tun, Braun zu töten?«, fragte Xamus.

»Ein Leben zu nehmen, ist keine leichte Sache«, antwortete Nicholas. »Trotzdem bin ich mir nicht sicher, warum ich gezögert habe.«

»Gibt es noch etwas, das du uns sagen willst?«, erkundigte sich Oldavei.

Nicholas' innerer Kampf war unübersehbar. Er rang die Hände, senkte den Blick und presste die Lippen fest aufeinander. Schließlich entgegnete er: »Ich habe offensichtlich Unsinn geredet. War von dem Zauber durcheinander. Habe Quatsch von mir gegeben. Ich bin euch für eure Hilfe dankbar. Habt ihr einen Beweis seines Todes mitgenommen?«

»Ja«, erwiderte Torin. »Ich habe ihm ...«

Wilhelm platzte herein und unterbrach den Zwerg. Der Barde stürmte in den Raum und ließ auf dem Weg zu Xamus und Oldavei seine Mandoline auf das Tischchen fallen. Er wedelte mit einem Pergament. »Ich habe diesen Mist vor einer Taverne gefunden«, sagte er und hielt Xamus den Bogen hin.

Der Elf stellte fest, dass es sich um ein Fahndungsplakat handelte, auf dessen oberer Hälfte ihrer aller Gesichter grob abgebildet waren. Auf der unteren Hälfte stand:

FLÜCHTIGE VERBRECHER – GESUCHT WEGEN MORDES AN UNSCHULDIGEN IN SKARSTADT UND HERDDAHL. BETRÄCHTLICHE BELOHNUNG VOM SULARISCHEN KÄMPFENDEN ORDEN AUSGESETZT.

Die klobige Unterschrift am unteren Rand lautete: PALADINRITTER EISENBURG.

»Schaut euch das an!«, rief Wilhelm. »Schaut euch bloß mein Gesicht an!«

Xamus sah den Barden an. »Nein«, seufzte Wilhelm, »auf dem Plakat!«

Der Elf betrachtete das Plakat, während Wilhelm fortfuhr: »Sieht dieser Mann für dich auf robuste Weise attraktiv aus? Die haben nicht mal mein Gesicht richtig hinbekommen!«

»Ich würde sagen, wir haben größere Probleme«, unterbrach ihn Xamus.

»Du untertreibst maßlos«, sagte Nicholas und stand auf. »Das ist nicht nur die Miliz. Dies ist ein Paladinritter des Kämpfenden Ordens der sularischen Kirche, der sich zum Ziel gesetzt hat, das Böse in welcher Form auch immer mit allen erforderlichen Mitteln auszurotten. Im Gegensatz zur Miliz mit ihren lokalen Zuständigkeiten haben die Paladinritter ein weitreichendes Mandat, das es ihnen erlaubt, in ganz Rechtbrand frei zu agieren.« Er wandte sich an Xamus. »Eisenburg ... ich habe von ihm gehört«, fuhr er mit leiser Stimme fort und nahm dem Elfen das Plakat aus der Hand. »Er und seine Bande von Vollstreckern sind gleichermaßen gefürchtet und verhasst. Man sagt, Eisenburg sei beharrlich bei der Verfolgung seiner Beute und gnadenlos bei der Verhängung von Strafen.« Er reichte Xamus den Steckbrief zurück. »Das ist eine echte Katastrophe.«

»Ich verstehe die Anklage nicht«, meinte Xamus. »Wir haben doch nur Braun getötet.«

»Mm, da war dieser Kultist im Vorgebirge, den du in Brand gesetzt hast«, erinnerte ihn Torin.

»Ich habe ihn lediglich geblendet«, korrigierte Xamus. »In Brand gesetzt hat er sich selbst, als er ins nächstbeste Feuer gerannt ist. Dennoch scheint mir die Vorgehensweise dieses ›Eisenburg‹ ... etwas übertrieben.«

»Wir müssen nur zu Raldon zurück«, ließ sich Oldavei vernehmen. »Wir zeigen ihm den Beweis, dass wir den Auftrag erledigt haben, damit wir unser Geld kriegen. Und dann kann er die Sache mit diesem Paladinritter aus der Welt schaffen.«

»Was, wenn Raldon diese Anklage erhoben hat?«, fragte Nicholas.

Nach einem Augenblick nachdenklicher Stille hakte Xamus nach: »Wozu? Um uns die zweite Hälfte nicht bezahlen zu müssen? Es ist doch nicht sein Geld. Er ist im Grunde nur ein Verwaltungsbeamter. Die wahre Macht haben die Handelszünfte.«

»Die Zünfte und die Kirche«, ergänzte Torin.

»Ja. Wenn das also von weiter oben kommt«, fasste Xamus zusammen, »dann hat Oldavei wohl recht. Wir sollten nach Herddahl zurückkehren, um mit Raldon zu reden.«

Der Elf sah sich um. Alle nickten der Reihe nach. Als er Wilhelm ansah, sagte der Barde: »Ich kenne da jemanden. Er heißt Trevon. Wir haben vor ein paar Jahren beide eine Weile als Deckarbeiter auf einer Galeone geschuftet. Ich habe zuletzt gehört, dass er jetzt sein eigenes kleines Handelsschiff hat und ... dass er nichts gegen ein bisschen Schmuggel einzuwenden hat.«

»Du willst, dass Trevon *uns* schmuggelt«, schlussfolgerte Oldavei.

»Es könnte schwierig werden, flussaufwärts zu fahren. Aber sobald wir die Stadttore hinter uns gelassen haben, könnten wir uns ein Ruder schnappen und aushelfen. Dann sind wir wahrscheinlich viel schneller da und bleiben den Straßen fern«, antwortete Wilhelm.

»Würdest du ihm vertrauen?«, fragte Xamus. »Obgleich ein Kopfgeld auf uns ausgesetzt ist?«

»Ja, Mann, ich vertraue ihm«, antwortete Wilhelm und ging zur Tür. »Ich habe ihm mal das Leben gerettet.«

★ ★ ★

Beim ersten Licht des Tages waren sie unterwegs. Eine Weile folgten sie dem südlichsten Kanal, bis sie einen Treppenturm erreichten. Sie traten von der Wendeltreppe auf eine Brücke, in deren Mitte der nächste Turm emporragte.

Südlich davon erhob sich ein zerklüfteter Fels, der einst eine Festung gewesen war und heute das Hauptquartier der örtlichen Büttel, der Brückenwächter, beherbergte, deren Fahnen auf den Türmen schlaff herabhingen. Am Fuße des Bauwerks befand sich ein belebter Platz, der sich unter der Brücke erstreckte und zu einem Dock und Anlegern mit verschiedenen kleinen Schiffen führte – Koggen mit eingerollten Segeln und Lastkähne, die mit massiven, festgezurrten Kisten beladen waren. Eine schmale Wasserstraße führte vom Segelhafen zu einem der südlichsten Kanäle von Talis, wo Schiffe aller Größen darauf warteten, sich mit anderen Wasserfahrzeugen auf den Weg flussaufwärts zu machen. Hinter dem Kanal erhob sich ein steiler Deich. Gleich dahinter knarrten die Segel der großen Handelsschiffe in den Schleusen und die hohen Masten ragten von ihren Decks in den wolkenlosen Himmel.

Als alle Mitglieder der Gruppe ihre Hände auf die hüfthohe Brückenmauer legten und Ausschau hielten, erregte ein durchdringender Schrei direkt über ihnen ihre Aufmerksamkeit. Sie hoben den Blick und sahen einen Falken am heller werdenden Himmel kreisen. Ohne sich viel dabei zu denken, richteten die Beobachter ihren Blick wieder auf das im Norden gelegene Panorama aus Schiffen und Wasserstraßen, Türmen und Brücken, bevor sie zu einem einzelnen Schiff hinübersahen. Es war direkt unter ihnen an der Anlegestelle festgemacht, ein Zweimastschoner, auf dem ein langhaariger, hagerer Mann in einem hellen Hemd und einer Hose mit einer kleinen Axt hantierte und seine Augen über den Hafen wandern ließ.

»Das ist Trevon«, sagte Wilhelm und zeigte auf ihn.

»War das der einzige verfügbare Liegeplatz?«, fragte Nicholas und warf einen misstrauischen Blick über die Schulter. »Gegenüber von den Brückenwächtern?«

»Ich habe dir gesagt, dass ich ihm vertraue«, sagte Wilhelm. »Außerdem legen die Schiffe, die flussaufwärts fahren, nun mal hier an.«

Torin deutete über die Brückenmauer und wandte sich an Xamus. »Wirkt der Mann auf dich ängstlich?«

Trevon wirkte in der Tat unruhig, hantierte mit dem Beil, sah sich weiter in seiner Umgebung um und ließ den Blick schweifen. Schließlich blickte er auf und bemerkte Wilhelm und die anderen. Seine Augen weiteten sich leicht. Dann hob er die Hand und kratzte sich an der rechten Schläfe.

»Das ist nicht gut«, sagte Wilhelm. »Er gibt uns ein Zeichen.«

»Was für ein Zeichen?«, fragte Oldavei.

»Gefahr«, erwiderte Wilhelm.

10

Eisenburg

Der Falke schrie erneut und flog auf die Festung zu, über eine zinnenbewehrte Brüstung und in die Nischen eines verdunkelten Torbogens.

Die Gruppe, die die Brücke überquert hatte, um den Raubvogel zu beobachten, reagierte auf ein Geräusch zu ihrer Rechten. Dort ging geduckt ein Ungetüm und drehte sich gerade zur Seite, um durch die Tür des Treppenturms zu passen. Es war ein Oger, zumindest schien es so. Die Lagen von Panzerplatten, die der Riese trug, machten es schwierig, ihn zu erkennen, und seine Gesichtszüge waren hinter einem Helm mit Visier verborgen. Über der Rüstung des Kriegers hing ein langer, dünner Wappenrock, schwarz und mit silbernen Verzierungen versehen. Der gepanzerte Rohling trug einen eisenbeschlagenen Stab lässig über der Schulter, während er zwei Schritte voranging und dann verharrte.

Zur Linken trat eine muskelbepackte Gestalt aus dem Treppenturm hervor. Ihre Gesichtszüge waren urwüchsig und doch elegant: eine abgeflachte Nase, eine markante Stirn und sanft geschwungene Hörner, die zu beiden Seiten hoch auf der Stirn nach hinten ragten. Es handelte sich um einen Satyr mit gespaltenen Hufen, dessen Beine unterhalb des Oberschenkels mit beigem Fell bedeckt waren. Der Rest seines Körpers war ganz in dunkelbraunes Leder gehüllt, einschließlich eines dreifingrigen Schießhandschuhs an seiner rechten Hand. Er trug den gleichen Wappenrock wie sein Kollege. Das morgendliche Sonnenlicht spiegelte sich in den Facetten eines grünen Edelsteinamuletts auf seiner Brust. Ein Köcher mit kunstvoll gefertigten Pfeilen, den er auf dem Rücken trug, ergänzte den Langbogen aus poliertem Holz in seiner Linken. Wie der Krieger kam auch der Bogenschütze nur ein paar Schritte näher, bevor er stehen blieb.

Unter den Bogen der Festung trat eine große, schlanke Frau hervor, gekleidet in ein Leinengewand und den bereits bekannten schwarzen Wappenrock, ein Kurzschwert an der Hüfte. Ihr glattes schwarzes Haar war zu einem Pferdeschwanz zurückgebunden. An ihrer linken Hand trug sie einen Lederhandschuh mit langer Stulpe. Sie hielt die Hand hoch und vom Körper weg, denn auf dem Handschuh saß der zuvor gesichtete Falke mit seinen langen Krallen. Mit gebieterischer Haltung, hoch erhobenem Kinn und dem Anflug eines Lächelns schritt die Falknerin zur Brüstung.

Oldavei schaute nach links, nach rechts, dann zur Festung und rief: »Gibt es ein Problem, Herrschaften?«

Als Antwort donnerte eine tiefe Stimme, deren Ausgangspunkt unklar war: »Händigt dem Oger eure Waffen aus.«

Nicholas trat vor. »Hier liegt zweifellos ein Missverständnis vor«, sagte er. »Wir handeln rechtmäßig im Auftrag von Magistrat Raldon Rhelgore aus Herddahl.«

»Meinst du diesen Narren?«, flötete die Stimme. Raldon stolperte aus dem Gewölbe, als hätte ihn jemand gestoßen. Er war geknebelt, sein geöltes Haar zerzaust, Blut lief aus der gebrochenen Nase auf seine Robe, seine Hände waren gefesselt.

Der Sprecher kam als Nächster, kristallblaue Augen musterten den Abstand zwischen ihnen aus dem Schatten einer weiten, pelzgefütterten Kapuze. Er ging langsam und bedächtig, und die Ruhe und Selbstsicherheit seines Gangs spiegelte sich in seinen markanten Gesichtszügen wider: hohe Wangenknochen, ein kantiger Kiefer und ein kurzer, an den Seiten grauer Bart. Über einem pechschwarzen Kettenhemd trug er einen silbernen Brustpanzer, der so blank poliert war, dass er in der aufgehenden Sonne schillerte. Auf seiner Vorderseite prangte das sularische Kreuz, der Rechtbrand, ein Kreuz mit einem kleinen Kreis in der Mitte und kurzen Segmenten eines größeren, durchbrochenen Kreises an den Enden des Quer- und des senkrechten Balkens. Dies war das Symbol sowohl der Kirche als auch des Landes.

Der pelzverbrämte Umhang, der über einer Schulter hing, vervollständigte die Kleidung des Befehlshabers des kleinen Trupps. In der linken Hand trug er einen kurzen Streitkolben mit einem großen, mit Schlagblättern ausgestatteten Kopf.

»Eisenburg«, sagte Nicholas so, dass die anderen es hören konnten.

»Er hat wenig Ähnlichkeit mit den alten, verherrlichten Paladinen, von denen ich Geschichten gehört habe«, bemerkte Xamus.

»Die Zeiten ändern sich«, entgegnete Nicholas.

Der Befehlshaber schob Raldon zur Brüstung und blieb kurz hinter ihm stehen. »Ich sage es nur noch ein Mal«, donnerte Eisenburgs gewaltige Bassstimme. »Händigt Gundr eure Waffen aus.«

»Raldon hat uns angeheuert!«, rief Oldavei zurück. »Wenn Ihr ihm einfach den Knebel herausnehmt, kann er ...«

Eisenburg wechselte den Streitkolben in die rechte Hand, hob ihn quer über den Körper und schwang ihn in einem vernichtenden Bogen nach unten, wobei er die messerscharf geschliffenen Schlagblätter in die linke Seite des Halses des Magistrats rammte. Blut strömte sowohl aus der fürchterlichen Wunde als auch aus Raldons Mund und durchtränkte den Knebel. Eisenburg riss den Streitkolben wieder heraus und trat Raldon in den Rücken. Der Magistrat prallte gegen die Balustrade und sackte mit glasigen Augen gegen eine Zinne, bevor er zu Boden rutschte, sodass die Gruppe ihn nicht mehr sehen konnte.

»Verzeih, hast du etwas gesagt?«, antwortete Eisenburg.

»Ach du Scheiße«, hauchte Oldavei.

»Raldons Vergehen gehörten zu den schlimmstmöglichen!«, rief Eisenburg. »Behinderung der Justiz. Selbstjustiz. Er hat sich sein eigenes Grab geschaufelt und damit auch euch.«

Eine leichte Brise ließ den Umhang des Befehlshabers und die Flaggen auf den Türmen wehen. Es handelte sich, wie Nicholas feststellte, um einen Westwind.

»Ich habe euch gerichtet.« Eisenburg hob den Streitkolben und deutete auf sie. »Das Urteil lautet: schuldig!«

Xamus versuchte einzuschätzen, welcher ihrer Gegner die größte Bedrohung darstellte. Gundr, der Oger, würde den Abstand verringern müssen, während der Bogenschütze dieses Problem nicht hatte. Der Elf flüsterte einen Schlafzauber. Er warf einen Seitenblick auf das leicht schimmernde Amulett, das am Hals des Bogenschützen baumelte – diesmal war es kein Sonnenlicht. Der Satyr sah Xamus an und lächelte wissend. *Ein Schutzamulett gegen magische Angriffe,* dachte Xamus.

»Daromis!«, schrie Eisenburg. Der Bogenschütze zog einen Pfeil aus dem Köcher, legte ihn an …

In diesem Moment wendete Nicholas ihre unmittelbare Zukunft. Der Assassine hatte in einer seiner Gürteltaschen gekramt, zwei Gegenstände herausgeholt und warf sie nun auf den Kalkstein zu ihren Füßen. Ein Windhauch begleitete eine aufsteigende Rauchwolke, die sie schnell verschlang. »Zu mir!«, rief Nicholas, eilte zur Brüstung und tastete sich an deren Krone entlang, während die Rauchwolke auf den Bogenschützen zutrieb. Donnernde, klirrende Schritte erschütterten die Brücke und signalisierten den Angriff Gundrs. Als Nicholas die gewünschte Stelle erreichte, flüsterte er: »Hier entlang.« Er sprang über die niedrige Mauer und ließ sich auf die oberste Kiste an Deck des Kahns fallen, der neben dem Schoner vertäut war. Von dort aus sprang Nicholas über das schmale Fingerdock auf das Deck des nächsten Schiffes in der Reihe, eine Kogge. Xamus erreichte dicht hinter ihm die Kogge, während Wilhelm sich auf die Kiste fallen ließ und in Richtung Schoner eilte.

»Ich habe euch nicht verpfiffen, ich schwöre es«, rief Trevon.

Als Oldavei neben ihm landete, nickte Wilhelm nur. »Beil«, sagte er knapp und deutete auf das Werkzeug in der Hand des Matrosen.

Oldavei hastete Richtung Kogge, als Torin neben ihm landete.

Trevon warf das Beil herüber und sagte: »Viel Glück!«

An der Kogge angekommen, half Oldavei Torin aufs Deck, der den Sprung nur mit Mühe geschafft hatte. Wilhelm landete neben ihnen, überquerte das Deck, sprang auf die gegenüberliegende Bordwand und dann auf die Pflastersteine des Platzes. Xamus und die anderen hielten inne, als der Barde zu dem Turm lief, aus dem Gundr und Daromis zweifellos bald auftauchen würden. Tatsächlich hörte er Schritte von den Stufen im Inneren, als er das Beil mit der Klinge voran fallen ließ und es mit einem Fußtritt unter der geschlossenen Tür verkeilte.

Schreie lenkten alle Blicke auf die Festung, wo Eisenburg auf den Platz donnerte, panische Bewohner beiseitestieß und schrie, um die Menge zu zerstreuen.

Die Tür des Turms erbebte von einem Stoß und erzitterte dann unter wiederholten Schlägen.

Xamus suchte nach einem Fluchtweg entlang des Platzes, aber

dort, direkt vor den Marktständen, teilte sich die Menge und enthüllte eine weitere von Eisenburgs Vollstreckerinnen.

Es war eine bucklige, untersetzte alte Frau mit strähnigem weißem Haar, das bis zu den Pflastersteinen hinabhing. Ihr rechter Arm war verkrüppelt, unnatürlich gekrümmt und lag eng an ihrem Körper an. Sie trug kaum mehr als ein Lumpenkleid, keine Schuhe und keine Strümpfe. Wie die anderen trug sie allerdings einen schwarzen Wappenrock.

»Das ist nicht gut«, brummte Xamus.

Auf dem Kanal zu seiner Linken entdeckte er einen Kutter, der dicht an der Kaimauer lag. Am Heck stand ein Matrose mit einer Stake und bemühte sich, sein Wasserfahrzeug in die Schlange der flussaufwärts fahrenden Schiffe einzureihen.

»Hier!«, rief Xamus den anderen zu und sprang vom Steg auf das Boot des verblüfften Matrosen. Dann sprang er auf der gegenüberliegenden Seite wieder hinunter, den Kopf über Wasser haltend, während er zur Kanalmauer schwamm.

Eisenburg hatte die Hälfte der Distanz zwischen ihnen zurückgelegt und stürmte wie ein wütender Stier auf sie zu, als Oldavei, Nicholas, Torin und Wilhelm beschlossen, Xamus' Beispiel zu folgen. Wilhelm sprang auf den Kutter und tauchte auf der anderen Seite ins Wasser, während nicht weit entfernt die Tür des Turms aufflog. Gundr kam herausgestürmt, dicht gefolgt von Daromis.

Wilhelm erwies sich als guter Schwimmer und erreichte die Kanalmauer gerade, als Xamus sich hochzog. Der Elf sprang sofort von der Mauer auf das Deck einer schmalen Jolle und der Barde war ihm dicht auf den Fersen. Einer der perplexen Matrosen stürzte sich auf Xamus, was Wilhelm dazu veranlasste, den Mann über Bord zu stoßen. Oldavei erklomm als Nächster das Deck und schüttelte das Wasser ab wie ein Hund. Dann hob er die Hände und sagte lächelnd zu einem ungläubigen Matrosen: »Tut mir leid, wenn ich störe!«

Xamus eilte zum Bug, sprang von dort auf das Heck des nächsten Bootes in der Reihe, eines weiteren Kutters, und nahm sich gerade genug Zeit, um nach oben zu schauen, als er einen Falkenschrei hörte. In diesem Augenblick brach sich das Sonnenlicht auf einem kleinen, sternförmigen Metallgegenstand, der wie ein Pfeil flog und einen der Flügel des Raubvogels durchschlug. Der Vogel taumelte, dann stürzte er ab.

»Bolo!«, schrie eine Frauenstimme.

Xamus sah die Falknerin zwei Boote weiter auf das Deck eines Ruderboots steigen. Ihr geflügelter Begleiter stürzte herab und prallte mit voller Wucht auf den ausgestreckten Handschuh der Frau. Die Falknerin zog ihre Klinge, Mordlust in den Augen, während sie auf den Bug des Bootes zustürmte.

»Sauberer Treffer!«, bemerkte Torin zu Nicholas gewandt, als der Assassine ihn auf die Kanalmauer zog. Als sie dort standen, meldete sich der Gefahreninstinkt des Assassinen. Seine Hand schoss vor und pflückte einen von Daromis' Pfeilen aus der Luft, als die Spitze nur noch eine Daumenbreite von Torins Kopf entfernt war. Der Zwerg machte große Augen und nickte dem Attentäter hastig zu, bevor er auf die Jolle sprang.

Nicholas war mitten im Sprung, als er einen scharfen Aufprall und einen stechenden Schmerz in seinem Rücken zwischen den linken Rippen spürte. Er landete auf dem Deck der Jolle und drehte sich zu dem Platz um, wo ein Teil der aufgeschreckten Menge herbeieilte und Daromis' nächsten Schuss verhinderte. Nicholas griff nach hinten, ignorierte die wütenden Rufe des Matrosen der Jolle und brach den Pfeil nahe der Stelle ab, an der der Schaft seine Haut durchbohrt hatte. Dann sah er Xamus. Der Elf und der Ma'ii kletterten gerade eine Leiter hinauf, die am Deich verankert war, der den Kanal von den Schleusen trennte. Ein letzter Blick nach hinten zeigte, dass ein beladener Lastkahn auf dem Wasserweg nun vor Daromis' Position kreuzte und ein kleines sicheres Handlungsfenster bot, ehe der Bogenschütze wieder schießen konnte.

Auf dem Marktplatz ertönten die Rufe und Schreie der Besucher. Eisenburg stürmte durch die Menge, schob Männer, Frauen und Kinder aus dem Weg und stieß einige auch ins Wasser.

Torin warf einen Blick über die Schulter, murmelte: »Verrücktes Arschloch!«, und dann kletterte er die Deichleiter hinauf.

Unbemerkt von Xamus und den anderen kam Gundr in der Nähe der Alten zum Stehen, die an der linken Seite seiner Rüstung auf seinen Rücken kletterte. Nachdem sich die Vettel an ihm hochgezogen hatte, strebte der Oger dem nächstgelegenen Treppenturm entgegen.

Die Krone der Deichmauer war breit genug, um vier Personen nebeneinander Platz zu bieten. Dort schufteten Hafenarbeiter zwischen Kisten, Fässern und Taurollen und bedienten die Maschinen, die die Schleusentore öffneten und schlossen, sowie die großen Räder, die das Heben und Senken des Wasserspiegels regulierten. Zurzeit hielten sich die Arbeiter an mehreren dicken Seilen fest, deren andere Enden an Verankerungen an Bord einer riesigen Fregatte befestigt waren. Die Männer stemmten sich mit beiden Beinen in den Boden und kontrollierten, ob das Schiff in der richtigen Position für das Absenken und für die Weiterfahrt zur nächsten Schleuse war. Nachdem die Fliehenden die Mauerkrone erklommen hatten, rannten sie Hals über Kopf hinter den Arbeitern in Richtung Osten. Sie hielten auf den Pförtner und die Treppe zu, die zur nächsten Schleusenebene hinunterführte.

Während die Gruppe an der Mauer entlangeilte, behielt Nicholas, der die Nachhut bildete, den Kanal und den Marktplatz im Auge. Sie waren weit genug seitlich, sodass Daromis unten keinen Schuss wagen konnte. Eine Bewegung auf einer Brücke hoch über dem Markt und fast auf gleicher Höhe mit ihnen fiel ihm allerdings auf.

»Auf der Brücke!«, rief Nicholas und deutete hinüber.

Die anderen blieben lange genug stehen, um das alte Weib auf halber Höhe der Brücke zu sehen, den gesunden Arm um Gundrs Schulter gelegt, die Füße in seine Flanken gestützt und das weiße Haar im Wind wehend.

Obwohl er ihre Worte nicht hörte, wusste Xamus, dass sie zauberte. Vor den Augen der Fliehenden flammten Funken über ihren Köpfen auf und bildeten einen weiten Bogen. Jeder einzelne wurde so groß wie die Faust eines Steinbruchriesen. Die Sphären waren von grünlichem Feuer umhüllt und enthielten im Kern eine schwarze Essenz, die den Elfen beunruhigte. »Lauft! Lauft! Lauft!«, brüllte er.

Die seltsamen Feuerkugeln rasten über den Himmel, als die Gruppe in vollem Tempo links an einem riesigen Fassstapel vorbeirannte. Die Geschosse schlugen in ihn ein und entzündeten die Holzfässer. Schwarze Flecken entlang des Randes und der Kopfringe der Fässer wiesen auf deren Inhalt hin: Öl.

»Beeilt euch, verdammte Scheiße!«, rief Torin und bewegte seine kurzen Beine schneller als je zuvor. Sein Herz fühlte sich an, als wolle es in seiner Brust zerspringen. Die Fliehenden sprinteten eilig am Schleusenwärter vorbei zu den steinernen Stufen, die zur unteren Schleuse führten. Sie hatten gerade mit ihrem rasanten Abstieg begonnen, als die Fässer explodierten.

Die daraus resultierende Detonation war fürchterlich.

Sie schleuderte den Schleusenwärter in die nächste Schleuse hinunter. Die breite Treppe bebte, als bräche die Erde selbst auf. Von den fünf Fliehenden konnten sich nur Nicholas und Xamus auf den Beinen halten.

Die brennenden Körper der Hafenarbeiter auf dem Deich flogen in alle Richtungen. Die Steuerbordseite der Fregatte war weitgehend zerstört, das Schiff brannte lichterloh.

Ein gezackter Riss spaltete die Deichmauer unterhalb der Stelle, an der die Fässer gestanden hatten. In der Mitte des Dammes kamen Arbeiter der zugehörigen Schleuse herbeigerannt und drehten fieberhaft Räder, um das Wasser abzulassen, doch es war zu spät: Ein Bruch zog sich von der Explosionsstelle die Wand hinunter und Wasser strömte hindurch. Die Boote auf dem Kanal gingen am Marktsteg längsseits und die gesamten Besatzungen einschließlich der Falknerin verließen die Schiffe.

Weiter vorn auf dem Kanal fuhr ein fremdartiges Schiff, wie Xamus es noch nie gesehen hatte, auf die offene Schleuse zu. Das Segelschiff, dessen Deck mit Tieren aller Art beladen war, war so nah, dass Xamus und die anderen es mit einem verzweifelten Sprung erreichen konnten. Sie hechteten einer nach dem anderen von der Treppe, und Wilhelm landete gerade auf Deck, als die Deichmauer weiter hinten brach. Riesige Mauerbrocken lösten sich. Der gesamte Deichabschnitt gab nach, stürzte mit ohrenbetäubendem Lärm ein und zerschmetterte die Schiffe auf dem Kanal.

Die Marktbesucher zerstreuten sich im Nu wie Laub im Herbstwind. Eisenburg kam zum Stehen und wich aus, als die Fregatte in der volllaufenden Schleuse kenterte und sich drehte, während die Matrosen von Bord sprangen. Der Bug des brennenden Schiffs schob sich über die Kanalmauer, dann raste es auf der gewaltigen Welle sich entleerenden Schleusenwassers nach unten, wobei der Bugspriet wie ein Holzscheit knackte, als die obere Hälfte des Schiffes sich von den Trümmern des Deiches löste und auf den Marktweg geschleudert wurde. Die drei hoch aufragenden Masten standen einen atemlosen Augenblick lang senkrecht, bevor sie nach Westen kippten und brachen, wobei der Fockmast auf die Marktpromenade stürzte, während der Groß- und der Besanmast zitternd und splitternd auf den zerklüfteten Überresten des zerstörten Deichs aufschlugen. Brände, die im Laufe der Katastrophe fast erloschen waren, loderten inmitten der Trümmer neu auf.

Auf der Flutwelle raste das seltsame Boot mit Xamus und den anderen an Bord Richtung Schleuse, während die Flüchtlinge, umgeben von den panischen Tieren, vom Achterdeck aus zurückblickten und Eisenburg sahen. Er stand im Gegenlicht der Flammen, die Kapuze heruntergelassen, sodass sein langes Haar mit den grauen Strähnen zum Vorschein kam. Seine Augen leuchteten vor Abscheu und Entschlossenheit ... aber vor allem vor Zielstrebigkeit.

TEIL II
Geächtet

11
Flucht

»Wir sind richtig am Arsch«, sagte Torin und starrte zurück auf die kleiner werdende Gestalt Eisenburgs und das Wrack, wo schwarzer Rauch von den sich ausbreitenden Bränden in den Himmel stieg. Die Flutwelle des Dammbruchs richtete immer noch Verwüstungen an und brachte Boote sowohl weiter hinten im Kanal als auch im Segelhafen zum Kentern. »Es ginge uns vielleicht besser«, fuhr der Zwerg fort, »wenn dein sogenannter Freund nicht gewesen wäre.« Er warf Wilhelm einen kritischen Blick zu.

»Er hat uns doch gewarnt!«, protestierte der Barde.

»Nachdem er uns in die Falle gelockt hatte!«, hielt Torin dagegen. »Der Bursche hätte uns beinahe umgebracht!«

»Er hat gesagt, er hat uns nicht verpfiffen. Und ich glaube ihm«, entgegnete Wilhelm, trat näher heran und sah auf den Zwerg hinunter. »Wahrscheinlich hat uns der Falke auf dem Weg zum Segelhafen erspäht.«

Ehe Torin antworten konnte, warf Xamus ein: »Egal. Bleibt bei der Sache, da vorn ist das Haupttor.«

Das Schiff fuhr weiter, vorbei an den restlichen Bauwerken am Stadtrand von Talis, in Richtung des sogenannten Haupttors. In Wirklichkeit handelte es sich um vier massive Barrieren, die derzeit unter Wasser lagen und die sich jeweils in einem Winkel von fünfundvierzig Grad anheben ließen, um entweder die Flussströmung zu regulieren oder ein- oder auslaufende Schiffe aufzuhalten.

»Glaubst du, sie werden uns kontrollieren?«, fragte Oldavei.

Alle starrten nach vorn. Die Ausgucke auf der Brücke über den heruntergelassenen Toren waren in hektischer Betriebsamkeit, schrien, rannten umher und einige zeigten auf den zusammengebrochenen Deich.

»Ich würde sagen, aktuell sind sie anderweitig beschäftigt«, meinte Xamus.

Vom Mittelschiff her drang eine raue Stimme an ihr Ohr: »Ich kann keine gesuchten Verbrecher verstecken!« Ein kleiner, buckliger alter Kapitän mit weißem Bart trat hinter einem Straußenstall hervor.

Torin stürmte mit gezückter Axt vor, wobei er Hühner und kleineres Federvieh durch die Gegend scheuchte. Er presste den kurzen Dorn, der aus dem oberen Stielende seiner Axt ragte, unter das Kinn des alten Mannes. »Sei still und halt den Kurs, oder ich zerhacke dich wie einen Truthahn«, sagte Torin und neigte den Kopf in Richtung des Geflügels.

»Das sind Hähne«, antwortete der Kapitän.

Torin drückte den Dorn nach oben und hob dadurch das Kinn des Mannes an. »Ja, von mir aus, wie du meinst! Los!«, drängte er und deutete ein Lächeln an.

Xamus nutzte die Gelegenheit, um sich das Schiff genauer anzusehen. Es hatte keinen Mast. Er ging um eine Ziege herum nach Backbord und beugte sich über das Dollbord, um einen Blick auf etwas zu werfen, das er vorhin gesehen hatte. In der Mitte des Rumpfes trieb ein großes Schaufelrad das Boot an. Er konnte jedoch beim besten Willen nicht feststellen, welche Kraft das Rad antrieb.

Dicht neben ihm berichtete Oldavei: »Auf der anderen Seite ist auch eins.«

Xamus drehte sich um und schaute über das Deck, aber der Anblick von Nicholas, der mit dem Gesicht zum Fluss hin an der Reling lehnte und den Kopf hängen ließ, lenkte ihn ab. Blut befleckte das Deck zu seinen Füßen. Der Elf lief hinüber, und seine Augen weiteten sich beim Anblick des gezackten Schafts, der aus dem Muskel auf der linken Seite seines Rückens ragte.

Wilhelm, der auf die Brücke mit dem Sperrtor gestarrt hatte, bemerkte es und rief: »Oh! Scheiße!«

Torin hatte sich umgedreht.

»Kommt! Kommt!«, drängte neben ihm der Kapitän und gestikulierte in Richtung der Ladeluke an der Backbordseite.

Nicholas bestand darauf, allein gehen zu können, als die anderen ihn zur Luke führen wollten. Xamus warf einen letzten Blick auf die Haupttorbrücke, kurz bevor das Schiff unter ihr hindurchfuhr. Die Wachen waren so mit der Katastrophe am Deich beschäftigt, dass sie die Durchfahrt des Schiffes nicht einmal zu bemerken schienen.

Unten im Laderaum, inmitten der unzähligen Tiergerüche und -geräusche, klärte sich Xamus' Verwirrung bezüglich des Antriebs auf. Dort bewegten sich einzelne Ochsen, die an Spillstangen angekettet waren, in langsamen Kreisen und drehten den aufrecht stehenden Zylinder, der, daran hatte Xamus keinen Zweifel, seinerseits die Umdrehung der Schaufelräder bewirkte. Die Ochsen und die Spillstangen waren mittschiffs positioniert, an Backbord wie an Steuerbord.

»Ich habe hier hinten Verbandszeug!«, rief der Kapitän und wartete, bis einer der Ochsen durch die Mitte des Laderaums gegangen war, bevor er nach achtern in die dunklen Nischen verschwand. Die anderen folgten ebenso vorsichtig und versuchten, nicht nur den Ochsen, sondern auch den Exkrementen der anderen Tiere auszuweichen: von Schweinen, Hasen, Schafen, zahlreichen Hühnern und noch mehr Ziegen.

Am anderen Ende öffnete der Hauptmann eine verbeulte Truhe. Darin befanden sich Stoffumschläge unter einer hölzernen Schale mit Salbe. Der alte Mann entfernte sich, blieb in der Nähe von Nicholas stehen und blickte zu Boden. Seine Reaktion spiegelte wider, was die anderen bereits wussten: Die Verletzung war schwerwiegend.

»Ich kümmere mich besser darum, das Schiff zu steuern«, sagte der Kapitän und ging auf die Ladeluke zu.

Nicholas schwankte und ein leichter Schimmer überzog seine Haut. Er schob ein protestierendes Lamm zur Seite, lehnte sich gegen einen Kistenstapel und sagte: »Macht schon und ... zieht ihn raus.«

Die Mitglieder der Gruppe sahen einander an und weigerten sich stillschweigend ... Vor allem Oldavei sah aus, als wolle er eigentlich eingreifen, habe es sich aber anders überlegt. Es folgten weitere Runden nonverbaler Ausweichmanöver, bis Torin schließlich resigniert seufzte. Xamus reichte Nicholas seinen Flachmann, und der nahm einen kräftigen Zug, nickte dankend und gab ihn zurück.

Torin legte die rechte Hand auf Nicholas' Schulter, seine linke wartete in der Nähe des abgebrochenen Schafts. »Auf dem Weg aus der Wunde heraus könnte er mehr Schaden anrichten als beim Einschlag«, warnte der Zwerg.

»Tu es einfach«, knurrte Nicholas.

Torin griff mit Daumen und Zeigefinger fest zu, wobei er beim ersten Versuch aufgrund des Bluts abrutschte. Er wischte sich die Finger an seinem Kilt ab, versuchte es erneut und spürte, wie der Schaft um einen Fingerbreit nachgab. Nicholas jaulte. Torin spannte sich an, griff abermals fest zu und zog mit aller Kraft. Nicholas stöhnte ein letztes Mal vor Schmerz, als sich der Pfeil löste. Nachdem das Hindernis entfernt war, floss ein steter Strom Blut aus der offenen Wunde.

»Verbände!«, befahl Torin und drückte fest auf das klaffende Loch, das der Pfeil hinterlassen hatte.

»Wartet!«, platzte Oldavei heraus und schubste den Zwerg aus dem Weg. »Verbände werden die Blutung nicht stillen können, aber ich vielleicht.« Er schloss die Augen und flüsterte halblaut eine Reihe von Worten, während er die Handfläche gegen die Wunde drückte. Die anderen sahen zu und spürten einen leichten, kühlen, unerklärlichen Luftzug. Nach einem Moment öffnete Oldavei die Augen und nahm die Hand weg. Die Blutung war gestillt.

Torin trat zu ihm, zog Nicholas' Hemd am Rücken hoch und sah, dass die Wunde bereits verschorft war. »Ein Heiler!«, verkündete der Zwerg und ließ es wie einen Vorwurf klingen. »Ausgerechnet du?« Er wedelte mit den Händen wie ein Beschwörer. »Urplötzlich ein Heiliger!«

Oldavei trat einen Schritt zurück und sah aus, als wäre ihm leicht schlecht. »Nein, nein, nein, hör zu, du verstehst das nicht. Ich habe das seit ... Ich tue das nicht gern, klar? Tatsächlich bin ich nicht mal gut darin! Deshalb habe ich dem Ganzen schon vor langer Zeit den Rücken gekehrt, aber ich konnte Herrn Unheimlich hier nicht einfach verrecken lassen, also habe ich es getan ...« Er ließ die Schultern hängen. »Was ich allerdings nicht heilen konnte, ist der Schaden, der im Inneren seines Körpers entstanden ist.«

Xamus überlegte kurz, warum Oldavei sich so für die Natur der wilden Magie interessierte ... Was der Ma'ii wirkte, war eine ganz andere Art von Magie, und doch ... Der Elf verstand oder er glaubte zumindest zu verstehen: Vielleicht hatte Oldavei Schwierigkeiten, seine Magie zu kontrollieren. Hatte er deshalb gesagt, er wende sie nicht gern an? Xamus verdrängte diese Information vorerst.

Alle Augen starrten den Ma'ii an, als Nicholas sich umdrehte und sein Hemd herunterzog. »Das heilt schon«, versicherte er. »Ich werde schon wieder.« Er warf Oldavei einen eindringlichen Blick zu, als sähe er ihn zum ersten Mal. »Danke dir.« Dann sagte er zu den anderen: »Wir sollten besprechen, was wir als Nächstes tun.«

Als keine Antwort kam, räusperte sich Nicholas.

»Ja«, pflichtete Wilhelm Nicholas bei, ohne den Blick von Oldavei abzuwenden. »Wir sollten bald von Bord gehen, ehe wir irgendwelche Häfen oder Kontrollstellen erreichen.«

»Aber wohin sollen wir gehen?«, wollte Xamus wissen. »Herddahl kommt ja wohl nicht mehr infrage.«

»Das gilt auch für alle anderen Handelsstädte«, ergänzte Torin. »Eigentlich sogar für alle anderen Städte. Verflucht, wir sind gesuchte Verbrecher! Glaubt ihr wirklich, es gibt einen Ort, wo uns Eisenburg und seine Schoßhunde nicht finden?«

»Ich kenne vielleicht einen«, sagte Oldavei. »Zumindest habe ich von einem gehört. Sagen euch die Kannibushügel etwas?«

»*Was für* Hügel?«, erwiderte Wilhelm, dessen Laune sich sofort besserte.

»Die Kannibushügel«, antwortete Xamus. »Ich habe von ihnen gehört. Eine Druidengemeinschaft, die angeblich Verfemten und Wanderern Unterschlupf bietet.«

»Auch gesuchten Verbrechern wie uns?«, fragte Torin.

»Vielleicht«, entgegnete Xamus.

»Weißt du, wo wir sie finden?«, erkundigte sich Wilhelm.

Xamus schüttelte den Kopf.

»Ich kenne den Weg ungefähr«, erklärte Oldavei. »Vielleicht fünf Tagesreisen, nachdem wir von Bord gegangen sind.«

»Fünf Tagesreisen …«, seufzte Torin.

»Außerdem …«, fuhr Oldavei fort.

»Außerdem was?«, verlangte Torin zu wissen.

»Nach allem, was ich gehört habe, ist das nicht unbedingt ein Ort, den man findet. Es ist eher so, dass er einen findet.«

»Ah, perfekt!«, rief Torin. »Fünf Tagesreisen in ein sagenumwobenes Märchenland in der Hoffnung, dass es uns findet, bevor Eisenburg das tut.«

»Ja, das ist verrückt«, pflichtete ihm Nicholas bei. »Wir sollten uns besser trennen. Einzeln kann man sich leichter verstecken als in einer Gruppe.«

»Bis man aufgespürt wird«, erwiderte Wilhelm. »Wenn man dann keine kleine Armee im Rücken hat …«

»Außerdem kannst du allein *nirgends* hingehen«, fügte Oldavei hinzu.

Wilhelm sagte: »Wir könnten es schaffen, wenn wir uns von den großen Straßen fernhalten, allen aus dem Weg gehen … die erste Etappe Tag und Nacht unterwegs sind und dann hauptsächlich nachts, bis wir ankommen.«

»Das wird kein leichter Weg«, ergänzte Xamus. »Aber ich glaube, Oldavei hat tatsächlich recht. Ein anderes Ziel bleibt uns nicht.«

Nach kurzem Schweigen meinte Torin: »Na schön, von mir aus. Sind wir uns einig?«

Einer nach dem anderen stimmte lautstark zu, außer Nicholas, der nur stumm nickte.

★ ★ ★

Nach etwa einer Stunde steuerte der Kapitän sein Schiff so dicht ans Ufer wie möglich. Die Gesetzlosen hatten dem alten Mann gegenüber ihr Ziel nicht erwähnt.

»Was auch immer der Drecksack wissen will, wenn er dich einholt«, sagte Torin zu dem alten Mann, »sag ihm die Wahrheit. Du hast nicht freiwillig gesuchte Verbrecher versteckt. Wir haben dir schlicht keine andere Wahl gelassen, klar?« Mit dem Drecksack meinte er natürlich Eisenburg.

Der Alte nickte.

»Oh, und … hier.« Torin reichte ihm eine Handvoll Münzen. »Für deine Mühen. Ich kann es gerade ohnehin nicht ausgeben.«

Der Alte hob die Brauen. »Danke«, sagte er. »Allzeit guten Wind und immer eine Handbreit Wasser unter dem Kiel!«

Ein Mitglied der Gruppe nach dem anderen warf sein Gepäck an Land, sprang über Bord und schwamm zum Ufer. Die Sonne versank am Horizont, während sie durch Gestrüpp, Wald und hohes Gras nach Osten vordrangen. Oldavei witterte ständig nach Anzeichen von Verfolgern, nach Jägern oder Lagern in der Nähe, und seine scharfen Ohren lauschten aufmerksam, während die anderen den Himmel im Auge behielten und auf jedes Anzeichen des gefürchteten Falken achteten.

Xamus' Aufmerksamkeit war jedoch nicht ungeteilt. Er beobachtete den Himmel, aber auch Nicholas. Seine anfängliche Sorge, das Fieber des Assassinen könnte sich verschlimmern, er könnte Atemprobleme bekommen, oder der Blutverlust würde ihn umbringen, erwies sich als unbegründet. Als es Nacht wurde und sie ihren Weg fortsetzten, nun in Richtung Norden, übernahm Nicholas die Spitze und führte sie zielsicher über das ständig wechselnde Terrain, immer weiter, bis die Morgendämmerung im Osten wieder einsetzte. Das Seltsame war nicht nur, dass dadurch die Gesundung des Assassinen nicht ins Stocken geriet, sondern dass es ihm mit jeder vergangenen Stunde besser zu gehen schien, während seine Haut – zumindest in den Augen des Elfen – einen helleren Farbton annahm.

Sie ruhten sich nur nach langen Strecken und jeweils nur für kurze Zeit aus. Am Ende des zweiten Tages fanden sie eine kleine Höhle unter einem steinigen Felsvorsprung, wo sie endlich eine Pause einlegten, ihre Schlafsäcke zum Trocknen am Feuer ausbreiteten und erschöpft in Schlaf fielen.

Xamus erwachte erst Stunden später. Als er Feuerholz nachlegte, stellte er fest, dass Nicholas nirgends zu sehen war.

Also, dachte der Elf enttäuscht, *hat er doch beschlossen, es allein zu versuchen.*

Dann trat eine Gestalt von der Höhlenöffnung her ins Licht des Feuers. Es war Nicholas und er hatte drei tote Hasen dabei. Seine Züge wirkten im Flammenschein scharf, seine Augen glänzten. Er nickte Xamus zu, dann setzte er sich und machte sich daran, eines der Tiere zu häuten. Xamus begann mit einem zweiten Hasen, als sich die anderen rührten. Nach kurzer Zeit waren die Tiere ausgenommen und brieten auf einem Spieß. Während die Whiskeyflasche die Runde machte, zupfte Wilhelm auf den Saiten seiner Mandoline und summte eine tiefe Melodie. Nach einigen Augenblicken legte er das Instrument weg und nahm ein Stückchen Kaninchenfleisch.

»Wo hast du spielen gelernt?«, fragte Oldavei.

»Ob du es glaubst oder nicht, ich habe mit den Klassikern angefangen«, antwortete Wilhelm. »Chaubin. Krosky. Ballard.«

»Wirklich?« Oldaveis Rückfrage verriet echtes Interesse.

»Ja! In einem früheren Leben gehörte ich einer sehr wohlhabenden Familie an. Überaus berühmt!« Wilhelm richtete sich auf und hob das Kinn in übertriebenem Selbstbewusstsein. »Wir Wallaroos waren nicht etwa nur Stadtgespräch, wir waren die *Stadt*!«

Oldavei lächelte.

Wilhelm fuhr fort: »Man hat eine ganze Gemeinde nach uns benannt, damit du es weißt. Was auch immer oberhalb der Oberschicht liegt, das waren wir! Wir konnten uns alles leisten.« Wilhelm erhob sich auf ein Knie und warf sich in die Brust. »Silberne Löffel? Lächerlich! Ich aß von einer beschissenen Goldschaufel!«

Oldavei brach in Gelächter aus.

»Was ist dann passiert?«, fragte Torin, der den beiden gegenübersaß und an einer Hasenkeule knabberte.

Wilhelm setzte sich ernüchtert wieder. »Ach, ich weiß nicht. Das war einfach nichts für mich. Es wirkte immer irgendwie aufgesetzt. Nie authentisch. Sobald ich alt genug war, ging ich weg … zog von Ort zu Ort und verlor mich in der Musik, im Leben. Ich habe versucht, mich selbst zu finden, denke ich.«

»Hast du das?«, erkundigte sich Oldavei. »Hast du dich gefunden?«

Wilhelm feixte. »Ich bin noch auf der Suche. Aber hey, vielleicht ist an den Worten des großen Philosophen Rasmusen etwas Wahres dran: ›Wer die Reise zu sich selbst beginnt, sollte nicht zuerst fragen, wie weit er gehen muss …‹«

»… sondern betrachten, wie weit er schon gekommen ist«, schloss Nicholas.

Auf die überraschten Reaktionen um ihn herum antwortete der Assassine: »Ich war mal Lehrer.« Er sah Wilhelm an. »Auch in einem anderen Leben.« Das war ein bedeutsames Eingeständnis ihres Reisegefährten, der bisher so gut wie nichts von sich oder seiner persönlichen Geschichte erzählt hatte. Er streckte den Arm hinter den Rücken und strich mit den Fingern über die Wunde, die nun vollständig verheilt war, genau wie die inneren Verletzungen, die er erlitten hatte. »Allzu begierig zu lehren«, sagte Nicholas, dessen Blick und Stimme distanziert wirkten. »Doch irgendwie immer noch unfähig zu lernen.«

Er erwachte aus seiner Geistesabwesenheit, seufzte und stand auf. »Wir sollten weiterreisen, jetzt, da wir geruht und etwas gegessen haben«, schlug er vor. Ohne auf eine Antwort zu warten, packte er seine Siebensachen und begab sich zum Höhleneingang.

Die Sonne erhob sich erneut über die fernen Gebirgskämme, spendete jedoch kaum Wärme, als die Abenteurer ihre Reise fortsetzten. Je weiter sie nach Norden vordrangen, desto mehr veränderte sich das Terrain von ausgedehnten Ebenen zu sanften Hügeln. Sie reisten Tag und Nacht und immer weiter. Vier Tage waren vergangen, als sie sich in die Gebirgsausläufer der Mittellande wagten. An die Stelle von Sträuchern, Hainen und hohen Gräsern traten immer dichtere Wälder, in denen die hohen Eichen, Zedern und Tannen irgendwann Kiefern und Erlen wichen. Dadurch wurde der üppig wuchernde Wald zu einer ganz eigenen Welt, einem Ort, an dem es schwer war, sich zu orientieren, an dem das Blätterdach das Sonnenlicht abhielt, an dem man statt über harte Erde über weichen Lehm ging und an dem seltsame Tiergeräusche und das Knarren und Ächzen von Holz zu hören waren, begleitet vom gelegentlichen Knacken eines herabfallenden Astes.

Das Licht verblasste und Schatten hüllten die Umgebung in Dunkelheit. Torin, der die Nachhut bildete, stolperte über eine Wurzel und fluchte lauthals. Oldavei war müde, weil er ständig in höchster Alarmbereitschaft war, und ging nun neben dem Zwerg her. Zunächst blieb er still, doch Torin erkannte, dass er in tiefe, beunruhigende Gedanken versunken war.

Schließlich ließ sich der Ma'ii vernehmen: »Was glaubst du, warum er das getan hat?«

Torin wartete darauf, dass Oldavei genauer erklärte, was er meinte. Irgendwo in der Nähe knackte Holz.

Der Ma'ii wurde langsamer, witterte und entspannte sich dann. Mit einem Blick zu dem Zwerg fuhr er fort: »Eisenburg – was meinst du, warum er Raldon getötet hat?«

Tatsächlich hatte der Zwerg darüber lange nachgedacht. »Dafür gibt es mehrere Gründe«, entgegnete er. »Zunächst einmal vermute ich, die Kirche hat eigene Ermittlungen über die Kinder der Sonne angestellt. Raldon hat seine Kompetenzen überschritten, indem er uns anheuerte. Das hat Eisenburg wohl mit ›Behinderung der Justiz‹ und ›Selbstjustiz‹ gemeint.« Dann zögerte der Zwerg. »Aber ich glaube, der wichtigste Grund war, jedem, der auf die Idee kommen könnte, aus der Reihe zu tanzen, eine sehr konkrete, sehr öffentliche Lektion zu erteilen, indem man zuerst an dem armen Bastard Raldon und dann an uns ein Exempel statuiert. Sie lautet: Sie allein sind das Gesetz, und es ist nicht gut, sich ihrer Autorität zu widersetzen ...«

In diesem Augenblick ertönten Geräusche, die die gesamte Gruppe zum Stehenbleiben und zum Ziehen der Klingen veranlasste. Die Laute schienen von überallher zu kommen und näher zu rücken, und obwohl sie zweifellos aus der Nähe stammten, war ihre Quelle nicht sofort auszumachen.

Plötzlich veränderten sich die Schatten um die Gruppe herum und nahmen Gestalt an, während der ganze Wald lebendig zu werden schien.

12

Goshaedas

Die Gestalten tauchten wie aus dem Nichts auf oder vielleicht auch aus dem Wald. Es war schwer zu sagen. Oldavei war sprachlos, denn er hatte nicht gewusst, dass jemand oder etwas in der Nähe war, bis die Fremden fast direkt bei ihnen waren.

Zwei von ihnen, einer auf jeder Seite, wirkten tierhaft und waren von kleinem Wuchs, und jetzt, da sie sich vollständig materialisiert hatten, nahm Oldavei von ihnen Hundegeruch wahr, obwohl sie eine humanoide Gestalt besaßen. Ein anderer hinter ihnen verströmte einen vertrauten Geruch, der dem seinen ähnelte – ein Ma'ii, vermutete Oldavei. Zu seiner Rechten erschien ein Wesen, das er für einen Satyr hielt, der Eisenburgs Bogenschützen Daromis ähnelte. Allerdings hatte dieser hier größere gewundene Hörner und trug ein Gewand, das unverkennbar aus Laub bestand. Er hielt einen kleinen Dolch in der Hand.

Vor ihnen verlangte eine kräftige Stimme zu wissen: »Freund oder Feind?«

Oldavei blinzelte, aber er sah niemanden. Selbst Xamus konnte mit seinem geschärften elfischen Sehvermögen keine Gestalt in den Schatten ausmachen. Wer auch immer es war, er klang menschlich.

Xamus zögerte kurz, ehe er antwortete: »Freunde. Wir sind … auf der Flucht. Paladinritter Eisenburg hat uns zu Unrecht verschiedener Verbrechen angeklagt. Wir haben Gerüchte über einen Zufluchtsort in diesen Hügeln gehört.«

Einen Augenblick lang herrschte Schweigen, und Xamus hatte das Gefühl, dass jemand über ihn und seine Gefährten richtete. Schließlich antwortete der, der ihn angerufen hatte, in einem leiseren Ton: »Wenn ihr in Frieden kommt und Zuflucht sucht ...«, dann materialisierte sich eine Gestalt aus dem Laubwerk, während sie nach vorn trat. Doch auch jetzt noch waren die einzigen Details, die sie ausmachen konnten, sanft leuchtende Augen und ein erhobener Bogen, dessen Pfeil auf sie gerichtet war. »Dann werdet ihr keine Waffen brauchen«, endete der Bogenschütze. Zwei weitere Gestalten tauchten aus dem Gebüsch auf, ebenfalls Bogenschützen mit Kapuzenumhängen.

Xamus wartete, das Langschwert noch immer kampfbereit in der Hand. Er warf einen Blick zu Oldavei, der nickte.

»Durchaus«, antwortete der Elf und steckte sein Schwert zurück in die Scheide. Die anderen taten es ihm nach.

Anscheinend zufrieden ließen der Sprecher und die Bogenschützen ihre Waffen sinken. »Folgt mir«, sagte Ersterer und schritt geräuschlos durch den Wald.

Während sie voranschlichen, bemerkte Xamus, dass der Gang des Anführers dem einer Dschungelkatze glich, die sich anpirschte, angespannt und scheinbar bereit, jederzeit loszuschlagen.

Irgendwo vor ihnen schimmerte ein sanftes Licht. Je weiter sie kamen, desto heller und intensiver wurde es, als erwachten die Flammen einer Vielzahl von Kerzen nach und nach zum Leben. Tatsächlich erkannte Xamus, als die Gesetzlosen sich dem Ursprung des Leuchtens näherten, einzelne kleine Lichtquellen. Es waren keine Kerzen, sondern zarte Geschöpfe, die in der Luft umherfliegend verschlungene Muster bildeten.

Sie traten aus dem dichten Wald heraus auf eine offene Fläche, die mit hüttenähnlichen Unterständen übersät war. Sie waren mit aus der Erde sprießenden, verschlungenen und verflochtenen Ästen errichtet worden, wobei kleinere blatt- und nadeltragende Äste die Dächer bildeten.

Nun, wo das Licht besser war, warf Xamus einen genaueren Blick auf den Anführer der Gruppe. Es handelte sich um einen mittelgroßen Mann mit langem, gelocktem braunem Haar, das nach hinten gebunden war. Er trug ein grünes Stirnband und ein ärmelloses, ebenfalls grünes Wams. Das Kleidungsstück war von langjährigem Tragen zerschlissen und vielfach geflickt. Schwarze Lederhosen und hohe Stiefel vervollständigten seine Bekleidung, und verschiedene Schmuckstücke und Fetische klirrten und klapperten, wenn er ging. Auf seinem Rücken hing ein mit Pfeilen gefüllter Köcher und nun auch ein aus Knochen gefertigter Bogen. An seiner rechten Hüfte trug er ein Langschwert.

Er wandte sich Xamus zu und sagte: »Ich bin Darylonde Krallenhand«, wobei er dem Elfen in die Augen sah. Seine Augen waren silbrig, schimmerten wie Mondlicht und über das linke zog sich eine zerfurchte Narbe, die von der Stirn zur Wange reichte. Der Blick galt nicht ihm, sondern schien durch ihn hindurchzusehen.

»Ich bin Xamus«, stellte sich der Elf vor, und auch die anderen Gruppenmitglieder nannten der Reihe nach ihren Namen.

»Mm«, erwiderte der Mann. »Hier entlang.« Er machte eine Bewegung mit der rechten Hand, und Xamus bemerkte zwei Dinge: Erstens, die Hand – nur die rechte – war mit einem dicken schwarzen Handschuh bedeckt. Zweitens besaß sie einschließlich des Daumens nur vier Finger. Darylonde sah, dass Xamus seine Hand begutachtete, und er senkte sie rasch, während er weiter voranging.

Bald kamen sie auf eine breitere, hellere Lichtung, einen offenen Bereich, den ein Amphitheater beherrschte, dessen halbkreisförmige Sitzreihen in die Erde eingelassen waren, während die Bühne aus einem riesigen, sanft geschwungenen Stein bestand. Darüber spannte sich eine Kuppel, die wie die zuvor gesichteten Hütten aus verflochtenen Baumstämmen und Ästen bestand. Der tiefer gelegene Sitzbereich wies keine Grabspuren auf. Vielmehr erweckte er den Eindruck, aus der Erde selbst entstanden zu sein. Soweit Xamus und die anderen das erkennen konnten, hatten weder Axt noch Schaufel eine Rolle bei der Errichtung – vielleicht war ›Erschaffung‹ auch ein passenderes Wort – des Amphitheaters oder irgendeines anderen Teils der Zuflucht gespielt. In der Mitte des irdenen Bodens des Theaters, zwischen den untersten Sitzen und der Bühne, befand sich ein Weiher mit einem Durchmesser von etwa sechs Metern.

Die gesamte Umgebung war beinahe taghell erleuchtet, ein Effekt, der durch die Anwesenheit von Irrlichtern sowie größeren, komplexeren und helleren Lebensformen entstand. Eine von ihnen schwebte auf Armeslänge an Torin vorbei, der ihr mit offenem Mund staunend nachsah. Die Kreatur war ein menschlich aussehendes weibliches Wesen, nicht größer als seine eigene Hand, das ein einfaches, robenartiges Gewand und dicke, schwere Stiefel trug.

»Ich habe schon von Feen gehört«, sagte Torin voller Ehrfurcht. »Aber ich habe noch nie eine aus der Nähe gesehen. Sie trägt Stiefel!« Hinter dem Zwerg sah Wilhelm eine weitere, die nahe herangeflogen war.

»Sieht aus, als trügen sie alle Stiefel«, bemerkte er. »Das glaubt uns niemand!« Die Fee in Torins Nähe mit den hell leuchtenden Insektenflügeln und dem weißen Stachelhaar zwinkerte dem Zwerg zu, bevor sie sich zu hundert anderen im Dickicht der Bäume gesellte, die den offenen Bereich umgaben.

»Willkommen im Hain des Lichts«, sprach Darylonde, der am Rand der Grube stand und nach oben blickte.

Die Mitglieder ihrer Eskorte, der Ma'ii und die Hundemenschen, die Oldavei jetzt als Gnolle erkannte, der Satyr und die beiden vermummten Gestalten hatten sich zerstreut. Nun kehrten sie jedoch zurück, hatten die Waffen weggelegt und trugen stattdessen Früchte und Becher mit Wasser, die sie an die Besucher verteilten. Eine der verhüllten Gestalten, deren Kapuze nun gesenkt war, sah Xamus in die Augen, als sie ihm ihre Gabe überreichte. Sie war eine Satyrin mit leicht animalischen, aber attraktiven Gesichtszügen und dicken, kurzen Hörnern, die ihr bis dicht an die Schläfen reichten. Sie schenkte ihm ein kurzes Lächeln, bevor sie sich von ihm abwandte.

Das Obst war süß und sättigend, und das Wasser ... erfrischte sie nicht nur und stillte ihren Durst, es hatte auch einen Effekt, den der Elf nur als reinigend bezeichnen konnte. Er lehnte sich an einen nahen Baum, als er mit Essen und Trinken fertig war.

Darylonde schritt zum äußersten Rand der Grube und drehte sich um, die Hände erhoben. »Ihr dürft hier gern rasten, essen und trinken«, sagte er. »Doch ob ihr verweilen dürft, ist nicht meine Entscheidung. Da müsst ihr mit jemand anderem reden.«

»Nämlich?«, fragte Xamus.

»Du lehnst an ihm«, entgegnete Darylonde.

Eine tiefe, raue Stimme ertönte hinter Xamus und brachte den ganzen Baum zum Beben, sodass der Elf sich abstieß und umdrehte. »Seid gegrüßt, Reisende.«

Xamus wich einen Schritt zurück und traute seinen Augen kaum, als der Baum vorwärts trat. Seine Blätter waren von unterschiedlicher Farbe, von Grasgrün bis zu herbstlichen Gelb- und Brauntönen. Er war etwa drei Köpfe größer als der Elf und hatte andeutungsweise ein Gesicht: Glatte, runde, kahle Flecken in der Rinde sahen aus wie Augen, die über einem kleinen, knolligen Nasenstummel lagen. Eine bewegliche Höhlung, umgeben von Blättern und herabhängendem Moos, das einem Bart glich, diente als Mund, aus dem die rasselnde, grollende Stimme kam.

»Ich bin Goshaedas«, stellte der Baum sich vor. »Hüter dieser Zuflucht.«

Nach diesen Worten herrschte entgeisterte Stille. Xamus starrte Goshaedas sprachlos an. Er hatte von seinen Ahnen Geschichten über das Baumvolk gehört wie Torin über die Feen, aber er hatte noch nie einen seiner Vertreter gesehen, geschweige denn sprechen gehört.

Goshaedas ließ den Blick über die Versammlung schweifen. »Ich frage euch«, fuhr er fort, während sich zwei große Äste zu beiden Seiten gestikulierend bewegten und dabei knarrten. »Glaubt ihr? An die Vorsehung? An den Sinn?«

Die Mitglieder der Gruppe sahen einander an. Darylonde schüttelte leicht den Kopf und schien sich eine Antwort zu verkneifen. Schließlich nickte einer nach dem anderen. Xamus entgegnete: »Ja.«

»Gut«, sprach Goshaedas. »Denn eure Reise zu diesem heiligen Ort war kein Zufall, eure Ankunft war vorhergesehen, ja, sogar vorherbestimmt. Alles ist, wie es sein soll. Also, ja, ihr seid hier nicht nur willkommen, ihr seid dazu bestimmt, hier zu sein. Ich bitte nur darum, dass ihr eine einfache Regel befolgt.« Der rechte Ast bog sich nach oben, drei Zweige kräuselten sich nach unten, und einer stand aufrecht wie ein erhobener Zeigefinger. »In meiner Zuflucht ist kein Platz für Kämpfe. Hier, anders als vielleicht an jedem anderen Ort der bekannten Welt, werdet ihr Frieden finden, solange ihr helft, ihn zu erhalten. Niemals«, er hielt inne, um seinen Worten Nachdruck zu verleihen, »dürft ihr diesen Frieden als selbstverständlich ansehen, denn er ist hart erkämpft.«

Während ihre Gastgeber die leeren Kelche einsammelten, wies Goshaedas die Gruppe an: »Nun ruht euch aus. Schlaft, wo immer ihr mögt. Erwacht verjüngt.«

Als der gewaltige Riese sich umdrehte und in den Wald stapfte, bemerkte Xamus, dass sich Goshaedas' Stamm auf halber Höhe in zwei Teile spaltete, die ihm als Beine dienten. Der Elf sah sich um und stellte fest, dass alle Fremden gegangen waren.

Von ihren Gastgebern war nur Darylonde übrig, der nun an der Stelle stand, an der sie den Hain des Lichts betreten hatten. »Ruht euch aus«, sagte er, »wir reden morgen weiter.« Damit wandte er sich ab und verschwand in der Nacht.

Torin schaute mit müden roten Augen von Oldavei zu Xamus. »Zufluchtsort, habt ihr gesagt. Ich habe kein Wort von wandelnden, sprechenden Bäumen und verdammten Feen gehört! Eine Warnung wäre angebracht gewesen!«

»Ich kannte keine ... Details«, antwortete Oldavei und gähnte.

»Da dachte ich, ich hätte alles gesehen«, brummte Wilhelm und setzte sich auf den Rand der Grube, die Sohlen seiner Stiefel ruhten auf einem Sitz in der obersten Reihe. »Vielleicht ist das alles nur ein Traum.« Er streckte sich aus, faltete die Hände über seinem Bauch und schloss die Augen.

»Traum hin oder her, ich bin total erschöpft«, gähnte Torin. Er setzte sich umständlich hin und legte sich dann auf die Seite, während Oldavei sich neben ihm ausstreckte.

Xamus spürte, wie seine Lider schwer wurden, ließ sich niedersinken, rollte sich auf den Rücken und beobachtete mit zunehmend verschwommenem Blick, wie die Feen und Irrlichter eilig aus seinem Blickfeld verschwanden. An einem klaren Himmelsfleck über sich sah er ferne Sterne leuchten, bevor sich seine Augen schlossen.

Nicholas hielt bis zuletzt durch, saß im Schneidersitz da und hielt Wache, bis sein Kinn herabsank und auch er in einen gnädigen, traumlosen Schlummer fiel.

13

Ordnung und Chaos

Sie erwachten bei Tagesanbruch und fühlten sich ausgeruhter als je zuvor. Trotz der ernsten Lage, in der sie sich befanden, hatte ihnen das Essen und Trinken vom Vorabend sowie der ununterbrochene Schlaf, wie Goshaedas vorausgesagt hatte, ein Gefühl der Verjüngung verschafft. Zumindest für den Augenblick war die Bedrohung durch Eisenburg und seine Vollstrecker vergessen.

Vögel sangen in den dichten Wäldern. Jedes Zwitschern, Trillern und Gurren war einzigartig, und doch bildeten alle zusammen eine beruhigende, melodische, natürliche Symphonie. Xamus, Torin, Wilhelm, Oldavei und Nicholas erhoben sich. Mit Ausnahme von Torin, der ohne Gepäck reiste, stellten sie fest, dass sie in der Nacht zuvor so erschöpft gewesen waren, dass sie nicht einmal ihre Schlafsäcke ausgebreitet hatten. Glücklicherweise war das auch nicht nötig gewesen. Das Gras unter ihnen war weich gewesen und die Temperatur war während ihres Schlummers angenehm geblieben.

»Guten Morgen.« Aller Augen richteten sich auf Darylonde, der dort stand, wo der Hauptweg in die Lichtung mündete. Er trug seinen Waffengurt und sein Schwert sowie Bogen und Köcher. »Ich habe Anweisung, euch mit der Zuflucht vertraut zu machen.« Er deutete mit der behandschuhten Hand auf das Amphitheater. »Dies ist Waldlied. Das Gewässer da«, er zeigte auf den Weiher in der Erdmulde, »ist die Silberquelle. Trinkt nicht davon«, warnte er. »Nun nehmt euer Gepäck und folgt mir.«

Die Mitglieder der Gruppe kamen nicht umhin, die Schroffheit seines Auftretens zu bemerken. Sie waren gezwungen, schnell ihre Habseligkeiten zusammenzusuchen, da ihr neuer Führer sich bereits abgewandt hatte und in den Wald marschierte.

Wenige Augenblicke später wanderten sie einen schmalen, gewundenen Pfad entlang, der an einer kleinen Lichtung endete. Dort erblickten sie fünf kleine Unterschlüpfe, die wie jene, die sie bereits bei ihrer Ankunft gesehen hatten, ebenfalls aus verflochtenen Ästen erbaut worden waren.

»Eure neuen Behausungen«, informierte Darylonde sie.

Torin kniff ein Auge zu. »Wen habt ihr rausgeworfen?«

»Niemanden«, entgegnete Darylonde. »Wo Not am Mann ist, da gibt die Natur.«

Xamus nickte beeindruckt. Es sah aus, als habe die Zuflucht selbst Wohnstätten für sie bereitgestellt. Vielleicht auf Aufforderung Goshaedas'? Oder einfach, weil sie wusste, dass es angebracht war? Der Elf hatte viele Fragen, und er war sicher, dass es den anderen genauso ging. Für den Augenblick beschloss er, zu warten und ihren Gastgeber nicht mit Fragen zu überschütten. Außerdem verspürte der Elf seltsamerweise kein Gefühl der Dringlichkeit.

Sie wählten je einen Unterschlupf, verstauten ihre Ausrüstung und ihre Waffen und begleiteten Darylonde, der sie an einen Ort tief im Wald führte. Hier schwiegen die Vogelstimmen, und die Bäume schienen das Sonnenlicht stärker zu blockieren als irgendwo sonst in der Zuflucht, fast als verdecke eine große Wolkenbank die Sonne. Die Farben wirkten verblasst. Stellenweise war Rinde von den krummen Bäumen abgefallen, deren Äste herabhingen. Über allem lag eine freudlose Düsternis.

»Weiter östlich«, sagte Darylonde und hob den Kopf in Richtung des dunklen Waldes, »liegt ein Ort, den man besser meidet. Dort hausen böse Geister.« Er warf ihnen einen strengen Blick zu und einer nach dem anderen nickte bestätigend.

Als Nächstes führte Darylonde sie durch ein Waldstück nördlich von Waldlied – zumindest glaubte Oldavei das. Die Zuflucht ließ den Ma'ii bisweilen an seinem normalerweise unfehlbaren Orientierungssinn zweifeln. Selbst Töne und in geringerem Maße auch Gerüche, so glaubte Oldavei, verhielten sich an diesem Ort anders. Manche Geräusche, wie das sich überlagernde Stimmengewirr, das zu ihrem ersten Ziel gehörte, drangen erst an ihre Ohren, als sie schon fast dort waren. Oldavei rümpfte die Nase und witterte, als er Darylonde auf ein weitläufiges, grasbewachsenes Feld folgte.

Dort leuchteten Reihen von Zelten und Ständen in der Morgensonne, an denen Händler alles Mögliche feilboten, von Lebensmitteln und Wein bis hin zu Stoffen, Kleidungs- und Schmuckstücken. Im Gegensatz zu dem hektischen Treiben auf den überfüllten Basaren der Handelsstadt war die Atmosphäre gedämpft und entspannt. Statt lauthals zu schreien, warteten die Verkäufer geduldig darauf, dass sich Kunden näherten, und sie begrüßten sie mit leisen, herzlichen Worten und einem aufrichtigen Lächeln. Die Kundschaft bestand aus einigen Satyrn, einem Gnoll, einem menschlichen Paar, das anscheinend auf Reisen war, einem alten Mann, der auf einer Leier spielte, und einem menschengroßen Angehörigen des Baumvolkes, der verschiedene Pfeifen betrachtete. Auch die Ma'ii vom Vorabend, die Oldavei beobachtet hatten, waren dort. Leichte Verwirrung zeigte sich auf ihren Zügen, ehe sie flüsternd weitergingen. Oldavei strich mit den Fingerspitzen über die Tätowierung auf seiner Stirn und reihte sich hinter Nicholas ein.

Der Kleidungsstil der Kunden war ziemlich einheitlich: locker sitzende Gewänder in Indigo-, Purpur-, Violett- und Lilatönen, weite Latzhosen ähnlich denen, die Xamus trug, Sandalen, einfacher Schmuck aus Perlen, Stein, Hanf und Knochen.

»Ich will verdammt sein!«, rief Wilhelm aus und eilte zu einem Stand, der eine Vielzahl von Brillen anbot.

Torin schlenderte zu einem anderen Zelt in der Nähe. Die anderen warteten geduldig, während eine Satyrverkäuferin Wilhelm verschiedene Brillen zum Anprobieren reichte. Nicholas stand mit verschränkten Armen da und schien kaum wahrzunehmen, was um ihn herum geschah.

Oldavei musterte Darylonde. »Also, du bist ein Druide?«

»Gewissermaßen«, entgegnete Darylonde. »Eigentlich eher Soldat.«

Der Ma'ii fuhr fort: »Abgesehen von den Feen und Irrlichtern und so, ist fast jeder hier ein Druide oder ein Soldat?«

»Größtenteils. Es gibt auch die Fabelwesen aus der Wildnis und gelegentliche Besucher.«

Oldavei nickte.

Wilhelm überreichte der Verkäuferin einige Münzen, sagte:

»Vielen Dank!«, drehte sich um und zeigte seine neue Brille, die der ähnelte, die er im Lagerhaus in Skarstadt verloren hatte.

»Hübsch«, lobte Xamus.

»Mir gefällt es hier!«, bemerkte Torin, der sich mit sehr zufriedener Miene mit einem Horn voller Met näherte.

»Gehen wir weiter«, sagte Darylonde.

Der Rundgang führte weiter durch sonnenbeschienene Wälder. Xamus bemerkte, dass Darylonde stets angespannt schien, immer auf der Hut. Er behielt nicht nur seine Umgebung ständig im Auge, sondern auch sie, um jedes Anzeichen einer Bedrohung zu erkennen.

Bald kamen sie an einem fremdartigen Wesen vorbei, das zusammengerollt am Fuße einer alten Zeder döste.

Wilhelm stieß Oldavei an und deutete auf das Tier. »Ein verfickter Mantikor!«

Der Ma'ii stellte fest, dass Wilhelm recht hatte. Der fellbedeckte Körper des Tieres erinnerte an einen Löwen mit einer dicken dunkelbraunen Mähne. Das ruhige, leise schnarchende Gesicht war sowohl tierhaft als auch menschlich. Der lange Schwanz, der dem eines Skorpions ähnelte, zuckte, vielleicht als Reaktion auf einen Traum, und sank dann träge ins Gras.

Bald erreichten sie ein stilles Tal. Hier hielt Darylonde inne, legte die behandschuhte Hand aufs Herz, senkte den Kopf und schloss die Augen. Ein Zephir wehte vorbei, und allen Versammelten war es, als nähmen sie ein leises Flüstern in der Brise wahr, wobei sie nicht sicher waren, ob die Stimme echt war oder nur ein Hirngespinst. In der Mitte des Tals stand eine dicke, hoch aufragende, mächtige Eiche, deren Äste in den Himmel ragten.

»Dies ist Orams Rast«, sagte Darylonde, »benannt nach dem Gründer unserer heiligen Zuflucht, Oram Mondlied, einem Baumhirten. Er ist vor langer Zeit friedlich hier gestorben.«

Die Gruppe nickte verstehend und verharrte in ehrfürchtigem Schweigen.

»Dort …«, sagte Darylonde und zeigte nach oben gen Norden. Sie hoben den Blick und sahen zum ersten Mal die Silhouette des schroffen Berggipfels, der die Form eines kolossalen Bärenkopfes hatte, der nach Osten brüllte. »Deshalb seid ihr hier. Zu gegebener Zeit werdet ihr den Bärenhügel betreten und dort wird sich euer wahrer Weg offenbaren.«

Xamus, Wilhelm und Torin spürten ein Aufbäumen in ihrer Brust, eine subtile, aber nicht zu leugnende Kraft, die von irgendwoher aus der Richtung dieses gewaltigen Gipfels kam, ein uralter, ursprünglicher Ruf. Nicholas schien sich unwohl zu fühlen, er stand mit verschränkten Armen da und starrte mit steinerner Miene zum Himmel. Auch Oldavei war sichtlich erschüttert, seine Miene verriet ein schreckliches Gefühl des Grauens.

»Was ... was wird dort geschehen?«, fragte er, aber Darylonde hatte sich bereits auf den Weg gemacht.

»Ich vertraue darauf, dass ihr den Rückweg allein findet«, verabschiedete er sich und verschwand schnell im dichten Gebüsch.

»Wann ist die gegebene Zeit?«, rief Oldavei ihm noch nach, aber es kam keine Antwort.

»Ich glaube, Darylonde mag uns nicht besonders«, bemerkte Wilhelm.

»Kannst du ihm deshalb einen Vorwurf machen?«, antwortete Torin. »Wir werden wegen Aufwiegelei und Mord gesucht. Ich würde uns hier auch nicht haben wollen.«

Den Rest des Tages verbrachten sie damit, in aller Ruhe über den Markt zu schlendern, ihren Hunger zu stillen und ihren Durst zu löschen. Später am Abend versammelten sich einige der Hüttenbewohner im Waldlied zu einer Aufführung. Das Stück, das derselbe Leierspieler musikalisch untermalte, der auch auf dem Markt gespielt hatte, stellte einen der vielen Kämpfe zwischen Druiden und einer unerbittlichen Schar von Albtraumkreaturen dar, die kollektiv als »das Heulen« bezeichnet wurden. Die Darsteller des Heulens trugen Teile verschiedener Tiere und Kreaturen, von denen die Gruppe einige wiedererkannte und andere nicht, um die bösartigen Waldwesen zu verkörpern.

Das Heulen kämpfte gegen eine kleinere Truppe namens Wildniswahrer – Elitesoldaten des örtlichen Druidenordens, der Oram Hai.

Oldavei saß auf der untersten Erdstufe in der Mitte, beugte sich zu Darylonde und fragte mit einer Stimme, die er zweifellos für ruhig hielt: »Wann war das?«

»Mehrfach im Laufe der Jahrhunderte«, entgegnete Darylonde.

Auf der Bühne fielen mehrere Kreaturen des Heulens durch Holzschwerter.

Torin, der seit einigen Stunden untypisch entspannt war, jubelte und hustete Rauch. »Die rauchen euch in der Pfeife, ihr Wichser!« Dann kehrte er zu seiner eigenen Pfeife zurück und nahm einen langen Zug.

»Wann war das letzte Mal?«, erkundigte sich Oldavei bei Darylonde.

Der Soldat schaute auf die Bühne, als er erwiderte: »Ist nicht lange her. Sie haben sich jahrelang durch die Grenzgipfel gemetzelt, bis ... vor Kurzem. Bis wir sie zurückdrängten. Aber sie bleiben eine ständige Bedrohung.«

»Mm«, sagte Oldavei, nickte und schien zufrieden, während der Kampf auf der Bühne weiterging. Gleich darauf hakte er aufgeregt nach: »Bist *du* ein Wildniswahrer?«

Darylonde seufzte tief. »Ja«, sagte er, »jetzt achte auf das Stück.«

Oldavei schwieg, da er davon ausging, dass Darylonde das Gerede über frühere Heldentaten unangenehm war, während auf der Bühne der Kampf in seine entscheidende Phase ging. Wenige Augenblicke später besiegten die Wildniswahrer das Heulen unter tosendem Beifall.

Die Musik, der Tanz und das Trinken dauerten bis tief in die Nacht hinein an. Viel später, als die Irrlichter und Feen verschwunden waren und die Bewohner der Zuflucht in einen zufriedenen Schlummer fielen – mit Ausnahme von Nicholas, der einen einsamen Spaziergang unternahm –, suchte Xamus einen abgeschiedenen Ort auf, an dem er seine wilde Magie weiter üben konnte.

Er setzte sich im Mondlicht auf einen Baumstumpf und nahm den Hut ab. Der Mond, der Wald, die Einsamkeit ... all das erinnerte ihn an seine Heimat und an sein Volk, das die Natur und Gegenden wie diese so sehr liebte. Tief in seiner Brust stieg ein Gefühl auf, das er seit vielen Jahren nicht mehr verspürt hatte: ein schmerzendes Alleinsein und damit einhergehend eine Sehnsucht nach seiner Heimat, seinem eigenen Volk. Xamus holte tief Luft, verdrängte die Gedanken und konzentrierte sich auf die bevorstehende Aufgabe. Er flüsterte die entsprechende Beschwörungsformel und vollführte die erforderlichen Gesten. Es dauerte zwar länger als sonst, aber mit der Zeit entzündete sich ein Funke. Das Feuer tanzte ... dann dehnte es sich aus, loderte auf und verschwand. Der Elf stieß einen langen, tiefen Seufzer aus.

»Ich wusste nicht, dass Elfen wilde Magie praktizieren.« Eine Frauenstimme. Xamus drehte sich um und sah die Satyrin vom Vorabend, die zwischen den Bäumen hervortrat und ihre Kapuze vom Kopf streifte.

»Die meisten tun es auch nicht«, antwortete Xamus.

»Ich hoffe, ich habe dich nicht erschreckt«, begann die Satyrin das Gespräch im Näherkommen. »Ich streife gern nachts durch die Gegend.«

»Nein, nein.«

Sie trat neben ihn und betrachtete fasziniert seine Ohren. Das Licht des Vollmonds spiegelte sich sanft in ihren kristallblauen Augen, spielte auf ihrem hellblonden Haar und ihren Hörnern. »Zugegeben, mein Wissen über Elfen«, sie streckte die Hand aus und berührte leicht sein rechtes Ohr, »ist sehr gering.«

Die Berührung jagte Xamus einen Schauer über den Rücken. »Sie sind, äh ... für ihre Geheimnistuerei berüchtigt«, sagte der Elf.

»Sie?«

»Was?«

»Du hast ›sie‹ gesagt.« Sie ließ die Hand sinken und sah ihm in die Augen.

»Oh.« Xamus lächelte und deutete ein Achselzucken an. »Aus Gewohnheit, schätze ich. Ich weilte ... lange nicht unter ihnen.«

Die Frau stellte sich nickend vor: »Ich bin Amberlyn.«

»Xamus«, erwiderte der Elf.

Amberlyn lächelte. »Freut mich.«

Es folgte ein Moment peinlicher Stille, den Amberlyn durchbrach. »Wie lange praktizierst du schon wilde Magie?«

»Nicht lange genug, um so gut zu sein, wie ich es gern wäre«, antwortete Xamus. »Sie zu erlernen war eine ziemliche Herausforderung.«

»Ich wette, du magst Herausforderungen«, lächelte Amberlyn.

»Zugegebenermaßen«, bekannte Xamus.

»Bedenke«, mahnte Amberlyn, »Magie fließt durch die ganze Welt, durch die ganze Schöpfung. Sie schlängelt sich und mäandert wie ein Fluss ... oder eine Schlange. In ihrem Kern sind die magischen Disziplinen – arkane, druidische, schamanische, wilde – gar nicht so verschieden, denn sie entspringen alle einer gemeinsamen Quelle.«

Xamus war überrascht. Sein Volk, so weise es auch war, sprach nie so von Magie. *Kein Wunder,* dachte er. Es lag den ernsten, egozentrischen Elfen fern, abweichende Standpunkte anzuerkennen oder zu berücksichtigen. Wenn man sich nie über die eigene Schwelle wagte, konnte man nie etwas lernen.

»Also«, entgegnete Xamus, »wenn sich die wilde Magie in ihrem Kern nicht so sehr von, sagen wir, druidischer unterscheidet, wie kontrolliert man sie dann? Ein Freund hat vor nicht allzu langer Zeit gesagt, die Natur sei Chaos.«

»Dein Freund hatte ganz recht«, strahlte Amberlyn. »Die Natur ist tatsächlich Chaos. Aber vielleicht ist das der Punkt, an dem du ins Stocken geraten bist, denn sie ist auch Ordnung. Betrachte einen Wirbelsturm: Sturm und Auge. Im Auge herrscht eine ruhige Stille. Harmonie. Ordnung. Schließ die Augen.«

Xamus tat, wie Amberlyn ihm geheißen. »Dieser Ort ähnelt diesem Auge sehr«, fuhr sie fort. »Die ruhige Stille ist rings um dich. Hab Geduld. Bediene dich dieser Stille. Beruhige deinen Geist und finde deine Mitte.«

Der Elf versuchte es, versuchte, eine innere Ruhe zu finden, die der entsprach, die er um sich herum spürte. Er ließ alle Gedanken, Sorgen und Ablenkungen fahren und konzentrierte sich ganz auf diesen Moment, auf diesen Ort. Auf die Stille.

»Gut«, lobte Amberlyn flüsternd und zugleich drängend. »Jetzt wirke deine Beschwörung.«

Xamus nickte, flüsterte seine Beschwörungsformel, führte die Gesten aus. Er spürte Hitze zwischen seinen Händen aufwallen.

»Jetzt halte sie fest«, sagte Amberlyn. »Wenn das Feuer der Sturm ist, musst *du* sein Auge sein.«

Xamus hielt die Stille fest, umarmte sie und behielt eine ruhige Kontrolle.

»Augen auf«, sagte Amberlyn.

Xamus gehorchte und sah zu seinem Erstaunen eine lodernde Feuerkugel, die sich langsam drehte, aber stabil blieb. Stabil. Er lachte. »Ich will verdammt sein«, murmelte er und starrte in die hypnotische Flamme. Feixend schüttelte er den Kopf. Er hatte es geschafft, hatte die Flamme nicht nur gerufen, sondern sie nutzbar gemacht, seinem Willen unterworfen. Jetzt noch ein letzter

Test ... Er flüsterte eine letzte Beschwörung und sah mit Freude und Erleichterung, wie die Flammenkugel schrumpfte und verschwand.

»Ich kann dir nicht genug danken ...«, begann er und drehte sich um, aber Amberlyn war schon fort. Sie war so leise verschwunden, wie sie gekommen war.

14
Die langsame, aber unaufhaltsame Verfinsterung

Im Laufe des nächsten Tages kursierten aufgeregte Gerüchte über die bevorstehende Ankunft einer legendären Gestalt namens Palonsus – eines alten Zentaurenschmieds, den viele für seine Heldentaten während des Trümmerkrieges respektierten, bewunderten und verehrten.

Etwa 250 Jahre zuvor waren die sagenumwobenen Länder des hohen Nordens in einen Konflikt verwickelt gewesen, der zum Sturz des alten Sularia durch eine Allianz humanoider Völker geführt hatte. Dennoch hatten es die hochherzigen Ideale, Grundsätze und die Religion Alt-Sularias geschafft, lange genug in den Herzen und Köpfen der Überlebenden zu überdauern, um mit der Gründung der Handelsstädte wiederaufzuleben.

Alle Geächteten waren fasziniert von der Aussicht, jemanden zu treffen, der diese Geschichte nicht nur miterlebt, sondern höchstwahrscheinlich sogar mitgestaltet hatte. Palonsus, so erfuhren sie, reiste nur selten. Das letzte Mal war er vor fast sechzig Jahren in der Zuflucht gewesen, und so war das zeitliche Zusammentreffen des Aufenthalts der Gruppe und der Ankunft des Zentauren gelinde gesagt ein Glücksfall.

Während er dem mit Spannung erwarteten Treffen entgegenfieberte, nutzte Oldavei die Zeit und unterhielt sich ausgiebig mit Darylonde. Es war das Ziel des Ma'ii, von dem Wildniswahrer Informationen zu erhalten. Er sprach alle möglichen Themen an, von der Natur und dem Lockruf der Wildnis bis hin zur wiederkehrenden Bedrohung durch das Heulen und der Geschichte der Zuflucht in den Kannibushügeln. Darylonde ging auf diese Fragen ein, aber immer nur knapp und mit einer schroffen Distanziertheit. Es war kurz nach Mittag, sie saßen in der Nähe des Marktes am Fuße zweier Bäume und aßen getrockneten Fisch, als Oldavei beschloss, weiter in ihn zu dringen und die Fragen zu stellen, die ihm wirklich auf der Seele lagen.

»Also ...«, begann er beiläufig, »ich dachte, ich könnte dich noch einmal fragen, was du mit dem ›wahren Weg‹ meinst, von dem du auf dem Berg gesprochen hast.« Eine leichte Brise bewegte die Blätter über ihrem Sitzplatz, was Darylonde nicht entging.

Der griesgrämige Soldat, der immer noch an seinem Fisch kaute, fixierte Oldavei mit seinen silbernen Augen so eindringlich, dass sich der Ma'ii unter seinem Blick regelrecht wand. »Ich wette, du verstehst dich darauf, zu den Menschen durchzudringen«, sagte Darylonde mit einem leisen Knurren. »Vielleicht setzt du sogar manchmal deinen Willen durch, hm?«

»Ich weiß nicht, ich bin nicht ... ich meine, ich bin nicht sicher, was du ...«, stammelte der Ma'ii.

»Entspann dich«, sagte Darylonde und lehnte sich gegen den Baumstamm. »Zum gegebenen Zeitpunkt wirst du deine Antworten erhalten.«

Oldavei schwieg zunächst, doch dann antwortete er scharf: »Ich habe den Verdacht, dass du mit dem ›wahren Weg‹ das Schicksal meinst. Ich werde dir ein Geheimnis verraten.« Er stand auf und sah auf den Veteranen hinab. »Ich habe mein Schicksal schon gesehen und einmal reicht mir.« Er wandte sich ab und schlenderte davon.

Später erreichte die Nachricht, dass Palonsus bald eintreffen würde, den Hain des Lichts. Xamus hatte den Morgen damit verbracht, sich nach dem Verbleib Amberlyns zu erkundigen, und von einem ihrer Druiden-Kollegen erfahren, dass sie am Morgen zu einer nicht näher bezeichneten Mission aufgebrochen war.

Er saß am Rand der Grube des Waldlieds und dachte über Goshaedas' Worte nach, der gesagt hatte, ihr Kommen sei »vorhergesehen« gewesen. Was genau hatte das alte Baumwesen damit gemeint? Von wem? Aber vor allem – warum? Der Elf dachte gerade darüber nach, dass irgendwo irgendjemand einen Fehler gemacht haben musste, als ihm jemand auf die Schulter klopfte. Er hob den Kopf und sah in Torins grinsendes Gesicht.

»Ich habe viel Gutes über diesen Palonsus gehört«, meinte der Zwerg.

Wilhelm stand neben ihm und klimperte beiläufig auf seiner Mandoline. Andere Bewohner hatten sich im Hain eingefunden und unterhielten sich angeregt. Die gestiefelte, stachelhaarige Fee, die Torin bei ihrer Ankunft gesehen hatte, flog herab, tippte ihm leicht auf die Nase, lachte und flog davon.

»Ich glaube, sie mag dich«, neckte Wilhelm.

Torin grunzte.

Xamus schaute zurück zur Silberquelle, die durch das verflochtene Blätterdach geschützt war. Nicholas war hinabgestiegen und näherte sich nun vorsichtig dem Wasser. Die anderen hatten es auch getan: Sie alle waren zu der glitzernden Quelle gegangen und hatten hineingeschaut, um zu sehen, was viele von ihnen schon lange nicht mehr gesehen hatten: ihr Spiegelbild. Nicholas hatte sich ihnen aber bei keiner dieser Gelegenheiten angeschlossen.

Der Assassine stand nun am Rand, sah aber nicht hinein. Schließlich neigte er den Kopf und blieb vollkommen reglos, die Gesichtszüge wie versteinert. Er wich zwei Schritte zurück, wirbelte herum, stieg schnell die Stufen auf der anderen Seite hinauf und eilte zum Waldrand.

»Was ist mit ihm los?«, fragte Torin.

»Hm«, entgegnete Xamus. »Ich komme gleich wieder.« Er ging die Treppe hinunter und folgte Nicholas in den schattigen Wald.

»Du verpasst noch den … pah!« Torin winkte unwirsch mit der Hand und schaute Wilhelm an, der nur die Achseln zuckte und weiter die Saiten zupfte. Der Hain füllte sich, und bald kam Darylonde, blieb aber ein paar Schritte entfernt stehen. Er nickte kurz, dann richtete er seine Aufmerksamkeit auf die Stelle, wo der Hauptweg auf die Lichtung traf.

Dort nahmen zwei verhüllte Druiden Aufstellung. Sie setzten ihre Hörner an die Lippen und stießen hinein. Eine Gestalt tauchte auf, die einen umgedrehten Spieß als Gehstock benutzte. Ihr Oberkörper war menschlich. Der Mann hatte langes schwarzes, lockiges Haar auf dem Kopf, einen dichten, ungepflegten Bart am Kinn und buschige Brauen über den funkelnden Augen. Von seinem stämmigen, behaarten Torso hing eine schwarze Lederschürze herab, die wie seine gebräunte Haut mit Ruß befleckt war. An den Händen trug der Neuankömmling dicke eiserne Arbeitshandschuhe. Er trat weiter ins Freie und enthüllte seinen Unterleib – den eines großen schwarzen Pferdes mit Federn an den Unterschenkeln und Hufen und einem dicken, gewundenen Schweif.

»Seid alle gegrüßt!«, rief Palonsus mit kräftiger, tiefer Stimme. Er ging gemächlich weiter und tauschte mit mehreren Mitgliedern der Gemeinschaft Grüße aus, bis Darylonde sich dem Zentauren näherte und mit leiser Stimme sprach. Die beiden sahen zu Torin und Wilhelm hinüber. Palonsus' funkelnde Augen begutachteten sie kurz, ehe er seine Aufmerksamkeit wieder Darylonde zuwandte. Der Zentaur antwortete dem Wildniswahrer, dann schritt er zu dem Zwerg und dem Barden.

»Seid gegrüßt!«, wiederholte Palonsus laut, aber herzlich. »Verbrecher auf der Flucht, wie ich höre! Emporkömmlinge, was? Vielleicht sogar Schurken!«

Wilhelm zögerte, Torin grinste.

Palonsus beugte sich vor und reckte das Kinn. »Nun, das ist genau mein Stil. Trinkt ihr, Jungs?«

»Scheißt der Eulenbär in den Wald?«, entgegnete Torin.

Der Zentaur richtete sich auf, warf den Kopf in den Nacken, stieß ein schallendes Gelächter aus und sagte dann: »Ich mag euch jetzt schon! Folgt mir!«

Während Palonsus Torin und Wilhelm aus dem Hain führte, setzte Xamus seinen Gang durch den Wald fort, um Nicholas zu folgen. Er fand den Assassinen schließlich mit dem Rücken an einen riesigen Felsen gelehnt am Rande des verfluchten Waldstücks, das Darylonde ihnen zu betreten verboten hatte.

Xamus gesellte sich zu ihm und einen Augenblick lang saßen die beiden schweigend in der unheimlichen Stille. »Wer ist Katrina?«, erkundigte sich der Elf schließlich.

Nicholas sah ihn besorgt über seine Brille hinweg an.

»Du hast ihren Namen erwähnt«, fuhr Xamus fort, »nach dem Lagerhaus, während du außer Gefecht warst.«

»Niemand von Bedeutung«, antwortete Nicholas und starrte wieder in das dunkle Gehölz. »Eine verflossene Liebe in der Hauptstadt Sargrad. Wir haben uns nicht in gutem Einvernehmen getrennt.«

»Verstehe«, meinte Xamus. »Ist sie auch der Grund für deinen Zustand?«

»Welchen Zustand?«, fragte Nicholas.

»Oldavei hat deine Wunde geheilt, aber nicht deine inneren

Verletzungen. Dennoch bist du wieder ganz gesund«, erwiderte Xamus. »Deine Nachtsicht scheint besser zu sein als meine, doch du bist kein Elf. Deine körperlichen Fähigkeiten grenzen ans Unmenschliche, und in der Nacht, als du uns Kaninchen gebracht hast, hast du nichts gegessen. Aber ich vermute, du hattest dich bereits an einem gelabt – als es noch nicht gebraten war.«

Nicholas ließ Kopf und Schultern hängen.

»Als du gerade eben in den Quell geschaut hast …«

»Es verblasst«, flüsterte Nicholas. »Mein Spiegelbild. Ich verliere mich, Stück für Stück, Tag für Tag. Hier, wo Goshaedas von Frieden sprach, habe ich nur Aufruhr erlebt. Tief in mir, eine langsame, aber unaufhaltsame Verdunkelung der Seele.«

»Hat Katrina daran Schuld?«, fragte Xamus.

»Ja«, erwiderte Nicholas. »Sie hat mich so gemacht.«

»Aber du bist nicht gänzlich verwandelt«, stellte Xamus fest.

Nicholas antwortete langsam, sichtlich verblüfft und überrascht von Xamus' Verständnis. »Nicht ganz, nein. Ich werde bis ganz an den Rand des Abgrunds kommen, aber erst wenn mein Körper stirbt, werde ich zurückkommen als …«

»Vampir«, vollendete Xamus seinen Satz.

Nicholas schnaubte. »Woher weißt du das?«

»Ich habe das Wesen der Vampire studiert. Kreaturen der alten Welt. Nachtteufel …«

Der Assassine schaute griesgrämig drein.

»Es tut mir leid«, beteuerte Xamus rasch. »Aber schau … wir haben noch Zeit. Zeit, uns etwas einfallen zu lassen.«

»Was, wenn ich vorher sterbe?«, fragte Nicholas.

»Es ist sinnlos, den Tod zu fürchten«, entgegnete Xamus. »Irgendwann sterben wir alle.« Er fasste in eine Tasche, entnahm ihr ein Päckchen Grünflusen und drehte einen Rauchstängel. »Mein Volk«, erzählte er, »ist sehr langlebig, und doch … bleibt es immer am selben Ort, tut immer das Gleiche, praktiziert die gleiche Magie, bleibt für sich. Schon seit ich unsere Zuflucht verlassen habe, habe ich Dinge gesehen und erlebt, die meine Artgenossen in tausend Jahren nicht erfahren werden.« Als er mit dem Drehen fertig war, setzte Xamus den Rauchstängel an die Lippen, klappte den Deckel seines Taschenleuchters auf und zündete das Ende an, während er einatmete. »Ich will damit nur sagen, dass es nicht darauf ankommt, wie viel Zeit man noch hat«, erklärte er und bot

Nicholas den Rauchstängel an, »sondern darauf, was man aus dieser Zeit macht.«

Nicholas musterte ihn. »Hm«, sagte er und nahm den Rauchstängel. »Was soll ich denn deiner Meinung nach tun?«

»Leben«, entgegnete Xamus und starrte in den verbotenen Wald. »Lebe jede Minute, als sei es deine letzte.«

Weit entfernt von dem Ort, an dem Xamus und Nicholas redeten, auf der anderen Seite des Heiligtums, hatten Wilhelm, Torin und Palonsus bereits ihre Becher ausgetrunken.

Sie saßen in einem Gebiet, das die Geächteten noch nicht besucht hatten. Es war Palonsus' Arbeitsbereich, seine Schmiede, deren Zentrum eine große Feuerstelle bildete, die nicht aus Ziegeln und Mörtel, sondern aus Stein gebaut war, wobei alle Elemente, einschließlich des Kühlbeckens, so aussahen, als ob sie nicht mit Hammer und Meißel geformt worden wären. Die einzigen von Hand gefertigten Elemente schienen die Geräte und Werkzeuge des Schmiedehandwerks zu sein: ein massiver Amboss, ein Blasebalg, eine Werkbank, eine Schleifscheibe, Hämmer, Zangen, Haltegriffe und Stempel.

Der schwarze Met, den sie tranken – süß, erdig und würzig –, war der beste, den Torin und Wilhelm je gekostet hatten. Der Zwerg saß auf einem massiven Schmiedeblock und leerte sein Horn. Die Fee, die Torin zu mögen schien und von der er erfahren hatte, dass sie Wittabit hieß, lümmelte auf dem riesigen Amboss. Wilhelm lehnte an der kalten Feuerstelle und nahm einen Schluck aus einem großen Tonkrug. Alle waren fasziniert von Palonsus, der mit dem Krug in der Hand in der Mitte des Raumes stand und mit dröhnender Stimme von Abenteuern, Wundern und Schlachten in den mystischen Ländern des Nordens aus vergessenen Zeiten erzählte.

Gerade beschrieb er die Folgen einer der erbarmungslosesten Schlachten des Trümmerkriegs. »Der Rauch war so dicht, dass man die Hand vor Augen nicht sehen konnte«, erklärte er. »Man konnte keinen Schritt machen, ohne über eine Leiche zu stolpern ... und wenn man den Mund auch nur ein bisschen öffnete, konnte man das Blut in der Luft schmecken!«

Wilhelm sprang auf und hob seinen Becher. »Ich werde von deinen Heldentaten berichten! Deinen Werken! Von den Opfern derer, die mit dir gekämpft und geblutet haben!« Mit der freien

Hand hob er seine Mandoline. »Ich werde von deiner Tapferkeit und deiner Ehre singen und ...«

Eine Erkenntnis überkam ihn, und er ließ sich plötzlich gegen die Feuerstelle fallen, die Arme gesenkt.

»Was ist?«, fragte Torin eindeutig verwirrt.

»Tut mir leid«, antwortete Wilhelm. »Mir ist nur gerade klar geworden ... ich werde nicht auf dem Bardenfeld auftreten. Wenn Eisenburg und seine Schergen hinter uns her sind, ist es einfach unmöglich ...« Der Barde schüttelte den Kopf und starrte ins Leere. »Was, wenn ich nie wieder vor einem großen Publikum spielen kann? Das kann nicht mein Weg sein ... das wäre schlimmer als der Tod.«

Wittabit erhob sich von ihrem Platz auf dem Amboss, landete auf Wilhelms Schulter und tätschelte ihn beruhigend, bevor sie davonflog.

»Nun, junger Barde, ich sage dir eines ...«, grollte Palonsus. »Man weiß nie, was für Überraschungen auf einen warten.« Dann blickte der Zentaur über seine Schulter in den umliegenden Wald. »Was sagst du, Goshaedas?«

Der Baumhirte trat aus dem Wald heraus und stapfte auf seinen Baumstammbeinen heran. Er blieb stehen und richtete den hölzernen Blick auf Torin und Wilhelm.

»Was ich sage?«, entgegnete er. »Morgen, sage ich! Morgen, wenn die Sonne ihren Höchststand erreicht, werdet ihr«, er richtete einen Astarm und einen Zweigfinger auf den Zwerg und den Barden, »den heiligen Bärenhügel betreten und dort die Geheimnisse der Zukunft enträtseln!«

15
Visionssuche

Bei Sonnenaufgang streckte Xamus den Kopf in Torins Unterkunft und fragte: »Wo ist Oldavei?«

»Woher zur Hölle soll ich das wissen?«, erwiderte der Zwerg und rieb sich die müden Augen.

Wilhelm, Torin, Xamus und Nicholas verbrachten den Vormittag damit, alle ihnen bekannten Orte abzusuchen, ohne den Ma'ii zu finden. Sie kehrten auf den Markt zurück und sahen sich in der lichten Menge um. Xamus entdeckte Darylonde auf der Hauptstraße und machte sich bereit, ihn anzusprechen, als Torin einen Schatten am Himmel entdeckte.

»Falke!«, rief er, »Falke!«

Schnell zog Nicholas einen vierzackigen Wurfstern aus einem Beutel, den er an seiner Hüfte trug, und schleuderte ihn empor. Doch bevor das Geschoss den herannahenden Vogel treffen konnte, zischte ein Pfeil durch die Luft und brachte den Stern von seinem Kurs ab.

Darylonde hatte bereits einen zweiten Pfeil aufgelegt und auf den Assassinen gerichtet, als der Vogel auf seiner Schulter landete. Torin und Xamus traten mit erhobenen Händen vor.

»Einer der Vollstrecker, der uns jagt, benutzt einen Falken«, erklärte Xamus schnell.

»Verzeih.« Nicholas wandte sich ab und verzog sich ans andere Ende der Zeltreihe.

Darylonde entspannte sich, steckte den Pfeil in seinen Köcher zurück und hängte sich den Bogen wieder über die Schulter. Der Falke hüpfte auf seine ausgestreckte behandschuhte Hand. Der Wildniswahrer nahm ein kleines, zusammengerolltes Pergament von seinem Bein und las, während Xamus, Wilhelm und Torin sich näherten.

»Das kommt von ... einer unserer Spioninnen«, informierte Darylonde sie. »Aus Lietsin. Sie schreibt, Eisenburg sei dort ...«

»Auf der Suche nach uns?«, fragte Torin.

»Nein«, antwortete Darylonde, der noch immer las. »Er bereitet eine Operation gegen die Kinder der Sonne vor.«

»Auf die waren wir angesetzt«, sagte Xamus.

»Hm«, antwortete Darylonde.

Plötzlich kam Wilhelm eine Erkenntnis. »Wenn Eisenburg in Lietsin ist, könnte ich ja vielleicht doch zum Bardenfeld gehen.«

»Nur weil Eisenburg nicht da ist, heißt das nicht, dass man dich nicht erkennen wird«, sagte Torin. »Es hängen überall Plakate mit unseren Gesichtern.«

Die Aufregung in Wilhelms Augen erlosch. »Ja«, entgegnete er. »Ja, das stimmt natürlich.«

»Hast du Oldavei irgendwo gesehen?«, fragte Xamus Darylonde.

»Nein«, erwiderte der Wildniswahrer. Er flüsterte dem Falken auf seiner Schulter etwas zu, hob den Arm und sah zu, wie der Raubvogel davonflog. »Die Sonne steht bald im Zenit«, fuhr er fort. »Macht euch bereit. Ich werde den Ma'ii holen.«

Die drei Männer zögerten. »Entspannt euch«, beruhigte Darylonde sie. »Ich weiß, was ich tue. Wie euer Freund bin auch ich sehr gut darin, unauffindbar zu sein, wenn ich nicht gefunden werden will.«

Xamus dachte kurz nach, nickte und führte dann die anderen weg.

Wenig später fand Darylonde Oldavei, der dem dösenden, leicht schnarchenden Mantikor bei der alten Zeder gegenübersaß. Er hockte sich im Schneidersitz vor den Ma'ii, der ihn misstrauisch beäugte.

»Es ist keine Frage des Mutes«, begann Darylonde, »denn den hast du. Das weiß ich. Ich spüre es. Es geht nicht darum, ob du das Zeug dazu hast, dich dem zu stellen, was du dort oben sehen könntest.« Er neigte den Kopf Richtung Berg. »Es geht um etwas anderes. Du hast erzählt, du hättest dein Schicksal schon einmal gesehen ...«

»Ja«, bestätigte Oldavei.

»Und was ist dann passiert?«

Oldavei öffnete den Mund, um zu antworten, besann sich dann aber eines Besseren. Der Mantikor schnarchte lauter.

»Ich habe mit einigen der hier ansässigen Ma'ii gesprochen«, fuhr Darylonde fort. »Sie haben mir die Bedeutung des Symbols auf deiner Stirn erklärt. Des Mals. Es bedeutet ›Verfemter‹. Ich spüre, dass du auf der Flucht bist.«

Oldavei musterte den Wildniswahrer mit starrem Blick und sagte vorsichtig: »Was ich gesehen habe ... ist der Grund, warum ich nicht mehr bei meinem Volk bin. Der Grund, warum ich meine Berufung zum Schamanen aufgegeben habe.«

Der Mantikor schnarchte jetzt laut genug, um selbst davon aufzuwachen. Er grunzte, richtete sich halb auf und schlief dann rasch wieder ein.

»Schau«, nahm Darylonde das Gespräch wieder auf, »als ich jünger war, war ich ... verloren und versuchte herauszufinden, wer und was ich war. Ich entschied, mich einem Druidenritual zu unterziehen, um mich mit meinem Geisttier zu verbinden. Ein Teil dessen, was ich tat, war eine Glaubensprüfung. Ich glaubte, dass mein Totem der Adler sein würde.« Darylondes Blick wurde wütend. »Also ging ich an den Rand einer steilen Klippe, stählte mich und sprang. An diesem Tag retteten mich die Geister. Mein Totem rettete mich und wir knüpften ein Band. Und ja, es war der Geist des Adlers, mit dem ich die Verbindung einging. Ich möchte dir etwas zeigen ...« Mit der Linken griff Darylonde nach dem Handschuh und zog ihn aus. Was zum Vorschein kam, war keine zweite Hand, sondern eine große, vierzackige Kralle, ähnlich der eines großen Greifvogels.

»Oh«, hauchte Oldavei. »Oha.«

»Was an jenem Tag geschah, hat seine Spuren hinterlassen, und was ich danach, im Krieg gegen das Heulen, durchgemacht habe, hat mich fast gebrochen. Aber am Ende gab es mir die Kraft, zu tun, was nötig war. Schlimme Dinge, die unsichtbare Spuren hinterlassen. Unsichtbar, aber dauerhaft. Aber ich sage dir eines: Wenn ich zurückgehen und einen anderen Weg wählen könnte«, er betrachtete die Kralle, »würde ich nichts anders machen.« Langsam erhob er sich, drehte sich um und wandte sich dem Berg zu. »Du hast dein Schicksal bereits einmal gesehen«, wiederholte er. »Wie du selbst zugegeben hast, bist du danach vor deiner Berufung geflohen. Aber man bekommt nur selten eine zweite Chance. Ich schätze, die Frage am Ende ist, wenn du wieder einen Blick auf deinen Weg geworfen hast«, er sah zu Oldavei, »ob du endlich aufhören wirst wegzulaufen.«

Oldavei saß still und gedankenverloren da.

»Komm jetzt«, sagte Darylonde. Er machte einen Schritt auf den Ma'ii zu und streckte die behandschuhte Hand aus. »Es ist an der Zeit.«

Darylonde und Oldavei trafen sich mit den anderen in Orams Rast, wo die sanfte Brise wieder einmal Stimmen mit sich zu tragen schien, aber auch andere Geräusche drangen an ihre Ohren. Ein Tönen wie von Hämmern auf Stahl.

Der Wildniswahrer führte sie wortlos zu der Eiche in der Mitte des Tals, wo jeder einen Moment schweigend eine Hand an den großen Baum legte, bevor er weiterging. Dem Klirren der Hammerschläge folgend, stiegen sie einen schmalen, gewundenen Pfad hinauf, der stetig durch den Wald führte und ihre Lungen so strapazierte, dass alle außer Darylonde heftig schnauften, als sie endlich den Gipfel erreichten.

Der Felsvorsprung vor ihnen hatte unverkennbar Ähnlichkeit mit einem Bären, wirkte aber unfertig – als hätte ein großer Bildhauer das Werk begonnen, die grobe Form geschaffen, aber das Projekt aufgegeben, bevor er in die Details gehen konnte. Darylonde führte sie durch das klaffende Maul, über dem sich zwei große, leicht gebogene Steinvorsprünge abzeichneten, die an massive Reißzähne erinnerten. Sie betraten eine Kammer, in der sich zahlreiche Tunnel trafen. Darylonde führte sie in einen davon, in dem ein unbekannter Pilz an den Wänden ein sanftes blaues Leuchten verbreitete.

Die Luftfeuchtigkeit war hoch und an verschiedenen Stellen drang zwischen dem Hallen ihrer Schritte das Geräusch tropfenden Wassers an ihre Ohren. In einigen der breiteren Tunnelabschnitte kamen sie an sprudelnden Becken vorbei, von denen Darylonde behauptete, sie hätten heilende Eigenschaften.

Mit der zunehmenden Feuchtigkeit stieg auch die Hitze. Der Tunnel schlängelte sich dahin, dann stieg er an, bis sie schließlich zu einer größeren zentralen Höhle kamen, wo ihr Weg an der Wand entlang führte. Durch ein Loch in der Mitte der Decke drang ein Lichtstrahl, der zahlreiche, in Stein gemeißelte druidische Sigille an den Wänden enthüllte. In einer Mulde direkt unter dem Lichtschacht zischten Dampfwolken über einem Steinhaufen.

»Setzt euch um die Steine«, wies Darylonde die Geächteten an.

Die Gruppe gehorchte, bis auf Oldavei. Er witterte kurz, dann musterte er den Wildniswahrer und schaute auch auf den schwarzen Handschuh. Darylonde nickte. Oldavei warf einen letzten prüfenden Blick auf die Umgebung und ließ sich dann ebenfalls nieder. Die drückende Hitze veranlasste sie, ihre Oberkörper zu entblößen, denn der Schweiß perlte und rann ihnen über die Haut. Darylonde nahm in ihrer Nähe Platz.

»Also ...«, begann Oldavei, doch der Wildniswahrer, der aufrecht saß, die Beine verschränkt und die Hände leicht auf die Oberschenkel gestützt, brachte ihn mit einer raschen Geste zum Schweigen.

Sie warteten stumm, sodass die anderen Geräusche in der Höhle – tropfendes Wasser, rauschender Dampf und ihr eigener gleichmäßiger Atem – deutlicher zu hören waren. Über eine lange Zeitspanne hinweg schien ihr Herzschlag den Einklang mit den fallenden Wassertropfen zu suchen. Irgendwann erhob sich Darylonde, trat zwischen Oldavei und Wilhelm an den Rand der Steine und warf etwas hinein, das wie getrocknete Kräuter aussah. Es zischte und blitzte, eine blaue Flamme tauchte plötzlich auf – und war im Nu wieder verschwunden. Ein violetter Dunst blieb zurück.

Die Anwesenden wirkten besorgt.

»Keine Angst«, beruhigte Darylonde sie. »Entspannt euch. Atmet tief durch ...«

Die Geächteten überwanden ihr Zögern und taten, wie ihnen geheißen. Als der Dunst in ihre Körper eindrang, entspannten sich ihre Muskeln sofort. Ihre Augenlider wurden schwer. Ein seltsames Gefühl überkam sie – ein Gefühl des Schwebens, als wären sie losgelöst von Zeit und Raum.

Darylonde stimmte einen tiefen, leisen Gesang an. Die Gruppe wiegte sich sanft, die Augen nun vollständig geschlossen. Unwillkürlich lächelte Wilhelm über die seltsamen rhythmischen Tonfolgen. Die Sprache war selbst Xamus unbekannt, dessen Volk einigen der ersten Sprachen überhaupt Stimme und Gehör gegeben hatte ... so hatte man es ihm zumindest immer berichtet. Die Worte und die Melodie waren eindringlich und aufwühlend zugleich. Schon bald verschmolzen Gesang, Dampf, Wassertropfen und ihr Herzschlag zu etwas, von dem sie alle spürten, dass es nicht nur die Musik ihres Innersten war, sondern auch die Klänge der Welt um sie herum und vielleicht sogar der Natur selbst.

Die Welt kippte, die Höhle zog sich um sie herum zusammen, unzählige Farben explodierten vor ihren geschlossenen Augen, und in einem irren Rausch folgten Bilder ...

Einige Teile der Vision sahen nur Einzelne von ihnen und auch nur in sehr kurzen Bruchstücken: Nicholas sah Katrina, deren Augen zuerst warm und einladend waren, dann aber in eifersüchtiger Besessenheit erstarrten. Wilhelm sah sich selbst rennen, wobei er ein großes, seltsames Möbelstück trug. Ihm schwindelte, als wäre die ganze Welt in diesem Ding gefangen. Torin jauchzte über das ohrenbetäubende, wutentbrannte Brüllen einer riesigen prähistorischen Kreatur. Xamus sah das Gesicht Eisenburgs, vom Feuerschein erhellt, und Oldavei ein Rudel seiner Ma'ii-Sippe in Tiergestalt, das unter einem blassen Mond dahinhetzte, mit ihm an der Spitze ...

Andere schlaglichtartige Visionen hatten sie alle: rasende Streitwagen, eine Wüstenkarawane, ein in gleißendes Licht gehüllter Mann, eine hoch aufragende, mehrstöckige Zikkurat, und wieder Licht, das zu blendendem Glanz anwuchs ...

Dann verschwanden die Visionen ebenso schnell, wie sie gekommen waren.

Die Teilnehmer öffneten einer nach dem anderen die Augen und schauten einander an. Ihren Mienen nach zu urteilen, hatten alle etwas gesehen. Darylonde war nicht mehr da. Nicholas zog sein Hemd über und stand auf. Die anderen folgten ihm, begierig, der drückenden Hitze zu entfliehen.

Draußen gingen sie schweigend den Pfad zurück, dankbar für die leichte, kühle Brise. Sie hielten inne und berührten die große Eiche bei Orams Rast, als von Westen erneut dumpfe Geräusche an ihre Ohren drangen. Als sie sich wieder der eigentlichen Zuflucht näherten, fragte Wilhelm: »Sollen wir ... darüber reden, was wir gesehen haben?«

»Ich weiß nicht«, antwortete Xamus.

Sie umrundeten das Blätterdach des Waldlied-Amphitheaters

und gesellten sich zu Darylonde, der gleich hinter den Sitzplätzen wartete. Eine kleine Anzahl von Druiden und Gästen hatte sich versammelt und die Kobolde und Irrlichter kamen gerade aus ihren Waldbehausungen.

»So, nun habt ihr es gesehen«, sagte der Wildniswahrer, als sich die Geächteten näherten.

»Ja«, entgegnete Torin. »Aber meine Vision war völlig konfus. Ich weiß nicht, ob, und wenn ja, was sie mit einem ›wahren Weg‹ zu tun hatte.«

Die Gruppe stimmte ihm zu. Selbst Oldavei, der das Ereignis aufgrund dessen, was er beim letzten Mal gesehen hatte, mit Schrecken erwartet hatte, war sich über die Bedeutung der Visionen im Unklaren.

»Ich denke, das wird die Zeit zeigen«, antwortete Darylonde.

Wilhelm, der schweigend nachgedacht hatte, ergriff plötzlich das Wort. »Mein Entschluss steht fest. Ich fahre zum Bardenfeld.«

Die anderen sahen ihn gespannt an.

»Musik, Auftritte«, sagte Wilhelm, »das ist das Einzige, wozu ich mich je berufen gefühlt habe. Ich habe in meiner Vision keine Festnahme beim Bardenfeld gesehen. Da war so ein komischer Kram mit einem … Schrank? Kleiderschrank? Ich kenne mich mit Möbeln nicht aus. Aber jedenfalls gehe ich hin.« Er sah Darylonde an. »Wie weit ist es bis Innis?«

»Drei bis vier Tage«, entgegnete der Wildniswahrer. »Kommt darauf an, wie zügig du reist.«

»Das wird knapp«, meinte Wilhelm, »aber wenn ich sofort aufbreche, kann ich es schaffen.«

»Na dann«, donnerte eine Stimme, gefolgt von Hufschlag. Palonsus näherte sich auf einem Seitenweg, sein Oberkörper war schweißnass. In der rechten Hand trug er einen eingewickelten metallischen Gegenstand. »Wenn du schon mein Loblied singst«, erklärte er, trat auf Wilhelm zu und hielt ihm den Gegenstand hin, »dann solltest du auch verdammt gut dabei aussehen!«

Wilhelm hielt den Gegenstand mit beiden Händen vor sich. »Mann!«, rief er aus. »Ist das dein verdammter Ernst?«

Es war ein fein gearbeitetes Kettenhemd, blau mit einem roten Kreuz auf der Brust.

»Das ist das Symbol des Trümmerkrieges«, erklärte Palonsus. »Ein Rebellensymbol. Ein Symbol des Mutes für die Volksbewegung. Es hat mich durch viele finstere Zeiten geführt, hat mich daran erinnert, dass ich meines Glückes Schmied bin, und … vielleicht bringt es auch dir ein bisschen Glück.«

Wilhelm streifte das Kettenhemd sofort über und fuhr mit den Fingern über die kunstvoll miteinander verwobenen Metallglieder. »Das war es, was wir gehört haben. Das Hämmern. Das ist … das ist episch«, sagte er. »Ich weiß gar nicht, wie ich dir danken soll.«

»Nicht nötig«, wehrte Palonsus ab. »Du kannst mir danken, indem du die Art von Abenteuern erlebst, von denen andere eines schönen Tages singen.« Er legte Wilhelm die Hand auf die Schulter. »Leb wohl, Barde.«

Oldavei trat vor und verkündete: »Ich glaube nicht, dass es richtig wäre, dich die ganze Aufregung auf dem Bardenfeld allein erleben zu lassen.« Er warf Darylonde einen vielsagenden Blick zu und sah dann fragend Torin an, der seufzte, grunzte und ebenfalls einen Schritt nach vorn machte.

Palonsus wich zurück, als Xamus in den Kreis trat. »Ich bin dabei.«

»Seid ihr euch sicher?«, fragte Wilhelm und sah sie der Reihe nach an.

Sie alle nickten.

»Wir können uns nicht ewig verstecken«, antwortete Nicholas und trat vor.

Wittabit landete auf Torins Schulter. »Dann verabschieden wir uns wohl am besten«, sagte er und sah die Fee liebevoll an, »und packen unseren Kram.«

16
Bardenfeld

Innis lag im fruchtbaren Deano-Tal nördlich von Rechtbrands Mittellanden und trug den Beinamen »Stadt der Melodien«.

Was einst nur ein ruhiges, friedliches und relativ abgelegenes Tal gewesen war, hatte sich im Laufe der Zeit zu einer der lebendigsten, bekanntesten und wirtschaftlich einflussreichsten Gemeinschaften des Landes entwickelt. Alles begann mit einer kleinen ländlichen Gemeinde, die von Textilien und Viehzucht lebte und unter dem Schutz der Bohen-Dur-Mönche stand, die sich in ihrem windumtosten Kloster hoch oben auf dem nahe gelegenen Gipfel des Korosoth zurückgezogen hatten.

Die junge Stadt hatte ausgerechnet auf dem Gebiet der Mode schon früh großen Erfolg. Bahnbrechende, visionäre Schöpfer verarbeiteten die Textilien von Innis zu Entwürfen, die Tragekomfort, praktischen Nutzen und Fantasie miteinander verbanden. Als die örtliche Schneiderzunft innerhalb der Konföderation der Handelsstädte an Bedeutung gewann, ließen sich viele renommierte Modeschöpfer in Innis nieder. Die Stadt entwickelte sich zu einem Anziehungspunkt für Freidenker, Philosophen, Träumer und Künstler fast aller Couleur, darunter Maler, Dichter und Barden. Im Laufe der Zeit gewann die Musik immer mehr an Bedeutung. In den Gassen, Tavernen und Gasthäusern entstand eine Fülle von Musikstilen und -gattungen, sodass in den letzten Jahrzehnten Innis und Musik zu einem Synonym geworden waren. Der bei Weitem populärste Stil war das ›Windlied‹, eine fesselnde, fast tranceartige Mischung aus Glockenspielen und Blasinstrumenten, die nicht nur früh erfolgreich war, sondern sich immer weiter ausbreitete und entwickelte, bis sie in den entferntesten Winkeln des Landes Wurzeln geschlagen hatte.

Innis stand nicht im Ruf, dass es dort besonders wild oder ausschweifend zuging. Weit gefehlt. Die überwältigende Mehrheit der Kreativen, die die Stadt ihr Zuhause nannten, waren entspannte und gutmütige – wenn auch exzentrische – gesetzestreue Bürger. Doch einmal im Jahr war es in Innis mit der Ruhe vorbei. In den ersten Jahren war das Bardenfeld-Musikfest eher unauffällig gewesen. Doch mit der Zeit sprachen sich die Sehenswürdigkeiten und Klänge, die Händler und Darbietungen herum. Leute aus allen Ecken des Reiches und aus allen Gesellschaftsschichten – Kritiker, Kunstliebhaber, Neugierige, Vagabunden, Anhänger einzelner Musikrichtungen und Machthaber – pilgerten zum Bardenfeld. Und mit dem Ansturm der Besucher kam auch das allgemeine Chaos.

Trotz ihrer generellen Abneigung gegen Ruhestörungen erkannten die örtlichen Beamten, dass das Spektakel, zu dem das Bardenfeld geworden war, der Wirtschaft sehr guttat. Trotz all seiner Fehler, Nachteile und Mängel.

Für das Fest nutzten die Organisatoren die größte Wiese in der Gegend. Cornells Feld, östlich des Schäfertors der Stadt, war voll von Feiernden, die so ziemlich alle Völker des Landes repräsentierten, mit Ausnahme von magischen Kreaturen wie jene, die die Geächteten in den Kannibushügeln kennengelernt hatten. Das überfüllte Feld kam gerade in Sichtweite der reisemüden Geächteten, als sie eine Anhöhe erklommen, und so legten sie eine Pause ein, um die Herrlichkeiten zu betrachten, die sie erwarteten.

»Da ist es«, sagte Wilhelm bewundernd und deutete mit beiden Händen ins Tal. »Da ist mein wahres Zuhause. Das, meine Freunde, das ist unser Schicksal ... ordentlich haggö zu sein!« Er lachte und machte sich auf den Weg. »Das wird toll! Auf!«

Ihre Reise hierher war ereignislos verlaufen. Sie hatten über die Visionssuche und die individuellen Bilder, die jeder von ihnen gesehen hatte, gesprochen, doch die Bedeutung ihrer Vorahnungen – falls es denn eine gab – blieb unklar. Was Nicholas' vampirischen »Zustand« betraf, hatte der Assassine Xamus davon überzeugt, ihn zumindest vorerst geheim zu halten. Nicholas war die Sache eindeutig unangenehm, und er schämte sich dafür, wobei Xamus vermutete, dass der Grund dafür weit tiefer lag als nur in der Furcht, ein monströser Nachtteufel zu werden. Der Elf hatte sich vorgenommen, mehr zu erfahren, wohl wissend, dass es sich um ein heikles Thema handelte und dass weitere Antworten Zeit brauchen würden.

Die Gruppe war wieder hauptsächlich nachts unterwegs gewesen und hatte nur einen Teil des Tages geruht. Die Sonne ging gerade im Westen unter, es wurde kühler, und das weiche Gras war ein willkommener Trost für ihre müden Füße, als sie sich auf den Weg in die Menge machten.

Die Freunde hätten zu keinem besseren Zeitpunkt eintreffen können. Auf den Freiluftbühnen hatten schon den ganzen Tag über Musiker gespielt, aber die mit Spannung erwarteten Auftritte waren für den Abend reserviert, und viele der Künstler bereiteten sich auf ihren Auftritt vor, während verschiedene Vorgruppen ihre letzten Nummern spielten. Auffällige bunte Fahnen und Banner waren in Hülle und Fülle vorhanden. Akrobaten, Feuerschlucker, Schlangenmenschen, Bauchredner und Puppenspieler, deren Darbietungen normalerweise an Straßenecken zu sehen waren, hatten verschiedene Plätze auf der Wiese eingenommen oder tummelten sich in der Menge. Viele Besucher hielten rote Becher mit Alkohol aller Art in der Hand: Whiskey, Wein, Ale, Met und Bier. Die Verkäufer boten auch alle möglichen Lebensmittel an – Naschwerk und Gebäck –, von Putenkeulen und Maiskolben bis hin zu Kuchen, Pudding und Beignets. Oldavei drehte und wendete den Kopf und versuchte, jeden verlockenden Geruch in sich aufzunehmen, darunter die Düfte verschiedener Pfeifenkräuter, Gewürze und Tabaksorten. Unter Bratpfannen und Kesseln jeder Größe und Art brannte Feuer, dazu loderten Holzstapel und -konstruktionen, von denen einige krude Tier- oder Menschendarstellungen waren. Über den Köpfen der Versammelten, am Rande des Feldes, standen Steinbruchriesen in dünnen gelben Jacken Wache, auf deren Rücken die Aufschrift »Festpersonal« prangte.

Ein hemdsärmeliger Minotaurus in knielangen Lederhosen mit einem großen Fass auf dem Rücken, der aus einem überdimensionalen Krug trank, näherte sich und hielt lange genug inne, um ein Gebrüll auszustoßen, das den Boden unter den Füßen der Gesetzlosen erbeben ließ.

Sie gingen weiter.

»Pass doch auf!«, platzte ein gereizter Gnom mit aufs Gesicht gemaltem Totenkopf heraus, als Wilhelm fast über ihn stolperte.

Ein paar Schritte später waren sie gezwungen schnell auszuweichen, um nicht von einem betrunkenen, torkelnden Oger umgerannt zu werden. Als diese Gefahr vorüber war, näherten sie sich einer Bühne, auf der ein alter, bärtiger Minnesänger mit rostfarbenem Haar und rotem Stirnband eine Melodie über Herzschmerz und Wanderlust anstimmte.

»Das ist der Wilde Willy!«, brüllte Wilhelm. »Hey, Willy!« Er winkte dem alten Mann.

Der hob zur Antwort kurz den Kopf und setzte seine Serenade fort.

Sie kamen an einer weiteren Bühne vorbei, auf der ein verschwitzter, langhaariger Mann mit nacktem Oberkörper in lila Lederhosen die Hüften schwang, während er ein Chalumeau spielte und dazu vom Glauben sang. Sie gingen weiter und hielten vor einer weiteren, noch größeren Bühne an. Hier sahen sie eine große, bleiche Satyrin mit auffallend blauen Augen und wadenlangem silbernem Haar. Sie trug ein hauchzartes weißes Gewand und hielt eine lange, mit Runen beschriftete Elfenbeinflöte an ihre Lippen.

»Oh«, sagte Wilhelm. »Das ist die Lauteste Flötistin. Sie ist der Wahnsinn!«

Während Wilhelm sprach, blinkten die Runen auf dem Instrument. Aus dem Ende der Flöte drang etwas, das alle außer Wilhelm für Rauch hielten.

Die Substanz ließ sich jedoch am besten als Geisternebel beschreiben, der sich ausdehnte und eine vage menschliche, phantasmatische Form annahm. Die Erscheinung hatte eine eigene Stimme, in der sie sang, als sich das Tempo der Musik erhöhte. Eine zweite Energieranke entstieg der Flöte, kroch über den Rücken der Flötistin und nahm eine ähnliche Form an wie das erste Phantom. Die beiden Gespenster stimmten ein Klagelied an, das sich in Lautstärke und Intensität mit den aufwühlenden Klängen der Flöte steigerte, bis das gesamte Stück ein leidenschaftliches Crescendo erreichte.

Geschrei von einer nahe gelegenen weiteren Bühne erregte Torins Aufmerksamkeit. Er und die anderen drängten sich dorthin durch, um besser zu sehen. Ein Halbling, ein sogenannter

Xu'keen, wand sich zuckend mitten auf der Bühne. Er war in Ketten gewickelt, trug ansonsten nur ein Lendentuch und fauchte und strampelte. Wie die meisten anderen Angehörigen seines Volkes war auch dieser Xu'keen hager und blass, sein nackter Oberkörper war mit komplizierten Narbenmustern versehen und die Haut an mehreren Stellen mit primitiven Schmuckstücken durchstochen. Seine blauen Augen funkelten, während er mit seinen spitzen Zähnen den Knebel in seinem Mund durchbiss.

»Oh, das ist ein Tier!«, rief Wilhelm enthusiastisch. »Der Kreischende Hagebutt!«

Am Rande der Bühne schlugen große Männer mit nackten Oberkörpern, die mit rotem Lehm überzogen waren, auf massiven Trommeln einen langsamen, gleichmäßigen Takt. Zwei weitere Männer, dünner, auch ohne Hemd und mit Lehm beschmiert, näherten sich mit Spritzen. Eine grünlich glühende, giftig aussehende Substanz war darin, und die Männer injizierten sie in die gefesselten Arme des Xu'keen, der plötzlich krampfte. Einer der Männer holte einen Schlüssel hervor und öffnete die Schlösser an den Ketten des kleinen Künstlers. Der Xu'keen wälzte sich auf dem Boden, krümmte sich, schlug um sich, quiekte und brüllte. Sein Zappeln verlangsamte sich und hörte dann ganz auf, er blieb still und ruhig liegen. Die Trommeln verstummten. Die Menge beobachtete das Geschehen in angespannter Stille.

Plötzlich sprang der Xu'keen in die Höhe, bäumte sich auf und die Adern an seinem Hals traten hervor. Er ballte die Fäuste und schrie gen Himmel. Die Trommeln schlugen einen rasenden Takt, während der Künstler sich vor und zurück beugte, seinen Kopf im Takt der Trommelschläge auf und ab warf und dabei die ganze Zeit heulte. Viele Zuschauer beugten sich vor und warfen ihre Köpfe ebenfalls hin und her, darunter auch Wilhelm, dessen gestreifter Hut wild umherhüpfte.

Der Xu'keen, der immer noch heulte, sprang auf der Bühne herum, wedelte mit den Armen und schüttelte weiter rhythmisch den Kopf. Dann stürmte er mit ohrenbetäubendem Gebrüll und völlig enthemmt los und sprang über die Köpfe Wilhelms und der anderen hinweg. Rasch bildete sich ein freier Kreis, in dem er schreiend und kopfwippend landete und sofort wild hin und her zu rennen begann. Einige aus der Menge flohen vor Schreck, andere folgten ihm und ruckten ebenfalls rhythmisch mit den Köpfen. Die Feiernden vor der Bühne schrien, stampften und warfen sich gegeneinander.

Die aufgewühlte Flut der Leiber erfasste die Geächteten, ein Kessel aus wogenden, sich drängenden, zusammenstoßenden Körpern, die die ganze Zeit über lachten.

»Ich weiß nicht, was ich erwartet habe«, sagte Oldavei, sprang auf Wilhelm zu und prallte gegen ihn, »aber das ist herrlich!«

»Verdammt«, freute sich Torin, der mit dem Kopf auf die Trommeln schlug, »das könnte es wert sein, dass man sich dafür erwischen lässt!«

»Ja, es ist…«, begann Wilhelm, hielt aber inne, als er in den verdunkelten Himmel blickte. »Scheiße, Mann! Ich muss zu meiner Show! Folgt mir!« Er führte sie durch die dicht gedrängte Menge bis an den Rand des Feldes und darüber hinaus, in Richtung der massiven Steinmauer, welche die Stadt umschloss, und des hoch aufragenden Hirtentors, dessen gewaltige Tore offen standen, um den Besucherstrom zum und vom Feld zu erleichtern. Kurz hinter dem Tor verlangsamten sie schließlich wieder ihren Schritt und wischten sich außer Atem den Schweiß von der Stirn.

Die Straßen waren mit Feiernden jeder Größe und Art gefüllt, eine Menge, die der in Skarstadt nicht unähnlich war, wenn man von dem irritierenden Echsenvolk der Salamar absah. Auch die Architektur gemahnte an die der Juwelenstadt, wenngleich die Bauten hier sehr viel gepflegter und ästhetisch ansprechender waren. Selbst inmitten eines rauschenden Festes vermittelte die Gemeinde ein Bild, das Stil, Kapriziosität und Kultiviertheit miteinander verband.

Sie gingen weiter die gepflasterte Straße entlang und passierten zu ihrer Linken das *Königsfass*, ein dreistöckiges Gebäude mit einem gigantischen Fass auf dem Dach. Auf beiden Seiten der Straße hingen Banner mit der Aufschrift BARDENFELD in fetten Lettern von horizontalen spitzen Fahnenmasten über die Promenaden.

»Da oben«, sagte Wilhelm.

Als sie am Gasthaus ankamen, schaute Wilhelm zum Dach empor, auf dem eine riesige gelbe Sonne teilweise zu sehen war, als würde sie den Horizont erklimmen. Über der Eingangstür, direkt unter einem Balkon im zweiten Stock, waren Wörter in geschwungener weißer Schrift auf eine Holzfassade gemalt. *Zur aufgehenden*

Sonne – Gasthaus und in kleinerer Schrift direkt darunter: *und Hausbrauerei.* »Ich lasse mich mit einem Künstlernamen ankündigen«, berichtete Wilhelm. »Nur vorsichtshalber, wisst ihr, weil wir ja aufpassen müssen.«

»Hmm, gute Idee«, sagte Oldavei.

Der Innenraum war weitläufig, mit zwei Theken, die sich vom Eingang zu beiden Seiten bis zur Hälfte des massiven Raumes erstreckten, den eine große und relativ hohe Bühne beherrschte. Licht aus einer Reihe verschnörkelter Wandleuchter beschien die Masse der sich bewegenden Menschen. Soweit die Gruppe es erkennen konnte, stand das gesamte Publikum. Stühle und Tische, sofern vorhanden, hatte man wohl entfernt, um mehr Platz zu schaffen. Am anderen Ende befand sich eine Treppe, die zu den oberen Etagen des Gasthauses führte.

»Ich gehe besser zum Wirt«, sagte Wilhelm, brach ab und drängte sich durch die Menge.

Als der Rest der Gruppe sich in Richtung Bühne bewegte, stieß Torins Axt gegen eine massige Gestalt – den Minotaurus, den sie vorhin auf dem Feld gesehen hatten, mit roten Augen, nach Alkohol stinkend, das Fass immer noch auf dem Rücken, den Krug in der Hand. Dichtes Fell aus struppigem dunkelbraunem Haar bedeckte den oberen Teil seiner Brust, seine Schultern, seinen Rücken und einen Großteil seines Schädels. Seine nach oben ragenden Hörner waren etwa so lang wie Torins Unterarm und zu scharfen Spitzen gebogen.

»Pass auf deinen Zahnstocher auf, Wüstenabschaum!«, brummte das Biest.

Torin reckte das Kinn vor. »Kümmere du dich um deinen eigenen Scheiß«, erwiderte er.

Der Minotaurus trat näher, starrte ihn an und antwortete mit noch tieferer Stimme: »Na, und was, wenn ich dich zu meinem Scheiß mache?«

»Du solltest vielleicht erst mal mehr flüssigen Mut tanken«, sagte Torin und deutete auf den Krug.

»Eher flüssiger Tod. Ein Becher von dem Zeug haut dich um«, antwortete das Tierwesen.

»Herausforderung angenommen«, grinste Torin.

Xamus, Nicholas und Oldavei, die die Auseinandersetzung mit wachsender Spannung beobachtet hatten, hatten sich zurückgehalten, um im Notfall einzugreifen. Nun entspannten sie sich, als der Minotaurus grinste und dabei große gelbe Zähne zeigte.

»Schnapp dir einen Krug!«, rief er.

Wenig später hatten die Geächteten den Fuß der Bühne erreicht, wobei ihnen kein Geringerer als der Minotaurus selbst den Weg bahnte. Wie sie von ihm erfuhren, war sein Name Molt Donnerhuf – ein recht bekannter Gladiator aus dem Großen Kolosseum im fernen Lietsin. Außerhalb der Saison war Molt Stammgast bei den verschiedenen Festivitäten des Reiches, wobei das Bardenfeld-Musikfest wenig überraschend sein Favorit war. Torin musste zugeben, dass sein Gebräu wirklich stark war. Der Zwerg hatte seinen Krug fast leer getrunken, während die anderen sich für Becher mit verschiedenen Hausbieren entschieden hatten.

Der Wirt, ein dicklicher, rotgesichtiger Mann mit Rüschenhemd und Baskenmütze, verkündete von der rechten Bühnenseite aus: »Ein herzliches Willkommen für unseren nächsten Künstler! Aus unbekannten Gefilden, der eine, der einzigartige ... Wallham Willaroo!«

Oldavei schaute zu Nicholas und Xamus und zuckte die Achseln. Wilhelm stellte sich breitbeinig in die Mitte der Bühne, die Mandoline im Anschlag. »Innis! Wenn ihr heute Abend nicht so betrunken seid, dass ihr eure eigenen Mütter vergesst, dann habt ihr etwas falsch gemacht! Zeit, dass wir haggö werden!«

Torin sah Xamus an. »Was hat er gesagt?«

»Haggö, glaube ich«, antwortete der Elf. »Das hat er schon einmal gesagt.«

»Was zur Hölle soll das heißen?«, fragte Torin.

Xamus zuckte die Achseln. Die Energie des Publikums steigerte sich in Erwartung eines explosiven Auftritts. Wilhelm überraschte jedoch sowohl das Publikum als auch die Geächteten, indem er eine Reihe melodischer Akkorde anstimmte, zu denen sich ein sanfter, gefühlvoller Text gesellte:

Das Reisen ist kein reines Glück,
So denke ich beklommen,
Schau manches Mal besorgt zurück,
Wie weit ich bin gekommen.

Die zuvor brüllenden Betrunkenen wiegten sich mit in die Luft gereckten Bechern in einem langsamen Rhythmus zu seiner Melodie.

Keiner von uns reist gern allein.
Das Beste auf der Welt,
Sind Freunde an meiner Seite,
Noch wertvoller mir als Geld.

Die Menge jubelte, klatschte und schlug auf die Tische. Molt stimmte ein Gebrüll der Zustimmung an und spülte noch mehr »Spezialgebräu« seine Kehle hinunter. Torin ließ sich nicht lumpen und leerte seinen ganzen Krug in einem Zug. Oldavei sah sich um und bemerkte, dass Nicholas verschwunden war.

»Bin gleich wieder da!«, rief er Xamus ins Ohr und arbeitete sich durch das Gedränge, wobei er witternd den besonderen Geruch des Assassinen bis zu einer der Theken seitlich des Eingangs verfolgte.

Nicholas stand an der Bar, wartete auf sein nächstes Bier und sah zur Bühne. Er war von einem Grüppchen in violette Roben gekleideter Männer umringt, Lehrlinge der Arkanimus-Akademie zu Lietsin. Oldavei gefiel das Verhalten dieser betrunkenen Lehrlinge nicht und noch weniger gefiel ihm das Aussehen seines Begleiters. Nicholas' Augen wirkten eingefallen und seine Haut war auffallend blasser als in den letzten Tagen.

»Warum können sie nicht einmal ein echtes Talent in diesen Laden bringen?«, sagte ein dünner, struppiger Lehrling neben Nicholas. Er brüllte in Richtung Bühne: »Geh nach Hause, du überdimensionierter Haufen Scheiße!«

Während Oldavei sich zur Bar durcharbeitete, stellte Nicholas den Zwischenrufer zur Rede. »Warum zeigst du nicht etwas Respekt?«

»Oh, Verzeihung, Prinzessin«, entgegnete der Mann, »ich wusste nicht, dass das dein Liebster ist.«

»Jedes weitere Wort sprichst du auf eigene Gefahr«, warnte Nicholas ihn.

»Zehn von uns«, gab der Mann zurück. »Gegen dich allein ...«

»Gegen uns zwei«, korrigierte Oldavei und trat hinzu. »Aber auch das ist kein Grund, eure hübschen Roben mit Blut zu besudeln. Wenn euch die Musik nicht gefällt, tut, was ihr ohnehin tun solltet: Trinkt einfach weiter!« Er grinste, während er Nicholas an der Schulter packte. »Komm!« Der Mann und seine Kollegen beobachteten angespannt, wie Oldavei versuchte, Nicholas wegzuziehen. Der Assassine schüttelte Oldavei ab, brachte sein Gesicht direkt vor das des Zwischenrufers und sagte: »Raus. Jetzt!«

Nicholas' unnatürlich durchdringender Blick ließ den Lehrling einen Schritt zurückweichen.

»Was ist, Brandyn, verlierst du den Mut?«, spottete einer seiner Kollegen.

»Wohl kaum«, antwortete Brandyn wenig überzeugend.

Oldavei erwog, ihre Gefährten zu holen, aber er wusste, dass sie ihren Freund vielleicht nicht mehr rechtzeitig erreichen würden, wenn die Situation eskalierte. Nicholas und der Zwischenrufer gingen auf die Straße, gefolgt von Oldavei und der Gruppe von Zauberschülern.

Eine Schar Feiernder, die sich schon draußen befand, ahnte die bevorstehende Konfrontation bereits und machte Platz. Nicholas trat in die Lücke und sah sich der Gruppe von Lehrlingen gegenüber. Oldavei stand nur ein paar Schritte entfernt und wägte ihre Chancen ab. Die Arkanimus-Akademie war eine Hochschule, die hauptsächlich magische Theorie und Geschichte lehrte, daher war es unwahrscheinlich, dass viele dieser »Verbindungsbrüder« echte Zauberer waren. Dennoch standen die Chancen alles andere als gut für sie, und das mörderische Funkeln in den Augen des Assassinen verriet Oldavei, dass sein Freund diese Tatsache nicht erkannte.

Nicholas nahm Kampfhaltung an, funkelte die Männer an und fragte: »Wer von euch feigen Schnöseln will anfangen?«

17

Die Hölle bricht los

Brandyn schnaufte, ballte die Fäuste und biss die Zähne zusammen. Er hatte seine Nerven nicht unter Kontrolle.
»Von mir aus kann's losgehen«, sagte Nicholas.
»Keine Sorge«, erklärte ein dicklicher Lehrling neben Brandyn, »wir decken deinen Rücken.« Die anderen verspotteten Nicholas oder ermutigten ebenfalls ihren Freund.
Brandyn bewegte sich vorwärts, und Oldavei wollte sich zwischen sie stellen, als eine Stimme erklang: »Versteht ihr denn nicht?« Ein dunkelhäutiger, dunkelhaariger Jüngling in safrangelbem Gewand schlenderte von der Uferpromenade gegenüber auf das Gasthaus *Zur aufgehenden Sonne* zu. Selbstgefälligkeit und Arroganz leuchteten ihm aus jeder Pore.
Einer von ihnen, dachte Oldavei. *Eines der Kinder der Sonne.*
»Dazu führen eure Taten«, erklärte der junge Mann. »Zu Gewalt. Was kommt als Nächstes?« Er trat zwischen Brandyn und Nicholas und hob die Hände mit den Handflächen nach oben, als wolle er Regen auffangen. »Die Sonnenschriften lehren, dass ein gewalttätiges Leben mit einem gewalttätigen Tod endet. Das Streben nach Fleischeslust, materiellem Reichtum, Ruhm ... diese Sünden haben euch geblendet, eure ewigen Seelen verdorben.« Er streckte den Zeigefinger aus und drehte sich langsam im Kreis. »Jeder von euch ist so tief gesunken, dass euch nur das Heilige Feuer erretten kann!« Er ließ die Hände sinken. »Aber nur ... wenn ihr euch uns anschließt. Für einige ist es vielleicht noch nicht zu spät, ein Kind der Sonne zu werden.«
Nicholas trat einen Schritt vor, aber Oldaveis Hand mit den scharfen Krallen hielt ihn zurück.

Der Ma'ii trat schnüffelnd vor den Neuankömmling. »Ich rieche eine Ratte!«, rief er.

Der Kultist funkelte ihn an. Außerhalb des Rings der Lehrlinge lachte jemand.

»Das überrascht mich nicht«, erwiderte der Mann, »bin ich doch von Ungeziefer umgeben.«

Oldavei kam langsam noch näher, während ein leichter Windhauch durch die Straße wehte. »Was befähigt euch, über uns zu urteilen?«

Nicholas verstand, oder er glaubte es zumindest. Der Ma'ii hatte versucht, die Situation mit den Lehrlingen zu entschärfen. Doch nun schien es, als hätte er es sich anders überlegt. Es war eine seltsame Verwandlung vom Friedensstifter zum ... Aggressor? Plötzlich verflüchtigten sich alle Absichten des Assassinen, den Zauberschüler in Stücke zu reißen, als Nicholas über das seltsame Verhalten des sonst so ausgelassenen Ma'ii nachsann.

Der Akolyth der Kinder der Sonne wollte gerade antworten, als jemand auf der Straße »Genau!« rief. Der Gesichtsausdruck des Kultisten wurde etwas weniger selbstgefällig.

»Aber du urteilst nicht nur, oder?«, fragte Oldavei und machte einen weiteren Schritt auf ihn zu.

Nicholas trat zu Oldavei und berührte seinen Arm. »He«, sagte er, »lass uns einfach gehen. Es hat keinen Sinn, mit Eiferern zu diskutieren.«

Oldavei fuhr fort, als hätte er Nicholas gar nicht gehört. »Ihr seid nicht besser als all die anderen Wichtigtuer, Beamten und scheinheiligen Bürokraten, die denken, sie stünden über allen anderen. Was kommt als Nächstes? Wollt ihr uns vielleicht vorschreiben, was wir essen sollen? Oder trinken?« Seine Stimme war leise, aber eindringlich.

»Mäßigung ist, ähm, der Schlüssel«, antwortete der Kultist. »Der Körper ist ein Tempel der Sonne.«

Aufgewühlt von den Worten des Ma'ii kamen die Schaulustigen näher. Viele von ihnen wussten nicht, warum, sie wussten nur, dass seine Rede in ihnen eine plötzliche und nicht zu leugnende Zustimmung auslöste. Sie drängten die Lehrlinge ab und umringten den Kultisten, der einen Schritt zurückwich. Selbst Nicholas spürte einen aufsteigenden Hass auf den Akolythen, den er sich nicht erklären konnte. Einen Moment lang war der Assassine verwirrt. Kam diese Feindseligkeit aus seinem Inneren oder löste Oldavei diese plötzlichen Gefühle aus? Er kämpfte darum, seinen Groll zu zügeln.

Oldavei fachte die Flamme, die er entzündet hatte, weiter an: »Und was kommt als Nächstes? Vielleicht schreibt ihr uns vor, wie wir reden, was wir sagen sollen?«

Stimmen erhoben sich aus der Menge, darunter nun auch einer der Lehrlinge. Brandyn stand da und sah hoffnungslos verwirrt aus.

»Die Sonnenschrift befiehlt ...«

Ein Mann in einem Lederwams spie dem Robenträger vor die Füße, als dieser weiter zurückwich.

Der Wind wurde stärker und ließ die langen Wimpel wehen, die an den Fahnenmasten hingen.

Oldaveis Blick loderte. »Vielleicht schreibt ihr uns vor, was wir tun sollen und wie?«

Die zustimmenden Rufe wurden immer lauter. Eine große Frau mit borstigem Haar schubste den Robenträger, dessen Kopf sich nun in alle Richtungen drehte und dessen Augen weit aufgerissen waren.

»Schreibt ihr uns auch vor, wen wir lieben sollen? Oder warum wir den einen mehr lieben sollen als den anderen? Oder wie viele Kinder wir haben sollen – oder gar keine?«

Oldavei machte einen Schritt auf den Kultisten zu.

Nicholas versuchte, ihn wegzuziehen. »He, es reicht. Siehst du nicht, was hier passiert?«

Aber der Ma'ii nahm keine Notiz von ihm. In der Nähe warf der dickliche Lehrling seinen Becher nach dem Kultisten, der sich schnell umdrehte und sich einen Weg durch das Gedränge bahnte, das inzwischen auf die doppelte Größe angewachsen war.

Oldaveis Stimme wurde lauter. »Wer seid ihr, dass ihr glaubt, uns sagen zu können, was wir denken und was wir sein sollen?«

»Wer seid ihr?«, wiederholte die Menge mit vor Zorn verzerrten Gesichtern.

»Wer zum Henker seid ihr?«

»Wer seid ihr?«, rief Oldavei. »Wer seid ihr, dass ihr uns irgendetwas vorschreiben könnt?«

»Scheiß auf sie alle! Macht sie nieder!«, brüllte die große Frau, und einfach so, von einem Augenblick zum anderen, brach die Hölle los.

Als Wilhelms Auftritt beendet war, hatte sich der Barde wieder mit Xamus, Torin und Molt am Fuß der Bühne getroffen. Die Darbietung war auf ein begeistertes Echo gestoßen, und mehrere Bewunderinnen hatten die Bühne geentert, um den Barden persönlich kennenzulernen. Er unterhielt sich angeregt, als alle Geräusche von draußen hörten, die wie ein Aufstand klangen. Die Gäste drängten sich an den Türen der Gaststätte, um einen Blick auf das Chaos zu erhaschen. Torin wollte sich zu ihnen gesellen, aber Xamus tippte ihm auf die Schulter und wies auf die Treppe, die nach oben führte.

Sie hatten eben den zweiten Stock erreicht, als Xamus bemerkte, dass der Minotaurus ihnen nicht gefolgt war. Torin ging mit ihnen einen breiten Gang entlang, der auf einen Balkon führte. Von dort blickte das Trio auf einen brüllenden, randalierenden Mob hinunter. Fenster gingen zu Bruch, kleine Brände flackerten auf, und Ladenfronten wurden demoliert, während die Rufe »Scheiß auf Rechtbrand!« und »Scheiß auf die Kinder der Sonne!« erklangen.

»Heilige Scheiße!«, rief Wilhelm.

Das donnernde Geräusch gestiefelter Füße lenkte ihre Aufmerksamkeit auf das gegenüberliegende Ende der Straße, wo leicht gepanzerte Stadtmilizionäre mit vorgehaltenen Knüppeln auf die Menge zustürmten.

Unten vor dem Gasthaus warf Nicholas einen Blick auf die herannahende Miliz und packte den Ma'ii erneut am Arm, während er weiterschimpfte. Der Assassine zerrte Oldavei zurück zum Gasthaus und drängte sich durch die Menge, nur um plötzlich Brandyn gegenüberzustehen.

»Du …!«, begann Brandyn gerade, als der Assassine dem Lehrling einen Handballenhieb gegen die Unterseite des Kinns versetzte. Sein Kopf flog erst nach hinten, dann nach vorn, wobei er ein wimmerndes Stöhnen von sich gab und Teile seiner abgebrochenen Zähne ausspuckte.

In der Mitte der Straße prallte der randalierende Mob in einem ohrenbetäubenden Tumult aus knirschendem Metall und brechenden Knochen auf die vorrückende Miliz. Die Gesetzeshüter waren zahlenmäßig unterlegen und die Flut lärmender Körper übermannte sie schnell.

Hoch oben, wo Xamus, Wilhelm und Torin ausharrten, vibrierte der Boden des Balkons. Sie sahen zum anderen Ende der Straße, wo einer der gelb bekleideten Steinbruchriesen auftauchte. Er griff nach dem Dach des *Königsfasses* und riss das massive Zierfass aus seiner Verankerung.

Xamus rannte zum anderen Ende des Balkons und wusste mit einem Blick auf das Chaos um ihn herum, auf den Sturm von Aufruhr und Wut, was er zu tun hatte. Er erinnerte sich an die Worte Amberlyns: *Beruhige deinen Geist und finde deine Mitte.*

Er kontrollierte seinen Atem und dachte an die stille Lichtung in den Kannibushügeln. An die Stille, den Frieden. Er hörte Amberlyns beruhigende Stimme: *Du musst das Auge sein.*

Die Menge flüchtete in blinder Panik vor dem Riesen in Richtung des näheren Endes der Straße, nur um sich an der Kreuzung einem zweiten Koloss mit gelber Jacke und Flaumbart gegenüberzusehen. Der Kerl ging in die Hocke und schwang eine Hand von rechts nach links, wobei er mehrere Festbesucher in die nächstgelegene Schaufensterfront schleuderte.

Xamus konzentrierte sich auf seine Absicht, flüsterte seine Beschwörungsformel und gestikulierte mit den Händen, die er vor sich hielt. Ein Funke entzündete sich zu einer lodernden Kugel. Er sah zu dem ersten Riesen am Ende der Straße, der das riesige Fass in einer Hand hielt und sich anschickte, es in die Menge zu werfen. Dann zwang er dem Feuerball seinen Willen auf und ließ ihn zwischen seinen Handflächen hindurch über die Straße und in das riesige Fass fliegen.

Die flammende Kugel verschlang das Fass sofort, das Feuer loderte auf und versengte die Handfläche des erschrockenen Riesen. Der brüllte, drehte sich um, ließ das Fass fallen und umklammerte sein Handgelenk, während die Flammen von der schwer verbrannten Hand auf den Ärmel seiner Jacke übersprangen. Der Riese versuchte, das brennende Kleidungsstück auszuziehen, und rannte um die Straßenecke außer Sichtweite.

Der Balkon bebte erneut, eine Erschütterung, die zu stark war, um von dem fliehenden Riesen oder dem bärtigen Ungetüm zu stammen, das immer noch in der Hocke saß und auf die Menge einschlug. Wilhelm sah zu Torin, dann starrten beide gleichzeitig hinter sich. Xamus schloss sich ihnen an, als sie durch den Gang zurück zur Galerie über dem Hauptgeschoss der Gaststätte liefen. Zunächst fiel ihnen nichts weiter auf. Dann explodierte die gesamte Rückwand nach innen und die Bühne barst auseinander, als ein dritter Riese durchbrach.

»Verdammte Hölle!«, fluchte Torin. Die verbliebenen Zuschauer unten, von denen sich die meisten am Eingang der Gaststätte gedrängt hatten, rannten nun in Panik auf die Straße, als der Riese geradewegs auf die Galerie zustürmte, auf der das Trio stand.

»Los, los, los!«, rief Wilhelm und rannte zurück auf den Balkon.

Draußen stand inzwischen der bärtige Riese vor der Gaststätte.

Wilhelm sprang über das Balkongeländer auf die Schulter des Rohlings. Er bewegte sich schnell, um Platz für Torin zu machen, der als Nächster sprang und sich nur um Haaresbreite an dem dicken gelben Jackenstoff festhalten konnte, was sein Leben rettete. Der Riese wich zurück, griff nach Torin, aber Wilhelm holte mit dem Schwert aus, trennte ihm einen der dicken Finger ab, und das Monstrum zog die massive Hand zurück.

Der Balkon bebte so heftig, dass Xamus sich kaum auf den Beinen halten konnte. Auf der Schulter des Riesen war kein Platz mehr, also trat er zum gegenüberliegenden Ende, von wo aus er den Feuerball geworfen hatte. Er stellte einen Fuß auf das Geländer, richtete sich auf und stieß sich ab, wobei er die Arme um ein neben ihm hängendes Bardenfeld-Banner schlang, just als eine riesige Faust den Balkon in Stücke schlug.

Auf der Straße suchte eine wilde Woge von Festbesuchern ihr Heil in der Flucht und riss jeden nieder, der sich ihr in den Weg stellte. Nicholas hatte Oldaveis Handgelenk ergriffen und zog ihn von der Gaststätte und den herabfallenden Trümmern weg, fort von dem bärtigen Riesen, hin zur Promenade auf der gegenüberliegenden Straßenseite. Der neu eingetroffene Riese wirbelte in ihre Richtung herum und hob einen riesigen gestiefelten Fuß. Oldavei sah mit weit aufgerissenen Augen empor …

Nicholas riss ihn weg, just als der Stiefel herunterkrachte und die Pflastersteine pulverisierte. Der Riese hob den Fuß zum nächsten Tritt.

Aus der Gasse neben der halb zerstörten Gaststätte ertönte Gebrüll. Molt stürmte mit gesenktem Kopf aus den Schatten.

Er rammte das angewinkelte Bein des Riesen mit voller Wucht, traf das Knie, und ein erschreckend lautes, widerhallendes Bersten war zu hören. Das Bein gab nach. Der zusammenbrechende Riese fing sich mit einem ausgestreckten Arm ab, und ohne zu zögern stürzte sich die Menge auf ihn. Die Leute fielen über ihn her, machten ihrem Schrecken, ihrer Frustration und ihrer Wut mit mehreren Schlägen Luft und stürzten sich auf und über ihr riesiges Opfer, bis sich ein so großer Haufen angesammelt hatte, dass der Riese darunter nicht mehr zu sehen war.

Auf der anderen Seite des zerstörten Gasthauses rutschte Xamus am Banner herunter auf das Dach eines Imbisswagens. Nur wenige Schritte entfernt drehte sich der bärtige Riese im Kreis und griff nach Torin und Wilhelm, die sich verzweifelt festhielten und nach den gigantischen Händen stachen, sobald sie sich näherten.

Vom Gasthaus *Zur aufgehenden Sonne* war zwar nicht mehr viel übrig, aber das oberste Stockwerk war weitgehend intakt geblieben. Jetzt, da praktisch alle Stützpfeiler abgeknickt waren, kündigte eine Kakofonie aus Knarren, Ächzen und knackendem Holz seinen bevorstehenden Einsturz an. Der bärtige Riese, der sich direkt davor befand, hob rechtzeitig den Blick, um zu sehen, wie sich die massive Ziersonne von dem einstürzenden Dach löste. Seine Erkenntnis kam jedoch zu spät, und seine Reflexe erwiesen sich als zu langsam, um das Unglück zu verhindern. Aus welchem Material der Rahmen der gelben Hülle der Sonne auch immer bestanden haben mochte, die äußere Schicht musste aus Metall gewesen sein, denn sie löste ein schallendes Scheppern aus, als sie die Stirn des bärtigen Riesen traf. Die Kugel prallte ab und zerschmetterte den nahe gelegenen Verkaufswagen, von dem Xamus hektisch wegsprang.

Der Riese erschlaffte, und seine Augen rollten in den Höhlen nach oben, wobei er zwei Schritte rückwärts stolperte. Wilhelm und Torin kletterten an seiner Jacke hinunter, während der Riese fiel, eine Aktion, die fast in Zeitlupe abzulaufen schien. Als das restliche Dach der Gaststätte einstürzte, kippte auch der Riese um, zerstörte die Schaufensterfront hinter sich und wirbelte eine gewaltige Staubwolke auf. Wilhelm und Torin hatten gerade seine unteren Gliedmaßen erreicht, als er auf der Erde aufschlug, und so war die Wucht, mit der sie aufkamen, nur gering. Sie krabbelten über die massiven gespreizten Beine auf die Straße, wo Xamus sie vor dem ehemaligen Imbisswagen begrüßte, der nun nur noch ein Haufen Holzscheite mit einer übergroßen Sonne darauf war. Nicholas und Oldavei gesellten sich zu den dreien, und gemeinsam musterten sie den sich lichtenden Staub, die sich ausbreitenden Flammen, den wogenden Rauch und die verletzten Körper. Auf der Straße schlug ein Haufen Randalierer immer noch auf die Überreste des Riesen ein, den Molt angegriffen hatte. Der Minotaurus aber war nirgends zu sehen.

18
Aufgelöst

Nach dem Gemetzel der Nacht hatten sich die Gesetzlosen in das billigste Wirtshaus geschlichen, das sie auf der anderen Seite der Stadt finden konnten. Im Gegensatz zu ihrer Unterkunft in Talis war dieses Zimmer im dritten Stock zwar bei Weitem auch nicht gerade luxuriös, aber zumindest sauber und schimmelfrei. Die Laken der vier Stockbetten waren gewaschen, die Wände gestrichen und der Boden, auf dem Oldavei schlief, war mit Teppich ausgelegt. Kurz nachdem sie das Zimmer betreten und ihre Ausrüstung abgelegt hatten, fielen sie in einen langen, tiefen Schlummer.

Nicholas war der Erste, der weit nach Sonnenaufgang erwachte. Er ging zum Fenster, zog den Vorhang zu und nahm an dem leeren runden Tisch in der Mitte des Zimmers Platz. Xamus setzte sich ihm bald gegenüber.

»Also«, begann er. »Ein toller Abend, was?«

»Hm«, erwiderte Nicholas.

»So wie ich das verstehe«, fuhr Xamus fort, »hast du mit deinem Streit mit diesen Lehrlingen die Lunte an die ganze Sache gelegt.«

Nicholas sah zu Oldavei, der gerade ein paar Schritte entfernt auf dem Boden aufwachte und besorgt aussah.

»Im Ernst, als ich sagte, du sollst jede Minute leben, als sei es deine letzte, hatte ich nicht unbedingt das im Sinn«, sprach Xamus weiter. »Wir müssen wissen, dass du dich im Griff hast.«

»Weil ich unerwünschte Aufmerksamkeit erregen könnte?«, schoss Nicholas zurück. »Aber es ist klug, auf ein Fest zu gehen, bei dem halb Rechtbrand anwesend ist?«

»Das ist wohl wahr«, entgegnete Xamus und beugte sich vor, »aber es war ein Risiko, dem wir alle zugestimmt haben. Ich will damit sagen, dass wir wissen müssen, ob wir uns auf dich verlassen können. Unser Leben hängt davon ab.«

Nicholas runzelte die Stirn, die violetten Adern in seinem Gesicht hoben sich von seiner bleichen Haut ab. »Ich? Oldavei hat den Mob aufgehetzt«, erinnerte er Xamus.

»Das stimmt«, räumte Oldavei vom Boden her ein.

»Das ist etwas anderes«, antwortete Xamus. Wilhelm und Torin hatten sich in ihren Betten aufgesetzt und hörten zu. »Er wurde in die Sache verwickelt, weil er dich zurückhalten wollte. Wegen ...«

Nicholas' Augen blitzten. Er sprang auf. Xamus erhob sich ebenfalls. »Was?«, fragte Nicholas. »Los, sag schon. Ich war mehr als bereit, diesen Narren eine blutige Nase zu verpassen, und wenn du nicht aufpasst, was du sagst ...«

Nicholas bewegte sich, um näher an Xamus heranzukommen, aber Oldavei war an seiner Seite, die Hand an der Brust des Assassinen.

»Hey«, sagte Oldavei und sah Xamus an. »Er hat recht, weißt du. Ich war derjenige, der ...«

»Hier geht es nicht um dich, nicht jetzt«, tadelte Xamus Oldavei. Dann richtete er seinen Blick wieder auf Nicholas und knurrte: »Du *weißt*, worum es hier geht.«

Für einen kurzen Moment flammte Wut in Nicholas' Augen auf. Dann verflüchtigte sie sich wie ein vorbeiziehender Sturm. Seine Miene entspannte sich. Nicholas' Blick schweifte umher, er nahm wieder Platz und seufzte schwer. »Ich nehme es an«, räumte er ein. »Trotzdem musst du zugeben«, er lächelte schwach, »dass es ein herrliches Chaos war.«

»Ich denke, es ist an der Zeit, den anderen die Wahrheit zu sagen«, schlug Xamus vor.

»Welche Wahrheit?«, rief Torin und stand auf.

Nicholas fixierte Xamus. »Du lässt mir wohl kaum eine Wahl«, seufzte er. Der Assassine sah sich zu den anderen um, die seinen Blick erwartungsvoll erwiderten. Er schluckte und nickte. »Na gut. Vor Kurzem hatte ich eine Liebschaft. Mit einer Frau namens Katrina. Ich liebe ... liebte sie und ...«

»Ah, eine Frau«, unterbrach Wilhelm ihn, als sei ihm alles sonnenklar. »Ich hätte es wissen müssen, es ist immer ...«

»Halt die Klappe und lass ihn reden!«, blaffte Torin.

Nicholas biss die Zähne zusammen und fuhr fort: »Ich nehme an, sie liebte mich auch, auf ihre Art. Ich habe es nie ganz verstanden und habe mich immer gefragt, was sie in mir sah. Eines Tages fragte ich sie einfach. Sie sagte, sie habe etwas in mir gefunden. Wut, Charakterstärke, Kraft, sagte sie ... die unter der Oberfläche lauerten. Ich reagierte auf ihre Worte ... weil ein Teil von mir sich danach sehnte, mehr zu sein, als ich war. Tapferer, härter, besser, wichtiger, selbstbewusster. Ich könnte noch mehr sagen, aber es läuft darauf hinaus, dass Katrina sagte, sie kenne meine tiefsten Sehnsüchte und könne sie erfüllen.« Nicholas ging zur Wand neben dem Fenster und lehnte sich dagegen. »Sie hat mich gebissen«, schloss er.

Xamus saß still da. Die anderen sahen einander an.

»Ein Nachtteufel«, sagte Torin fassungslos. »Na, das erklärt ja einiges.«

»Vampir, Nachtteufel, ja«, erwiderte Nicholas. Die anderen schwiegen. »Aber ich bin noch nicht ganz verwandelt. Katrinas Leute sagten, sie könnten mir beibringen, wie man kontrolliert, was aus mir wird. Nicht nur ein Vampir, sondern auch ein echter Assassine. Sie haben mich zu dem ausgebildet, was sie eine Gespensterklinge nennen. Als ich euch allen in Herddahl begegnete, war Taron Braun mein erstes Ziel. Eine Möglichkeit, mich zu beweisen.« Nicholas wartete, während die anderen verarbeiteten, was er ihnen gerade anvertraut hatte. »Wie dem auch sei«, nahm er dann den Faden wieder auf, »vielleicht dämmert euch jetzt, warum ich nicht so begierig war, von mir zu erzählen.«

Nach einem kurzen Moment meldete sich Oldavei zu Wort: »Was ist mit Katrina passiert?«

»Sie ist noch irgendwo da draußen«, antwortete Nicholas, »und wartet darauf, dass ich mich melde. Als in Skarstadt und dann in Talis alles zum Teufel ging, dachte ich, ich hätte so kläglich versagt ...«

»Gar nicht«, widersprach Torin. »Du hast nicht versagt. Zumindest nicht, soweit deine alte Freundin weiß. Deine Aufgabe war, Braun zu ermorden. Braun ist tot.«

»Das stimmt«, gab Nicholas zu. »Der springende Punkt ist ... ich möchte nicht zurück. Nach diesem Biss hatte ich einfach nicht mehr das Gefühl, dazuzugehören. Was auch immer sie in mir zu sehen meinte, was auch immer sie in mir hervorbringen wollte, es hat nicht funktioniert. Vielmehr hatte ich das Gefühl, dass meine besten Seiten nach und nach verschwinden, und die letzten Monate haben mir das bestätigt.« Nicholas wurde leiser. »Ich habe Angst, wenn ihr die Wahrheit wissen wollt. Denn wenn ich sterbe ...« Er hielt kurz inne. »Wenn ich sterbe, werde ich zurückkommen. Aber alles, was gut an mir war, wird für immer verschwunden sein.«

Torin trat zu dem Stuhl, von dem Nicholas sich erhoben hatte. »Das ist ja ein ziemlich verworrener Knoten.« Er ließ sich auf den Stuhl fallen. »Vielleicht können wir ...«

»Ich habe schon viel zu viel von euch verlangt«, unterbrach ihn Nicholas. »Ihr habt mich willkommen geheißen, aber die Wahrheit ... die Wahrheit, die ihr nun endlich kennt, ist, dass Katrina und ihre Verbündeten nach mir suchen werden. Mir ist ein schlimmes Ende bestimmt, und jedem, der an meiner Seite bleibt, wird es nicht viel besser ergehen. Daher«, er stieß sich von der Wand ab, »nehme ich jetzt Abschied.«

»Nein«, widersprach Xamus. »Das habe ich ...«

Nicholas hob die Hand. »Doch. Es ist nur richtig, dass ich gehe. Ich hätte euch gar nicht erst in diese Lage bringen dürfen.« Er ging zu der Koje, in der er geschlafen hatte, und sammelte seine Sachen ein.

Bevor Xamus aufstehen konnte, um ihn aufzuhalten, sagte Oldavei: »Er hat recht.«

Xamus warf dem Ma'ii einen ungläubigen Blick zu. »Er hat recht, auch ich habe euch alle in Gefahr gebracht. All der ... Dreck, den der Sektenspinner von sich gegeben hat ... Ich konnte es einfach nicht mehr hören.« Oldaveis Stimme wurde schärfer. »Ich habe es so satt, dass Leute versuchen, andere zu kontrollieren. Diese sogenannten Religionen und politischen Systeme, die ... den Leuten das nehmen, was sie sind. So etwas macht mich einfach so wütend ...« Er senkte den Blick. »Ich habe Dinge benutzt, die ich während meiner Ausbildung zum Schamanen gelernt habe. Magie, die Art, die Herzen bewegt, Leute beeinflusst. Ich habe nicht übergelegt, ich habe es einfach getan. Ja, ich wollte ihm nur das Maul stopfen und habe an nichts anderes gedacht. Wir sollten Gesetzesvertreter meiden, und ich habe genau das getan, was ich hasse ... ich habe die Menge kontrolliert. Einen Aufstand angezettelt. Das ist so ziemlich das Gegenteil von helfen.« Oldavei begann seine Habseligkeiten einzusammeln.

»Ihr müsst das nicht tun«, meinte Xamus.

Nicholas sah Oldavei an und nickte verständnisvoll. »Doch«, widersprach er. »Das müssen wir.«

»Tut uns wenigstens einen Gefallen«, bat Xamus. »Bleibt fürs Erste in der Stadt. Lasst Gras über die Sache wachsen. Wir treffen uns in vierzehn Tagen bei Sonnenuntergang hier wieder. Wenn ihr dann immer noch so denkt, können wir getrennte Wege gehen. Andererseits haben wir vielleicht eine bessere Chance, wenn wir Eisenburg gemeinsam gegenübertreten, falls er unsere Fährte aufnimmt.«

Nicholas überlegte und sagte: »In Ordnung.« Dann trat er auf den Flur hinaus.

»Gut«, stimmte Oldavei zu. »In zwei Wochen. Bis dann.« Er hielt inne, als wolle er noch mehr sagen, aber schließlich hielt er sich an seinen eigenen Rat und ging.

Xamus seufzte und sah Wilhelm und Torin an.

Wilhelm zuckte die Achseln und meinte: »Ich finde vielleicht für ein paar Wochen ein Engagement.«

Torin dachte nach. Nach langem Überlegen brummte er: »Ich schätze, ich kann mich für eine Weile beschäftigen.« Er sah sich um. »Bis dahin könnten wir auch genauso gut hierbleiben und uns die Kosten teilen.«

Wilhelm setzte sich auf sein Bett. »Guter Plan.«

Xamus stand auf, ging zum Fenster und zog den Vorhang auf. Er sah auf die Stadt hinaus und dachte an die Visionen im Bärenhügel zurück. Was hatten sie zu bedeuten? Hatten sie wirklich eine Bestimmung, und wenn ja, hatten sie eine falsche Abzweigung genommen, weil sie hergekommen waren? Er fühlte sich seltsam, unverankert, ein Gefühl, an das er nicht gewöhnt war.

Als er über die Dächer zu einer Bank dunkler, Unheil verkündender Gewitterwolken schaute, seufzte er tief, denn in diesem Moment schien die Zukunft ungewisser denn je.

19
Wiederaufbau

Obwohl Xamus einmal gehört hatte, man solle nie an den Schauplatz eines Verbrechens zurückkehren, ging der Elf später an diesem ersten Tag, während Wilhelm und Torin sich anderweitig abzulenken versuchten, unter einem wolkenverhangenen Gewitterhimmel zu der Straße, in der sich das Chaos der vergangenen Nacht ereignet hatte. Eine kleine Armee engagierter Stadtbewohner und Ladenbesitzer hatte sich an die Aufräumarbeiten gemacht. Eine hohe Leiter wurde herbeigeschafft und ans *Königsfass* gelehnt. Ein Mann mit langem grauem Haar kletterte hinauf und zog die zerfetzten Überreste einer riesigen gelben Jacke von einem Fahnenmast. Karren transportierten die Trümmer ab.

Im inzwischen dichten Regen beobachtete Xamus das Treiben in aller Ruhe bis zum Sonnenuntergang. Dann kehrte er ins Gasthaus zurück, wo er sich abtrocknete und die Nacht größtenteils allein verbrachte, da Wilhelm und Torin erst kurz vor Tagesanbruch zurückkehrten.

Xamus verbrachte den nächsten Tag und auch den darauffolgenden auf ähnliche Weise, während die Leute die Schaufenster entlang der vom Aufstand verwüsteten Straße reparierten. In den Nächten zog er durch die musikgeschwängerten Straßen, suchte nach Steckbriefen mit ihren Namen und Konterfeis und riss sie ab, wenn er sicher war, dass niemand zusah.

Nach vier Tagen bekam Wilhelm ein Engagement in einem recht gehobenen Etablissement namens *Geschmeidige Bewegungen*. Xamus und Torin waren bei seinem ersten Auftritt anwesend, bei dem der Barde sein Programm vor einem halb vollen Saal und mit vereinzeltem Applaus spielte. Später, als sie rauchten und tranken, erzählte Torin von einem lokalen Sport namens »Häute«, den er zu betreiben gedachte, bei dem die Mannschaften um den Besitz eines Lederballs kämpften. Der Ballbesitz war dabei jedoch kein Privileg, denn wer ihn hatte, den verprügelten die anderen Spieler brutal.

»Das ist genau mein Ding«, grinste Torin. »Ich habe sowieso zu viele gottverdammte Zähne. Die stören nur beim Trinken!«

Am sechsten Tag begann der Wiederaufbau des Gasthauses *Zur aufgehenden Sonne* und des Mietshauses, in das der bärtige Riese gefallen war. Zunächst tat Xamus nur, was er bisher immer getan hatte. Er sah zu. Am nächsten Morgen machte er sich mit Hammer und Nagel an die Arbeit und half beim Wiederaufbau des Gasthauses. Tag für Tag schuftete er und Abend für Abend besuchten er und Torin Wilhelms Auftritte. Leider erwiesen sich die respektlosen Lieder des Barden und die scharfen Mandolinenklänge als unpassender Ersatz für die beliebte Blasmusik, an die die gut betuchte Kundschaft gewöhnt war. Nach nur fünf Auftritten bat der Geschäftsführer Wilhelm höflich, zu gehen und nicht wiederzukommen.

»Ich werde mir etwas Neues suchen«, versprach der Barde seinen Mitstreitern.

Nach und nach schritten die Arbeiten an dem Gasthaus voran, man verlegte Fußböden, errichtete Treppen und begann mit dem Bau eines neuen Balkons. Die Arbeit vertrieb ihm tagsüber nicht nur die Zeit, sondern Xamus fand darin auch ein gewisses Maß an Erfüllung und sogar vielleicht so etwas wie Wiedergutmachung.

Endlich war der Tag des Treffens mit Oldavei und Nicholas gekommen. Wilhelm, der sich in den Stunden vor der Morgendämmerung hereingeschlichen hatte, hatte ein frisches blaues Auge und stöhnte, als er sich im Bett aufsetzte und eine Hand auf die geprellten Rippen hielt.

»Ich will nicht darüber reden«, sagte er, als Xamus sich nach seinen Verletzungen erkundigte.

Torin, der selbst blaue Flecken von seiner ständigen Teilnahme am Häute-Spiel hatte, kicherte nur.

Oldavei traf kurz vor der Abenddämmerung ein, Nicholas nur wenige Augenblicke später. Die Haut des Assassinen war strahlend weiß, die blauen Äderchen traten noch deutlicher hervor als zuvor und seine tief liegenden Augen hatten einen rötlichen Farbton angenommen.

Nachdem sie sich darauf geeinigt hatten, sich bei einem alkoholischen Getränk zu unterhalten, gingen die Gesetzlosen in ein nahe gelegenes Lokal, das Torin schon lange hatte besuchen wollen. Die Einrichtung der Taverne *Zum Seebären* war thematisch ganz auf Meer und Seefahrt ausgerichtet. In einer Ecke spielte eine dreiköpfige Band in Piratenkleidung Seemannslieder auf einer Bühne, die dem Deck eines Schiffes nachempfunden war. Steuerräder, Segel und Netze schmückten die Wände. An den runden Tischen und auf den Hockern an der Bar entlang der Wand saßen kleine Klüngel von Gästen. Die Gruppe nahm nicht weit vom Eingang Platz und bestellte Getränke bei einer rundlichen blauäugigen Schönheit mit schwarzem Haar, deren anerkennender Blick auf Nicholas ruhte.

Torin hob die Hände, als wolle er sagen: »Was zum Henker …?«, und schaute dann zu den anderen, um zu sehen, ob sie etwas bemerkt hatten.

Oldavei zuckte die Achseln. Nicholas schien es nicht gemerkt zu haben.

Torin forderte Wilhelm kopfschüttelnd auf: »Du fängst an. Was hat es mit dem Veilchen auf sich?«

Wilhelm zögerte, dann kamen ihre Getränke und die Schankmaid lächelte Nicholas zu, bevor sie ging. Wilhelm gestand schließlich: »Ich habe mich nach Arbeitsmöglichkeiten erkundigt … ich war vielleicht ein bisschen angetrunken. Jedenfalls sagte so ein Witzbold: ›Du solltest es mit Straßenkampf versuchen.‹ Also tat ich das. Mann, ich dachte mir, ich kann gut mit den Fäusten umgehen, also trat ich gegen diesen komischen Rohling an, der wohl ein Halb-Oger war, aber … Ja, ich habe ein paar gute Treffer gelandet. Ihr wisst schon, etwas Beinarbeit, dann zuschlagen.« Wilhelm mimte die Hiebe. »Schön leichtfüßig, ordentlich austeilen. Und dann – zack! Das Nächste, was ich weiß, ist, dass er mir wie aus dem Nichts eine verpasst. Man sagt, es ist der Schlag, den man nicht kommen sieht, der einen letztendlich erwischt, und das ist kein Scheiß! Es hat sich angefühlt, als würde mich ein entlaufener Stier rammen, und das war's, Leute, er hat mich wie eine Kerze ausgepustet.«

Torin prustete. »Ach, mach's einfach wie ich, trink den Schmerz weg.«

»Ja«, lächelte Wilhelm. »Einfach haggö sein.«

»Das hast du oben auf der Bühne auch gesagt«, warf Xamus ein. »Was bedeutet das?«

»Du weißt schon, Mann«, antwortete Wilhelm. »Haggö sein! Sich besaufen!«

»Nenn es, wie du willst«, sagte Torin, »solange das Ergebnis dasselbe ist.« Der Zwerg kippte sein Getränk hinunter und erzählte dann von seinen täglichen Kämpfen auf dem Häute-Feld. »Es macht viel Spaß«, berichtete er, »aber es lohnt sich nicht besonders.« Er schaute zu Oldavei. »Was ist mit dir? Kaust du Knochen, jagst du deinen Schwanz ...?«

»Pah!«, machte Oldavei. »Zu deiner Information, ich habe eine absolut respektable Anstellung gefunden ... im Zentralzoo.«

»Haben sie dich rausgelassen, oder bist du entkommen?«, entgegnete Torin.

Die anderen feixten.

»Käfige putzen!«, ergänzte Oldavei laut und überdeutlich. »Ich liebe Tiere. Vermutlich ein bisschen zu sehr.« Er trank einen Schluck.

»Was soll das heißen?«, fragte Wilhelm mit hochgezogenen Brauen.

»Ich ...« Oldavei hüstelte. »Ich habe vielleicht eines Abends ein bisschen viel getrunken und ein paar von ihnen freigelassen.« Der Tisch brach in Lachsalven aus. Oldavei stimmte ein. »Wie sich herausstellte, missbilligen die Zoowärter das.«

Als das Gelächter verstummte, sahen Oldavei und Torin zu Xamus, der sich in seinem Stuhl zurücklehnte und die Füße auf den Tisch legte.

Er sagte: »Ich habe eigentlich gar nicht viel gemacht. Nur ein bisschen beim Wiederaufbau der *Aufgehenden Sonne* geholfen. Es geht voran. Sollte bald so gut wie neu sein, denke ich.«

Nicholas und Oldavei schauten unbehaglich drein. »Nun«, füllte Oldavei die Stille, wobei er zu Nicholas blickte, »dann fehlst noch du.«

Die anderen sahen den Assassinen an und warteten.

»Ich habe getrunken«, antwortete Nicholas und wich ihrem Blick aus. »Eine Menge. Ich hatte ein Zimmer im *Frostigen Sattel* und trank, und wenn ich nicht getrunken habe, habe ich geschlafen. Ich hatte keine Lust, etwas anderes zu tun.« Er beließ es dabei, und die Runde verstummte, bis der Krug auf dem Tisch leer war und sie nach mehr verlangten.

»Also …«, nahm Xamus irgendwann das Gespräch wieder auf und schenkte sich nach. »Wo führt uns das alles hin?«

»Ich habe viel nachgedacht«, entgegnete Oldavei, »während ich die Käfige gereinigt habe. Ich denke … wir werden nie aufhören können wegzulaufen, wenn wir nicht etwas tun, um unsere Namen reinzuwaschen.«

»Was denn?«, fragte Torin.

»Mehr über die Kinder der Sonne herausfinden«, erwiderte Oldavei. »Ich habe mir das genau überlegt. Was mich jedoch zögern ließ, war die Sorge, dass der Paladinritter bereits dabei ist, dem Kult den Garaus zu machen. Eines Abends, als ich etwas getrunken hatte, belauschte ich zufällig ein Gespräch. Ein Mann aus Lietsin sagte, der Paladinritter und seine Vollstrecker hätten dort ein Lagerhaus gestürmt, aber es sei leer gewesen. Sie haben nicht gefunden, wonach sie gesucht haben, berichtete er, und das brachte mich zum Nachdenken: Vielleicht brauchen sie Informationen. Oder Beweise für das, was sie den Kindern der Sonne zur Last legen. Wenn wir die besorgen, können wir sie als Druckmittel einsetzen. Wir könnten dem Paladinritter die Beweise liefern und im Gegenzug eine Begnadigung erwirken.«

»Das ist einer der Gründe, warum sie Rhelgore ermordet haben, schon vergessen?«, erinnerte Torin ihn. »Er hat sich in ihre Angelegenheiten eingemischt.«

»Wir würden uns nicht einmischen«, erwiderte Oldavei. »Wir würden helfen. Rhelgore hat im Geheimen operiert, für seine eigenen Zwecke. Eisenburg wird so oder so hinter uns her sein, aber wenn wir etwas Lohnenswertes herausfinden und es richtig anstellen, haben wir vielleicht eine Chance.«

Wieder herrschte Stille, doch diesmal unterbrach Xamus sie. »Verdammt«, sagte er, »ich stimme zu. Ich weiß nicht, ob es unser Schicksal oder unsere Berufung ist, den Kindern der Sonne das Handwerk zu legen, aber ich denke, es ist folgerichtig. Es ist besser als … was auch immer wir in den letzten zwei Wochen gemacht haben. Oldavei hat recht. Eisenburg wird uns irgendwann finden, egal, was wir tun.«

Rund um den Tisch nickten alle.

Xamus sah Nicholas an. »Ich frage mich … können wir vielleicht die Lichtmagie der Kinder der Sonne, die Wirkung, die sie auf dich hat, nutzen, um einen Weg zu finden, dein Problem zu lösen?«

Nicholas seufzte. »Ihr alle solltet euch so weit wie möglich von mir fernhalten ...«

»Ja, ja, das kennen wir schon«, unterbrach ihn Torin. »Aber hier sind wir, siehst du? Also hör auf zu jammern!«

Nicholas schien bereit zu sein, weiter zu protestieren, aber er sah in den Gesichtern der beiden nur Solidarität und noch etwas anderes, eine Art bedingungslose Akzeptanz. Trotz allem, was er ihnen anvertraut hatte, waren sie irgendwie bereit, an seiner Seite zu bleiben. Es war ein Gefühl, das Nicholas schon lange nicht mehr gespürt hatte und von dem er befürchtete, dass er es vielleicht nie wieder erleben würde.

»Außerdem«, grinste Wilhelm, »wer soll uns sonst die Stimmung vermiesen, wenn es uns allen zu gut geht?«

Xamus nahm die Füße vom Tisch, beugte sich vor und streckte den Arm mit der Handfläche nach oben aus. »Wir werden die Kinder der Sonne finden«, fasste er zusammen. »Wir werden Beweise dafür finden, dass sie eine Bedrohung für Rechtbrand darstellen, und diese nutzen, um unsere Namen reinzuwaschen.« Er schaute zu Nicholas. »Wir werden herausfinden, wie wir die Dinge für dich wieder in Ordnung bringen können. Gemeinsam.« Er sah die anderen an. »Seid ihr dabei?«

Oldavei war der Erste, der sich vorbeugte und seine Hand auf die von Xamus legte. »Ich bin dabei«, bestätigte er.

Dann war Wilhelm an der Reihe. »Aber so was von.«

»Scheißt der Eulenbär in den Wald?«, fragte Torin, der gezwungen war, sich weiter vorzubeugen als die anderen.

Nicholas, der etwas gequält aussah, streckte die Hand aus und legte sie auf die seiner Kameraden. »Dabei«, erklärte er.

»Also, abgemacht«, fasste Xamus erneut zusammen. »Morgen fangen wir an.«

Sie ließen die Hände der jeweils anderen los.

»Noch einen Krug!«, rief Torin.

Als der nächste Krug kam und die Schankmaid ihres Amtes waltete, hielt Oldavei seinen Becher hoch und sagte: »Lasst uns haggö werden!«

Auch die anderen hoben ihre Becher. »Haggö!«, erwiderten sie unisono.

Der neue Krug leerte sich in Rekordzeit und führte zu weiteren, bis sich alle einig waren, dass es an der Zeit war, die Rechnung zu begleichen.

Xamus kramte in seiner Börse und betrachtete die wenigen Münzen in seiner Hand. »Mm«, brummte er. »Wir müssen noch das Zimmer bezahlen ...«

Torin grunzte. »Richtig. Ich bin selbst auch ein wenig knapp bei Kasse.«

Oldavei sank auf seinem Stuhl zusammen. »Ich war schon blank. Dann hat der Zoo meinen Lohn einbehalten.«

»Das kann ich nachvollziehen, Mann«, klagte Wilhelm. »Mich haben sie überfallen, als ich bewusstlos war.«

»Keine Angst, meine Herren«, sagte Nicholas, »ich habe alles im Griff.« Er zog einen dicken Ring mit einem schwarzen Stein vom Mittelfinger seiner linken Hand.

»Warte«, wollte Xamus ihn abhalten, »wir können ...«

Nicholas winkte ab. »Er war ein Geschenk Katrinas«, erklärte er. »Ich brauche den Ring nicht mehr.«

Als die Schankmaid zurückkehrte, und er sie bat, den Ring als Teilzahlung zu akzeptieren, war sie zunächst skeptisch. Aber das Wissen, dass der Ring dem Assassinen gehörte, und das – wenn auch unaufrichtige – Versprechen von Nicholas, in der nächsten Nacht wiederzukommen, konnten sie umstimmen.

Wilhelm, Torin und Oldavei erhoben sich und schritten zur Tür.

Bevor er den Raum verließ, sah Torin noch einmal zurück und bemerkte, dass Nicholas Xamus aufgehalten hatte.

Die beiden unterhielten sich leise. Xamus' Augen weiteten sich und er schüttelte den Kopf. Nicholas wurde beharrlicher, und nach einem Moment senkte der Elf den Kopf und schien nachzugeben. Als die beiden sich näherten, Xamus voran, fragte Torin, ob alles in Ordnung sei.

Xamus zog die Krempe seines Hutes über die Augen und sagte beiläufig: »Ja«.

Torin packte ihn am Ellbogen. »Es wirkt nämlich nicht so«, sagte er.

»Das geht nur uns etwas an, und mehr sage ich dazu nicht«, antwortete Xamus, während er sich auf den Weg an die frische Luft machte.

Sie gesellten sich zu den anderen nach draußen und verfolgten ihren früheren Weg auf dem Kopfsteinpflaster zurück. Das Firmament leuchtete hell über ihnen, während ein dünner Nebelschleier um ihre Füße hing. Hufschlag hallte von den Schaufenstern wider und machte sie auf eine komplett schwarze Kutsche aufmerksam, gezogen von zwei schwarzsilbernen Hengsten mit sanft wehenden schwarzen Federn. Auf dem Kutschbock saß eine in mitternachtsblaue Gewänder gehüllte Gestalt, deren Gesicht unter einer dunklen Kapuze verborgen war.

Auf halbem Weg zur Kreuzung passierten die Geächteten die Kutsche. Torin betrachtete sie und bemerkte die robuste Konstruktion und das Fehlen von Fenstern. *Ein merkwürdiges Gefährt,* dachte er.

Oldaveis Augen waren nicht auf die Kutsche gerichtet, er musterte die Umgebung – die Schaufenster, einige Gasthäuser, aus denen Musik und Gelächter ertönten. Die Ohren des Ma'ii spitzten sich und er richtete seine Aufmerksamkeit auf die Dächer. Dort sah er Gestalten huschen. Schattengestalten hüpften durch ... Nebel von einem Dach zum anderen. Aber es herrschte Bodennebel, die Dächer hätten frei sein müssen. Die dunklen Gestalten schienen von stofflich zu nicht stofflich zu wechseln, etwas, das mit Sicherheit eine optische Täuschung sein musste, dachte der Ma'ii. Er blieb stehen, ebenso wie Nicholas, der auch nach oben schaute, wobei sich ein niedergeschlagener Ausdruck auf seine blassen Züge legte.

»Verdammt!«, stieß der Assassine hervor. »Sie hat mich gefunden.«

20
Klingen im Nebel

Oldavei trat zwischen Wilhelm und Xamus, als sich von den Dächern dichter Nebel auf das Kopfsteinpflaster vor ihm ergoss. Zwei Wirbel des seltsamen Dunstes vermischten sich damit, dann verwandelten sie sich und erhoben sich wie Marionetten aus einer geduckten Position. Die wirbelnden Massen nahmen vor den Augen der schreckerstarrten Gesetzlosen schnell Gestalt an, die – auch wenn das unmöglich schien – menschlich war.

Die Assassinen standen nur wenige Schritte entfernt und waren wie Nicholas totenblass. Auch trugen sie ähnliche Kleidung wie der Begleiter der Gruppe – ärmellose schwarze Oberteile, Stoffhosen in der gleichen Farbe und Stoffschuhe mit weichen Sohlen, dazu auf dem Rücken Schwerter mit gerader Klinge. Schwarze Masken, eigentlich für kaltes Wetter gedacht, verdeckten ihre Gesichter bis auf ihre Augen. Für Oldaveis geschärfte Sinne rochen sie nach Tod. Es war ein ähnlicher Geruch wie der, den er bei ihrer ersten Begegnung mit Nicholas wahrgenommen hatte, aber im Falle der Neuankömmlinge war er noch stechender. Sie rochen nicht, als gingen sie dem Tod entgegen, sondern als wären sie tatsächlich tot. Am abscheulichsten waren vielleicht ihre Augen, deren Iriden in einem auffälligen Rot glühten.

»Nachtteufel«, sprach Oldavei ehrfurchtsvoll.

Hinter Xamus, Wilhelm und Oldavei fuhr Nicholas herum. Torin, der relativ nahe bei ihm stand, schaute ebenfalls zurück. Eine Gestalt stürzte vom Dach herab und landete nicht weit von der schwarzen Kutsche entfernt in tiefer Hocke auf den Steinen. Die Frau, die wie die anderen gekleidet war, aber feinere Stoffe und keine Maske trug, richtete sich auf. Hinter ihrem Rücken ragten zwei Schwerter auf, ein Griff auf jeder Seite. Sie trat vor und enthüllte atemberaubend schöne Züge auf alabasterner Haut, umrahmt von langem platinweißem Haar. Ihre Augen loderten wie kleine purpurne Ringe.

»Katrina«, flüsterte Nicholas, während eine verhüllte Gestalt im Kapuzenmantel schweigend und grimmig vom Kutschbock stieg.

»*Das* ist deine Freundin?«, rief Wilhelm Nicholas zu, dann setzte er hinzu: »Nicht schlecht!«

»Halt die Klappe!«, schrie Torin.

Katrina sprach Nicholas mit sanfter, tiefer Stimme an. »Du hast eine Aufgabe zu erfüllen.« Sie trat einen Schritt vor. »Tu es und erstatte Bericht. Deine Anweisungen waren ganz einfach, und doch zwingst du mich, dich aufzuspüren. Wie lange, dachtest du eigentlich, dich verstecken zu können?« Als Nicholas nicht antwortete, sagte sie: »Ich habe den Eindruck, du bist unkonzentriert. Genug der Spielchen. Verabschiede dich von diesen«, sie sah zu seinen Freunden, »Ablenkungen. Kehre mit uns dorthin zurück, wo du hingehörst. Es ist an der Zeit, dich deiner Familie wieder anzuschließen.«

Nicholas schüttelte den Kopf. »Ihr seid nicht meine Familie.«

»Was sind wir dann?«, fragte Katrina. Sie neigte den Kopf zu den anderen. »Was sind sie? Du wirst sie als das erkennen, was sie sind: wertlose Streuner. Abschaum der Straße. Nicht würdig, in der Gesellschaft von jemandem wie dir zu sein. Hast du ihnen gesagt ... wer du bist? Was du bist?«

»Ja«, entgegnete Nicholas.

»Wer und was *wir* sind?«

Nicholas verstand die Tragweite dieser Frage. Eine falsche Antwort würde mit Sicherheit dazu führen, dass es noch jemand auf die Köpfe der Gruppe abgesehen hatte. »Sie wissen nichts, was dich beunruhigen sollte«, antwortete er. »Lasst sie in Ruhe.«

Xamus hatte eine dreiviertel Drehung gemacht, um Katrina zu sehen und gleichzeitig auch die Assassinen vor ihm im Blickfeld zu behalten. Er sagte: »Wir stehen zu Nicholas. Er wird nirgendwo hingehen, wenn er nicht will.«

»Hm«, machte Katrina und sah Nicholas an. »Schon beeindruckend, das gebe ich zu«, sie hob die Arme und zog beide Schwerter vom Rücken, »dass deine Freunde bereit sind, für dich zu sterben.«

Eine verschwommene Bewegung, dann stürzte sich Katrina auf Torin, traf aber auf Nicholas' Klinge.

Die beiden wirbelten in einem rasenden Gewitter aus klirrendem Stahl davon. Torin zog seine Axt, um Nicholas beizustehen, aber der vermummte Assassine warf seinen Umhang zurück und zog eine Sichel aus seinem Gürtel. Er hatte Muskeln wie Taue und eine Narbe, die direkt unter seinem linken Auge begann und unter seiner Maske verschwand. Entschlossen, den ersten Schlag zu führen, griff Torin ihn an.

Einige Schritte entfernt entblößten die beiden maskierten Gespensterklingen vor Xamus, Oldavei und Wilhelm ihre Waffen. Nach seiner Bemerkung gegenüber Katrina hatte Xamus zu flüstern begonnen und konzentrierte sich auf einen etwas obskuren Zauber, von dem er hoffte, dass er wirksam sein würde. Der Ma'ii und der Barde stürzten sich auf den Vampir, der ihnen gegenüberstand, als Nebelschwaden aufstiegen und sich an den Gegner direkt vor Xamus hefteten. Erstaunlicherweise gewann der hauchdünne Dunst zunehmend an Substanz, während seine Oberflächenbeschaffenheit eine glatte, gummiartige Qualität annahm. Der Vampir war kurz abgelenkt und schaute verwirrt an den Spinnweben nach unten, die ihn lautlos und listig umgarnt hatten. Xamus stürzte sich mit gezogener Klinge auf ihn und rammte dem Assassinen das Schwert bis zum Heft in die Brust.

Neben der Kutsche öffnete sich die Tür einer Taverne. Ein Paar taumelte Arm in Arm heraus, warf einen Blick auf den Kampf, der da tobte, und eilte zurück hinein.

In der Nähe der Kutsche schlug Torin mit all seiner Kraft und Schnelligkeit nach seinem vernarbten Gegner. Immer wenn der Zwerg zuschlug und auf ein lebenswichtiges Stück Anatomie zielte, trieb ihn der Assassine in die Enge. In einem Moment war er da und im nächsten wieder weg, seine Bewegungen waren fast zu schnell, als dass man sie mit bloßem Auge hätte verfolgen können. Ein Stück entfernt kämpften Nicholas und Katrina nicht minder erbittert. Für jeden Hieb, so schien es, gab es eine Parade und einen Konter. Katrina setzte die linke Klinge geschickt zur Verteidigung ein, die rechte zum Angriff.

»Du bist besser geworden«, lobte sie zwischen den Schlägen lächelnd. »Sehr gut!«

Nicholas hatte sich bisher gut geschlagen, doch während die

Energie seiner Gegnerin unerschöpflich zu sein schien, schwand seine eigene rapide.

Obwohl Oldavei und Wilhelm gekonnt kämpften und den Vorteil von zweien gegen einen hatten, schaffte es ihr Gegner immer irgendwie, sie auszumanövrieren. Von den beiden Geächteten schlug sich der Ma'ii besser. Er konnte mit der Geschwindigkeit seines Gegners fast mithalten und landete sogar einige oberflächliche Hiebe mit seinem Krummsäbel, obwohl die Wunden den Teufel nicht sonderlich zu kümmern schienen, und warum auch? Oldavei erinnerte sich selbst daran, dass – wenn diese Gespensterklingen wirklich tot waren, was sowohl die Beweise als auch der Mythos nahelegten – ein Schnitt sicherlich wenig Wirkung zeigen würde.

Nicht weit entfernt stellte Xamus diese Theorie auf die Probe. Der Schwertstoß, der mit Sicherheit das Leben eines jeden Sterblichen beendet hätte, konnte seinen Gegner nicht töten. Der Mann starrte ihn einfach nur aus seinen feuerroten Augen an. Xamus, dessen Stiefel sich in seinem eigenen Netz verfangen hatten, wich zurück. Der Assassine griff mit der freien Hand nach der schwarzen Maske und riss sie herunter. Ein Lächeln kroch über sein fahles Gesicht. Sein Mund öffnete sich und enthüllte spitze Eckzähne, während ein Zischen aus der Kehle des Teufels drang. Xamus schüttelte den Schauer ab, der ihm über den Rücken lief, riss sich von dem Netz los, befreite sein Schwert aus der Brust des Albtraumwesens und machte einen Satz rückwärts. Der noch immer lächelnde Teufel hackte mit der Klinge seines Schwerts auf seine Fesseln ein.

Neben der Kutsche vermasselte Torin einen Axthieb, sodass er sich überstreckte. Er korrigierte seinen Fehler umgehend, indem er den Kopf nach hinten warf und dem Gegenschlag, der auf seinen Hals zielte, um Haaresbreite auswich. Er entging jedoch nicht dem darauf folgenden schnellen Tritt, der ihn gegen die Brust traf und ihn so heftig gegen die Seite des Wagens katapultierte, dass er sofort das Bewusstsein verlor.

Im selben Moment trat eine kleine Gruppe von Tavernengästen aus einer Tür unweit der Stelle, an der Oldavei und Wilhelm mit ihrem Kontrahenten kämpften. Die frohgemute Schar strömte in einem lauten, ziellosen Schwall aus dem Haus. Sie lachten schallend und stolperten fast übereinander. Ihr Schwung trug sie über die halbe Straße, riss sowohl Wilhelm als auch Oldavei mit und trennte Xamus von seinem frisch vom Netz befreiten Widersacher.

Das Ganze lenkte Nicholas nur für eine Sekunde ab, aber mehr brauchte Katrina nicht. Sie führte einen bösartigen Drehtritt aus, der ihren Gegner am Kinn traf, gerade als er sich ihr zuwandte. Als Nicholas fiel, rief Katrina einen Befehl in einer fremden Sprache.

Der Anblick gezückter Schwerter machte den verwirrten Tavernenbesuchern die Gefährlichkeit der Situation bewusst, woraufhin sie sich in alle Richtungen zerstreuten. Wilhelm, Oldavei und Xamus bildeten eine enge Formation und suchten nach ihren vampirischen Widersachern, doch die beiden waren plötzlich verschwunden.

Xamus wirbelte herum, um Nicholas zu Hilfe zu eilen, aber sowohl er als auch Torin und Katrina waren ebenfalls verschwunden. Der Blick des Elfen fiel auf die geschlossenen und verriegelten Türen der Kutsche.

»Hü!«, erklang eine Stimme vom Kutschbock, und die Hengste galoppierten los. Die drei Gesetzlosen verfolgten sie, so schnell ihre Beine sie trugen, aber ohne Erfolg. Einen halben Häuserblock später konnten sie nur noch hilflos zusehen, wie die finstere Kutsche die nächste Kreuzung erreichte, um die Ecke bog und außer Sichtweite verschwand.

21

Das Beinhaus

Sie hatten die Zeit bis zum Sonnenaufgang damit verbracht, Innis nach der schwarzen Kutsche abzusuchen und alle, die ihnen auf der Straße begegneten, zu fragen, ob sie gesehen hatten, wohin sie gefahren war, nachdem sie den Geächteten entkommen war.

Ihre Bemühungen waren vergeblich gewesen, doch als sie über das Kopfsteinpflaster zurück zu Xamus' Gasthaus schlenderten, kam dem Elfen ein Gedanke. Er schnippte mit den Fingern. »Der *Frostige Sattel*«, rief er. »Nicholas hat gesagt, dass er dort untergekommen ist.«

Xamus machte sich rasch auf den Weg, Wilhelm und Oldavei folgten auf müden Beinen.

»Ich bin ziemlich sicher, dass sie ihn nicht wieder auf sein Zimmer gebracht haben«, wandte Wilhelm ein.

»Nein, aber vielleicht hat er dort etwas zurückgelassen«, antwortete Xamus. »Eine Habseligkeit. Etwas, das ich benutzen könnte …«

»Ah …«, sagte Oldavei und lief schneller.

»Ich verstehe kein Wort«, bekannte Wilhelm.

»Er beherrscht einen Trick«, erklärte Oldavei und deutete auf Xamus. »Du hast ihn beim ersten Mal nicht mitbekommen. Aber er kann einen persönlichen Gegenstand benutzen, um jemanden zu finden.«

»Ohne Scheiß?«, fragte Wilhelm verblüfft.

»Wie sollen wir in sein Zimmer kommen?«, erkundigte sich Oldavei.

»Ich habe schon das eine oder andere Schloss geknackt«, entgegnete Xamus.

»Natürlich hast du das, du alter Gauner!«, erwiderte der Ma'ii.

Sie gingen weiter zu der Stelle, an der Xamus das Wirtshaus gesehen hatte, stürmten hinein und auf den Gastwirt zu, einen Mann mit eingefallenen Augen und schütterem Haar hinter der Theke.

»Guten Morgen«, begann der Elf. »Wir suchen einen Freund. Von Kopf bis Fuß in Schwarz, blaue Brille, trägt ein gerades Schwert.« Xamus war nicht sicher, ob Nicholas sich wohl mit Namen eingetragen hatte. »Würdet Ihr uns verraten, welches Zimmer er hat?«

»Hatte«, korrigierte der Gastwirt. »War heute Nacht nicht hier und schuldet mir bereits zwei Übernachtungen.«

»Ich ... verstehe«, antwortete Xamus. »Aber sein Gepäck ...«

»An einen Händler in der Nähe verkauft«, sagte der Wirt und enthüllte mit einem breiten Grinsen fleckige Zähne. »Um für das bereits erwähnte Zimmer zu bezahlen.«

»Wie heißt der Händler?«, fragte Wilhelm.

»Farley«, erwiderte der Wirt.

Xamus war bereits auf dem Weg zur Tür, als der Gastwirt rief: »Warum das Interesse an seinem Gepäck?«

Auf der Straße hatten Wilhelm und Oldavei Mühe, mit Xamus Schritt zu halten. »Dann wohl zum Markt«, sagte Oldavei.

»Zum Markt«, bestätigte Xamus. »Geschwind. Denn nach allem, was wir wissen, könnte es schon zu spät sein.«

★ ★ ★

Torin erwachte, blinzelte, um seine verschwommene Sicht zu klären, und wartete darauf, dass sich seine Augen an das flackernde Umgebungslicht gewöhnten. Es fiel aus einem geschwungenen Tunnel und beleuchtete die quadratische irdene Kammer, in der er sich befand. Wie lange war er schon hier – und wo war »hier«? Obwohl er nicht genau wusste, wie lange die Kutschfahrt gedauert hatte, da er die ganze Zeit über besinnungslos gewesen war, wurde der Zwerg das Gefühl nicht los, dass ein beträchtliches Maß an Zeit vergangen war. Ein Tag, vielleicht auch mehr.

Seine Handgelenke waren hoch über seinem Kopf gefesselt. Ein kurzer Blick nach oben verriet ihm, dass die Ketten bis zu einem in die rissige Steindecke eingelassenen Ring reichten.

Auf seinen tätowierten Armen klebte getrocknetes Blut von den Schürfwunden an seinen Handgelenken. Seine Schultern waren glücklicherweise taub, seine Fußspitzen baumelten etwa sechzig Zentimeter über dem Boden. Der durchdringende Geruch von feuchter Erde und Verwesung stieg ihm in die Nase. Kleine weißliche Brocken und Stücke lagen auf dem Boden und wurden immer größer und zahlreicher, bis sie am Rand des Raumes kleine Hügel bildeten – Knochen aller Art, einschließlich Schädel und Schädelteile. Torin spürte, wie sich seine Nackenhaare aufstellten.

Zu seiner Linken hing Nicholas, die Handgelenke ebenfalls über dem Kopf gefesselt. Seine Füße erreichten fast den Boden. Der Kopf des Assassinen hing schlaff herab, das Kinn auf der Brust, aber er lebte und war wach, atmete schwer und starrte mit leeren Augen nach unten. Seine Klinge war nirgends zu sehen. Torin reckte den Hals erst nach hinten, dann in Richtung seiner Leibesmitte, um festzustellen, dass auch seine Waffen fehlten. Ein leises, schlurfendes Geräusch lenkte seine Aufmerksamkeit auf eine fette graue Ratte, etwa so groß wie seine Faust, die sich auf die Hinterbeine aufrichtete und mit zuckenden Schnurrhaaren an seinen Füßen schnupperte.

»Verpiss dich!«, bellte Torin und trat in die Luft. Die Ratte quiekte und rannte in den Tunnel, wobei sie ihren langen Schwanz hinter sich herzog.

Torin sah Nicholas an. »Wo um alles in der Welt sind wir hier gelandet?«

»Sargrad«, antwortete Nicholas heiser, ohne den Kopf zu heben. »Unter den Straßen. Im sogenannten Beinhaus.«

»Hm«, sagte Torin. »Man sollte den Besitzern mal sagen, dass sie ein Rattenproblem haben.«

Der Klang von Schritten verriet ihnen, dass sich jemand näherte. Ein Schatten hüpfte und flackerte an der Tunnelwand außerhalb der Kammer, dann betrat Katrina den Raum. Die Vampirin rauschte herein, blieb kurz vor Nicholas stehen und fixierte ihn mit ihrem purpurroten Blick.

»Ich habe dich aufgenommen«, begann sie. »Ich habe dich ausgebildet. Ich habe das Beste aus dir herausgeholt, dich zu einem von uns gemacht.« Sie verzog ihr Gesicht. »Du aber versuchst nicht nur zu fliehen, sondern mir ist auch aufgefallen, dass du

keinen Ring trägst, als ich deine Handgelenke gefesselt habe ...«
Ihre Stimme war tief und bedrohlich. »Das Symbol unserer Liebe hast du ... was? Verschenkt? Verkauft? Hat es dir wirklich so wenig bedeutet?«

Nicholas leckte sich die spröden Lippen. »Du hättest mir sagen sollen ... hättest mir von Anfang an sagen sollen, was du bist. Du hättest mich warnen sollen, dass ich, wenn ich dir den Hof mache, meine Seele verliere.«

»Was, wenn ich es getan hätte?«, fragte Katrina.

»Dann hätte ich dir gesagt, du sollst dich verpissen.«

Die Hand schlug so schnell nach ihm, dass ihre fahle Form verschwamm. Nicholas' Kopf flog zur Seite, er blutete aus einer Wunde an der linken Wange.

»Hey!«, rief Torin. »Du beleidigte Leberwurst, er hat seinen Auftrag erfüllt. Er hat Braun ausgeschaltet.« Katrina richtete ihre glänzenden Augen auf Torin und der verlor sich kurz in ihrem Blick. »Ich, äh, habe Beweise«, sagte er, als er sich wieder gefangen hatte. »Hier, in dem Beutel.« Er wies mit dem Kinn auf seinen Kilt.

Katrina stand plötzlich neben ihm, ohne dass er bemerkt hätte, dass sie sich überhaupt bewegt hatte.

Sie zog ein Stück Stoff aus dem Beutel, auf dem Brauns Siegel prangte.

»Siehst du?« Torin fuhr fort: »Er hat es geschafft, Braun ist tot. Aber danach hat der Paladinritter Eisenburg ein Kopfgeld auf uns ausgesetzt, und wir waren gezwungen, uns zu verstecken.«

»Verstecken?«, antwortete Katrina, das Tuch in einer Hand. »In einer Taverne, vor aller Leute Augen? Scheint eine außerordentlich törichte Methode zu sein, sich der Gefangennahme zu entziehen.« Sie ging wieder zu Nicholas hinüber. »Wenn du Braun getötet hast«, erkundigte sie sich, »warum trägt der Zwerg dann sein Zeichen?«

Sie ballte die Faust um den Stofffetzen. »Wir arbeiten nicht mit Außenstehenden zusammen. Du kennst die Regeln, und du hast dich entschieden, sie zu brechen.« Hinter ihr erlosch der Feuerschein im Gang, ein großer Schatten kreuzte sein schwaches Licht. Katrina warf einen Blick über die Schulter, drehte sich um und stellte sich mit dem Rücken an die Seitenwand.

Eine leicht gebeugte Gestalt bewegte sich durch den Tunnel, so groß, dass ihr Kopf fast die Decke streifte. Der Mann bewegte sich sowohl mit Anmut als auch mit tödlicher Entschlossenheit, und als er sich in der Kammer zu seiner vollen Größe aufrichtete, schienen alle, einschließlich Katrina, in seiner Gegenwart zu schrumpfen.

»Meister Dargonnas«, begrüßte Katrina ihn und neigte das Haupt.

Dargonnas' spitzer Haaransatz schimmerte dunkel in dem spärlichen Licht. Blaue Adern zeichneten die Konturen seiner sehr bleichen Haut nach. Er trug einen schwarzen Gehrock, ein elegantes graues Hemd mit Krawattenschal, eine Brokatweste, eine geschmackvolle Hose und Schnürstiefel, alles in Schwarz. Die blinzelnden, durchdringenden Augen des Mannes zogen Torin in ihren Bann und schienen gleichzeitig dem Raum alle Wärme zu entziehen. Als der Blick des Neuankömmlings auf Nicholas fiel, fühlte sich der Assassine fast ohnmächtig, wie ein Kaninchen vor der Schlange.

»Loyalität«, sagte der Meister mit einer Stimme, die tief wie ein bodenloser Abgrund war und in Nicholas' und Torins Brust widerhallte. »Loyalität ist das, was ich mehr als alles andere verlange.« Er wandte sich an Nicholas. »Du warst Katrinas Liebling, und sie, die Idealistin, glaubt, wir könnten dich noch immer erlösen und du seist nur vorübergehend vom Weg abgekommen.«

Der Vampir streckte die langen, skelettartigen Finger aus, die in glänzenden, spitzen Nägeln endeten. Er ergriff Nicholas' Kinn und hob es an, um ihm in die Augen zu sehen. Seine Hand war kalt wie eine Gruft, und als er sprach, schien keine Luft seine Lunge zu verlassen. »Ich teile ihren Optimismus nicht.« Dargonnas wandte sich zu Katrina um. »Ich möchte alles wissen, was geschehen ist. Jedes Detail, damit keine Fragen offenbleiben.«

Katrina nickte. »Gewiss.«

Nicholas blinzelte. In der kurzen Zeit, die seine Lider geschlossen gewesen waren, hatte Dargonnas den Raum verlassen und die Fackel im Tunnel mit seinem Weggang erneut zum Flackern gebracht.

Katrina wandte sich an Nicholas. »Dieses Elend hast du dir selbst eingebrockt.« Sie beugte sich dicht an ihn heran und flüsterte: »Ich hätte dir die Welt zu Füßen gelegt.« Damit drehte sie sich um und verließ die Kammer.

Nicholas sah Torin mit Grabesmiene an. »Sie werden uns foltern«, sagte er. »Es tut mir leid. Es tut mir so leid, dass ich euch da reingezogen habe.«

»Das muss es nicht«, erwiderte Torin. »Xamus, Oldavei und der Barde ... du hast uns vielleicht da reingezogen, aber sie werden uns wieder rausholen. Wart's ab.«

22

Das Versprechen

Auf ihrem Weg zum Markt kamen die Geächteten am Gasthaus *Zur aufgehenden Sonne* vorbei, wo Arbeiter gerade unter Beifall und Rufen von Schaulustigen eine riesige gelbe Ersatzkugel auf neue Stützen auf dem Dach hievten.

Als sie den Markt erreicht hatten, führte eine kurze Suche Xamus und seine beiden Gefährten zu einem mit Segeltuch abgetrennten Stand zwischen zwei Stoffverkäufern, wo Farley seine Ware ordentlich auf dem Tisch vor sich aufgereiht hatte. Auf Nachfrage erinnerte sich der dunkelhäutige, sonnengebräunte Händler an den Ankauf der Reiseausrüstung.

»Hm, ja, das war ich«, erklärte er.

Das Trio wartete gespannt. »Ja, und?«, drängte Xamus.

»Verkauft«, antwortete Farley. »Als Erstes. An einen alten Goldsucher.«

»Ein Einheimischer?«, fragte Xamus und fürchtete bereits die Antwort.

»Nö«, entgegnete Farley. »Ein Reisender. Wollte zügig aufbrechen, brauchte nur noch Ausrüstung. Hat sie genommen und sich auf den Weg gemacht.«

Xamus biss die Zähne zusammen.

»Hat er gesagt, wo er hinwollte?«, erkundigte sich Oldavei.

Farley schüttelte den Kopf. »Ich habe nicht gefragt. Und nun, meine lieben Freunde«, sagte er, grinste breit und deutete mit weitschweifiger Geste auf seinen Tisch, »sucht euch etwas aus oder macht Platz für zahlende Kunden.«

* * *

Torin hatte mindestens zwei gebrochene Rippen. Jeder Atemzug fühlte sich an, als rieben in seiner Seite Glasscherben aneinander. Ihm fehlte ein weiterer Zahn irgendwo hinten rechts im Mund. Sie hatten ihm die Stiefel ausgezogen und eine kleine Ader in seinem rechten Knöchel angeritzt. Nachdem sie ihn gefoltert hatten, hatten die Vampire, darunter auch der vernarbte, gegen den er gekämpft hatte, ihn bluten lassen. Nicht zu sehr, aber gerade genug, um einen Kelch zu füllen, bevor sie den Blutfluss gestoppt hatten.

Trotzdem hatte der Zwerg das Gefühl, dass Nicholas schlechter dran war. Die Vernehmenden hatten ihm Fragen gestellt: »Hast du jemandem erzählt, für wen du arbeitest? Bist du ein Spion? Kennst du jemanden, der sich gegen uns verschworen hat?«, und ihn aufgefordert, alles zu berichten, was er getan hatte, seit er den Auftrag erhalten hatte, Braun zu töten. Nachdem Nicholas der Aufforderung nachgekommen war, hatten sie seinen hemdlosen Oberkörper wiederholt mit Brandeisen malträtiert. Nach einer kurzen Pause waren sie zurückgekehrt und hatten die ganze Prozedur wiederholt. Das war über Stunden so gegangen.

Der Assassine, der bewusstlos gewesen war, kam nun wieder zu sich und sah Torin mit trüben Augen an.

»Glaubst du immer noch, dass sie kommen werden?«, fragte er.

»Ja«, antwortete Torin.

Nicholas schnaubte.

»Was ich dich immer schon fragen wollte«, sagte der Zwerg und schielte mit einem Auge zu Nicholas. »Im *Seebären* hast du, bevor wir aufbrachen, unter vier Augen etwas mit dem Elfen besprochen. Was?«

Nicholas schwieg.

»Meinst du nicht, dass du schon genug Geheimnisse hast?«, drang Torin in ihn. »Komm, spuck's aus! Wir sind doch unter uns.«

Erneutes Schweigen. Schließlich raunte Nicholas: »Er musste mir versprechen ... dass er mich nicht zurückkommen lässt, wenn ich sterbe. Als einer von ihnen.«

»Das habe ich mir gedacht«, entgegnete Torin, und in seiner Stimme schwang etwas ... schwer zu Deutendes mit.

Nicholas vermutete, dass es Wut war.

»Lass mich dir was erzählen. Als ich klein war, hatte mein Volk gerade begonnen, Rotklippe zu besiedeln. Damals war es eigentlich nur ein großes Flüchtlingslager. Eine harte Zeit. Kaum Wasser oder Vorräte, ganze Familien getrennt und Waisenkinder wie ich überall verstreut. Ich musste um jeden Brosamen, den ich aß, betteln oder kämpfen. Es war ein erbärmliches Leben, und es gab keinen Grund zu der Annahme, dass es je besser werden würde. Unter uns Waisen gab es ein Sprichwort, das ich lange für dumm hielt. Sie sagten immer: ›Verlier nicht den Glauben.‹ Weißt du, was das bedeutet?«

»Ich kann es mir denken«, sagte Nicholas.

»Lange habe ich es nicht verstanden, bis ich darüber nachdenken konnte, was es für mich bedeutet. Es hat nichts damit zu tun, an welche Götter man glaubt. Es ist eine Art, zu jedem, der dich einfach zermalmen will, zu sagen: ›Leck mich am Arsch‹. Es bedeutet, dass es brenzlig wird. Dass wir an unsere Grenzen geraten. Aber was soll's? Was soll man machen, aufgeben etwa? Niemals! Manchmal ist alles, was dir bleibt, den Glauben nicht zu verlieren. Sie können mich zu Brei schlagen, aber da ist noch etwas anderes, tief in mir drin, an das sie niemals rankommen. Ich sagte, die anderen kommen uns holen. Vielleicht werden sie das, vielleicht auch nicht. Vielleicht finden wir unseren eigenen Weg hier raus. Wie auch immer. Also, was machst du?«

Nicholas schnalzte mit der Zunge.

»Sag es«, verlangte Torin.

Der Assassine blieb stumm.

Torin wiederholte lauter: »Sag es, Wichser!«

»Ich verliere nicht den Glauben«, versprach Nicholas. »Bist du jetzt zufrieden? Ich werde den Glauben nicht verlieren.«

Torin feixte. »Verdammt richtig.«

Nicholas erkannte, dass das, was er einen Augenblick zuvor in der Stimme des Zwerges vernommen hatte, nicht Zorn, sondern grimmige Entschlossenheit gewesen war.

★ ★ ★

Als die Sonne unterging saßen Xamus, Wilhelm und Oldavei am Tisch im Zimmer des Elfen. Sie starrten auf die Koje, in der Torin geschlafen hatte, und wünschten sich, der Zwerg hätte, statt ›mit leichtem Gepäck zu reisen‹, eine Reisetasche oder andere persönliche Dinge zurückgelassen.

Den Rest des Tages hatten sie damit verbracht, nach Spuren der Kutsche zu suchen. In der Abenddämmerung waren sie in Xamus' Zimmer zurückgekehrt, hatten sich gesetzt und darüber diskutiert, was sie als Nächstes tun sollten – ohne Ergebnis. So ungern Xamus es auch zugab, sie waren in eine Sackgasse geraten.

»Ich kann viel besser denken, wenn ich betrunken bin«, sagte Wilhelm.

»Geht mir genauso«, erwiderte Oldavei. »Aber wir können es uns nicht leisten.«

»Das ist es!« Xamus, dessen Gedanken abgeschweift waren, riss sich zusammen. »Idioten«, sagte er. »Wir sind alle Idioten. Gehen wir!« Er stand auf, schnappte sich sein Schwert und eilte zur Tür.

»Wohin?«, fragte Wilhelm.

»In den *Seebären*«, entgegnete Xamus.

Wilhelm und Oldavei runzelten die Stirn. Dann fiel es ihnen wie Schuppen von den Augen, und sie riefen unisono: »Der Ring!«

23
Bohen Dur

Torins rechtes Auge war fast vollkommen zugeschwollen. Der Blutverlust hatte dazu geführt, dass sich alles um ihn drehte, und er konnte nicht klar denken. Seine Atmung war zu einem ständigen Kampf um jeden flachen, gequälten Luftzug geworden. Er hatte jedes Zeitgefühl verloren, und da ihm das Sonnenlicht verwehrt war, hatte er kein Empfinden für Tag und Nacht. An Schlaf war nicht zu denken, und so waren seine einzigen Atempausen von den Qualen der wachen Stunden die kurzen Zeiträume, in denen er bewusstlos war.

Nicholas musste durch den Mund atmen, da seine Nase mehrfach gebrochen war. Sein Kinn hing ihm auf die Brust, sein Leib war eine schlaffe Masse aus totem Gewicht.

Katrina tauchte praktisch aus dem Nichts auf, legte die Hände auf Nicholas und hob seinen Kopf an. »Ich habe Dargonnas fast zum Einlenken überredet, aber du musst ihm unsterbliche Treue schwören. Nur dann wird er dein Weiterbestehen erlauben.«

»Blödsinn«, sagte Torin mit geschwollenen Lippen.

»Hör mir zu«, forderte Katrina, ignorierte den Zwerg und legte die Stirn gegen die von Nicholas. Der Assassine schloss die Augen, als Katrina fortfuhr. »Seit Generationen leide ich unter der Herrschaft engstirniger Männer, die in alten Gewohnheiten verhaftet sind, unfähig, sich eine Zukunft vorzustellen, in der wir aus den schattigen Gassen und der Gosse hervortreten. Viel zu lange haben wir uns zwischen Ratten und modernden Knochen versteckt. Ich habe dich nicht ohne Grund rekrutiert. Mir geht es um deine Loyalität, nicht für Dargonnas, sondern für mich allein. Um mir zu helfen. Leiste mir Beistand. Hilf mir, den Wandel zu erzwingen. Verstehst du? Einen Führungswechsel. Zusammen können wir alles erreichen. Das war schon immer mein Ziel: unsere Geschäfte offen zu führen und eine Macht auszuüben, die mit der der mächtigsten Gilden konkurriert. Aber ich musste dir erst vertrauen, ehe ich meine Pläne mit dir teilen konnte. Ich beschwöre dich, spiel deine dir zugedachte Rolle: Beschwichtige das Ego des Meisters. Schwöre ihm Treue, küsse ihm drei Tage lang die Füße, lange genug, damit er die Pläne umsetzen kann, die ich auf den Weg gebracht habe. Der Vertrag, den ich ausgehandelt habe und für den er die Lorbeeren geerntet hat. Wenn die Zeit reif ist, werde ich das Zeichen geben, und gemeinsam – gemeinsam! – werden wir ihn verdrängen, das Alte zerstören und das Neue einläuten.«

Nicholas schüttelte den Kopf. »Selbst wenn du unsere Anführerin wirst und alles tust, was du sagst, wärst du nichts weiter als eine Sklavin.« Er öffnete die Augen und sah sie eindringlich an. »Eine Sklavin dessen, was du geworden bist, und du willst, dass ich auch ein Sklave bin. Nein. Wenn ich sterbe, dann als freier Mann. Ich will nichts mit deinen Plänen zu tun haben.«

Katrina ließ die Hände sinken. Sie sah Torin in die Augen und trat so nahe an ihn heran, dass er die Kälte spürte, die von ihrer Haut ausging. »Wie geht es dir, Zwerg?«, fragte sie.

»Es ist der ... Mangel an Alkohol, der mich echt fertigmacht«, antwortete Torin, wobei ihm die Spucke auf die Brust tropfte.

Nicholas hatte gesehen, wie Torin zitterte, und er glaubte, dass in dieser Aussage vielleicht ein Körnchen Wahrheit steckte. Es war schmerzhaft, an den Entzug zu denken, der zu all den anderen Qualen hinzukam, die der Zwerg stoisch ertrug.

Katrina kehrte zu Nicholas zurück. »Ich mag deinen Gefährten«, sagte sie. »Ich bewundere seine Einstellung. Vergiss nicht: Du kannst dich heilen, er sich nicht. Ich gebe dir eine Stunde, dich zu entscheiden. Schwöre Dargonnas die Treue. Stell dein Schwert in seinen Dienst, aber dein Herz in meinen. Tu dies, und ich überzeuge den Meister, deinen Gefährten zu verschonen. Wir machen ihn zu einem der Unseren. Zu einem unsterblichen Krieger. Weigere dich und er krepiert. Langsam, schmerzhaft und für immer.«

Katrina wandte sich ab und verließ fluchtartig die Kammer.

★ ★ ★

Die Schankmaid hatte den Ring behalten, da sie in Nicholas verliebt war. Auch weil sie Gefallen an dem Ring gefunden hatte, den sie am Zeigefinger der rechten Hand trug, wollte sie sich nur ungern von ihm trennen.

Es hatte fast eine ganze Stunde Überzeugungsarbeit und einer Reihe von Geschenken gebraucht – ein Fetischschmuckstück von Oldavei, ein Ring von Xamus und Wilhelms Brille –, um die Schankmaid schließlich dazu zu bringen, Nicholas' Ring auszuhändigen. Dann war das Trio zur Bibliothek geeilt und hatte den Besitzer geweckt, der in einer Unterkunft direkt darüber wohnte. Sie hatten ihn angefleht, einen kurzen Blick auf eine Karte werfen zu dürfen, und es war ihnen gelungen, den drahtigen weißhaarigen Mann davon zu überzeugen, dass es um Leben und Tod ging.

Nun standen sie in einem offenen Raum im Hauptgeschoss, umgeben von mit Büchern vollgestopften Regalen. Auf einem niedrigen Tisch vor ihnen lag eine große Karte Rechtbrands ausgebreitet, darauf Kerzenständer, die dafür sorgten, dass die Enden des Pergaments sich nicht wieder aufrollten.

Wilhelm und Oldavei sahen gebannt zu, wie Xamus den Ring in der offenen Handfläche über den Mittelpunkt der Karte hielt. Er schloss die Augen und brummte leise vor sich hin. Als der Ring sich hob und zur Decke aufstieg, zog Xamus die Hand zurück. Der Ring flog einen weiten Kreis, während die leise Beschwörung weiterging. Der Kreis wurde kleiner, der Ring langsamer, bis er schließlich schwebend zum Stillstand kam, dann fiel er, wobei er erst beschleunigte und dann wie von einem Magneten angezogen an der Karte und dem Tisch haften blieb. Alle drei schauten nach, wo er gelandet war.

»Sargrad«, sagte Oldavei.

»Nicholas erwähnte, er habe dort seine Geliebte kennengelernt«, sinnierte Xamus. Er legte den Finger auf die Karte, auf Innis.

»Wie lange werden wir brauchen?«, fragte Wilhelm.

Xamus fuhr mit dem Finger von Innis nach Sargrad, während Oldavei sprach: »Zwei Tage per Kutsche. Zu Fuß ... vielleicht doppelt so lang.«

Xamus schwante Übles.

★ ★ ★

Nicholas versuchte abzuschätzen, wie lange Katrina schon weg war. Obwohl er es nicht wirklich sagen konnte, war er sicher, dass ihre Zeit fast abgelaufen war.

»Ich werde tun, was sie will«, verkündete Nicholas.

»Am Arsch wirst du das«, erwiderte Torin zwischen zwei keuchenden Atemzügen.

»Das verschafft dir zumindest ein bisschen Zeit«, beharrte Nicholas.

»Selbst wenn deine ... Freundin ehrlich dir gegenüber ist«, keuchte Torin, »glaubst du ernsthaft, ihr Herr würde mich einfach so ... verschonen? Die scheinen nicht die Art von Leuten zu sein, die ... irgendwelche Beweise zurücklassen.«

Nicholas, der immer noch nicht alles preisgegeben hatte, was er über ihre Häscher wusste, schwieg.

Torin fuhr fort: »Die wollen mich auf jeden Fall umbringen ... also triff keine überstürzten Entscheidungen aufgrund meines Wohlergehens ... wir werden einen anderen Weg finden.«

»Ich muss es versuchen«, wandte Nicholas ein.

»Tu einfach, was ich gesagt habe«, antwortete Torin.

»Den Glauben nicht verlieren, ja«, sagte Nicholas. »Hör zu, das ist nicht ...« In diesem Moment drangen Kampfgeräusche an ihre Ohren. Ein qualvolles Grunzen, ein Keuchen, ein Schrei, der auf halbem Weg verstummte.

Flüsternde Stimmen, dann, gleich hinter der Biegung des Tunnels, wo Torin die Wachen vermutete, ein Rangeln, ein Flackern des Fackellichts und ein Geräusch, das wie ein langes Ausatmen klang.

»Ha!«, rief Torin vergnügt. »Was hab ich dir gesagt? Ich wusste, sie würden ...« Torin und Nicholas ahnten eine Präsenz, noch bevor jemand sichtbar wurde, ein starkes, unbestreitbares Gefühl. Weder der Assassine noch der Zwerg spürten etwas von der kalten Bedrohung, die von den Vampiren ausging. Dennoch beunruhigte die unsichtbare Präsenz sie.

Ein paar kleine Partikel, die wie Asche aussahen, wehten in die mit Knochen angefüllte Kammer. Ein Schatten näherte sich. Nicholas sah Torin an, der die Achseln gezuckt hätte, wenn er gekonnt hätte.

Dann überquerte eine Gestalt die Schwelle, ein mittelgroßer Mann in abgetragener Kleidung und Leder, mit einem breiten orangefarbenen Schal um den Hals, der über eine Schulter hing. In Händen hielt er zwei angespitzte Pflöcke. Er stand da und musterte die beiden mit ruhigem Blick aus schiefergrauen Augen.

Die Gefangenen starrten ihn mit offenen Mündern an.

Torin durchbrach die Stille: »Wer zum Henker bist du?«

24
Flucht

Der Blick des Neuankömmlings wanderte von Nicholas zu Torin und wieder zurück, als wolle er Fragen stellen. Höchstwahrscheinlich wollte er wissen, wer sie waren und warum man sie hier gefangen hielt. Stattdessen steckte er beide Pflöcke in die Aufhängung an seinem breiten, mit Beuteln behangenen Gürtel. Er senkte den Kopf, schloss die Augen und hob die Hände. Sofort schnappten die Fesseln an Nicholas' und Torins Handgelenken auf, und die beiden stürzten zu Boden.

»Wie ... was zum Henker ...«, krächzte Torin.

Der Fremde hob Nicholas' Hemd auf, das in einer Ecke lag, und warf es dem Assassinen zu. Er sprach mit besonnener, kontrollierter Stimme. »Wir müssen uns beeilen. Könnt ihr laufen?«

Nicholas warf ächzend sein Hemd über, kam auf die Beine und stolperte zu Torin, um diesen zu stützen, weil seine Beine sein Gewicht noch nicht tragen konnten. Sobald Nicholas Torins Arm um seine Taille gelegt hatte, nickte er dem Fremden zu.

Ihr Befreier ging voran, durch einen kurzen, gewundenen Gang, vorbei an einer flackernden Laterne zu einem größeren Quergang. Er schaute in beide Richtungen, dann wandte er sich nach rechts. Als Nicholas und Torin den Quergang erreichten, sahen sie einen breiten, von einer Lampe erhellten Ziegeltunnel mit Kuppeldach. Kleine Haufen von etwas, das wie Asche aussah, lagen in einer Richtung entlang des Gangs. Nicholas wandte sich in die entgegengesetzte Richtung. Den Arm um Torins Taille gelegt, zog er den stämmigen Zwerg mit sich, obschon seine eigenen Beine der Anstrengung kaum standhielten.

Der Zwerg fluchte beim Anblick dessen, was den Korridor

füllte – noch mehr Knochen. Sie waren zu beiden Seiten auf dem Boden aufgehäuft, kleinere Stücke knirschten unter ihren Füßen. Noch beunruhigender waren jedoch die vollständigen Skelette, die links und rechts in drei übereinander gereihten, schattigen Nischen in den Wänden aufgebahrt lagen. Die verwesten Hände waren über den gebrochenen Rippen gefaltet, an einigen hingen noch verwitterte Stofffetzen, andere trugen Teile einer Rüstung oder waren sogar noch vollständig bekleidet. Als sich das Trio näherte, huschten und flitzten Ratten zwischen den Überresten umher, sodass es klang, als bewegten sich die Leichen und könnten jeden Moment aus den dunklen Nischen kriechen.

Ihr Führer ging an einer Seitenkammer vorbei und blieb stehen. Nicholas und Torin näherten sich dem Raum und sahen, dass er voller Waffen war – Schilde, Helme, Spieße, Schwerter, einige gestapelt oder an die Wände gelehnt, andere wahllos auf den Boden geworfen. Nicholas' Kurzschwert und Torins Axt lagen an der gegenüberliegenden Wand.

»Mach schon«, sagte Torin.

Nicholas ließ den Arm des Zwerges los und lehnte ihn an die steinerne Türkante. Der Fremde warf einen Blick zurück, zog seine Pflöcke und ging dann zwei Schritte vorwärts zu der Stelle, an der ein Gang von der Seite, auf der sich auch die Waffenkammer befand, den ihren kreuzte.

Torin stolperte vorwärts, kaum in der Lage zu stehen, aber nicht gewillt, seine Hände auch nur in die Nähe der Leichen gelangen zu lassen, als der Mann einen Blick in den angrenzenden Tunnel warf und einen Pflock gegen die gegenüberliegende Wand stieß. Der Zwerg hörte ein Klappern und Klirren aus einer Nische dort. Ihm fiel die Kinnlade herunter, als der Fremde seinen Arm zurückriss und ein mit Helm und Brustplatte bekleidetes Skelett aus seinem Versteck herausflog. Es richtete sich in der Luft auf und krachte dann in einen dunklen Schemen, den der Zwerg erst jetzt als einen ihnen entgegenkommenden und nun sehr überraschten Vampir erkannte. Torin machte einen weiteren Schritt.

Ein dunkles Etwas raste aus dem Tunnel auf sie zu. Der Mann richtete seinen Pflock nach vorn und leicht nach links, dann holte er aus. Fragmente eines anderen Skeletts schossen aus einer Vertiefung, und gezackte Knochenstücke durchbohrten den heranstürmenden Nachtteufel, der verdutzt stehen blieb.

Nicholas kam mit seiner geraden Klinge und Torins Axt, die er dem Zwerg reichte, aus der Waffenkammer und beobachtete, wie der Fremde einem Schwerthieb des ersten Vampirs auswich, der auf Distanz ging, nachdem er das gepanzerte Skelett abgestreift hatte. Der Mann schlug mit dem Pflock in seiner Linken zu und spießte die Gespensterklinge auf, bevor diese einen weiteren Schlag ausführen konnte. Der gesamte Körper des Vampirs, einschließlich seiner Kleidung, wurde grau, rissig und zerfiel zu feinem Staub – ein Prozess, der in weniger als einem Atemzug ablief.

Kaum hatte der Fremde diesen Schlag ausgeführt, warf er den Pfahl in seiner rechten Hand, der mit bemerkenswerter Geschwindigkeit über die Köpfe der beiden Geächteten hinwegflog und den zweiten heranstürmenden Teufel mitten in die Brust traf. Auch dieser zerfiel zu Asche.

Noch während die Überreste auf den staubigen Boden rieselten, waberte ein Nebel von hinten über den zu Boden gefallenen Pfahl hinweg und verdichtete sich, während er sich dem Trio näherte. Der Fremde streckte die leere rechte Hand mit der Handfläche nach vorn aus und schien zu Torins und Nicholas' Überraschung eine Art Aura auszustrahlen, wobei beide annahmen, ihre Augen spielten ihnen einen Streich. Der Nebel erstarrte, als sei er gegen eine unsichtbare Wand geprallt. Dann strömte er zurück, wobei seine Bewegung chaotisch und unkontrolliert wirkte – wie Rauch in einem Sturm. Er waberte an dem Pfahl vorbei, wirbelte herum, sammelte sich und nahm schließlich die Form einer strauchelnden Gespensterklinge an. Die Angreiferin drehte sich um, als der Fremde den Pflock in seiner linken Hand warf. Sie war jedoch entweder schneller oder aufmerksamer als ihre weniger glücklichen Spießgesellen. Die Frau fing das Geschoss mit beiden Händen auf, die tödliche Spitze war nur einen Fingerbreit von ihrem Brustbein entfernt. Ein Schmunzeln breitete sich auf ihrem Gesicht aus, doch es verging schnell, als der Fremde mit den Fingern auf den Pfahl am Boden zeigte und mit einer Bewegung nach oben das zweite Geschoss in die Brust der Frau schleuderte. Sie zerstob und wurde zu Staub, während die beiden Pfähle auf dem Boden aufschlugen.

Nicholas und Torin blieben wie erstarrt stehen und starrten schweigend vor sich hin. Erst als der Neuankömmling weiter in den von Leichnamen gesäumten Tunnel vordrang, gewannen sie ihre Geistesgegenwart zurück.

Als die beiden ihn einholten, stand der Mann schon an einem anderen Seitengang und spähte hinein. Dort erkannten Nicholas und Torin vage eine Eisentür mit einem vergitterten Fenster, spärlich beleuchtet von fernen Laternen.

Der Fremde machte Anstalten weiterzugehen, verharrte dann aber und drehte den Kopf leicht nach links.

»Was ...«, begann Torin, doch der Mann brachte ihn mit einer raschen Geste zum Schweigen.

»Es kommen noch mehr«, sagte er ruhig. Er schaute in die Richtung, aus der er den neuerlichen Angriff erwartete, und verengte leicht die Augen. »Es sind zu viele, als dass ich sie allein bekämpfen könnte. Los, kommt!«

Er bewegte sich schnell und sicher, während Nicholas und Torin Mühe hatten, mit ihm Schritt zu halten.

Katrina war auf dem Weg, das wusste Nicholas. Er spürte es.

Ihr neuer Gefährte offenbar auch. »Beeilt euch, beeilt euch«, drängte er und führte sie nun an der Kammer, in der man sie gefangen gehalten hatte, vorbei durch gespenstische Gänge und an gelegentlichen Aschehaufen, durch Biegungen und um Kurven bis zu einem kurzen Durchgang, von dem aus sie gewundene Steinstufen erklommen. Sie stiegen immer höher. Wenn Torin hin und wieder stolperte und sie beide zu Boden riss, richtete Nicholas sich und ihn wieder auf. Ihre angeschlagenen und geschwächten Beine waren fast am Ende, als eine Stimme – die von Katrina – durch die Gänge hallte.

»Nicholas!«

Die Treppe endete an einer Luke, durch die sie kletterten und auf einem Steinboden landeten. Der Fremde steckte seine Pflöcke ein, schlug die Falltür zu und schob den Riegel vor, um das Treppenhaus zu versperren. Nicholas wusste, dass dies nicht ausreichen würde. Wieder einmal schien der Fremde der gleichen Meinung zu sein. Er trat zurück, Schweißperlen auf der Stirn.

Die Falltür erzitterte heftig.

Nicholas und Torin riskierten einen Blick auf ihre Umgebung: riesige Fässer, einige aufrecht stehend, die meisten quer liegend, gestapelt bis zu den Ziegelgewölben. Ein Weinkeller. Der Fremde streckte die Hand aus und versuchte eines der riesigen, aufrecht stehenden Fässer durch die mystische Kraft, die ihm innewohnte, zu bewegen. Das Fass gehorchte und rumpelte gemächlich über den Boden. Das Leuchten, das Torin und Nicholas schon zuvor um den Fremden herum wahrzunehmen geglaubt hatten, war nun sehr deutlich.

Die Falltür hob sich erneut, das Holz knarrte und knackte. Torin und Nicholas bemühten sich, das Fass zu erreichen, das einen Kopf größer war als der Assassine. Sie lehnten sich mit ihrem Gewicht von hinten dagegen und beschleunigten das Vorankommen. Die Falltür, das wusste Nicholas, würde einem weiteren Angriff nicht standhalten. Ein weiterer Stoß und das Fass kam zum Liegen, sodass es die Falltür vollständig bedeckte. Ein dumpfer Aufprall ließ die Dauben vibrieren, gefolgt von einem gedämpften Aufschrei der Wut.

Der Fremde, der nur leicht entkräftet aussah, ging um sie herum und neigte das Kinn, die seltsame Aura war nun verschwunden. »Gut gemacht«, sagte er. »Das wird sie für den Moment aufhalten. Ich heiße Piotr.«

»Nicholas«, stellte sich der Assassine vor.

Torin nannte ebenfalls seinen Namen.

Piotr nickte nur. »Folgt mir«, sagte er. »Ich bringe euch in Sicherheit.«

25
Strand

Das Trio bahnte sich durch mehrere Gassen langsam den Weg aus dem Fleischerdistrikt und legte bei Bedarf Pausen ein. Die Sicht war schlecht, denn ein trüber Dunst, der kein Nebel, sondern Rauch war, verfinsterte das Licht des Mondes und der Feuerstellen. Er kitzelte in Torins Rachen und erschwerte ihm das ohnehin schon mühsame Atmen zusätzlich. Ihr Führer, der sich den orangefarbenen Schal um die untere Gesichtshälfte geschlungen hatte, drehte sich hin und wieder um, um sich zu vergewissern, dass die beiden ihm noch folgten.

Sie begegneten niemandem bis zur ersten Hauptstraße, wo sich eine Gruppe anscheinend betrunkener Hafenarbeiter näherte, die erst Torin und dann Nicholas beäugten, als wären die beiden Kuriositäten in einem Jahrmarktskabinett. Nach einem misstrauischen Blick auf Piotr beschlossen sie jedoch, ihre Aufmerksamkeit anderen Dingen zu widmen und wortlos weiterzuziehen.

Sie näherten sich einer Straßenecke, wo ein alter sularischer Straßenprediger aus dem Dunst auftauchte und mit ausgebreiteten Armen eine Predigt hielt: »Der Glaube stärkt die stärksten Bastionen! Der Glaube, der die Türme der Kathedralen umgürtet!« Als sie näher kamen, starrte der Gewandete sie mit wildem Blick an und deutete ruckartig mit einem knorrigen Finger auf sie. »Nein, sagt ihr, das war Stahl! Ich aber sage euch, dass Glaube und Stahl eins sind!«

Glaube und Stahl, dachte Torin, als sie sich von dem schwafelnden Prediger lösten. Zwei Worte, die alles zusammenfassten, was er über Sargrad wusste oder gehört hatte. Viele hielten es für die Hauptstadt ganz Rechtbrands. Seine Bevölkerung übertraf die aller anderen Handelsstädte und seine Vormachtstellung beruhte auf einer Verbindung von Religion und Industrie. Von den unbezwingbaren, festungsähnlichen Bauwerken, die in den verschiedenen Stadtteilen standen oder aufragten, veranschaulichte keines die Macht von Kirche und Handel mehr als die Kathedrale der Heiligen Varina.

Noch während Torin darüber nachdachte, tauchte das Gebäude auf und ragte wie ein majestätischer Berg aus Marmor und Stahl durch eine Lücke im Rauch. Seine unzähligen speerartigen Türme wuchsen in den Himmel empor. Sanftes Licht beleuchtete die verschiedenen Ebenen, Flächen und Fassaden. Wie glitzernde Nadelstiche funkelte und glitzerte es aus Tausenden von Fenstern. Es war ein Ehrfurcht gebietender Anblick, der sich aufdrängen und den Betrachter einschüchtern sollte, und tatsächlich fühlte sich Torin in ihrer Gegenwart winzig. Er hatte nur Berichte über die Kathedrale gehört, sie bisher nie gesehen, aber nun wurden diese Geschichten, so bombastisch sie auch gewesen waren, diesem Schauspiel nicht gerecht.

»Ja«, sagte Nicholas neben ihm und sah nach oben. »Als ich sie das erste Mal gesehen habe, hat es mich auch umgehauen.«

Erst jetzt merkte der Zwerg, dass er stehen geblieben war und den Assassinen dabei aufgehalten hatte.

Einige Schritte vor ihnen wartete Piotr. »Nur noch ein Stückchen weiter«, drängte er.

»Wohin führst du uns?«, fragte Nicholas.

»Zu einem Verbündeten von mir«, antwortete Piotr mit durch den Schal gedämpfter Stimme. »Kein Freund der Teufel.« Er wandte den Kopf nach vorn und schon waren sie wieder in Bewegung.

Bald hörten sie lautes Getöse: geschäftige Geräusche, erhobene Stimmen. Sie kamen auf eine breite Straße, die von Ständen und Zelten gesäumt war – ein Markt unter freiem Himmel. Um diese Zeit war nur wenig Kundschaft zu sehen, stattdessen waren die Verkaufswagen voll mit frischen Lebensmitteln für den nächsten Morgen. An der Ecke stand ein drahtiger Mann auf der Ladefläche eines Wagens und warf einige der größten Lachse, die Torin je gesehen hatte, einem bärtigen Fischverkäufer zu.

Piotr wies auf der anderen Straßenseite auf ein Gebäude, das am Ende des Häuserblocks stand und wie eine Mischung aus

Bergfried und Gasthaus aussah. Ein breiter Turm nahm die eine Ecke des vierstöckigen Gebäudes ein. Im Erdgeschoss bemerkte Torin drei separate Eingänge, je einen an den Ecken und einen in der Mitte. Überall an der Fassade des seltsamen Hauses und des Turms gab es Fenster in allen Größen und Ausführungen, von hoch über quadratisch bis hin zu gewölbt, mit Blick auf die Straße, einige dunkel, andere von innen beleuchtet oder mit flackernden Kerzen auf den Fensterbänken.

»Da wohnt mein Verbündeter«, sagte Piotr, der seinen Schal heruntergezogen hatte, aber immer noch laut sprach, weil ein leerer Lieferwagen vorbeiratterte.

»Wo genau?«, wollte Torin wissen.

»Das ganze Gebäude gehört ihm«, antwortete Piotr.

Nicholas warf einen Blick über die Schulter, erst auf die dunkle Gasse hinter ihnen, dann auf die Dächer darüber. Soweit er es beurteilen konnte, war ihnen niemand gefolgt. Piotr führte sie zur mittleren Tür, öffnete sie mit einem Schlüssel und ließ die beiden rasch ein, bevor er sie wieder verschloss. Sie standen in einem langen, relativ schmalen Gang, der in einer Sackgasse endete. Nur eine weitere Tür befand sich in der Mitte der linken Wand. Nicholas näherte sich ihr und hatte schon die Hand am Türknauf, als Piotr sagte: »Öffne diese Tür nicht.«

Er schob sich an den beiden vorbei und ging bis zum Ende des Flurs. Als sie ihm folgten, lehnte sich der Mann mit seinem ganzen Gewicht gegen eine Seite der Stirnwand. Sie drehte sich mit einem knirschenden Geräusch um eine zentrale, vertikale Achse. Piotr trat auf der rechten Seite hindurch, gefolgt von dem verwirrten Assassinen und dem Zwerg, die sich nun in einem ähnlichen Sackgassengang wiederfanden, diesmal ohne Türen und mit nur einer brennenden Laterne auf einer Seite. Piotr drehte die Wand zurück und ging dann zu der Lampe. Er wies Nicholas und Torin an, Platz zu machen, während er den Sockel ergriff, ihn um ein Viertel drehte und zurücktrat. Der Assassine und der Zwerg wichen zurück, als ein Teil der Decke herunterschwang und eine dreistufige Leiter herunterklappte, deren Füße auf dem Boden aufschlugen.

»Kommt«, sagte Piotr und kletterte hinauf.

Nicholas half Torin, als sie in den ersten Stock hinaufstiegen, einen Flur zu einer Treppe entlanggingen und dann in den zweiten Stock stiegen.

»Ich habe Treppen satt«, murrte Torin, als sie endlich das oberste Stockwerk erreichten und durch einen offenen Eingang in einen großen runden Raum – offensichtlich im Turm – traten, in dem ein Mann in einem eleganten grauen Aufzug stand und aus den Bogenfenstern schaute.

An der gegenüberliegenden Wand stand ein Schreibtisch, dahinter ein eleganter Ledersessel, nicht weit von einer kleinen Eichenholzbar mit Spirituosen. An anderer Stelle tauchten Wandlampen den Raum in warmes Licht. In der Mitte des Bodens lag ein großer Läufer.

Piotr umrundete diesen, als er eintrat, zeigte auf ihn und wies die Geächteten knapp an: »Nicht drauftreten.«

Der Mann drehte sich um und musterte seine Gäste. Seine Augen waren von einem hellen Grün. Das Gesicht wies hohe Wangenknochen, dünne Lippen und eine Adlernase auf.

Kurzes, dünnes, braun, grau und weiß meliertes Haar krönte seinen Kopf. Er stand in einer merkwürdigen Haltung da, gerade, aber gleichzeitig leicht nach hinten und nach links geneigt. In der rechten Hand hielt er ein zierliches Glas, das zur Hälfte mit einem rosafarbenen Getränk gefüllt war. Sein linker Arm hing an seiner Seite und die Hand … Torin blinzelte mit seinem nicht geschwollenen Auge, um im Feuerlicht besser sehen zu können, und stellte fest, dass die Hand wie eine geballte Faust wirkte. Aber etwas daran kam ihm … merkwürdig vor.

Der Mann sah Piotr gespannt an.

»Die beiden haben sie gefangen gehalten«, sagte er. »Gefoltert. Das ist Torin.« Er deutete auf den Zwerg.

»Ich bin …«, begann Nicholas.

»Wer du bist, weiß ich, Amandreas«, sprach der Mann mit vom Alter geprägter Stimme. »Meine Agenten haben dich über viele Wochen hinweg immer wieder aufgespürt, du«, er hob das Glas und zeigte mit einem Finger auf Nicholas, »warst einer der wenigen, die den Teufeln entkommen sind. Zumindest beinahe.«

»Wer zum Henker seid Ihr?«, erwiderte Nicholas.

»Das hier …«, antwortete Piotr und wies auf den älteren Mann, »ist Archemus Strand, Vampirjäger.«

Der ältere Mann drehte sich leicht, sodass Torin einen besseren Blick auf seine linke Hand werfen konnte.

Oder das, was wie eine Hand aussah. Sie war aus Holz.

»Jäger, hm?« Torin sprach noch immer mit schwacher Stimme. »Es kann nicht einfach sein, zu jagen, in Eurem, äh ... Zustand.«

Ohne ein Wort zu sagen, hob Strand seinen falschen Arm und richtete die Faust auf Torin. Wo bei einer echten Hand die Knöchel wären, klafften vier Löcher.

Aus einem dieser Löcher schoss so etwas wie ein Pfeil heraus, der den hölzernen Türrahmen dicht neben Torins Schulter traf.

Der drehte sich um und sah einen glänzenden Holzpflock, der aus dem Rahmen ragte. »Na, das ist ja praktisch«, scherzte er.

»Archemus hat mehr Vampire vernichtet als jeder andere lebende Mensch«, erklärte Piotr.

»Was ist mit den anderen?«, fragte Strand Piotr.

»Ich konnte sie nicht erreichen«, antwortete Piotr.

»Jetzt ist das Überraschungsmoment verloren«, seufzte Strand. »Das ist bedauerlich.«

Torin meldete sich zu Wort. »Würde uns mal bitte jemand ins Bild setzen?«

Piotr sah Strand fragend an, der leicht nickte.

»Wir sprechen von meinen Brüdern«, sagte Piotr. »Bohen-Dur-Mönchen. Sie haben vor Menschengedenken geschworen, das Volk Rechtbrands zu beschützen, und sind dazu bestimmt, den Vampiren entgegenzutreten.«

Nicholas hatte von den Mönchen gehört, die etwas praktizierten, das sie die Eminenz nannten, eine übersinnliche Willensprojektion. »Aber ich dachte, ihr seid Friedensstifter und keine Krieger«, wandte er ein.

»Die Welt sieht uns so, wie wir es wollen«, antwortete Piotr. »In Wahrheit führen wir einen Schattenkrieg gegen das Böse.«

»Piotr und ich haben uns bei der Teufelsjagd kennengelernt«, warf Strand ein, der trotz eines leichten Hinkens auf der linken Seite sicher auf den Beinen war. »In letzter Zeit töten Dargonnas und sein Abschaum Mönche oder verschleppen sie und sperren sie unten im Beinhaus ein.« Er ging um den Teppich herum, trat zwischen Torin und Nicholas und riss den Pflock aus der Wand. »Daher hatten wir Hinweise darauf, dass sie etwas vorhaben. Etwas Bedeutendes.« Der alte Mann drehte den Pflock in seiner Hand und kniff die Augen zusammen, als wolle er ihn Nicholas in die Brust stoßen. »Du wirst uns alles erzählen, was du über ihre Pläne weisst«, schloss er.

»Wir wissen wenig«, gab Nicholas zu. »Nur dass eine ihrer ... führenden Agentinnen, Katrina, einen Vertrag ausgehandelt hat, für den Dargonnas die Lorbeeren geerntet hat ... und dass von ›drei Tagen‹ die Rede war.«

Strand und Piotr blickten einander an. Der Alte funkelte Nicholas an. »Drei Tage, sicher?«

»Ja«, erwiderte Nicholas.

»Hm!«, brummte Strand. Er ging zum Schreibtisch, stellte sein Getränk ab, steckte den dünnen Pflock in das leere Loch in seiner Holzhand und drückte die hölzerne Faust dann auf die Tischplatte, wodurch er mit einem Klicken einrastete.

»Sagt Euch diese Zahl etwas?«, fragte Nicholas.

»Gemeinsam«, antwortete Strand und griff wieder nach seinem Getränk, »haben Piotr und ich eine Liste möglicher Operationen der Teufel erstellt. Im Laufe der Zeit haben wir diese Liste mithilfe meiner Spione auf eine Handvoll Szenarien eingegrenzt. Aber drei Tage ... diese Zahl stimmt nur mit einem Ereignis auf unserer Liste überein.«

»*Ein Sonnenuntergang in Torune*«, sagte Piotr, und Torin und Nicholas spürten, wie Wellen roher Energie von ihm ausgingen.

»Sonnenuntergang?«, wiederholte Torin sichtlich verwirrt.

»Es ist ein Theaterstück«, erwiderte Strand. »Eines der beliebtesten in der Stadt. In drei Nächten wird es im Großen Theater zum letzten Mal aufgeführt. Gerüchten zufolge wird die gesamte vornehme Gesellschaft Sargrads anwesend sein. Die Zunft der Fabrikanten, die sularischen Kardinäle, der hohe Klerus ...«

»Alle Kirchenoberhäupter an einem Ort zur gleichen Zeit«, ergänzte Piotr. Nicholas und Torin spürten wieder die kraftvolle, unsichtbare Energie, die von ihm ausging. »Die Vampire beabsichtigen eine Säuberung.«

»Katrina hat gesagt, sie beabsichtigt, die Nachtteufel aus den Schatten zu führen«, erinnerte sich Nicholas.

»Du hast auch einen Vertrag erwähnt«, meinte Piotr.

»Ich hege schon lange den Verdacht, dass einige Geistliche in der Hierarchie über ihren Stand hinaus aufsteigen wollen«, sagte Strand mit leicht entschuldigendem Blick. »Sie könnten gut bezahlt haben, um ihre Konkurrenz aus dem Weg zu räumen.«

»Oder es handelt sich um eine Verschwörung zum Sturz der

Stadtführung«, mutmaßte Piotr. »Was auch immer sie vorhaben, wir werden ihre Pläne durchkreuzen.«

»Einverstanden«, entgegnete Strand. Er sah Nicholas an. »*Wenn* deine Informationen denn zutreffen.«

»Mehr habe ich nicht zu bieten«, erwiderte Nicholas.

Strand nickte und trat ans Fenster. »Wir werden eine Taktik ausarbeiten.« Er sah den Assassinen und den Zwerg über die Schulter an. »Ihr werdet euch derweil hier erholen.«

Sein Tonfall machte deutlich, dass das kein Vorschlag gewesen war.

26
Ankunft

»Ho!«, rief der Fuhrmann über die Schulter und verkündete, dass sich die Karawane den Außenmauern Sargrads näherte.

Zwei Tage nach ihrem Aufbruch von Innis hatten Xamus, Oldavei und Wilhelm ihre Reise um einen Tag verkürzen können, weil sie das Glück hatten, eine Handelskarawane mit Holz aus Orinfell zu treffen, die Brennstoff für die großen Stahlschmieden der Stadt transportierte.

Auf den Böcken der sechs Wagen zählenden Karawane war kein Platz gewesen, und so war das Trio auf einem der großen Stapel von sechzig Zentimeter dickem Holz auf dem letzten Wagen mitgefahren. Sie hatten auf der rauen Rinde gelegen oder gesessen und jede feine Verschiebung unter sich gespürt, wenn ein Rad – jedes etwa so groß wie Xamus – gegen einen Stein stieß oder in eine Spurrille rumpelte.

Oldavei hatte seinen Dolch als Gegenleistung für den Transport gegeben, wozu er gern bereit gewesen war, um wertvolle Zeit bei der Suche nach Nicholas und Torin einzusparen. Die einzige Bedingung des Kutschers: Sie durften nicht auf dem Holz durch das Sargrader Torhaus fahren. Das würde mit Sicherheit die Aufmerksamkeit der Wachen erregen und ihre Lieferung verzögern. Diese Abmachung passte natürlich auch den Geächteten, die unbemerkt bleiben wollten.

Als der knarrende Wagen langsamer wurde und der Kutscher den vereinbarten Ruf ausstieß, stieg das Trio ab und beobachtete, wie die massiven Karren auf das monumentale Torhaus der Eisenstadt zurollten. Hinter den Stadtmauern erhoben sich Fabrikdächer mit hohen Schornsteinen, deren dicke Rauchschwaden von einer östlichen Brise davongetragen wurden. Über allem thronte die Kathedrale der Heiligen Varina, deren Türme weit in den Himmel ragten.

Einige zerlumpte Bauern und vermummte Pilger schlenderten über die Landstraße Richtung Stadt. Die Geächteten drängten sich an den Straßenrand, dicht hinter einem gebeugten Mann mit Gehstock. Wilhelm nahm den Hut ab und betrachtete müde ihr Ziel.

»Die Wachen werden sicher Ausschau halten«, bemerkte der Barde.

»Ich habe darüber schon etwas nachgedacht«, sagte Oldavei.

»Waren wir uns nicht einig, dass Denken keine gute Idee ist?«, murrte Wilhelm.

Der Ma'ii ignorierte ihn und fuhr fort: »Paladinritter wie Eisenburg unterstehen der Kirche, richtig?«

»Ja?«, entgegnete Wilhelm mit fragendem Unterton.

»Sargrad ist der Stützpunkt der Kirche in Rechtbrand. Versteht ihr, worauf ich hinauswill?«

»Du meinst, wir betreten das Herz der Höhle des Löwen?«, erwiderte Wilhelm.

»So etwas in der Art, ja. Ich meine, hier gibt es nicht nur die Miliz, sondern auch den Kämpfenden Orden. Die sogenannten Friedenswahrer. Genau die Leute, die uns an den Kragen wollen.«

»Wie gesagt«, antwortete Wilhelm, »denken ist keine gute Idee.«

Xamus betrachtete das massive Stadttor, die Wachen auf den Zinnen und jene vor den Mauern. Er beobachtete, wie die Wachen die Holzwagen kurz inspizierten und dann durchließen. Hinter ihnen ertönte ein Geklapper, das Xamus' Aufmerksamkeit auf einen überdachten Handelswagen mit zwei Zugochsen und einem Fahrer lenkte.

»Geht schneller«, drängte Xamus, und die drei passierten den Buckligen.

Vor ihnen fuhr der letzte der Holztransporte durch das Tor, während der Handelswagen längsseits anhielt. Xamus flüsterte eine Beschwörung, machte eine leichte Geste mit der linken Hand und sah, wie der Kopf des Kutschers auf die Brust sank.

Wilhelm und Oldavei, die den Elfen beobachtet hatten, erkannten, was er getan hatte, und grinsten breit. Sie beschleunigten ihren Schritt, als der Wagen weiterrumpelte, obwohl die Zügel der Ochsen nun schlaff in den Händen des Kutschers hingen.

»He, da!«, rief eine der leicht gepanzerten Wachen und hob eine Hand, als sich der Wagen näherte. »He, habe ich gesagt! Anhalten!« Die Schildwache, die sich vor die Ochsen gestellt hatte, sprang zur Seite, als der Wagen weiterfuhr und das Tor passierte. Der Wächter und zwei weitere Wachen eilten hinterher, und auch die auf den Zinnen postierten Stadtwachen drehten sich um und beobachteten den Wagen, der einfach ohne anzuhalten das Stadttor passiert hatte.

»Beeilt euch«, raunte Xamus, und im Nu waren die drei durch das Tor und sahen zu, wie der Wagen, gefolgt von einer Handvoll schreiender Wachen, eine der gepflasterten Straßen am Stadtrand hinunterrumpelte.

Sie eilten weiter und warfen gelegentlich einen Blick über die Schulter. Überall um sie herum standen – oder in den meisten Fällen lehnten – verfallene Gebäude, schäbig und aus Schrott gebaut. Neben einem mit zerlumpten Tüchern bedeckten Eingang saß ein hundegesichtiger Gnoll und knabberte an einem Knochen.

»Ich denke immer noch, wir sollten uns trennen«, sagte Wilhelm und setzte seinen Hut auf.

Der Gnoll beäugte sie argwöhnisch, als sie vorbeigingen, während ein mittelgroßer dunkelhaariger Mann in Lederwams und -hosen an einer Straßenecke sie ebenfalls beobachtete.

Xamus ignorierte die Bemerkung des Barden. Er hatte bereits während der Reise seine Meinung kundgetan, dass die Vampire für jeden Einzelnen von ihnen zu gefährlich waren, um sich ihnen möglicherweise allein zu stellen. Der Elf räusperte sich, irritiert von der schlechten Luft in der Stadt.

»Was nun?«, fragte Oldavei. »Vielleicht sollten wir mit den Tavernen am Stadtrand beginnen und uns dann vorarbeiten ...«

»Ihr drei!«, rief der Mann und kam auf sie zu. Er fixierte sie mit dunklen Augen unter dünnen, gewölbten Brauen. In leisem, nasalem Tonfall sagte er: »Eure Freunde, ich kann euch zu ihnen bringen.«

Wilhelm, Oldavei und Xamus tauschten skeptische Blicke aus. »Welche Freunde?«, erwiderte Wilhelm.

»Stell dich nicht dumm«, antwortete der Mann. »Sehe ich etwa aus wie ein Angehöriger des Kämpfenden Ordens? Ich bin hier, um zu helfen.«

»Ist das dein Ernst?«, fragte Oldavei.

»Ja«, entgegnete der Mann und schaute sich um, ob sie auch keine Aufmerksamkeit erregten.

»Kann es tatsächlich so einfach sein?«, fragte Wilhelm.

»Ich habe eure Beschreibungen«, sagte der Mann. »Von euren beiden Freunden. Die auf euch warten.«

»Wer bist du?«, wollte Xamus wissen.

»Slayde«, seufzte der Mann, als sage das alles. Er sah sie der Reihe nach erwartungsvoll an.

»Äh ...« Wilhelm musterte die anderen unschlüssig.

Oldavei zuckte die Achseln.

»Wollt ihr sie nun sehen oder nicht?«, verlangte Slayde zu wissen.

Xamus überlegte, ob der Mann vielleicht im Dienst der Paladinritter stand, aber wenn der Orden gewusst hätte, dass sie in der Stadt waren, hätte man sie sicher verhaftet. Dasselbe galt für Eisenburg und seine Vollstrecker. Wobei Eisenburg sie wohl eher direkt getötet hätte. Natürlich konnte der Fremde auch für die Teufel arbeiten und sie in eine Falle locken. Aber selbst wenn dem so war, dann konnte er sie wohl auch zu Torin und Nicholas führen.

»Nun gut.« Xamus nickte Slayde zu. »Bring uns zu ihnen.«

Slayde führte sie um die Ecke herum, an der er gestanden hatte. Dort wartete eine Pferdekutsche. Das Gefährt war vollständig geschlossen, aber im Gegensatz zu der Kutsche, die Torin und Nicholas abtransportiert hatte, war diese kleiner, mit verdunkelten Fenstern und bequemen Sitzen für vier Personen. Der Kutscher war ein fröhlich aussehender Kerl mit Schlapphut. Im Inneren klopfte Slayde gegen das Dach und die Kutsche fuhr los.

Es ging durch belebte Straßen. Gelegentlich sahen sie auf der Seite, auf der Xamus und Wilhelm saßen, die Kathedrale durch die dunstige Morgenluft, wobei sie gezwungen waren, gegen das Sonnenlicht anzublinzeln, das sich auf dem makellosen Glas und dem polierten Stahl spiegelte. Wenige Augenblicke später kamen sie an einem anderen riesigen kunstvoll verzierten Gebäude vorbei, das Slayde als das Große Theater identifizierte. Es lag an der Talisande, die die Ostseite der Stadt teilte. Das Gebäude war so prunkvoll wie kaum ein anderes, das die Geächteten je aus der Nähe gesehen hatten.

Oldavei beugte sich vor, um an Wilhelm vorbeizuschauen, fasziniert von den mächtigen und doch anmutigen Strebepfeilern des Theaters und den eleganten Linien seiner Glas- und Stahlkonstruktion.

Banner, die auf ein Schauspiel mit dem Titel *Ein Sonnenuntergang in Torune* hinwiesen, wehten im Wind.

Die Kutsche fuhr über eine große Steinbrücke, die den Fluss überspannte, und hielt an. Als die Geächteten ausstiegen, bombardierte sie eine Kakofonie erhobener Stimmen. Slayde führte sie zu einer Ecke, von der sie auf ein Spektakel blickten, das alle anderen Basare der Handelsstädte als halbherzige Angelegenheiten erscheinen ließ. Hier, entlang der breiten Durchgangsstraße, drängten sich Scharen von Besuchern Schulter an Schulter zwischen den dicht an dicht stehenden Zelten und schreienden Verkäufern.

»Willkommen auf dem Kehrausmarkt«, verkündete Slayde.

Als sie sich einen Weg durch die Menge bahnten, legte Oldavei eine Hand auf Xamus' Schulter, der wiederum seine auf Wilhelms Schulter legte, damit die drei nicht getrennt wurden. Nur Wilhelms Körpergröße erlaubte es ihm, ihren Führer im Auge zu behalten, während sie sich zu einer Ecktür am Fuße eines schlossähnlichen Bauwerks gleich hinter einem Apothekerzelt drängelten.

Slayde schloss die Tür auf, die in einen breiten, leeren Gang führte. Er schloss hinter ihnen ab, ging zu einem Wandleuchter, drehte ihn und schob ein Stück der Wand in einen kürzeren Gang, in den er sie winkte.

»Äh, nein«, sagte Wilhelm und schüttelte den Kopf. »Nein, nein, das sieht gar nicht gut aus ...«

»Hör auf, dich wie ein Kleinkind aufzuführen!«, rief eine Stimme, und im selben Augenblick trat Torin aus dem schmalen Flur, sein Gesicht geprellt, das rechte Auge leicht geschwollen, und lächelte sein zunehmend zahnloses Lächeln. »Wovor habt ihr Wichser Angst?«, fragte er und lachte dann herzhaft.

»Du lebst!«, rief Oldavei, stürmte an Slayde vorbei, schlang die Arme um den Zwerg und schnupperte aufgeregt an seinem Hals und seinen Schultern.

»Ah!«, platzte Torin heraus. »Lass mich los, du aufdringliches Stück Scheiße! Natürlich lebe ich.« Der Zwerg schaute zu Wilhelm und Xamus, als Oldavei zurücktrat. »Jetzt, wo ihr endlich hier seid, hört auf herumzualbern und kommt nach unten.«

Torin stieg eine Steintreppe am Ende des kurzen Gangs hinunter. Oldavei, Wilhelm und Xamus folgten ihm, während Slayde die Wandtür schloss.

Sie traten in ein ausgedehntes Untergeschoss. An einem Ende, hinter raumhohen quadratischen Säulen, zwei langen Tischen und einer Handvoll Stühlen, wartete Nicholas.

»Ihr habt euch wirklich Zeit gelassen«, rief er mit kehliger Stimme. Er wirkte weit weniger angeschlagen als Torin, der sich, wie Xamus feststellte, langsamer als sonst bewegte.

Der Assassine winkte einen Mann heran, der in der Nähe stand. Er hatte kurzes, salz- und pfefferfarbenes Haar, trug Leinen und Leder und einen orangefarbenen Schal um den Hals. »Das ist Piotr«, stellte Nicholas ihn vor. »Ein Bohen-Dur-Mönch. Dieser Herr …« Der Assassine deutete mit ausgestreckter Hand auf einen grauhaarigen Mann, der am Ende eines Tisches saß, gekleidet in teure rauchfarbene Gewänder. »… ist Archemus Strand. Beide sind erfahrene Vampirjäger.«

Torin gesellte sich zu Nicholas, während Wilhelm, Oldavei und Xamus auf sie zugingen und dem Mönch und dem Vampirjäger zunickten. Xamus' Blick wanderte dann zu der Wand hinter Nicholas und Torin, an der alle möglichen Gegenstände hingen oder ausgestellt waren. Der Zweck von einigen, wie Armbrüsten und hölzernen Übungsschwertern, war leicht zu erkennen, während andere – Phiolen, medizinisch anmutende Flaschen auf Regalen und etwas, das wie Knoblauchzehen aussah – auf einen kurioseren Nutzen hindeuteten. Hinzu kamen Holzpflöcke, eine Vielzahl von ihnen, in allen Größen und Längen. Xamus fiel eine Behauptung wieder ein, die er vor langer Zeit gehört hatte, nämlich dass ein Holzpflock durchs Herz einen Nachtteufel vernichtete.

Er wandte seine Aufmerksamkeit Nicholas und Torin zu. »Es ist gut, euch beide lebend zu sehen«, sagte er. »Wir haben uns Sorgen gemacht.«

»Das verdanken wir ihnen«, antwortete Nicholas und deutete mit beiden Händen auf Piotr und Strand. »Ich werde euch erzählen, wie wir überlebt haben, aber vorher gibt es noch andere Dinge zu sagen. Zunächst möchte ich mich auch bei euch bedanken. Ihr seid meinetwegen nach Sargrad gekommen. Unseretwegen ...« Nicholas schaute zu Torin.

»Genau, wie ich es gesagt habe«, warf der Zwerg mit einem Nicken und einem Zwinkern zu den anderen ein.

»Ihr seid in den schlimmsten Zeiten an meiner Seite geblieben«, sagte Nicholas. »Immer wieder habt ihr eure Loyalität bewiesen, und ich weiß sie mehr zu schätzen, als ich es je zum Ausdruck bringen könnte. Aber wenn ihr dieses Mal bei mir bleibt, müsst ihr euch darüber im Klaren sein, worauf ihr euch einlasst. Es gibt eine Erklärung, die ihr hören müsst, und zwar eine, die längst überfällig ist. Nehmt Platz.«

Wilhelm, Oldavei und Xamus setzten sich ihm gegenüber.

»Es ist Zeit«, fuhr Nicholas fort, »euch von den Draconis Malisath zu erzählen.«

Auch diesen Namen hatte Xamus schon spät nachts in Tavernenecken im Flüsterton gehört. Geschichten von betrunkenen Lippen, von denen keine der anderen glich, obwohl sie sich alle um ein mächtiges, schattenhaftes kriminelles Imperium drehten.

»Die Malisath sind ein Vampirzirkel«, erklärte Nicholas. »Sie operieren im Verborgenen und leiten dennoch das organisierte Verbrechen in ganz Rechtbrand. Die Malisath betreiben alles, vom Glücksspiel über Schmuggel und Erpressung bis hin zum Diebstahl. Auf verschiedenen Wegen kontrollieren sie direkt einige der einflussreichsten Persönlichkeiten der Handelsstädte, sowohl der Politik als auch der Kirche.« Nicholas hielt inne und ließ seine Worte wirken. Es war eine ungeheuerliche These: eine gesichtslose Organisation, die alle kriminellen Aktivitäten im ganzen Land kontrollierte.

Torin sah in die Gesichter seiner Freunde. »Davon höre ich auch zum ersten Mal«, gestand er. Dann wandte er sich an Nicholas: »Irgendwann hättest du vielleicht beiläufig erwähnen können: ›Hey, übrigens, ich bin in die Geschäfte der furchterregendsten, blutsaugenden, mächtigsten kriminellen Superhirne verwickelt, die es je gab!‹«

»Das hätte ich tun sollen«, gab Nicholas zu. »Ich entschuldige mich aufrichtig dafür, dass ich es unterlassen habe. Es gab viele Gelegenheiten, bei denen ich es euch erzählen wollte, aber mir war bewusst, dass solches Wissen euch alle leicht das Leben kosten könnte.«

Torin winkte ab. »Uns versucht doch sowieso jeder umzubringen.«

»Wie gesagt«, fuhr Nicholas fort, »ich hätte es euch schon früher sagen sollen, aber dieses Wissen ist jetzt wichtiger denn je. Denn es wird darüber entscheiden, was ihr als Nächstes tun werdet.« Er schnappte sich einen der freien Stühle und stellte ihn vor die anderen, nahm Platz, beugte sich vor und schaute jeden von ihnen der Reihe nach an, während er fortfuhr. »Wir glauben, dass die Malisath eine Art Putsch planen, möglicherweise durch die Hinrichtung mehrerer hochrangiger Mitglieder der sularischen Kirche bei einer Aufführung morgen Abend im Großen Theater. Ich habe sowohl Strand als auch Piotr, die die Malisath ausrotten wollen, mein Schwert gelobt. Morgen Abend werde ich dort sein, zusammen mit dem Mönch und dem Vampirjäger, um mich sowohl meiner ehemaligen Geliebten als auch dem Plan, den die Malisath in die Tat umsetzen wollen, entgegenzustellen. Wir werden gut ausgerüstet sein, mit Waffen, die bekanntermaßen tödlich für sie sind. Strand«, sagte Nicholas und nickte dem älteren Mann zu, »hat eine kleine Armee von Spionen ...«

»Sie sind allerdings«, meldete sich Strand zu Wort, »keine ausgebildeten Meuchler.« Er musterte den Elfen, den Ma'ii und den Barden kritisch. »Piotrs Bohen-Dur-Brüder, die in einem Kampf wertvolle Verbündete wären, wurden von den Teufeln gefangen genommen. Das bedeutet, wir könnten eure Hilfe gebrauchen. Ich bin bereit, euch angemessen dafür zu entlohnen.«

Einen Atemzug lang herrschte Stille.

»Ich mag es nicht, wenn man mich foltert«, sagte Torin. »Was bedeutet, ich schulde diesen Teufeln etwas.«

Nicholas bewunderte die Robustheit des Zwerges. Er hatte bei den Vampiren so viel durchgemacht, war sich ihrer Fähigkeiten voll bewusst und dennoch bereit, sich ihnen nochmals zu stellen.

Strand nickte.

Xamus, Wilhelm und Oldavei dachten nach. »Das ist vielleicht der einzige Weg, wie du dich wirklich von ihnen befreien kannst«, meinte Xamus zu Nicholas. »Deshalb bin ich dabei.«

Obwohl Nicholas nicht antwortete, verrieten seine Miene und sein Blick die Dankbarkeit, die er empfand.

»Das ist ein gutes Argument«, erwiderte Wilhelm. »Außerdem, wenn wir ein paar großmächtige Kirchenbeamte retten, sind die Paladinritter vielleicht weniger geneigt, uns sofort zu töten, wer weiß?«

»Das bezweifle ich«, sagte Torin.

»Ich bin jedenfalls dabei«, meinte der Barde.

Alle sahen Oldavei an. Er grinste, und im Hinterkopf dachte er an sein Gespräch mit Krallenhand, an die Flucht vor dem Schicksal, was auch immer das sein mochte. »Klingt spaßig«, schmunzelte er. »Ich bin dabei.«

»Hervorragend!«, erklärte Strand und erhob sich ächzend. »Ich nehme an, der nächste Punkt auf der Tagesordnung ist die Anprobe von Gesellschaftsanzügen für euch alle.«

27

Eine Nacht im Theater

Meisterhafte, kunstvoll gerahmte Gemälde, die Szenen aus der Geschichte Rechtbrands zeigten, säumten die Wände des riesigen Foyers und hingen über Bars, an denen nur die besten Getränke serviert werden, und Verkäufern, die von Götterspeise über Kuchen bis hin zu Wildschweinbraten alles Mögliche feilboten. Durch die hohe Decke aus Glas und Stahl lugten die gerade aufgehenden Sterne herein.

In einer Ecke sorgte ein Violinen-Trio für leise Musikuntermalung. Bogengänge, die mit samtenen Seilen an vergoldeten Stützen verschlossen waren, begrenzten den Empfangsbereich auf einer Seite. Marmorstatuen von Sagenhelden standen auf Sockeln an verschiedenen Stellen in der wachsenden Menge. Viele der Anwesenden starrten die Geächteten mit großen Augen an.

Fast alle Abenteurer hatten entweder spezielle Anweisungen für den Zuschnitt ihres Abendanzugs gegeben oder eigene Änderungen vorgenommen. Nicholas' Hemd war offen, sodass seine Brust unter der Jacke hervorblitzte. Torin hatte sich geweigert, eine Hose zu tragen. Stattdessen trug er ein elegantes Hemd und einen Gehrock über einem maßgeschneiderten Kilt, seine Füße steckten in feinen Lederstiefeln. Xamus hatte auf seinen Hut bestanden, ebenso wie Wilhelm, der Hemd und Fliege trug, aber sofort nach dem Anziehen die Ärmel von Jacke und Hemd abgetrennt hatte.

Oldavei wirkte, obwohl er die »normalste« Abendgarderobe trug, in gewisser Weise am deplatziertesten. Er zupfte ständig an seiner Jacke und seinem Hemdkragen und sah aus, als wäre ihm äußerst unbehaglich, während er umherlief und nach dem verräterischen Todesgeruch der Vampire witterte. Er schlenderte neben eine tadellos gekleidete, mit Juwelen geschmückte ältere Dame mit hochgestecktem Haar, beugte sich vor und schnupperte an ihrem Hals. Die Dame wich angewidert zurück. Ein großer, bärtiger Mann neben ihr starrte den Ma'ii mit offenem Mund an.

»Entschuldigung«, sagte Oldavei und schenkte ihr ein Lächeln, das zahlreiche Zähne sehen ließ. »Sie sehen heute Abend ganz bezaubernd aus.«

Einige Anwesende – örtliche Gazettenschreiber – wagten es, sich der Gruppe zu nähern. Eine Frau fragte Wilhelm und Nicholas, ob sie im Orchester spielen würden, und deutete auf die Cellokoffer, die sie über der Schulter trugen.

»Ah, meine Teuerste«, entgegnete Wilhelm. »Meine süßen Serenaden würden Euch das Haar glätten und Euch Schauer über den Rücken jagen.« Die Frau wich zurück und schaute etwas erschrocken. »Leider kann ich zu diesem Zeitpunkt nicht mehr verraten.«

»Ich ... verstehe«, sagte sie und schenkte ihm ein gezwungenes Lächeln, bevor sie sich entfernte.

Wilhelm trank sein drittes Glas des teuren Merlots, den er mit einem Teil von Strands großzügigem Vorschuss gekauft hatte.

Die verbliebenen Gazettenschreiber schienen vorerst zufrieden zu sein und eilten davon, um die eigentlichen Prominenten zu belästigen, die sich in großer Zahl im Publikum befanden und deren Ankunft von kreischenden Bewunderern begleitet wurde, die sich draußen versammelt hatten und von den Sicherheitskräften des Theaters zurückgehalten wurden.

»Wenigstens erregen wir keine Aufmerksamkeit«, meinte Torin, nahm einen Schluck aus seinem Flachmann und reichte ihn Xamus. Alle beobachteten die zehn Personen in Roben, die sich in der Mitte des riesigen Raumes versammelt hatten – die Kirchenvertreter, die sie überwachen sollten. Die Männer und Frauen, Kardinäle und Ältesten des Sularischen Glaubens, sahen in ihren Prunkgewändern prächtig aus, während sie sich höflich mit Mitgliedern von Sargrads Oberschicht unterhielten.

Slayde näherte sich, das schwarze Haar sorgfältig frisiert, und machte in seiner eleganten Kleidung trotz des Cellokoffers auf dem Rücken eine gute Figur. »Soweit ich das beurteilen kann, sind noch keine Vampire anwesend«, berichtete er.

Auch Strand gesellte sich bald zu der Gruppe, sein makelloser Gesellschaftsanzug saß wie eine zweite Haut.

»Wenn einer der Theatermitarbeiter von Dargonnas oder Katrina weiß, dann geben sie es nicht zu«, informierte Strand die anderen. »Es kann natürlich sein, dass sie falsche Namen benutzen.«

Wilhelm, der dank seiner Größe den besten Blick auf die Gäste hatte, entdeckte Piotr, der die Kirchenoberen aus der Nähe der Essensstände beobachtete. Der Mönch hatte einen gröberen Stoff für seinen Anzug und eine locker sitzende Joppe gewählt, um die Waffen zu verbergen, die er trug. Er begegnete Wilhelms Blick und nickte, um zu signalisieren, dass alles in Ordnung war.

»He, wer ist denn das?«, meldete sich Torin zu Wort und wies mit seinem Flachmann auf eine extravagant gekleidete Eisenzwergin.

»Lyanna Eisenzopf«, entgegnete Strand, »das Oberhaupt der Fabrikantengilde.«

Während Strand sprach, schaute die Eisenzwergin in ihre Richtung. Torin lächelte und hob suggestiv die Brauen, was Lyanna veranlasste, das Gesicht zu verziehen und ihn und seine teure Kleidung zu betrachten, als passe beides für sie nicht zusammen. Sie wandte ihm den Rücken zu und widmete sich wieder ihrem Gespräch. Ihre Reaktion erinnerte Torin an die Feindschaft zwischen Eisen- und Wüstenzwergen und verstärkte das Unbehagen, das er hier in der Oberschicht allenthalben verspürte. Er schüttelte den Kopf, ärgerte sich über sich selbst, weil er so empfindlich war, und nahm einen Schluck aus seinem Flachmann.

»Mit wem unterhält sie sich da?«, fragte Xamus und deutete auf eine herbe, aber schöne Frau, die mit Lyanna sprach und dunklere, aufwendigere Gewänder trug als die anderen Kirchenführer.

»Das ist Laravess Kelwynde«, sagte Strand, »die Großjustiarchin der Sularischen Kirche.«

»Ah, die unangefochtene Nummer eins, was?«, meinte Torin. »Heute sind wirklich alle hohen Tiere anwesend.«

In diesem Moment rief eine Stimme vom zentralen Theatereingang her: »Meine Damen und Herren, die Vorstellung beginnt gleich. Bitte nehmen Sie Ihre Plätze ein!« Der Mann zog die Samtkordel zur Seite, ebenso wie seine Kollegen an den benachbarten Eingängen, die sich dann zur Kontrolle der Eintrittskarten positionierten.

»Es geht los«, flüsterte Strand.

Die Gruppe wartete darauf, dass die Kirchenführer sich auf

den Weg machten. Als sie dies taten, schoben sich Strand, Slayde und Piotr vor sie. Nachdem ein Theatermitarbeiter ihre Eintrittskarten und die der sularischen Gruppe kontrolliert hatte, reihten sich die Geächteten direkt dahinter ein.

Strand hatte seine Kontakte bemüht, um die Plätze des Klerus in Erfahrung zu bringen, und hatte mit den Abenteurern entsprechend geplant. Dank derselben Kontakte hatte er dann sich und seiner Truppe die gewünschten Sitzplätze gesichert. Torin, Nicholas und Oldavei lösten sich vom Rest der Gruppe und ließen sich von einem Platzanweiser eine Treppe hinauf zu ihrer Privatloge führen, während die anderen einen langen Korridor entlang und durch einen weiteren bogenförmigen Durchgang schritten. Wilhelm stieß einen leisen Pfiff aus, als er und Xamus den Kirchenfunktionären in die größte Spielstätte folgten, die sie je gesehen hatten.

Die beiden nahmen sich einen Augenblick Zeit, um alles in sich aufzunehmen. Sie standen in einem riesigen Raum mit Tausenden von Sitzplätzen im Haupt- und im Zwischengeschoss. Zwei breite Gänge durchschnitten die Ränge, an den Flanken gab es zusätzliche Sitzplätze und zwei weitere Gänge am Rand. Das Gebäude war an dem Ende, wo sie eintraten, abgerundet und am anderen Ende quadratisch. Dort befand sich das Proszenium, die riesige Bühne, mit ihrem hoch aufragenden schwarzen Vorhang, der noch zugezogen war. Die gesamten Seitenwände nahmen bogenförmige Balkone ein, die sieben Stockwerke hoch übereinandergestapelt waren. Über all dem spannte sich eine gewölbte Decke, an der ein vielteiliger schillernder Kristallüster hing, in dessen unzähligen Facetten sich die Flammen von hundert Kerzen spiegelten.

»Hohohohoooo«, sagte Wilhelm. »Eines Tages werde ich hier spielen. Vor Tausenden von Zuschauern! Merk dir meine Worte, ich werde der strahlendste Stern sein, den man je gesehen hat!«

»Das glaube ich«, antwortete Xamus.

Piotr, Strand und Slayde nahmen ihre Plätze ein, Strand und Piotr zu beiden Seiten des Gangs, zehn Reihen von der Bühne entfernt, während Slayde vorn herum zu seinem Platz am anderen Gang in der gleichen Reihe ging. Die Geistlichen setzten sich auf ihre reservierten Plätze in der ersten Reihe direkt vor dem Orchestergraben.

Xamus und Wilhelm führte man in den hinteren Teil des Saales, in die Nähe des Zwischengeschosses. Wilhelm nahm auf der einen und Xamus auf der anderen Seite des Gangs Platz. Der Barde stellte den Cellokasten zwischen seine Beine und schaute zum vorderen Balkon rechts, um nach seinen Gefährten Ausschau zu halten.

Nach der siebten Treppe erreichten Torin, Nicholas und Oldavei über einen schmalen, üppig mit Teppichboden ausgelegten Korridor ihre Privatloge, wo der Platzanweiser dem Zwerg ein Opernglas reichte, bevor er sich verabschiedete.

Torin umrundete die gepolsterten Sitze, trat an das Geländer und schaute erstaunt darüber hinweg. Ihre Loge befand sich nur ein paar Reihen von der Bühne entfernt. Die sularische Kirchengruppe war zu sehen, obwohl sie aus dieser Höhe anderthalb Kilometer unter ihnen zu sein schien, entlang der Vorderseite des mittleren Sitzbereichs. Im Orchestergraben, nicht weit vor ihnen, nahmen die Musiker ihre Positionen ein. Einige Reihen hinter den Klerikern sah Torin Piotr und Strand, dann Slayde, der näher an den Objekten ihrer Überwachung saß.

Torin blickte direkt auf die andere Seite, wo er leere Balkone entdeckte, während sich jene darunter und in Richtung des Zwischengeschosses allmählich füllten. Dann hob er das Opernglas und suchte das Publikum nach Xamus und Wilhelm ab, die er in der Nähe des Zwischengeschosses erspähte. Wilhelm erwiderte den Blick des Zwerges, grinste schief und winkte mit zwei Fingern.

Torin stellte das Opernglas ab und richtete seine Aufmerksamkeit auf den bei Weitem erstaunlichsten Anblick – den kolossalen Kronleuchter. Er beugte sich vor und betrachtete den schillernden Leuchter, der aus polierten, weit ausgreifenden Armen, Schnörkeln, Prismen und mit Perlen besetzten Girlanden bestand, die an Schnüren hingen, während die massive Mittelsäule an einer dicken, silbern schimmernden Kette baumelte. Der Zwerg bewunderte die Handwerkskunst und fragte sich, wie man die Flammen wohl ausbekam, als er die Löscher neben jedem Kerzenständer entdeckte. Wie auf Kommando zogen unsichtbare Hände von irgendwo an der Decke an dünnen Drähten und drehten die Löscherarme auf winzigen Drehzapfen, woraufhin sie sich über die Kerzenflammen stülpten und diese löschten.

Im selben Atemzug begann das Orchester zu spielen, der Vorhang teilte sich und die Vorstellung begann.

28

*Haus des
Schmerzes*

Bis zur Hälfte des zweiten Aktes geschah nichts Bemerkenswertes. Torin, der sich anfangs gelangweilt und die überzogene Theatralik des Stücks nicht sonderlich geschätzt hatte, entwickelte langsam ein gewisses Interesse. Am Ende des ersten Aktes hatte er sich zunehmend in die Handlung vertieft, in der es um einen freundlichen, aber kurzsichtigen Kaiser, Saldred Oth'Sular, und sein unerbittliches Bestreben ging, die Welt unter dem sularischen Glauben zu vereinen, und das alles auf Kosten seiner eigenen Familie.

Die größte Berühmtheit bei dieser Darbietung war unbestritten eine Gnomin. Torin hatte zuvor gehört, dass ihr Name Tovi laute. Sie war eine Art Erzählerin, Muse und manchmal auch die Stimme von Saldreds Gewissensbissen. Obwohl Torin es nicht laut zugeben wollte, fand er ihre Gesangsdarbietungen fesselnd, besonders als sie die Arie für Saldreds Frau sang, die allein starb, als sie den einzigen Erben des Kaisers, Ravic, gebar.

Nun, da die Zeitlinie des Stücks mehrere Jahre vorwärtssprang und Saldreds Eroberungen in der Fremde verfolgte, mit Schlachtsequenzen, die die gesamte Bühne füllten, musste Torin sich zwingen, seinen Blick von der Bühne loszureißen und zu den Klerikern – die während der gesamten Aufführung relativ ruhig geblieben waren –, von ihnen zu Piotr, Strand, Slayde und schließlich zu Wilhelm und Xamus schweifen zu lassen. Bei den beiden Letztgenannten musste er sich erst an den abgedunkelten Saal gewöhnen, ehe er sie durch die Operngläser erkennen konnte. Sie waren auf ihren Plätzen zusammengesunken und wirkten völlig desinteressiert.

Torin richtete seine Aufmerksamkeit gerade wieder auf die Aufführung, als Oldavei seinen Kopf durch einen Vorhang im hinteren Teil der Loge steckte. »Siehst du irgendwas?«, erkundigte er sich.

»Hm? Nein«, antwortete Torin und winkte nachlässig ab.

Oldavei hielt auf dem Korridor Wache, während Nicholas durch die Treppen und Gänge der anderen Stockwerke patrouillierte. Der Assassine hatte sich eine Armbrust auf den Rücken geschnallt und trug einen Gürtel mit Holzpflöcken unter dem Mantel. Er hatte auch sein Schwert mitgebracht, alles Waffen, die in dem Cellokasten versteckt gewesen waren, der nun an der Wand von Torins Loge lehnte.

Am Ende der epischen Schlacht auf der Bühne folgte eine Umbaupause, und die Geschichte kehrte wieder in den Kaiserpalast zurück, wo Saldreds einziger Sohn mit Schwindsucht im Sterben lag. Tovi trat erneut in Trauerkleidung und mit Schleier an den Bühnenrand und stimmte ein getragenes Klagelied an.

Torin hoffte, dass der arme Kerl seine Krankheit überstehen würde, aber wenn man dem Wehklagen Glauben schenken konnte, standen die Chancen dafür denkbar schlecht. Es war alles so dramatisch! Der Zwerg wischte sich eine Träne aus dem Augenwinkel und riss sich los, um das Haus noch einmal zu überprüfen. Unten schien alles in Ordnung zu sein. Er hob den Blick und sah hinüber zu dem Balkon, der ebenso wie die anderen im obersten Stockwerk leer geblieben war. Torin blinzelte, denn es schien, als bewege sich etwas in den Schatten der Loge. Er hob das Opernglas, um genauer hinzuschauen, und spähte hinüber, wobei er zunächst nur schwarze Leere sah. Dann erschienen zwei Lichtpunkte, als etwas Gestalt annahm und aus der Dunkelheit nach vorn glitt – Katrina. Ihr Gesicht war bleich wie der Mond, die rubinroten Lippen waren zu einem Lächeln verzogen. Ihre karmesinroten Augen starrten zurück und fixierten den Zwerg, dem das Blut in den Adern gefror.

Auf der Bühne erreichte Tovis Lied gerade seinen Höhepunkt, als der arme Ravic seine letzten Atemzüge tat. Torin rief zu Slayde hinunter, aber seine Rufe verhallten ungehört, da die Aufmerksamkeit des Mannes auf die Bühne gerichtet war. Dann sah er zu Piotr, der ihm einen Blick zuwarf, als hätte er Torins Notlage erkannt. Der Zwerg deutete auf den gegenüberliegenden Balkon.

Hinter ihm riss Oldavei den Vorhang beiseite. »Wir haben Gesellschaft!«, informierte er Torin.

Oldavei wirbelte herum, feuerte seine Armbrust ab und verschwand den Korridor hinunter, während Torin sich einen Gürtel voller Holzpflöcke über die Schulter und einen Kranz aus Knoblauchzehen um den Hals warf, bevor er seine geladene Armbrust von einem Sitzkissen nahm.

Der Ma'ii taumelte rückwärts und ging knapp außerhalb der Loge zu Boden. Eine schwarz gekleidete Gespensterklinge erschien mit erhobenem Schwert über ihm. Torin schoss und trieb einen Bolzen zwischen die Rippen des Teufels direkt in sein Herz. Als der Vampir zu Asche zerfiel, warf Torin einen Blick in den Zuschauerraum, wo von den leeren Balkonen im obersten Stockwerk unnatürliche Nebelschwaden zum Boden des Theaters strömten.

Der Zwerg trat zu Oldavei auf den Gang. Der Ma'ii erholte sich noch immer von einem Tritt in die Rippen, während die beiden sich dem hinteren Teil des Gangs zuwandten, wo dichter Nebel von der Treppe heraufwirbelte. Torin hielt die Armbrust in der einen, den Holzpflock in der anderen Hand. Oldavei tat es ihm gleich. Der Korridor bot gerade genug Platz, dass beide Schulter an Schulter stehen konnten.

»Mach dich bereit, sie zu pfählen, sobald sie feste Gestalt annehmen«, sagte Torin, als Schreie aus dem Zuschauerraum ertönten.

Dort hatten Xamus und Wilhelm ihre Waffen aus dem Cellokoffer des Barden geholt. Gespensterklingen materialisierten sich aus der Dunkelheit, ganz in Schwarz gekleidet, mit glühenden Augen. Die verängstigten Zuschauer schrien, stießen in ihrem blinden Bemühen, so schnell wie möglich zu entkommen, zusammen und stürzten schließlich über die Sitze zu den hinteren Ausgängen, wobei einige ältere Herren ihre weibliche Begleitung stützen mussten. Auf der Bühne hatten die Schauspieler ihre Darbietung unterbrochen. Tovi stand am Bühnenrand und blinzelte, um zu sehen, was sich im Zuschauerraum abspielte. Die Musiker erhoben sich und kamen zögernd aus dem Orchestergraben.

In der ersten Reihe standen die Geistlichen. Piotr und Strand nahmen Verteidigungshaltung ein, während Slayde im gegenüberliegenden Gang mit erhobenen Waffen das Gleiche tat. Strand rief den Kirchenführern zu: »Bleibt hier, wir werden euch beschützen!«

»Auf gar keinen Fall!«, rief ein glatzköpfiger Kardinal und schritt auf die Treppe an der Seite der Bühne zu. Doch ein wabernder Nebel kreuzte seinen Weg, sodass er zurückwich.

»Bleibt ruhig und lasst die Sicherheitsleute das übernehmen!«, befahl Großjustiarchin Kelwynde.

Der Nebel waberte über die Bühne, wirbelte in ihre Mitte und vertrieb Tovi und den Jungen, der Ravic spielte. Dann verdichtete sich der Wirbel und nahm die Gestalt Katrinas an, deren leuchtende Augen die Kirchenoberen durchbohrten. »Seht euch an«, höhnte sie und zog ihre Zwillingsschwerter. »Wie Lämmer auf der Schlachtbank. Wenn ihr glaubt, dass die Sicherheitskräfte zu eurer Rettung kommen werden, dann irrt ihr euch gewaltig.«

»Sie haben auch andere Hilfe«, mischte sich eine schroffe Stimme ein, als Nicholas links hinter den Kulissen hervortrat.

Katrinas Kopf schnellte herum, ihre Augen funkelten. »Was soll das?«, fauchte sie. »Bist du gekommen, um sie zu verteidigen?« Sie wies mit einem Schwert auf die Kirchenführer.

»Ja«, entgegnete Nicholas. »Wenn nötig, unter Einsatz meines Lebens.«

Katrina schwieg einen Augenblick, dann schwang sie die Klinge in seine Richtung. »So sei es denn! Du hast mich heute zum letzten Mal enttäuscht.« Die beiden gingen mit ausgreifenden Schritten aufeinander zu. Sie prallten aufeinander und Stahl dröhnte auf Stahl.

Im rückwärtigen Teil des Theaters kämpften sich auf beiden Seiten je eine Handvoll Sicherheitskräfte mit bereitgehaltenen Schlagstöcken durch die nach draußen drängende Menge.

Die Nachtteufel standen oder hockten auf den Sitzen oder schlichen durch die Gänge, zogen ihre Schwerter und griffen an.

Im Korridor des siebten Stocks verdichtete sich der aufgewühlte Nebel zu einer Gestalt, die Torin sofort wiedererkannte – der, muskulöse, vernarbte Vampir mit der Sichel, der ihn auf den Straßen von Innis überwältigt hatte.

Er feuerte die Armbrust ab, aber der Teufel war einen Tick schneller, schlug die Waffe beiseite und ließ den Bolzen von der Wand im Korridor abprallen. Die nächsten Aktionen geschahen blitzschnell. Torin stieß mit dem Pflock in der rechten Hand zu, als sein Feind die Sichel schwang, riss das Fleisch seiner Handfläche auf und zwang ihn loszulassen. Torin warf die Armbrust weg und griff nach der Sichel, Oldavei stach nach der Brust des Teufels, spießte stattdessen den Unterarm auf und versperrte ihm plötzlich den Weg, als der Vampir den Griff seiner eigenen Waffe losließ. Ihr Gegner knallte seinen Kopf gegen Oldaveis Stirn und ließ einen Tritt folgen, der den Ma'ii in die Luft schleuderte. Der Teufel und der Zwerg rangen miteinander. Torin rammte seinem Gegner die requirierte Sichel seitlich in den Hals, als ihm die Beine weggerissen wurden. In dem darauf folgenden Gerangel schwang sich der Vampir auf den Rücken des Zwerges und packte ihn an Kopf und Schulter. Seine Maske war heruntergerutscht, das Maul mit den Reißzähnen weit geöffnet und auf die Halsschlagader gerichtet. Torin stieß sich mit aller Kraft mit einem Fuß von der Wand ab, was beide in die leere Loge katapultierte. Der Griff der Gespensterklinge lockerte sich, als sie gegen den Diwan prallte. Torin wirbelte herum, doch der Vampir riss ihn hoch in die Luft, trat das Sitzmöbel zur Seite, rannte zum Geländer, schwang den Zwerg an Gürtel und Kragen über seinen Kopf … und warf ihn.

In dem Augenblick, in dem ihn sein Feind in die Luft riss, hatte Torin unbemerkt beide Enden des Holzpfahls ergriffen, der noch immer im Unterarm des Teufels steckte. Der Vampir stieß ein überraschtes Grunzen aus, als das Gewicht des fallenden Zwerges sie beide über das Balkongeländer riss. Torins Rache war jedoch nur von kurzer Dauer, denn im Fallen verwandelte sich der Vampir in Nebel und ließ den stürzenden Zwerg mit dem Pflock in der Hand zurück. Torin war sich sicher, dass sein Leben hier enden würde, als er irgendwie langsamer wurde, als halte eine riesige unsichtbare Hand seinen Sturz auf. Er schwebte reglos nur wenige Zentimeter über dem Boden, bevor er die restliche Strecke ohne Verletzungen zurücklegte. Sofort rappelte er sich auf und stach zu, als sich der Nebel vor ihm zu dem vernarbten Feind formte, dessen purpurne Augen sich ungläubig weiteten, als die Pfahlspitze sein Herz durchbohrte.

Durch die wirbelnde Asche hindurch sah Torin Piotr am anderen Ende des zentralen Sitzbereichs, die Hand noch immer in Richtung des Zwerges ausgestreckt. Eine leuchtende Aura, heller als alles, was Torin im Beinhaus gesehen hatte, umgab den Mönch. Torin nickte dankbar, dann wandte er sich ab, um einem heranstürmenden Vampir zu begegnen. Der Angriff des Teufels wurde durch eine Flüssigkeit vereitelt, die von irgendwo unmittelbar hinter dem Zwerg auf ihn geschleudert wurde – der Inhalt einer der Phiolen der Verteidiger, ein potentes Knoblauchkonzentrat. Der Teufel zischte, die Knoblauchtropfen dampften auf seiner Haut, dann traf ihn ein hölzerner Armbrustbolzen ins Herz. Torin drehte sich um und Slayde reichte ihm wortlos eine Ersatzarmbrust.

Jenseits des ausgedehnten Sitzbereichs, wo die Vampire mit den unglücklichen Sicherheitskräften des Theaters kurzen Prozess gemacht hatten, lieferten sich Xamus und Wilhelm den Kampf ihres Lebens.

Zu ihrem Vorteil erlebten der Elf und der Barde eine Klarheit des Denkens und Reagierens wie nie zuvor. Beide hatten das Gefühl, sie wüssten, wo und wann sie zuschlagen mussten, als würden sie die Bewegungen ihres Feindes voraussahnen. Es war dieser besondere Vorteil, der es den Geächteten ermöglichte, sich gegen ihre gewandteren und stärkeren Feinde zu behaupten, und Xamus glaubte, die Quelle ihrer außergewöhnlichen Hilfe zu kennen: Piotr. Irgendwie, so vermutete der Elf, sah der Mönch die Angriffe der Vampire voraus und nutzte diese Informationen, um seine Reaktionen und die seiner Kameraden zu lenken.

Diese Annahme bestätigte sich, als die geheimnisvolle Hilfe kurz stockte, weil Piotr sich darauf konzentrierte, Torin vor einem sicheren und grausamen Tod zu bewahren. Die Pause war zwar nur kurz, aber sie ermöglichte es einem Vampir, einen gefährlichen Kopfstoß zu landen, der Xamus von den Füßen holte, während ein anderer Nachtteufel sich Wilhelm näherte und ihn packte. Ein weiterer Gegner brach durch und stürmte den Gang hinauf. Dieser dritte, übermäßig ehrgeizige Angreifer fand jedoch ein schnelles Ende durch ein Geschoss aus Strands Holzfaust.

Indes kehrte sowohl bei Wilhelm als auch bei Xamus das Gefühl von Klarheit und Voraussicht zurück, und der Pfahl des Barden fand das Herz seines Gegners.

Doch Xamus geriet in eine noch üblere Lage. Er war in eine der Reihen mit mehreren Sitzen geflogen, hatte seine Armbrust verloren und krabbelte nun auf Ellbogen und Fersen rückwärts, während sein Gegner immer näher kam. Er erwog, einen Pflock zu werfen, wusste aber, dass er ihn nicht schnell oder hart genug schleudern konnte, um die überlegenen Reflexe seines Gegners zu überwinden. Seine erhöhte Geistesgegenwart zeigte ihm jedoch eine andere Lösung auf: Während er sich weiter zurückzog, schloss der Elf die Augen, fand seine Mitte, flüsterte Worte der Macht, setzte sich auf und hielt die Hände vor sich. Ein Funke schoss zwischen seinen Handflächen hervor. Doch es war kein Feuerball, sondern ein gezackter Blitz, der das Theater erhellte, den Nachtteufel mitten in die Brust traf und den überraschten Feind zurück zum Anfang der Reihe schleuderte. Xamus sah, wie eine Pflockspitze ungefähr an der Stelle auftauchte, an der der Blitz eingeschlagen hatte.

Als die verkohlten Überreste der Gespensterklinge zu Boden fielen, stand Wilhelm direkt dahinter, grinsend, den Pflock in der Hand.»Netter Trick!«, lobte er.

Im siebten Geschoss hätte Oldavei nur zu gern in den Kampf eingegriffen. Er hob die Armbrust auf, die Torin fallen gelassen hatte, hängte sie sich zusammen mit seiner eigenen über den Rücken und sprang von der Loge, die der Bühne am nächsten lag. Dabei schlug er die Krallen in den gerafften Vorhang und ließ sich durch sein Körpergewicht nach unten ziehen, wobei der dicke Stoff zerriss.

Auf der nicht weit entfernten Bühne tobte der Titanenkampf zwischen Katrina und Nicholas. Für jeden Hieb gab es einen Konter, für jede Finte eine Parade. Der Unterschied war jedoch – wie zuvor auf den Straßen von Innis –, dass Nicholas langsam ermüdete, seine Gegnerin jedoch nicht. Ihr Kampf verlagerte sich hinter die Bühne, mitten zwischen allerlei hastig fallen gelassene Requisiten.

»Dargonnas ist Vergangenheit«, verkündete Katrina.»Im Osten gibt es einen neuen Kult, die Kinder der Sonne. Die Zukunft. Ich habe sie gesehen! *Sie* sind gewillt, wirklich drastische Maßnahmen zu ergreifen. Die bestehende Ordnung zu stürzen.«

Zwischen blitzschnellen Schwerthieben führte Katrina einen Tritt aus, der Nicholas gegen und durch eine falsche Burgmauer schleuderte. Dem Assassinen schwirrte der Kopf, nicht nur vom Aufprall, sondern auch von Katrinas Worten: Hatten die Kinder der Sonne die Draconis Malisath damit beauftragt, den Klerus zu vernichten?

Weiteres Grübeln wurde durch einen Teufelskreis verhindert, der daraus bestand, dass Katrina Nicholas jedes Mal wieder trat, wenn er sich gerade aufgerappelt hatte. Dies wiederholte sich von einem Kulissenteil zum nächsten, und bald war Nicholas zerschrammt und völlig erschöpft.

Oldavei landete am linken Bühnenrand und wollte Nicholas zu Hilfe eilen, doch dann lenkte ihn ein Ruf von Slayde ab. Er stand einige Reihen entfernt im Gang, umgeben von Aschehäufchen, während Torin die Balkone nach weiteren Attentätern absuchte. »Bring den Klerus nach …«, begann Slayde, doch ein Geschoss, das ihn von hinten durchschlug, wobei die blutige Spitze in einem abfallenden Winkel knapp unterhalb seines Brustbeins hervortrat, unterbrach seine Anweisung. Er sackte auf die Knie und kippte tot zur Seite, sodass das andere Ende des Objekts, ein silberner Stockkopf, sichtbar wurde.

»Genug!«, dröhnte eine Stimme so laut, dass sich die Hälfte der Versammelten die Ohren zuhielt. Alle Augen wandten sich Dargonnas zu. Er war gekleidet wie bei seiner letzten Begegnung mit Torin und Nicholas, allerdings mit einem hohen Hut und Handschuhen. Er schwebte knapp unter dem gewaltigen Kronleuchter und die perfekte Akustik des Saals trug seine durchringende Stimme in jeden Winkel.

»Ich bin der Ablenkungen überdrüssig«, verkündete er, während eine neue Welle von Gespensterklingen ins Theater strömte. »Es ist Zeit, dass dieses Drama sein tragisches Ende findet!«

29

*Der letzte
Vorhang*

Als der zweite Ansturm begann, hatten die Verteidiger noch keine der Personen verloren, denen der Angriff der Vampire galt. Die Kirchenoberen kauerten nun im Orchestergraben und klammerten sich aneinander, während die Großjustiarchin Gebete für ihre Sicherheit und die ihrer Beschützer sprach.

Obwohl ihre Verteidiger erschöpft und anscheinend unterlegen waren, fiel ihnen schon bald auf, dass sie es mit weniger Gegnern zu tun hatten als bei der ersten Welle und dass der Angriff unkoordiniert, überstürzt und schlampiger war als der vorherige. Xamus hatte, obwohl er keine Beweise für seine Vermutung hatte, den Eindruck, dass diese Teufel einen niedrigeren Rang hatten, weniger mächtig und weniger selbstbewusst waren. Wenn dem so war, konnten die Verteidiger das zu ihrem Vorteil nutzen.

Wilhelm und Xamus zogen sich zurück, Piotr und Strand rückten vor, um sich in der Mitte des Gangs zu treffen, während Torin und Oldavei im Mittelgang ebenfalls einen Vorstoß wagten. Torin war mit einem Pfahl und der Armbrust bewaffnet, die der Ma'ii ihm zurückgebracht hatte, Oldavei trug seine eigene Armbrust und die von Slayde.

Piotr, der von einer leuchtenden Aura umgeben war, gestikulierte gen Decke und ließ die geheimnisvolle Projektion seines Willens, seine Eminenz, wirken, um Dargonnas' Bewegungen einzuschränken, während Xamus, Wilhelm und Strand auf ihre vorrückenden Angreifer zielten. Strand feuerte drei seiner Faustgeschosse ab, verfehlte seine Gegner zweimal, traf aber einen Vampir genau in der Körpermitte.

Wilhelm sah, wie einer der erfahreneren Widersacher ihren Verteidigungsring umging und mit erhobenem Schwert auf Strands Rücken zustürmte, um ihn zu enthaupten. Der Barde wirbelte herum und feuerte aus der Hüfte. Sein Treffer durchbohrte das Herz des Teufels und der Schwung des vernichteten Angreifers bedeckte den Rücken des alten Mannes mit Asche. Unterdessen ließ Xamus ein schattenhaftes arkanes Geschoss los, das einen Gegner lange genug betäubte, damit der Elf ihn pfählen konnte. Die Vampire hielten inne und verschwanden der Reihe nach in den Schatten.

Piotr reckte die rechte Hand in Richtung Dargonnas und hielt sie leicht zitternd so. Die Aura um ihn herum glomm kurz auf, als er die Faust schloss und ruckartig Richtung Boden führte. Der Meistervampir folgte dieser Bewegung und stürzte wie aus einer Kanone geschossen in die Tiefe. Sein Aufprall verursachte eine Schockwelle, die sich ausbreitete, Sitze aus ihrer Verankerung riss und alles in einem Radius von vier Metern verwüstete.

Wie ihre Mitstreiter hielten auch die Vampir-Attentäter, die sich Oldavei und Torin entgegenstellten, inne, zogen sich zurück und wurden eins mit der sie umgebenden Dunkelheit.

Dargonnas, der mit dem Gesicht nach unten auf dem Parkett lag, knallte erst eine Handfläche auf den Boden, dann die andere, richtete sich auf und schien dabei gegen ein unsichtbares Gewicht ankämpfen zu müssen. Er zog die Knie an, setzte erst einen und dann den nächsten Fuß auf den Boden.

»Ein tapferer ... Versuch«, lobte der Meistervampir. »Nur leider zum Scheitern verurteilt ...«

Piotr stand mit ausgestreckter Hand da, die Zähne zusammengebissen. Schweiß perlte auf seiner Stirn und die Aura um ihn herum verblasste leicht. Alle anderen sahen zu, bis auf Katrina und Nicholas, deren Kampf im Hintergrund weiter zu hören war.

»Dein ... Wille, Mönch ...«, fuhr Dargonnas fort und stemmte sich weiter hoch, »ist nicht stärker ... als meiner.« Er richtete sich zu voller Größe auf, während Piotrs Kopf zu zittern begann und die Adern an seinen Schläfen hervortraten.

Dann schoss der Meister wie ein Komet in die Höhe, traf Piotr mit voller Wucht und schleuderte ihn an Strand vorbei gegen die Wand unter der untersten Logenreihe, wobei unbezahlbare Mosaikfliesen zerbarsten.

Piotr stieß sich ab und warf sich Dargonnas entgegen. Sie

prallten mit solcher Gewalt aufeinander, dass der Vampir zurückgestoßen wurde und Trümmerteile aufwirbelte, aber trotzdem aufrecht stehen blieb. Das flache Ende eines von Piotr angespitzten Kampfsteckens ragte aus Dargonnas' Brust, hatte aber das Herz verfehlt. Es war dem Meistervampir gelungen, den Schlag im letzten Moment abzulenken.

Strand, der in aller Ruhe weitere Pflockbolzen nachgeladen hatte, feuerte zwei gleichzeitig ab, die der Meister mühelos mit einer Hand zur Seite schlug, während er gleichzeitig Piotrs Kampfstecken in zwei Teile brach. Dann reagierte er auf Strand, indem er die Lehne eines Stuhls ergriff und sie mit solcher Geschwindigkeit schleuderte, dass es den alten Mann von den Füßen riss, als der Stuhl ihn mitten gegen die Brust traf.

Piotr setzte zum Gegenschlag an, und die beiden prallten in der Mitte des leeren Zuschauerraums aufeinander und teilten gewaltige Schläge aus, die den Boden beben ließen.

Hinter der Bühne schlitzte ein Treffer Katrinas das Handgelenk von Nicholas auf, woraufhin dieser sein Schwert fallen ließ. Sie holte noch einmal aus, verfehlte ihn und stieß ihn dann gegen eine Wand, wo er unter einer montierten Vorrichtung landete – einer Reihe von horizontalen Spindeln, links und rechts je sechs, die mit aufgerollten gespannten Kabeln umwickelt waren, die in den Schatten der Decke verschwanden. In der Mitte lief die dicke silberne Kette des Kronleuchters, gespannt durch versteckte Mechanismen, durch eine Reihe von Zahnrädern und eine massive Winde, um schließlich gewunden auf dem Boden zu liegen.

»Ich hätte dir alles auf einem verdammten Silbertablett serviert!«, rief Katrina.

»Warum hast du mich ausgesandt, um Braun zu töten?«, entgegnete Nicholas mit blutigen Lippen. »Wenn die Kinder der Sonne dich angeworben haben ...«

»Sie wollten seinen Tod!«, fauchte Katrina und näherte sich ihm schnell. »Du hättest mir nur vertrauen müssen. Meine Anweisungen befolgen. Jetzt kann ich dir lediglich den Gefallen tun, dir die Gnade des wahren Todes zu gewähren.« Sie stürzte sich auf Nicholas und schlug nach seinem Hals. Als der Geächtete sich duckte, durchtrennte seine Angreiferin eine Seite der Kabel bis zur mittleren Kette. Die Kabel peitschten nach oben, die Dachsparren knarrten, und die gesamte Maschinerie erbebte.

Stöhnend vor Anstrengung machte Katrina einen Ausfall mit ihrer linken Klinge. Nicholas wich zur Seite aus, und die Schwertspitze schnitt in sein Ohrläppchen, bevor sie durch das Loch eines Kettenglieds fuhr und im Holz hinter ihm stecken blieb. Nicholas betätigte den Sicherungshebel und trat gegen die Bremse. Es ertönte ein weiteres lautes Ächzen, dann krachte es mehrfach, und die restlichen Seile lösten sich. Die Winde und das Getriebe drehten sich wie wild, als die schnell hochrasselnde Kette die Schwertklinge brach und Katrina überraschte. Nicholas nutzte die Ablenkung, indem er sie zu einem Kuss heranzog und sie damit völlig überrumpelte, während er einen Pflock aus dem Gürtel zog und ihn ihr unter dem Brustbein ins nicht schlagende Herz trieb.

Nicholas kniff die Augen zu, als die Lippen, die seine berührten, zu Asche wurden. Hinter ihm löste sich die gesamte Vorrichtung von der Wand und raste auf die Dachsparren zu.

In der Mitte des nunmehr leeren Zuschauerraums packte Dargonnas Piotr, hob ihn hoch und würgte ihn mit beiden Händen.

Xamus, Strand, Wilhelm, Torin und Oldavei, die von beiden Seiten herbeieilen wollten, hielten inne und starrten nach oben, als plötzlich eine Kakofonie aus Knacken, Wimmern und einem seltsamen Geräusch zu hören war – ein Geräusch, das den Elfen an einen heftigen Sturm erinnerte, der einen großen Baum mit Hunderten von Windspielen umwarf.

Im Orchestergraben schrien mehrere Kleriker auf.

Piotr bog Dargonnas' Daumen mit solcher Kraft auf, dass er alle Knochen darin brach. Er hob seine Beine und presste die Sohlen seiner Stiefel gegen die Brust des Meistervampirs, dann drückte er sich ab und katapultierte sich zurück an den Fuß des Zwischengeschosses. Oben wuchs das klirrende, scheppernde, rauschende Geräusch zu einem Brüllen an. Dargonnas hob genau in dem Augenblick den Kopf, als der gewaltige Kerzenleuchter auf ihn herabkrachte.

Alle Anwesenden duckten sich und gingen in Deckung, während die Kristallsplitter mit einem schrillen, unharmonisch widerhallenden Geräusch durch die Luft flogen, eine Million winzige Geschosse, die sich in Haut und Kleidung bohrten.

Die Blicke aller Anwesenden richteten sich auf die Glastrümmer, als die zentrale Säule des Kronleuchters zur Seite kippte und sich silberne Ketten und Kabel, die zuletzt herabgefallen waren, auf dem Scherbenhaufen aufrollten. Staub wehte empor und setzte sich ab. Einen Augenblick später bewegte sich der aufgetürmte Schutt in der Nähe der Säule, hob sich, und Dargonnas' sich aufrichtender Körper schälte sich daraus hervor. Der Anzug des Meistervampirs war ziemlich zerfetzt und der Hut fehlte. Seine Haut war an mehreren Stellen zerkratzt und durchlöchert, Kristallsplitter ragten heraus.

Die Geächteten bewegten sich an den Rand des Haupttrümmerfeldes des Kronleuchters.

Nicholas, der sein Schwert wiedergefunden hatte, stolperte zum Fuß der Bühne und starrte den Schutthaufen an. Gemeinsam richteten die Verteidiger ihre unzähligen Waffen gegen Dargonnas und schossen. Statt sich zur Wehr zu setzen, legte der Meistervampir einfach sein Kinn auf eine Schulter, verschränkte die Arme vor der Brust und wandte sich ab.

Alle Geschosse fanden ihr Ziel und die hölzernen Pfeilspitzen gesellten sich zu den Kristallsplittern, die aus Dargonnas' Leib ragten. Als die Verteidiger ihre Armbrüste nachluden und Piotr sich anschickte, mit seinem verbliebenen Kampfstecken vorzustürmen, traten die Gespensterklingen aus den Schatten hervor, stürzten sich in die Trümmer und bildeten einen Wall um ihren Anführer.

Mit erhobenen Schwertern bewegten sich die Vampirattentäter langsam und geschlossen auf den Ausgang im Zwischengeschoss zu.

»Wir können sie nicht einfach entkommen lassen«, krächzte eine belegte Stimme neben Wilhelm. Der Barde wandte sich Nicholas zu.

»Das sehe ich auch so«, sagte er.

Xamus trat zu der Stelle, an der Strand an der Wand lag, die linke Hand auf die Rippen gepresst. »Alles in Ordnung?«, fragte der Elf und wandte den Kopf, um zu sehen, wie die Vampire in Windeseile durch den Ausgang verschwanden. Dargonnas war nicht mehr zu sehen.

»Ich werde es überleben«, sagte Strand. Er nickte in Richtung Hintertür. »Ihr wisst, wo sie hinwollen. Macht die Drecksäcke fertig, wenn ihr könnt. Los!«

30
Abstieg

Die Geächteten, zu denen sich auch Piotr gesellte, rannten zu einer Droschke an der Straßenecke, befahlen dem Fahrer, sie in aller Eile zum Fleischerdistrikt zu bringen, und fuhren davon, als die Friedenswahrer des Kämpfenden Ordens gerade von allen Seiten einmarschierten.

Von ihren Plätzen an den Fenstern der rechten Seite der Kutsche aus beobachteten Wilhelm und Xamus, wie schemenhafte Gestalten über die Dächer huschten und sich in Nebelschwaden verwandelten, die sich zwischen den Gebäuden auflösten und wieder zu Schatten wurden.

Wenige Augenblicke später kamen Pferdehufe und Kutschenräder vor der Kellerei zum Stehen, zu der Piotr Torin und Nicholas vor einigen Tagen auf ihrer Flucht vor den Vampiren geführt hatte.

Nachdem er den Kutscher bezahlt hatte, brach Piotr durch eine Seitentür ein und brachte die anderen über eine schmale Treppe in den Fasskeller. Er war erleichtert, als er das massive Fass, das von dem Trio bei ihrer Flucht auf der Falltür platziert worden war, wieder an seinem angestammten Platz stehen sah.

Durch die Luke eilten sie in die Tiefe, entschlossen, Dargonnas' geschwächten Zustand auszunutzen und die heimliche Herrschaft der Malisath zu beenden.

Sie erreichten das Beinhaus, marschierten durch rattenverseuchte, von Kadavern und Knochen übersäte Gänge, vorbei an der Stelle, an der die Vampire Nicholas und Torin gefoltert hatten, und erreichten den Durchgang, an dem der Mönch die mit Eisen beschlagene Tür entdeckt hatte.

»Ich muss mich um meine Brüder und Schwestern kümmern«, erklärte Piotr.

Wilhelm und Oldavei standen Wache, während Piotr und die anderen zum Ende des Gangs eilten. Der Mönch nutzte seine Kräfte, um das Schloss zu knacken und durch die Tür in einen größeren Raum vorzudringen, dessen eine Seite eine vergitterte Zelle einnahm.

Vier Männer und sechs Frauen, hager und in kaum mehr als Lumpen gekleidet, näherten sich, berührten aber nicht die Gitterstäbe, die, wie Xamus feststellte, seltsame Sigille aufwiesen.

Piotrs Aura glühte, und er streckte eine Hand in Richtung Zellentür aus, was die Sigille an den Gitterstäben purpurrot aufleuchten ließ.

»Das wird nicht klappen«, wandte eine Mönchin mit eingefallenen Wangen ein.

»Dämpfungs-Sigille«, sagte Nicholas und ging zur Tür. »Dieses Problem verlangt nach einer einfacheren Lösung.« Er zog ein Dietrichset aus der Anzugtasche, kniete sich hin und machte sich an die Arbeit. »Es ist wohl Ironie des Schicksals, dass es die Malisath waren, die mir das beigebracht haben.«

Die Aufgabe war in weniger als einer Minute erledigt.

»Danke«, sagte Piotr zu Nicholas, als die anderen Mönche die Zelle verließen.

Nicholas nickte ihm zu. »Ich kann uns dorthin führen, wo Dargonnas sich vermutlich versteckt.«

»Es kann eine Weile dauern, bis wir wieder bei Kräften sind«, sagte die Mönchin, die zuvor gesprochen hatte. »Aber wir kommen natürlich mit.«

»Danke, Marlena«, antwortete Piotr und bedeutete Nicholas voranzugehen.

Jene Gefährten, die zusätzliche Pflöcke bei sich hatten, gaben sie den Mönchen. Dann gingen sie gemeinsam zu einer dunklen Wendeltreppe. Nach mehreren Umdrehungen schien von irgendwo unten Licht herauf. Am Fuß der Treppe traten sie in einen hell erleuchteten, großzügigen Raum, der in krassem Gegensatz zu dem schmutzigen, mit Leichen übersäten Beinhaus stand: sauber, opulent und stattlich, mit hohen, gewölbten Decken, verzierten Bodenfliesen, Wandteppichen und Gemälden von teuer gekleideten, streng blickenden Männern und Frauen an den Wänden zwischen kunstvoll gestalteten Kandelabern. Mehrere ausladende Diwane und Sofas standen verteilt im Raum, und auf einer Sitzgruppe fast im Zentrum des Hauptraumes hatten sich die Vampire versammelt, um die Entwicklungen der Nacht zu besprechen und auf weitere Anweisungen zu warten.

Offensichtlich überrascht, plötzlich Eindringlingen in ihrem Unterschlupf gegenüberzustehen, zögerte die Hälfte der Teufel lange genug, damit ein paar gut gezielte Armbrustbolzen ihr Ziel finden konnten. Piotr ließ zwei weitere Attentäter erstarren, sodass Torin und Nicholas sie pfählen konnten, während die übrigen Mönche trotz ihres angeschlagenen Zustands Oldavei, Wilhelm und Xamus vorauseilten und mit erstaunlicher Schnelligkeit, Anmut und Kampfkraft die letzten Gespensterklingen ausschalteten und pfählten.

Wilhelm sah Xamus mit hochgezogenen Brauen an. »Diese Mönche sind echt krass.«

»Was ist mit Dargonnas?«, fragte Piotr, aber Nicholas war bereits zur gegenüberliegenden Seite des Hauptraums und durch einen Bogengang gelaufen. Die anderen folgten ihm in ein weiteres, ebenso dekadentes Gemach und gelangten in einen kleinen, breiten Saal mit einer kunstvoll verzierten Tür am Ende.

»Die verbotene Tür«, erklärte Nicholas, als er davorstand und sich den anderen zuwandte. »Niemandem außer Dargonnas ist je erlaubt worden, sie zu durchschreiten.«

»Kannst du das Schloss knacken?«, erkundigte sich Xamus.

Nicholas betrachtete die Klinke und antwortete: »Das muss ich vielleicht gar nicht.« Er streckte die Hand aus, drehte den vergoldeten Griff und öffnete die Tür.

»Ihr Götter, was ist das für ein Gestank?«, bemerkte Oldavei. Auch die anderen nahmen ihn wahr, einen schweren, stechenden, drückend-muffigen Geruch, der sie sofort einhüllte.

Durch einen kurzen Gang gelangten sie in einen weiteren riesigen Raum mit ähnlicher Architektur wie jener, den sie gerade verlassen hatten. Aber hier war alles zerfallen und schäbig, Mauerwerk und Säulen hatten Risse, und aus den Bogengängen waren Teile herausgebrochen. Weder Gemälde noch Gobelins schmückten die tristen Wände, nur verrostete Wandleuchter mit Fackeln spendeten schwaches Licht. Entlang der steinernen Gänge verliefen halb gefüllte Rinnen und an verschiedenen Stellen hallte das

Tropfen von Wasser in der Stille wider. Das schwache Fackellicht spiegelte sich auf der Oberfläche der Rinnsale und warf seltsame Reflexe an die Wände und die hohe Kuppeldecke.

Von dieser herab hingen Dutzende Fledermäuse, größtenteils reglos, wobei sich einige auch zappelnd bewegten.

Der Boden knirschte unter den Füßen der Gruppe, er war mit einer glitschigen Substanz überzogen. Torin trat vor und sah nach unten, hob seinen Stiefel und verzog angewidert das Gesicht. »Scheiße!«, sagte er. »Fledermauskacke! Das muss die Quelle dieses Gestanks sein.«

Zu ihrer Linken erstreckte sich das Allerheiligste in die Finsternis. Rechts endete es in einer Sackgasse, einer einfachen Backsteinmauer, vor der ein unheimlich leuchtendes Artefakt auf einem verwitterten Steinsockel lag – eine Kugel von der Größe eines Ogerkopfs, die aus Glas zu bestehen schien. In ihrem Inneren wirbelte seltsamer purpurner Nebel.

Dargonnas kniete mit gesenktem Haupt davor. »Ihr glaubt, ihr hättet gewonnen«, sprach er, und seine Stimme hallte auf beunruhigende Weise wider, als die Geächteten und ihre Mönchskameraden sich vorsichtig näherten. »Ihr haltet mich für besiegt und wollt die Sache zu Ende bringen.« Dargonnas lachte. »Wie arrogant. Wie dumm. Doch für mich ...« Er wandte ihnen den Kopf zu und enthüllte missgebildete Gesichtszüge: eine deformierte Stirn, ledrige Haut und anstelle einer Nase krude Löcher. Er lächelte mit offenem Mund, wobei sich seine beiden Vorderzähne in breite, scharfe Reißzähne verwandelten. »Absolut deliziös.«

Er wandte sich um und erhob sich. Das, was von seiner Kleidung übrig war, zerriss, als sich seine körperliche Gestalt veränderte. Er wuchs, seine Ohren reckten sich nach oben und außen und ähnelten jetzt denen einer Fledermaus. Aus seinem Rücken ragten Ausbuchtungen, die sich zu Zwillingsgliedern verlängerten und sich dann in riesige, voll bewegliche und gelenkige Hautflügel verwandelten. Die ohnehin schon langen Finger des Meistervampirs wurden noch länger, die Nägel veränderten sich zu dolchartigen Krallen. Seine roten Augen leuchteten, als seine Kleidung vollständig abfiel und einen pelzbedeckten Leib enthüllte.

»*Davon* werde ich Albträume bekommen«, stöhnte Torin.

Im selben Moment feuerten alle, die Armbrüste besaßen, diese ab. Piotr warf seinen angespitzten Kampfstecken. Binnen eines

Wimpernschlags rasten die Geschosse auf ihr Ziel zu – doch ihr Gegner war schneller. Die Flügel des Monstrums schnellten nach vorn und bildeten eine Barriere, die verhinderte, dass die Pflöcke ihr Ziel fanden. Dann klappten dieselben Flügel weit auf, schleuderten die hölzernen Geschosse in alle Richtungen und begannen zu schlagen, wodurch das Ding, das einst Dargonnas gewesen war, mehrere Meter vom Boden abhob und ein ohrenbetäubendes Kreischen ausstieß.

Piotr, der in ein sanftes Leuchten gehüllt war, versuchte Dargonnas wieder unter Kontrolle zu bringen. Aber wie alle Neuankömmlinge musste er sich gegen die wimmelnden Fledermäuse verteidigen, die nun in einem chaotischen Durcheinander von der Decke herabschossen und die plötzlich komplett eingehüllte Gruppe kratzten, bissen und bedrängten.

Piotr errichtete um sich eine unsichtbare Barriere, die die Fledermäuse nicht durchdringen konnten. Da er sich jedoch auf sie konzentrieren musste, war der Mönch nicht in der Lage, einen wirksamen Angriff gegen den Meistervampir zu starten, der jetzt durch den Fledermaussturm herabstürzte, der Mönchin Marlena den Pflock aus der Hand riss, sie ergriff und aufstieg. Das Fledermauswesen packte sie an Schulter und Kopf und biss heftig genug zu, um der Frau die Hälfte des Halses wegzureißen. Dann ließ es ihren blutigen Leichnam auf den mit Guano bedeckten Boden fallen.

Piotr suchte nach den anderen Bohen Dur und versammelte sie nach und nach innerhalb seines Schutzwalls. Dargonnas raste knapp über dem Boden auf Torin zu, der im letzten Moment auswich. Das Fledermaus-Ding verfehlte Torins Bein um Haaresbreite, aber eine messerscharfe Klaue riss eine große Wunde in die linke Wade des Zwerges.

Nicht weit davon entfernt ging Xamus mit erhobenen Armen und vorgerecktem Kinn, die Hände über den heruntergezogenen Hut gelegt, im Geiste alle ihm bekannten Zauber durch, um einen zu finden, der das Blatt wenden konnte. Offenbar war Dargonnas ein sehr viel mächtigerer Gegner, als sie erwartet hatten. Wenn sie ihn zumindest sehen könnten, hätten sie vielleicht eine Chance. So aber schien sicher, dass die Kreatur einen nach dem anderen ausschalten würde.

Es sei denn ... bei der hastigen Überprüfung seiner magischen

Möglichkeiten fiel dem Elfen eine ein, die er verwarf und zu der er dann wieder zurückkehrte. Es war verrückt, selbst für wilde Magie. Ein Akt, den seine Artgenossen in hundert Leben nicht in Erwägung gezogen hätten, und etwas, das auch er selbst bisher nie versucht hatte, obwohl er die Idee nie ganz verworfen hatte. Er hatte sie lediglich beiseitegeschoben, da sie in gewisser Weise sogar sein wirklich tief vergrabenes elfisches Empfinden beleidigte.

Der Zauber war eine Beschwörung, eine Methode, um ein mächtiges Wesen aus anderen Ebenen zu rufen. Etwas zu beschwören, um die Chancen auszugleichen. Die Risiken waren jedoch groß: Er würde vielleicht ein Wesen herbeirufen, dessen Kräfte sich seiner Kontrolle entzogen und das sie einfach töten würde ...

Aber genau das tut Dargonnas hier, dachte Xamus. Es war ein Hasardspiel, aber unter den gegebenen Umständen war er bereit, dieses Risiko einzugehen.

Der Zauber würde jedoch mehr Energie erfordern, als er zu kanalisieren vermochte. Er brauchte einen Fokus.

Das Artefakt.

Xamus blendete das Chaos ringsum aus und fand die nötige Ruhe, um die Magie zu wirken. Er richtete sein geistiges Auge auf die karmesinrote Kugel, konzentrierte seinen ganzen Willen darauf und schöpfte aus ihrer immensen Macht. Die Reaktion auf seine Beschwörung war unmittelbar und in ihrer schieren Bösartigkeit beinahe überwältigend. Der Elf befürchtete sofort, einen schrecklichen Fehler begangen zu haben, aber er wusste genauso sicher, dass es bereits zu spät war.

Ein Gefühl der Vorahnung, eine starke Übelkeit, drehte ihm den Magen um. Was hatte er getan? Er hatte eine Tür aufgestoßen, die sich nicht mehr schließen ließ. Nun kam etwas hindurch. Aber was war es?

Dargonnas schien nicht mehr anzugreifen. Xamus riskierte einen Blick nach oben und sah das Monstrum jenseits des tobenden Fledermausturms zur hinteren Wand gedreht schweben.

Der Elf ging schnell an der nächstgelegenen Rinne entlang, um besser sehen zu können, worauf der Meistervampir reagierte. Durch den beständigen Schlag der ledernen Flügel konnte er sehen, dass die purpurne Kugel ihren Sockel verlassen hatte und in der Luft schwebte. Sie wuchs immer weiter an, und das blutige

Miasma in ihrem Inneren brodelte immer heftiger, bis sie schließlich zerbarst.

Die Wucht der Explosion tötete einen Großteil des Fledermausschwarms auf der Stelle und trieb den Rest in die Tiefen der gewölbten Korridore. Die Energie, die dem Artefakt innewohnte, und die Wucht, mit der sie sich befreit hatte, erschütterte die Wände und verursachte breite Risse an der Decke. Die leuchtende Energie verflachte zu einer einzigen Scheibe, die sich bis an die Ränder des Raumes erstreckte. Sie war leicht geneigt und drehte sich wie ein Wirbelsturm. Dargonnas, dessen monströser Leib in blutrotem Licht erstrahlte, hing starr in der Luft und flatterte mit den Flügeln. Der Ausdruck auf seinem missgestalteten Gesicht war unverkennbar: Furcht.

Xamus stützte sich schwitzend mit einer Hand oberhalb der Rinne an der Wand ab. Etwas kam durch das, was der Elf nun als Portal erkannte – der Kopf einer riesengroßen Bestie. Es war ein Geschöpf, von dem die meisten glaubten, es sei nur ein Mythos, obwohl alle Elfen wussten, dass es irgendwann einmal existiert hatte.

Dennoch war der Anblick eines solchen Geschöpfes etwas, das Xamus nie für möglich gehalten hätte, und nun, wo er damit konfrontiert war, zog sich sein Verstand fast in sich selbst zurück. Wie konnte es sein, fragte sich sein rationaler Verstand, dass es existierte?

Ein Drache.

Zumindest die Überreste eines solchen. Sein ausgemergeltes Antlitz trug keine Schuppen mehr, und obwohl in seinen roten Augen grimme Lebenskraft loderte, war der größte Teil der Anatomie des Tieres ausgedörrt, verrottet – fleischlose Muskeln, die sich über knarrende Sehnen spannten. Seine Zähne jedoch – jeder einzelne so groß wie ein durchschnittlicher Mensch – schienen perfekt und furchterregend zu sein.

Oldavei sank auf die Knie und starrte entsetzt hinauf. Er zitterte unkontrolliert und jedes Haar an seinem Körper stand zu Berge. Torin, der immer noch auf dem Boden lag, stieß ein Wimmern aus, das weit höher war als seine normale Sprechstimme. Wilhelm stand wie erstarrt, während warmer Urin an seinem Bein herunterlief.

Piotr und die anderen Bohen Dur erkannten und akzeptierten

innerlich den Schrecken, das Entsetzen und den Unglauben, die gemeinsam ihren Verstand aus den Angeln zu heben drohten. Sobald sie ihre Ängste und Befürchtungen erkannten, unterdrückten sie sie, denn Furcht hatte keinen Platz in einem ruhigen Geist.

Obwohl Nicholas' Herz in seiner Brust wild pochte und seine Knie fast nachgaben, konnte er sich besser zusammenreißen als seine Mitstreiter, denn er hatte bei den Malisath Gerüchte gehört, wie die Vampire ihre unheiligen »Gaben« erhalten hatten. Von einem Drachen hieß es, aus einer Schattendimension. Einem Drachen, der gestorben war und dem Tod irgendwie ein Schnippchen geschlagen hatte, um als untote Abscheulichkeit weiterzuleben. Als Drachenleichnam, der über Welten hinweg einen Teil seiner unnatürlichen Essenz auf sterbliche Sklaven übertrug und sie für immer an seinen Willen band, als Gegenleistung für Kräfte, die Sterbliche nicht erahnen konnten. Man munkelte auch, dass der Vampirzirkel seinen Namen von diesem Wohltäter hatte: Draconis für Drache und Malisath nach dem Namen desselben, Malis.

Als Nicholas die unfassbare Kreatur betrachtete, erschrak er bei dem Gedanken, dass die Legenden tatsächlich wahr waren.

Xamus, der nichts von den Mythen wusste, litt nicht nur unter einem drohenden Nervenzusammenbruch, sondern auch unter Schuldgefühlen, weil die plötzliche Anwesenheit dieser Abscheulichkeit in der Welt sein Werk war.

Obwohl der Drache keine Lippen besaß, die sich wie die eines Menschen bewegen konnten, sprach das Tier. Seine Stimme war das Brüllen einer Lawine, die die Umgebung erschütterte, Risse in den Wänden verursachte und Staub und Steinbrocken von der Decke regnen ließ.

»Du willst mich beschwören«, dröhnte es, »wie ein Schoßhündchen?«

Die Dargonnas-Fledermaus krächzte: »Ich ... ich habe dich n...«

»Egal«, entgegnete Malis und ließ den Blick durch die Kammer schweifen. »Ich sehe, du hast den Feind an unsere Schwelle geführt. Wie willst du mir dienen, wenn du dich selbst nicht verteidigen kannst?«

»Ich ... ich ...«, stotterte Dargonnas.

»Du riechst nach Versagen«, verkündete Malis. »Dabei solltest du doch wissen, dass Versagen den endgültigen Tod bedeutet.«

Noch bevor der Meistervampir etwas erwidern konnte, stürzte sich der Drachenleichnam auf ihn. Er drängte sich bis zu seinen knochigen Schultern aus dem Portal hervor, wobei sich seine großen Kiefer erst um Dargonnas herum öffneten, dann zuschnappten und seine Schreie verstummen ließen.

Das Auftauchen des vorderen Teils des kolossalen Körpers erwies sich als der Tropfen, der das Fass für die strukturelle Integrität der Höhle zum Überlaufen brachte. Trümmer regneten herab, als Piotr alle aufforderte, sich ihm innerhalb der von ihm errichteten Barriere anzuschließen. Die Geächteten, von denen die meisten nach Malis' Anblick noch unter Schock standen, verharrten wie erstarrt, bis jeder von ihnen einen Augenblick geistiger Klarheit erlebte, eine Art Weckruf des älteren Mönchs.

Als sie wieder im Vollbesitz ihrer geistigen Kräfte waren, eilten sie zu Piotr und stellten fest, dass die Bohen Dur sich nun alle an den Händen hielten und ihre Körper in eine leuchtende Aura gehüllt waren, die derjenigen ähnelte, die Piotr umgab, nur schwächer. Über ihnen zog sich der riesengroße, leichenhafte Hals und der Kopf des Drachen zurück und das Portal verschwand dahinter. Das Verschwinden der Anomalie löste eine ohrenbetäubende Schockwelle aus, die weithin hallte und zunächst Trümmer nach außen drückte und dann ein Vakuum öffnete, das sie ansaugte.

Felsbrocken in der Größe von Kutschen stürzten herab, prallten an dem von den Mönchen aufrechterhaltenen Schild ab und wichen noch größeren Erd- und Steinbrocken, bis es schien, als stürze ein ganzer Bereich des Fleischerdistrikts um sie herum zusammen. Der Einsturz war so ohrenbetäubend, dass er die Geächteten zwang, sich die Ohren zuzuhalten. Er schien eine Ewigkeit anzudauern, obwohl das Grollen und Beben in Wirklichkeit nach weniger als einer halben Minute aufhörte.

Die Abenteurer waren zunächst verzweifelt und glaubten, sie säßen in der Falle, da die Decke und drei Seiten der Barriere unter einer unüberschaubaren Menge von Trümmern begraben lag. Dann blickten sie in Richtung der Kammern mit den Kuppeldecken und stellten mit großer Erleichterung fest, dass der Bohen Dur die Barriere so geschickt manipuliert hatte, dass sie einen Tunnel bildete, der einige Schritte durch die Trümmer bis zum Rand führte, wo er sich in frei zugängliche, wenn auch staubverhangene Räume und möglicherweise in die Freiheit öffnete.

31
Schöner Tag

Sie kamen aus dem Untergrund empor, Torins Bein war inzwischen bandagiert, und gelangten durch alte Zugangsschächte in ein Versandlager in der Nähe der Docks. Im ganzen Fleischerdistrikt läuteten die Alarmglocken. Von einem oberen Stockwerk des Gebäudes aus sahen sie Feuer, Schutt und offene Krater von der Größe von Häusern, alles halb verborgen von wogenden Rauchschwaden und in der Luft hängendem Staub.

Wenn alles gut gegangen wäre, hätten sich die Geächteten, Piotr und Strand nach den Ereignissen im Theater im Haus des alten Mannes am Kehrausmarkt wieder versammelt.

Es war aber *nicht* alles gut gegangen.

»Strand weiß, in welchem Bezirk wir sind«, sagte Piotr. »Wir haben hier einen Treffpunkt. Er wird dorthin kommen, wenn er kann, aber wir müssen jetzt gehen.«

Die Geächteten waren einverstanden. Piotrs Mönchsgeschwister, die einfach in ihr Kloster hätten zurückkehren können, um sich zu erholen, bestanden darauf, bei der Bewältigung der Katastrophe zu helfen, und verabschiedeten sich.

Die Gefährten marschierten mit Piotr am Rand des betroffenen Gebietes entlang, langsamer als sonst, um Torins beeinträchtigtem Tempo Rechnung zu tragen. Schließlich erreichten sie den Sockel des höchsten Schornsteins im Bezirk, in Sichtweite der Docks, und warteten dort über eine Stunde. Dann erregten Hufschlag und Räderquietschen ihre Aufmerksamkeit. Strand fuhr in einer Kutsche vor, die der ähnelte, welche die Reisenden bei ihrer Ankunft mit Slayde genommen hatten. Auch der Kutscher sah genauso aus.

»Wie schwer seid Ihr verletzt?«, fragte Piotr und half dem alten Mann aus der Kutsche.

»Nur eine Rippe«, sagte der. »Wird schon wieder. Ist aber jetzt nicht wichtig. Das Wichtigste ist, dass wir euch«, er wies mit den Fingern seiner unversehrten Hand auf die Geächteten, »aus der Stadt schaffen.«

»Warum sollten wir die Stadt verlassen?«, protestierte Torin. »Wir sind Helden, verflucht noch mal. Wir haben den Klerus gerettet! Es war nicht unsere Schuld, dass das halbe Viertel zusammengebrochen ist. Du hättest mal die verdammten …«

»Egal!«, blaffte Strand. »Entscheidend ist, dass das halbe Viertel verwüstet ist. Genaue Opferzahlen kennen wir noch nicht. Die Friedenswahrer treiben Fremde und alle, die sich nicht an die Regeln halten, zusammen. Erst fesselt man sie, dann kümmert man sich um die Wahrheit. Aber wenn es um Politik geht, hat die Wahrheit wenig Gewicht und die Gerüchte um Geheimgesellschaften und Vampire werden euch wahrscheinlich mehr schaden als nützen. Am sichersten ist es im Augenblick, euch rarzumachen.«

»Wie denn?«, fragte Wilhelm.

Der alte Mann deutete auf die Kutsche. »Da drin findet ihr alle eure Habseligkeiten«, erwiderte er. »Die Docks sind nicht weit von hier. Begebt euch zu Pier neunundneunzig. Dort wartet ein Schiff, die *Schöner Tag*. Ihr Kapitän ist ein enger Verbündeter. Das Beste, was ich auf die Schnelle tun kann, ist, euch nach Orinfell zu schaffen. Von dort könnt ihr ins Landesinnere in die Wildnis wandern und euch verstecken. Nehmt euch Zeit, bis sich der Staub gelegt hat, dann könnt ihr weitersehen.«

Die Geächteten stimmten zu, dass dies eine sinnvolle Vorgehensweise war. Nachdem sie ihre Taschen und Waffen geholt hatten, sprach Piotr zu ihnen: »Die Verantwortung für die Verwüstungen dieser Nacht ruht ganz allein auf den Schultern der Draconis Malisath, einem Schandfleck in der Welt, der einen schweren Schlag erlitten hat, was zu großen Teilen euer Verdienst ist. Ich danke euch allen! Die Welt schuldet euch Dank, ob sie es weiß oder nicht. Die Bohen Dur jedenfalls werden eure Hilfe und Selbstlosigkeit nie vergessen. Ich gelobe, dass unser Orden auch weiterhin seinen Teil beitragen wird, indem wir wachsam bleiben und nach Anzeichen für die Rückkehr der Malisath Ausschau halten.«

Die Geächteten bedankten sich und verabschiedeten sich von Piotr und Strand, bevor sie sich einen Weg zu den Docks bahnten. Dort entdeckten sie nach kurzer Zeit eine Einmastkogge namens *Schöner Tag*, deren Kapitän, ein drahtiger Mann mittleren Alters mit wilden Locken, sich als Hackebeil vorstellte und sie an Bord drängte.

»Die Rechtbrander Flotte hat noch nicht abgelegt«, sagte er, »aber wir sollten kein Risiko eingehen. Wir müssen zügig los.«

Bald darauf setzte die *Schöner Tag* die Segel. Die todmüden Geächteten krochen unter Deck in Netzhängematten zwischen Kisten mit Stoffen, die für Orinfell bestimmt waren, und schliefen beim Plätschern der Wellen und Knarren des Schiffsrumpfs schnell ein.

Nach Tagesanbruch teilte Hackebeil seinen Passagieren mit, die Reise nach Orinfell werde einen ganzen Tag dauern. Für die Abenteurer war das eine willkommene Nachricht, bedeutete sie doch nach all dem, was sie durchgemacht hatten, etwas Ruhe.

Torin entfernte seinen Verband und entblößte eine fürchterliche, von getrocknetem Blut verkrustete Wunde. Oldavei kam und sah sie sich an.

»Ich weiß, du magst es nicht ...«, begann Torin.

»Schon gut, ich tue, was ich kann«, sagte der Ma'ii. Er legte die Hände auf Torins Bein, schloss die Augen und murmelte leise vor sich hin. Der Zwerg spürte Wärme auf der Wunde, obwohl eine kühle Brise sein Haar zerwühlte.

Als Oldavei fertig war, stellte sich Torin auf das verletzte Bein. »Es ist besser«, lächelte er, fasste den Ma'ii an der Schulter und schüttelte ihn zum Dank.

Die Geächteten zogen wieder ihre gewohnte Kleidung an. Sie begannen den Tag mit Zechen, wobei sie ausgiebig von einem starken Grog tranken, den Hackebeil in ausreichender Menge an Bord hatte. Der Kapitän trank zeitweise mit ihnen, sang mit Wilhelm Shantys und erzählte Witze, die eine Bordellwirtin zum Erröten gebracht hätten. Je mehr Alkohol in ihre Körper gelangte und je mehr Rauchstängel und Pfeifen sie entzündeten, desto redseliger wurden die Passagiere. Sie erzählten Hackebeil von dem Angriff auf das Theater, der anschließenden Verfolgungsjagd und dem Kampf im Beinhaus. Hackebeil schüttelte bei den Geschichten oft nur den Kopf, nickte oder saß mit offenem Mund da. Als sie zum Erscheinen des Drachen kamen, nahm der Kapitän, der schon so manches Seemannsgarn gehört hatte, die Enthüllung gelassen und mit einer gewissen Skepsis hin.

Nicholas erzählte dann die Geschichte des Drachen Malis – was er war und wie er mit den Ursprüngen des Vampirzirkels zusammenhing. Diese Informationen fanden seine Mitstreiter besonders interessant, vor allem Xamus, der überlegte, ob er ihnen sagen sollte, dass er es gewesen war, der den Drachenleichnam herbeigerufen hatte, und dass alle Ereignisse rund um dessen Ankunft seine Schuld waren. Er spielte mit dem Gedanken, befand dann aber, dass Piotr recht hatte. Die Malisath trugen die Schuld. Der Drache war ihr Schutzherr, und Xamus sah keinen Sinn darin, seine besondere Rolle beim Auftauchen der Kreatur und der anschließenden Katastrophe zu erläutern, weshalb er schwieg.

»Verdammt«, reagierte Torin auf Nicholas' Bericht. »Das kann ich euch sagen: Als das Ding seinen Kopf aus diesem wirbelnden Was-auch-immer herausgestreckt hat, hätte ich mich fast eingenässt!«

An diesem Punkt räusperte sich Wilhelm, dem plötzlich unbehaglich zumute zu sein schien, und wechselte das Thema.

Einen Großteil des Nachmittags verbrachten sie damit, vom Heck aus zu fischen. Bei Nicholas biss schon besonders früh einer an, woraufhin er eilig Hackebeils Hilfe in Anspruch nahm. Der Kapitän wies Nicholas an, den Fisch langsam einzuholen, mit ihm zu kämpfen und ihn zu ermüden – ein Prozess, der ganze zehn Minuten dauerte, bevor ein schmerzgeplagter Nicholas die zwanzig Kilo schwere, zappelnde Königsmakrele nahe genug an das Schiff herangezogen hatte, dass der Kapitän sie mit einem Kescher einholen und ihre Zuckungen an Deck mit einem Schlag seiner Keule beenden konnte.

Ihr großzügiger Gastgeber nahm den Fang aus, filetierte und grillte ihn.

Nicholas genoss jeden einzelnen Bissen, was auch Hackebeil nicht entging. »Man sagt, der leckerste Fisch ist der, den man selbst gefangen hat«, bemerkte er, bevor er den Rest seines Grogs austrank und zum Ruder zurückkehrte.

Später verließ Xamus, der fast den ganzen Tag über geschwiegen hatte, den Laderaum, um sich an Deck die Beine zu vertreten.

Er fand Nicholas, wie er am Backbordbug stand und den schillernden Sonnenuntergang über der ruhigen See beobachtete.

»Ich wollte dir noch was erzählen«, begann Nicholas. »Katrina hat mich wissen lassen, dass die Kinder der Sonne die Malisath für den Angriff auf das Theater angeheuert haben. Sie sagte auch, dass sie Braun aus irgendeinem Grund tot sehen wollten. Ich glaube wirklich, sie hatte das Gefühl, mir einen Gefallen zu tun, als sie mir den Auftrag gab. Als ob es eine Ehre gewesen wäre.«

»Tut mir leid«, antwortete Xamus, »wie die Sache mit ihr zu Ende gegangen ist ...«

»Immer wieder«, entgegnete Nicholas, »erklärte sie, sie und die Teufel seien meine Familie. Aber alles, was sie je wirklich wollte, war ein Komplize. Ein Werkzeug, das ihr hilft, ihre Ziele zu erreichen. Dabei hat sie mich verdammt, ohne zu zögern, und dennoch habe ich sie geliebt. Von ganzem Herzen. Dumm, nicht? Ich habe die meiste Zeit meines Lebens damit verbracht, den falschen Dingen nachzurennen. Ich habe nach Heimat, nach Geborgenheit gesucht. An Orten, wo sie nicht zu finden war. Aber ihr, du und die anderen, ihr habt immer nur versucht, mir zu helfen, auch wenn ich mir selbst nicht helfen konnte oder wollte. Du, Torin, Oldavei, Wilhelm ... ihr seid meine Familie. Eine Familie, die ich nie wollte, aber dringend brauche.«

Seine haselnussbraunen Augen blickten in die des Elfen. »Ihr habt euer Leben für mich riskiert, ohne eine Gegenleistung zu verlangen. Wenn sich die Gelegenheit bietet, merk dir das«, sagte er und hob den Finger, »werde ich diese Schuld begleichen. Ich werde mich erkenntlich zeigen.«

»Das ist nicht nötig«, wehrte Xamus ab.

Nicholas ergriff Xamus' Schulter, bevor er sich wieder dem Meer zuwandte. Dann schaute er noch einmal zum Sonnenuntergang und tat etwas, das Xamus nur bei wenigen Gelegenheiten gesehen hatte, seit die beiden einander zum ersten Mal begegnet waren: Er lächelte. »Dieser Sonnenuntergang«, sagte er. »Einfach wunderschön.« Als die Sonne hinter dem Meereshorizont verschwand, stützte er sich mit dem Fuß auf dem Dollbord ab. »*Schöner Tag*«, fuhr er fort, »ist ein guter Name für ein Schiff. Heute war einer. Man zecht – verzeih, man wird *haggö* ...«

Xamus feixte.

Nicholas fuhr fort: »Singen, faulenzen, fischen!« Er schüttelte den Kopf, immer noch grinsend, als könne er nicht glauben, dass es ihm gelungen war, die Königsmakrele an Land zu ziehen. »Mehr als nur ein schöner Tag. Ein perfekter Tag.« Nicholas runzelte die Stirn und wandte sich an Xamus. »Was ist mit dir?«

»Hm?«

»Ich stehe hier und quatsche über mich selbst, aber mir ist aufgefallen, dass du noch stiller bist als sonst. Geht es dir gut?«

Wieder einmal dachte Xamus daran zu beichten, dass er den Drachen herbeigerufen hatte, seine anhaltende Unruhe zuzugeben … aber das Letzte, was er wollte, war, Nicholas die seltene gute Laune zu verderben.

»Ja«, antwortete der Elf. »Ja, es geht mir gut.«

Nicholas' Augen wanderten zum Mittschiff, wo Hackebeil eilig die Segel trimmte. »Alles in Ordnung?«, fragte der Assassine.

»Ich segle nur etwas schneller!«, rief Hackebeil zurück. »Ich habe die Rechtbrander Flotte gesichtet.«

Als das Licht des Tages schwand, hielt Hackebeil vom Heck aus ständig Wache und spähte in regelmäßigen Abständen durch ein Fernrohr nach dem sie verfolgenden Marineschiff. Nach einer Stunde Kampf mit dem sich fortwährend drehenden Wind verkündete der erleichterte Kapitän, die leichtere *Schöner Tag* setze sich von dem Marineschiff ab.

32
Die graue Stadt

In den frühen Morgenstunden brannten alle Lampen an Bord der *Schöner Tag*, als sie sich dem Hafen von Orinfell näherte. Das war angesichts des dichten Nebels, der die Sicht quasi auf null reduzierte, auch notwendig. Der einzige visuelle Anhaltspunkt für Hackebeil waren schwache, kaum wahrnehmbare Lichtkugeln, die von den Leuchttürmen an den Wellenbrechern der Bucht stammten.

Der Kapitän, der diese Gewässer schon unzählige Male befahren hatte, steuerte sein Schiff fachkundig in den Hafen und schließlich zu einem freien Liegeplatz. Während es vertäut wurde, verteilte Hackebeil Fleisch, Käse und Wassersäcke aus seiner Kombüse. »Ich kann die Vorräte auf dem Markt leicht wieder auffüllen«, sagte er. Vor allem aber schenkte er ihnen drei Buddeln seines süchtig machenden Grogs.

Dann kam ein schroffer, bärtiger Mann an Bord und sprach den Kapitän flüsternd an, während er die Geächteten musterte.

Als der Fremde sich entfernte, sagte Hackebeil: »Friedenswahrer des Kämpfenden Ordens durchkämmen die Stadt. Sie hegen wohl den Verdacht, dass ihr Sargrad verlassen habt. Ihr müsst schnell handeln!« Er deutete an Land und sagte: »Geht geradeaus, acht, vielleicht zehn Häuserzüge, dann kommt ihr in den Wald. Keine Umwege! In dieser Gegend kann man unbemerkt bleiben, aber anderswo ...« Er schaute sich um, als hätte er Angst, dass man ihn belauschen könnte. Dann fuhr er leiser fort: »Die Bürger hier sind nicht ganz normal und Fremden gegenüber sehr misstrauisch. Sie werden besonders wachsam sein, wenn der Kämpfende Orden in der Nähe ist.«

»Der Urlaub ist vorbei«, seufzte Torin.

Die Geächteten legten schnell zusammen, um ihre Passage zu bezahlen. Sie verabschiedeten sich von Hackebeil und brachen auf. Obwohl sich Torins Bein dank Oldaveis Behandlung in einem besseren Zustand befand als zuvor, war es nicht vollständig geheilt. Er hinkte deutlich, was ihr Tempo verlangsamte.

Wie Sargrad war auch Orinfell tief in der Religion verwurzelt. Während Sargrad als Heimat der sularischen Kirche galt, war Orinfell ihr intellektuelles und methodisches Zentrum. Im Priesterseminar fand die Ausbildung des Klerus statt und die glühendsten Anhänger der sularischen Kirche im ganzen Land waren dort zu finden. Hier hatten auch die fanatischsten Ableger der Lehren Wurzeln geschlagen.

Orinfell hieß nicht ohne Grund die graue Stadt. Alle Gebäude, an denen die Gruppe vorbeikam, waren in irgendeiner Form grau, von den Dächern bis zu den Fundamenten. Außerdem war an mehreren Stellen eine gräuliche Ascheschicht zu sehen: auf den Dächern, als Staub auf den Fensterscheiben, in den Fensterecken, auf den Fensterbänken und Türschwellen und als feine Schicht auf der Straße.

»Was hat es mit der ganzen Asche auf sich?«, fragte Torin.

»Ich habe gehört, dass die religiösen Spinner hier ein jährliches Ritual veranstalten«, erklärte Wilhelm, »bei dem sie Bildnisse verbrennen und die ›heilige‹ Asche nie auffegen. Sie haben auch eine Schwäche für Scheiterhaufen.«

Aber die Bezeichnung der Stadt umfasste mehr als nur ihre Farbe. Alles an diesem Ort wirkte gedämpft, trübselig oder düster. Selbst das Geräusch ihrer Schritte auf dem Kopfsteinpflaster klang in dem feuchten Nebel dumpf. Die wenigen Lichter in den Fenstern, an denen sie vorbeikamen, leuchteten kraftlos und halbherzig. Ein Gespräch zwischen zwei umherschlendernden Matrosen drang erst an ihr Ohr, als die Männer schon fast neben ihnen waren und wie Geister wortlos an ihnen vorbeizogen, ohne sie auch nur eines Blickes zu würdigen.

Als sie den dritten Häuserblock erreichten, durchbrach ein Geräusch den schweren Nebel: das einsame, scheinbar ferne Läuten einer Kirchenglocke. An der nächsten Kreuzung sprang Oldavei vor und forderte sie mit einem Finger an den Lippen auf anzuhalten. Da er etwas gehört hatte, was die anderen nicht mitbekommen hatten, deutete er nach rechts, und tatsächlich vernahmen sie nun dumpfes Hufgetrappel, begleitet vom schwachen Licht einer Lampe, die sich zweifellos in der Hand eines Reiters befand.

Die Hufschläge stammten jedoch nicht von einem Pferd, sondern von mehreren, und obwohl die anderen es nicht vernahmen, hörte Oldavei schwach das Klirren von Rüstungen. »Patrouille«, flüsterte er.

Mit Oldavei an der Spitze eilten sie weiter, Torin hielt Schritt, so gut er konnte. Der Ma'ii hieß sie an der nächsten Kreuzung abermals stehen bleiben, wo erneut ein schwaches Licht zu sehen war und Hufschläge durch den Dunst drangen, diesmal vor ihnen. Als die Reiterpatrouille näher kam, änderten sie ihren Kurs und flohen parallel zur Stadtgrenze.

Zwei Häuserblocks weiter versuchten sie nochmals, ins Landesinnere vorzudringen, aber sie kamen nicht weiter. Sie gingen zurück und blieben stehen.

»Wohin?«, fragte Torin.

Oldavei witterte und musste feststellen, dass die Gerüche gedämpft und schwach waren, wie alles in dieser trostlosen Stadt.

»Wir müssen in Bewegung bleiben«, mahnte Wilhelm.

Oldavei suchte sich einen Weg, obwohl der dichte Nebel seinen Orientierungssinn inzwischen nahezu blockierte. Wo ging es in den Wald? Noch während er darüber nachdachte, drangen laute, sich wiederholende Geräusche aus der Finsternis. Als die Gruppe vorsichtig eine breite Durchgangsstraße entlanglief, begegnete sie im sich lichtenden Nebel bald einer geisterhaften Gestalt, einem kahlen, hageren Mann in einfachen Gewändern, deren oberer Teil bis zur Taille heruntergezogen war und einen leichenhaften Torso enthüllte. Er schlurfte langsam in der Mitte der Allee vorwärts, wobei er sich eine neunschwänzige Peitsche erst über die eine, dann über die andere Schulter zog. Der Mann, der zunächst wie in Trance zu sein schien, erblickte die Geächteten, blieb stehen und starrte sie durchdringend an.

Mit schwacher Stimme erklärte er: »Schrecklich früh für einen Spaziergang.«

»Das Gleiche gilt für dich«, sagte Torin und provozierte damit einen finsteren Blick des Büßers, dem die Waffen nicht entgangen waren, die sie trugen.

»Wohin wollt ihr?«, erkundigte sich der Mann herausfordernd.

»In die nächste Taverne«, antwortete Torin.

»In dieser Gegend gibt es keine Tavernen!«, erwiderte der Mann angewidert. »Hier gibt es eigentlich nichts für Leute wie euch. Wie heißt ihr?«

»Nichts für ungut«, entgegnete Oldavei und zog Torin an der Schulter mit. »Wir gehen dann mal weiter.«

Die Gruppe zog sich eilends in eine Seitengasse zurück. Als sich der Nebel auflöste, drangen wieder Geräusche an ihr Ohr.

»Eure Namen, sagte ich!«, rief der Mann ihnen nach. »Kommt zurück!«

Die Gruppe fand sich an der Seitentür eines scheinbar verlassenen Hauses wieder. Als sie weitere Hufschläge hörten, betätigte Oldavei die Klinke, und die Tür schwang auf. Was sie empfing, war ein beinahe ausgeräumtes Lagerhaus: größtenteils leere Kisten und ein paar Werkzeuge inmitten eines großen, staubigen, weiten Raums.

Unmittelbar links führte eine abgetretene Holztreppe nach oben. Oldavei ging hinauf, gefolgt von den anderen. Im ersten Obergeschoss sah es nicht viel anders aus, ebenso wie im zweiten, in dem auf allen Seiten große, mehrflüglige Fenstern die obere Hälfte der Wände bildeten.

Oldavei eilte zu den Fenstern, die der Treppe am nächsten lagen, und schaute auf die Gasse hinunter. Es dämmerte gerade erst, und der Nebel hatte sich so weit gelichtet, dass der Ma'ii eine Patrouille von drei Friedenswahrern sehen konnte, die sich etwa einen Häuserblock entfernt näherten. »Drei kommen von dieser Seite!«, rief er.

Von seinem Platz an der Mauer zu Oldaveis Linken fügte Wilhelm hinzu: »Verdammt, drei weitere kommen aus dieser Richtung!«

Xamus, der in der Mitte der Mauer gegenüber von Oldavei stand, sah direkt unter sich einen berittenen Soldaten, den Rangabzeichen nach ein Feldmarschall, neben einem einzelnen, massiven, gepanzerten Ochsen. Darauf saß rittlings Gundr, der plattengepanzerte Oger aus der Konfrontation in Talis. Hinter ihm saß die in Lumpen gekleidete alte Vettel, die sie von der gleichen Begegnung kannten.

»Eisenburgs Vollstrecker«, fluchte Xamus. »Sie sind hier!«

»Was? Wie?«, erwiderte Wilhelm. »Haben sie uns erwartet? Wussten sie, dass wir kommen?«

»Ich sehe hier die Falkenfrau und ein paar andere«, informierte Torin seine Gefährten von seinem Platz an der Wand.

Mit einem nervösen Stöhnen eilte Oldavei zu der Ecke des Raumes oberhalb der Kreuzung, an der sie eben noch gestanden hatten. Dort sprach der Mann im Büßergewand mit der Friedenswahrer-Patrouille. Der Ma'ii beobachtete, wie zwei der gepanzerten Soldaten abstiegen und in die Häuserzüge links und rechts von dem ihren eindrangen. »Äh ... sie gehen von Tür zu Tür«, sagte er mit leicht spröder Stimme. »Es kommen noch mehr.«

»Sie werden uns umzingeln!«, rief Wilhelm. »Wir hätten direkt in den Wald fliehen sollen!«

»Ich habe versucht, uns in den Wald zu führen«, konterte Oldavei.

»Wir müssen uns vielleicht den Weg freikämpfen«, warnte Torin.

Eine kräftige Baritonstimme rief unterhalb von Xamus' Position: »Bericht!«

Gundr hielt inne und drehte den Kopf.

Der Feldmarschall zügelte sein Pferd, drehte sich um und meldete: »Wir glauben, dass sie ganz in der Nähe sind.«

Eine neue Gestalt auf einem mächtigen gepanzerten Schlachtross näherte sich von Xamus' rechter Seite. Der imposante Reiter, der eine Kapuze trug, musterte seine Umgebung sorgfältig, einen gewaltigen Streitkolben mit Flansch auf dem Rücken.

»Eisenburg!«, informierte Xamus die anderen.

»Scheiße!«, schrie Torin.

»Das könnte es gewesen sein ...«, meinte Oldavei. »Ende der Fahnenstange.«

»Wir sitzen in der Falle wie verdammte Ratten«, schimpfte Wilhelm und lief mit geballten Fäusten in einem engen Kreis. »Scheiß drauf, wenn wir untergehen, dann wenigstens mit Stil!«

Nicholas hatte die ganze Zeit über kein Wort gesagt, sondern beobachtet, nachgedacht. Er hatte eine Entscheidung getroffen. Oder besser gesagt, die Entscheidung, die er bereits getroffen hatte, bestätigt. Er trat an Xamus' Seite und versicherte ihm: »Alles wird gut, mein Freund. Wie du einmal gesagt hast, jede Minute zählt.« Der Elf spürte kühle Hände, eine an seinem Hals und die andere auf seiner Schulter, und hörte eine Stimme dicht an seinem Ohr: »Lebe.« Die Hände ließen ihn los. Bevor der Elf reagieren konnte, erregte Eisenburgs Stimme seine Aufmerksamkeit.

»Findet sie!«, dröhnte der Paladinritter.

Oldavei sah, wie die Friedenswahrer aus den beiden Gebäuden, die sie durchsucht hatten, wieder auftauchten und zu Fuß neben ihren Pferden die Straße hinuntergingen.

Xamus sah sich suchend nach einem Weg aufs Dach um und bemerkte, dass Nicholas nicht mehr neben ihm stand. Er trat vom Fenster zurück. »Wo ist Nicholas?«, fragte er und sah den Assassinen nirgends. Ein kaltes Grauen überkam ihn. »Wo ist Nicholas?«, wiederholte er.

Oldavei wich von der Ecke zurück, an der Wand entlang, bis er knapp über der Tür zur Gasse war. Dort sah er einen verschwommenen Schemen, der in dem schwachen Licht kaum wahrnehmbar war, auf die Gasse treten, dann nach links und außer Sichtweite verschwinden. »Ich ... ich glaube, er ist gerade gegangen«, sagte Oldavei.

»Was?«, fragte Xamus und eilte zu ihm.

»Ich glaube, ich habe ihn gerade gesehen«, entgegnete Oldavei.

Xamus schwirrte der Kopf. Was hatte der Assassine bloß vor?

Einen Augenblick später kam die Patrouille des Kämpfenden Ordens, die Oldavei beobachtet hatte, in die Gasse und hielt direkt unter ihnen inne. Einer der Soldaten ging zu einer verschlossenen Tür gegenüber, während der andere die Hand nach der Tür zu ihrem Gebäude ausstreckte.

»Friedenswahrer!«, rief eine Stimme, die bei geschlossenen Fenstern kaum zu hören, aber laut genug war, um die Aufmerksamkeit aller auf sich zu ziehen. »Vollstrecker!«

Sie kam aus der entgegengesetzten Richtung von Oldavei und Xamus. Oldavei sah nach unten und beobachtete, wie der Friedenswahrer an der Tür seinen Kameraden fragend anschaute und eine Hand hob, um ihm zu bedeuten, er solle abwarten. Xamus rannte zum Fenster und betätigte einen Hebel, um es einen Spaltbreit zu öffnen und die Quelle der Stimme zu finden.

»Bluthunde!«, fuhr der Sprecher fort. »Menschenjäger!«

Eisenburg, Gundr, das alte Weib und der Feldmarschall ritten zur Kreuzung, wo der Paladinritter die Allee entlangspähte.

Xamus entdeckte eine Gestalt zwei Gebäude weiter auf der

gegenüberliegenden Straßenseite auf dem Dach eines Hauses, das zwei Stockwerke hoch war.

Nicholas stand mit einem Fuß auf der Dachbrüstung, das Schwert gezogen. »Ich konnte nicht länger mit ansehen, wie ihr euren Schwänzen hinterherjagt«, erklärte er mit ausgestreckten Armen. »Nun, hier bin ich! Genau hier, ihr jämmerlichen Drecksratten. Also kommt und holt mich!«

33
*Wiedergut-
machung*

»Was zum Teufel macht er da?«, fragte Wilhelm, der neben Xamus stand.

Auf der anderen Seite des Raumes blickte Oldavei auf die Friedenswahrer hinunter, die nun aufgesessen waren und zu der Kreuzung ritten. Der Ma'ii kam zu ihnen herüber und sagte: »Die Tür ist unbewacht.«

»Er hat gesagt, er werde sich erkenntlich zeigen«, meinte Xamus. Jetzt kam auch Torin dazu. »Was?«

»Er hat gesagt, er werde sich dafür erkenntlich zeigen, dass wir mehrfach unser Leben für ihn riskiert haben«, erklärte Xamus.

Die Soldaten des Kämpfenden Ordens einschließlich derer, die die Gebäude durchsucht hatten, füllten die Allee um Eisenburg, der herantritt und Nikolaus zurief: »Sag mir nicht, dass du die ›Noble Selbstaufopferung‹-Karte spielst!« Er drehte sein Pferd langsam im Kreis und brüllte eine unverhohlene Warnung an die Geächteten – nicht direkt zu Nicholas, sondern in Richtung der umliegenden Gebäude. »Der halbe Fleischerdistrikt ist zerstört, über hundert Tote bei der letzten Zählung! Ganz zu schweigen von euren Eskapaden in Talis, und ja, dank der Zeugenaussagen wissen wir jetzt auch von Innis. Es scheint, als ob ihr überall, wo ihr hingeht, eine Spur der Verwüstung hinterlasst. Und dafür werdet ihr alle bezahlen, nicht nur einer von euch!« Er hielt inne und wandte sich wieder an Nicholas. »Dein Trick wird das Unvermeidliche nur hinauszögern, und je mehr Unannehmlichkeiten ihr mir bereitet, desto langsamer wird euer Tod sein!«

»Ich weiß, was dich antreibt!«, rief Nicholas und richtete sein Schwert auf den Paladinritter. »Du lebst von der Angst derer, die du jagst. Du schimpfst und zeterst und erwartest, dass alle, die es hören, vor Angst zittern. Siehst du, wie ich schlottere? Du bist ein impotentes, ignorantes Stück Scheiße. Eisenburg, du weißt nichts über Angst. Aber ich lehre dich gern das Fürchten!«

»Spar dir deine Rätsel!«, entgegnete Eisenburg. »Bald wirst du um Gnade winseln!«

Gepanzerte Friedenswahrer stürmten auf das Dach und Nicholas wandte sich ihnen zu. Er kämpfte erbittert, war schneller als sie und nutzte die Schwachstellen in ihren Rüstungen, in der Armbeuge oder die Lücken zwischen den Platten. In kürzester Zeit hatte er die erste Welle von fünf Soldaten ausgeschaltet. In der Nähe der Dachkante hielt er inne und wollte erneut nach Eisenburg rufen, doch dann hielt er den Mund und reagierte blitzschnell. Er riss seinen Oberkörper herum und lenkte einen Pfeil, der seine Brust nur um wenige Zentimeter verfehlte, mit dem Schwert ab. Das Geschoss war von einem anderen Dach auf der gegenüberliegenden Straßenseite gekommen.

Alle Augen im Lagerhaus fielen gleichzeitig auf den Schützen: den Satyr Daromis, der Meisterschütze unter den Vollstreckern.

Als Reaktion griff Nicholas in eine Gürteltasche, holte mit einem Augenzwinkern drei Wurfsterne hervor und schleuderte sie. Zwei der Geschosse bohrten sich in Daromis' linken Lederärmel. Der Satyr riss den Arm gerade schnell genug hoch, um nicht ein Auge zu verlieren und in die Kehle getroffen zu werden. Das dritte bohrte sich tief in seine linke Seite, obwohl sein Wams und seine Tunika den Treffer abfederten.

Als eine zweite Welle von Friedenswahrern das Dach stürmte, riss Nicholas einen weiteren Gegenstand aus seinem Gürtel und zerschmetterte ihn zu seinen Füßen. Die daraus resultierende Rauchwolke verhüllte das Dach fast vollständig.

In der Lagerhalle sahen die Geächteten gebannt zu.

Oldavei rannte auf die gegenüberliegende Seite und schaute auf die Gasse hinunter. »Die Luft ist rein«, rief er, als weitere Friedenswahrer zu Eisenburgs Position ritten.

Xamus rang die Hände und schüttelte den Kopf. »Wir müssen ihm doch helfen! Tut etwas! Wir können ihn nicht einfach …«

»Mein Freund, wir können nichts tun«, antwortete Torin mit brechender Stimme. »Das ist eine Hundertschaft, wir sind nur vier.«

»Wir müssen es zumindest versuchen!«, protestierte Xamus.

»Was denn? Du würdest nur dein verdammtes Leben wegwerfen! Er tut das, um uns einen Ausweg zu eröffnen!« Torin starrte auf die Straße hinaus. »Was er da tut ... lass es nicht umsonst gewesen sein.«

Xamus betrachtete den Rauch und erinnerte sich an das Letzte, was Nicholas zu ihm gesagt hatte: »Jede Minute zählt.« Und er solle leben. In dem Elfen kroch die Angst hoch, das Grauen lastete wie ein Amboss auf seiner Brust. Er unterdrückte ein gepeinigtes Stöhnen.

»Ich finde es auch entsetzlich, aber Torin hat recht«, sagte Wilhelm und legte Xamus die Hand auf die Schulter.

Der Elf schaute zu Torin, der seinen flehenden Blick erwiderte, und dann zu Oldavei. Mit Tränen in den Augen deutete der Ma'ii ein Nicken an.

Xamus warf noch einen Blick nach draußen, dann bewegte er sich wie benommen mit dem Rest der Gruppe zur Treppe, hinunter und hinaus. Der Rauch auf den Dächern, der einige Sekunden lang alles außer den Geräuschen der Schlacht und den Schreien der Verwundeten und Sterbenden verdeckt hatte, lichtete sich, als die Geächteten zum Stadtrand eilten.

Nicholas stürzte vom Dach, lautlos wie der Tod selbst, die Arme hoch erhoben und die Klinge seines Schwertes nach unten gerichtet.

Ein hastig abgefeuerter Pfeil von Daromis traf den Assassinen noch im Flug in die linke Seite. Dann prallte Nicholas auf den berittenen Feldmarschall, der gerade den Kopf hob, als die Klinge hinter seine Brustplatte drang, sein Schlüsselbein zerschmetterte und in sein Herz stieß.

Nicholas riss seine Waffe heraus und sprang rückwärts vom Pferd, das mit dem toten Feldmarschall im Sattel davontrabte. Daromis traf den Assassinen mit einem weiteren Pfeil in die rechte Seite des Rückens, als er sich einen Weg durch die Streiter des Kämpfenden Orden bahnte. Er schlitzte Ordenskrieger auf, stach sie nieder, hackte auf sie ein und schlug sich so eine blutige Schneise in Richtung Eisenburg, der sein Pferd seitlich wandte und scheinbar völlig unbeteiligt abwartete.

Auf dem nicht weit entfernten Dach wurde Daromis immer verdrossener. Jedes Mal, wenn er einen tödlichen Schuss ansetzte, stellte sich ihm entweder ein Soldat in den Weg oder der Attentäter, der sich ständig mit einer Geschwindigkeit bewegte, die an der Grenze des Menschenmöglichen zu liegen schien, wich gerade so weit aus, dass der Pfeil des Satyrs sein Herz verfehlte.

Nicholas tötete alle, die sich in seiner unmittelbaren Nähe befanden, und stürmte mit festem, zielstrebigem Blick auf Eisenburg zu. Ein dritter Pfeil traf ihn in den Rücken und durchbohrte seinen linken Lungenflügel. Er war noch drei Schritte von dem Paladinritter entfernt, hatte das Schwert bereits zum tödlichen Schlag erhoben, als er spürte, wie seine Geschwindigkeit und seine Bewegungsfähigkeit merklich nachließen.

Nicht weit entfernt, auf dem Rücken des Ochsen, hob das alte Weib eine Hand, die von einer Kugel aus stygischer Macht umgeben war.

Nicholas war so sehr darauf bedacht gewesen, Eisenburg zu töten, dass er das Stampfen der genagelten Stiefel erst hörte, als es zu spät war. Die dunkle Magie des alten Weibes hatte ihn gerade so weit verlangsamt, dass er die volle Wucht von Gundrs Hammerschlag abbekam, der seine Eingeweide zermatschte und ihn über die Leichen, die er hinterlassen hatte, zurückschleuderte. Als er landete und sich abrollte, brachen die Pfeilschäfte, die aus seinem Körper ragten, ab und die Pfeilspitzen drangen noch tiefer in seinen Leib. Nicholas kam auf die Beine, atmete mit offenem Mund und keuchte. Er stürzte sich auf den Oger, rollte sich unter dem nächsten Hammerschlag des gepanzerten Ungetüms hindurch und schlitzte ihm das Bein kurz unterhalb des rechten Knies auf.

Gundr schrie auf und kippte zur Seite, wobei er sich auf seinen Hammer stützte, um seinen Fall zu bremsen. Eine neue Welle von Friedenswahrern näherte sich, als Nicholas den Oger umkreiste und in die offene Stelle an der Helmkante stach. Gundr ergriff die Klinge mit seiner freien, panzerbehandschuhten Hand und brach sie in zwei Teile. Ein letzter Pfeil von Daromis' Sehne traf den Assassinen und durchbohrte sein Herz im selben Moment, in dem Nicholas seine zerbrochene Klinge bis zum Anschlag in den linken Augenschlitz des Ogers stieß.

Gundr fiel wie ein Stein, während die Friedenswahrer heranstürmten, kein Risiko eingingen und ihre Breitschwerter von allen Seiten in Nicholas' leblosen Körper stießen.

34

Büßerplatz

In den Wäldern vor der Stadt verborgen, warteten und lauschten die Geächteten. Xamus stand mit einer Hand an eine dicke Zypresse gelehnt da, den Blick auf die nächsten Gebäude gerichtet, als er Oldavei fragte: »Was hörst du?«

Der Ma'ii, der mit gespitzten Ohren an der Baumgrenze stand, antwortete: »Sie sind in Bewegung, alle.« Er zeigte auf einen Kirchturm, der die umliegenden Häuser überragte. »In dieser Richtung!«

»Ich kann noch nicht weg«, erklärte Xamus und trat aus dem Wald auf ein freies Feld am Stadtrand.

»Warte, es ist noch zu ...«, platzte Torin heraus, doch der Elf war bereits losgelaufen.

Oldavei sah den Zwerg an, zuckte leicht die Achseln und folgte ihm.

»Ich kann die beiden nicht allein losziehen lassen«, sagte Wilhelm und setzte sich ebenfalls in Bewegung.

»Meinst du, ich?«, entgegnete Torin und hinkte hinterher.

Sie kehrten in die Stadt zurück, kletterten über die Feuerleiter des höchsten Gebäudes, das sie finden konnten, auf dessen Dach und kauerten sich zwischen die Stützen eines großen Wasserfasses, von wo aus sie einen herrlichen Blick auf den Stadtplatz hatten. Dort, im fahlen Licht der Morgendämmerung, säumten gepanzerte Friedenswahrer den Platz, auf dem sich eine Vielzahl Bürger in Roben versammelt hatten. Sie reckten die Hände gen Himmel und skandierten, wobei viele von ihnen forderten, den »Umstürzler« auf den Platz zu führen.

Die Schreie wurden lauter, als die Vollstrecker und eine Reihe von Friedenswahrern des Kämpfenden Ordens aus einer schmalen Straße auf den Platz marschierten und die Menge teilten. Eisenburg führte sie auf seinem Schlachtross an, die Falknerin ging rechts, Daromis links von ihm. Das alte Weib kam als Nächstes auf dem Rücken von Gundrs Ochsen. Das Tier war mit einem Pfluggeschirr ausgestattet worden, aber statt einer Egge schleifte es Nicholas' Körper, der komplett zerschrammt, zerschmettert und blutverschmiert war, über die mit Asche bedeckten Steine.

Unter dem Wasserspeicher nahm Xamus beim Anblick des grauenhaften Schauspiels seinen Hut ab und fiel auf die Knie. Er senkte den Kopf und vergrub sein Gesicht in der rechten Hand. Wilhelm und Oldavei weinten leise.

Torin, der mit den Tränen kämpfte und eine Grimasse zog, flüsterte: »Verfluchte Barbaren.«

In der Mitte des Platzes stand eine riesige Statue der Heiligen Jenhra, der Gründerin der Stadt. Sie trug ein detailreich gearbeitetes Gewand mit Kapuze, die Arme ausgebreitet, als wolle sie jemanden umarmen. Hier hielt die kleine Prozession inne. Jemand brachte eine Leiter. Man legte Nicholas Seile um die Handgelenke und zwei Soldaten schleiften ihn zum Sockel der Statue. Die anderen Enden der Seile zogen sie mithilfe der Leiter hoch und warfen sie über die ausgestreckten Arme der Statue. Man entfernte die Leiter, und die Soldaten zogen Nicholas an den Seilen hoch, bis seine nackten Füße Zentimeter über den Pflastersteinen baumelten. Die Soldaten wickelten die Seilenden um ihre Unterarme.

Der Kreis der Fanatiker schloss sich. Sie schleuderten Steine, verfaulte Früchte und Dung auf Nicholas' Körper, begleitet von Schreien wie »Sünder!«, »Frevler!«, »Umstürzler!« und »Ungläubiger!«.

Eisenburg stieg ab, stellte sich vor die hochgezogene Leiche, trieb die Eiferer zurück und wartete, bis alles ruhig war. »Jedes Jahr«, brüllte er, »begehen wir die Marter. Wir verbrennen die Abbilder unserer geliebten Heiligen und der Wind weht unsere Sünden hinfort. Heute …«, erklärte er und wurde noch lauter, »werdet ihr Zeuge einer anderen Zeremonie, ihr werdet Zeuge der Vergeblichkeit der Rebellion. Heute fegen wir die bösen Absichten eines Ungläubigen hinweg, denn die heilige Asche bringt nicht Sühne, sondern ein Richturteil!«

Die Menge tobte. Eisenburg trat beiseite, als Scharen von Fanatikern Holz zu Nicholas' Füßen aufschichteten.

Ein Soldat reichte Eisenburg eine brennende Fackel. Der Paladinritter trat bis auf wenige Schritte an den Leichnam heran, wandte sich an die Menge und breitete theatralisch die Arme aus. »Dies«, verkündete er, »ist Gerechtigkeit! Dieses Schicksal trifft alle Umstürzler!«

Die Menge reagierte mit tosendem Beifall. Eisenburg drehte sich um, die Fackel in der Hand, machte einen Schritt Richtung Scheiterhaufen und erstarrte. Etwas hatte den Paladinritter bis ins Mark erschüttert. Der tote, verstümmelte Körper ... *öffnete die Augen.* Das blutunterlaufene Starren war nicht das eines Menschen. Auch das vor Zorn verzerrte Gesicht war nicht das eines Menschen. Nicholas öffnete den Mund, ein grässliches Zischen entrang sich seiner Kehle, als er sich gegen die Seile stemmte.

Eisenburg ließ die Fackel fallen und stolperte zurück, die Augen weit aufgerissen. Er öffnete und schloss zunächst lautlos den Mund, bis er schließlich ein zittriges Flüstern zustande brachte: »Nachtteufel.«

Die versammelten Fanatiker rangen schockiert und angewidert nach Luft. »Dämon!«, riefen sie, »Teufel!«, »Unheilig!« Sie schlugen Schutzzeichen und kreuzten die Arme vor dem Körper, einige stolperten zurück, andere rauften sich die Haare oder wandten den Blick ab.

Unter dem Wasserspeicher rührte sich nur Xamus. Der Elf setzte sich im Schneidersitz an den Rand des Daches. Er wusste, was er zu tun hatte, bewegte die Hände und flüsterte die richtigen Worte ...

Nicholas öffnete den Mund. Spucke rann von seinen vorstehenden Eckzähnen. Er sah Eisenburg an und sagte: »Jetzt weißt du, was Furcht ist.«

Xamus setzte seinen Willen ein, um einen Feuerball zu erschaffen, der anders war als alle anderen, die er bisher beschworen hatte: ein viel konzentrierteres Geschoss, das in der Lage war, sein Ziel nicht nur zu verbrennen, sondern komplett einzuäschern. Die Flammenkugel nahm zwischen seinen Händen Gestalt an.

Wilhelm, Oldavei und Torin traten neben ihn. »Was tust du da?«, erkundigte sich der Barde.

»Ich halte ein Versprechen«, antwortete Xamus. Er ließ das Geschoss über die Dächer und die Köpfe der Eiferer hinwegfliegen, wobei es an Größe zunahm und Nicholas mitten in die Brust traf. Es schlug mit ungeheurer Wucht ein, verzehrte seinen gesamten Torso und zerbarst in einer verheerenden Flammenexplosion.

Lichterloh brennende Splitter flogen umher, bohrten sich in die linke Gesichtshälfte Eisenburgs und versengten alles, was sie trafen. Die Hitze war so intensiv, dass sie seine Rüstung selbst dort durchdrang, wo sie keine Haut berührte. Der Paladinritter brach zusammen, krümmte sich vor Todesqualen und schrie seine Wut in den teilnahmslosen Himmel, während im Osten ein freudloses Morgengrauen anbrach.

TEIL III
Ödland

35

Die Festung

Ihre Reise war lang und still. Die ersten beiden Tage marschierten sie ohne Unterbrechung, ohne innezuhalten, und gingen an die absolute Grenze ihrer körperlichen Leistungsfähigkeit. Am dritten Tag rasteten sie und hielten abwechselnd Wache, ohne dass Eisenburg sich blicken ließ. Sie waren zwar sicher, dass der Paladinritter und seine Vollstrecker ihr Bestes gaben, aber die dichten Wälder Rechtbrands boten ihnen nahezu unendliche Ausweichmöglichkeiten, und wie zuvor schützte das dichte Blätterdach sie vor den scharfen Augen des Falken.

Danach waren sie hauptsächlich nachts unterwegs und ruhten tagsüber. Xamus schlief jedoch schlecht und hatte Albträume, in denen er abwechselnd den klaffenden Schlund von Malis sah, der ihn verschlingen wollte, oder Bilder von Nicholas' Ende. Letztere waren immer gleich: Xamus stand nur wenige Schritte von dem Attentäter entfernt und Nicholas' rote Augen waren auf ihn gerichtet, während das Feuer sich langsamer als tatsächlich geschehen und ohne jegliche Explosivität in ihn hineinfraß. Die Verbrennungen begannen an seiner Brust und breiteten sich dann nach und nach über den ganzen Körper aus, bevor sie den Kopf und ganz zuletzt die leuchtenden Augen erreichten.

Irgendwann an diesem Tag zog sich der Himmel zu, und ein Dauerregen ging auf sie nieder, der sie bis auf die Knochen durchnässte, den Boden schlammig machte und jeden Schritt zur Qual werden ließ.

In kurzen Abständen hielten sie inne und kauerten sich unter dem Laubdach zusammen, schweigend und unglücklich, unfähig zu schlafen und ihre Muskeln lange genug auszuruhen, um den Marsch fortzusetzen.

In der vierten Nacht erreichten sie schließlich die Ausläufer des Herddahl-Vorgebirges. In einem jähen Blitz sahen sie es, als sie eine offene Lichtung überquerten – ein einsames Steingebäude, das hoch oben auf einem zerklüfteten Gipfel stand. Aus den unverglasten Fenstern fiel kein Licht und Teile des Bauwerks schienen eingestürzt und die Felswand hinuntergefallen zu sein.

»Was ist das?«, fragte Torin und zeigte darauf.

»Ich habe Geschichten gehört«, erwiderte Oldavei, der schreien musste, um den prasselnden Regen zu übertönen. »Vor Hunderten von Jahren bauten Flüchtlinge aus dem Norden an verschiedenen Stellen des Vorgebirges Wohnstätten. Manche davon sind angeblich verlassen.«

»Dann nichts wie rein da«, sagte Torin. »So kommen wir endlich aus diesem verdammten Regen raus!«

Schließlich fanden sich die Abenteurer auf dem Gipfel wieder, eilten den Kiesweg entlang und erreichten den Haupteingang und die Überreste einer einst stabilen Holztür – ein Stück hing noch an einem Scharnier, ein anderes lehnte am Steinrahmen, und kleinere Teile lagen verstreut herum. Ganz rechts lagen die Trümmer dessen, was einmal einer der vier Ecktürme gewesen war.

Das Bauwerk war drei Stockwerke hoch und vermittelte, obwohl es seit Langem leer stand und sich in einem baufälligen Zustand befand, immer noch ein Gefühl von Privileg, unerschütterlicher Stärke und Dominanz.

Torin war der Erste, der die Schwelle überschritt. Ein kurzer Rundgang offenbarte ein weitgehend leeres Erdgeschoss, eine breite, bröckelnde Treppe, die zu den trostlosen Fluren und Räumen des ersten Obergeschosses führte, und ein wasserdurchtränktes zweites Obergeschoss, das kein Dach mehr hatte. Die oberen Teile der Wände waren größtenteils eingestürzt und der Boden mit Schutt bedeckt.

Sie alle fragten sich, ohne es auszusprechen, ob die Zeit einen solchen Tribut gefordert hatte oder ob die Festung einem Angriff ausgesetzt gewesen war, dem sie nicht hatte standhalten können.

Die Geächteten wagten sich noch einmal ins Erdgeschoss. Der Wind pfiff unheimlich durch die verlassenen Gänge, und der Donner grollte, während sie durch die Räume gingen. In einer entlegenen Ecke des Erdgeschosses stießen sie auf eine Steintreppe nach unten, die sie in einen ausgedehnten Lagerraum führte. An den Wänden und in den Ecken stapelten sich noch Gegenstände, die teilweise mit eingestaubten Leintüchern bedeckt waren.

»Wir könnten hier ein Feuer machen«, schlug Torin vor und stellte sich in die leere Mitte des Raumes. »Eines, das man von draußen nicht sieht.«

Sie verarbeiteten einige Möbel zu Kleinholz und entzündeten ein Feuer. Dann legten sie einige ihrer Kleidungsstücke und die Kopfbedeckungen ab und hängten sie zum Trocknen auf oder hielten sie in die Hitze. Torin zündete seine Pfeife an und trank aus einer der ihnen von Hackebeil geschenkten Grogflaschen. Niemand sang. Oldavei und Wilhelm saßen da und starrten in die schwach züngelnden Flammen, während Xamus müßig die zurückgelassenen Gegenstände begutachtete und die Laken anhob, unter denen er zumeist beschädigte Möbel, alte Wandleuchter und mottenzerfressene Wandteppiche fand. Lange sprachen sie nicht miteinander und sahen einander nicht einmal an, so schwer lastete Schuld und Scham auf ihnen. Der Regen trommelte auf die Steine über ihnen wie tausend hämmernde Hufe.

Torin spürte die Spannung in seinem Innern ins Unermessliche ansteigen, bis er sie nicht mehr aushalten konnte. »Scheiße, das ist lächerlich, dieses Schweigen und Herumeiern. He, Elf!«, rief er. Xamus hob den Kopf und sah, dass Torin ihm den Grog hinhielt. »Willst du einen Schluck?«

Xamus winkte wortlos ab. Es herrschte wieder Stille, während es draußen weiter schüttete und ab und zu ein Donnerschlag zu hören war. Die allgemeine Stimmung war mürrisch, die Luft geschwängert von der Last des Verlustes, den sie alle noch immer spürten.

»Ich vermisse ihn auch«, sagte Torin.

»Dann sollten wir unbedingt trinken und so tun, als hätte er sich nicht für uns geopfert«, erwiderte Xamus. »Einfach versuchen, es zu vergessen.«

Torin sprang auf und stapfte zu Xamus hinüber. »Glaubst du, mich bringt es nicht halb um?«, schrie er mit leicht zitternder Stimme und rotem Gesicht. »Nach allem ... nach allem, was wir im Beinhaus durch die Hand dieser verdammten Teufel erdulden mussten! Ich habe ihm gesagt, er solle den Glauben nicht verlieren ...« Der Zwerg hob eine zitternde Faust. »Ich habe ihm gesagt, dass sich alles zum Guten wenden würde, und jetzt ist er weg, und das macht mich fertig! Aber es macht mich auch entschlossener denn je, seinem Opfer einen Sinn zu geben.« Er zeigte mit einem Finger auf Xamus. »Also erzähl mir nicht, dass ich versuche zu vergessen!«

Xamus seufzte und legte Torin eine Hand auf die Schulter.

»Du bist verletzt«, konstatierte Oldavei, der, die Arme fest an den Körper gepresst, im Schneidersitz am Feuer saß und immer noch keinem von ihnen in die Augen schaute. »Das sind wir alle.«

Wilhelm nickte mürrisch. Torin seufzte tief und setzte sich wieder an seinen Platz.

Xamus entdeckte hinter einem Stuhl einen Gegenstand unter einem weiteren Laken. Eine Ecke eines verzierten Rahmens lugte hervor. Er schob den Stuhl beiseite und holte ein Bild auf einer dreißig mal vierzig Zoll großen Leinwand hervor. Der Elf wischte eine Staubschicht weg und enthüllte die Darstellung einer Szene bei Tag. Ein junger Mann auf einem Pferd betrachtete über die Schulter blickend eine Rüstung, die an einem Holzständer vor einem Zelt hing – die Plattenrüstung eines alten sularischen Paladinritters. Auf der Brustplatte prangte der Rechtbrand.

Etwas daran faszinierte Xamus, auch wenn er es nicht genau benennen konnte.

Er lehnte das Gemälde an die Reste eines alten Webstuhls. »Was ist das für ein Bild?«, fragte Oldavei und sah Wilhelm an. »Ist es berühmt?«

Der Barde zuckte die Achseln. »Es ist alt, so viel kann ich sagen. Ich kenne mich mit Kunstgeschichte nicht so gut aus wie ...« Wilhelm stockte.

»Wie Nicholas«, vollendete Torin seinen Satz.

Dass er den Namen laut ausgesprochen hatte, schien die Spannung in einigen von ihnen zu lösen. Oldavei lockerte seine Arme. Wilhelm holte tief Luft und seufzte, dann sagte er: »Er hätte uns den Namen des Bildes sagen können, die Geschichte erzählen, die es darstellt. Er hätte gewusst, wer es gemalt hat, und wahrscheinlich auch, welche Pinsel dabei zum Einsatz kamen.«

»Ja, und was der Maler gern zu Mittag gegessen hat«, fügte Oldavei hinzu.

Torin lächelte. »Genau! Als wir ihn das erste Mal trafen, hat er die Zähne nicht auseinandergebracht, und später konnte man ihn manchmal nicht mehr zum Schweigen bringen.«

Oldavei und Wilhelm lachten und nickten.

Nach einem weiteren Augenblick des Schweigens hob Torin seine Flasche und sagte: »Auf Nicholas!« Er trank und reichte Wilhelm die Flasche.

»Auf Nicholas!«, sagte der Barde und trank.

Oldavei wiederholte den Vorgang und wollte Xamus das Getränk reichen, als der Elf plötzlich aufstand und schweigend die Treppe hinaufging. Oldavei hielt die Flasche einen Moment lang fest, als wisse er nicht, was er mit ihr tun sollte.

Xamus' überstürzter Aufbruch trübte die Stimmung erneut.

Torin nahm Oldavei den Grog ab, verkorkte ihn und sagte: »Es gibt keinen Grund, warum wir nicht hierbleiben sollten. Wir können wirklich weit sehen, wir können jagen, und es gibt einen Bach weniger als anderthalb Kilometer östlich ...« Er sah die anderen fragend an.

Alle nickten und bald darauf fielen die drei Geächteten in einen unruhigen Schlummer, während Xamus in einem der Türme Ausschau hielt.

Am nächsten Tag, als der Sturm vorüber war, hielt Torin im Bergfried Wache, während Oldavei in seiner Kojotengestalt Kaninchen jagte. Xamus, der noch immer schweigsam war, sammelte Holz und kundschaftete den Wald aus, während Wilhelm die Wassersäcke aller am Bach füllte.

In der Abenddämmerung aßen Oldavei und Wilhelm und reichten eine weitere Flasche Grog hin und her, während Xamus abseits saß, nur einige Bissen zu sich nahm und keinen Alkohol wollte. Wilhelm ging, um Torin abzulösen, und der Zwerg kam und verspeiste mit Appetit ein Kaninchen, während Xamus wieder auf das Gemälde starrte.

Fragen. Das fand er am faszinierendsten an dem Kunstwerk. Es warf zahlreiche Fragen auf. Wer war der Jüngling? Warum war er zu Pferd? War er im Aufbruch begriffen, wollte er der Rüstung und dem Leben, für das sie stand, den Rücken kehren? Oder war er gekommen, um die Rüstung anzulegen? Der Elf fragte sich, warum ihn das interessierte, und hatte keine Antwort parat.

Torin aß auf und sagte zu ihm und Oldavei: »Kommt mit in den Turm, ich möchte euch etwas zeigen.«

Sie begaben sich zu Wilhelm in einen relativ kleinen Raum an der Spitze des südwestlichen Turms.

»Siehst du etwas Interessantes?«, fragte Torin den Barden.

»In der Tat«, antwortete Wilhelm. Die anderen gesellten sich zu ihm an das Bogenfenster und schauten auf eine andere felsige Hügelkuppe, die ein gutes Stück entfernt lag. Dort erhob sich ein zweiter Bergfried im Schatten des Vollmonds und aus seinen Fenstern glommen Lichter.

»Den habe ich vorhin auch bemerkt«, sagte Torin. »Ich habe mich gefragt, ob er auch so verlassen ist wie dieser. Jetzt habe ich die Antwort.«

»Die Leute da drüben sollten keine Bedrohung darstellen«, sagte Oldavei.

»Vielleicht hast du recht, vielleicht auch nicht«, erwiderte Torin. »Im Moment wissen wir nicht, wer sie sind. Ich habe zwei Hypothesen: Entweder sind sie Vagabunden wie wir ... oder sehr wohlhabend und mächtig. In diesem Fall ... wäre es eine Gelegenheit, uns ein wenig zu amüsieren.«

»Womit?«, fragte Xamus.

»Inventur«, antwortete der Zwerg mit einem verschmitzten Lächeln.

»Du willst sie berauben?«, vergewisserte sich Wilhelm.

»Wie viel hast du getrunken, während du Wache gehalten hast?«, erkundigte sich Oldavei.

»Die habe ich hier oben gefunden«, entgegnete Wilhelm und zeigte auf eine leere Grogflasche auf dem Boden.

»Darum geht es doch gar nicht!« Torin trat ans Fenster und linste hinaus. »Wenn sie das sind, was ich denke, dann sind sie genau wie diese hochnäsigen Wichser in Sargrad«, knurrte er. »Sie rümpfen die Nase über Leute wie uns und verdienen ihr Geld auf dem Rücken der weniger Gesegneten. Ich schlage vor, wir verweisen sie ein bisschen in ihre Schranken.« Er wandte sich um und fügte hinzu: »Außerdem haben wir fast nichts mehr zu trinken!«

Wilhelm legte nachdenklich den Kopf schief.

Oldavei kratzte sich am Bart.

»Na?«, fragte Torin. »Was denkt ihr?«

»Ich halte es für dumm«, sagte Xamus. »Tollkühn. Ich will damit nichts zu tun haben.« Er wandte sich ab und ging die Treppe hinunter.

»Wir können nicht alle hier herumsitzen und den Rest unseres Lebens trauern!«, rief ihm Torin nach. Er musterte den Ma'ii und den Barden streng. »Scheiß drauf, dann machen wir es halt ohne ihn!«

36
Möbeltransport

Der Weg zu dem anderen Bergfried dauerte knapp eine Stunde. Kurz davor verließen sie den Pfad, schlichen zwischen den Bäumen entlang und brachten sich in eine Position, von der aus sie das Geschehen beobachten konnten. Diese zweite Festung war der ersten, die sie bewohnten, sehr ähnlich. Sie war jedoch in weit besserem Zustand und trotz ihres Alters wirkte die Anlage unbeschädigt und gut instand gehalten.

Die Lichter, die sie zuvor gesehen hatten, waren inzwischen erloschen. Eine gleichgültig aussehende Wache in Lederrüstung und Stahlhelm stand in einiger Entfernung von der großen Doppeltür, starrte nach oben und zeigte mit dem Finger in den Nachthimmel, als versuche der Mann, Sternbilder zu identifizieren.

»Das wird ein Kinderspiel«, flüsterte Torin. Er führte sie hinter den Stallungen um einen leeren Wagen herum zu einer Stelle, von der aus sie den Seiteneingang beobachten konnten. Dort, direkt vor der Tür, saß eine weitere Wache – ein übergewichtiger Kerl – zusammengesunken auf einem Stuhl und schnarchte ab und zu.

Torin klopfte Wilhelm auf die Schulter und wisperte: »Sieh nur! Der braucht nicht einmal den Schlafzauber des Elfen!«

Sie huschten zu der unverschlossenen Tür, behielten die Wache kurz im Auge, um auf Anzeichen des Aufwachens zu warten, und schoben sich, als diese ausblieben, leise hindurch.

Ein kurzer Gang führte sie in eine große Kammer, deren Inneres nur schwach vom durchs Fenster fallende Mondlicht beleuchtet wurde.

»Gut«, sagte Torin, »schnappt euch, was ihr wollt, und dann treffen wir uns wieder hier.«

Damit teilte sich die Gruppe auf. Torin fand einen Weinkeller, der mit Fässern verschiedener Größen gefüllt war. Er hievte sich eines auf die Schulter und kehrte in die Kammer zurück, wo Oldavei bereits wartete, eingehüllt in eine luxuriöse, pelzgefütterte Seidendecke, die blau war.

»Was meinst du?«, fragte der Ma'ii leise.

»Äh ... ja. Jedem Tierchen sein Pläsierchen«, antwortete der Zwerg. »Wo ist dieser Drecksbarde?« Sie hörten merkwürdige Geräusche, dann grunzende, strampelnde Laute von jenseits der Kammer, ein dumpfes Geräusch, als sei jemand gegen einen Tisch gestoßen, einen unterdrückten Fluch, dann ein Stöhnen, als Wilhelm schließlich schweißgebadet in den Raum stolperte, ein massives Möbelstück auf dem Rücken. Er ging in die Knie, ließ das Ungetüm auf den Boden gleiten, wischte sich den Schweiß von der Stirn und bewunderte seine Wahl. Es war aus dunklem Teakholz, mit zwei großen Türen, die bis zur Perfektion poliert und kunstvoll mit geschnitzten Blättern verziert waren.

Torin sah ihn entgeistert an. »Was zur Hölle ist das denn?«

»Ein ... ich weiß nicht«, gab Wilhelm zu. »Ein Spind? Ein Aktenschrank?«

»Ich glaube, es ist ein Kleiderschrank«, warf Oldavei ein.

»Genau«, bestätigte Wilhelm. »Ein Kleiderschrank.« Er drehte sich um, strich über das Holz und musterte das Möbelstück voller Bewunderung. »Sieh dir das an, Mann. Ich bin ziemlich sicher, dass ihm eine Art Magie innewohnt. Das ist das Schönste, was ich je gesehen habe!« Nachdem er es einen Moment lang fasziniert betrachtet hatte, wandte er sich an die anderen. »Ich habe ihn in meiner Vision in der Höhle gesehen.«

Je länger Oldavei den riesigen Schrank anstarrte, desto stärker wurde das leise Lachen in seiner Kehle, bis seine Augen tränten und er gezwungen war, sich den Mund zuzuhalten.

»Den kannst du aber nicht mitnehmen!«, warnte Torin ihn.

»Oh, den nehme ich definitiv mit«, entgegnete Wilhelm. »Er wird unseren Turm gewaltig aufwerten.«

»Du kommst damit keine sechs Meter weit!«, hielt Torin dagegen.

»Ich werde tun, was immer nötig ist!«, gab Wilhelm mit brennendem Blick zurück. »Ich nehme dieses ... Ding mit, und ihr Ärsche könnt mich nicht daran hindern!«

Der Zwerg warf entnervt die Hände hoch. »Na gut, ich geb's auf«, sagte er. »Lasst uns einfach gehen.«

Torin trat ins Freie. Oldavei erklärte sich bereit, Wilhelm zu helfen, und die beiden drehten den Schrank auf die Seite, um ihn durch die Tür zu bugsieren. Auf halbem Weg schlug die Rückseite des Schrankes gegen den Türrahmen.

»Zerkratz ihn nicht!«, flehte Wilhelm.

Die Wache neben der Tür rührte sich, ihre verschlafenen Augen weiteten sich. »He! Zu Hilfe!«, brüllte der Mann.

Torin schlug ihm den Knauf seiner Axt auf die Stirn und er wurde augenblicklich bewusstlos.

»Jetzt aber schnell!«, drängte Torin. »Bewegung!«

Oldavei beobachtete, wie Wilhelm sich abmühte, den Schrank wieder auf seinen Rücken zu wuchten, und konnte sich ein Lachen nicht verkneifen. Torin trabte an den Ställen vorbei und balancierte sein Fass unsicher auf der Schulter. Oldavei trat auf seine Seidendecke, was ihn noch mehr zum Lachen brachte. Wilhelm war nur etwa zehn Meter weit gekommen, als zwei Wachen aus der Seitentür stürmten. Zwei weitere kamen von vorn angerannt.

Alle vier waren nur noch wenige Zentimeter von dem Barden entfernt, als sie sich plötzlich mehrere Meter vom Boden erhoben, wild strampelten und mit ihren Schwertern herumfuchtelten, aber in der Luft hängen blieben.

Torin drehte sich entsetzt um und sah Xamus kurz vor der Baumgrenze, eine Hand in Richtung der Wachen erhoben. »Ha!«, platzte Torin heraus. »Ich wusste, du würdest dich irgendwann besinnen, du Quadratschädel!«

Xamus musterte stirnrunzelnd die strampelnden Wachen. »Der Zauber sollte sie eigentlich verlangsamen.«

Oldavei kam lachend vorbeigetrabt, die Decke bis zu den Knien hochgezogen.

»Hurra!«, jubelte Wilhelm und stolperte den Weg entlang, wobei er unter dem lächerlich großen Schrank fast zusammenbrach.

Xamus grinste und unterdrückte sein eigenes Lachen, während er ihnen folgte und ihr hysterisches Gelächter durch den Wald schallte.

37
Eine Nachricht

Wilhelm kam volle zwei Stunden nach den anderen im Lagerraum des verlassenen Bergfrieds an. Schweißgebadet, mit zitternden Knien und nur noch aus grimmiger Entschlossenheit heraus überhaupt handlungsfähig, setzte er den Schrank ab und brach daneben zusammen, lag flach auf dem Rücken und stöhnte leise.

Er räusperte sich. »Also, äh ... danke, dass ihr mich habt machen lassen.« Er öffnete die Türen des Schranks und fand darin Regalböden voller Wäsche.

Torin feixte. »Willkommen zurück, Barde! Du bist ein hervorragender Packesel.«

»Ein Esel ist er mal auf jeden Fall«, kommentierte Oldavei, woraufhin Xamus grinsen musste. Der Ma'ii hatte sich einen Teil der Decke wie eine Kapuze über den Kopf gezogen. »Meinst du, die Wachen haben uns gesehen?«, fragte er.

»Der Hausherr«, antwortete Torin, »wird morgen nach Herddahl reiten und sich bei den Bütteln beschweren. Man wird ihm sagen, dass die Räuber wahrscheinlich schon lange über alle Berge sind, und damit hat sich die Sache erledigt.« Der Zwerg grinste. »Ich habe ein wenig Erfahrung in diesen Dingen.«

Torin behielt recht. Die Tage vergingen, ohne dass sie etwas vom Herrn des anderen Turmes hörten. Die Gruppe verfiel in eine Routine des Wasserholens, Wachens, Jagens und Trinkens – eine Routine, die zwar bequem war, aber bald langweilig wurde.

Xamus, der immer noch mit Schlafstörungen zu kämpfen hatte, war besonders unruhig. Er fragte sich, wie sie tun sollten, was Torin gesagt hatte: sicherstellen, dass Nicholas' Tod nicht umsonst gewesen war.

Am Abend des fünften Tages lag der Elf faul herum und starrte auf das Bild des jungen Mannes, während Oldavei in seine Decke eingewickelt dasaß und aus einer der Grogflaschen trank, die jetzt mit Bier aus dem Fass gefüllt waren, das Torin sich geschnappt hatte. Wilhelm trank auch und lehnte sich an seinen geliebten Kleiderschrank, neben dem er jede Nacht schlief.

Der Elf saß wie gebannt da und betrachtete jeden Pinselstrich des Gemäldes. Er spürte, dass die Antworten auf seine Fragen nach der Absicht des Urhebers des Bildes hier waren, er hatte sie nur noch nicht erkannt. Es war ein Rätsel, das es zu lösen galt, auch wenn er immer noch nicht wusste, warum er dazu so entschlossen war.

»Ist es schon Zeit, Torin abzulösen?«, fragte Oldavei.

»Hm?«, sagte Xamus, dann: »Oh! Ja, ich denke schon.«

Xamus erklomm die oberste Ebene des Turms und fand den Zwerg, der auf dem Sims lehnte und hinausschaute.

»Da bist du ja!«, freute sich Torin und trat vom Fenster weg. »Nichts Berichtenswertes. Jetzt wollen wir mal sehen, wie viel von dem Fass ...«

Ein Flügelschlag unterbrach den Zwerg. Sie sahen beide zum Sims, wo ein großer schwarz-weißer Falke landete.

»Falke!«, spie Torin und griff nach seiner Axt.

»Warte!«, hielt ihn Xamus mit erhobener Hand zurück. »Ich glaube, das ist Darylondes Falke, aus dem Druidenhain.«

Torin blinzelte. »Was? Ah, vielleicht ...«, antwortete er und entspannte sich. »Er hat eine Schriftrolle am Bein.«

Xamus näherte sich vorsichtig. Der Falke machte keine Anstalten zu fliehen, als der Elf das Hanfband löste, mit dem die Schriftrolle befestigt war. Er entrollte das kleine Pergament und hielt es ins Mondlicht. »Es ist tatsächlich von Darylonde«, bestätigte er.

»Warum kann er nicht eine verdammte Eule schicken oder so?«, knurrte Torin. »Was steht da?«

Xamus überflog den Text, sah Torin an und erwiderte: »Er bittet uns inständig, in die Zuflucht zurückzukehren. Er schreibt, dass unsere gemeinsamen Visionen an Tragweite gewonnen haben.«

»Was immer das auch heißen mag«, entgegnete Torin.

Die beiden waren sich einig, dass sie die Angelegenheit sofort mit den anderen erörtern sollten. Ohne eine Antwort abzuwarten, schrie der Falke schrill und flog davon.

Die Beratung im Lagerraum war kurz. Wilhelm, Oldavei und Torin hatten die Nase voll vom Stillsitzen und die Zuflucht war gewiss eine sicherere Option als ihr derzeitiges Versteck. So beschlossen sie einstimmig, in die Kannibushügel zurückzukehren, um zu hören, was Darylonde zu berichten hatte. Die Gruppe schlief eine letzte Nacht im Bergfried, wobei Xamus noch immer Albträume plagten. Beim ersten Tageslicht betrachtete er das Bild ein letztes Mal und prägte sich jedes Detail ein. Oldavei packte seine Decke für die Reise ein, während Wilhelm mit der Hand über das polierte Holz des Schrankes fuhr und dann seine langen Arme darum schlang. »Unsere gemeinsame Zeit war zu kurz«, sagte er. »Vielleicht begegnen wir einander eines schönen Tages wieder.«

»Machen wir uns auf den Weg«, antwortete Torin mit einem finsteren Blick, »bevor es ungemütlich wird.«

Trotz eines sintflutartigen Regens, der sie durchnässte und den Boden unter ihren Füßen schlammig werden ließ, waren die Geächteten einigermaßen guter Dinge, als sie den Sturm hinter sich ließen und nach der Hälfte ihres dritten Reisetages in die Nähe der Zuflucht kamen. Je näher sie ihrem Ziel kamen, desto mehr freuten sie sich auf das reinigende, belebende Wasser, die ruhige Umgebung und den Komfort, die Sicherheit und den Frieden der Zuflucht.

Diesmal tauchten keine verstohlenen Gestalten aus den Schatten auf, um sie aufzuhalten. Als sie eine bestimmte Stelle erreichten, war der Übergang unmittelbar: Die Umgebung war eben noch fremd gewesen und dann war sie ihnen plötzlich vertraut wie eine warme Umarmung. Sie hatten zudem einen Weg entdeckt, der zu melodischem Vogelgezwitscher führte. Laub öffnete sich wie ein Vorhang und gab den Blick frei auf den Hain des Lichts.

Darylonde stand vor der Grube des Waldlied-Amphitheaters, als hätte er genau gewusst, wann sie eintreffen würden. Er neigte den Kopf zur Rechten der Besucher, als diese sich näherten, und sagte: »Dieselben Unterkünfte wie beim letzten Mal. Verstaut eure Sachen und lasst uns reden.«

Sie taten, wie ihnen geheißen. Als sie zurückkehrten, ging Torin direkt auf den Wildniswahrer zu und fragte: »Wie zum Teufel hat uns dein Vogel gefunden?«

»Goshaedas sah euren Aufenthaltsort in einer Vision«, entgegnete Darylonde, »genauso wie die Umstände des Endes eures Freundes.« Der beunruhigende Blick des Soldaten glitt über sie hinweg. »Euer Verlust tut mir aufrichtig leid. Wie ich hörte, war Nicholas ein wahrer Krieger, der sich bewundernswert schlug und dem Feind einen hohen Tribut abverlangte. Aber das war nur eine Schlacht in einem viel größeren Krieg.«

»Mm«, brummte Torin. »Ich dachte, du magst Abschaum wie uns nicht.«

»Lass dir gesagt sein«, erwiderte Darylonde, und der Blick seiner silbernen Augen bohrte sich in die des Zwerges, »ich kenne den Schmerz eines solchen Verlustes und die Last, die ihr tragt, nur zu gut.« Dann drehte er sich um und schlenderte zu den terrassenförmigen Sitzen des Amphitheaters, wo er sich einen Platz ein paar Stufen tiefer suchte.

Die Geächteten nahmen in gestaffelter Formation Platz und drehten sich zu ihm um, als er fortfuhr: »Wie ihr wisst, haben unsere Spione die Aktivitäten der Kinder der Sonne verfolgt. Die Sekte ist in zunehmendem Maße für Bemühungen verantwortlich, Rechtbrand zu destabilisieren und im ganzen Reich Unruhe zu stiften.« Darylonde hielt inne. »Ihr Einfluss scheint nicht zu schwinden ...«

»... und ihre Ambitionen scheinen grenzenlos zu sein«, erklärte eine sanfte, tiefe Stimme. Alle Augen richteten sich auf den Rand der Grube links hinter Darylonde. Eine Frau stand dort, gehüllt in einen Mantel aus Rabenfedern, gekleidet in grauschwarzes Leder, Bogen und Köcher auf dem Rücken. Ihr Haar hatte die Farbe von Feuer und ihre Augen schimmerten wie das ruhige Azurblau eines Kristallsees.

»Das ist Lara Regenruferin«, stellte Darylonde sie vor. »Eine unserer besten Agentinnen und ... eine gute Freundin.« Die beiden sahen einander an.

Lara stieg auf den Boden der Grube hinunter und trat vor die Silberquelle, in der die Geächteten bei ihrem letzten Besuch ihre Ebenbilder gesehen hatten.

»Ich habe in den letzten Monaten einiges über die Kinder der Sonne gelernt«, sagte Lara. »Wie bereits erwähnt, kennt ihre Gier nach Macht keine Grenzen. Sie sind sogar so weit gegangen, zu Attentaten aufzurufen. Der Vorfall in Sargrad, im Theater – wir wissen, dass ihr dort wart, dass ihr gegen die Nachtteufel gekämpft habt. Wir kennen auch die Draconis Malisath. Es mag euch überraschen zu erfahren«, ihr Blick schweifte über die Geächteten, »dass ihr Auftraggeber für das Attentat auf den sularischen Klerus niemand anders war als ...«

»Die Kinder der Sonne«, vollendete Xamus, was ihm überraschte Blicke der Druidin und Darylondes eintrug.

38

*Ein Wald-
spaziergang*

»Nicholas hatte es herausgefunden«, erläuterte Xamus. Der Elf hatte diese Information kurz darauf auch den anderen mitgeteilt.

»Dann versteht ihr also«, sagte Lara, »dass die Kinder der Sonne dem sularischen Glauben nicht nur die Gläubigen abspenstig machen wollen. Sie wollen ihn vollständig verdrängen.«

»Nichts für ungut«, unterbrach Wilhelm sie, »aber was kümmert das die Wildniswahrer, Goshaedas und euch alle? Ihr habt hier eine gute Sache am Laufen. Warum wollt ihr euch in einen Religionskrieg einmischen?«

»Die Welt ist alles andere als perfekt«, antwortete Darylonde, »aber es herrscht ein gewisses Gleichgewicht. Die Kinder der Sonne bedrohen es. Ihr Einfluss könnte ganz Rechtbrand destabilisieren, wenn man sie weiter gewähren lässt.«

»Wenn man dem Kult nicht Einhalt gebietet, wird er mit der Zeit sogar den Frieden und die Sicherheit dieses Heiligtums gefährden«, ergänzte Lara.

»Deshalb seid ihr hier«, schloss Darylonde.

»In deiner Notiz stand etwas über unsere Visionen …«, meldete sich Torin zu Wort. »Was genau willst du von uns?«

»Es geht nicht darum, was *ich* will …«, entgegnete Darylonde. Dann hörten sie Geräusche, das Knarzen und Ächzen von Holz, begleitet von den stampfenden Schritten von etwas Großem, das sich näherte. Darylonde und Lara standen auf und begaben sich auf die unterste Ebene des Amphitheaters hinunter, was die anderen dazu veranlasste, es ihnen gleichzutun, während Goshaedas aus dem nahen Wald auf sie zustapfte und sie begrüßte.

»Willkommen zurück, Reisende«, brummte er. »Ich bedaure den Verlust eures Freundes Nicholas. Traurigerweise werden wir noch weitaus größere Verluste erleiden, wenn wir die Kinder der Sonne nicht aufhalten. Ich habe euch hergerufen, weil ich gesehen habe, dass euer Schicksal und das der Sekte miteinander verwoben ist. Ich weiß nicht genau, wie ... aber ich hatte gehofft, dass ich euch dazu bewegen könnte, noch einmal zum Bärenhügel zurückzukehren.«

Die Geächteten sahen einander unentschlossen an.

»Das letzte Mal«, bekannte Oldavei, »haben wir offen gestanden nicht viel gesehen.«

»Die Bedeutung dessen, was man im Bärenhügel sieht, wird nicht immer sofort deutlich«, sagte Goshaedas. »Aber ich glaube, dass ihr jetzt an einem Scheideweg steht und dass die heiligen Visionen euren Weg erhellen werden.«

Die Geächteten schienen nicht überzeugt.

Goshaedas hob eine spindeldürre Asthand. »Ihr müsst nicht sofort antworten. Ruht. Erholt euch. Wenn ihr einverstanden seid, könnt ihr euch morgen, wenn die Sonne am höchsten steht, der heiligen Zeremonie unterziehen.« Das moosverkrustete Astloch, das dem Baumhirten als Mund diente, verzog sich zu einem Schmunzeln. »Gehabt euch wohl, Freunde.« Damit drehte sich Goshaedas um und stapfte davon.

»Ich schätze, wir werden ... euch Bescheid geben«, wandte sich Xamus an Darylonde.

Der Wildniswahrer zuckte die Achseln. »Tut, was ihr wollt.«

»Tut, was ihr für richtig haltet«, korrigierte Lara und warf Darylonde einen mahnenden Blick zu.

Dann nickten die beiden den Geächteten zum Abschied zu und gingen gemeinsam davon.

Wilhelm sah Oldavei an. »Du warst doch das letzte Mal derjenige, der die größten Probleme damit hatte.«

Der Ma'ii rieb sich das Kinn. »Ich weiß nicht ... ich werde es tun, wenn ihr es alle tut.«

Über ihnen erwachten Irrlichter und stiegen aus dem Laubdach auf, um sie zu begrüßen. Mit ihnen kamen die Feen und eine landete mit ihren großen Stiefeln auf Torins Schulter.

»Wittabit!«, rief Torin aus. »Wie geht es dir?«

Wittabit beugte sich vor und wisperte Torin etwas ins Ohr.

»Ho-ho, du Luder!«, dröhnte der Zwerg. »Sie will mich zum Trinken einladen. Wir treffen uns später hier«, verkündete er und machte sich auf den Weg zum Händlerdickicht.

»Gut«, sagte Xamus, »ich brauche etwas Zeit für mich ... ich werde spazieren gehen.«

»Wir werden uns schon beschäftigen«, antwortete Wilhelm mit einem Blick zu Oldavei.

Xamus verabschiedete sich und schlenderte durch die Zuflucht, weil er hoffte, dass sein Gedächtnis ihn zu der abgelegenen Stelle zurückführen würde, an der er seine Feuerballerschaffung geübt hatte, wo er in der Tat einen entscheidenden Schritt gemacht hatte ... dank des Rates einer gewissen Druidin, der Satyrin Amberlyn.

Mit einem Gefühl spürbarer Erleichterung fand er den Ort und den Baumstumpf, auf dem er das letzte Mal gesessen hatte. Er ging hin und legte die Hand darauf, sah sich um und stellte fest, dass er, abgesehen von den Vögeln, die in den nahen Bäumen sangen, allein war. Der Elf machte es sich bequem, drehte sich einen Rauchstängel, zündete ihn an und wartete. Einige Minuten später hörte er eine Stimme dicht hinter sich.

»Ich sehe, du machst guten Gebrauch von dem, was ich dich gelehrt habe.«

Xamus stieß sich vom Baumstumpf ab und drehte sich zu der Druidin um. »Was meinst du ...«, begann er, sah dann auf den Rauch und lächelte. »Oh. Ich habe mir nur die Zeit vertrieben, während ich gewartet habe.« Er drückte seinen Rauchstängel auf dem Baumstumpf aus und steckte den Rest in eine Hemdtasche.

»Worauf hast du gewartet?«, fragte Amberlyn.

»Nicht worauf«, antwortete Xamus. »Auf wen. Ich habe ... gehofft, dich wiederzusehen.«

Daraufhin lachte Amberlyn und ihre saphirblauen Augen funkelten. »Deshalb bist du also hergekommen? Du hättest einfach nach mir fragen können.«

»Stimmt«, gab Xamus lächelnd zu. »Ich mache Dinge aber nicht immer auf die einfache Art.«

Die Augenbrauen der Satyrin hoben sich zu ihrer leicht gerunzelten Stirn. »Oh, ich erinnere mich ... du magst Herausforderungen.«

Xamus nickte. »Ja.« Sein Blick suchte einen Moment lang den

ihren. Schließlich fügte er hinzu: »Du hast gerade darüber gesprochen, was du mir beigebracht hast ... Ich wollte mich bei dir bedanken. Es hat wirklich einen Unterschied gemacht ...« Er dachte an den letzten Feuerball, den er geschleudert hatte, an Nicholas in seiner Nachtteufelgestalt, an den Attentäter, der zu dem geworden war, was er am meisten gefürchtet hatte, in einem Augenblick da und im nächsten nicht mehr. Tränen traten ihm in die Augen. »Einen größeren, als du ahnst.«

Amberlyn nahm Xamus' Hand. »Lass uns ein Stück spazieren gehen«, schlug sie vor.

Sie schlenderten Hand in Hand durch den verwunschenen Wald und sprachen über viele Dinge: ihre Vorlieben und Abneigungen, ihre Hoffnungen und Sehnsüchte, bis das Gespräch auf die Familie kam.

»Ich habe meine verloren, als ich noch sehr jung war«, erzählte Amberlyn, »in einer Schlacht gegen das Heulen.« Xamus erinnerte sich an das Theaterstück, das sie bei ihrem letzten Aufenthalt in der Zuflucht gesehen hatten und in dem die verdorbenen Albtraumbestien vorgekommen waren.

»Das tut mir sehr leid«, sagte Xamus.

»Ich bin hier aufgewachsen«, fuhr Amberlyn fort. »Die anderen Wildniswahrer sind meine Familie, solange ich denken kann.« Sie drückte seine Hand und fragte: »Was ist mit dir? Was ist mit deiner Familie?«

»Ich habe sie nie wirklich gekannt«, antwortete er. »Abgesehen von meiner Tante. Ich hatte auch einen Onkel namens Galandil. Ein Held, sagte man mir, aber er galt auch als unbeugsam, gefährlich, ein Nonkonformist. In gewisser Weise haben mich wohl einige der Geschichten über ihn beeinflusst, meinen eigenen Weg zu gehen, auch wenn mein Volk mir das übel nahm. Ich habe mich nie wirklich mit meinesgleichen verstanden. Sie wollen sich vor der Welt verstecken, während ich sie sehen will. Sie erleben.« Er hielt ihre Hand fest und blieb dicht bei ihr stehen. »Unter einem Leichentuch dahinzuvegetieren, ist kein richtiges Leben.«

Amberlyn hob ihre andere Hand, nahm ihm den Hut ab und setzte ihn auf ihren eigenen Kopf, wo er auf ihren Hörnern thronte. Dann fuhr sie mit den Fingern über die Spitze seines linken Ohrs. »Ich bin sicher, dein Volk vermisst dich«, sagte sie, »und liebt dich.«

»Sie waren froh, dass ich gegangen bin«, widersprach er. »Ich war nichts als eine Plage für sie.«

»Sicher?« Sie musterte ihn ungläubig.

»Apropos gehen, das letzte Mal bist du einfach verschwunden. Ich habe herumgefragt, aber man sagte mir, du wärst fort.«

»Ich muss morgen wieder weg«, informierte sie ihn. »Nach Anzeichen für die Rückkehr des Heulens Ausschau halten.«

»Ach«, sagte Xamus erkennbar enttäuscht. »Ich hatte gehofft, uns bliebe mehr Zeit.«

Amberlyn lächelte schelmisch. Sie beugte sich vor und gab Xamus einen langen Kuss, der sein Herz höherschlagen ließ. Dann löste sie sich von ihm, legte die Hand an seine Wange und flüsterte: »Wir haben diese Nacht.«

39
Die zweite Vision

Kurz nach Tagesanbruch kehrte Xamus zurück, der früh aufgestanden war, um sich von Amberlyn zu verabschieden. Er stellte fest, dass die anderen Geächteten bereits wach waren und die zweite Visionssuche besprachen. Gemeinsam kamen sie schon recht bald zu dem Schluss, dass es nicht schaden würde, die Zeremonie erneut durchzuführen.

»Es ist also beschlossen«, sagte Xamus.

Torin, dessen Kopf nach einer durchzechten Nacht immer noch nicht wieder ganz klar war, fragte: »Wie ist es mit der Druidin gelaufen …?«

Der Elf wurde sich der neugierigen Blicke bewusst, die auf ihn gerichtet waren. »Amberlyn ist ihr Name«, antwortete Xamus. »Es ist gut gelaufen.«

»Du wirkst verändert«, stellte Oldavei fest.

Seufzend und mit einem Kopfschütteln ging Xamus in Richtung des Lichterhains davon. »Ich werde mir etwas zu essen holen.«

»Er hat so eine Art … Glanz an sich«, meinte Torin, der sich zu den anderen gesellte.

»Einen leichtfüßigen Gang«, bemerkte Wilhelm.

Xamus ignorierte die Kommentare und dachte darüber nach, dass er sich nach der Nacht, die er mit Amberlyn verbracht hatte, tatsächlich … anders fühlte. In der kurzen Zeit, die er geschlafen hatte, hatten ihn keine Albträume geplagt, und er fühlte sich so klar im Kopf wie schon lange nicht mehr. Er stellte außerdem fest, dass er Amberlyns Gesellschaft bereits vermisste, auch wenn er sich auf die Visionszeremonie freute.

Stunden später, als die Sonne sich ihrem Zenit näherte, wagten sie den Aufstieg zu dem in Stein gehauenen Bärenkopf und traten durch sein geöffnetes Maul. Diesmal wurden sie nicht nur von Darylonde begleitet, sondern auch von Lara Regenruferin, als sie durch die sanft leuchtenden Tunnel gingen. Die Feuchtigkeit ließ das Haar an ihren Köpfen kleben, als sie die Heilbecken hinter sich ließen und schließlich wieder zu der höhlenartigen, mit mehreren Sigillen versehenen Kammer mit der dampfenden Steingrube unter dem strahlenden Lichtschacht kamen.

Darylonde führte sie in die Grube, und als Xamus und die anderen ihre Obergewänder ablegten, tat er es auch.

»Die Zeremonie wird weitgehend so ablaufen wie beim letzten Mal«, sagte er. »Mit einer Ausnahme: Auf Geheiß von Goshaedas werde ich mich euch anschließen.«

Jetzt verstand die Gruppe, warum Lara anwesend war – um die Funktion zu übernehmen, die das letzte Mal Darylonde ausgeübt hatte. Alle außer der Agentin setzten sich im Schneidersitz um die Steine, schlossen die Augen und entspannten sich. Die Umgebungsgeräusche der Höhle schienen sich zu verstärken, während sie sich auf ein langsames, kontrolliertes Ein- und Ausatmen durch die Nase und den Mund konzentrierten, wobei Schweiß an ihren Köpfen und Oberkörpern herunterrann. Nach einer unbestimmten Zeit näherte sich Lara und warf Kräuter auf die Steine, was einen Blitz, mehr Brodem und eine blühende Wolke aus violettem Dunst verursachte.

Die Teilnehmer atmeten den Nebel ein, spürten, wie sich ihre Körper entspannten, und als Lara einen leisen, rhythmischen Gesang anstimmte, gaben sie sich dem seltsamen Gefühl hin, dass sich ihr Körper und ihr Geist inmitten eines Wirbels von Farben und Licht von Zeit und Ort lösten.

Für einige waren die Bilder, die sich vor ihnen materialisierten, beunruhigend vertraut. Xamus sah wieder die Albträume von zuvor, von dem Drachenleichnam, von Nicholas, der sich auflöste. Das Gemälde aus dem Bergfried war damit untrennbar verbunden. Oldavei sah eine Flamme, die sich wie ein lebendiges, alles verzehrendes Wesen wand und eine schlangenartige Form annahm – eine Vision, die der ähnelte, die ihn dazu gebracht hatte, seine Sippe zu verlassen, denn sie hatte seinen Tod angekündigt.

Für die anderen waren die Darstellungen enttäuschend rätselhaft. Torin sah zwei flache Steinhaufen – Grabhügel –, die auf blutgetränkter Erde aufgeschichtet waren. Dahinter lag eine kunstvolle Waffe, eine sogenannte Spalt- oder Schlegelaxt, deren Blatt mit Blut beschmiert war. Wilhelm fand sich auf einer Bühne in einer riesengroßen, aber leeren Arena wieder, seine Mandoline lag zertrümmert zu seinen Füßen.

Alle Geächteten teilten eine einzige Vision: die eines Mannes mit kurzem braunem Haar, der in olivfarbene Gewänder der Kinder der Sonne gekleidet war, einen kunstvoll gefertigten Krummsäbel in der Hand hielt und vor einem prächtigen Kolosseum stand.

Darylondes Offenbarung war anders als die der anderen. Er sah zunächst die Leichen gefallener Soldaten, einen Teil einer Wildniswahrer-Patrouille, die seinetwegen im Krieg gestorben war, als er Wache gehalten und die Spuren des Heulens übersehen hatte. Er durchlebte seine eigene Marter, hörte noch einmal die Schreie seiner verbliebenen Kameraden ... alles Teil eines großen Versagens, das ihn unendlich quälte. Das Bild änderte sich gnädigerweise, und er wurde Zeuge, wie sich die Geächteten einem riesigen Reptilienauge entgegenstellten. Dann sah er, wie sie gegen ein kolossales vogelartiges Wesen aus lebenden Flammen kämpften. Schließlich wurden ihm mehrere Bilder von verschiedenen Zeiten und Orten zuteil, von Familien, die sich aus all den unzähligen Völkern der Welt zusammensetzten, die aßen, arbeiteten, lächelten, spielten ... ein Leben ohne Gewaltherrschaft führten.

Als das Ritual schließlich zu Ende war, erlangten die Anwesenden langsam wieder Klarheit. Oldavei, der regelrecht erschüttert war, achtete darauf, ruhig zu wirken. Die anderen schienen durcheinander zu sein, vor allem Darylonde, dessen Vision nur Goshaedas' Vertrauen in eine Gruppe bestätigte, die er selbst für einen Haufen gutwilliger, aber weitgehend inkompetenter Aufwiegler gehalten hatte.

Augenblicke später begleitete Lara die Gruppe nach draußen und den Weg hinunter, während die Geächteten ihre Erfahrungen austauschten. Wilhelm erzählte, was er gesehen hatte, ebenso wie Torin. Xamus erwähnte das Gemälde, aber nicht Malis oder Nicholas. Oldavei sprach nur von der Gestalt in der Robe, woraufhin die anderen antworteten, dass sie den Kultisten auch gesehen hatten.

»Nehmen wir also an, Goshaedas hat recht«, sagte Wilhelm, als sie den Bergpfad hinabstiegen, »mit seiner Annahme, dass unsere Schicksale mit dem der Kinder der Sonne verknüpft sind. Wir haben alle denselben Kultisten gesehen ... vor einer Arena stehend, richtig?« Als die anderen bejahten, fuhr der Barde fort: »Ich bin ziemlich sicher, dass es das Große Kolosseum in Lietsin war.«

»In Lietsin finden umfangreiche Operationen der Kinder der Sonne statt«, warf Lara ein. »Deshalb gibt es dort auch eine starke Präsenz des Kämpfenden Ordens.«

»Klingt nach einem Ort, von dem wir uns am besten fernhalten sollten, wenn wir klug sind«, sagte Oldavei mit einem Seitenblick auf Darylonde.

»Was ist mit dir?«, fragte Torin den Wildniswahrer. »Was hast du gesehen?«

Der Soldat, der feststellte, dass die anderen offensichtlich nicht dasselbe gesehen hatten wie er, zog es vor, diese Information für sich zu behalten, zumindest für den Augenblick. »Nichts Wichtiges«, entgegnete er.

»Wo führt das alles hin?«, wollte Torin wissen, als sie das Tal von Orams Rast erreichten, wo Darylonde langsamer wurde, die Augen schloss und respektvoll die Hand aufs Herz legte.

»Wo immer ihr wollt!«, rief eine Stimme aus der Nähe der großen Eiche in der Mitte des luftigen Tals. Es war Goshaedas. Der Baumhirte kam ihnen auf halbem Weg entgegen. »Ihr könnt so lange hierbleiben, wie ihr wollt. Lasst die Kinder der Sonne und den langen Arm des Gesetzes machen, was sie wollen. Oder ihr könnt versuchen, den Knoten zu entwirren, den das Schicksal für euch geknüpft hat, wohl wissend, dass ihr dabei euer Leben riskiert. Lasst euch Zeit«, sagte er, »und denkt darüber nach.«

Die Abenteurer befolgten Goshaedas' Rat. Sie vertagten die Angelegenheit einstweilig und verbrachten den Nachmittag in aller Ruhe, um dann die Nacht mit Schlemmen, Lachen, Geschichtenerzählen und Trinken zu verbringen. Auf der Bühne spielte Wilhelm vor einer begeisterten Menge, die tanzte und mitsang, so gut sie konnte.

Nach dem Auftritt setzte sich der Barde neben Lara Regenruferin in die unterste Reihe. Er schaute sie über den Rand seiner kürzlich gekauften getönten Brille an und fragte: »Wenn ich einen Brief schreibe, könntest du oder einer deiner Spione ihn nach Wallaroo bringen?«

»Ich glaube schon«, antwortete die Agentin.

Nachdem die abendlichen Feierlichkeiten vorbei waren, versammelten sich die Geächteten wieder auf der Lichtung in der Mitte ihrer Unterkünfte. Oldavei holte seine Decke und sie setzten sich ins kühle Gras und unterhielten sich.

»Nun«, begann Xamus, »wo stehen wir?«

Torin antwortete zuerst. »Ich gehe dorthin, wo etwas los ist.«

Oldavei, der immer noch tief verunsichert war, sich aber auch an das Gespräch mit Darylonde bei seinem letzten Besuch erinnerte, bei dem es ums Weglaufen gegangen war, antwortete: »Ich habe gesagt, wenn wir klug sind, bleiben wir dieser Stadt so fern wie möglich ...« Er schenkte den anderen ein leichtes Lächeln. »Aber niemand hat uns je unterstellt, sonderlich klug zu sein.«

Sie wandten sich Xamus zu, der lange nachgedacht hatte. Der Elf seinerseits sah zu Torin. »Du hast gesagt, Nicholas' Opfer soll nicht umsonst gewesen sein. Nun«, sein Blick schweifte über die anderen, »so ehren wir sein Andenken.«

Alle Augen richteten sich auf Wilhelm, der breit grinste. »Oh, ich bin dabei!«

»Es wird nicht leicht sein, nach Lietsin zu gelangen«, bemerkte Oldavei. »Der Kämpfende Orden wird sicher nach uns Ausschau halten.«

»Ich habe eine Idee, wie wir in die Stadt kommen könnten«, meinte Wilhelm. »Eine komplett durchgeknallte Idee der besten Sorte!«

Oldavei grinste. »Das wird großartig!«

In einem anderen Teil der Zuflucht trat Darylonde auf eine kleine Lichtung.

»Nun?«, fragte eine Stimme. Einer der Laubbäume bewegte sich, als Goshaedas einen Schritt nach vorn machte.

Der Krieger seufzte. »Ich habe eine Erinnerung an die Vergangenheit gesehen«, sagte er. »An mein Versagen.« Ehe Goshaedas eine versöhnliche Antwort geben konnte, fuhr der Wildniswahrer fort: »Aber ich will es nicht leugnen, ich habe auch gesehen, wie die Geächteten unglaubliche Dinge vollbringen. Ich sah eine ... andere Welt. Eine bessere Welt.« Er richtete den Blick seiner silbernen Augen auf den Baumhirten. »Ich glaube, ich bin dazu bestimmt, ein Teil dessen zu sein, was sie erwartet.«

»Das denke ich schon lange«, sagte Goshaedas. »Aber ich fand, du solltest selbst zu diesem Schluss kommen.« Er trat näher an den Wildniswahrer heran. »Ich habe beobachtet, wie du dich in letzter Zeit immer mehr zurückgezogen hast. Von mir, von anderen, von Lara.«

Darylonde wandte bei der Erwähnung seiner Freundin den Blick ab.

»Ich denke, es wäre gut für dich, diese Mission zu übernehmen, um wieder einmal Teil von etwas Bedeutendem zu sein. Vor allem, wenn es für dich eine Möglichkeit ist, zu heilen oder vielleicht sogar – ich sage es ganz offen – dir selbst zu verzeihen.«

Darylonde fragte sich, ob der alte Baumhirte vielleicht recht hatte. Der Wildniswahrer würde sich jedoch nicht einfach auf das Abenteuer der Geächteten einlassen. Zumindest für eine Weile würde er sie weiterhin beobachten, sehen, in welche Schwierigkeiten sie gerieten … und ihnen gegebenenfalls helfen, sich daraus zu befreien.

40
Baker

Nach einigen weiteren Tagen der Ruhe verabschiedeten sich die Geächteten auf Wilhelms Rat hin, um nicht zu lange zu verweilen, und brachen auf. Sie überquerten die Talisande an einer alten, baufälligen Hängebrücke, stiegen dann an den Ausläufern hinab und begannen einen relativ kurzen Marsch durch einen Abschnitt der nördlichen Tanaroch-Wüste.

Oldavei und Torin kamen mit der dürren, kargen, unfruchtbaren Umgebung gut zurecht. Der Ma'ii schien besonders guter Dinge zu sein, da die Wüste seine angestammte Umgebung war. Xamus und Wilhelm fühlten sich weniger wohl.

Die Gruppe hatte ihre Reise in der Hoffnung geplant, ihr Ziel in den frühen Morgenstunden zu erreichen, ehe die brutale Mittagshitze einsetzte. Leider waren sie noch nicht an ihrem Ziel angelangt, als die Sonne sich dem Zenit näherte.

Sie hielten Ausschau nach Skorpionen, Schlangen und umherstreifenden Meuten von Ma'ii – eine Bedrohung, von der Oldavei sagte, er könne sie vielleicht mit wohlgesetzten Worten abwenden, falls die Situation eintreten sollte –, während sie Wilhelms »verrückten Plan« besprachen. Zumindest so viel davon, wie er bereit war zu enthüllen. So hatte er zum Beispiel noch nicht verraten, dass er einen Brief nach Hause nach Wallaroo geschickt hatte. Auch hatte er nicht erklärt, warum er sie im Moment nicht in die sonnenverbrannte Stadt Lietsin, sondern in die staubige Siedlung Baker führte, die an der Kreuzung zweier Überlandrouten lag.

Als sie in Sichtweite des Gipfels, der den Grenzvorposten überragte, und des nadelförmigen Obelisken auf seiner Kuppe kamen, drängten die Gruppenmitglieder immer mehr auf umfassendere Informationen. Wilhelm erklärte, seine Logik sei einfach: Wie Oldavei gesagt hatte, war Lietsin eine stark gesicherte Metropole mit Wachen, die zweifellos nach ihnen Ausschau halten würden. Baker hatte nicht einmal eine Stadtmauer. Der Plan des Barden war es, von Baker nach Lietsin zu reisen und dabei ein berüchtigtes jährliches Ereignis dieser Wüste als Tarnung zu nutzen – das Lietsin 100, ein mörderisches Gelände-Streitwagenrennen, das dafür bekannt war, jedes Jahr zerstörte Fahrzeuge, gebrochene Knochen und mehr als nur ein paar Tote zu produzieren. Zwar folgte das Rennen der Route, die Flüchtlinge fast dreihundert Jahre zuvor auf der Flucht vor dem sicheren Tod aus dem alten Sularia genommen hatten, doch gab es sonst nichts, was an diesen Exodus der Historie erinnerte. Es handelte sich um ein ganz ungeniertes Wettrennen, das in berühmt-berüchtigten stadtweiten Ausschweifungen enden würde – dem Lietsinfest.

»Wir verstecken uns vor aller Augen!«, schwärmte Wilhelm. »Wir schleichen uns direkt unter ihrer Nase in die Stadt!«

Oldavei runzelte die Stirn, immer noch mit der Logik des Plans beschäftigt. »Wenn wir uns unter die Rennfahrer mischen wollen, warum gehen wir dann nach Baker und warten nicht vor Lietsin?«

Der Barde streckte die Hände aus: »Weil wir dann nicht am Rennen teilnehmen können!«

»Wir werden beim eigentlichen Rennen dabei sein?«, fragte Oldavei. »In einem Streitwagen?«

»Ja!«, erwiderte Wilhelm.

Torin und Xamus tauschten Blicke aus. Der Zwerg wirkte ernsthaft besorgt. »Ich wollte schon als Kind das Lietsin 100 fahren«, gestand Wilhelm. »Außerdem soll das Abschlussfest noch besser sein als das Bardenfeld-Musikfest!«

»Das also war dein Plan«, sagte Torin. »Ein verfluchtes Wagenrennen mitzufahren.«

»Ach, das klappt schon«, beruhigte ihn Wilhelm.

»Dann müssen wir uns ja wohl keine Sorgen mehr machen, dass Eisenburg uns umbringen könnte«, fuhr der Zwerg fort. »Wir gottverdammten Narren erledigen das einfach selbst, bevor wir Lietsin überhaupt erreichen!«

»Du wirst mit der Idee schon noch warm werden«, entgegnete der Barde. »Wenn wir in Baker ankommen und du alles mit eigenen Augen siehst. Das wird episch!«

Torin schnaubte wütend.

Sie marschierten weiter Richtung Stadt, und der geheimnisvolle, mit einer Sigille versehene Obelisk auf dem zerklüfteten Lichtstrahlhügel wurde immer größer, je näher sie kamen. Wer den Monolithen erschaffen hatte und warum, war im Nebel der Zeit versunken. Es hieß jedoch, vor langer Zeit, während des Massenexodus der Flüchtlinge aus Alt-Sularia, sei ein Licht von dem steinernen Monument ausgegangen und habe als Leuchtfeuer fungiert, das die ausgezehrten Wanderer zu Schutz, Ruhe und relativer Sicherheit führte. Eine spätere Weihe ebenjenes Hügels durch einen sularischen Priester mündete in der Gründung der Stadt.

Die Geräusche des geschäftigen Treibens schwollen an, als sie den Fuß des Hügels erreichten. Eine bunte Schar von Rennfahrern, Veranstaltern, Wagenbauern, Zuschauern und Stadtbewohnern unterhielt sich, stritt sich und schlenderte zwischen umherziehenden Rudeln abgemagerter Hunde und sandverwehten Hütten mit Kuppeldächern umher. Bald war die Gruppe von verstreuten Wagenteilen – viele davon auf Holzböcken – und den allgegenwärtigen Geräuschen von Schrauben, Ratschen, von Montage und Demontage umgeben. Auch andere Geräusche waren zu hören: Hufschlag in der Ferne und das Geräusch der Räder auf der Übungsstrecke der Stadt.

Einige grobschlächtige Milizsoldaten in uneinheitlichen Lederrüstungen, die mit Stachelknüppeln bewaffnet waren, sprachen mit einer kleinen Gruppe offensichtlich aufgebrachter Gnolle. Einer der Soldaten warf einen Blick auf die Geächteten, genauer gesagt auf Oldavei, als sie vorbeischlurften, aber keiner schien ihn wiederzuerkennen oder gab gar Alarm.

»Hier entlang«, sagte Wilhelm und führte sie durch die Ansammlungen von Wüstenbewohnern zu einem Stadtteil namens Rennbahn, wo verschiedene Mannschaften in Werkstätten an ihren Wagen arbeiteten oder auf der erdnussförmigen Übungsstrecke, dem Unfallparcours, die Gefährte erprobten.

Die Gesetzlosen fanden einen zuschauerfreien Platz am Rande der Strecke, ganz in der Nähe einer Reihe von Garagen. Von den sogenannten Boxen aus beobachteten sie einen herannahenden Streitwagen. Es handelte sich um ein ziemlich durchschnittliches Gefährt, fein gearbeitet und mit Verzierungen aus Bronze und

Zinn versehen, in der drei große, schlanke Männer saßen. Sie waren von Kopf bis Fuß in eng anliegendes Leder gehüllt, leuchtend rot mit grellweißen Streifen an den Ärmeln, und ihr langes blondes Haar wehte anmutig hinter ihnen her. Die Mannschaft, bestehend aus zwei Beifahrern und dem Fahrer, nahm eine perfekt aufrechte Haltung ein, das Kinn vorgereckt, und schien die Zuschauer nicht wahrzunehmen, während ihr Gefährt von drei federgeschmückten weißen Hengsten gezogen über die Bahn jagte.

Auf der gegenüberliegenden Seite der Strecke stand ein Trio ähnlich gekleideter Männer, ebenfalls mit langen blonden Haaren, einer von ihnen in ölverschmiertem Kittel.

»Schneller! Schneller!«, rief der Größte, der eine kleine, verzierte Sanduhr in der Hand hielt und aufmerksam den rieselnden Sand beobachtete.

Als der Wagen vorbeischoss, blinzelte Torin ob der aufgewirbelten Staubwolke und sagte: »Sind das nicht alles hübsche Kerlchen?«

Sie gingen im Rücken der Zuschauer an der Strecke in Richtung Süden und kamen zu den Boxen und der Reihe zugehöriger Garagen zu ihrer Rechten. Organisatoren und Rennfahrer tummelten sich außerhalb der offenen Buchten, während Mechaniker und Ingenieure im Inneren arbeiteten. Die Gruppe trat näher an eine der Garagen heran, wo drei Rennfahrerinnen in rosafarbenen Jacken vor der Tür standen und ein Grüppchen Mechanikerinnen beobachteten, die an einem eleganten, farbenfrohen, stromlinienförmigen Fahrzeug arbeiteten. Die Frauen schienen eine Art Klingenvorrichtung in eine Platte an der rechten Seite des Wagens einzubauen.

»Hallo, meine Damen!«, rief Wilhelm, als sie die Frauen erreichten. »Wie laufen die Vorbe…«

»Kümmere dich um deinen eigenen Kram!«, fuhr eine der Frauen ihn an.

Eine andere nahm einen dicken Rauchstängel aus dem Mund und rief: »Weitergehen!«

Leicht entsetzt hob Wilhelm die Hände, wich mit den anderen langsam zurück und ging weiter. Bald erregte ein Tumult ihre Aufmerksamkeit, der von weiter hinten in der Reihe kam, wo sie eine kleine Menge sahen, die sich vor einer anderen Garage drängte. Sie bahnten sich einen Weg durch die Schaulustigen und wurden Zeuge eines Streits zwischen zwei großen, muskulösen Zentauren und Leuten, die offenbar zum Veranstaltungspersonal gehörten. Die Pferdewesen waren an ein offensichtlich minderwertiges Gefährt geschirrt, auf dessen Planken eine menschliche Attrappe montiert war. Der Streit drehte sich um mehrere Verstöße gegen die Regeln und Vorschriften des Rennens, sowohl in Bezug auf den Wagen als auch auf die Zugtiere, die in diesem Fall überhaupt nicht als Tiere galten. Die Zentauren, die sich scheinbar wenig um die Regeln scherten, stapften davon und streiften die Geächteten, als sie sich von der Menge entfernten, wobei die hölzerne Attrappe im Wagen unsicher hin und her schwankte.

Die Abenteurer gingen weiter bis zum Ende der Boxen. Dort, neben der letzten Wagenwerkstatt, war eine Gruppe zusammengekauerter, vermummter Gestalten mit dem seltsamsten und abstoßendsten Wagen beschäftigt, den die Geächteten bisher zu Gesicht bekommen hatten. Die große tiefschwarze Kutsche schwebte ein gutes Stück über dem Boden, ohne Räder zu haben. Es gab auch keine Vorrichtung zum Ankoppeln, und es waren keine Tiere in Sicht, die man hätte einspannen können. Von der Oberfläche des Wagens gingen schillernde Wellen aus, und die Geächteten mussten mit Beunruhigung feststellen, dass sie den Wagen nicht lange anschauen konnten. Die Mannschaftsmitglieder – wenn es denn solche waren – huschten um das Fahrzeug herum und verständigten sich durch Zisch- und Stöhnlaute.

Wilhelm schlenderte lässig zu einem der furchterregenden Wesen, das sich zu ihm umdrehte. Unter der Kapuze sah der Barde nur Finsternis. Wilhelm fragte: »Hey, wie ... fährt dieses Ding denn ...?«

Das gespenstische Wesen antwortete mit einer Kombination aus einem lang gezogenen Kreischen und einem Keuchen. Die anderen Geächteten standen da wie erstarrt.

»Äh«, entgegnete Wilhelm. »Gut, wie wäre es mit folgender Frage? Woraus besteht es?«

»Schwarz«, antwortete das Ding krächzend.

»Schwarz – schwarz was? Schwarzer Stahl?«

»Nein!«, gab der Rennfahrer zurück. »Einfach ... Schwarz.«

Inzwischen hatten die anderen Geisterwesen ihr Herumhuschen eingestellt und schauten aus der beunruhigenden Leere unter ihren Kapuzen Wilhelm an.

»Nun gut. Vielen Dank für deine Zeit.« Wilhelm kehrte zu den anderen zurück, und sie machten sich auf den Weg, wobei sie den Schauer abschüttelten, der ihnen über den Rücken gelaufen war, während sie noch eine Weile an der Strecke entlanggingen und verschiedene andere Gespanne und Wagen betrachteten. Irgendwann erreichten sie die Südkurve, wo sie anhielten und den Blick zurück auf die Strecke richteten.

Torin räusperte sich. »Nun«, begann er, »ich hatte ja jetzt Zeit, mir das alles in Ruhe anzusehen.«

»Ja«, antwortete Wilhelm. »Ziemlich eindrucksvoll, was?«

»Mhm«, sagte Torin. »Mir ist aufgefallen, dass du vielleicht ein winziges Detail übersehen hast.«

»Nämlich?«

»Du hast keinen beschissenen Wagen!«, bellte Torin und erregte damit die Aufmerksamkeit mehrerer Leute in der Nähe. Der Zwerg erwiderte ihre Blicke lächelnd und winkend.

»Oh, das ist kein Problem«, entgegnete Wilhelm. »Darum habe ich mich schon gekümmert.« Dann wandte er sich nach Süden und blickte hinaus in die Wüste, wo eine Staubwolke die Ankunft eines weiteren Fahrzeugs ankündigte. »Tatsächlich …«, sagte der Barde, als donnernde Hufschläge erst an Oldaveis Ohren, dann an die der anderen drangen.

Sie entdeckten nicht weniger als sieben große weiße Büffel, vier in einer ersten Reihe, drei in einer zweiten, die ein Gefährt zogen, das so gleißend hell war, dass das sich darin spiegelnde Sonnenlicht die Betrachter blendete.

»Tatsächlich kommt er da gerade«, schloss Wilhelm mit einem breiten Grinsen.

41
Rhoman

Viele Schaulustige liefen herbei, um den eintreffenden Wagen zu bewundern, den die Büffel hinter sich herzogen. Der strahlend weiße Wagen war doppelt so breit wie die meisten anderen Gefährte und mit erlesenen filigranen Goldarbeiten verziert. Die Zügel bestanden aus feinstem Leder, Deichsel, Achsen und Joche waren aus den seltensten Eichen des Berges Effron gefertigt, und die vier robusten, breiten Räder waren versilbert, mit vergoldeten Speichen und Naben. Das Gefährt zog sofort eine große Menge Schaulustige an, die viele anerkennende Reaktionen und mehr als ein paar Spottworte spendeten.

Der Fahrer, ein schlanker, lächelnder Mann mit mittellangem, strähnigem, im Nacken immer kürzer werdendem braunem Haar und großen hellen Augen – eines davon schielend –, stieg aus. Er trug ein exotisch anmutendes, geblümtes Gewand und Sandalen. Der Mann fixierte Wilhelm mit seinem guten Auge und sagte: »Der müsste Euch gehören!«

Die Geächteten sahen Wilhelm ungläubig an. Der lachte und nickte. »Das ist mein Schätzchen.«

Oldavei fuhr mit den Fingern durch das Fell eines der Büffel. »Büffel sind normalerweise Weidetiere.«

»Unterschätze die Büffel nicht, mein Freund«, mahnte Wilhelm. »Sie sind extrem wendig und können so schnell rennen wie ein Pferd.«

»Wo kommt dieses Ding denn plötzlich her?«, fragte Xamus.

»Ich habe ihn irgendwann mal bauen lassen«, antwortete Wilhelm. »Es hat ewig gedauert. Als ich beschloss, von zu Hause wegzuziehen, erinnerte er mich dann aber irgendwie an einige der

Dinge, die ich hinter mir lassen wollte. All der Glitzer und der Pomp und der prätentiöse Scheiß.«

»Nicht gerade unauffällig«, bemerkte Oldavei.

Einen Moment lang starrte Wilhelm gedankenversunken auf den Wagen, doch dann riss er sich zusammen und fuhr fort: »Außerdem hatte ich nie eine Mannschaft, mit der ich ihn hätte fahren können. Jetzt aber«, er schaute sich zu den anderen um, »jetzt habe ich euch.«

Torin brummte. Xamus betrachtete das Innere des Wagens.

Oldavei, der immer noch neben dem Büffel stand, drehte sich um und zeigte das breiteste spitzzahnige Grinsen, das sie je gesehen hatten. »Das wird lustig«, sagte er.

»Ja! Juchhu!«, rief der Fahrer, der ganz in der Nähe stand.

Die anderen drehten sich um. Sie hatten fast vergessen, dass er existierte. Er stand mit gekreuzten Beinen da, die rechte Hand über den Oberkörper gelegt, umfasste er den linken Arm am Ellbogen. Er feixte und nickte nachdrücklich.

»Wo hat meine Familie ... dich denn aufgetrieben?«, fragte Wilhelm.

»Oh, sie haben eine Stelle als Fahrer ausgeschrieben, und ich sagte: ›Sucht nicht weiter! Hier!‹ Denn ich bin Experte. Ex-per-te«, wiederholte er überdeutlich, »als Fahrer. Der Beste meines Faches. Ich, höchstpersönlich.«

»Was hast du denn in Wallaroo getrieben?«, erkundigte sich Wilhelm.

»Oh, ich bin rausgeflogen«, antwortete der Mann. »Aus meinem letzten Rennstall. Jawohl. Auf die Straße gesetzt. Komplettes Missverständnis. Viel Geknurre ...« Er knurrte, fauchte und bleckte die Zähne. »So in der Art.«

»Für wen bist du denn gefahren?«, wollte Oldavei wissen, den der Mann und seine Geschichte faszinierten.

»Gnolle«, erwiderte der Fahrer. »Eine ihrer Mütter war im Team, aber sie hat nicht wirklich viel gemacht. Ich versuchte, Gnollisch zu lernen, um mich anzupassen, also sagte ich, sie solle ihren Beitrag leisten. Ich habe es auf Gnollisch gesagt, und es kam leider so rüber, als ob ich wollte, dass sie den Wagen zieht. Übersetzungsprobleme. Es ist schwer, einige dieser Grunzlaute richtig zu verstehen. Ich hätte es einfach in Gemeinsprache sagen sollen, aber egal. Sie waren sauer und haben mich rausgeworfen.

Seht ihr diese Narbe ...« Er zog den Aufschlag seiner Robe zur Seite.

»Da spricht er ein wichtiges Thema an«, unterbrach Torin ihn. »Den Fahrer. Kannst du dieses Ding lenken?«, wandte er sich an Wilhelm.

»Nein, Mann, ich hatte vor, einen Fahrer anzuheuern.«

»Du willst, dass wir an einem Wagenrennen teilnehmen, weißt aber nicht, wie man einen Wagen lenkt?«, fragte Xamus.

Oldavei lächelte. »Es wird immer besser.«

Wilhelm wandte sich an den Fremden. »Wie heißt du?«

»Rhoman. Manchmal nennt man mich auch Rhomansky. Oder Rhoheim. Gelegentlich auch Rho. Eigentlich könnt ihr mich nennen, wie ihr wollt.«

»Suchst du Arbeit?«, erkundigte sich Wilhelm.

Rhoman stellte sich gerade hin und streckte eine Hand aus, als hielte er die Zügel, während er mit der anderen eine peitschende Bewegung machte. »Oh ja! Oh ja!«, rief er. »Ja, verdammt noch mal. Ich bin euer Mann. Rho-mann!«

Jetzt lachte Oldavei aus vollem Halse. »Wir werden alle sterben.«

»Mm«, machte Torin argwöhnisch.

Xamus stand einfach nur da und beobachtete das Spektakel mit leichter Belustigung, während sich die Menge langsam zerstreute.

Die Geächteten mieteten eine bewachte Garage, in der sie den Wagen einschließen konnten, sowie Ställe für die Büffel. Als es Nacht wurde, suchte die Gruppe in Begleitung Rhomans eine besonders lebhafte Taverne namens *Wütende Achse* in einem Viertel der Stadt auf, das als die Nabe bekannt war.

Die *Wütende Achse* war ein lautes und unkonventionelles Lokal, äußerst beliebt bei den rüpelhaften Einheimischen, von denen viele auf die eine oder andere Weise durch Erinnerungsstücke geehrt wurden. Trophäen füllten das Lokal, Bauteile und sogar Wagenzierden. Zwei ganze Wände waren Gemälden ehemaliger Sieger gewidmet, und über der Theke hing ein Streitwagen, der offenbar bei einem Rennen ein grausames Ende gefunden hatte – verzogen, zerkratzt, zerschrammt und große Teile fehlten. Überall hingen Lampen, die sowohl helles Licht als auch tiefe Schatten warfen, die unsichtbare Gefahren befürchten ließen.

Die Gruppe saß an einem Tisch in der Mitte des Lokals und trank den zweiten Krug Blitzbier, während Rhoman über die anderen anwesenden Rennmannschaften lästerte.

»Die Mädels in den rosa Jacken sind die Lizzies«, sagte er und wippte mit dem Kopf im Takt einer Musik, die nur er hörte. In einer Ecke lachten die Frauen über einen Witz und trommelten mit den Fäusten auf den Tisch. »Wir müssen sie im Auge behalten, denn sie sind ein bisschen schräg. Sie haben das Rennen schon einmal gewonnen und sind bereit, alles zu tun, um diesen Erfolg zu wiederholen. Die Hälfte der Trümmer hier geht auf ihr Konto.«

Rhoman wies mit dem immer noch nickenden Kopf auf die verhüllten Geistergestalten, die in einer Ecke saßen und den Raum aus der Tiefe ihrer Kapuzen hervor beobachteten. »Das sind die Nekromanten«, berichtete er, als einer der finsteren Rennfahrer eine stulpenbewehrte Hand nach seinem Becher ausstreckte und etwas dunkles Pulver hineinstreute, das sofort eine rötliche Dampfwolke verursachte. Der Nekromant hob den Becher an unsichtbare Lippen und legte den Kopf schief. »Ganz schön gruselig«, meinte Rhoman. »Sie haben auch ein paar Rennen gewonnen, und einige der Leute, gegen die sie angetreten sind, sind einfach verschwunden. Samt Wagen! Spurlos. Wir sollten uns so weit wie möglich von ihnen fernhalten.«

Dann wies Rhoman auf einen Tisch in der Nähe der Bar, an dem eine Gruppe langhaariger blonder Männer saß, zusammen mit wunderschönen Frauen mit ebenso langem und ebenso blondem Haar. Alle schienen Milch zu trinken, während sie ab und zu die goldenen Locken schüttelten. »Mannschaft Lilihammer«, teilte Rhoman den Geächteten mit. »Die Mannschaft mit den meisten Siegen. Fünf Trophäen am schmalen Revers.« Der Fahrer beendete seine Kopfbewegungen und schaute geradeaus. Mithilfe seines guten und seines schielenden Auges konnte er sie alle anstarren. »Sie sind die, die es zu schlagen gilt, meine Freunde«, schloss er mit großer Leichtigkeit, um dann sofort wieder mit dem Kopf zu wippen.

»Gut«, antwortete Wilhelm. »Jetzt wissen wir, mit wem wir es zu tun haben. Wir haben morgen vor dem Start ein paar Stunden Zeit, uns zu registrieren. Was sagst du?« Er sah hoffnungsvoll zu Torin.

»Ich sage, ihr habt alle einen an der Klatsche«, entgegnete der

Zwerg. Am Tisch herrschte eisiges Schweigen. Torin sah zu Xamus, der nur die Achseln zuckte. Der Zwerg seufzte und fuhr fort: »Aber wenn du entschlossen bist, das Wrack deines hübschen Wagens der Sammlung hier hinzuzufügen ... dann sollten wir einen Namen haben, wie die anderen.«

Wilhelm lächelte breit und schlug dem Zwerg auf die Schulter. »Ich habe doch gesagt, du gewöhnst dich an den Gedanken!«, sagte er. »Also, ein Name muss her ...«

»Räder des Ruhms!«, rief Oldavei.

Torin schüttelte entschieden den Kopf. »Tod auf Rädern!«, lautete sein Gegenvorschlag. Die Reaktion am Tisch war Schweigen. »Nicht?«

»Team Rhoman«, schlug der Fahrer vor, dann lachte er, als wäre es das Lustigste, was er je gehört hatte, bis sein Gesicht ganz rot angelaufen war. »Ich ... nein, wirklich, ich bin nur ...« Er seufzte, wischte sich die Tränen weg und räusperte sich. »Tut mir leid. Ja, das war kein ... kein ernst gemeinter Vorschlag.«

Oldavei starrte ihn amüsiert und fasziniert zugleich an.

Es folgte ein langes Schweigen, während sie alle versuchten, sich einen Namen einfallen zu lassen. Schließlich brummte Wilhelm: »Scheiß drauf, wenn wir haggö wären, würde uns vielleicht was einf...« Seine Augen leuchteten auf, so wie die aller am Tisch.

»Haggö«, wiederholte Torin. »Klingt doch gut, oder?«

»Mannschaft Haggö!« Xamus nickte.

Die anderen nickten ebenfalls bis auf Rhoman, der sie verwirrt ansah. Unisono hoben die Geächteten ihre Gläser.

»Haggööö!«, riefen sie im Chor und tranken.

Als sie ihre Becher senkten, hob Rhoman seinen und wiederholte: »Ja, äh, Haggö! Mannschaft Haggö!« Er nahm einen Schluck und reckte die Faust, als wolle er seine Zustimmung bekräftigen.

42

*In den
Sturm*

Es war ein beeindruckender Anblick: über siebzig Wagen, die im Morgengrauen in drei Reihen am Südrand Bakers warteten. Eine riesige, hochmotivierte Zuschauermenge umgab die Startlinie auf drei Seiten und ließ vor den Wagen Platz zum Aufbruch in die weite Wüste.

Die erste Reihe bestand aus erfahrenen Mannschaften und früheren Siegern. Mannschaft Haggö, der man die Nummer zweiundsechzig zugewiesen hatte, hatte einen Platz etwa in der Mitte der letzten Reihe, neben Mannschaft Zentaur, die vor ihr klappriges Gefährt gespannt war. Die Pferdemenschen schenkten den Geächteten keinerlei Beachtung, sondern sahen sich um, als hielten sie Ausschau nach dem Veranstaltungspersonal. Torin sah kopfschüttelnd zu der Strohpuppe mit den ausgestreckten Armen in dem Wagen hinüber, die wie eine abgenutzte Vogelscheuche aussah und schief stand, als würde sie gleich umfallen.

Trotz der geräumigen Bauweise von Wilhelms Großraumwagen würde es für die Mannschaft eng werden, das wussten sie. Rhoman saß ganz vorn, die Hände um die sieben Zügel gekrallt. Torin, Xamus und Oldavei hatten sich hinter ihm positioniert und saßen bereits sehr gedrängt, als Wilhelm angerannt kam, der sich kurz von der Gruppe getrennt hatte, um eine geheime Besorgung zu machen. Er sprang hinten auf den Wagen, kramte in seiner Reisetasche und holte Gegenstände heraus, die er verteilte.

»Was …«, begann Oldavei.

»Schutzbrillen!«, rief Wilhelm. »Sie erfüllen einen doppelten Zweck. Zum einen kriegt man keinen Sand in die Augen. Zum anderen …« Er nahm den Hut ab, um ein Exemplar aufzusetzen.

Dann steckte er seine eigentliche Sehhilfe ein, setzte den Hut wieder auf und grinste. »Tarnung! Für unsere Ankunft in Lietsin.«

Torin höhnte: »Wüstenzwerge tragen keine Schutzbrillen!« Er drückte seine Wilhelm wieder in die Hand.

Oldavei hatte seine bereits auf. »Wie sehe ich aus?«, fragte er Xamus.

»Wahrscheinlich genauso lächerlich wie ich gleich«, antwortete der Elf und setzte seine auch auf.

Rhoman drehte sich um und hob den Daumen, ohne zu bemerken, dass er seine Brille verkehrt herum auf dem Kopf hatte.

Neben ihnen fuhr ein weiterer Wagen vor, der aus landwirtschaftlichen Geräten zu bestehen schien. Zwei große Strauße zogen das seltsame Gefährt. Drei Wüstenbauern, einer von ihnen im Ganzkörperanzug, sahen zu den Geächteten hinüber und winkten ihnen zu.

Rhoman schaute über die Schulter und sagte: »Viele dieser Mannschaften haben mindestens einen Mechaniker an Bord. Ist einer von euch mechanisch begabt?«

Auf ihr kollektives Kopfschütteln hin meinte Rhoman: »Nun, denkt einfach daran, wenn wir eine Panne haben, sind wir erledigt.«

Ein weiterer Wagen fuhr auf einen freien Startplatz hinter ihnen zu – dieser war aus robustem, aber abgenutztem, unlackiertem Metall gefertigt. Die drei Männer in dem Wagen trugen schäbige Kleidung, und ihre rußgeschwärzte Haut sah aus, als würden sie sie nie wieder sauber kriegen, egal, wie oft sie sich wuschen. Mannschaft Haggö hielt sie sofort für Bergleute, vielleicht aus Skarstadt, eine Annahme, die durch die Auswahl der Zugpferde bestätigt wurde. Sie ähnelten Grubenponys, die bei der Arbeit unter der Erde eingesetzt wurden. Die Bergleute musterten die Geächteten bedrohlich, als sie an ihnen vorbeikamen, unterhielten sich leise und schätzten offensichtlich das Gespann ab.

Als die Bergleute vorbeifuhren, erregte ein Geräusch die Aufmerksamkeit von Mannschaft Haggö – ein Bellen und Knurren, das von einem Gnoll kam, der zwischen dem Zentaurenwagen und dem ihren stand. Der Hundemensch deutete wütend mit einem krallenbewehrten Finger auf Rhoman.

»Ich wollte deine Mutter nicht beleidigen!«, gab Rhoman zurück.

Der Gnoll quiekte, zischte und grunzte weiter, unterstrich seine Tirade mit einem letzten Bellen und stürmte davon.

»Du könntest einfach Gemeinsprache sprechen, weißt du!«, rief Rhoman ihm nach. »Das hat mir den ganzen Ärger ja erst eingebrockt!«

Weiter hinten hatten nun weitere Wagen die übrigen Plätze eingenommen, die meisten von ihnen waren ziemlich traditionell gebaut. Dann rollte etwas heran, das Mannschaft Haggö spontan als »Konstrukt« bezeichnete. Es hatte insgesamt sechs Räder. Das Gefährt selbst hatte zwei Räder und war mit drei Männern besetzt, deren feine Anzüge und perfekt pomadierten Haare die Geächteten vermuten ließen, dass sie aus Sargrad stammten. Der Wagen wurde nicht von einem Zugtiergespann gezogen, sondern von einem großen mechanischen Gerät mit vier Rädern statt Beinen, das an einen langen Metallarm montiert war. Es hatte einen langen, stählernen zylindrischen Körper, der horizontal ausgerichtet war, und aus seiner Vorderseite ragte ein metallischer Vorsprung, der vage an einen Pferdekopf erinnerte. Der obere Teil des Gefährtes stieß dicken schwarzen Rauch in die Wüstenluft aus. Der Fahrer hielt Zügel, die über Stangen mit dem linken und rechten Vorderrad verbunden waren, um das Metallungetüm zu lenken.

Das Konstrukt war unglaublich laut, es ratterte und schepperte. Gelegentlich gab es ein Geräusch von sich, das an einen Kanonenschuss erinnerte, begleitet von einer kurzen Rauchwolke und einer kleinen Flamme, die aus dem Kopf des Metallpferdes aufstieg. Das Ganze schien jeden Moment in Stücke fliegen zu wollen, und die Geächteten waren froh, dass sie nicht näher dran waren.

In diesem Augenblick ertönte die Stimme des Rennleiters aus einem Schallhorn auf dem Turm an der rechten hinteren Flanke der Startlinie. »Rennfahrer!«, verkündete er. »Wagen bereit machen!«

Sowohl die Mannschaften als auch die Zuschauer jubelten lautstark. Weiter hinten ertönte ein schriller Pfiff. Rhoman johlte, schwang die Faust im Kreis und rief: »Macht euch bereit für die Fahrt eures Lebens, Jungs!«

Xamus, Oldavei und Wilhelm feixten wie die Verrückten, als sich die Energie an der Startlinie aufbaute und die Luft in Wallung brachte. Selbst Torin spürte, wie sein Herz schneller schlug. Das Büffelgespann schien das bevorstehende Ereignis zu spüren, denn es schnaubte und stampfte mit den Hufen auf den harten Wüstenboden. Viele der anderen Zugtiere taten es ihnen gleich, was die Böden der Wagen zum Beben brachte.

»Auf die Plätze!«, schrie der Rennleiter. Das Gebrüll der Teams und der Menge wurde lauter, die Vibrationen nahmen zu. »Fertig!«

Von einem Ohr zum anderen grinsend, fragte Oldavei: »Habe ich schon erwähnt, dass wir alle sterben werden?«

In dem Augenblick, in dem die ersten Sonnenstrahlen sich über den östlichen Horizont erhoben, schrie der Rennleiter: »Los!«

Die ersten paar Augenblicke waren ein chaotisches Durcheinander. In der Anfangsphase schafften es einige Wagen nicht einmal, die Startlinie zu überfahren. So entschlossen war der Ansturm der Tiere und so schlecht waren einige Gefährte gebaut, dass man hier und da Zugtiere sah, die Deichseln ohne Kutschen zogen und einfach mit der Gruppe mitliefen, weil die anderen Tiere in dieselbe Richtung stürmten.

Das Feld teilte sich schnell in drei Gruppen: Die erfahrensten Rennfahrer, darunter zahlreiche frühere Sieger, übernahmen die Führung. Dahinter folgte eine zweite Gruppe, die aus gut gebauten Wagen und fähigen Mannschaften bestand, die als Anwärter auf den Titel infrage kamen. Das Schlusslicht bildete eine Kombination aus den schwächsten Teilnehmern, die schnell ins Hintertreffen gerieten und deren Chancen auf eine gute Platzierung mit zunehmendem Abstand zur zweiten Gruppe immer geringer wurden, und denjenigen an der Spitze dieser Gruppe, die es vorzogen, abzuwarten und ihre Kräfte zu schonen, um den richtigen Zeitpunkt zum Angreifen zu finden. Sie blieben hinter der zweiten Gruppe, aber immer auf kurzer Distanz.

Die sieben großen Büffel bahnten sich ihren Weg nach vorn und überholten die langsamsten Teilnehmer mühelos. Der rasende Lauf der Rinder rüttelte die Kutsche so heftig durch, dass sich die Geächteten an den seitlich angebrachten Handläufen festhalten mussten. Die Anstrengungen der Büffel brachten Mannschaft Haggö früh einen Platz im hinteren Teil der zweiten Gruppe ein. Trotz der außergewöhnlichen Leistung der Tiere war jedoch schnell klar, dass es für die Mannschaft aufgrund des Gewichts des Wagens und der Anzahl seiner Insassen schwierig sein würde, weiter Boden gutzumachen oder ihre Position zu verbessern.

Eine Handvoll Fahrer in der dritten Gruppe schien tatsächlich aufzuholen, darunter die Bergleute, die Bauern und das Konstrukt. Es waren die Bauern mit ihrem Straußengespann, die sich entschieden, als Erste einen Vorstoß zu wagen. Die großen Vögel legten sich mächtig ins Zeug und schlossen in einem plötzlichen Geschwindigkeitsrausch die Lücke, überholten Mannschaft Haggö auf der linken Flanke – die Bauern winkten noch einmal freundlich, als ihr Wagen vorbeifuhr – und setzten sich zwei Wagenlängen vor sie.

Sie hatten die ersten fünfundzwanzig Kilometer zurückgelegt, als Rhoman schrie: »Das sieht nicht gut aus!«

Die Geächteten schauten über seinen Kopf hinweg und sahen eine dräuende Wolke am Horizont, die von Sekunde zu Sekunde immer größer wurde.

»Sandsturm voraus!«, warnte Rhoman, als die monströse dunkle Wand über die Gebirgsausläufer im Süden wogte, eine kolossale Sandwolke, die den Himmel verdunkelte.

Während das Feld die nächsten Kilometer zurücklegte, wurde der Monstersturm immer größer und heftiger. Mannschaft Haggö beobachtete fasziniert, wie der Wüstensturm die vor ihm fahrenden Wagen verschlang. Viele Wagen hatten das Tempo gedrosselt, als sich das Wetter verschlechterte, und so befand sich die Mannschaft in einer Gruppe von zehn Teilnehmern, als die gigantische Sandwelle auf sie zurollte.

»Schutzbrille, Schutzbrille!«, drängte Torin Wilhelm. Der Barde gehorchte, und der Zwerg setzte den Augenschutz just in dem Augenblick auf, als der Sturm losbrach.

Die Sicht verringerte sich sofort auf nahezu null. Der stürmische Wind übertönte zeitweise alle Geräusche, sodass die Geächteten sie als zusammenhanglose Fragmente ohne erkennbaren Ursprung wahrnahmen. Schnell fliegende Sandpartikel stachen auf der Haut wie das Kribbeln tausend winziger Insekten.

Rhoman wandte sich an Wilhelm, der hinter ihn gerückt war, und rief: »Hier müssen wir Boden gutmachen!«

»Wie denn?«, brüllte der Barde zurück.

»Indem wir noch schneller fahren!«, antwortete Rhoman.

Wilhelm drehte sich zu Oldavei um. »Unser Wagenlenker ist verrückt!«

»Ich weiß!«, schwärmte der Ma'ii enthusiastisch.

Furchtbare Geräuschfetzen – Krachen, knirschendes Metall, das erschrockene Quieken von Tieren, das Gebrüll von Fahrern und Gespannen – drangen an ihre Ohren. Irgendwann schien gespenstisches Hufgetrappel direkt links neben dem Wagen zu ertönen, dann verstummte es wieder. Augenblicke später hörten sie das Tuckern des Konstrukts, einen lauten Knall und sahen gleichzeitig einen Blitz, der vermutlich aus dem Schornstein des Wagens kam. Später ertönte eine Kakofonie schriller Geräusche, gefolgt von einem erschreckenden Anblick. Ein Objekt wurde schräg von links aus dem Mahlstrom herauskatapultiert, ein kreischender Strauß schleuderte nur wenige Zentimeter über ihre Köpfe hinweg und zwang alle in Deckung.

»Argh!«, schrie Torin. »Verfluchtes Riesenhuhn!«

Rhoman zog hart nach rechts. Die Mannschaft klammerte sich fest. Das Hinterrad ruckte, als es gegen ein Hindernis stieß, und ihr Gefährt neigte sich für einen Moment bedenklich, bevor es sich wieder aufrichtete.

Nach und nach löste sich der Sturm auf und die Sicht wurde besser.

Auch die Geräuschverhältnisse normalisierten sich. Im sich lichtenden Staub stellte die Mannschaft fest, dass sie sich nun inmitten von Dutzenden von Wagen befand. Sie waren von allen Seiten umringt und das Donnern der Hufe war schier ohrenbetäubend.

»Das war spaßig!«, rief Rhoman über die Schulter. »Aber jetzt wird es wirklich interessant.« Der Fahrer deutete nach vorn, wo sich die hohen Felswände einer Schlucht zu einer schmalen Klamm verengten. »Zieht besser eure Waffen«, brüllte er.

43
Querfeldein

Die staubbedeckten Geächteten spuckten aus, wischten sich den Sand von den Schutzbrillen und machten ihre Waffen bereit. Als sich die Wagen dem Eingang der Klamm näherten, zog sich das Feld zusammen. Rhoman bemühte sich nach Kräften, das doppelt breite Gefährt so zu lenken, dass der schmale Einschnitt zwischen den zwei Bergflanken genau in seiner Sichtlinie lag, damit niemand sie abdrängte. Da näherten sich bereits zwei Wagen auf beiden Flanken – stämmige, Haumesser und Keulen schwingende Rabauken in einem bulligen Wagen auf der einen Seite, verschlagen dreinblickende, mit Dolchen bewaffnete Halsabschneider in einem schnittigen Gefährt auf der anderen.

In den nächsten Augenblicken verwandelte sich die unmittelbare Umgebung der Geächteten in ein tobendes Durcheinander aus klirrendem Stahl und rotem Nebel. Torins Axt forderte einen schnellen, hohen Tribut. Xamus' grazile Elfenklinge traf den Hals eines Wegelagerers. Wilhelms Langschwert schlitzte die Brust eines Schurken auf und Oldaveis Schwert durchtrennte das Handgelenk eines Feindes.

Der Wagen der Geächteten wurde langsamer. Das Büffelgespann stieß mit den Pferden zusammen, die das leichtere Halsabschneidergefährt links zogen. Die Tiere stiegen wild, kamen abrupt zum Stehen, und das Fahrzeug der Gegner prallte gegen die Wand der Schlucht.

»Hahaha!« Torin packte Xamus' Schulter und schüttelte ihn. »Wagenrennen sind gar nicht so schlecht!«

Mannschaft Haggö fuhr in die Schlucht ein, die Steine der Felswand waren nun nur noch wenige Zentimeter von ihrer linken Seite entfernt, während Rhoman neben einem aus einem Fischerboot gebauten Wagen zu ihrer Rechten herfuhr. Das Gefährt kam so dicht heran, dass die Räder der beiden Fahrzeuge einander kurz berührten, bevor sie sich wieder leicht entfernten. Einer der Fischer warf ein Netz aus, das Xamus schnell durchtrennte, während ein anderer mit einem Fischhaken nach Torin stach. Der Zwerg packte die Stange und riss daran, was den drahtigen Angreifer über die Seite seines Wagens katapultierte. Er ließ den Fischhaken los und klammerte sich verzweifelt an die Wandung von Mannschaft Haggös Wagen, während zwei seiner Kameraden seine Beine packten und versuchten, ihn zurückzuziehen. Ihr Gefährt streifte einen Felsen, wodurch sich der Griff der Fischer um ihren Kameraden lockerte und seine Hände sich vom Wagen von Mannschaft Haggö lösten. Der Mann knallte bäuchlings auf den Wüstenboden, schrie und schürfte sich das Gesicht vom Schädel, bevor seine panischen Kameraden ihn gänzlich losließen und der Körper von dem Pferdegespann zertrampelt wurde, das den Rabaukenwagen zog. Als der Wagen den Fischer überfuhr, schleuderte der Aufprall den Fahrer und zwei verwundete Schläger mehrere Meter weit in die Luft. Die Räder des Wagens zerschellten, als sie wieder auf dem Boden aufschlugen, und das Gefährt zersprang in Stücke.

Mannschaft Haggö und die Überreste der Fischer rasten aus der Schlucht. Dem Fahrer der Fischer gelang es, einen kleinen Vorsprung herauszuholen und sein Pferdegespann in die Flanken der Büffel zu treiben. Die gehörnten Zugtiere schwenkten nach links auf einen flachen Hügel zu. Oldavei packte Rhoman an der Schulter, kletterte auf den Rand des Wagens und sprang auf das Heck des Fischerwagens, als Mannschaft Haggö ebenes Land erreichte. Die Felsen am Rande des Plateaus zwangen Rhoman zum Ausweichen, und die Geächteten konnten einen letzten Blick auf Oldavei werfen, der mit zwei Fischern kämpfte, bevor sie ihn aus dem Blick verloren.

Der erhöhte Landstrich war frei von anderen Fahrern, und da Oldaveis Abwesenheit die Gesamtlast senkte, gewannen die weißen Büffel schnell an Geschwindigkeit. Eine beträchtliche Staubwolke wies auf die Führungsgruppe vor ihnen hin. Rhoman verringerte den Abstand zu dieser Wolke, und als das Plateau wieder auf den Wüstenboden hinabführte, war Mannschaft Haggö der nur aus einer Handvoll Konkurrenten bestehenden Führungsgruppe dicht auf den Fersen.

Wilhelm, Xamus und Torin sahen sich ohne Erfolg nach dem Streitwagen der Fischer und Oldavei um.

Nicht weit vor ihnen tauchte das rauchende Konstrukt in der Nähe der Lizzies auf. Die Frauen bedachten die adrett gewandeten Rennfahrer mit Schimpfwörtern, bevor eine von ihnen eine Armbrust hob und eine andere eine Fackel benutzte, um ein Stoffbündel direkt hinter dem Bolzenkopf anzuzünden.

Die Schützin schrie: »Fickt euch!«, und feuerte den Bolzen in die mechanische Pferdeattrappe. Die gut gekleideten Männer schrien auf, und die Lizzies zogen zur Seite, als eine gewaltige Explosion die Besatzung auf der Stelle zu Asche verbrannte, den Wagen zerstörte, Metallteile in alle Richtungen schleuderte, die Erde erschütterte und eine Druckwelle erzeugte, die den Wagen der Frauen kurzzeitig auf ein Rad kippte.

In diesem Moment versuchte Rhoman, die Lizzies rechts zu überholen.

Die Frauen, die sich noch immer von der Explosion des Konstrukts erholten, bemerkten es erst, als die Wagen gleichauf waren, woraufhin die Armbrustschützin die Augen weit aufriss und schnell nachlud. Wilhelm stieg auf den Rand ihres Wagens und sprang hinüber, erreichte gerade noch das Trittbrett der Lizzies, ließ sich auf die Planken fallen und entriss der Rennfahrerin die Armbrust.

Derweil legte die Lenkerin in der rosa Jacke einen von zwei langen Hebeln neben ihr um. Ein Teil der Verkleidung ziemlich weit vorn an der rechten Seite ihres Wagens wurde abgesprengt. Aus dem darunter befindlichen Fach – knapp über der Nabenhöhe des Wagenrads von Mannschaft Haggö – ragte ein spitzer Gegenstand, der einem Ballistabolzen ähnelte.

Torin machte sich sprungbereit, um Wilhelm zu unterstützen – die Frauen hatten ihre Kräfte gegen ihn gebündelt –, als die Fahrerin der Lizzies nach dem zweiten Hebel griff …

Xamus erkannte, was gleich passieren würde, konzentrierte sich schnell, flüsterte die nötigen Worte und ließ seine Finger spielen. Der Bolzen schoss aus dem Gefährt der Lizzies, aber in dem Moment, in dem er seine Kammer verließ, verwandelte er sich in einen Hornissenschwarm.

Torin überlegte sich seinen Sprung noch einmal, als die wütenden Insekten jeden in der Kutsche der Lizzies angriffen, auch Wilhelm. Der Barde hielt die gestohlene – und geladene – Armbrust in einer Hand und riss den anderen Arm vors Gesicht, während er zurück auf den Wagen von Mannschaft Haggö hechtete.

Die Fahrerin schrie und schlug wie wild um sich, als die verängstigten Pferde ineinanderkrachten. Die drei Tiere stürzten, und das Gefährt schoss nach oben über sie hinweg, sodass die Lizzies durch die staubige Luft wirbelten.

Mannschaft Haggö setzte sich an die Spitze, während der Wagen der Bergleute, der seit Beginn des Rennens gewaltig aufgeholt hatte, das Wrack der Lizzies schnell hinter sich ließ. Sie fuhren dicht an einem anderen Gefährt vorbei, das Mannschaft Haggö als das der Nekromanten erkannte. Der schwarze Wagen schien die Wüstensonne eher zu absorbieren als zu reflektieren. Eine seltsame Energie begleitete außerdem das räderlose Gefährt – ein sich veränderndes, waberndes Miasma, dessen Form und Gestalt zuweilen den Eindruck erweckte, als zöge ein Gespann von Fabelwesen den Wagen. Als sich der lorenartige Wagen der Bergleute näherte, verdunkelte sich der Nebel, der das Gefährt der Nekromanten einhüllte, und nahm immer mehr Substanz an. Mannschaft Haggö erkannte tentakelartige Fortsätze, die sich aus dem stygischen Fahrzeug entfalteten und das Gefährt der Bergleute umschlangen, während sich schlanke, schlangenartige Tentakel um die Oberkörper der Insassen wanden. Die Männer, deren Augen zum Bersten aufgerissen waren, stießen gequälte Schreie aus, wie sie die Geächteten noch nie aus einer menschlichen Kehle gehört hatten.

Ähnlich wie die Vampire, verwandelten sich die von Tentakeln umschlungenen Männer und ihre Kutsche von fester Materie in körperlosen Rauch, den die Tentakel und Schattenglieder zurück in das windschnittige Gefährt der Nekromanten zogen. Die Gliedmaßen aus Rauch verschwanden, als habe es sie nie gegeben, und mit ihnen die Bergleute und ihr Gefährt.

Wilhelm sprach mit ehrfürchtiger Stimme, ohne den Blick von Mannschaft Nekromant zu wenden: »Was zum Henker war das? Habt ihr das gerade gesehen?«

Torin antwortete mit einem entsetzten Aufstöhnen, während Xamus im Geist seine Sammlung von Zaubersprüchen durchging und nach etwas suchte, das er den arkanen Kräften des schwarzen Wagens entgegensetzen konnte.

Die leeren Kapuzen der Nekromanten drehten sich fast geschlossen in Richtung von Mannschaft Haggö.

»Scheiße!«, rief Torin. »Bring uns hier weg!«

Rhoman trieb die Büffel mit Kommandos und Zügelhieben an. Die verzweifelten Versuche des Lenkers erwiesen sich jedoch als wirkungslos, das unheimliche Gefährt holte immer weiter auf.

Die Nekromanten kamen näher, aber nicht nahe genug, als dass einer der Geächteten einen Sprung hätte wagen können. Der Nebel bildete sich erneut, während Xamus sich auf einen Gegenzauber festlegte, von dem er glaubte, er könne wirksam sein. Wilhelm hob die Armbrust, die er den Lizzies gestohlen hatte, doch ehe er schießen konnte, peitschte ein seilartiger dunkler Tentakel aus dem schwarzen Wagen, ergriff die Waffe und verwandelte sie in düsteren, substanzlosen Nebel, der sich schnell auflöste.

Torin war bis an die gegenüberliegende Wand zurückgewichen, das Entsetzen hatte ihm die Sprache verschlagen.

Xamus konzentrierte sich mit aller Macht, seine Finger bewegten sich schnell. Plötzlich verwandelten sich zwei der pechschwarzen Tentakel in einen grünlichen Nebel und verschwanden. *Es funktioniert,* dachte der Elf.

In diesem Augenblick legte sich eine unsichtbare Schlinge um seine Kehle. Xamus' Hände flogen in die Höhe und krallten sich an der Schlinge fest, die sich trotz ihrer Substanzlosigkeit immer enger zog. Wilhelm sah zu dem Elfen, dann zu den Nekromanten, von denen einer die in einem Stulpenhandschuh steckende Hand ausstreckte und eine zermalmende Geste machte. Xamus röchelte, lief blau an und fiel auf die Knie.

Rhoman versuchte verzweifelt, Abstand zu dem anderen Wagen zu gewinnen, aber die Nekromanten hielten sein Tempo. Zwei weitere große Nebeltentakel wogten von dem surrealen Gefährt auf die Geächteten zu. Wilhelm zog seinen Dolch, und Torin wog seine Axt in der Hand, beide bereit zum Wurf, als ein Geschoss – etwas, das wie ein Fischspeer aussah – hinter dem schwarzen Wagen auftauchte und den zaubernden Todesalb aufspießte. Es schlug knapp unter seinem ausgestreckten Arm ein, durchdrang die Gewänder in einem nach unten gerichteten Winkel und durchbohrte die unteren Gliedmaßen der Gestalt neben ihm.

Wilhelm und Torin erkannten Oldavei, der die Zügel des Fischerwagens in der Hand hielt und sich schnell dem Heck der Nekromanten näherte, einen zweiten Speer bereits in der Hand.

Die unsichtbare Schlinge um Xamus' Hals löste sich und der Elf konzentrierte sich wieder auf seinen Gegenzauber. Statt auf die Tentakel zu zielen, von denen einer in Richtung Wilhelm glitt, während sich der andere unter den Wagen schob, um sich nach oben zu winden, richtete der Elf seine magischen Energien diesmal gegen den schwarzen Wagen selbst.

Das war schwieriger und fordernder, aber der Elf blieb hartnäckig und blendete alles andere aus, bis nur noch seine eigene Konzentration übrig blieb.

Der dunkle Nebel, der die Kutsche umgab und die gespenstischen Kutscher bildete, nahm eine grünliche Färbung an, wurde schwächer und schwand schließlich. Die Nekromanten stießen ein ohrenbetäubendes, markerschütterndes Kreischen aus, als sich ihr Wagen auflöste und in einen amorphen grünen Nebel überging, der sich schnell verflüchtigte und den in Roben gehüllten Gestalten keine Standmöglichkeit mehr bot, sodass sie gen Wüstenboden stürzten.

Mannschaft Haggö jubelte, und Oldavei, der zu seinen Gefährten aufschloss, fiel mit ein. Hinter ihnen drängten einige andere Wagen heran, aber keiner schien gewillt, sie zu überholen.

Vor ihnen war jetzt nur noch ein Konkurrent: Mannschaft Lilihammer.

Am Horizont, schimmernd wie eine Fata Morgana, erhoben sich in der Ferne die Dächer und hohen Mauern Lietsins.

»Schneller!«, drängte Torin.

»Die Büffel sind fast am Ende!«, antwortete Rhoman. »Sie geben alles, aber es wird nicht reichen.«

Mannschaft Haggö spürte, dass der Sieg zum Greifen nah war. Noch einen Tag zuvor hatte niemand außer Wilhelm je den Wunsch verspürt, auf einem Streitwagen zu fahren. Jetzt waren sie fast an der Spitze des Feldes und nur eine Mannschaft stand zwischen ihnen und dem Gesamtsieg.

Doch der Abstand zwischen ihnen und Lilihammer war zu groß, und obwohl sie Boden gutgemacht hatten, waren die Büffel zu erschöpft, um die Champions einzuholen, geschweige denn, sie zu überholen.

»Ich kann versuchen, mich vor sie zu setzen!«, brüllte Oldavei.

»Man kann nur als Mannschaft gewinnen!«, rief Rhoman zurück. »Man würde dich disqualifizieren!«

»Wir müssen doch etwas tun können!«, sagte Torin. Mit einem Blick nach hinten stellte er fest, dass es unmittelbar hinter ihnen keine Konkurrenten gab.

»Ich dachte, der Plan war nur, an dem Rennen teilzunehmen!«, schrie Xamus gegen das Stampfen der Hufe und das Rattern der Räder an. »Nicht, es zu gewinnen.«

»Es geht nicht ums Gewinnen!«, beharrte Torin. »Es geht darum, nicht zu verlieren!«

Xamus lächelte.

Wilhelm beugte sich vor und strich neben Rhomans Beinen an der Innenseite der Streitwagenverkleidung entlang. »Sag mir, dass es noch da ist …«, murmelte er vor sich hin. Er schob ein kleines Fach auf, sagte: »Aha!«, und holte ein seltsames Gerät heraus – etwas, das aussah wie zwei mit drei Widerhaken versehene Enterhaken an einer kurzen Kette.

»Was zum Henker ist das?«, fragte Torin.

»Eine Kleinigkeit, die ich mir in jungen Jahren auf meinen Reisen besorgt habe«, antwortete Wilhelm kryptisch. »Ein echtes Artefakt! Ich nenne es das Gerät!«

»Wie soll uns dieses Ding helfen?«

»Pass auf.« Der Barde hielt ein Hakenende fest und ließ das andere baumeln.

Auf wundersame Weise reichte es bis zum Boden des Wagens und die Kette verlängerte sich mittels Magie.

Torin sah zähneknirschend beeindruckt aus und brummte: »Nun, was auch immer du vorhast, mach es schnell!«

Lietsin war jetzt deutlicher zu erkennen, eine große Zuschauerschar war vor den Haupttoren zu sehen, auf denen die letzten Strahlen der untergehenden Sonne schimmerten.

Rhoman hatte Mannschaft Haggö bis auf zwei Wagenlängen an das führende Gefährt herangebracht und trieb die Büffel bis an die Grenzen von Ausdauer und Geschwindigkeit. Mannschaft Lilihammer führte, achtete aber nicht auf Verfolger und schien seine Mitbewerber gar nicht ernst zu nehmen.

»Es geht los!«, rief Wilhelm und ließ das eine Ende des Gerätes in einem Bogen über den Köpfen der anderen kreisen. Er ließ die

Kette und den Haken herumwirbeln, bis sie ein gleichmäßiges Brummen von sich gaben, visierte sein Ziel an und warf. Der Enterhaken segelte in einem Bogen auf Mannschaft Lilihammer zu, während sich die Kette auf wundersame Weise verlängerte.

Zwei ihrer Konkurrenten winkten und hoben siegesgewiss die Fäuste, als Lietsin immer näher rückte. Einer der langhaarigen Rennfahrer warf einen beiläufigen Blick zurück und sah, wie sich die Stachelhaken des Geräts der rechten Seite ihres Wagens näherten. Sein arroganter Gesichtsausdruck wandelte sich zu echter Besorgnis, als der Enterhaken die Kutsche an der Außenseite knapp unterhalb des Rahmens traf. Der Mann rief seinen Kameraden etwas zu, als das Ende des Geräts herunterfiel und sich die Kette an der Achse zwischen dem rechten Rad und der Wagenwand verfing. Haken und Kette wickelten sich blitzschnell um die Achse und bildeten im Bruchteil einer Sekunde eine Masse, die für das Rad zu groß war, um sich weiterzudrehen. Auf einmal blockierte es, schlitterte ein Stück, ohne sich zu drehen, über den Boden und zersprang.

Der Wagen kippte um, prallte auf den Boden und überschlug sich. Blondes Haar wirbelte durcheinander, während Körper in einer Staubwolke und unter markerschütternden Schreien durch die Luft flogen und aufschlugen.

Rhoman umfuhr das Wrack und die mit Federputz geschmückten Pferde, die nun ziellos umherliefen und eine Deichsel hinter sich herzogen, die eine Furche im Boden hinterließ.

Wilhelm schob sich zum hinteren Teil des Wagens und drückte ein Stück am Ende des Geräts zusammen, um der Kette zu signalisieren, das nun wieder freie andere Ende einzuholen.

Der Enterhaken hüpfte über den steinigen Wüstenboden, und die Kette verkürzte sich rasch, bis ihr Ende die wartende Hand des Barden erreichte.

Zur gleichen Zeit zog Oldavei längsseits. Er balancierte auf dem Rand des Fischerwagens und hielt die Zügel bis zur letzten Sekunde fest, bevor er zu seinen Gefährten hinübersprang. Der nun fahrerlose Wagen der Fischer scherte seitlich aus und Mannschaft Haggö richtete die Blicke gen Lietsin. Inzwischen waren sie nahe genug an der Stadt, um das Gebrüll der wartenden Rennbegeisterten zu hören.

44
Lietsinfest

Rhoman brachte den Wagen vor den Toren zum Stehen, ließ die Zügel fallen, stand auf, reckte die Fäuste gen Himmel und schrie ihren Sieg hinaus. Die Menge, über der viele riesige Banner und Fahnen wehten, um den Siegern zu gratulieren, antwortete mit ohrenbetäubendem Gebrüll. Einige kamen, um den siegreichen Wagen zu berühren oder durch das Fell der Büffel zu streichen. Sie erinnerten die Geächteten sowohl in ihrer Anzahl als auch in ihrer Inbrunst an die lärmende Menge beim Bardenfeld, obwohl viele von ihnen die leichte Kleidung und die wirre Kombination von Ausrüstungsgegenständen trugen, die das Markenzeichen der Wüstentracht war.

Die größtenteils jungen Erwachsenen entstammten verschiedensten Kulturen. Viele hatten ein Getränk in der Hand, waren in unterschiedlichem Maße betrunken und schrien sich heiser. Am Rande der Veranstaltung schmollten Gruppen von Anhängern, deren Kleidung der ihrer Lieblingsrennställe nachempfunden war, und beklagten die Niederlagen ihrer Helden.

»Anhänger!«, rief Wilhelm freudetrunken. »Wir haben Anhänger!« Die Lobeshymnen freuten den Barden sichtlich, der sich im Rampenlicht sonnte.

Oldavei feixte ungläubig. Torin schien zunächst unsicher zu sein, wie er reagieren sollte, wurde aber schnell mit der Situation warm und arbeitete mit der Menge, indem er die Faust schüttelte und immer wieder »Jawohl!« rief. Xamus grinste die ganze Zeit, tat aber nicht viel mehr, als vor einigen der euphorischeren Frauen den Hut zu ziehen.

Die Versammlung bestand jedoch nicht nur aus Feiernden.

Gepanzerte, berittene Soldaten des Kämpfenden Ordens hatten sich unters Volk gemischt. Erstaunlicherweise schienen ihre Augen auf die Menge gerichtet zu sein, und sie suchten die Flut von Gesichtern nach Kindern der Sonne und – so unglaublich es auch anmutete – nach den Geächteten selbst ab. Die Torwächter zu beiden Seiten des Eingangs und oben auf den Zinnen der gewaltigen Mauern beobachteten die Feierlichkeiten mit Interesse, schienen die Mannschaft aber nicht zu erkennen.

Langsam rollte der Wagen durch die offenen Tore.

Wilhelm beugte sich zu Torin. »Ich habe doch gesagt, das klappt!«

Der Zwerg klopfte dem Barden daraufhin mit einer kräftigen Hand auf die Schulter und grinste.

Rhoman lenkte weiter im Stehen, die Zügel in der Hand, und johlte, brüllte und jubelte die ganze Zeit. Das ausgelassene Volk füllte jeden Zentimeter des weitläufigen Platzes unmittelbar vor den Toren, hisste weitere Fahnen und Banner und ließ eine Kakofonie von lärmenden Instrumenten erklingen.

Auf der einen Seite des Platzes erhob sich eine große Freilichtbühne. In der Mitte davon saß ein Gnom mit hochgestecktem Haar und Spitzbart, der einen perfekt geschnittenen Anzug trug. Flankiert wurde er von zwei spärlich bekleideten Frauen, eine menschlich, die andere eine Satyrin, die aufreizende Posen einnahmen. Über ihnen spannte sich ein riesiges Banner, auf dem die Worte »Lietsin 100« prangten. An der Vorderseite der Bühne und auf Bannern in der Nähe stand »Kurzweyl GmbH« geschrieben. Der elegant gekleidete Gnom schrie in ein Megafon: »Da kommen sie! Meine Damen und Herren, unsere Sieger!«

Die Menge wurde noch lauter, als ein Rennleiter Mannschaft Haggö ein Zeichen gab, in der Nähe der Bühne anzuhalten.

»Wenn mich meine Augen nicht trügen«, fuhr der Ansager fort, »sieht es so aus, als ob wir heute *neue* Sieger krönen werden!« Die Menge jauchzte. »Kommt, ihr Wüstenteufel! Könige des Wagenrennens! Kommt zu mir auf die Bühne!«

Wilhelm beugte sich vor und flüsterte den anderen zu, bevor sie abstiegen: »Behaltet bloß die Schutzbrillen auf!«

Der Gnom stellte sich vor: »Ich bin natürlich euer stets aufgeregter, stets freimütiger, fröhlich plappernder Zeremonienmeister ... Großmeister Zupf!« Die Geächteten und Rhoman enterten die Bühne. »Ich begrüße recht herzlich ...« Zupf senkte das Megafon und hielt es Oldavei vor die Nase.

Wilhelm schnappte es sich und rief: »Wir sind Mannschaft Haggö!«

Das Publikum drehte durch.

»Mannschaft Haggö!«, wiederholte Zupf und entriss Wilhelm das Megafon wieder.

Die Menge skandierte: »Haggö! Haggööö!«, als eine dritte attraktive Frau die Bühne betrat, eine Metalltrophäe in der Hand, die sie dem versammelten Publikum präsentierte.

»Es ist mir eine besondere Freude – und unserem Sponsor, der Kurzweyl GmbH, selbstverständlich auch – zu verkünden«, sagte Zupf und nahm die Trophäe, »dass ihr ...« Er machte eine Pause. »... die Sieger des diesjährigen Lietsin 100 seid!« Dann überreichte der Gnom der Mannschaft den Pokal.

Die Geächteten gaben Wilhelm ein Zeichen, ihn entgegenzunehmen. Er tat es und stemmte den riesigen Metallkelch mit beiden Händen in die Höhe, während die Menge tobte und ein Mann mit einem grasgrün gefiederten Schlapphut und passenden Gewändern nach vorn drängte.

»Platz da!«, befahl er. »Macht Platz, solange es noch hell ist!« Mit einer gespannten Leinwand und einem Schieferstift in der Hand stand er am Fuß der Bühne und beäugte die Mannschaft kritisch, während seine Hand über die Leinwand flog.

Rhoman wandte sich der Mannschaft zu und verkündete: »Er macht die Skizze! Später wird er sie kolorieren und dann ...«

»Dann, Mannschaft Haggö, werdet ihr an den Wänden der *Wütenden Achse* verewigt!«, erklärte Zupf.

Die beiden Frauen, die bei Zupf gestanden hatten, flankierten nun die Sieger und posierten erneut.

Torin umfasste die Hüften der Satyrin. »Daran könnte ich mich gewöhnen!«

»Dann ist da noch die Siegprämie«, fuhr Zupf fort.

Die Frau, die die Trophäe gebracht hatte, kehrte nun zurück und trug etwas, das wie ein schwerer Sack aussah. Zupf wies sie an, ihn der Mannschaft zu überreichen, was sie auch tat. Oldavei nahm ihn entgegen, warf sofort einen Blick hinein und ließ ihn dann offen, damit die anderen den Inhalt sehen konnten. Mannschaft Haggö jubilierte. Rhoman machte vor Freude einen Luftsprung.

»Ich gebe euch außerdem diese Gutscheine«, verkündete Zupf, »für die Sandmärkte!«

Torin nahm die Karten entgegen. Xamus lachte laut über den Irrsinn des Ganzen, und während die Mannschaft der Menge zuwinkte und darauf wartete, dass der Künstler seine Skizze fertigstellte, nahm er sich einen Moment Zeit, um die Stadt zu betrachten, von der er so viel gehört hatte und die sich im schwindenden Licht vor ihm ausbreitete. Direkt vor ihm befanden sich eine ganze Reihe von Kuppeldächern, wie sie sie auch in Baker gesehen hatten. Auf der rechten Seite sah er die oberen Ränge und die Fahnenreihe des gigantischen Kolosseums, das das Zentrum der Stadt einnahm. Dahinter ragte ein weiterer Obelisk empor, ähnlich dem auf dem Hügel in Baker, nur dass von der Spitze dieses Monuments ein flimmerndes weißes Licht ausging.

Xamus musterte die Leute, die sich auf dem Platz versammelt hatten. Ein Meer von Gesichtern und unter ihnen der berittene Kämpfende Orden. Einer von ihnen, ein Mann am anderen Ende der Menge, warf einen Blick auf die Bühne, sah weg und richtete seine Aufmerksamkeit dann wieder auf die Mannschaft. Er starrte weiter Richtung Bühne und vermittelte Xamus ein ungutes Gefühl.

Die Stimme des Zeremonienmeisters erregte Xamus' Aufmerksamkeit, als der Gnom verkündete: »Nachdem nun diese Formalitäten erledigt sind … meine Damen und Herren, ist es mir eine besondere Freude«, seine Stimme nahm einen verschwörerischen Ton an, als die Menge still wurde und wartete, »offiziell zu verkünden: Das Lietsinfest ist eröffnet!«

Die Menge brach in Begeisterungsstürme aus. Für viele war der ein ganzes Jahr herbeigesehnte Moment gekommen. Die Gewänder fielen von vielen Körpern und enthüllten knappe bunte Festkleidung darunter. Mehrere der Banner und Fahnen mit der Aufschrift »Lietsin 100« wurden eingeholt und wichen bunten Symbolen und Dekorationen für das Lietsinfest.

Aufwendig kostümierte und bemalte Tänzer, Akrobaten und Jongleure erschienen wie aus dem Nichts. Überall auf dem Platz ertönten Trommeln, begleitet von einer Vielzahl weiterer Musikinstrumente, und in der Stadt entzündete man riesige Fackeln.

»Eine letzte Ankündigung, bevor ich euch gehen lasse«, sagte der Zeremonienmeister, trat zu Xamus und überreichte ihm eine weitere Handvoll Karten; diese waren leuchtend rot. »In einer Stunde seid ihr ins Große Kolosseum eingeladen. Dort werdet ihr als Ehrengäste der Kurzweyl GmbH das Spektakel eures Lebens genießen können ...« Er blickte in die Menge. »Das Finale, das Hauptereignis unserer jährlichen KurzweylMANIA!«

Noch einmal jubelte die Menge. Zupf teilte der Mannschaft mit, wo die Ställe und die Garage für den Streitwagen zu finden waren, und machte ihnen noch einmal klar, dass er sie später in der Arena erwarten würde. Die Mannschaft unterhielt sich kurz, ehe sie die Bühne verließ, und vereinbarte, dass Rhoman das Unterstellen des Wagens und die Unterbringung der Büffel regeln und sich dann mit den Geächteten auf den Sandmärkten treffen würde.

Sobald Mannschaft Haggö ein Bad in der Menge nahm, drückte man den Geächteten Getränke in die Hand. Rhoman bestieg den Wagen, und als die anderen begannen, sich ihren Weg durch die jubelnde Menge zu bahnen, erklangen vor den Toren erneut Stimmen.

»Eine weitere Mannschaft kommt an!«, rief Wilhelm aus. Die Körpergröße des Barden ermöglichte ihm eine bessere Sicht, und er war der Erste, der bemerkte, wer den zweiten Platz einnehmen würde. »Die verdammten Zentauren!«

Nachdem Rhoman den Wagen weggebracht hatte, schlossen sich die Geächteten den Feiernden an und bejubelten die Ankunft der Zentauren, die zwar etwas erschöpft wirkten, aber dennoch ihre Fäuste zur Siegergeste erhoben. Wilhelm bemerkte, dass der unechte menschliche Wagenlenker irgendwann enthauptet worden war und dass nun Stroh aus seinem Halsloch ragte.

Hysterisch lachend bahnten sich die Geächteten ihren Weg durch die überfüllte Altstadt und dann weiter zu den berüchtigten Sandmärkten, wo Oldavei unter den Verkäufern einige Gegenstände und Kleidungsstücke entdeckte, die von seinem Volk stammten. Ein Soldat des Kämpfenden Ordens ritt in der Nähe und musterte die Menge, was die Geächteten dazu veranlasste, in die Hocke zu gehen, als wollten sie die auf Decken unter dem Tisch aufgereihten Waren begutachten.

Als der Soldat weiterritt, sprach Xamus, der den Reiter immer noch argwöhnisch beäugte, die anderen auf Rhoman an. Es dauerte nicht lange, bis sie sich einig waren. Eine halbe Stunde später fand der von Bewunderern verschiedenster Völker und Geschlechter umringte Kutscher, dessen wippender Gang einer Melodie folgte, die nur er hören konnte, sie zwischen den Verkaufsständen. Während die Gruppe eine weitere Runde kostenloser Getränke in sich hineinschüttete, sagte Wilhelm zu dem Fahrer: »Hey, Kumpel, wir müssen uns mal unterhalten.«

Die berauschte Miene des Fahrers wurde ernst. »Feuert ihr mich jetzt?«, fragte er.

»Nein, keineswegs – hör zu, wir müssen dir etwas sagen«, entgegnete der Barde.

»Etwas, worüber wir dich schon deutlich früher hätten informieren sollen«, fügte Xamus hinzu.

»Wir werden gesucht«, sagte Oldavei. »Wir sind Geächtete.«

»Mit unseren Problemen willst du sicher nichts zu tun haben«, ergänzte Torin.

»Oh«, antwortete Rhoman und sah sie der Reihe nach an. »Ja. Ich, äh, ich verstehe.« Er fischte einen Schlüssel aus der Tasche seiner Robe. »Der ist für die Garage. In die Ställe könnt ihr einfach ...«

Wilhelm hob die Hand. »Wir sind uns alle einig«, informierte er den Wagenlenker. »Zum einen möchten wir, dass du das hier bekommst ...« Er reichte dem Fahrer die Trophäe. Darin befand sich ein Fünftel der Siegprämie.

»Ich bekomme die Trophäe? Ernsthaft?«, vergewisserte sich Rhoman mit großen Augen.

»Ja, ernsthaft«, erwiderte Wilhelm. »Du hast uns hergebracht. Vor allem aber möchte ich, dass du diesen Schlüssel behältst.«

»Aber ...«, setzte Rhoman an.

»Der Wagen gehört ab jetzt dir«, verkündete der Barde. »Ich weiß nicht, wie es für uns weitergeht, aber ich sehe uns nicht mit dem Ding durch Rechtbrand fahren.« Er feixte. »Der Wagen hat sein Soll erfüllt. Nimm ihn und mach das Beste daraus. Gewinn vielleicht noch ein paar Rennen.«

Rhoman hatte Tränen in den Augen. Mit einer Hand reckte er die Trophäe in die Höhe, den anderen Arm schlang er um Wilhelm.

»Du bist wirklich der beste Fahrer im Rennzirkus«, sagte Wilhelm.

»Experte«, stimmte ihm Oldavei zu. Beide schlugen Rhoman auf die Schulter.

Rhoman wischte sich die Tränen weg.

Xamus nickte den anderen zu. »Wir sollten eine Weile die Füße stillhalten und uns dann in die Arena begeben.« Er riet Rhoman: »Mach am besten einen großen Bogen um den Kämpfenden Orden.«

Rhoman nickte, verabschiedete sich und machte sich auf zu neuen Abenteuern. Augenblicke später befanden sich die Geächteten im dichtesten Teil der Menge und taten ihr Bestes, um nicht aufzufallen. An einer Stelle bemerkte Xamus eine Gestalt in einem ärmellosen grünen Wams. Er erhaschte nur einen flüchtigen Blick auf den Mann, der Darylonde Krallenhand sehr ähnlich sah, bevor die Gestalt unter den Feiernden verschwand.

45
Blutarena

Mannschaft Haggös plötzliche Berühmtheit machte den Weg zum Großen Kolosseum zu einer Gratwanderung. Einerseits genossen die Geächteten die Anerkennung und die vielen kostenlosen Getränke in vollen Zügen, andererseits mussten sie aber auch die Reiter des Kämpfenden Ordens meiden, der in der ganzen Stadt eine beachtliche mobile Präsenz zeigte.

Auf Wilhelms Drängen hin trug die Gruppe weiterhin ihre Schutzbrillen, als sie sich einen Weg durch die Massen in der Stadtmitte bahnten, einem Bereich, der als Legendenzentrum bekannt war. Als sie sich der kolossalen, kreisrunden, fünfstöckigen Arena mit ihren Arkaden und Statuen näherten, brauchte das Team all seine Willenskraft, um nicht in den *Zerbrochenen Kelch* zu schlendern, eine bis unter die Decke gefüllte Taverne, und sich dort ins Koma zu saufen.

»Wir können nach der Hauptveranstaltung immer noch hierher zurückkommen«, überlegte Xamus. »Aber die Arena ist der Ort, an dem wir den Kultisten in unseren Visionen gesehen haben, und die Tatsache, dass wir durch unseren Sieg Zugang erhalten haben ...«

»Ja«, stimmte Torin zu, während sie eine Schar rau aussehender Gestalten jeder Couleur umgingen, die sich bei den Bogen der unteren Ränge des Kolosseums herumtrieben. »Das kann kein Zufall sein. Es dürfte auf jeden Fall Spaß machen, den Kämpfen zuzusehen. Du kennst doch die KurzweylMANIA«, sagte der Zwerg zu Wilhelm. »Sind das die Kämpfer?«

»Das sind hoffnungsvolle Amateure«, entgegnete der Barde. »Die erfahreneren Gladiatoren sind schon den ganzen Tag beschäftigt. In der Arena gibt es eigene Wagenrennen und heftige Kämpfe, bei denen sie gegen alle möglichen fiesen Tiere und anderes Zeug antreten. Das ist Wahnsinn, Mann! Bei der Hauptveranstaltung treten die erfahrenen Kämpfer gegen diese Amateure an und gegen alles, was den Veranstaltern sonst noch so einfällt.«

»Das wird ein Spaß!«, schwärmte Oldavei.

»Wie kommen wir in den verdammten Laden überhaupt rein?«, fragte der Zwerg, just als jemand in der Nähe die Gruppe erkannte.

»Haggö!«, schrie der Betrunkene.

»Höchstselbst!«, platzte Torin heraus, warf seinen leeren Becher weg und schritt forsch aus.

Die Geächteten lächelten, nickten und bedankten sich für die vielen Glückwünsche der Feiernden in ihrer unmittelbaren Umgebung. Die Menge hatte sich dicht um sie gedrängt, als eine Stimme polterte: »Da seid ihr ja!«

Die Geächteten legten die Hände an die Waffen und bereiteten sich auf das Schlimmste vor, als ein dicklicher, muskelbepackter Oger in gelber Jacke mehrere Festbesucher zur Seite schob und sagte: »Ehrengäste! Folgt mir!« Der Oger schob weitere Trunkenbolde aus dem Weg, duckte sich durch einen Bogen und hämmerte an eine eisenbeschlagene Tür.

Ein Gnoll, der ebenfalls eine gelbe Jacke trug, öffnete.

»Die Gäste!«, informierte ihn der Oger.

Mit einem Nicken ließ der Gnoll die Geächteten ein. Die Tür schloss sich mit einem Knall, als sie einen kurzen Tunnel durchquerten und einen großen, schattigen Raum betraten, der auf groben Holzstützbalken ruhte, die flackernde Feuerstellen unheimlich beleuchteten.

Dunklere Bereiche und Lichtpunkte wiesen auf verschiedene Gänge und Durchlässe hin. Sie hörten das Klirren von Ketten, das Öffnen und Schließen von Türen und ferne Stimmen, die ein noch dumpferes Geräusch überlagerte: die Rufe und das ängstliche Gemurmel von tausend Zuschauern irgendwo jenseits dieser Mauern.

»Wartet hier!«, bat der Gnoll, drehte sich um und eilte eine Holztreppe hinauf.

Torin warf einen Blick in einen der Gänge und sah, wie ein großer Mann mit Speer und Schild dort auf und ab ging. Dann trat ein weiterer Mann ins Blickfeld, eine Gestalt in einer Robe.

Das Licht der Feuerstellen schimmerte auf der Klinge in seiner Hand, einem fein gearbeiteten Krummsäbel. Der Mann nickte jemandem zu, den Torin nicht sehen konnte, und verschwand dann aus dem Blickfeld.

»Das war er!«, rief Torin.

»Wer?«, fragte Wilhelm.

»Der Kultist aus der Vision!«, rief Torin über seine Schulter.

Die anderen sahen einander an und fanden einen stillschweigenden Konsens. Sie ließen ihre nun leeren Becher zurück und folgten dem Zwerg. Nicht weit entfernt schloss sich eine Tür. Einen Augenblick später bog Torin rechts ab und sie folgten einem kurzen, dunklen Gang zu einer vergitterten Holztür.

»Mm«, brummte der Zwerg.

Vor der Tür hörte man Großmeister Zupfs Stimme. »Nach einem aufregenden Tag atemberaubender Unterhaltung ist es nun an der Zeit. Seid bereit! Denn nun beginnt das Hauptereignis der KurzweylMANIA, ermöglicht von unserem herausragenden Sponsor, der Kurzweyl GmbH!«

»Wir sollten abhauen«, drängte Wilhelm.

»Ich bin mir sicher, dass ich ihn gesehen habe!«, beharrte Torin. Er sah nach links – da war ein Zugang, vor dem ein schwarzes Tuch hing.

Zupf peitschte draußen weiter die Menge auf, während Torin sich durch den Vorhang schob. Die Gruppe durchquerte einen schmalen, holzverkleideten Korridor und gelangte zu einem weiteren, größeren Gang, der ihren kreuzte. Torin schlug einen Haken nach rechts und ging eine kurze Strecke bis zu einem stabilen Fallgitter. Hinter ihnen erscholl ein unmenschliches Kreischen aus den tiefen Schatten, begleitet von lauten Schlägen von etwas Hartem, das gegen die Eisenstäbe stieß.

»Ähm ...«, sagte Oldavei.

Draußen verkündete Zupf gerade: »Nun, meine Damen und Herren ... der Endkampf!« Das Fallgitter hob sich. Aus den Schatten ertönte das Geräusch eines weiteren Eisentors, das sich hob. Etwas stürzte schreiend aus den dunklen Nischen.

»Los!«, befahl Oldavei und kam zu den anderen gerannt. Der Ma'ii stieß eine Reihe von Holztüren auf, und die Geächteten stürmten auf den sandigen Boden der Arena, empfangen vom ohrenbetäubenden Geschrei der blutrünstigen Menge.

Kampfschreie, Todesschreie und das Getöse des Kampfes erfüllten das weite Rund. Die Gesetzlosen hatten kaum Zeit, um im gleißenden Licht riesiger Fackeln auf hohen, dicken Stangen, die gerade vom Ausgang weggerollt wurden, die Anwesenheit mehrerer anderer Kämpfer zu registrieren. Eine monströse Kreatur tauchte aus dem Tunnel auf, zweieinhalb Meter hoch, mit sensenartigen, hakenförmigen Knochenklingen als Hände, der Körper bedeckt mit stacheligen Fortsätzen und Panzerplatten.

Aus einem Schädel, der an einen riesigen Raptor mit spitzem Schnabel erinnerte, lugten runde, bösartig gelbe Augen hervor. Die Kreatur stürmte auf zwei dicken Beinen und rasiermesserscharfen Klauen an den Füßen voran, kreischte blutrünstig, drehte sich um und griff das nächstgelegene Ziel an – Wilhelm, der sich auf Handflächen und Hacken rückwärts entfernte. Ein massives Klauenbein bohrte sich in den Boden und verfehlte seine Leiste nur um wenige Zentimeter. Xamus hackte auf die riesige Bestie ein, während Torin und Oldavei sich einem weiteren Angreifer gegenübersahen – einem ledergepanzerten, mit Breitschwert und Kriegsflegel bewaffneten Minotaurus.

Ein Zuschauer im untersten Sitzbereich, direkt über der Begrenzungsmauer, rief: »Sie sind es! Sie sind es, das ist Mannschaft Haggö!«

Die Fans in der Nähe stimmten sofort »Haggö!«-Sprechchöre an. Bald schlossen sich andere an, und der Ruf verbreitete sich auf den Rängen, bis das ganze Kolosseum von ihrem Namen widerhallte.

Torin duckte sich, die mit Stacheln besetzte Kugel des Kriegsflegels zischte über seinen Kopf hinweg und streifte Oldavei, der den Bauch einzog, als er zurücksprang.

Als Wilhelm wieder auf die Füße kam, stieß Xamus heftig zu, um eine Schwachstelle in der natürlichen Rüstung des Monsters zu finden – ohne Erfolg. Das Ungeheuer schlug mit dem Rücken einer Sensenklaue zu, traf den Elfen mit dem zackigen Knochenkamm und riss ihn von den Füßen. Er prallte gegen einen der schweren Fackelhalter und kugelte sich die linke Schulter aus.

»Das sind – ja, das sind sie. Mannschaft Haggö!«, erdröhnte Großmeister Zupfs Stimme aus seinem Megafon. Er stand auf einem Podium, das in weiter Ferne ein gutes Stück in die Arena ragte. »Ein großartiger Anblick! Es scheint, als habe der Sieg beim

Lietsin 100 diesen unerschrockenen Abenteurern nicht gereicht! Sie kämpfen auch hier in der KurzweylMANIA um den Siegertitel! Hat ihr Ehrgeiz denn kein Ende?«

Die monströse Kreatur stürzte sich mit weit geöffnetem Schnabel auf Wilhelm und bot dem Barden, der sein Langschwert in die Kehle des Monsters rammte, so endlich ein verwundbares Ziel. Auf der Tribüne drehte die Menge durch.

Nicht weit entfernt brüllte der Minotaurus und schlug mit seinem Breitschwert zu, während Oldavei zur Seite auswich. Torin raste mit erhobener Axt heran – und bemerkte zu spät, dass von links ein Zentaur heranstürmte, der ihm mit seiner Stachelkeule den Schädel einschlagen wollte. Da krümmte sich der Pferdemensch plötzlich schreiend nach hinten. Seine Vorderbeine knickten ein, er kippte vorwärts und stürzte in den Sand, ein Pfeil ragte aus seinem Rücken. Die Ablenkung genügte dem Minotaurus, um zurückzuspringen und sich vorübergehend aus der Reichweite von Torins Axt zu bringen.

In diesem Moment flankte eine Gestalt, die der Aufmerksamkeit der anderen bisher entgangen war, von der untersten Sitzebene aus über die Wand in die Arena. Sie rollte sich vorwärts ab und rannte auf die Geächteten zu – der Bogenschütze, dessen Pfeil den Zentauren niedergestreckt hatte: Darylonde.

»Eine weitere erstaunliche Entwicklung!«, rief der Zeremonienmeister. »Ein neuer Akteur hat in den Kampf eingegriffen und scheint Mannschaft Haggö zu unterstützen!«

Im Laufen spannte der Wildniswahrer erneut die Sehne und schoss, diesmal auf eine neue Bestie, die auf die Gesetzlosen zuhielt – einen riesigen Eulenbären. Der Pfeil, der hoch in einer Schulter stecken blieb, hatte keinerlei Wirkung auf das wütende Tier.

Darylonde näherte sich den Geächteten und rief: »Bildet einen Kreis! Los, bildet einen Kreis! Rücken an Rücken!«

Wilhelm hatte gerade sein Schwert aus dem gefallenen Monstrum gezogen, als Darylonde ihn am Ärmel packte und auf Torin und Oldavei zuzog.

»Seit wann bist du ...«, begann der erschrockene Barde.

»Später!«, brüllte Darylonde und zog sein Langschwert.

Xamus eilte zurück zur Gruppe und wollte den Eulenbären mit einem Schlafzauber belegen, musste aber feststellen, dass seine ausgekugelte Schulter seine Fähigkeit beeinträchtigte, mit links zu gestikulieren.

»Kämpft wie ein Mann, Rücken an Rücken!«, befahl Darylonde.

Die Geächteten taten, wie ihnen geheißen, während der riesige Eulenbär näher kam.

Der Minotaurus umkreiste die versammelten Geächteten, schnaubte und trampelte rückwärts über den Kopf des niedergestreckten Zentauren hinweg, bis er mit dem Rücken zur Tür stand, aus der Mannschaft Haggö gekommen war.

»Auseinander auf mein Zeichen«, befahl Darylonde.

Der Zentaur senkte den Kopf und stürmte vor, während der Eulenbär von der anderen Seite herandonnerte.

»Jetzt!«, schrie Darylonde.

Die Gruppe gab ihre Formation auf und sprang dem Eulenbären aus dem Weg, der plötzlich direkt auf den überraschten Minotaurus zustürmte. Dem Stiermenschen gelang es, mit einem Schwung seines Kriegsflegels den Schädel des Eulenbären zu spalten, kurz bevor das rasende Tier seine sichelklingengroßen Klauen in die Eingeweide des Minotaurus stieß. Darmschlingen fielen mit einem saftigen Geräusch in den Sand. Überall auf den Rängen brach die Menge in Jubelrufe aus.

Der Minotaurus sank auf die Knie, während der Eulenbär herumfuhr und Xamus und Darylonde zurücktrieb. Wilhelm und Oldavei näherten sich den Flanken des Tieres, während Torin auf seine Hinterbeine einschlug. Ein Tritt des Eulenbären streifte den Zwerg und brach ihm zwei Rippen.

Xamus und Darylonde führten ein tapferes Rückzugsgefecht und ihre Gefährten stießen von beiden Seiten Klingen in das Tier. Der Eulenbär, in dessen Schädel noch immer die Stachelkugel steckte, brüllte und bäumte sich auf den Hinterbeinen auf, um dann loszustürmen. Xamus rammte sein Schwert einhändig bis zum Heft oberhalb der Tatze in den Arm der Bestie, sodass die Klinge auf der anderen Seite wieder hervortrat. Wilhelm und Oldavei stachen weiter zu, während Darylonde vorwärtsstürzte und seine Klinge zwischen den Rippen hindurch ins Herz des Eulenbären rammte. Er zog seine Waffe wieder heraus und taumelte, als die mächtige Bestie fiel, den Boden erschütterte und eine Sandwolke aufwirbelte.

Die Menge brüllte vor Begeisterung. Xamus, der noch immer nach Luft schnappte, riss sein Schwert ebenfalls aus dem Leichnam und wich zurück, wobei er spürte, wie der Boden unter ihm nachgab. Er stolperte in Richtung Arenamitte und bemerkte, dass ein dreieinhalb auf dreieinhalb Meter großer Teil des Bodens bebte. Von dort wurde Sand in die Luft geschleudert. Am Rand bemerkte er ein Schloss, das an einer dicken Klammer hing, und die riesige Falltür – die jetzt erneut erbebte – daran hinderte, sich zu öffnen. Etwas tobte unter ihren Füßen und versuchte sich zu befreien. Etwas Riesiges, das im Augenblick glücklicherweise gefangen war.

Xamus drehte sich um und musterte den Rest der Arena, wo Leichen im blutgetränkten Sand verstreut lagen. In einem Bereich des Schlachtfelds standen drei Kämpfer einem wilden, aber schwer verwundeten Oger mit nacktem Oberkörper gegenüber, während in einem anderen Bereich der gewandete Kultist, den Torin zuvor gesichtet hatte, gegen vier Gegner antrat. Seine Bewegungen waren ein anmutiger Tanz, während er einem Schlag nach dem anderen geschickt auswich. Mit seinem Krummsäbel machte er seine Gegner ebenso schnell wie gnadenlos nieder, durchtrennte Kehlen und Adern, bis nur noch er übrig war.

»Er ist es«, sagte Torin, der seine verletzten Rippen hielt, an Xamus' Seite. »Einer der sogenannten Amateure ... sieht für mich nicht so amateurhaft aus.«

»Der Kultist aus euren Visionen«, konstatierte Darylonde, der nun an der anderen Seite des Elfen auftauchte.

Bevor der Wildniswahrer fortfahren konnte, verkündete Großmeister Zupf: »Meine Damen und Herren, Mannschaft Haggö, die Sieger des Lietsin 100, haben bis jetzt überlebt ...«

Während die Menge jubelte, ertönte eine weitere Stimme, ein dröhnender Bass, den die Geächteten sofort erkannten. »Das sind keine Sieger«, erklärte die Stimme.

Auf der anderen Seite der Arena entfernte sich der Zeremonienmeister schnell, als Eisenburg auf das Podium trat, wobei die pelzgefütterte Kapuze seine Gesichtszüge verbarg. »Das sind gesuchte Verbrecher! Und nun ist endlich ...« Er sprang über die niedrige Mauer und landete mit dem Streitkolben in der Hand in der Arena. »... die Stunde der Abrechnung gekommen!«

46

In der Falle

Durch acht Zugänge ritten Friedenswahrer des Kämpfenden Ordens in die Arena ein und bildeten einen Kreis. Der Oger und seine drei Gegner hielten inne, sahen sich irritiert um und wussten nicht, was sie tun sollten. Der Kultist schien die Situation einfach nur zur Kenntnis zu nehmen, als er sich zu einem der Fackelhalter begab und wartete. Eisenburg marschierte vorwärts.

»Formation!«, befahl Darylonde.

Torin riss dem Eulenbären den Kriegsflegel aus dem Schädel und gesellte sich zu den anderen, die sich in der Mitte des Kolosseums wieder Rücken an Rücken stellten. Der Zwerg klemmte seine Axt unter einen Arm und riss seine Schutzbrille herunter, woraufhin die anderen es ihm gleichtaten. Darylonde tauschte sein Schwert gegen Pfeil und Bogen.

»Du hättest dich nicht in diese Lage bringen müssen«, sagte Xamus zu dem Wildniswahrer.

»Es gibt für alles einen guten Grund«, entgegnete der Soldat ohne weitere Erklärung.

Über sich hörten sie das Kreischen des gefürchteten Falken Bolo. Seine Herrin trat aus einer verdunkelten Türöffnung zwischen zwei Krieger des Kämpfenden Ordens, in der Nähe des verwirrten Ogers. Die Soldaten hatten sich mittlerweile vollständig formiert, mindestens hundert Mann stark. Die fassungslose Menge auf der Tribüne war mucksmäuschenstill.

Ein paar Meter von den Geächteten entfernt erschütterte ein heftiger Schlag die Falltür. Ein leises Grollen, fast ein Knurren, drang von unten herauf.

Eisenburg zog sich zu einem zehn Meter entfernten Fackelhalter zurück, dicht gefolgt von einer Gruppe von Friedenswahrern. »Ihr müsst euch für so einiges«, verkündete der Paladinritter und streifte seine Kapuze zurück, »verantworten.« Brandnarben verbanden einen Teil seiner Lippen auf der linken Seite miteinander und erstreckten sich über seine Nase und Teile der Stirn. Eine grobe Halbmaske aus Eisen, die einen Großteil der linken Gesichtshälfte bedeckte, versuchte den Schaden zu verbergen, den Nicholas' Tod verursacht hatte. Das Auge, das durch das Loch in der Maske blickte, war strahlend weiß.

Wilhelm brach in Gelächter aus. Xamus und Darylonde, die links und rechts von ihm standen, sahen den Barden an, als hätte er den Verstand verloren. Er erwiderte ihren Blick und schüttelte den Kopf.

»Tut mir leid, es ist nur ... ich meine, sein Name ist *Eisenburg*. Da ist der neue Geschichtsschmuck doch passend, oder?«

Der Paladinritter hob die linke Hand, dann ließ er sie wieder sinken. Ein Signal ... gefolgt von dem Geräusch von etwas, das von irgendwo auf der Tribüne die Luft zerschnitt. Dann ein Einschlag – ein Pfeil in der Mitte von Wilhelms Brust. Die Hand des schockiert dreinblickenden Barden flog zu dem Schaft. Er brach zusammen.

Das Publikum keuchte entsetzt auf. Großmeister Zupf sah vom Podium aus einfach nur noch zu und wagte es nicht, einen Kommentar abzugeben.

Xamus fing Wilhelm auf, während Darylonde mit gespanntem Pfeil die Tribüne absuchte. Er visierte sein Ziel an, zielte und ließ den Pfeil fliegen.

Daromis, Eisenburgs Bogenschütze und Vollstrecker, hatte gerade noch genug Zeit zu reagieren und wich zur Seite aus, sodass der Pfeil des Wildniswahrers im Oberschenkel eines Zuschauers hinter ihm stecken blieb. Der Mann schrie, das Publikum um den Bogenschützen herum geriet in Panik.

Darylonde schnappte sich sofort einen weiteren Pfeil, spannte seinen Bogen, visierte Eisenburg an und schoss. Das Geschoss flog auf das linke Auge des Paladinritters zu, zerfiel aber zu Asche, ehe es sein Ziel traf. Der Wildniswahrer sah sich verwirrt um und entdeckte ein langhaariges, hageres altes Weib, das zwischen zwei berittenen Ordenskriegern hervortrat.

»Hexe!«, spie Darylonde, dann wandte er sich Wilhelm zu.

Wie durch ein Wunder war der Barde noch am Leben und zog

den Pfeil aus seinem Kettenhemd, wo er eine kleine Delle in der Mitte des kreuzförmigen Symbols hinterlassen hatte.

»Palonsus ...«, sagte Wilhelm und ließ den Pfeil fallen. »Der Schmied macht verdammt gute Kettenhemden.«

Es war eine willkommene, wenn auch nur vorübergehende Gnadenfrist, stellten die Geächteten fest, als sie die Zahl derer registrierten, die ihnen gegenüberstanden.

»Wir sitzen in der Falle«, flüsterte Oldavei.

Torin musterte die Falltür. »Unterschätze niemals die Kraft der Verzweiflung.«

»Ergreift sie!«, befahl Eisenburg.

Die Friedenswahrer galoppierten heran.

Darylonde schoss einen Pfeil ins Auge eines entgegenkommenden Reiters, hängte dann den Bogen über die Schulter und zog das Schwert. Torin trat zwei Schritte zurück und ignorierte den unerträglichen Schmerz in seiner Seite, während er den Kriegsflegel mit aller Kraft schwang und Kugel und Kette auf das Schloss der Falltür schmetterte.

»Was ...«, begann Oldavei.

»Ich versuche nur, die Chancen ein wenig auszugleichen«, knirschte Torin und drosch weiter auf das Schloss ein, was erkennbare Schäden verursachte. Die Truppen des Kämpfenden Ordens kamen näher. Torin schlug noch einmal gegen das Schloss und diesmal brach es.

»Obacht!«, riet der Zwerg und sprang zur Seite, als die Falltür aufflog.

Ein siebeneinhalb Meter großer Tyrannosaurus barst aus dem Loch hervor, donnerte auf den nächstbesten heranstürmenden Reiter zu, neigte den Kopf, als er sich auf dessen Pferd stürzte, und schloss die Kiefer um den Hals des Reittiers. Die Schmerzensschreie des Hengstes erstarben abrupt, als der riesige Theropode zubiss und dann den Ordenskrieger samt seinem schlaffen Reittier durch die Luft schleuderte.

Die Menge brach in Beifall aus.

Fast die Hälfte der Pferde bockte mit großen Augen, bäumte sich auf oder machte kehrt und rannte davon. Die andere Hälfte der Soldaten kam näher, aber ihr Vormarsch war ungeordnet und unkoordiniert. Die Reiter behielten die Geächteten im Auge, während sie gleichzeitig ängstlich das rasende Ungetüm beobachteten.

Oldavei nutzte die Unentschlossenheit eines verwirrten Friedenswahrers aus, sprang hinter ihm hoch und stieß die Spitze seines Schwertes unter den Helm des Soldaten. Er stieß den Sterbenden beiseite, sprang in den Sattel und packte die Zügel. Dann ritt er zwischen den anderen Reitern hindurch, schnitt ihnen den Weg ab und drängte sie ab, um das Chaos und die Verwirrung so gut es ging zu vergrößern. Als er einen berittenen Soldaten angriff, stürzte sich ein anderer auf seine ungeschützte Flanke. Ehe der Schwerthieb jedoch treffen konnte, schlang sich ein Enterhaken um dessen Handgelenk.

Wilhelm drückte auf das andere Ende des Geräts, wodurch die magische Kette eingezogen wurde und sie den Soldaten aus dem Sattel riss. Der Barde wich dem Hieb eines anderen Angreifers aus, wobei er eine Blessur an der Schulter davontrug.

In einigen Metern Entfernung starrte der Tyrannosaurus Eisenburg mit glänzenden Augen an, senkte den riesigen Kopf und griff an. Der Paladinritter stürmte vor und stieß einen Kriegsschrei aus. Die beiden prallten aufeinander und Eisenburg schlug dem Ungetüm beidhändig ins Gesicht. Der Theropode taumelte, schlug mit dem Schwanz um sich, erwischte den Paladinritter mit voller Wucht und katapultierte ihn zwölf Meter weit auf Großmeister Zupfs Podium.

Das Publikum auf der Tribüne tobte.

Plötzlich erschien eine halb transparente dunkle Kugel um das gigantische Ungetüm. Zackige Energieblitze schossen von ihren Rändern auf den Tyrannosaurus zu und ließen ihn vor Schmerz aufbrüllen. Die Kugel, die nur einen Moment lang sichtbar war, verschwand wieder. In einer schattigen Nische ganz in der Nähe verblasste eine dunkle Kugel, die der ähnelte, die den Tyrannosaurier umhüllt hatte, um die ausgestreckte Hand des alten Weibes.

Die Menge verstummte, während der Theropode um sein Gleichgewicht rang, als wäre er betrunken, und den Kopf schüttelte. Er stampfte mit einem Fuß auf, schien sich zu sammeln, stieß dann ein ohrenbetäubendes Brüllen aus und stürzte sich erneut ins Gewühl der berittenen Soldaten. Mit weit ausholenden Schwüngen von Kopf und Schwanz hob er Reiter aus dem Sattel und brachte Infanteristen zu Fall.

In der Mitte der Arena stürmte der verwundete Oger, der vielleicht dachte, es sei in seinem Interesse, sich die Gunst des

Kämpfenden Ordens zu sichern, mit einer Stachelkeule von der Größe eines kleinen Baumes auf Torin zu, entschlossen, diesen wie einen Zeltpfahl in den Boden zu rammen.

Der Zwerg fuhr herum und sah, wie eine Gestalt in einer Robe hinter dem Oger auftauchte und ihm die Rückseite seiner Beine aufschlitzte. Der Hüne fiel auf die Knie und riss einen Arm nach hinten, um zuzuschlagen. Der Kultist rollte darunter hindurch, sprang auf, wirbelte herum und zog dem Oger seinen Krummsäbel über die Kehle, wobei er eine Blutspur hinterließ.

Wo immer es trotz der Verwüstung durch den Tyrannosaurus möglich war, versuchte der Kämpfende Orden, sich neu zu formieren und sich auf einen weiteren Vorstoß vorzubereiten.

Während sich die bedrängten Geächteten gegen den nächsten Ansturm wappneten, sagte der Kultist zu Torin: »Folgt mir!«, und sprang in die offene Grube, aus der der Tyrannosaurus gekommen war. Er landete einige Meter tiefer auf einer Art mechanischem Aufzug.

»Hierher!«, rief Torin den anderen zu. »Hierher! Sofort!« Er ließ sich in das Loch fallen, schnell gefolgt von den anderen, als die Friedenswahrer heranstürmten.

Der Kämpfer in der Robe betätigte eine Kurbel und ließ den Aufzug nach unten. »Dort unten gibt es Tunnel«, erklärte er. »Einen Weg nach draußen. Ich zeige ihn euch.«

Die Reiter oben, machtlos und nicht gewillt, ihre Pferde in den Abgrund zu treiben, sahen hilflos zu, wie der Aufzug den Kellerboden erreichte.

Über ihnen hörten die Geächteten das Kreischen des Falken Bolo. Mit einem Blick sah Darylonde den Raubvogel im Feuerschein über ihnen kreisen. Tief seufzend spannte er seinen Bogen und zielte.

»Vergib mir, Stolzer«, murmelte er. »Du bist zu wertvoll für den Feind und zu gefährlich für uns.« Er ließ die Sehne los und der Pfeil durchbohrte das Herz des Vogels.

»Kommt!«, drängte der Kultist und lief in einen dunklen Tunnel. Die Geächteten folgten ihm, und Darylonde hielt kurz inne, als Bolos lebloser Körper in den Aufzug fiel. Der Wildniswahrer kniete nieder und strich mit den Fingern über das Gefieder des Falken, bevor er seinen Pfeil aus dem Kadaver zog und in die Schatten eilte.

47
Karawane

Das Fackellicht reichte gerade aus, um etwas zu erkennen, als die Gruppe einen Tunnel nach dem anderen hinablief und sich durch Stollen in der Erde bis zu einer großen, alten Holztür vorarbeitete. Einige gut platzierte Tritte Wilhelms öffneten die Tür und gaben den Weg in ein Untergeschoss frei, in dem Kisten voller Gemüse, Obst und Säcke mit Nüssen und Mehl lagerten.

»Sie nutzen diese Gänge, um Vorräte zum Kolosseum zu transportieren«, sagte der Mann. »Nahrung für die Tiere und die Zuschauer. Nur wenige wissen davon, aber es wird nicht lange dauern, bis sie herausfinden, wo wir sind. Kommt!«

Er führte sie eine Treppe hinauf in einen richtigen Keller, dann in ein Lebensmittellager darüber und durch ein Seitenfenster in eine enge dunkle Gasse.

»Ich bin Eric«, stellte er sich vor. »Seid gesegnet. Hier entlang.« Auf den Hauptstraßen herrschte noch immer Gedränge, und ein Netz von Seitengassen, die mit Unrat und betrunkenen Bewohnern übersät waren, führte sie zur Hintertür eines kleinen Anwesens, das nur wenige Häuserzeilen von den Sandmärkten entfernt lag.

Zwei große Wagen mit Segeltuchplanen standen zu beiden Seiten der Tür, an die Eric klopfte, bevor er sich an die Geächteten wandte. »Ihr werdet uns begleiten«, teilte er ihnen mit. »In die Wüste, wo wir leben. Wir kommen nur hierher, um Handel zu treiben ... oder in meinem Fall, um unsere Kampffähigkeiten zu verbessern.«

Eine junge Frau mit zwei verschiedenfarbigen Augen, blau und braun, in der Robe der Kultisten öffnete die Tür. Sie sah wenig erfreut drein, als wäre sie gerade unsanft aus dem Schlaf gerissen worden.

»Planänderung«, meinte er zu ihr. »Wir brechen auf der Stelle auf. Schick Rolf, die Ochsen holen.«

Die mürrische Frau entfernte sich. Eric trat ein und bedeutete den Geächteten, ihm zu folgen. Die Unterkunft war klein, mit Stockbetten an zwei Wänden. Einen Großteil des restlichen Raums nahmen Kisten mit Lebensmitteln ein. Ein großer, kräftiger Mann in Unterhosen – vermutlich Rolf – war gerade dabei, sich ein Gewand anzuziehen, als die Frau einen anderen Kultisten aufschreckte und ihm verkündete, dass es Zeit sei aufzubrechen.

Eric wandte sich noch einmal an die Geächteten: »Sie werden die Stadt abriegeln lassen, aber es gibt einen Wächter, den wir gut bezahlen. Er wird uns durch ein Seitentor hinauslassen.«

Rolf verließ das Haus, während der andere Kultist seine Gewänder anzog und die Frau Vorräte zum Wagen trug.

»Dann werden wir uns unseren Geschwistern im Glauben anschließen. Eine glorreiche Karawane auf dem Weg zu ihrer Bestimmung.«

Darylonde stand neben der Tür und wirkte angespannt und nervös. Er rechnete damit, dass die Lage jeden Augenblick aus den Fugen geraten würde.

Torin, der seine gebrochenen Rippen hielt, ergriff das Wort. »Wir sind euch natürlich dankbar ... aber warum helft ihr uns?«

Eric wandte sich an die Frau und einen weiteren Kultisten. »Lasst vorne Platz!«, sagte er und wandte sich dann an Torin. »Ihr seid eindeutig verloren«, sagte er, und seine Augen leuchteten. »Verlorene Schafe. Aber alle Entrechteten sind im Herzen der Wüste willkommen. Dass sich unsere Wege heute Nacht kreuzen ... das war kein Zufall. Ich sehe darin das Werk des Großen Propheten. Er wird euch den Weg zu wahrer Freiheit zeigen. Einen besseren Weg. Den einzig gangbaren! In der Wüste werdet ihr ein neues Leben und neue Hoffnung finden. Das Licht der Sonne berührt alles!«

»Mm«, entgegnete Torin. »Mm-hmm.«

Eric half den anderen beim Verladen der Kisten.

Xamus sah hinüber zu Oldavei, dessen Kiefer mahlten und dessen Augen auf einen leeren Fleck an der Wand gerichtet waren. Der Elf erinnerte sich an den Aufruhr in Innis, den Oldavei durch seine Abscheu vor der unterdrückerischen Ideologie der Kinder und durch sein Aufwiegeln der Menge ausgelöst hatte. Xamus legte Oldavei eine Hand auf die Schulter und riss den Ma'ii aus seiner Trance. Oldavei versicherte Xamus mit einem beruhigenden Nicken, dass alles in Ordnung sei.

Torin näherte sich und fragte leise: »Machen wir da mit?«

Die Geächteten sahen einander an. »Uns bleibt möglicherweise kein anderer Weg«, entgegnete Xamus, »um herauszufinden, was sie vorhaben.«

Sie schauten zu Darylonde, dessen silberne Augen nur wenig verrieten. Er sagte nur: »Wenn euch die Visionen hierhergeführt haben, dann ist das der Weg.«

»Bevor wir gehen«, bat Xamus Oldavei, »könnte ich ein wenig von deiner Expertise gebrauchen. Meine Schulter ...«

»Natürlich«, antwortete Oldavei. Der Ma'ii zog Xamus in eine Ecke des Raumes und wirkte seine Heilmagie zuerst an dem Elfen, dann an Torins Rippen. Eric schien zwischen den Ladevorgängen etwas zu bemerken, sagte aber nichts. Als Oldaveis heilendes Werk getan war, waren die Ochsen vor die Wagen gespannt, und die Kultisten hatten die Hälfte der Kisten verladen.

»Setzt euch in die Wagen«, sagte Eric.

Wilhelm und Torin nahmen in einer Lücke an der Vorderseite des einen Gefährts Platz, während Darylonde, Xamus und Oldavei den freien Raum im anderen Wagen einnahmen. Vor sie stapelten die Kultisten Kisten, bis die blinden Passagiere nicht mehr zu sehen waren.

Gleich darauf rollten die Fahrzeuge los und Oldavei fühlte aufgrund der Enge Panik in sich aufsteigen. Darylonde forderte ihn auf, tief einzuatmen, die Augen zu schließen und zu warten. Der Ma'ii gehorchte. Nach einer scheinbar unendlich langen Zeit hielten die Wagen an und die Geächteten hörten ein Gewirr aus Stimmen.

Es folgten einige angespannte Augenblicke der Stille, ohne dass sich etwas tat. Allen Geächteten ging derselbe Gedanke durch den Kopf: Würde Eric sie im Tausch gegen eine Begnadigung verraten? Aber wenn ja, warum hätte er sie dann überhaupt aus der Arena schaffen sollen?

Ihre Befürchtungen erwiesen sich einen Moment später als gegenstandslos, als sich die Kolonne wieder in Bewegung setzte.

Die Wagen fuhren nach Osten in die Tanaroch-Wüste, und als sie außer Sichtweite von Lietsins Wachen waren, hielten sie abermals an. Die Gruppe kam aus ihren Verstecken hervor und half, die Kisten so zu verladen, dass alle gemeinsam in einem Wagen Platz nehmen konnten. Sie füllten Wassersäcke aus einem Fass, das an einer Wagenwand festgezurrt war, und als sie sich wieder auf den Weg machten, gesellte sich Eric zu ihnen auf die überdachte Ladefläche, setzte sich an ein Ende und unterhielt sich angeregt mit ihnen.

»Eine ganz neue Welt wird sich euch eröffnen«, versprach er. »Ihr werdet die Welt mit neuen Augen sehen … als ob ihr euer ganzes Leben lang blind gewesen wäret. Ihr werdet das Licht sehen!« Er schaute zu Oldavei, der auf der gegenüberliegenden Seite saß und sich mit verschränkten Armen und finsterer Miene an einen der hölzernen Bügel der Plane lehnte.

Eric seufzte und ließ einen Blick über sie alle schweifen, der plötzlich mehr in der Realität verankert schien. »Hört zu, ich weiß, wie vieles von dem, was ich sage, klingen muss. Ich weiß, wie ich mich anhöre, und bin mir über einige der Dinge, die ihr sicher denkt, im Klaren, denn ich habe damals genauso gedacht. Ja, ich hatte auch meine Zweifel.«

»Ehe du das Licht gesehen hast?«, fragte Xamus.

Eric saß eine Weile stumm da. »Willst du eine ehrliche Antwort?«, entgegnete er dann. »Einige der Kinder der Sonne benehmen sich, als stünden sie über allen anderen. Das sehe ich auch und es bereitet mir manchmal Verdruss. Sie reden viel, wenn der Tag lang ist, und ich kenne ihre Gedanken nicht. Ich weiß nur, was ich denke: Ich glaube an den Propheten und an die Grundsätze des Glaubens. Deshalb bitte ich euch, ihm eine Chance zu geben.«

»Was ist mit Taron Braun?«, erkundigte sich Torin. »Hat er das Falsche gesagt? Wollten die Kinder der Sonne ihn deshalb zum Schweigen bringen?«

»Taron Braun?« Eric hob die Augenbrauen. »Taron Braun hat Gelder veruntreut, damit Immobilien erworben und auf Kosten anderer nach Ruhm gestrebt – ein Verhalten, das offensichtlich noch aus seinem Leben vor seiner Zeit bei uns stammte. Es ist keine Überraschung, dass seine Vergangenheit ihn irgendwann eingeholt hat.«

Nun wussten sie, warum der Kult Braun hatte tot sehen wollen, dachte Xamus und warf einen Blick auf Torin. Interessant war allerdings, dass Eric den Mordauftrag für Braun mit seinem früheren Verhalten in Verbindung brachte. Entweder log der Schwertkämpfer oder man hatte ihn belogen.

»Du sagtest, im Herzen der Wüste«, warf Wilhelm ein. »Was genau befindet sich dort?«

»Eine riesige, wunderschöne Oase«, antwortete Eric. »Sehenswürdigkeiten, die man sich nicht vorstellen kann, und eine Gemeinschaft von Gläubigen. Mehr als das, es ist ein Ort, um Antworten zu finden.«

»Im Zentrum dieser Wüste gibt es nur Ruinen«, widersprach Oldavei.

»Vor gar nicht allzu langer Zeit war das noch zutreffend«, räumte Eric ein. »Um genau zu sein, bis zur Ankunft des Großen Propheten. Er hat Leben aus Tod erschaffen. Fülle aus Ödnis. Ihr werdet es sehen und dann werdet ihr die Wahrheit erkennen.«

»Wer ist dieser Große Prophet?«, erkundigte sich Darylonde. »Wo kommt der plötzlich her?«

»Geduld«, entgegnete Eric. »Beizeiten werdet ihr alles erfahren. Ruht euch jetzt aus. Achtet darauf, dass ihr genug trinkt. Wir haben noch eine lange Reise vor uns.«

Der Kultist ließ die Sache auf sich beruhen und die Gruppe fuhr die nächsten Stunden schweigend weiter.

Sie waren gerade am Einnicken, da kamen die Wagen zum Stehen, und sie schreckten hoch. »Die Karawane, der wir uns anschließen wollen, ist da«, sagte Eric. »Lauter neue Gläubige … und Suchende. Wie ihr.« Er sprang vom Wagen, gefolgt von den anderen.

Rolf, die Frau und der vierte Kultist waren auch ausgestiegen. Sie befanden sich am Fuße eines hohen Tafelbergs. Einige Schritte entfernt, am Fuße der Felsformation, befand sich eine Karawane, eine Schar von Wagen, die sich nach Westen in die Wüste und nach Osten über den Tafelberg hinaus erstreckte. Eric ging auf den nächstgelegenen Wagenlenker zu, einen stämmigen Gnoll in bernsteinfarbenen Gewändern, und umarmte ihn. Der Gnoll begrüßte dann die anderen Kultisten in Erics Gruppe herzlich.

»Begrüß unsere Anwärter«, forderte Eric ihn auf und deutete auf Darylonde und die Geächteten.

Der Gnoll ging auf jeden von ihnen zu, berührte sie am Arm –

was Darylonde dazu veranlasste, den Arm zurückzuziehen – und schaute ihnen tief in die Augen, während er mit rauer Stimme rief: »Der Segen der Sonne sei mit euch!«, und: »Euch ward neue Hoffnung geschenkt!« Er wandte sich wieder an Eric und verkündete: »Wir machen uns auf den Weg.«

»Wir schließen uns an«, informierte Eric ihn.

Oldavei schaute zu dem Wagen, der vor dem Gefährt der Gnolle stand. Im hinteren Teil sah er einen weiteren Ma'ii sitzen, die Hände im Schoß, die Handgelenke in Eisenfesseln gelegt. Der Fahrer dieses Wagens, ein behaarter fassförmiger Mann in saphirblauer Robe, zog schnell die hintere Klappe zu, winkte der Gruppe zu und verkündete lächelnd: »Wir können losfahren.«

Die beiden Fahrer nahmen ihre Plätze ein, während Eric zu Xamus sagte: »Ich fahre für den Rest der Reise im anderen Wagen mit. Ihr habt gewiss viel zu erörtern.«

Die Karawane schaukelte los, während die Abenteurer wieder auf die Ladefläche stiegen, wobei Xamus und Wilhelm dankbar waren, vor der erbarmungslosen Sonne geschützt zu sein.

Als ihr Wagen als Letzter in der Schlange losfuhr, berichtete Oldavei seinen Kameraden, was er gesehen hatte. »Er wirkte wie ein Gefangener«, schloss der Ma'ii. »Mein Volk kennt unser Ziel«, fuhr Oldavei fort. »Sie nennen es Tanasrael, eine alte, verfallene Tempelstadt.«

»Auch mein Volk erzählt sich von so etwas«, erzählte Torin. »Tief in der Wüste. Ein durch Zauberei entstandenes Gebirge, das unter der Last seiner eigenen Verderbtheit zusammenbrach.«

»Glaubst du, beides hat miteinander zu tun?«, fragte Xamus.

»Könnte durchaus sein«, erwiderte der Zwerg. »Vielleicht hat dieser ›Große Prophet‹ Tanasrael wiederaufgebaut.«

»Ich schätze, wir werden es herausfinden«, sagte Wilhelm.

»Wo auch immer wir landen, seid auf alles vorbereitet«, warf Darylonde aus dem vorderen Bereich der Ladefläche ein.

»Als ich sagte, dass du dich nicht in diese Lage hättest begeben müssen«, erkundigte sich Xamus bei Darylonde, »hast du gesagt, es gebe für alles einen Grund. Was hast du damit gemeint?«

Der Wildniswahrer antwortete nicht sofort.

»Du wärst beinahe für uns gestorben«, sagte Oldavei.

»Wir sind alle verflucht«, ließ sich Darylonde schließlich vernehmen. »Aus den unterschiedlichsten Gründen. Das gilt auch für mich. Uns definiert, wie wir uns diesen Qualen stellen. Ich glaube, meine Bestimmung ist mit all dem verknüpft.« Er nickte in Richtung der Karawane. »Vielleicht sogar mit euch allen. Wenn das zutrifft ...« Er blickte sie alle mit seinen silbernen Augen an und seine Stimme bekam einen scharfen Unterton. »... werde ich mich dieser Bestimmung sehenden Auges stellen.«

48

Fahrt um Mitternacht

Die Aussicht von der Ladefläche des Wagens veränderte sich im Laufe der folgenden Tage kaum. In der Abenddämmerung bildeten sie stets eine Wagenburg, machten Feuer und die Kinder der Sonne sangen ihre Lieder, tanzten und priesen den Propheten, während Darylonde und die Geächteten an ihrem eigenen Feuer saßen und ihnen zusahen. Nicht selten erinnerten diese Nächte Oldavei und Xamus an das Lager, das sie vor einer gefühlten Ewigkeit belauert hatten, um die verschwundenen Jugendlichen Herddahls zurückzubringen. Diese Gedanken führten unweigerlich zu Erinnerungen an Nicholas. Für Xamus endeten sie letztlich im immer selben Kaninchenbau: Er dachte an die Schlacht im Theater, die Beschwörung von Malis und schließlich an den Tod – oder zweiten Tod – seines Freundes durch seine eigene Hand. Xamus verbrachte die Abende in Schweigen gehüllt und dachte an das, was Darylonde gesagt hatte: dass sie alle auf irgendeine Weise verflucht waren. Der Elf ertappte sich dabei, dass er sich zur Ablenkung fragte, welche Leichen seine Gefährten wohl im Keller hatten.

Eric kam oft zu ihrem Feuer, setzte sich und redete mit ihnen, wobei er jedoch wenig von sich preisgab. Eines Abends fragte Oldavei Eric nach dem gefesselten Ma'ii, den er im Wagen gesehen hatte. Das Gefährt hatte sich fast an die Spitze des Zuges gesetzt, als die Geächteten sich der Karawane angeschlossen hatten, weit weg von der Position ihres eigenen. Jede Nacht stand er dem ihren gegenüber, weit weg auf der gegenüberliegenden Seite der Wagenburg.

»Einige unserer Anwärter sind besonders gewalttätig«, sagte

Eric. »Wir müssen sie leider von den anderen fernhalten und fesseln, sowohl um ihrer eigenen Sicherheit willen als auch um der der anderen Mitreisenden. Ihre aggressiven, zerstörerischen Tendenzen werden jedoch verschwinden, wenn sie einige Zeit in der Oase verbracht haben. Ich weiß das, denn ich habe das bei anderen immer wieder gesehen.«

Eingewickelt in seine geliebte blaue Decke, dachte Oldavei später in der Nacht über Erics Worte nach. Die Erklärung klang sinnvoll, doch er konnte sich der Frage nicht erwehren, ob der Kultist log.

In der Abenddämmerung des siebten Tages, als die Wasserfässer fast leer waren, erreichte die Karawane ein seltenes Ziel in der endlosen Wüste: einen Brunnen. Der tiefe, breite Schacht war von einer niedrigen Steinmauer umgeben und darin befanden sich mehrere Eimer und Flaschenzüge zur Wasserentnahme.

Die Entstehung dieser Brunnen war ein Rätsel. Oldavei erklärte, Gerüchte besagten, dasselbe vergessene Volk habe sie einst erbaut, das auch die Stadt im Herzen der Wüste errichtet hatte. Es hieß auch, das Wasser der Brunnen fülle sich magisch wieder auf, obwohl niemand diese Behauptung jemals überprüft hatte. Wie auch immer, die Reisenden nutzten die Gelegenheit in vollen Zügen. Sie füllten Wasserfässer und -schläuche, und später stellten sie die Wagen um den Brunnen, der als Nabe des riesigen Rades diente, das sie bildeten.

Tief in der Nacht, als die Karawane schlief, riss ein fernes, müdes Heulen Oldavei aus dem Schlaf. Es war ein Geräusch, das der Ma'ii nur zu gut kannte, der Ruf seines Volkes. Er spürte einen plötzlichen, unwiderstehlichen Sog – hin zur mondhellen Nacht, zur Wüste, zur leichten Brise und zur Quelle dieses Rufs. Mit langsamen, vorsichtigen Bewegungen ließ er seine Decke fallen und bewegte sich heimlich von der erkaltenden Glut des Feuers weg, an ihrem Wagen vorbei hinaus in die karge, weite Landschaft. Als er eine ausreichende Entfernung von der Wagenburg erreicht hatte, veränderte sich sein Aussehen, bis er die Gestalt eines Kojoten angenommen hatte.

Er rannte los, spürte das Rauschen des Windes, die Erde unter seinen Pfoten, das euphorische Gefühl von Freiheit und innerem Frieden, das er schon so lange nicht mehr erlebt hatte, dass er die Freude daran fast vergessen hatte.

Der Wind drehte sich, und er folgte einer Fährte, die ihn zu einer flachen Anhöhe führte, wo ein dürres, zerlumptes Rudel seiner Artgenossen in Kojotengestalt im hellen Licht des Vollmonds faulenzte.

Oldavei näherte sich und berührte die Nase des Rudelführers. Nach einem ausgiebigen Beschnüffeln und Begrüßen der anderen Rudelmitglieder fand Oldavei einen freien Platz und nahm seine gewohnte Gestalt an. Die anderen Ma'ii folgten seinem Beispiel, und innerhalb kurzer Zeit stand Oldavei inmitten von fünf dünnen, dunkelhäutigen Mitgliedern eines Stammes, den er an der Farbe und den Markierungen der Leder- und Schmuckstücke, die sie trugen, als Kawati erkannte.

Der Rudelführer, groß, mit langem, ungekämmtem schwarzem Haar, sagte »Tohtach«, den Namen von Oldaveis Stamm. Dann starrte er auf Oldaveis Stirntätowierung, die ihn argwöhnisch machte. Erkennen huschte über die Züge des anderen. »Du bist der Schamane Oldavei, oder?«, fragte er.

»Ich bin kein Schamane«, entgegnete Oldavei. »Dieses Leben habe ich schon lange hinter mir gelassen.« Er wies auf seine Stirn. »Ich bin ein Ausgestoßener.«

Der andere Ma'ii schaute misstrauisch. »Aber du *bist* Oldavei.«

»Der bin ich.«

»Schamane hin oder her, du siehst aus, als trügest du das Gewicht der Welt auf deinen Schultern«, sagte der Rudelführer und legte eine Hand auf Oldaveis Schulter. »Ich bin Ahdami.« Er stellte seine Stammeskameraden vor und endete mit einer schlankgewachsenen Frau, Norra, deren dichtes schwarzes Haar bis zur Taille reichte. Sie schenkte Oldavei ein gütiges Lächeln.

»Wir heißen dich willkommen, Bruder«, verkündete Ahdami.

Oldavei nickte und lächelte. »Schön, eure Bekanntschaft zu machen.« Er suchte nach etwas anderem, das er sagen konnte, und fragte schließlich: »Wie lange folgt ihr der Karawane schon?«

»Fünf Tage«, antwortete Ahdami und ließ sich in einen Schneidersitz sinken.

Oldavei tat es ihm nach, ebenso wie der Rest des Stammes.

»Wir beobachten die Kinder der Sonne schon seit einiger Zeit«, fuhr der Rudelführer fort. »In letzter Zeit sogar noch intensiver, da sie immer mehr Angehörige unseres Volkes entführen.«

»Wer entführt sie?«, erwiderte Oldavei.

»Die Kinder der Sonne«, entgegnete Ahdami. »Sie haben die alte Wohnstätte Tanasrael Stein für Stein wiederaufgebaut, und das auf dem Rücken von Zwangsarbeitern.«

»Sklaven«, knurrte Oldavei und dachte wieder an den Ma'ii im Wagen.

»Meinen Bruder haben sie auch geholt«, flüsterte Norra.

»Aber es betrifft nicht nur uns«, sagte Ahdami. »Viele Wüstenzwerge sind ebenfalls verschwunden und in letzter Zeit haben diese Entführungen noch zugenommen.«

Oldavei runzelte die Stirn. »Aber wenn Tanasrael schon wieder aufgebaut ist …«

»Es gibt Gerüchte«, schaltete sich der Rudelführer ein und beugte sich vor, »über Minen unter der Hauptzikkurat. Wonach sie dort graben, wissen wir nicht. Aber wir versuchen, es herauszufinden, damit wir die Unterwerfung unseres Volkes stoppen können.«

»Du musst mit uns kommen!«, drängte die Frau und kniete sich hin. »Flieh jetzt, bevor du auch in Fesseln endest!«

»Ich … danke, aber ich kann nicht«, antwortete Oldavei. »Ich habe Freunde und ich kann sie nicht verlassen.«

»Wir können sie auch mitnehmen«, bot Ahdami an. »Heute Abend. Jetzt.«

Oldavei schüttelte den Kopf: »Wenn es stimmt, was du sagst … dann ist meine Reise nach Tanasrael der bessere Weg, um herauszufinden, was dort geschieht und warum. Vielleicht kann ich helfen.«

Ahdami nickte und stand dann auf. Als Oldavei auf die Beine kam, streckte der Anführer die Hand aus und ergriff seinen Unterarm, wie es bei den Ma'ii zur Begrüßung und Verabschiedung Tradition war. Dabei sah er Oldavei mit etwas völlig Unerwartetem im Blick an: Bewunderung.

»Wir werden euch weiter beobachten«, verkündete der Anführer.

»Geht kein Risiko ein«, antwortete Oldavei. »Zumindest noch nicht. Nicht, bis wir mehr wissen.«

Der Rudelführer verbeugte sich leicht, dann ging er. Die anderen Mitglieder des Stammes traten einer nach dem anderen vor und entrichteten ebenfalls den traditionellen Gruß.

Norra war die Letzte. »Sei vorsichtig«, sagte sie und sah ihn ernst an, wobei ihre funkelnden Augen Oldaveis Herz schneller schlagen ließen. »Mit dem Kult ist eine dunkle Macht verbunden. Wir alle haben sie gespürt. Pass auf dich auf! Mein Bruder heißt Altach. Wenn du ihn siehst oder etwas von ihm hörst ...«

»Ich werde helfen, wenn ich kann«, sagte Oldavei. In Norras Miene spiegelte sich Dankbarkeit wider.

Als Oldavei sich auf den Weg den Hang hinunter machte, hielt Ahdami ihn auf. Der Rudelführer sprach mit leiser Stimme. »Mah'wari kam zu uns, nachdem du gegangen warst«, sagte er und bezog sich auf den Schamanen und Mentor, der eine Zeit lang so etwas wie ein Vater für Oldavei gewesen war. Es war ein Name, der sofort Emotionen auslöste, Erinnerungen an harte, bittere Worte zu der Zeit, als Oldavei sich entschieden hatte, den Stamm zu verlassen. Ahdami fuhr fort: »Er ist zu allen Stämmen gegangen, um sich nach dir zu erkundigen. Mah'wari war wohl tief betroffen. Ich ... dachte nur, du wüsstest das vielleicht gern.«

Oldavei kämpfte gegen die Gefühle an, die in ihm wüteten: Schuld, Wut, Verwirrung, Kummer.

»Danke«, brachte er hervor, dann ging er. Einige Schritte von der Anhöhe entfernt, nahm er wieder Kojotengestalt an und rannte über das harte, flache Land zurück zur Karawane.

49
Tanasrael

In den nächsten Tagen behielten die Abenteurer die Neuigkeiten, die Oldavei ihnen mitgeteilt hatte, für sich. An den Abenden unterhielten sie sich oft mit Eric, wobei sie stets vorsichtig nachfragten, aber gleichzeitig versuchten, nicht selbst zu viel preiszugeben.

Nach fast zwei Wochen erreichte die Karawane ihr Ziel. Die Wagenkolonne bildete einen Halbkreis am Rande der Oase, und dabei bemerkten Xamus und die anderen eine sofortige Veränderung der Temperatur. Wo auch immer sie waren, es war kühler als in der umliegenden Wüste. Die neugierige Gruppe stieg aus dem Wagen, sah sich um und es verschlug ihnen die Sprache.

Vor ihnen lag eine Flut erdfarbener Zelte – solche, die von der Größe her nur für wenige Personen bestimmt waren, bis hin zu riesigen Pavillons, die ganze Versammlungen beherbergen konnten. Überall waren Verkaufsstände und Hütten verteilt. Im Zentrum des Geschehens beherrschte eine gewaltige, mehrstöckige Zikkurat die Szene. Das Bauwerk war so groß und dominant, dass es alle Behausungen und Unterstände in seiner Umgebung als unbedeutend erscheinen ließ. Es wirkte fast wie eine Stadt für sich.

An seiner Spitze erstrahlte ein helles Leuchtfeuer, dessen Glanz dem der Sonne fast ebenbürtig war. Sonnenmotive schmückten die kunstvoll behauenen Steinwände. Am Fuße des gewaltigen Bauwerks befand sich eine majestätische Plattform, die mit Sonnensymbolen geschmückt und von Monolithen gekrönt war, die jenen in Baker und Lietsin ähnelten.

Die Zikkurat und die vielen Zelte, die sie umgaben, boten einen wahrhaftig Ehrfurcht gebietenden Anblick, doch das war es nicht, was die Besucher sprachlos machte, sondern das Wasser.

Es schien von überallher durch Kanäle zu fließen, die in den Wüstenboden gegraben waren, sammelte sich in sprudelnden Brunnen und fiel von den oberen Bereichen der verschiedenen Ebenen der mächtigen Zikkurat. Es funkelte kristallklar, einladend und verheißungsvoll. Die Quelle allen Lebens und die Geräusche des Wassers – das Gurgeln, Murmeln und an manchen Stellen auch Tosen – dienten als Hintergrund für alle anderen Klänge. Das Wasser sorgte dafür, dass die Besucher nicht das harte Braun der trockenen Wüste zu sehen bekamen, sondern ein üppiges, lebendiges Grün. Überall in Tanasrael gab es Vegetation in Form ausgedehnter Getreidefelder und dichter grüner Dickichte aus Bäumen und Büschen. Gärten, bestehend aus Pflanzen aus der ganzen bekannten Welt, ergossen sich über die Vorsprünge der Zikkurat und ihre Wände hinunter. Die Anpflanzungen und Wasserfälle ergaben zusammen mit der schieren Größe und Masse des Tempelbaus einen ebenso unbezwingbaren wie schönen Anblick.

Überall in der Oasen-Metropole sang, predigte, unterhielt, betete und meditierte eine schwindelerregende Ansammlung von Kindern der Sonne in ihren hellen, bunten Gewändern.

»Das ist ... unmöglich«, sagte Torin. »So etwas sollte es gar nicht geben.«

»Ja, und doch sehen wir es mit eigenen Augen«, erwiderte Oldavei.

Während die Karawanentreiber und -begleiter Kisten abluden und in die Stadt trugen, trat Eric mit ausgebreiteten Händen vor die sich noch immer umschauenden Abenteurer. »Geht, Brüder, geht und erlebt alles, was Tanasrael zu bieten hat«, sprach er. »Alle hier sind frei ...« Das brachte ihm einen finsteren Blick von Oldavei ein. »Hier sind alle willkommen.«

Als Eric gegangen war, warnte Darylonde: »Seid immer auf der Hut«, und ging voran, zunächst nicht in Richtung der Zeltstadt, sondern in Richtung der Felder im Osten.

Sie bahnten sich ihren Weg durch ein Grüppchen von Gläubigen, die ihre Hände in die Luft hoben. »Glaube!«, rief eine gebrechliche Frau. »Der Glaube entflammt die Herzen!«

Die Geächteten kamen zu einem großen Felsvorsprung, aus dem ein ständiger Strom klaren Wassers sprudelte. Freudetrunken dreinblickende Gläubige wateten in dem Becken am Fuß des

Steins. Irdene Kanäle leiteten das Wasser in mehrere Richtungen. Darylonde folgte einem der Bewässerungsgräben bis an den Rand eines Tomatenfeldes. Er ließ seinen Blick über das Ackerland schweifen. Es gab nicht nur Feldfrüchte, sondern auch Weiden mit Tieren: Pferde, Kühe, Bisons und Schafe.

»Erstaunlich«, sinnierte er, als sich die anderen zu ihm gesellten, »die Natur hier blühen zu sehen … kein Wunder, dass einige dieser Gläubigen den Propheten für einen Wundertäter halten.«

»Ja, aber hier stimmt etwas nicht«, sagte Torin.

Darylonde kniete nieder, stieß die Finger in die Erde und holte Hände voll weichen braunen Lehms heraus. Er holte tief Luft. »Deine Sinne machen dir alle Ehre«, lobte der Wildniswahrer. »Es stimmt tatsächlich etwas nicht. Seltsame Energie durchdringt dieses Land. Eine, mit der ich noch nie in Berührung gekommen bin.«

»Ich spüre es auch«, bestätigte Xamus.

»Etwas Tückisches durchdringt diesen Boden«, erklärte Darylonde und stand auf. »Etwas Weites, Tiefes. Es atmet unter unseren Füßen.«

Die Geächteten sahen verunsichert auf ihre Stiefel und dann einander an. »Lasst uns die Erkundung fortsetzen«, schlug Darylonde vor und machte sich auf den Weg in die Zeltstadt.

Sie schlenderten die Straßen entlang, wobei ihnen oft Hühner oder Hunde über den Weg liefen. Die Gläubigen, an denen sie vorbeikamen und die mit erhobenen Gesichtern und betenden Mündern dasaßen oder -standen, kamen aus allen Teilen der Welt. Sie gehörten allen Altersgruppen an, doch die meisten von ihnen schienen zwischen zwanzig und dreißig Jahre alt zu sein.

Die Gruppe ging zügig weiter, umrundete den Rand der Steinterrasse mit den hoch aufragenden Obelisken, blickte mit gereckten Hälsen auf die monumentale Zikkurat, spürte die Gischt ihrer sprudelnden Wasserfälle, nahm den Duft ihrer hängenden Gärten auf und staunte über die Unermesslichkeit der steil ansteigenden Stufen.

Auf der Westseite des gewaltigen Bauwerks stieß die Gruppe auf größere, überfüllte Unterstände. In einem sahen sie ein Zelt mit einigen offenen Kisten, in denen sich Kleidungsstücke befanden, die denen ähnelten, die sie im Lager der Kinder in Skarstadt gesehen hatten – Lederrüstungen. Eine Kiste in der Nähe enthielt eine Reihe von Waffen wie Messer, Kurzschwerter und Schilde.

Anderswo versammelten sich die Gläubigen und hörten gebannt den Predigern zu, die in großen Pavillons unter freiem Himmel ihre Ansprachen hielten. Eine Frau mit wildem Blick und feuerrotem Haar verkündete in einem Zelt: »Die Sonne erleuchtet unsere verborgenen Ängste! Lasst sie sie ausbrennen und ihr werdet frei sein!« In einem anderen Zelt behauptete ein korpulenter, eher zurückhaltender Mann: »Die Kirche und ihre Zünfte haben euch gefangen gehalten. Euch kleingehalten! Ihr seid nur Rädchen in der Maschinerie ihres Ehrgeizes!«

Hier und da krempelten die Kinder die Ärmel ihrer Gewänder hoch und stießen Schmerzensschreie aus, als Schmiede ihre nackte Haut mit esoterischen Symbolen brandmarkten. Eine der Empfängerinnen, eine Gnollin, rief: »Der Tag wird kommen, Brüder und Schwestern! Der Tag kommt!«, kurz bevor sie ihr Brandzeichen erhielt.

Tiefer in der Zeltstadt kam die Gruppe zu einem offenen Gemeinschaftsbereich, in dem sich mehrere Zuschauer versammelt hatten, die einen Jünger anfeuerten, der sich anschickte, barfuß über ein Bett aus glühenden Kohlen zu schreiten.

Während die anderen ihm fasziniert zusahen, erregte ein farbenfrohes Zelt Wilhelms Aufmerksamkeit. Es war riesengroß, hatte an allen Seiten geschlossene Klappen und keine Markierungen, die auf seinen Zweck hinwiesen. Der Barde schlich sich zu einem der Eingänge und zog unauffällig die Plane zur Seite. Er steckte den Kopf hinein, aber ehe er sich umsehen konnte, packte eine riesige Hand sein Kettenhemd, riss ihn hinein und warf ihn zu Boden.

Wilhelm hob den Blick und sah einen riesigen Oger mit einer Brust, so breit wie ein Fass. Er trug wogende Gewänder und starrte ihn mit geballten Fäusten an. »Woran glaubst du, Junge?«, fragte der Unhold mit kehliger Stimme.

»Äh ...«, begann Wilhelm.

Der Oger zerrte ihn hoch und rammte ihm eine fleischige Faust in den Bauch.

Wilhelm krümmte sich mit hochrotem Gesicht und unterdrückte den Drang, sich zu übergeben.

»Woran glaubst du?«, verlangte der Oger erneut zu wissen.

»An nichts!«, gab Wilhelm zurück, riss sich zusammen und versetzte seinem Angreifer einen wilden Kinnhaken.

Der Oger schlug seine Hand weg und schmetterte dem Barden die flache Hand auf den Kopf. Wilhelm taumelte und fing sich an einem mit Schriftrollen und Texten bestückten Pult. Der Oger wiederholte seine Frage.

Wilhelm antwortete: »Ich glaube an Feen mit Tit...« Der Oger verpasste ihm einen Schlag auf die andere Seite des Kopfes, sodass er quer durch das Zelt stolperte.

»Woran glaubst du?«, fragte der Oger abermals.

Wilhelm trat zu. Der Unhold schlug ihm mit der Faust auf das Schienbein, woraufhin der Barde aufschrie und sein Bein umklammerte. »Was zur Hölle ist dein Problem?«, keuchte Wilhelm.

Der Oger zog ihn hoch, bis sich ihre Nasen berührten und der Barde auf Zehenspitzen stand. »Woran glaubst du?«, fragte der Oger erneut, sein fauliger Atem war beinahe unerträglich.

Entkräftet krächzte Wilhelm: »An mich selbst. Ich glaube an mich selbst, kapiert?«

Der Griff des Ogers lockerte sich. Er stellte den Barden behutsam auf die Füße, dann schlang er die baumstammartigen Arme um Wilhelms Schultern und Nacken und zog ihn fest an sich, keine erdrückende Umklammerung, sondern eine fast väterliche Umarmung. Er ließ los, und als Wilhelm sich zurückzog, tippte ihm der Oger auf die Wange. »Geh in Frieden, Bruder«, grummelte er.

»Ja«, sagte Wilhelm. »Klar.« Er verließ das Zelt, und nach ein paar Minuten, in denen er sich leicht humpelnd durch die Menge drängte, fand er seine Gefährten, als der Gläubige gerade seinen Gang über die heißen Kohlen beendete.

Torin sah Wilhelm an und zog ein finsteres Gesicht. »Was zum Henker ist denn mit dir passiert?«

»Du warst doch nur fünf Minuten weg«, bemerkte Oldavei.

»Es ist nichts«, wiegelte Wilhelm ab. »Wirklich, keine große Sache.«

Darylonde sah den Barden mit zusammengekniffenen silbernen Augen an und wollte gerade selbst Fragen stellen, als von der Spitze der Zikkurat Hörner ertönten.

Aufgeregtes Gemurmel erhob sich unter den Gläubigen. Gemeinsam setzten sie sich in Richtung des gewaltigen Bauwerks in Bewegung. Die Abenteurer sahen sich irritiert um.

Torin hielt einen vorbeigehenden Kultisten am Ärmel seines Gewandes fest. »Was ist denn los?«, fragte er.

»Die Zeit ist gekommen«, entgegnete der Akolyth mit verträumtem Blick, »um die Worte des Propheten zu hören.«

50

Die Stimme des Propheten

Sie drängten zu einem Platz, der einige Meter von der Steinterrasse entfernt war, am Fuß der Zikkurat. Alle Augen richteten sich auf die Spitze des mächtigen Bauwerks, und dort erschien, begleitet von Rufen wie: »Der Prophet!«, und: »Der Prophet spricht!«, eine Gestalt. Die Person trat an den äußersten Rand der Dachterrasse, umrahmt von schimmerndem hellem Licht. Auf diese Distanz waren keine Gesichtszüge zu erkennen, aber die Person schien dünn und leicht gebeugt zu sein, und ihr helles Gewand kräuselte sich in einer leichten Brise.

»Nicht gerade das, was ich erwartet habe«, sagte Torin.

Darylonde, dessen Sehkraft der eines Adlers glich, ergriff das Wort: »Es ist eine Frau. Eine Ma'ii.«

»Der Prophet ist eine Ma'ii?«, vergewisserte sich Oldavei.

»Das ist nicht der Prophet«, klärte ihn ein Gläubiger in der Nähe – ein großer, schlanker Mann – leise auf. »Den Propheten zu sehen, wäre überwältigend. Shayan Shibaar ist lediglich die Stimme des Propheten. Ihre Worte sind die seinen, und wir sind gesegnet, sie zu hören.«

Eine Handvoll anderer Gläubiger forderte ihn auf zu schweigen, und die Abenteurer warteten stumm.

Shayan hob die Arme. Die Stimme, die ertönte, war kraftvoll und klangvoll, so laut, als wäre sie künstlich verstärkt, obwohl sie kein Horn in der Hand hielt. »Die Herrlichkeit der Sonne berührt alle«, begann die Stimme des Propheten. »Unter ihr sind wir alle gleich. Die Kraft der Sonne treibt Wachstum an. Erneuerung. Die Kraft der Sonne erweckt in uns die Fähigkeit, über das hinauszugehen, was wir je für möglich gehalten haben – mehr zu tun. Mehr zu sein. Wenn nötig, ist es die Wut der Sonne, die uns läutert. Die Flamme der Wahrheit ...«

»... läutert die Seele«, vollendete die Menge ihren Satz wie aus einem Munde.

Torin sah Xamus mit hochgezogenen Augenbrauen an, als Shayan fortfuhr: »Wir sind alle gesegnet. Denn wir leben in einer Zeit der Hoffnung, einer Zeit, in der die Gläubigen eine neue Gesellschaft sehen werden.«

»Eine neue Gesellschaft?«, flüsterte Wilhelm.

»Es naht ein Tag«, fuhr die Stimme des Propheten fort, »da alle Gläubigen aufgerufen sein werden, sich zu erheben und das zurückzufordern, was rechtmäßig uns gehört.«

Darylonde biss die Zähne zusammen. Seine Fäuste ballten sich reflexartig.

Die Reaktionen der umstehenden Kinder der Sonne wurden immer lauter. Ein Strom von Energie schien durch die Menge zu fließen, als Shayan fortfuhr: »Ihr sollt in die Städte eurer Geburt zurückkehren, nicht als verlorene Kinder, sondern als die Erhabenen, die Auserwählten – diejenigen, die das Licht in ihre Mauern tragen und mit allen abrechnen, die sich uns in den Weg stellen!«

Überall hoben sich Hände. Xamus sah sich um und bemerkte den Eifer in den Augen der Kinder der Sonne, das glückselige Lächeln auf ihren Gesichtern.

»Wir werden die Sendboten des gesellschaftlichen Wandels sein«, verkündete Shayan. »In der Zwischenzeit gibt es viel zu tun. Wir müssen Vorbereitungen treffen. Am wichtigsten ist, dass wir zusammenhalten. Zweifel, Angst, gefährliche Gedanken ... das alles müssen wir überwinden.« Die Stimme des Propheten schien die Abenteurer direkt anzusehen.

»Das gefällt mir nicht«, sagte Oldavei.

»Selbst jetzt«, sprach die Stimme weiter, »gibt es hier unter uns solche, die sich weigern zu sehen. Die sich der Wahrheit verwehren und sich vor dem Licht verstecken ...«

Die Gruppe sah sich um und bemerkte, dass viele Köpfe um sie herum ihnen zugewandt waren. Darylonde, der die Hand bereits an der Klinge hatte, zog diese ein Stück aus der Scheide. Auch die anderen griffen zu ihren Waffen und zogen sich langsam von der Terrasse zurück.

Mehrere Kinder der Sonne, deren Augen auf die Gruppe gerichtet waren, skandierten monoton: »Die Flamme der Wahrheit läutert die Seele.«

Shayan fuhr fort: »Unter uns sind heute diejenigen, die unsere geliebten Anhänger und Führer gesucht und getötet und zu Gewalt gegen unsere treuen Gläubigen aufgerufen haben. Geächtete. Rebellen!«

»Lasst uns verschwinden«, drängte Darylonde.

Die Gefährten wandten sich von der Zikkurat ab.

Die Menge hinter ihnen zerstreute sich, und da stand Eric, das Schwert gezogen, mit zehn anderen bewaffneten Kultisten an seiner Seite.

»Wir haben euch beobachtet«, sagte Eric. »Schon eine Weile. Haben eure Taten verfolgt.«

Links und rechts wichen die Kultisten zur Seite, und an ihre Stelle traten andere, die mit Schwertern, Langdolchen und Sicheln bewaffnet waren. Torin sah, dass hinter ihnen eine Reihe von Bogenschützen auf die Terrasse gestiegen waren, die Sehnen gespannt und Pfeile auf sie gerichtet.

Darylonde zog seine Klinge, während Eric fortfuhr: »Ihr seid fähige Krieger. Aufständische. Die Störung unserer Operation in Skarstadt, der Mord an Bruder Braun … beeindruckend. Aber all das verblasst im Vergleich zu den Erfolgen, die ihr danach erzielt habt: Talis, Innis, Sargrad. Die glorreiche Zerstörung und das Chaos, das ihr angerichtet habt, die völlige Missachtung jeglicher Autorität, die ihr an den Tag gelegt habt, haben euch in unseren Augen, in den Augen des Propheten, würdig erscheinen lassen.« Er trat einen Schritt vor. »Ihr habt eine Chance, genau hier, genau jetzt. Ich hätte euch im Großen Kolosseum sterben lassen können, aber das habe ich nicht. Vielmehr habe ich euch hierhergebracht, um euch die Augen zu öffnen, um euch das Licht zu zeigen. Die Welt ist dahin. Wir können sie heilen. Schließt euch uns an.«

»Ihr seid ja alle total durchgeknallt!«, wütete Torin und zog seine Axt.

Eric sah Wilhelm an. »Was ist mit dir? Wirst du deine Augen der Wahrheit öffnen?«

»Ich fühle mich unwissend ganz wohl«, antwortete Wilhelm und zog sein Langschwert.

Als Eric Xamus ansah, zog der Elf wortlos seine Klinge.

Oldavei schaute sich um. »Wir können hier nicht wirklich etwas ausrichten«, stellte er fest und sah Xamus an. »Das ist dir klar, oder?«

Xamus warf ihm einen Seitenblick zu und entgegnete: »Ja.«

»Wenn wir sterben«, verkündete Darylonde, »dann wenigstens im Kampf.«

»Du«, wandte sich Eric schließlich an Oldavei. »Du bist zweifellos der Klügste dieser Gruppe.«

Oldavei sah zuerst Eric und dann seine Freunde an. Er seufzte tief und zog seinen Krummsäbel. »Offenbar nicht«, sagte er.

»Schade eigentlich«, erwiderte Eric. »Wenn ihr euch der Sonne verwehrt, wird euch die Sonne verwehrt werden. Wenn ihr euch weigert, das Licht zu sehen, werdet ihr geläutert werden … durch Schmerz.«

Eric sah zu Shayan auf. Sie gab ein Zeichen, streckte den Arm aus und ließ ihn fallen.

»Ergreift sie«, befahl Eric.

Die Gruppe wappnete sich für den Kampf, als die Menge näher drängte.

51
Die Minen von Galamok

Die Minen von Galamok waren ein unterirdisches Tunnelsystem unter der Zikkurat von Tanasrael. Dort, im Labyrinth der von Lampen erleuchteten Stollen, schufteten gefesselte Ma'ii, Wüstenzwergsklaven, Andersdenkende, Ungläubige und verstoßene Kinder der Sonne in Zwölf-Stunden-Schichten, begleitet von den hallenden Schlägen von Hacken auf Stein.

Dorthin brachte man die Abenteurer, kurz nachdem Eric verkündet hatte, dass ihnen die Sonne verwehrt bleiben würde. Man nahm ihnen Waffen, Ausrüstung und Rucksäcke ab und legte ihnen eiserne Fußfesseln und Halsbänder an, die das Wirken von Zaubern verhindern und alle latenten magischen Fähigkeiten dämpfen sollten. Die Schlüssel für diese Fesseln bewahrten die Kinder der Sonne an einem geheimen Ort auf, die Wachen trugen sie nicht bei sich. Am Ende jeder Schicht nahm man ihnen die Werkzeuge ab und brachte sie in eisenvergitterte unterirdische Zellen, wo sie eine magere Ration Nahrung und Wasser erhielten und in der kühlen Dunkelheit auf die nächste Schicht warten mussten. Gelegenheit, einander zu sehen, gab es nur selten beim Schichtwechsel oder in den Essenspausen. Miteinander reden konnten sie noch viel seltener und nie alle zugleich. Unter den Peitschen und schweren Fäusten ihrer Aufseher scheuerten sie sich die Handflächen wund und blutig, und da sie weder Tag noch Nacht kannten, wurde die Zeit zu einer langen, offenen Wunde, aus der ihr Leben verrann. Tage wurden zu Wochen, Wochen zu Monaten. Die Hoffnung auf Flucht schwand, während sich die Zeit ihrer Versklavung scheinbar ins Unendliche erstreckte.

Das Material, das sie aus den felsigen Tiefen herausarbeiten mussten, war Blutsteinschiefer, eine bemerkenswerte Substanz, welche die Wärme und die Energie der Sonne speichern konnte, wenn sie dem Tageslicht ausgesetzt war. Es handelte sich um ein Mineral, das an verschiedenen Orten in der Tanaroch vorkam und das ihnen allen bekannt war, besonders aber Oldavei und Torin, obwohl keiner von ihnen es je zuvor in so großen Mengen gesehen hatte. Die entscheidende Frage war: Wozu bauten die Kinder der Sonne es ab? Die Abenteurer wussten nur zu gut, wie verheerend der Schiefer sein konnte. Eine plötzliche Freisetzung der gespeicherten Energie konnte zahlreiche Menschen töten und Steinmauern zum Einsturz bringen. Dieses Wissen ließ ihr Verlangen nach Flucht umso dringlicher werden.

Die Zahl der Wachen war jedoch doppelt so hoch wie die der Gefangenen. Selbst wenn sie die Sklaventreiber in der unmittelbaren Umgebung hätten überwinden können, war der einzige Weg nach oben ein Schacht mit einem hölzernen Aufzug, der über ein Flaschenzugsystem die Schieferhaufen an die Erdoberfläche transportierte, wo sie mit Radkarren abtransportiert wurden. Wer sich im Aufzug befand und kein Wächter war, musste von oben mit einem großen Stein auf den Kopf rechnen.

Doch selbst wenn man die obere Ebene hätte erreichen können, stieg die schiere Zahl der gut bewaffneten Kultisten dort exponentiell an. Dennoch unternahmen einige Wüstenzwerge, die nicht auf vernünftige Argumente hören wollten, verzweifelte Fluchtversuche. Jedes Mal durchkreuzten die Wachen die Pläne der Ausbrecher schnell und statuierten an ihnen ein Exempel, indem sie sie vor den Augen der anderen erbarmungslos verprügelten.

Die dauernde Gefangenschaft und die zermürbende Arbeit wirkten sich auf jeden von ihnen unterschiedlich aus. Wilhelm, ein geborener Wandervogel mit ausgeprägtem Forschergeist, der es gewohnt war, seine Empfindungen durch Gesang und Musik auszudrücken, verlor den Mut. Ihm schien etwas Grundlegendes zu fehlen. Obwohl die Gefangenen ihre Kleidung behalten durften, legte Wilhelm in der winzigen Zelle seinen Hut und sein Kettenhemd ab.

Einer der ranghöchsten Wächter, ein ständig schwitzender, schwergewichtiger Mann namens Gorman, hatte das Gerät offenbar als persönliches Andenken geschenkt bekommen. Er ließ keine Gelegenheit aus, es als eine Art Trophäe an seinem Gürtel zur Schau zu stellen, wobei er mit Vergnügen beteuerte, dass der Barde den von ihm so hochgeschätzten Gegenstand nie wieder besitzen würde. Einmal steckte Wilhelm ein Stück Schiefer ein, das er mit einem anderen Stein schärfte.

Doch statt damit einen Wächter anzugreifen, nutzte Wilhelm die improvisierte Klinge, um seine langen schwarzen Locken abzurasieren, sodass seine Kopfhaut zwar kahl geschoren, aber mit Schürfwunden und Schnitten übersät war. Obwohl er in den ersten Monaten manchmal gesungen hatte, um die Stimmung der Leute um ihn herum zu heben, verstummte er nach einem halben Jahr – abgesehen von nächtlichem Geflüster, das er mit einer Spinne teilte, die er Beauregard getauft hatte und die ein zartes Netz in einer Ecke seines eisernen Käfigs webte.

Das Dämpfungshalsband hatte eine besondere Wirkung auf Darylonde, denn es behinderte seine außergewöhnliche Fähigkeit, die Natur zu spüren – das Seufzen und Rauschen des Windes, das Sprießen der Flora, den Herzschlag der Lebewesen in der Nähe. Es war, als wäre ihm ein entscheidender Sinn abhandengekommen, als wäre er mit einer Art Blindheit geschlagen. Von Himmel und Wald abgeschnitten, zog er sich in die Tiefen seines gequälten Geistes zurück. Sein Verstand wurde zu einem ganz eigenen Gefängnis, in dem er wieder und wieder seine dunkelsten Stunden durchlebte.

Er dachte an seine Wildniswahrer-Kameraden, die vor langer Zeit gestorben waren, abgeschlachtet im Schlaf. Er durchlebte auch seine Zeit im Lager des Heulens, wo er gezwungen gewesen war, die Todesschreie der anderen Mitglieder seiner Patrouille zu hören, brutal erschlagen, einer nach dem anderen, während man ihn folterte. Obwohl er es versuchte, konnte der Soldat die Gedanken an das, was danach gekommen war, an das, was er getan hatte, um zu entkommen, nicht ausblenden. Er war so damit beschäftigt, dass er Gegenwart und Vergangenheit verwechselte und seine Wut gegen die »dreckigen Geschöpfe des Heulens« herausschrie, die in Wirklichkeit seine verwirrten Aufseher aus den Reihen der Kinder der Sonne waren.

Im Laufe der Zeit wuchs ihm das Haar bis zu den Schultern und sein Vollbart fiel ihm bis auf die Brust. Spät in der Nacht hörten die Gefangenen in den benachbarten Zellen – zwischen denen genug Abstand war, um Verschwörungen zu verhindern – Jammern, Wimmern und erschreckendes Gemurmel aus Darylondes Gefängnis, wenn er schlief.

Der Mangel an Sonnenlicht und offenen Räumen machte Torin weniger zu schaffen als Wilhelm oder Darylonde. Als Wüstenzwerg war er geistig und körperlich besser für ein unterirdisches Leben gerüstet, vor allem in einem Klima wie dem der Tanaroch. Womit Torin vor allem zu kämpfen hatte, war ganz einfach Wut – eine Wut, die nicht nur aus seiner Gefangenschaft und der Zwangsarbeit resultierte, sondern auch aus der Trennung von Leuten, die er als wahre Freunde zu schätzen gelernt hatte, etwas, das in seinem Leben relativ neu war. Hinzu kam, dass er genau wusste, dass seine Gefährten verprügelt und misshandelt wurden, und dies manchmal sogar direkt miterlebte. Und so kochte das Blut des Zwerges die meiste Zeit. Er beschimpfte die Wachen und wetterte gegen sie, bis ihm die Stimme versagte. Er wehrte sich mit aller Kraft gegen Fesseln und Peitschen und ertrug die fast unaufhörlichen Schläge mit erstaunlicher Zähigkeit. Er kanalisierte seine Wut in jeden Schlag seiner Hacke und sagte sich immer wieder, er müsse bereit sein, wenn sich die passende Gelegenheit bieten würde. Als die Zeit jedoch unaufhaltsam voranschritt, schwand selbst seine nahezu unerschöpfliche Lebensfreude.

Oldavei erging es am besten von allen Geächteten. Innerhalb der ersten Wochen traf er auf Altach, den Bruder Norras, der er in der Nacht begegnet war, als die Karawane am Wegbrunnen haltgemacht hatte. Während Torin über den allgemeinen Informationsaustausch hinaus keine Beziehungen zu anderen gefangenen Wüstenzwergen unterhielt, knüpfte Oldavei enge Bande zu anderen versklavten Ma'ii. Sie bildeten ein Rudel, mit geheimen Hand- und Stimmsignalen, beobachteten die Methoden und Schichtpläne der Wachen und sammelten mit der Zeit Informationen. Wenn sich die Gelegenheit bot, verschworen sie sich.

Trotz seines Status als Ausgestoßener stellte Oldavei fest, dass die anderen Ma'ii bei ihm nach Antworten und nach Führung suchten. Er dachte darüber nach, was es bedeutete, ein Schamane zu sein, und kam zu dem Schluss, dass es vielleicht weniger mit der Heilung von Wunden, der Beeinflussung durch Magie und der Kommunikation mit den Geistern zu tun hatte als vielmehr mit dem Heben der Moral, mit Empathie, Gemeinschaft, Zuhören und Führung. Trotz aller Entbehrungen fand er in den Minen etwas, das ihm viele Jahre gefehlt hatte: das Gefühl von Zielstrebigkeit und Erfüllung, das sich durch die Wiedervereinigung mit seinem Volk einstellte.

Xamus ertrug die Entbehrungen, ohne zu murren. Als langlebiges Volk spürten Elfen den Lauf der Zeit nicht so sehr wie andere Völker. Obwohl er die Gefangenschaft ebenso hasste wie die anderen, verfügte er über eine angeborene Geduld, die seinen Gefährten nicht innewohnte und die es ihm ermöglichte, Klarheit und Kontrolle zu bewahren. Er verbrachte einen Großteil seiner Zeit mit vorsichtigen Versuchen, das magieunterdrückende Halsband, das er tragen musste, zu überwinden – ohne Erfolg. Trotz seiner Anstrengungen blieben die Kräfte der wilden Magie jede Nacht auf frustrierende Weise unerreichbar für ihn.

Es gab jedoch diese andere Energiequelle, die er, Darylonde und die anderen gleich nach ihrer Ankunft gespürt hatten. Es war eine Art Hintergrundschwingung, bedrohlich und doch präsent, die anscheinend den Tiefen entsprang, zu denen er keinen Zugang hatte. Ungefähr nach sechs Monaten begann Xamus, sich nach seiner Schicht darauf zu konzentrieren, mit dieser rätselhaften Kraft Kontakt aufzunehmen. Nach monatelangen Versuchen wurde er zornig – wütend. Er wandte sich geistig an die Macht, die ihn zu verhöhnen schien, und zu seiner großen Überraschung reagierte sie. Er bekam nur einen kleinen Vorgeschmack davon, aber der war deutlich. Überwältigend und für den einen, ganz kurzen Augenblick fast berauschend. Vorhanden ... und dann wieder nicht.

Xamus trieb seine Nachforschungen unentwegt weiter, mit vereinzelten kleinen Erfolgen. Das Gefühl, das er immer wieder hatte, wenn er Kontakt aufnahm, war das einer Präsenz, unsagbar groß, unermesslich mächtig – sich verschiebend, verändernd ... sich windend. Es war, das spürte er zunehmend, der Schatten dieses Dings, den er sporadisch und flüchtig berührte.

In den einsamen Nächten dachte Xamus auch an das Gemälde aus dem Bergfried. Oft erinnerte er sich unwillkürlich an das Bild des jungen Mannes auf dem Pferd, der auf die Rüstung hinunterschaute, und er lenkte seine ganze Aufmerksamkeit darauf. Welche Gedanken, fragte sich Xamus, gingen dem Jüngling wohl durch den Kopf? War er gekommen, um die Rüstung anzulegen, oder bereitete er sich darauf vor, sie abzulegen? Vor allem aber fragte sich Xamus, warum ihn das interessierte. Auch hierauf fand er keine Antwort.

Die ganze Zeit sehnte er sich danach, wieder mit seinen Gefährten zusammenzukommen, und als ihre Gefangenschaft beinahe ein Jahr angedauert hatte, bot sich endlich eine Gelegenheit.

Xamus, Darylonde, Oldavei, Torin, Wilhelm und Altach arbeiteten nicht nur in derselben Schicht, sondern auch im selben Teil der Sackgassenmine. Auch wenn sie sich während der Arbeit nicht unterhalten durften, saßen sich die Gefangenen in der Essenspause auf beiden Seiten des Tunnels gegenüber. Sie aßen schweigend, bis die gelangweilten Wachen in die Nähe der Kreuzung des Hauptgangs gingen, wo die Sklaven die Spitzhacken abgestellt hatten, und ein Würfelspiel begannen.

Als die Gruppe endlich allein war, schauten sie einander an und betrachteten die Kleidungsstücke, die an den dünnen Körpern hingen, die eingefallenen Wangen und die zerschundenen Körper. Darylonde, der an einem Ende des Tunnels nahe der Wand saß, starrte einfach auf sein Essen, während Oldavei das Würfelspiel beobachtete.

Als die Stimmen der abgelenkten Wachen laut genug waren, wandte sich Torin an Wilhelm, der ihm gegenübersaß: »Was zum Henker hast du mit deinen Haaren gemacht?«

»Abgeschnitten«, entgegnete der Barde ohne weitere Erklärung.

»Womit, mit einem Löffel?« Torin lachte über seinen eigenen Witz, aber es klang nicht amüsiert.

»Ich glaube, wir haben alle schon bessere Tage gesehen«, räumte Xamus ein. »Am meisten Sorgen bereitet mir der Blutstein.«

»Ja«, erwiderte Torin. »Geht mir genauso.«

Xamus fuhr leise fort: »Diese Verrückten reden ständig davon, die Zivilisation neu zu erschaffen. Wenn man bedenkt, was wir abgebaut haben, zusätzlich zu dem, was sie vorher ausgegraben haben, könnten sie ...«

Das Würfelspiel geriet ins Stocken.

Oldavei hustete, Xamus verstummte und die Gefangenen aßen sofort weiter. Eine der Wachen sah kurz zu ihnen, bevor die Männer das Spiel wiederaufnahmen. Oldavei nickte.

»Vielleicht haben sie inzwischen genug abgebaut«, schloss Xamus.

Oldavei ergriff das Wort. »Ich möchte euch allen Altach vorstellen«, sagte er.

Der Ma'ii war kleiner als Oldavei, in andere Farben gekleidet und hatte größere, hellere Augen. Diese musterten die Versammelten, während er vorsichtig winkte. Dann richtete der Ma'ii seine Aufmerksamkeit auf das Würfelspiel, während Oldavei sich nach vorn beugte und leise sprach: »Er und die anderen Ma'ii sind auf unserer Seite. Es wird bald eine Gelegenheit geben. Zählt die Schichten, aber nicht mit dieser, sondern erst ab der nächsten. Während der sechsten werdet ihr einen Ruf hören, der durch die Tunnel schallt. Helft, wo ihr könnt. Wir hoffen, dass sie uns noch eine Weile nach diesem Schichtplan arbeiten lassen. Aber wenn nicht, werden wir euch aus den Zellen holen. Wenn es so weit ist, folgt einfach meiner Führung. Wir haben höchstwahrscheinlich nur eine Chance. Verstanden?«

Oldavei wartete auf eine Bestätigung.

Xamus nickte: »Verstanden.«

»Ich bin dabei«, bestätigte Torin.

Wilhelm, der die Blicke der anderen auf sich spürte, stimmte ebenfalls zu: »Ja, sicher.«

Als Nächstes sahen sie zu Darylonde hinüber, der nicht reagierte und den restlichen Bohnenbrei auf seinem Teller mit einem Stück altbackenem Brot aufwischte.

»Darylonde, hast du gehört?«, fragte Oldavei, erhielt aber keine Antwort.

»He!«, platzte Torin heraus.

Das Würfelspiel an der Kreuzung wurde unterbrochen.

»Es ist schon in Ordnung«, sagte Oldavei. »Denkt einfach daran, was ich gesagt habe. Wir werden das durchstehen. Wir alle.«

»Die Mahlzeit ist beendet!«, erklärte der Wachhauptmann, ein schwergewichtiger Mann mit Glatze, als er und die anderen sich näherten.

»Wir essen noch!«, protestierte Torin.

Der Wächter ging auf den Zwerg zu und trat ihm den Tonteller aus der Hand, wodurch dieser zerbrach und sich die Bohnenpaste auf Torins Wams verteilte. Der Zwerg schoss hoch und fing sich sofort einen Schlag in den Bauch ein, der ihn von den Beinen holte.

Xamus wollte sich aufrichten, starrte aber plötzlich auf eine Schwertspitze direkt unterhalb der Krempe seines Hutes.

»Mach bloß nichts Dummes«, drohte der Kultist, ein junger Mann mit zotteligem Haar.

Sie schleppten Torin zu seiner Hacke in der Nähe der Kreuzung. Die anderen stellten ihre Teller beiseite, schnappten sich leise ihre Werkzeuge und nahmen die Arbeit wieder auf.

Als die Schicht zu Ende war, schaffte man Xamus in seine Zelle. Er aß seine zweite Ration und hatte gerade mit der Meditation begonnen, als er Besuch bekam. Er kannte ihn. Es war derselbe Mann, der den Elfen seit Beginn ihrer Gefangenschaft schon ein paarmal besucht hatte, ein Mann, den viele offenbar als Gottheit ansahen …

Der Prophet Tikanen.

52
Tikanen

Der Prophet hatte im Laufe des Jahres fünfmal mit Xamus geredet. Tikanen wollte offensichtlich, dass sich die Abenteurer trotz ihres Widerstands seinem Kreuzzug anschlossen. Aus irgendeinem Grund, den der Elf noch nicht ganz verstanden hatte, war er der Einzige, den der Anführer selbst umwarb.

Jedes Mal, wenn sie miteinander sprachen, fiel es dem Elfen schwer, den Mann mit dem Mythos in Einklang zu bringen.

Der Prophet war glatt rasiert und hatte kurzes, gewelltes brünettes Haar. Seine Körperhaltung wirkte entspannt. Abgesehen von der sonnengebräunten, fast lederartigen Haut, die Krähenfüße und andere tiefe Falten im Gesicht betonte, waren seine Züge sanft und weitgehend unauffällig. Er war keine besonders aufsehenerregende Gestalt, niemand, der in einer Menge groß aufgefallen wäre, aber seine intelligenten, jugendlich blitzenden Augen täuschten über die anderen Anzeichen seines Alters hinweg.

Tikanen schien stets abgelenkt zu sein, und er nahm nur selten Blickkontakt auf, wenn er sprach. Seine Stimme klang zwar voll, aber tief und recht monoton. Das einzige Zeichen seines gehobenen Standes war die Robe, die er trug – mehrlagig und kunstvoll mit Sonnenstrahlen und -motiven gemustert. Um seinen Hals hing ein großer Sonnenanhänger an einer goldenen Kette.

Er kam mit vier Leibwächtern, darunter Eric, der Xamus die ganze Zeit über im Auge behielt. Man brachte ihm einen Stuhl und der Prophet ließ sich darauf nieder. Xamus warf einen Blick auf eine breite Narbe, vielleicht von einer Klinge, auf seinem linken Handrücken. Tikanen schwieg lange, sein Blick wanderte über den Boden, während Xamus sich an die gegenüberliegende Wand lehnte. Irgendwann holte der Prophet Luft, als wolle er sprechen, dann schwieg er einen weiteren Moment, ehe er begann.

»Es gibt viele Theorien darüber, wer ich vor meinem Aufstieg war«, sagte er in seinem zurückhaltenden Ton. »Nur wenige kennen die Wahrheit, aber ich möchte sie jetzt mit dir teilen.«

Die Art, wie er das sagte, machte deutlich, dass Xamus das Gefühl haben sollte, als würde ihm ein großer Segen zuteil.

»Meine Eltern waren streng, aber gerecht«, fuhr Tikanen fort. »Sie lehrten mich bestimmte Ideale: Gerechtigkeit, Ordnung, Wahrheit. Fast von dem Augenblick an, als ich ein Schwert halten konnte, wusste ich, welchen Weg mein Leben nehmen sollte. Als ich volljährig wurde, schlug ich diesen Weg mit zielstrebiger Entschlossenheit ein und übertraf mich selbst, bis hin zur Erfüllung meines größten Ziels: ein Paladinritter zu werden.«

Er hielt inne, seine Augen musterten eine Ecke des Raumes, während er nachdachte.

»Es bereitete mir keine Freude, anderen zu schaden, aber wenn die Umstände Gewalt erforderten, handelte ich, ohne zu zögern. Eines Tages war ich gezwungen, einen Aufruhr niederzuschlagen – Bauern in Herddahl, die unter einer besonders erbarmungslosen Dürreperiode und Missernten gelitten hatten. Diese hart arbeitenden Leute argumentierten damit, dass sie Steuern und Abgaben entrichteten und dass ihnen die Obrigkeit deshalb helfen sollte. Sie stellten Forderungen, die Gemüter erhitzten sich. Die örtliche Miliz versuchte, die Ordnung aufrechtzuerhalten, aber die Situation eskalierte zu einem großen Aufstand. Man rief mich, um den Aufstand mit allen erforderlichen Mitteln niederzuschlagen. Genau das habe ich getan. Gemeinsam mit meinen Vollstreckern. Einige Leute kamen ums Leben, als wir die Rebellion niederschlugen. Gute Leute. Der Jüngste, der unter meiner Klinge starb, war noch keine zwanzig.«

Tikanen lehnte sich zurück und hob den Blick zur Decke.

»Meine Taten lasteten schwer auf mir. Ich stellte infrage, was ich getan hatte und ob es erforderlich gewesen war, doch als ich diese Bedenken gegenüber meinen Vorgesetzten äußerte, begegnete mir nur Gleichgültigkeit. Ihre Reaktion machte mir eines plötzlich und schmerzlich bewusst: Es war ihnen egal. Ihnen allen. Die Bauern waren ihnen einerlei. Diese Leute spielten keine Rolle. Sie waren nur Spielfiguren, Mittel zum Zweck. Teile, die dem großen Ganzen dienten, und wenn sie es wagten, das System zu stören, musste man sie eliminieren. Ich sah darin keine Gerechtigkeit und kam zu der Überzeugung, dass diejenigen, denen ich die Treue geschworen hatte, unwürdig waren. Korrupt. Aber was konnte ein Einzelner tun? Was konnte ich gegen das System ausrichten? Selbst das Symbol, der Rechtbrand, dem ich mein Leben gewidmet hatte, verlor seine Bedeutung. Ich wurde seelisch krank. Angesichts einer unmöglichen Situation traf ich eine Entscheidung ... und zwar, alles hinter mir zu lassen. Und so machte ich mich mit einem einzigen Pferd und einem kleinen Wagen mit Vorräten auf den Weg zum entlegensten Ort der bekannten Welt, der Tanaroch, in der Erwartung, dass ich sterben und meine Knochen in der Sonne ausbleichen würden. Tatsächlich war ich dem Tod viele Male nahe, aber etwas geschah, als mein Pferd und ich das taten, von dem ich dachte, dass es unser letzter Atemzug sein würde – wir erreichten eine Oase. Dort trank ich, füllte mein Wasserfass und fand meine Lebensgeister gestärkt. Das Wasser läuterte mich. Dann überkam mich eine Erleuchtung in Bezug auf jene, die den Brunnen gebaut hatten, die Alten. Ich spürte ihre Kraft und Größe und wusste ohne Zweifel, dass mein Aufenthalt kein Zufall war, sondern dass ich in den Fußstapfen der Götter wandelte, dass unter dem reinigenden Licht der Sonne etwas auf mich wartete ... und ich hatte recht.«

Er lächelte.

»Ich hatte recht. Tage später kam ich hierher, zu den Ruinen eines längst vergessenen Volkes, der Aldan Thei. In eine Stadt der Götter. Ich spürte sofort die Macht, die sich unter den Trümmern regte.«

Er hielt noch einmal inne, lehnte sich vor, und sein Blick streifte für einen Moment Xamus' gebeugte Gestalt.

»Du hast sie auch gespürt«, sagte er. »Ich weiß es. Du hast in der Finsternis danach getastet.«

Xamus schwieg.

Tikanen fuhr fort: »Es ist eine Macht, die in der Lage ist, die Grundfesten der Welt zu erschüttern. Ich ... hatte nie irgendwelche magischen Fähigkeiten. Aber als ich in den Ruinen Schriftrollen fand, machte ich mich daran, sie zu lernen. Ich wurde zum eifrigen Schüler, und als ich spürte, dass ich vielleicht bereit war, streckte ich die Hand aus.« Die Stimme des Propheten nahm einen staunenden Ton an. »Sie hat geantwortet. Mir. Ich kanalisierte diese Kraft, lenkte sie, um einer toten Stadt Leben einzuhauchen. Wasser, Getreide, Vieh. Ich habe Tanasrael wiederaufgebaut.«

»Du?«, unterbrach Xamus ihn zum ersten Mal. »Oder Sklaven?«

Tikanens Blick schweifte in weite Ferne. »Am Anfang gab es einige, die versuchten, mir zu nehmen, was ich geschaffen hatte, und ich habe sie bestraft. Ich zwang sie, etwas zu erbauen, das größer war als alles, was sie je gekannt oder gesehen hatten, und obwohl sie in Ketten schufteten, mussten sie nicht länger eine Lüge leben. Die Wahrheit, weißt du, ist die größte Freiheit von allen.«

Der Prophet schien einen Augenblick lang verwirrt. Xamus ertappte sich bei der Frage: Glaubte Tikanen wirklich an das Gefasel, das er da von sich gab?

Tikanen sprach weiter, als hätte er nie eine Pause eingelegt. »Als der große Tempel wieder stand, entdeckte ich meinen Sinn für Gerechtigkeit wieder. Meinen Sinn für mich selbst. Als die Zeit reif war, wagte ich mich zurück in die Zivilisation. Ich sprach Wahrheiten aus, und ich fand viele, die bereit waren, zuzuhören, die fühlten, was ich fühlte … dass die Welt zerbrochen war. Ich nahm sie in meine Herde auf und lehrte sie, und sie halfen ihrerseits, das Licht der Sonne in die dunkelsten Ecken der Welt zu tragen. Dann erkannte ich die Ungeheuerlichkeit dessen, was da entstand … ein völlig neuer Glaube. Einer, der so rein ist wie die Sonne. Ein Glaube der Selbstlosigkeit, ein Glaube zur Reformierung einer gescheiterten Religion. Sularia versuchte, das Ewige mit den Herzen und dem Intellekt der Sterblichen zu verbinden, aber wir sind das Ewige. Die Erben der Aldan Thei. Wir gebieten über die Macht von Göttern.«

»Aber die Kirche wird nicht einfach abdanken, oder?«, entgegnete Xamus. »Deshalb hast du die Draconis Malisath angeheuert, um ihre Kirchenoberen zu beseitigen. Genau wie Taron Braun.«

»Die Kirche ist korrupt. Braun war machtversessen und tat nur so, als würde er das Licht sehen. Außerdem habt du und deine Freunde ihn getötet, was bedeutet, dass du deine moralische Überlegenheit verwirkt hast.«

»Du bist genauso ein Sklave der Macht wie alle anderen«, sagte Xamus. »Bei allem, was du hier tust, geht es um Kontrolle.«

»Die Zeit der Abrechnung wird kommen«, gab Tikanen zu. »Die dekadente alte Welt wird brennen und aus ihrer Asche wird ein Paradies entstehen.« Sein Blick wanderte zu Xamus' Stiefeln. »Gerade du solltest das verstehen«, fügte er hinzu. »Solltest dieses Potenzial zu schätzen wissen. Du als Elf ...«

Das also ist es, dachte Xamus. Endlich glaubte er zu verstehen. Er trat von der Wand zurück, und während Tikanen nicht darauf reagierte, schloss sich Erics Hand um das Heft seines Schwertes.

»Ich habe mich gefragt«, meinte Xamus, »warum du gekommen bist, um mit mir zu reden. Nur mit mir. Es ist wegen der Verbindung meines Volkes mit der Magie und deiner Aneignung derselben.« Er lächelte. »Du kommst hierher, um Bestätigung zu suchen.«

Die Antwort kam sofort und überraschte Xamus. In einem Moment saß Tikanen noch untätig da, im nächsten war er auf den Beinen, nur wenige Zentimeter von dem Elfen entfernt, und brüllte: »Ich suche nichts dergleichen!« Seine Augen loderten wie Feuer.

Xamus wusste nicht, wie, doch er wurde weggeschleudert, prallte gegen die Wand und schlug mit dem Kopf so hart auf, dass er fast bewusstlos wurde. Seine Beine gaben nach, und er fiel auf die Seite, der Raum drehte sich um ihn. Tikanen stand aufrecht da, die Arme seitlich ausgestreckt. Eric und die Wachen sahen sich besorgt in der Zelle um, als die gesamte Höhle kurz erbebte.

Das Feuer in Tikanens Augen verdunkelte sich und verschwand. Er ließ die Arme sinken, seine Haltung wurde wieder entspannter.

»Die Räder drehen sich«, sagte er mit gesenktem Blick. »Bald wird die Zivilisation umgestaltet. Ich habe dir jede Gelegenheit gegeben, dich im Licht zu sonnen, aber du wählst immer wieder den Schatten.«

Tikanen wandte sich zum Gehen, hielt dann aber inne. »Wenn du weiterhin nach der Kraft suchst, die hier wohnt, wirst du vielleicht wie ich in die Augen der Schlange blicken. Erst dann wirst du begreifen, was wahre Macht ist.« Er sah über die Schulter. »Auroboros. Die Weltenschlange. Der Verschlinger. Der Odemspender ... in seinen Schuppen spiegelt sich die gesamte Schöpfung, die gesamte Geschichte. Dieser Weg«, er blickte nach vorn, »dieser Weg endet in Wahnsinn und Vergessen. Am Ende bleibt dir nur, die Schlange auf die Zunge zu küssen und auf ihr ins Paradies zu reiten.«

Tikanen verließ, gefolgt von seinen Wachen, die Zelle.

53

Ausbruch

Als es so weit war, hatten Wilhelm, Torin, Oldavei, Darylonde und Altach Schicht. Von den Abenteurern war nur Xamus in seiner Zelle.

Drei Schichten zuvor hatte Oldavei kurz mit dem Elfen gesprochen und ihm weitere Details mitgeteilt. Irgendwann in den vergangenen Monaten war laut Oldavei ein Bergmann der Ma'ii, der einen kleinen Seitengang bearbeitete, zu etwas durchgebrochen, das wie eine natürliche Höhle aussah. Er hatte das Loch schnell mit Schutt bedeckt und die Ma'ii heimlich über seine Entdeckung informiert. Später arbeitete Altach im selben Tunnelabschnitt. Während die Wachen durch ein von Oldavei inszeniertes Ablenkungsmanöver – zwei kämpfende Ma'ii – abgelenkt waren, legte Altach das Loch frei und wagte sich in den Raum, eine Höhle, die er nicht komplett überblicken konnte.

Dort zahlte sich der außergewöhnliche Geruchssinn des Ma'ii aus, denn Altach entdeckte Duftnoten, die durch die gewundenen natürlichen Gänge zogen – Gerüche von Kakteen und Gestrüpp, die nicht aus den Stollen kamen, die sie gruben, sondern durch das unterirdische Ganglabyrinth wehten. Ein Hinweis darauf, dass diese natürlichen Gänge in die offene Wüste führten. Da er sie nicht weiter auskundschaften konnte, ohne Verdacht zu erregen, kehrte Altach zurück, verdeckte das Loch und informierte später Oldavei über seine Entdeckung.

Danach fanden geheime Diskussionen unter den Ma'ii statt. Sie trafen Entscheidungen und arbeiteten unter Oldaveis Führung einen Plan aus.

»Die Zahl derer, die über uns sind, ist einfach zu groß«, sagte er während ihres kurzen Gesprächs zu Xamus. »Also werden wir dorthin gehen, wo sie nicht sind – nach unten.«

Kurz nach ihrer Unterhaltung sah Xamus an den Wänden des Korridors Einritzungen, einen Kreis, der oben und unten von vertikalen Linien durchbrochen war, die auf beiden Seiten horizontal ausliefen – das Zeichen, das Oldaveis Stirn zierte. Es diente nun als Symbol des Zusammenhalts unter den Ma'ii.

Drei Stunden nach Beginn der letzten Schicht vernahm Xamus in seiner Zelle das Signal, einen langen, hallenden, gellenden Schrei, den alle Ma'ii-Arbeiter aufgriffen und den ihre Brüder und Schwestern in den Zellen noch verstärkten.

Die erste Phase von Oldaveis Plan war einfach: die Wachen so schnell wie möglich und mit allen Mitteln zu übermannen und auszuschalten. Gemeinsam erhoben sich die Ma'ii gegen ihre Aufseher. Die Wüstenzwerge, die verbannten Kinder der Sonne und die übrigen Arbeiter stürzten sich ebenfalls rasch ins Getümmel. Der koordinierte Angriff traf die Wachen, die im Laufe mehrerer Monate ohne Fluchtversuche selbstzufrieden geworden waren, völlig unvorbereitet.

Xamus konnte von seiner Zelle aus nur zusehen und abwarten, während Wilhelm weiter hinten in den gewundenen Tunneln mit seiner Lore den nächsten Sklavenhalter rammte, ihn zu Boden warf, einen verzweifelten Schwerthieb Gormans abwehrte, dann seine Spitzhacke schwang und den anderen Mann an der rechten Schläfe traf. Das stumpfe Metallende brach zwar keinen Knochen, aber der Schlag reichte aus, um den Aufseher sofort bewusstlos werden zu lassen.

Wilhelm hob nicht nur das Schwert des gefallenen Mannes auf, sondern löste auch das Gerät von seinem Gürtel und sagte: »Das gehört mir, Wichser!« Dann trat er Gorman gegen den Schädel und schlug mit dem Knauf des Schwertes den zweiten Wächter bewusstlos, als dieser sich gerade wieder aufrichtete.

Überall in den Minen kam es zu handgreiflichen Ausschreitungen. In einem langen Seitengang stieß Torin einen gellenden Kriegsschrei aus, als er nicht nur die beiden Kinder der Sonne, die ihn beaufsichtigten, sondern auch einen dritten Kultisten schnell ausschaltete. Nicht weit entfernt wurde Darylonde von grausamen Instinkten übermannt. Seine weit aufgerissenen silbernen Augen blitzten, als er auf die ihm am nächsten stehenden Wachen einschlug und seine Hacke kurz unterhalb der Spitze am Schädel eines Aufsehers zerbrach. Wie Torin schrie auch Darylonde, aber sein Schrei war ein unkontrollierter, rasender Ausdruck purer Kampfeslust, als er mit bloßen Händen und Zähnen auf zwei weitere Wachen losging.

Innerhalb weniger Augenblicke war die erste Phase von Oldaveis Plan beendet. Dann kam die zweite Phase – die Deaktivierung des Fahrstuhls, um Verstärkung von oben zu verhindern –, bei der die Gefangenen in der Nähe mit angeeigneten Schwertern die Zugseile durchschnitten. Währenddessen leiteten andere Gefangene die dritte Phase des Plans ein: Sie benutzten Spitzhacken und Werkzeuge, um die Ketten an den Fußfesseln zu sprengen.

Nach einer Reihe von Aktivitäten und Anstrengungen der erschöpften Sklaven und dem Ruf »Aufstand!«, der wiederholt im Aufzugsschacht widerhallte, folgte schließlich der letzte Schritt: Mit den Schlüsseln der gefallenen Wachen wollten die Aufständischen die Gefangenen, die noch in ihren Zellen saßen, befreien.

Oldavei bestand darauf, für diese Aufgabe zurückzubleiben, während die anderen Sklaven die Flucht in die Freiheit wagten. Altach weigerte sich jedoch, von seiner Seite zu weichen, und so befreiten die beiden Ma'ii die Zelleninsassen, darunter auch Xamus. Wilhelm schloss sich ihnen kurz darauf an, nachdem er seine eigene Zellentür geöffnet und aufmerksam das gefaltete Kettenhemd, auf dem sein Hut lag, betrachtet hatte. Nach kurzem Zögern schnappte er sich die Gegenstände und eilte hinaus. Inzwischen stapelte Xamus eilig einen Haufen Holzscheite auf die Aufzugsplattform. Anschließend zerschlug er eine Lampe darauf, um ihn in Brand zu setzen und zu verhindern, dass die Kinder der Sonne Seile herabließen, um in die Minen zu gelangen und die Verfolgung aufzunehmen.

Tiefer in den Tunneln versuchte Torin, Darylonde in die Wirklichkeit zurückzuholen. Der Wildniswahrer hatte sich in einen kurzen Sackgassenstollen zurückgezogen, hielt einen gestohlenen Krummsäbel vor sich und bemerkte offenbar nicht, dass der Zwerg ein Freund war. Torin holte schließlich eine Laterne und hielt sie neben sein Gesicht.

»Ich bin's, siehst du?«, fragte der Zwerg. »Wir hauen jetzt verdammt noch mal von hier ab!«

Darylonde stand ungerührt mit dem Rücken zur Steinmauer, die Klinge vor sich, und seine silbernen Augen blitzten.

Oldavei wies die Handvoll frisch befreiter Gefangener an weiterzugehen, während er, Xamus, Wilhelm und Altach zu Torin eilten.

»Hey«, sagte Oldavei. »Ich spüre, dass du leidest ...« Er trat einen Schritt vor. Torin wollte ihn aufhalten, aber Xamus gebot ihm Einhalt. Oldavei ging weiter zu Darylondes ausgestreckter Klinge, griff mit der linken Hand danach und legte die Finger um die Spitze. »Du hast mir erzählt, dass du verloren warst und versucht hast herauszufinden, wer und was du bist«, fuhr Oldavei fort. »Du hast die Antwort erst gefunden, nachdem du dich verbunden hattest ...«, Darylondes Blick wurde sanft, »... mit deinem Totem.«

Darylonde schloss die Augen und zog eine Grimasse, während sich sein Griff um die Waffe lockerte. Oldavei nahm dem Wildniswahrer behutsam die Klinge ab, der es nicht zu bemerken schien und seine zitternden Hände vor sich ausstreckte.

»Ich möchte dir etwas zeigen«, sprach der Ma'ii. Mit einer flinken Bewegung zog Oldavei den schwarzen Handschuh von Darylondes rechter Hand. Die Augen des Soldaten blitzten auf, als wolle er angreifen, doch dann richtete sich seine Aufmerksamkeit auf die ausgestreckte Krallenhand. »Der Geist des Adlers hat sein Mal hinterlassen«, sagte Oldavei. »Konzentriere dich darauf. Lass dich von seinem Geist führen.«

Darylonde schaute die anderen an, als sehe er sie zum ersten Mal. Er ballte die Krallenfaust, nickte leicht und flüsterte mit zitternder Stimme: »Lasst uns gehen.«

Oldavei schnappte sich eine Lampe, ging voran und kletterte in die Erdhöhle, in die sich die anderen geflüchtet hatten. Altach, Xamus, Wilhelm, Darylonde und Torin folgten, wobei der gewundene Tunnel sie zwang, einige Meter auf Händen und Knien zurückzulegen, bevor er sich so weit ausdehnte, dass sie stehen und zu zweit nebeneinander gehen konnten. Der Zwerg behielt Darylonde im Auge, der mit seiner Krallenhand an der Brust vor sich hin stolperte. Sie hörten die anderen Fliehenden vor sich. An einer Stelle hielt Xamus inne und spähte in einen schattigen Seitengang.

»Was ist das?«, fragte Torin.

Ohne zu antworten, betrat Xamus den Seitengang. Der Rest der Gruppe zögerte, schaute sich um und folgte ihm dann, Oldavei mit der Lampe und Torin direkt hinter Xamus. Der neue Tunnel fiel mehrere Meter steil ab, ehe er sich verengte und flacher wurde. Die Gruppe war gezwungen, gebückt um eine Ecke zu biegen und über Geröll durch den Übergang zwischen natürlicher Höhle und künstlich bearbeitetem Stein zu stapfen. Der Raum, den sie betraten, war klein, nicht größer als eine ihrer Gefängniszellen, und führte zu einem Gang mit Gewölbedecke. In die Wände und die Decke waren Sigille eingemeißelt, die Xamus gleichzeitig vertraut und seltsam vorkamen. Ihr Stil erinnerte an elfische Buchstaben, obwohl die Sprache nicht Elfisch war. Oder zumindest keine Form des Elfischen, die er kannte und entziffern konnte.

»Was ist das für ein Ort?«, wollte Altach mit leiser, ängstlicher Stimme von Oldavei wissen.

»Keine Ahnung«, gab der zu.

»Spürt ihr das?«, erkundigte sich Torin.

Wilhelm rieb sich die Schläfe. »Ja«, erwiderte er.

Darylondes Blick huschte umher, als könne jeden Augenblick etwas Ungeheuerliches aus der Dunkelheit jenseits des Lampenlichts auftauchen. Sie alle spürten trotz der Dämpfungshalsbänder dieselbe Energie, die Xamus dorthin gelockt hatte, eine Vibration, die durch ihre Körper pulste und Druck in ihren Schädeln ausübte.

Dann betraten sie eine höhlenartige Kammer und blieben stehen. Hier säumten Pilaster, die in einem ähnlichen Stil wie die Zikkurat geschnitzt waren, die Wände und reichten bis zur gewölbten Decke. Runen waren an verschiedenen Stellen in dem antiken Gewölbe zu sehen. Doch es war das riesige Mosaik auf dem Boden, das ihre Aufmerksamkeit erregte.

Das Licht schimmerte auf Edelsteinen und Gemmen und zeichnete den Umriss einer Schlange mit grün schimmernden Schuppen nach, die sich in Form einer Acht wand und ihren eigenen Schwanz verschlang. Ein leuchtend rotes Juwel diente als Auge. Myriaden von Gefühlen durchströmten die Gruppe bei diesem Anblick: Respekt, Erheiterung, Staunen, Angst, Verwirrung und – was am unglaublichsten war – Unbedeutsamkeit und Allmacht zugleich. Es war das Merkwürdigste und Beunruhigendste, was sie je gesehen hatten. Doch für Xamus hatte es etwas Vertrautes. Er hatte dieses Symbol oder ein sehr ähnliches vor langer, langer Zeit schon einmal gesehen, da war er sich sicher …

»Tikanen hat davon gesprochen«, sagte der Elf. »Die Weltenschlange. Auroboros. Die Macht, die er nutzen will, um die Zivilisation neu zu gestalten … sie hat etwas damit zu tun. Was auch immer es ist.«

In diesem Augenblick kam es wie eine Flut über sie, ein kurzer Energiestoß, der ihre Herzen schneller schlagen ließ und ihnen für einen kurzen Moment das Gefühl gab, als pulsiere flüssiges Magma durch ihre Adern. Die gewaltige Schlange schien sich vor ihren Augen zu winden. Flammen schienen über ihre Schuppen zu tanzen und sich wie majestätische, lodernde Flügel auszubreiten, während ein strahlender Glanz sie umfing.

Für Oldavei war dieses Bild besonders erschütternd, denn es erinnerte ihn an die Vision, die er vor langer Zeit gesehen und die ihn veranlasst hatte, seinen Stamm zu verlassen. Es spiegelte auch wider, was er während seiner letzten Visionssuche im Bärenhügel gesehen hatte. Er nahm dies als deutliche Botschaft, dass sein gegenwärtiger Weg letztlich ins Verderben führen würde. Es gab jedoch noch eine andere Empfindung, ein kurzes, unerklärliches Gefühl völliger Unbesiegbarkeit. Das empfanden die anderen auch. Dann verschwand es so schnell, wie es gekommen war, und der beunruhigende Schleier legte sich wieder über sie alle.

»Tikanen kann sie haben«, brummte Torin, unterdrückte ein Schaudern und spuckte aus. Er drehte sich um und machte sich auf den Weg zurück zu ihrem Fluchttunnel.

54

Mah'wari

Das letzte Stück des kilometerlangen Höhlensystems bestand aus großen, flachen Steinblöcken, über die die Gruppe der Nachzügler klettern musste, um den Ausgang zu erreichen, der von außen durch hohes, dichtes Gestrüpp geschützt war.

Schweißnass und erschöpft vom Kampf und der langen Flucht durch die Tunnel, wankten die ehemaligen Gefangenen auf wackeligen Beinen ins Freie und fanden alle anderen Geflüchteten ganz in der Nähe unter dem goldenen Schimmer des düsteren Himmels versammelt. Das Licht, so schwach es auch sein mochte, brannte ihnen in den Augen, die sowohl von der Flucht tränten als auch von dem schwindenden Glanz der Sonne, die man ihnen so lange vorenthalten hatte.

Sobald sich seine Sicht klärte, trottete Oldavei eine nahe gelegene Anhöhe hinauf, witterte und ließ seinen Blick umherschweifen, wobei eine leichte Brise den Schweiß auf der Haut seines Oberkörpers kühlte, die nicht von der Weste verhüllt war. Er entdeckte das Licht der Zikkurat weit entfernt im Westen, aber keine Anzeichen von Kindern der Sonne in unmittelbarer Nähe. Erleichtert lehnte er sich zurück, hob den Kopf zum Himmel und stimmte ein lang gezogenes Siegesgeheul an.

Einen Augenblick später hörte der Ma'ii zu seiner freudigen Überraschung eine Antwort. Ein Rudel seiner Geschwister war in der Nähe, und wenn er sich nicht irrte, erkannte er sie am Klang des Rufs.

Oldavei führte die anderen nach Osten. Sie zündeten ihre Lampen bei Einbruch der Nacht nicht an, um sich besser vor den Kultisten zu verbergen. Etwa eine Stunde später entdeckten Oldavei und die anderen im Mondlicht den nomadischen Kawati-Stamm, den er ein Jahr zuvor in der Nähe des Wegbrunnens getroffen hatte. Die Ma'ii rannten in Kojotengestalt auf sie zu, hielten an und nahmen ihre humanoide Gestalt an, als die Gruppen aufeinandertrafen.

Norra schrie vor Freude, als sie Altach sah, stürzte auf ihn zu und schloss ihn in die Arme.

Oldavei und Ahdami fassten einander an den Unterarmen und der Anführer der Kawati schenkte dem Schamanen ein spitzzahniges Lächeln. »Wir hatten schon das Schlimmste befürchtet«, sagte er.

Oldavei zählte kurz das Rudel durch. »Einer von euch fehlt«, stellte er fest.

»Wir haben einen Boten geschickt«, antwortete Ahdami. »Es gibt ein größeres Lager, einen anderen Stamm, ein Stück nördlich von hier. Ich bin sicher, ihr seid ausgehungert, durstig und müde. Aber könnt ihr noch ein Stückchen weitergehen?«

»Wir werden es schon schaffen«, erwiderte Oldavei.

»Gut«, meinte Ahdami. »Können wir ihnen vertrauen?« Er nickte in Richtung der übrigen befreiten Sklaven und meinte vor allem die Wüstenzwerge, die sich oft mit den Ma'ii-Stämmen um verschiedene Gebiete der Tanaroch stritten.

Oldavei überlegte einen Moment und sagte dann: »Ich glaube schon.«

Schmale Arme schlangen sich um seinen Hals, eine Reihe von Küssen trafen seine Wange. »Danke«, jauchzte Norra, »dass du mir meinen Bruder zurückgebracht hast. Danke, danke, danke!«

Der Kawati-Stamm führte sie fast eine Stunde lang durch die Wüste, bis sie in Sichtweite einer Felsformation kamen, die so hoch wie ein dreistöckiges Haus war und etwa die Form eines auf der Seite liegenden Stiefels hatte. Oldavei witterte und entdeckte Mitglieder der anderen Ma'ii-Sippe, die an verschiedenen Stellen der Formation als Ausgucke postiert waren.

Als die Gruppe die Spitze des steinernen Stiefels umrundete, sah sie ein Ma'ii-Lager, das sich an dessen Rist schmiegte. Ein Feuer brannte am Fuße der Wand, um die eine halbkreisförmige Felsbarriere errichtet worden war, um einen Teil des Lichts abzuschirmen. Oldavei erkannte die Farben sofort, mit denen die Zelte aus Tierfell bemalt waren: Es war sein Stamm, die Tohtach.

Oldavei wandte sich an Ahdami. »Ein anderer Stamm, hast du gesagt.«

»Es ist ein anderer Stamm«, verteidigte sich Ahdami mit einem schiefen Grinsen.

Mah'wari, Oldaveis Schamanenmentor, kam angelaufen. »Welpe!«, schrie er.

Er war etwas größer als die anderen Stammesmitglieder, alt und hatte einen dicken Bauch, der vorn aus seiner Weste herausschaute. Sein Schmuck klirrte, als er rannte. Dem Schamanen liefen Tränen über die Wangen, als er seinen ehemaligen Schüler fest in die Arme schloss.

»Ich bin so froh, dass du in Sicherheit bist«, sagte er immer wieder. Er löste sich aus der Umarmung, musterte die Tätowierung auf Oldaveis Stirn, seufzte und sah sich dann den Rest der Geflohenen an. Als sein Blick auf die Wüstenzwerge fiel, zögerte er kurz. Doch als er die Ma'ii sah, die zusammen mit den Zwergen in Gefangenschaft geraten waren, fasste er einen Entschluss und verkündete: »Ihr seid hier alle willkommen, ihr müsst essen! Schnell! Kommt!«

Während sich die Gruppe auf das Lager zubewegte, zögerten die Wüstenzwerge. Sie sahen zu, wie ein Mitglied des Tohtach-Stammes einen Tonbecher mit Wasser und eine kleine Fleischkeule brachte. Torin neigte den Kopf und beugte sich in der Taille vor, eine Geste des tiefen Dankes bei den Ma'ii. Dann aß der Zwerg in der Nähe des Feuers. Als die Wüstenzwerge dies sahen, blickten sie einander an. Ihre Anspannung löste sich und sie näherten sich dem Lager.

Dort bot man ihnen Nahrung – meist Wüstenhase – und Wasser an. Es kam zu einer ungewöhnlichen Zusammenarbeit, als ein weibliches Stammesmitglied mithilfe eines Wüstenzwerges, der sich mit solchen Dingen auskannte, kleine Knochen aus den Fetischen ihrer Gefährten nahm und ein Dietrichset daraus zusammenstellte. Sie probierten verschiedene Kombinationen von Knochengrößen und -arten aus, bis es dem Zwerg gelang, zunächst die Beinfesseln der Entflohenen zu lösen und schließlich mit etwas mehr Durchhaltevermögen auch ihre Dämpfungshalsbänder.

Als diese entfernt waren, hatten die ehemaligen Gefangenen das Gefühl, wieder richtig atmen zu können.

Xamus konzentrierte sich und sprach stumm eine Beschwörungsformel, mit der er versuchte, eine kleine Feuerkugel herbeizurufen. Er stellte aber fest, dass er es nicht konnte. Hatte das Dämpfungshalsband etwa eine Nachwirkung, nachdem er es ein Jahr lang getragen hatte, und wenn ja, für wie lange? Ihm kam der beunruhigende Gedanke, das Halsband könnte seine Zauberfähigkeit dauerhaft geschädigt haben. Er unternahm eine Handvoll weiterer erfolgloser Versuche, ehe er aus schierer Verzweiflung einen Ausweg suchte. Er ließ seinen Geist nach dieser anderen Magie suchen, dem geheimnisvollen und ominösen Auroboros. Doch auch diese blieb unerreichbar. Der bestürzte Elf machte sich eine geistige Notiz, sich später bei Oldavei und Darylonde nach deren magischen Fähigkeiten zu erkundigen.

Als sich alle am Lagerfeuer ausruhten, wurden sie einander vorgestellt. Man erzählte sich Geschichten von der Flucht, und viele Stammesmitglieder kamen und sprachen mit Oldavei, Freunde, die er seit Jahren nicht mehr gesehen hatte. Als die Nacht voranschritt, fielen die ehemals versklavten Ma'ii, die verstoßenen Kinder der Sonne und die Wüstenzwerge unter dem Sternenhimmel in einen tiefen Schlaf. Der Kawati-Stamm schlief ebenfalls, während die Abenteurer mit Mah'wari über das sprachen, was vor ihnen lag.

»Wir können euch verstecken«, sagte der alte Schamane, wobei seine Aufmerksamkeit besonders auf Oldavei gerichtet war. »Wir wissen schon seit einiger Zeit, dass jemand unsere Artgenossen entführt. Die Tohtach sind darin geübt, die Fremden in den Roben zu meiden. Wir können euch aufnehmen, für eure Sicherheit garantieren ...«

»Wir werden noch immer gesucht«, gab Oldavei zu bedenken. »Jetzt umso mehr. Von den Kindern der Sonne, vom Kämpfenden Orden. Wir würden dich und die anderen nur in Gefahr bringen.«

»Du könntest allein mit ihnen gehen«, schlug Xamus vor. »Verdient hättest du es. Du hast uns gerettet. Uns alle ...«

Darylonde, der am Fuß der Felswand am Rand des Feuerscheins saß, spreizte die Finger der behandschuhten rechten Hand.

»Du könntest bei deinem Volk sein«, fuhr Xamus fort.

Mah'wari nickte. »Er hat recht, Welpe. Wir würden uns freuen, dich wieder bei uns zu haben.« Als Oldavei nicht antwortete, deutete der alte Schamane auf dessen Stirn und fügte hinzu: »Diese Tätowierung bestimmt nicht, wer du bist.«

»Die Tätowierung?«, fragte Torin. »Was ist damit?«

Oldavei sah Darylonde an, dessen silberne Augen seinen Blick ruhig erwiderten. »Sie steht für einen Ausgestoßenen«, erklärte Oldavei.

»Wer hat sie gestochen?«, wollte Torin empört wissen.

»Ich selbst«, erwiderte Oldavei. »Schließlich war ich geflohen. Vor meinem Schicksal und meinem Volk. Ich habe mich selbst als Ausgestoßenen gezeichnet.« Sein Blick schweifte über die anderen Geächteten. »Darauf bin ich nicht stolz.« Er sah Mah'wari an. »Ich verstehe, was du meinst. Jetzt zumindest. Diese Tätowierung wird mich und meine Taten nicht länger bestimmen. Aber das Schicksal, vor dem ich weggelaufen bin, was auch immer es ist«, er deutete auf Xamus, Wilhelm, Darylonde und Torin, »dieses Schicksal spielt sich an ihrer Seite ab.«

Mah'wari senkte zwar enttäuscht den Blick, nickte aber verständnisvoll.

»Nun gut«, sagte Xamus. »Wohin jetzt?«

»Ich würde ja vorschlagen, wir könnten bei meinen Leuten in Rotklippe Zuflucht suchen«, meinte Torin, »aber damit würden wir wiederum sie in Gefahr bringen.«

»Ich muss Goshaedas warnen«, verkündete Darylonde, der sich gefangen zu haben schien. »Jetzt, wo wir mehr über die Absichten der Kinder der Sonne wissen. Die Bedrohung ist größer, als wir angenommen hatten.«

»Sehe ich auch so«, erwiderte Xamus. »Ich kann nicht für die anderen sprechen, aber ich komme mit, wenn dir das recht ist.«

»Ist es«, entgegnete Darylonde.

»Es wäre nett, die Zuflucht wieder zu besuchen«, meldete sich Torin zu Wort.

»Mir egal, wo wir hingehen, Mann«, brummte Wilhelm. »Solange wir aus dieser Scheißwüste fortkommen.«

»Klingt sinnvoll«, schloss Oldavei.

»So sei es«, sagte Mah'wari. »Wir reden morgen weiter. Ruht euch jetzt aus.«

55
Scheideweg

Als am nächsten Tag die Sonne aufging, verabschiedete sich der Kawati-Stamm.
»Was habt ihr jetzt vor?«, fragte Oldavei Ahdami.
»Mit etwas Glück werden wir heilen«, entgegnete der Stammesführer. Er umarmte Oldavei. »Ich verdanke dir mein Leben.«
»Schön, dass ich dir helfen konnte«, antwortete Oldavei.
»Du bist der beste Schamane, den ich je gekannt habe«, lobte Altach und trat zurück.
Oldavei wollte antworten, er sei kein Schamane, besann sich dann aber eines Besseren.
Dann trat Norra zu ihm und küsste ihn auf den Mund. »Ich bin dir auf ewig dankbar«, sagte sie.
Während ein errötender Oldavei letzte Worte mit den Kawati wechselte, wandte sich Torin an die Gruppe von zweihundert Wüstenzwergen, die sich nun zum Aufbruch bereit machten. Die Zwerge, von Natur aus zurückhaltend und stoisch, hatten sich während des langen Jahres hauptsächlich in sich zurückgezogen. Viele von ihnen hatten die Hoffnung auf eine Flucht schon aufgegeben, aber nun freuten sie sich darauf, ihren heimatlichen Tafelberg wiederzusehen, den Ausblick von der Sonnenschmiede zu genießen und wieder in ihren Quellbecken zu baden.
Torin spürte einen Anflug von Neid, als er sah, wie die Zwerge aufbrachen. Mit den verbliebenen ehemaligen Gefangenen, Andersdenkenden und ehemaligen Kultisten – ein paar Gnollen, acht Menschen unterschiedlichen Alters und unterschiedlicher Herkunft und einem Gnom – führten die Geächteten ein kurzes Gespräch. Man einigte sich darauf, dass die Tohtach sie in den Nord-

westen führen würden, von wo aus sie das nahe Lietsin erreichen konnten.

Als der Plan geschmiedet war, machte sich der Stamm an die lange Wüstendurchquerung. Die Späher der Tohtach wagten sich weit voraus, zwei weitere flankierten die Formation jeweils anderthalb Kilometer entfernt, und ein weiterer hielt sich in einigem Abstand dahinter. Sie würden ein Signal geben, wenn sie Suchtrupps oder Karawanen der Kinder der Sonne entdeckten.

Der Weg war nicht leicht zu bewältigen für jene, die ein langes, brutales Jahr in den Minen verbracht hatten, aber sie gaben alles, um nicht wieder gefasst zu werden.

Über mehrere Nächte sprach Oldavei mit Mah'wari und in dieser Zeit konnten sie auf beiden Seiten viele alte Wunden heilen. Obwohl es keinen Verfolgungsalarm gab, erhielten sie am fünften Tag eine Warnung durch ein bestimmtes Heulen des hinteren Spähers: Ein kolossaler Sandsturm zog von Süden her auf. Sein Umfang, seine Stärke und Geschwindigkeit übertrafen bei Weitem, was die Geächteten beim Wagenrennen erlebt hatten. Binnen einer Stunde hatte er die Reisenden eingeholt, und sie waren gezwungen, sich zusammenzukauern und sich nicht nur vor dem beißenden Sand, sondern auch vor den orkanartigen Winden zu schützen. Große Kiesel flogen wie Schleudersteine und verursachten dort, wo sie auf die Haut trafen, Striemen. Ein scharfkantiger Stein schlug eines der ehemaligen Kinder der Sonne, einen Mann, bewusstlos.

Die Wucht des Wüstensturms veranlasste Xamus, seinen Ursprung infrage zu stellen und zu vermuten, dass der Prophet ihn vielleicht herbeigezaubert hatte, um ihre Reise zu verlangsamen. Der Sturm wütete eine ganze Stunde, bevor er weiterzog, um das Land im Norden zu geißeln. Späher in allen Richtungen gaben Entwarnung und der lange Marsch ging weiter.

Drei Tage später erreichten sie ein unscheinbares Stück Wüste. Im Norden lag Baker und dahinter die Kannibushügel, im Westen Lietsin. Es war an der Zeit, dass sich die Gruppe trennte, dass die Abenteurer nach Norden zogen, während Mah'wari und sein Stamm die verbliebenen ehemaligen Gefangenen näher an die Zivilisation führten. Die Geächteten erhielten Rucksäcke mit Proviant und Wasserschläuche. An ihren Hüften hingen Krummsäbel, die einst den Wachen gehört hatten. Der Stamm schenkte Torin eine Axt, mit der die Ma'ii sonst Feuerholz hackten. Der Zwerg nahm sie dankend an, obwohl er den Verlust seiner eigenen Waffe sehr bedauerte. Tatsächlich waren alle Mitglieder der Gruppe traurig über das Fehlen ihrer wertvollen Waffen – Klingen, die in vielerlei Hinsicht eine Erweiterung ihrer selbst gewesen waren.

Mah'wari hielt Oldavei lange umschlungen, als wollte er ihn nicht gehen lassen. Schließlich löste er sich von ihm und sagte: »Du hast es weit gebracht. Ich bin stolz auf dich, du wirst noch Großes vollbringen, mit Weisheit und Mut führen. Du wirst jene ehren, die vor dir kamen, und die inspirieren, die nach dir kommen werden. Ich liebe dich, Welpe. Ja, ich schätze dich sehr. Wenn ich dereinst sterbe, werde ich an dich denken, damit dein Gesicht das Letzte ist, was ich sehe. Dann werde ich glücklich sterben.«

Mah'wari drückte Oldaveis Schulter ein letztes Mal, sah ihm noch einmal in die Augen und machte sich dann mit den anderen auf den Weg. Oldavei wischte sich die Tränen weg und beobachtete die nächste Stunde lang über seine Schulter den Stamm der Tohtach, bis er völlig außer Sichtweite war, während er mit seinen Kameraden weiterzog.

Für den Rest des Weges kehrten sie zu ihrer alten Reisestrategie zurück: tagsüber ausruhen, nachts unterwegs sein. Je weiter sie kamen, desto mehr sehnten sie sich danach, ihre unheilvolle Warnung zu überbringen, das verjüngende Wasser der Zuflucht zu trinken und alte Bekannte wiederzusehen. Xamus freute sich auf Amberlyn, während Darylonde hoffte, Lara würde in der Zuflucht sein, nicht unterwegs auf einer Mission. Selbst Torin freute sich auf ein Wiedersehen mit Wittabit.

Nach einigen weiteren Tagen sahen sich die Geächteten gezwungen, Nahrung und Wasser so streng zu rationieren, dass Hunger und Durst zu ständigen Begleitern wurden.

Sie sprachen nur noch das Nötigste. Wilhelm ließ seinen Hut und sein Kettenhemd in der Reisetasche und blieb ungewohnt schweigsam. Torin war mürrisch. Darylonde schien oft in Gedanken versunken. Xamus war ebenfalls in sich gekehrt, äußerlich ruhig, während seine Gedanken sich überschlugen und er immer häufiger an das grandiose, furchterregende Mosaik der Weltenschlange unter Tanasrael denken musste. Bei verschiedenen Gelegenheiten fragte der Elf sowohl Oldavei als auch Darylonde, ob sie Zugriff auf ihre magischen Fähigkeiten hätten. Der Ma'ii sagte, er könne nicht zaubern, wirkte aber trotzdem relativ gelassen. Der Wildniswahrer antwortete, ihm blieben bestimmte Pfade der Druidenmagie verschlossen, beendete damit aber das Gespräch und nannte keine weiteren Einzelheiten.

Eines Abends, als er am Feuer saß, nahm Xamus einen Stock und zeichnete das Auroboros-Symbol vor sich in die Erde. Er starrte es lange an, entschlossen, sich auf nichts anderes zu konzentrieren, bis er sich entsinnen konnte, wo er es zuvor gesehen hatte. Schließlich fiel es ihm ein: eine Erinnerung an die Elfenhütte, in der er aufgewachsen war. Xamus war in der Bibliothek auf der Suche nach neuem Lesestoff gewesen. Er hatte ein dickes Buch aus dem Regal gezogen, und auf dem Einband hatte das Symbol erhaben auf dem Leder geprangt, bemalt mit einer Substanz, die die Schlangenschuppen wie Edelsteine funkeln ließ. Doch noch ehe der junge Xamus das Buch hatte aufschlagen können, war sein Lehrer Illarion herbeigeeilt und hatte es ihm mit den Worten weggenommen, solches Wissen sei nichts für ihn.

Als Xamus am nächsten Tag in die Bibliothek zurückgekehrt war, um nach dem Folianten zu suchen, war er nirgends zu finden gewesen. Das war nur eines von hundert Ereignissen, die Xamus' Abneigung gegen seine Vorgesetzten und gegen die Enklave als Ganzes begründet hatten, aber er hatte es vergessen ... bis jetzt. Aber was hatte es zu bedeuten? Sicherlich war es kein Zufall, dass sein Volk dieses Buch besaß. Er fragte sich, wie viel die Elfen über die Weltenschlange wussten und warum sie ihn so sehr davor schützen wollten.

Xamus wischte das in den Boden geritzte Bild mit dem Stiefel weg und schlief ein.

Auf der letzten Etappe der Reise geriet die Gruppe an ihre körperlichen Grenzen. Sie mussten feststellen, dass die Ruhephasen, die sie sich gönnten, immer weniger brachten. Sie erreichten einen Punkt, an dem jeder Schritt zur Qual wurde, und fragten sich, ob ihre Odyssee jemals ein Ende finden würde. Dann endlich sahen sie Lichter im Nordwesten.

Baker. Es schien eine Ewigkeit her zu sein, dass sie in das Grenzstädtchen in der Wüste gereist waren, um an dem verrückten Wagenrennen teilzunehmen.

Zwar war es verlockend, auf diese Lichter zuzuhalten, aber sie wussten, dass die Kultisten zweifellos hinter jeder Ecke und in jedem Schatten auf sie lauern würden. Der einzige Trost war, dass die Verlockungen Bakers zwar für sie tabu waren, aber die Nähe zur Vorpostenstadt bedeutete, dass auch die Hügel des Waldes nicht mehr weit waren. So kam es, dass sie schon bald die gewaltigen Umrisse der Grenzgipfel erblickten, die einen ganzen Streifen des nördlichen Himmels ausfüllten. Ihre Laune besserte sich etwas, denn sie wussten, dass die Kannibushügel nur noch wenige Tage entfernt waren.

Nach einem halben Tag Rast in den Wäldern des Vorgebirges füllten sie ihre Wasserflaschen an einem plätschernden Bach und zogen zügig weiter, bis sie die knarrende, schwankende Hängebrücke erreichten, die sie vor über einem Jahr auf ihrer Reise von der Zuflucht nach Baker überquert hatten.

Sie beschlossen, nach einem letzten halben Ruhetag einen Vorstoß zur Zuflucht zu unternehmen und den letzten Teil des Wegs ohne Pause zurückzulegen. Da ihre Essensvorräte erschöpft waren, bot Oldavei an zu jagen, aber die anderen waren einstimmig der Meinung, dass sie, da sie so kurz vor dem Ziel waren, dort essen sollten.

Nach einem sechsunddreißigstündigen Marsch, als das Licht eines neuen Tages den Himmel färbte und sie kurz vor dem Zusammenbruch waren, erreichten die Abenteurer eine Anhöhe in Sichtweite ihres Ziels.

Darylonde blieb stehen und sah mit einem besorgten Gesichtsausdruck auf die Hänge vor sich.

»Hier stimmt etwas nicht«, sagte er.

Hinter dem nächsten Hügel stieg ein merkwürdiger violetter Dunst in den Himmel auf.

56
Schlachtfeld

Als sie sich der Zuflucht weiter näherten und den Fuß des Bärenhügels umrundeten, bemerkte Darylonde die Abwesenheit von Geräuschen. Kein morgendlicher Vogelgesang. Keine Tiere, die sich im Gebüsch bewegten. Er nahm all seine verbliebene Kraft zusammen und rannte zu Orams Rast, wo er angesichts des Anblicks auf die Knie fiel: Die große Eiche in der Mitte des Tals war nur noch ein geschwärztes Zerrbild ihrer selbst.

Das Feuer hatte zwar nur die Rinde weggebrannt, aber der Baum selbst war senkrecht gespalten und gab den Blick auf die purpurne Glut in seinem Kern frei. Für Oldavei, Darylonde und Xamus war dies ein Anblick, der auf einen Angriff mit arkaner Magie hinwies.

Während der Wildniswahrer weinte, bemerkte Oldavei, dass sich kein Lüftchen regte, der Rauch des brennenden Baums gerade nach oben stieg und die vertraute Brise des magischen Tals nirgends zu spüren war.

»Lara«, flüsterte Darylonde, rappelte sich mühsam auf und rannte an dem Baum vorbei.

Die anderen folgten ihm und kamen zu einem Ort, an dem ein wahres Blutbad stattgefunden hatte. Drei Druiden lagen tot im Gras. Daneben lag der Mantikor, ebenfalls erschlagen, mit einem Schwert in der Brust. Neben der Bestie lag ein enthaupteter Mensch, der noch immer den Schwertgriff umklammert hielt. Der behelmte Kopf des Soldaten lag am Fuße einer hohen Zypresse. Die Rüstung kennzeichnete den Toten sowie eine Handvoll weiter entfernt liegende Soldaten als Ordenskrieger der Friedenswahrer.

Xamus näherte sich den gefallenen Druiden und sah in ein einst vertrautes Gesicht, dessen Haut nun ausgetrocknet und braun war. Leere Augenhöhlen waren himmelwärts gerichtet, der Mund war leicht geöffnet. Die Lippen, die er geküsst hatte, hatten sich im Tod von vergilbten Zähnen zurückgezogen, weiße Hörner kräuselten sich aus hellem Haar – die von ihm so bewunderte Satyrin, die er mit der Zeit vielleicht wahrhaftig hätte lieben können. Amberlyn lag tot da, und das, ihrem Zustand nach zu urteilen, schon seit vielen Monaten. Ein einzelner Pfeilschaft ragte aus der Mitte ihrer Brust. Xamus erkannte die Befiederung als die des Vollstreckers Daromis.

Der Elf kniete nieder und zog Amberlyn an sich.

Darylonde eilte weiter, während die anderen die toten Gegner begutachteten. Einige Leichen hatten mehrere Stichwunden, Verletzungen, von denen Oldavei vermutete, dass sie von massiven Dornen stammten, einer der vielen natürlichen Angriffe der Druiden, wie er aus dem Waldlied-Bühnenstück wusste. Andere hatten tiefe Risswunden, wahrscheinlich von dem Mantikor. Ein anderer Leichnam bestand aus kaum mehr als geschwärzter Kohle im Inneren seiner Rüstung, einen weiteren erkannte man sofort an der Kleidung, dem langen Lederhandschuh an der linken Hand und dem langen Haar, das irgendwie tiefschwarz geblieben war. Die Leiche der Falknerin lag fast versteckt in einem Nest aus Ranken, von denen sich viele um ihre Gliedmaßen und ihren Oberkörper geschlungen hatten. Ein besonders dickes Stück lag um den Hals der Frau. Purpurschwarze Haut spannte sich über ihre im Tode erstarrten Züge.

Ein Aufschrei erregte die Aufmerksamkeit Torins, Wilhelms und Oldaveis, der sie durch den Wald rennen ließ, vorbei an zerstörten Gebäuden und weiteren Gefallenen, bis sie zum Hain des Lichts kamen. Der Anblick, der sich ihnen hier bot, war entsetzlich.

Das filigrane Gitterwerk, das die Bühne des Waldlied-Theaters überspannte, war auf einer Seite herabgestürzt. Überall lagen ausgedorrte Leichen. In der Mitte der Steinplattenbühne lag ein großer Baum auf der Seite, von dem man Stücke abgehackt und aufgestapelt hatte. In der Grube des Amphitheaters lagen drei ausgemergelte Tote, ein Ordenskrieger und zwei Druiden, deren Leichensäfte die Silberquelle besudelten. Unter den Toten befanden sich auch viele kleinere Körper, die Torin zunächst für Trümmerstücke hielt. Bei näherer Betrachtung brach ihm fast das Herz, als er erkannte, dass es sich um die sterblichen Überreste von Feen handelte, denen die Flügel fehlten, ihre Haut schwarz und glatt wie polierter Stein.

Darylonde machte sich daran, den zerhackten Baum in Augenschein zu nehmen, während Torin zwischen den verstorbenen Feen suchte und schließlich auf einer niedrigeren Stufe über dem Amphitheater eine winzige Gestalt fand, die er als Wittabit erkannte. Behutsam hob er sie auf, wobei sich ihr starrer Körper viel schwerer anfühlte, als er sollte. Sie erschien Torin wie eine winzige, aus Onyx geschnitzte Figur oder Statuette. Ihre Augen waren geschlossen, der Mund zu einem fürchterlichen Schmerzensschrei geöffnet. Dem Zwerg liefen Tränen über das Gesicht, als er sich ausmalte, wie ein Wesen ihrer Art so sterben konnte. Er vermutete, dass die Magie der Vettel aus den Reihen der Vollstrecker daran schuld war.

Auf der Bühne zitterte Darylonde, als er die abgehackten Holzstücke entfernte, um zu sehen, was von Goshaedas übrig geblieben war. Eine breite Wunde verlief quer über sein Gesicht und mehrere tiefe Schnitte hatten einen Hohlraum in seiner Brust geöffnet. An anderen Stellen seines Stammes trug der verehrte Baumhirte Brandspuren, die von einem glühend heißen Brandeisen stammen mochten.

Oldavei ging zwischen den Leichen umher, während Wilhelm in die Grube hinabstieg und ungläubig den Kopf schüttelte. Oldaveis Stimme brach, als er sagte: »Ich schätze, das ist vor einem halben Jahr oder so passiert, den Überresten nach zu urteilen.«

Torin legte Wittabit ab und drückte seine große Stirn gegen ihre winzige. Dann richtete er sich auf und sagte: »Das waren wir. Das ist allein unsere Schuld. Wir sind an all dem schuld! Eisenburg hat sie alle getötet, um es uns heimzuzahlen!«

Drückende Stille lag in der Luft.

Oldavei trat neben Torin. »Wir wissen nicht, was vielleicht …«

»Nein!«, schnitt ihm Torin das Wort ab, trat näher an den Ma'ii heran und hob drohend den Zeigefinger. »Wenn wir hier gewesen wären, hätten wir sie vielleicht aufhalten können. Aber wir waren nicht hier.« Er drehte sich um und zeigte auf Wilhelm. »Deinetwegen. Du und deine verrückte Idee! Dein verfluchtes Wagenrennen hat uns direkt in dieses Loch geführt. Ein götterverdammtes Jahr lang!«

»Wir waren alle damit einverstanden, der Vision zu folgen«, beschwichtigte ihn Oldavei.

»Halt dich da raus, du Scheiß-Ma'ii!«, knurrte Torin.

»Was soll das ...«, begann Oldavei, aber Wilhelm unterbrach ihn, indem er schrie: »Mein Plan hat uns in die Arena geführt, zu Eric!«

»Also direkt in eine Falle, du nutzloser Wichser!«, konterte Torin.

»Ich gehe dorthin, wo etwas los ist«, zitierte Wilhelm und sah Torin mit großen Augen an. »Erinnerst du dich, dass du das gesagt hast, Arschloch? Ich weiß es nämlich noch genau!«

»Ja?«, erwiderte Torin. »Warum schreibst du nicht ein Lied darüber, *Barde*!«

»Vielleicht werde ich das ja!«, schrie Wilhelm.

»Gut!«, konterte Torin.

»Ich habe schon den perfekten Titel!« Wilhelm hob die Hände, als sähe er die Worte vor sich. »Ich nenne es ›Den Glauben nicht verlieren‹!«

Ausgelöst durch die Entdeckung der verwüsteten Zuflucht und den Tod von Torins geliebter Fee, kochten der Schmerz und die Qualen des vergangenen Jahres in ihm hoch. Der Zwerg geriet in rasende Wut, brüllte und stürzte sich auf Wilhelm, wobei er sein ganzes Gewicht in einen Schlag steckte, der den Barden am Kinn traf und ihn auf den Rücken warf.

»Nicht ...«, versuchte Oldavei sie aufzuhalten, aber Wilhelm war bereits aufgestanden, schob ihn aus dem Weg und antwortete mit einem linken Haken, der Torin ins Wanken, aber nicht zu Fall brachte.

Der Zwerg führte eine Reihe von Schlägen gegen Wilhelms Rippen, während der Barde die Arme um Torins Kopf schlang. Die beiden drehten sich im Kreis, rangen miteinander, zerrten an der Kleidung des jeweils anderen, fluchten und traten. Oldavei versuchte erneut, den Kampf zu unterbrechen, verschätzte sich dabei aber und bekam versehentlich einen Ellbogenstoß Wilhelms ab, der ihn zum Taumeln brachte.

Wilhelm verpasste Torin einen Tritt gegen die Brust, aber der Zwerg griff nach dem Stiefel des Barden, machte einen Schritt zurück und verdrehte Wilhelm den Knöchel. Er ließ los und versetzte dem Barden einen Tritt gegen das andere Knie, sodass Wilhelm auf die Seite fiel. Dann holte er aus und verpasste ihm einen heftigen rechten Haken, der den Barden um hundertachtzig Grad drehte, sodass er bewusstlos am Rand der Silberquelle zu Boden ging. Torin stellte sich über Wilhelm, um weiter auf ihn einzuschlagen.

Oldavei brüllte: »Aufhören!« Er rannte zu dem Zwerg und stieß ihn um. Dann zog er Wilhelm aus dem silbernen Wasser, sah Torin flehend an und sagte: »Haben wir nicht schon genug verloren? Müssen wir einander etwa auch noch verlieren?« Er kniete nieder und legte eine Hand auf Wilhelms Brust. »Wir haben doch nur noch uns.«

Das Feuer des Zorns in Torins Augen erlosch und ein Ausdruck der Reue überzog sein Gesicht.

Darylonde, der die ganze Zeit über den Überresten Goshaedas gebetet hatte, stand auf und rief immer und immer wieder: »Lara!«, bis seine Stimme heiser wurde. Er machte sich gerade auf den Weg, sie zu suchen, als Xamus mit Amberlyn auf dem Arm im Amphitheater ankam. Die Geächteten – einschließlich Wilhelm, nachdem er wieder zu sich gekommen war – durchkämmten die gesamte Zuflucht, wobei Darylonde die Tunnel, Winkel und Nischen des Bärenhügels gründlich überprüfte. Sie fanden keine Spur der druidischen Spionin, sodass Darylonde annahm, dass sie zum Zeitpunkt des Angriffs glücklicherweise für einen Auftrag unterwegs gewesen sein musste.

Auch von Palonsus gab es weder in der Nähe seines Ambosses noch sonst irgendwo eine Spur. Überall sonst in der Zuflucht fanden sie jedoch Leichen. Auf dem Marktplatz im Händlerdickicht trafen sie auf die Überreste einiger Händler bei ihren Ständen. Alle Leichen von Bewohnern oder willkommenen Besuchern der Zuflucht brachten sie zur Waldlied-Bühne, wo sie sie zu den Überresten von Goshaedas legten. Als Oldavei nach den toten Ordenskriegern fragte, antwortete Darylonde: »Lasst sie dort verrotten, wo sie gefallen sind.«

Als die Nacht hereinbrach, erhellten keine Irrlichter den Hain der Lichter. Keine Vögel sangen, keine Trommeln schlugen, als die Geächteten auf den irdenen Stufen saßen.

»Hey«, sagte Torin und sah Wilhelm an, dessen Gesicht blaue

Flecken und Schwellungen aufwies. »Ich, äh ... ich wollte nur sagen, dass es mir leidtut, dass ich dich so verprügelt habe.«

»Ist schon in Ordnung«, antwortete Wilhelm knapp. Danach herrschte Schweigen.

»Ich weiß nicht, wie es euch geht«, durchbrach Oldavei es schließlich. »Aber ich kann heute Nacht nicht hier schlafen.«

»Wir bleiben nicht hier«, stimmte Darylonde zu.

»Wohin sollen wir dann gehen?«, fragte Torin.

»Vielleicht gibt es nur noch einen Ort für uns«, sagte Xamus. »Nach allem, was wir getan haben. Wir haben versagt. Da ist etwas, das ich euch allen verschwiegen habe ...« Er ließ den Blick über die anderen schweifen. »Ich war es, der Malis herbeigerufen hat, auf der Suche nach einem Weg, Dargonnas aufzuhalten. Die Zerstörung, die sich daraus ergab, hätte es ohne meinen Leichtsinn nicht gegeben.«

»Ist das dein verfluchter Ernst?«, platzte Torin heraus. »War das wieder so eine Wilde-Magie-Scheiße?«

»Nein«, antwortete Xamus gelassen. »Das war volle Absicht.«

»Überall, wo wir hingehen«, sagte Wilhelm und seine Stimme klang dumpf und wie aus weiter Ferne, »richten wir nur Chaos an ...«

»Du konntest unmöglich wissen ...«, begann Oldavei, aber Xamus hob eine Hand.

»Sag's nicht. Ich habe versagt. Wie wir alle, immer und immer wieder. Vielleicht ist das Einzige, was wir jetzt tun können, all das hinter uns zu lassen.« Er sah sich um. »Es gibt hier sowieso nichts mehr für uns. Wenn die Kinder der Sonne alles niederbrennen wollen, sollen sie. Sollen Eisenburg und Tikanen sich doch prügeln, während wir dorthin gehen, wo wir keinen Schaden mehr anrichten können.« Er wies nach Norden. »Dort. Jenseits der Grenzgipfel. Die Nordwildnis. Wo seit Menschengedenken niemand mehr war.«

»Wir haben keine Ahnung, was hinter diesen Bergen liegt«, gab Torin zu bedenken.

»Du«, wandte sich Oldavei an Darylonde. »Hast du nicht auf den Gipfeln gekämpft? Weißt du, was sich auf der anderen Seite befindet?«

»Ich habe Mythen gehört«, erwiderte Darylonde. »Geschichten von Palonsus, deren Wahrheitsgehalt ich je nach Alkoholkonsum für unterschiedlich hoch hielt. So viel weiß ich aber: Es ist ein vergessenes Land. Erfüllt von Geschichte, Magie und Schatten.«

Die Gruppe dachte stumm nach. »Vielleicht ist es dann der perfekte Ort«, meldete sich schließlich Oldavei zu Wort. »Für Leute wie uns, die nichts mehr zu verlieren haben.«

»Ich gebe zu«, sagte Darylonde, »ein Teil von mir hat sich immer danach gesehnt, diese Geheimnisse selbst zu erkunden.«

Oldavei und Xamus sahen zu Torin, der seufzte und leicht die Achseln zuckte.

»Was denkst du?«, fragte Oldavei Wilhelm.

»Hier sterben oder dort sterben«, antwortete der Barde. »Wo liegt da der Unterschied?«

Damit sammelte die Gruppe die nötigen Vorräte zusammen, darunter warme Kleidung, Dolche und andere Waffen der toten Friedenswahrer. Sie deckten sich mit Proviant und Wasser ein, und Torin gönnte sich einen Flachmann und Alkohol, ein Genuss, der ihm sehr lange verwehrt geblieben war.

Darylonde trat auf die Bühne, sprach Worte in einer alten Sprache und setzte dann mit Feuerstein und Stahl von einem der gefallenen Soldaten den Leichenhaufen in Brand. Xamus nahm Abschied von Amberlyn und Torin von Wittabit. Die Gruppe bedankte sich gemeinsam bei Goshaedas und der Zuflucht selbst dafür, dass sie ihnen in ihren dunkelsten Stunden Trost gespendet hatten. Die Flammen griffen schnell auf das Blätterdach des Waldlied-Theaters über und die lodernde Feuersbrunst schleuderte dicke Rauchschwaden in den sich rot färbenden Himmel. Die Gesetzlosen brachen nach Norden ins Unbekannte auf, während ihr altes Leben hinter ihnen von den Flammen verzehrt wurde.

TEIL IV
Die Nordwildnis

57

Das Meer der Knochen

Weit über der Gruppe ragten die Grenzgipfel himmelwärts wie die Rückenstacheln eines riesigen Reptils.

Sie reisten bei Tag und schliefen in der Nacht, ohne sich um mögliche Verfolger zu sorgen. Dennoch schien Darylonde wachsam und nervös zu sein. In der ersten Nacht, als sie sich um das Lagerfeuer versammelten und Torins Flachmann mit Whiskey herumreichten, verließ der Wildniswahrer die Gruppe und kam mit einem fünf Zentimeter dicken, geraden Holzstück zurück. Er spaltete es senkrecht und begann wortlos zu schnitzen. In der zweiten Nacht schälte er die innere Rinde von einem kleinen Baum, riss dünne Streifen von dem größeren Band ab und drehte sie zu einer Sehne. Am Ende des Abends hatte er für sich einen neuen Bogen angefertigt.

Am nächsten Tag sammelte Darylonde heruntergefallene Kranichfedern und alle kleinen Äste, die er finden konnte. Diese wurden jedoch immer knapper – im Laufe des Tages stellte sich heraus, dass die Bäume immer größer wurden, je höher sie wanderten. In dieser Nacht machte sich Darylonde daran, aus dem gesammelten Holz Schäfte und aus den Kranichfedern Befiederungen herzustellen.

Jede Nacht versuchte Xamus erfolglos, seine wilde Magie zu nutzen. Seine Sorge wuchs, dass das Dämpfungshalsband seine Zauberfähigkeiten anhaltend oder gar dauerhaft geschädigt hatte. In der dritten Nacht, während Darylonde seine Pfeile schärfte und mit steinernen Spitzen versah, suchte Xamus mit Geist und Seele nach der Magie der Weltenschlange und spürte eine flüchtige Präsenz, ein kurzes Flackern, einen Schatten im Schatten. Aber sie war im Nu wieder verschwunden. Er war kaum in der Lage gewesen, sie aufzuspüren, geschweige denn, sie zu erreichen.

Am nächsten Tag fragte Oldavei: »Sind wir kleiner geworden oder wird alles andere viel größer?«

Die Bäume hatten so sehr an Umfang und Höhe zugenommen, dass die Gruppe sich im Vergleich dazu winzig vorkam. Selbst das ferne Rauschen des Wassers schien unglaublich laut und überwältigend, während die Geächteten immer höher kletterten. Unterdessen schwand das Tageslicht. Die Steigung wurde steiler, die Luft kühlte ab und wurde dünner, sodass die Gruppenmitglieder um jeden Atemzug kämpfen mussten. Mit der Zeit verringerte sich die Anzahl der gigantischen Bäume ein wenig, und sie wichen riesigen Felsen, die hundertmal so groß waren wie das größte Fabrikgebäude, das sie je gesehen hatten.

Die Wanderer zitterten immer häufiger, da ein anhaltender, eisiger Wind durch ihre Kleidung schnitt und sie bis auf die Knochen auskühlte. Je höher sie kamen, desto mehr spürten sie eine seltsame Andersartigkeit, gepaart mit leichtem Unbehagen und einer Beklemmung, als missbilligten unbekannte Mächte ihre Anwesenheit.

Als sie endlich den höchsten Punkt des mittleren Gipfels erreichten, setzte ein leichter, aber stetiger Schneefall ein, den der beißende seitliche Wind vor sich hertrieb. Hier gab es Schneefelder und -verwehungen, und wo der Boden nicht mit Pulverschnee bedeckt war, war er hart wie Stein. Sie näherten sich einer gewaltigen Schlucht, in der zu beiden Seiten steile Klippen aufragten. Die weite Fläche teilte den Gipfel in der Mitte und stellte die einzige überwindbare Verbindung zwischen den südlichen Gebieten und den Mittellanden und Reichen des Nordens dar.

Heulende Sturmböen peitschten durch den gewundenen Einschnitt, der mit umgestürzten Steinen von der Größe kleiner Fuhrwerke bis hin zu riesigen Felsbrocken übersät war, die die halbe Schlucht blockierten. Auch riesengroße umgestürzte Bäume versperrten ihnen an verschiedenen Stellen den Weg. Sie lehnten an der Felswand oder lagen am Boden, ihre riesigen Wurzeln schlängelten und wanden sich wie die Tentakel eines versteinerten Leviathans durch die Schlucht. Hier und da verengte sich die Schlucht, sodass die steilen Felswände nur noch wenige Meter voneinander entfernt waren.

Die Reise durch den Pass dauerte fast zwei volle Tage, wobei der Gruppe ständig ein so heftiger Wind entgegenblies, dass ihre Gesichter derart taub wurden, dass das Sprechen fast unmöglich war. Als sie sich dem Ende der gewaltigen Felsspalte näherten, wurden verstreute Dinge am Boden sichtbar. Diese wuchsen zu Haufen an, je weiter die Gruppe vordrang, bis sie am Eingang der Schlucht keinen Schritt mehr machen konnte, ohne dass es unter ihren Stiefeln knirschte ...

Gebeine.

Am Ausgang der Schlucht bedeckte ein Meer von Skeletten, ganz oder in Stücken, fast jeden Zentimeter des Bodens. Ein leichtes Schneegestöber ließ die Reisenden innehalten, und sie ließen den Blick über die Szenerie schweifen, die diesem Ort seinen grausigen Namen gegeben hatte: das Meer der Knochen.

»Ich habe gehört, dass ein Schicksalsschlag im Norden alle Völker zu diesem Pass getrieben hat«, sagte Torin, dessen Bart mit Pulverschnee bedeckt war.

»Meinen Informationen nach war es eine Seuche«, antwortete Oldavei mit gefühllosen Lippen.

»Ein Schicksalsschlag«, insistierte Torin und stieß beim Sprechen weiße Schwaden aus. »Irgendeine Umweltkatastrophe. Wie auch immer, alle im Norden flohen, so weit und so schnell sie konnten, und endeten hier am Anfang des Passes. Sie versuchten alle gleichzeitig hindurchzukommen. Verängstigt und in Panik gerieten sie aneinander und töteten sich gegenseitig zu Tausenden. Oger und Menschenritter sind recht glimpflich dabei weggekommen. Die Halblinge, so heißt es, wurden damals fast ausgerottet. Die Zwerge wurden zerstreut. Viele gingen drauf. Die, die am wenigsten Glück hatten, sind diejenigen, auf denen wir jetzt stehen. Die Überlebenden haben es über den Pass geschafft und gründeten das ›Glänzende Reich‹ Rechtbrand.«

Ein nachdenklicher Ausdruck legte sich auf Torins Gesicht, als er fortfuhr: »Ich weiß nicht viel über meine Eltern, aber ich weiß, dass sie hier durchgekommen sind. Irgendwann vor meiner Geburt. Schwer zu sagen, wie das wohl damals war.«

Oldavei ertappte sich dabei, wie er sich das Gedränge vorstellte, den Schmerz, das Leid und den Tod. Der Schamane fand es auch merkwürdig, dass die Knochen, die hier seit Jahrhunderten lagen, bemerkenswert gut erhalten waren, als betrachte die Natur selbst den Ort als Denkmal.

Sie verharrten einen Augenblick in Stille, um der Gefallenen zu gedenken. Dann erst richteten sie ihre Aufmerksamkeit auf die Aussicht, die sich ihnen bot – dichte, riesige Wälder und in größerer Entfernung die Ebenen der Mittellande. Dieser Anblick hatte sich, soweit sie wussten, keinem Südländer seit dem Massenexodus von Norden nach Süden geboten.

Die Reisenden waren begierig darauf, den eisigen Temperaturen des Gipfels und der trostlosen Düsternis ihrer Umgebung zu entkommen, und so stiegen sie in gleichmäßigem Tempo in den dichten Wald hinab.

Während des Abstiegs hatten sie das seltsame Gefühl, sich in einem fremden Land zu befinden. Der Norden fühlte sich anders an als Rechtbrand. Diese Empfindung verstärkte sich mit jedem Schritt, bis sie schließlich eine Anhöhe unterhalb der Schneegrenze erreichten, wo sie ihr Lager aufschlugen und ein großes Feuer machten.

In den ersten Stunden musterten die Abenteurer die Schatten mit Argusaugen, als warteten sie darauf, dass unaussprechliche Ungeheuer daraus auftauchten. Mit der Zeit entspannten sie sich genug, um zu erkennen, dass keine unmittelbare Gefahr bestand.

Darylonde saß mit geschlossenen Augen da und meditierte. Wilhelm nahm ein Stück von den anderen entfernt Platz und starrte einfach in die Flammen, während Xamus den Anblick, die Gerüche und die Geräusche um sie herum in sich aufzunehmen schien. Oldavei saß neben Torin, der mit einem Arm im Feuer stocherte, und nahm das wortlose Angebot des Zwerges an – einen Schluck aus seinem Flachmann.

»Ich wollte dich etwas fragen«, sagte der Ma'ii mit leiser Stimme und reichte ihm den Flachmann zurück. »Als wir in den Kannibushügeln waren, hast du ›Scheiß-Ma'ii‹ gesagt.« Torin biss die Zähne zusammen, als Oldavei fortfuhr. »Es ging nicht so sehr darum, was du gesagt hast. Ich weiß, die Gemüter waren erhitzt. Es war die Art, wie du es gesagt hast. Als ob ... mein Volk dir unrecht getan hätte.«

Der Zwerg nahm einen Schluck und stocherte weiter in der Glut. Oldavei wartete geduldig. Schließlich räusperte Torin sich und erzählte: »Nachdem meine Eltern über den Pass gekommen waren, suchten sie sich mit den anderen Zwergen einen Platz in der Wüste und gruben und bauten das auf, was heute Rotklippe heißt. Das dauerte lange und währenddessen lebten die Familien in Barackenlagern rund um den Tafelberg. Ich war noch ein Kleinkind, als das Lager angegriffen wurde.« Er sah Oldavei an. »Von den Ma'ii. Meine Eltern und einige andere sind dabei gestorben.«

»Das tut mir leid«, flüsterte Oldavei. »Ich hatte ja keine Ahnung ...«

»Natürlich nicht, wie auch?«, fragte Torin und stocherte in der knisternden Glut herum. »Später wanderte ich ein wenig umher, verirrte mich in der Wüste, und es war ein Ma'ii-Stamm, der mich aufnahm und mir zu essen gab. Sie ließen mich eine Weile bleiben und erzählten mir, dass einige von euch manchmal zwischen der Kojoten- und der Ma'ii-Gestalt stecken bleiben.«

»Hungernde«, nickte Oldavei. »Die, die in der Gestalt eines Hungernden gefangen sind, sind animalischer als andere Ma'ii. Primitiv, wild, von niederen Instinkten getrieben.«

»Sie haben meine Eltern ermordet«, sagte Torin. »Ich kenne also den Unterschied. Was ich zu dir gesagt habe, war nur ... etwas, das ich in diesem Moment gesagt habe. Ich war blindwütig. Das war in letzter Zeit häufig so. Ich habe es nicht böse gemeint, es kam einfach so raus.«

Jenseits des Feuers flüsterte und gestikulierte Xamus ...

»Ich verstehe«, versicherte ihm Oldavei. »In die Wüste zu gehen und dann hierherzukommen, über diesen Pass und durch das Meer der Knochen, das muss eine Menge Erinnerungen geweckt haben.«

Ehe Torin antworten konnte, loderte vor Xamus ein gewaltiger Feuerball auf – mit dem Durchmesser eines Wagenrads. Der erschrockene Elf fuhr zusammen, als sein Zauber über das Lagerfeuer auf Wilhelm zuschoss, der gezwungen war, sich zur Seite zu rollen, um der Feuerkugel auszuweichen. Zum Glück traf das Geschoss einen riesengroßen Felsbrocken und keinen Baum, löste sich in einem Funken- und Flammenregen auf und hinterließ einen pechschwarzen Brandfleck auf dem Stein.

»Was zur Hölle ...?«, rief Wilhelm.

»Tut mir leid«, beteuerte Xamus, während Wilhelm auf und ab ging und sich die Stoppeln auf seinem Kopf rieb. »Ich versuche es schon eine Weile, und es ... hat mich überrascht«, fuhr Xamus fort. »Aber verstehst du nicht, was das bedeutet? Was auch immer diese Halsbänder mit uns gemacht haben, es ist nicht von Dauer.«

»Mir scheißegal!«, brüllte Wilhelm, dessen Gesicht gerötet war und dem im Feuerlicht Tränen in die Augen traten. »Ich habe einfach genug, Mann, ich ertrage diese Scheiße nicht mehr!« Er schnappte sich seinen Kram und stapfte aus dem Lager.

»He, komm schon …«, rief Torin und erhob sich.

»Lass ihn«, unterbrach Oldavei und stand ebenfalls auf. »Wo soll er schon hingehen? Er muss nur ein wenig Dampf ablassen.«

Torin seufzte besorgt. »Ich hätte ihn wirklich nicht so angehen sollen.«

»Das wird schon wieder«, beschwichtigte Oldavei den Zwerg. Torin setzte sich grunzend wieder. Oldavei trat um ihn herum zu Xamus und sagte: »Deine wilde Magie ist wieder da. Das sind gute Nachrichten.«

»Das ist es nicht wirklich, was gerade passiert ist«, antwortete Xamus.

Darylonde, der die ganze Zeit über still meditiert hatte, öffnete die Augen und sah Xamus an. »Nur zu«, forderte der Wildniswahrer ihn auf. »Erzähl's ihm ruhig. Ich habe es auch gespürt.«

Oldavei setzte sich und schaute Xamus fragend an, der erklärte: »Ich habe nach der wilden Magie gegriffen, aber es hat nicht geklappt. Ich war so frustriert, dass ich versucht habe, mich mit den Kräften der Weltenschlange zu verbinden. Der Auroboros. Wie ihr sehen konntet … hat er geantwortet.«

58
Zweikampf

Wilhelm wusste nicht, wo er hinging. Er wusste nicht, was er tat. Nichts schien mehr Sinn zu ergeben. Was hatte ihm die Zeit in Ketten genommen? Ihm wurde klar, dass ein Teil von ihm fehlte, dass er keine Ahnung hatte, wie er ihn zurückbekommen sollte, und obwohl er wusste, dass es töricht gewesen war, von seinen Freunden wegzurennen, verspürte er im Augenblick keine Lust, zu ihnen zurückzukehren.

Er lief ziellos umher – wie lange, das wusste er nicht. Irgendwann trat er zwischen den Bäumen hervor auf eine mondbeschienene Wiese. Er stapfte durchs Gras und blieb stehen, als er etwas Großes aus der gegenüberliegenden Baumreihe treten sah, rund zehn Meter entfernt.

Es war ein Bär. Wilhelm war dreiviertel so groß wie er, reichte ihm nur bis zu den Schultern. Das Tier trat auf den Rasen und blieb stehen, um den Barden mit sanften braunen Augen und einer interessierten Neigung des Kopfes anzuschauen. Wilhelm empfand seinen Blick als beunruhigend, aber das Tier zeigte keine unmittelbaren Anzeichen von Aggression, sodass er nicht nach dem Kultisten-Krummsäbel an seiner Hüfte griff. Für den Moment starrte er einfach mit geneigtem Kopf zurück.

Das tat er so lange, bis er es nicht mehr aushielt und herausplatzte: »Was ist dein Problem, Bär?«

Wilhelm wurde fast ohnmächtig vor Schreck, als der Bär in perfekter Gemeinsprache antwortete: »Ich habe kein Problem. Hast du eines, *Mensch*?«

★ ★ ★

Die Geächteten warteten noch zwei Stunden auf Wilhelms Rückkehr, bevor die Erschöpfung sie übermannte und sie in einen tiefen Schlummer fielen.

Selbst Darylonde, der sich freiwillig für die erste Wache gemeldet hatte, war fast eingeschlafen, als die Mondsichel hinter den Wolken auftauchte. Ein knackender Ast irgendwo jenseits des Feuerscheins vertrieb seine Schläfrigkeit und er war sofort wieder hellwach. Mit schussbereitem Bogen schlich Darylonde in die Schatten.

Eine winzige Gestalt huschte von einem Baum zum nächsten. Der Wildniswahrer machte noch einen leisen Schritt und erstarrte, als er eine Präsenz rechts von sich wahrnahm. Er bemerkte erst, dass er in eine Falle getappt war, als er einen Stich in der rechten Seite seines Halses spürte. Er zog den winzigen Pfeil heraus und hatte gerade noch genug Zeit, sich zu fragen, ob man ihn vergiftet hatte. Dann wurde sein Körper schlaff und er ohnmächtig.

Xamus, Torin und Oldavei erwachten mit Hanfseilen an lange Holzpfähle gefesselt, die an beiden Enden von bleichen Halblingen getragen wurden. Sie waren bis auf einen ledernen Lendenschurz nackt, ihre Haut wies grobe Tätowierungen und Skarifikationen auf, und ihre Körper waren an verschiedenen Stellen mit kruden Schmuckstücken durchstochen. Darylonde war ebenfalls an einen Pfahl gefesselt, obwohl er noch unter der Wirkung des Betäubungspfeils stand.

Torin, der neben Xamus hing, fragte den Elfen: »Erinnerst du dich an den Kreischenden Hagebutt beim Bardenfeld?«

»Ja«, antwortete Xamus. »Sieht so aus, als gebe es einen ganzen Stamm von denen. Xu'keen, richtig?«

»Korrekt«, bestätigte Torin.

»Sie hätten uns töten können!«, rief Oldavei von hinter ihnen.

»Haben sie aber nicht.«

»Ich frage mich, ob sie auch Wilhelm erwischt haben«, meinte Xamus.

Die Halblinge schleppten die Gruppe auf einem Pfad zwischen Mammutbäumen hindurch zu einer Lichtung, auf der kuppelförmige Flechthütten um ein loderndes Feuer standen. Sitzende Halblinge schlugen Trommeln, die aus gespannter Haut gefertigt waren, während Frauen langsam im Kreis um das Feuer tanzten, wobei sich ihre langen, zuckenden Schatten wie die Speichen eines Rades dehnten und drehten.

Man lud die Geächteten auf einer freien Fläche zwischen den Unterständen ab, band sie von den Stangen los, wobei ihre Hand- und Fußgelenke gefesselt blieben, und setzte sie mit dem Gesicht zum Feuer.

Ein Xu'keen, der muskulöser war als die anderen, mit einem bronzenen Ring am rechten Bizeps und langem, zu Stacheln aufgestelltem weißem Haar, näherte sich und sprach zu den Häschern. Sie tauschten Worte in einer fremden Sprache aus. Die himmelblauen Augen des Neuankömmlings musterten die Gefangenen.

»Habt ihr unseren Freund gesehen?«, erkundigte sich Xamus. »Einen hochgewachsenen Mann.«

Der vermeintliche Anführer sah einen der Häscher an. Die beiden wechselten weitere Worte.

»Kein Freund«, antwortete der Anführer. Er deutete mit dem Finger auf sich selbst. »Raka.«

»Was willst du von uns, Raka?«, fragte Oldavei.

Raka trat näher an die Gruppe heran. »Ihr kommen durch unser Land«, sagte er in gebrochener Gemeinsprache. »Ihr bezahlen Preis.«

»Welchen Preis?«, hakte Xamus nach.

Der Anführer trommelte sich auf die Brust. »Ihr kämpfen!«, rief er. »Ihr mit mir kämpfen!«

»Uns ist nicht nach Kämpfen zumute«, antwortete Oldavei. »Wir sind nur auf der Durchreise.«

»Ihr bezahlen Preis!«, wiederholte Raka. »Ihr kämpfen! Jetzt auswählen«, befahl er.

»Auswählen?«, fragte Oldavei.

»Er will, dass wir uns entscheiden, wer kämpft«, seufzte Torin genervt. Er musterte den Halbling. »Lasst mich das machen, ja? Bringen wir es hinter uns, damit wir weiterziehen können.«

Wenige Augenblicke später führte man sie auf eine Lichtung in der Nähe des lodernden Feuers, wo ein kreisförmiger Platz mit einem Durchmesser von knapp acht Metern durch in den Boden gesteckte Fackeln abgegrenzt war. Hier nahm man Torin die Fesseln ab und reichte ihm eine einfache Keule und einen ovalen Schild aus Ochsenleder. Xamus, Oldavei und ein sehr verwirrter, aber endlich erwachter Darylonde standen in der Nähe. Oldavei erklärte dem Wildniswahrer, was er verpasst hatte.

Raka betrat den Kampfplatz, die Zähne gefletscht, schwer atmend, jedes Ausatmen begleitet von einem tiefen Knurren. Er trug eine beschlagene Keule sowie einen Fellschild mit Stammeszeichen und schritt von einer Seite zur anderen, ohne Torin aus den Augen zu lassen.

»Das sollte einfach sein«, meinte Torin und taxierte seinen Gegner, der nur gut halb so groß war wie er selbst. »Ich werde es schnell hinter mich bringen.«

Trotz Torins Prahlerei spürte Oldavei Besorgnis. Diese Xu'keen waren eindeutig gewalttätig und an körperliche Auseinandersetzungen gewöhnt.

Die Menge der Xu'keen hinter Raka zerstreute sich. Zwischen den beiden größten Fackeln stand ein kunstvoll gearbeiteter Stuhl aus Holz, um den sich dekorativ Wurzeln rankten, die zu einer hohen Lehne geflochten waren. Ein untersetzter Halbling, der einen mit Fetischen und Ornamenten beladenen Stab trug, trat vor den Thron. Ein bunter Federschmuck zierte seine Krone. Alle umstehenden Xu'keen fielen mit gesenkten Häuptern auf die Knie. Die Häscher der Geächteten traten ihnen in die Kniekehlen und einer der Xu'keen sagte: »Kniet vor König Varl!«

Raka drehte sich um und kniete ebenfalls nieder. Dann stand er mit den anderen auf und setzte sich in Bewegung, während man Torin in den Ring schob.

Der König ließ sich nieder, hob seinen Stab, drehte ihn quer und hielt ihn auf Brusthöhe. Die umstehenden Xu'keen warteten. Nicht weit entfernt ertönte der gleichmäßige Trommelschlag. Raka schritt wie ein Tiger im Käfig auf und ab und starrte Torin aufmerksam an. Schließlich hob Varl den Stab auf Kopfhöhe und rief einen Befehl.

Die Zuschauer brüllten, als Raka auf Torin zustürmte, die Distanz zwischen ihnen mit erstaunlicher Geschwindigkeit zurücklegte, in letzter Sekunde hochsprang und den Zwerg so heftig auf den Kopf schlug, dass Torin für einen Augenblick schwarz vor Augen wurde und der Boden unter ihm schwankte.

»Deshalb sollte man einen Gegner nie unterschätzen«, bemerkte Darylonde von der Seite.

Torin, der die Bedrohung nun ernster nahm, hob seinen Schild gerade noch rechtzeitig, um einen weiteren Schlag abzuwehren, wobei der Aufprall der Keule seinen Arm erschütterte. Er antwortete sofort mit einem Tritt, wobei seine Ferse seinen Gegner nur knapp verfehlte.

Raka sprang und drehte sich dabei. Torin lehnte sich weit genug zurück, um einem Treffer an der Schläfe zu entgehen. Der Zwerg stürmte vor und schlug wiederholt mit aller Kraft zu, aber der Halbling war viel schneller und wich jedem Schlag aus.

Doch Torin ließ sich nicht beirren. Er setzte den Angriff fort und fühlte sich plötzlich gestärkt, als zöge er Energie aus dem Boden unter seinen Füßen und der Luft in seinen Lungen. Er knurrte, täuschte einen Haken an und wechselte dann schnell zu einem Überkopfhieb.

Der Feind rollte knapp aus dem Weg. Torin, der seine Deckung vernachlässigt hatte, erhielt einen vernichtenden Schlag gegen sein rechtes Schienbein. Wie ein Blitz fuhr der Schmerz durch seine Knochen und das Bein gab unter ihm nach. Der Zwerg rollte sich auf den Rücken, während Raka sich auf ihn schwang. Spucke flog aus seinem weit aufgerissenen Mund, als er versuchte, den Knüppelknauf wiederholt gegen Torins Stirn zu schlagen.

Wut ließ Torins Blut aufwallen. Er blockte mit seinem Schild, wuchtete sich hoch und schlang seinen Keulenarm um Rakas Hals. Er zog seinen Gegner zu sich herunter, brachte seine Stiefelsohlen auf den Boden, stemmte dann explosionsartig die Hüfte hoch und rollte sich mit einer Drehung in die obere Position. Danach verpasste er Raka einen heftigen Kopfstoß, bevor er Schild und Keule zur Seite warf. Dann umschloss er den Hals des Xu'keen mit der linken Hand in einem Schraubstockgriff und ließ mit der rechten Hand Schläge auf ihn niederprasseln.

Raka konnte nur knurren und um sich schlagen, da er weder Schild noch Keule zum Einsatz bringen konnte.

»Das reicht!«, brüllte Oldavei vom Rand des Kampfplatzes. »Er ist erledigt!«

Torin nahm keine Notiz davon. Je häufiger er zuschlug, desto schwächer wurde Rakas Widerstand. Seine Augen traten aus den Höhlen, Blut floss aus seiner Nase. Fast alle seine Vorderzähne waren abgebrochen, sein Gesicht färbte sich blau.

Die Menge war so auf den Kampf konzentriert, dass niemand Oldavei bemerkte, der sich bückte, um seine Füße loszubinden.

Einen Augenblick später stürzte der Ma'ii vor, schlang seine noch immer gefesselten Hände um Torins rechten Arm und zog den Zwerg von Raka herunter.

»Es ist vollbracht!«, sagte er, nur Zentimeter von Torins Gesicht entfernt. »Es ist vollbracht!«

Zum zweiten Mal sah der Ma'ii, wie die urtümliche Wut in den Augen des Zwerges verglomm.

»Hinfort!«, brüllte König Varl und forderte Oldavei und Torin damit auf, sich zurückzuziehen.

Die Trommeln verstummten. Die Zuschauer auch. Varl trat in den Ring und sah hinab auf Rakas schlaffen, zerschundenen Körper.

»Ich will wissen«, sagte er mit rauer, düsterer Stimme, »ob du meinen Sohn getötet hast!«

59
Überlegungen

»Ich kann nicht glauben, dass ich mit einem Bären rede«, sagte Wilhelm noch immer völlig verblüfft. Den Drachenleichnam in Sargrad sprechen zu hören, war eine Sache gewesen – das war eine andersweltliche Kreatur voller Geheimnisse und Magie gewesen. Aber in all den Jahren und auf all seinen Reisen durch Rechtbrand hatte Wilhelm noch nie ein Tier sprechen hören.

Sie unterhielten sich am Rande der Baumgrenze, während der Bär – sein Name war Froedric, wie Wilhelm erfuhr – sich mit dem Rücken an den Stamm einer riesigen Tanne lehnte. Wilhelm saß ein paar Meter entfernt, ein Knie angezogen, und kaute auf einem Grashalm.

»Ich überlege gerade«, fuhr er fort. »Bevor wir durch den Pass gezogen sind, habe ich diese Pilze gegessen …«

»Oh, ich versichere dir, dass ich vollkommen real bin«, antwortete Froedric. Seine Stimme war tief und klangvoll. »Wenn es dich tröstet, ich hatte es auch noch nie mit einem Menschen zu tun.«

»Weshalb kannst du sprechen?«, fragte Wilhelm.

»Ich vermute, aus demselben Grund wie du«, entgegnete Froedric. »Meine Eltern haben es mich gelehrt.«

Die beiden unterhielten sich schon eine ganze Weile und hatten über eine Reihe von Themen gesprochen.

Wilhelm hatte ein wenig von sich und den anderen erzählt und Froedric darüber informiert, dass sie Fremde im Land waren, die ein Jahr lang Zwangsarbeit in den Wüsten des Südens geleistet hatten. Er hatte auch kurz über die Kinder der Sonne geredet.

»Du hast mir am Anfang gesagt, dass du von deinen Freunden ›wegmusstest‹«, wechselte Froedric das Thema. »Weswegen?«

»Ich weiß auch nicht, Mann«, erwiderte Wilhelm. »Ich schätze, mir ist einfach alles zu viel geworden.«

»Das merkt man«, sagte Froedric. »Du bist ein Freigeist und diese Freiheit hat man dir genommen. Außerdem bist du eine Rampensau, die schon lange keine Gelegenheit mehr hatte aufzutreten. Melodien und Gesang sind Ausdrucksformen der Seele. Auch wenn du nicht mehr in den Minen bist, würde ich wetten, dass sich dein Geist immer noch gefesselt fühlt.« Wilhelm war völlig verblüfft über die Einschätzung des Bären. »Doch es ist alles halb so schlimm«, fuhr der fort.

»Inwiefern?«, fragte Wilhelm.

»Ich komme nicht umhin zu bemerken, dass du noch eine Stimme hast«, entgegnete Froedric. »Zweifellos lässt sich irgendwann auch irgendwo wieder ein Musikinstrument auftreiben. Ich prophezeie dir, mein Freund, dass es nicht mehr lange dauern wird, bis eine Melodie dein Herz wieder erhebt und deine Seele beflügelt.«

Plötzlich von Rührung überwältigt, wischte sich Wilhelm die Tränen von der Wange. »Das war, äh ... genau das, was ich hören musste«, schniefte er und lachte über die Absurdität des Ganzen. In welcher Welt befand er sich, dass es eines sprechenden Bären bedurfte, um ihn aufzuheitern? Wie dem auch sei, er fühlte sich plötzlich, als wäre eine ungeheure Last von ihm abgefallen.

»Schön, dass ich helfen konnte«, freute sich Froedric. »Jetzt stellt sich die Frage, was du als Nächstes tun wirst.«

★ ★ ★

Zum Glück hatte Raka den Kampf mit Torin überlebt.

König Varl saß auf seinem Thron einige Meter vom Kampfring entfernt vor einem großen, stabilen Holzbau, flankiert von zwei Xu'keen-Wachen. Im Augenblick war der Patriarch damit beschäftigt, Torins Whiskey zu leeren.

»Hm«, murmelte der König anerkennend und setzte den Flachmann ab.

Xamus, Torin, Oldavei und Darylonde saßen ein kleines Stück entfernt auf dem Boden, umgeben von dem, was sie für fast den gesamten Stamm hielten. Von ihren Fesseln befreit, kauten die Geächteten auf Dörrfleischstreifen, die ihnen die Halblinge auf Geheiß des Königs serviert hatten.

»Ich möchte nur noch einmal sagen ...«, begann Torin, aber Varl winkte ab.

»Du hast gut gekämpft«, sagte der König. »Besser als Raka. Hast mich an mich selbst in früheren Zeiten erinnert.« Er warf Torin den Flachmann zu, und der Zwerg stellte enttäuscht fest, dass er komplett leer war. »Dieses Getränk gut. Wie es heißen?«

»Whiskey«, erwiderte Torin und steckte den leeren Flachmann weg.

»Eh, Whiskey gut«, freute sich Varl. Er griff nach einem kleinen Holzständer, auf dem ein Korb mit Fleischstreifen stand, zog einen heraus und kaute darauf herum. »So ... ihr Kampf gewinnen. Ihr gehen, wohin ihr wollen. Wohin ihr wollen gehen?«

Die Gruppe tauschte Blicke aus. »Wir sind uns nicht sicher«, antwortete Oldavei.

»Von wo ihr kommen?«, wollte Varl wissen.

»Von Süden«, entgegnete Torin. »Aus Rechtbrand.«

»So weit«, staunte Varl, stützte sich auf seinen Stab und schluckte einen Mundvoll Dörrfleisch. »Aber ihr nicht wissen, wohin jetzt?«

»Du hast nicht unrecht«, gab Torin zu. »Man könnte sagen, wir mussten einfach nur weg.«

»Leckeres Fleisch«, warf Oldavei ein. »Was ist das?«

»Letzter Unterlegener«, antwortete Varl trocken.

Während Oldavei und Torin lachten, änderte sich die Miene des Königs nicht. Das Lachen verstummte. Torin drehte sich um und tat, als müsse er husten, wobei er die kleine Menge, die er im Mund hatte, ausspuckte.

Xamus räusperte sich. »Wie lange lebt dein Volk schon hier?«

»Seit der Zeit der Durchquerung«, erklärte Varl ihm und nahm sich noch einen Streifen Fleisch. »Unser Stamm nicht durch den Pass gekommen. Viele gestorben. Nur noch wir übrig.«

»Das tut mir leid«, sagte Xamus.

»Nicht nötig«, erwiderte der König. »Tod, Leben, alles Teil des großen Kreislaufs.«

»Kennst du etwas namens Auroboros?«, fragte Xamus. »Die Weltenschlange?« Der Elf war zu der Überzeugung gelangt, dass die Energien des Auroboros dieses Land durchdrangen. Nun, da er sich mit ihr verbunden hatte, war ihre Präsenz unbestreitbar. Und wenn die Xu'keen seit der Durchquerung hier waren, wussten sie vielleicht mehr darüber, was diese Kraft war und woher sie kam.

»Ich Geschichten gehört«, antwortete Varl, und sein Gesichtsausdruck veränderte sich und verriet deutliches Unbehagen. Er zögerte, ehe er fortfuhr: »Alte Xu'keen erzählen jungen. Wenn junge alt werden, erzählen sie anderen. Und so immer weiter. Mein Vater-Vater sagt, Auroboros frisst Himmel und zerbricht Welt. Deshalb fliehen Menschen nach Süden. Nicht gut drüber reden.«

Xamus dachte an das, was Torin erwähnt hatte, eine Katastrophe im Norden, die alle zur Flucht veranlasst hatte.

»Wir würden gern mehr erfahren«, bat er.

»Wirklich?«, warf Oldavei ein.

Plötzlich erklang ein Hornstoß. König Varl schaute ungefähr in die Richtung, aus der das Geräusch kam, und wandte sich dann an die Gruppe. »Habe Stamm euren Freund suchen lassen«, verkündete er. »Nicht im Süden. Wenn er nah wäre, wir wüssten. Wenn nicht Süden«, der König deutete nach Norden, »Freund muss in diese Richtung sein. Vielleicht auch Auroboros in diese Richtung. Weiß nur, dass Auroboros Welt frisst.« Er riss mit den Zähnen ein Stück Fleisch ab. »Vielleicht auch euch.«

60

*Die Tausend
Quellen*

Die blasse Sonne, die nur schwaches Licht spendete, erreichte ihren Zenit. Darylonde hatte Wilhelms Spur aufgenommen und war ihr mehrere Stunden lang durch Mammutwälder nach Norden gefolgt, bis zu einer Lichtung in den Gebirgsausläufern der Region. Er überquerte die Grasfläche, kniete nieder und untersuchte die Abdrücke in der Wiese, dann die Gegend um die Baumgrenze und wirkte beunruhigt. Oldavei runzelte ebenfalls die Stirn, witterte, ließ sich dann auf alle viere sinken und roch am Boden.

»Was ist da?«, fragte Xamus.

»Bärenspuren«, erwiderte Darylonde.

»Ihr glaubt doch nicht etwa …«, begann Torin eindeutig besorgt.

Darylonde schüttelte den Kopf. »Es gibt keine Kampfspuren. Selbst wenn der Bär ihn weggeschleppt hätte, gäbe es Hinweise.« Er untersuchte das Gebiet sorgfältig in einem größeren Radius, bevor er zurückkam und sagte: »Ich finde seine Fährte nicht, nur die des Bären. Das ergibt keinen Sinn.«

»Ich kann ihn nur ab und zu riechen«, ergänzte Oldavei und ging tiefer in den Wald hinein. Die anderen folgten ihm und Darylonde hielt Ausschau nach Fährten oder Wegmarkierungen. Sie gingen weiter, bis ein breiter Bach ihren Weg kreuzte, der grob von Norden nach Süden verlief. Dort verlor Oldavei die Fährte gänzlich.

»In welche Richtung?«, wollte Torin wissen.

»Schwer zu sagen«, antwortete Oldavei. »Aber ich glaube, wir sollten weiter nach Norden gehen. Falls sich Wilhelm nach Süden wendet, sollte er den Xu'keen begegnen, und die schicken ihn dann zu uns.«

»Oder stecken ihn in den Ring«, meinte Torin.

»Raka kämpft so schnell nicht mehr«, erinnerte ihn Xamus, und obwohl es nicht als Mahnung gedacht gewesen war, verzog Torin unglücklich das Gesicht.

Die Gruppe füllte ihre Wassersäcke und reiste flussaufwärts, wo sich das Land in ausgedehnten, hügeligen Ebenen erstreckte und eine weitere gewaltige Gebirgskette in der Ferne lag. Die einsamen Prärien der Mittellande waren ein Beispiel für unberührte Natur, wie sie niemand in der Gruppe – auch nicht der Wildniswahrer – je gesehen hatte. Am ehesten waren sie noch mit den Kannibushügeln vergleichbar, aber irgendwie waren die Farben, die Gerüche und alle anderen Sinnesempfindungen hier in einem Maße intensiv, das sogar die Druidenzuflucht übertraf. Darylonde und Oldavei spürten diese Pracht auf einer viel tieferen Ebene als ihre beiden Gefährten, aber Torin und Xamus erkannten ebenfalls, dass sie sich in einer Umgebung befanden, die lebendiger und pulsierender war als alles, was sie je erlebt hatten.

Zu der Erhabenheit und Reinheit gesellte sich inmitten der scheinbar endlos weiten Ebenen ein Gefühl der Einsamkeit. Abgesehen von Vogelrufen in der Ferne und dem Plätschern des Baches herrschte außerdem eine tiefe Stille, eine völlige Abwesenheit von Geräuschen, was darauf schließen ließ, dass die Abenteurer außerhalb dieses Ortes unbewusst an eine Geräuschkulisse gewöhnt waren, die sie automatisch ausblendeten und die in diesem verzauberten Reich einfach nicht existierte.

Für Xamus war die einzige vernünftige Erklärung für das, was sie erlebten, die Existenz unvorstellbar mächtiger Magie. Diese Umgebung schien jedoch im Widerspruch zu dem zu stehen, was sie bisher über den Auroboros gehört hatten – und was Xamus selbst erlebt hatte. Was auch immer hier geschah, der Elf hatte das Gefühl, dass es irgendwie mit der Weltenschlange verbunden, aber auch von ihr losgelöst war, vielleicht sogar eine Art Umkehrung.

Oldavei erwachte aus seiner tranceartigen Benommenheit und witterte erneut. Auch Darylonde erlangte seine Geistesgegenwart zurück und suchte nach Spuren, fand aber keine.

»Wieder nichts«, stellte Oldavei fest, der an seiner Seite ging.

Stunden später, als die Sonne bereits untergegangen war, folgten die Abenteurer dem Fluss durch weiteres dichtes Gehölz zu einem anderen Areal, das sie erneut innehalten ließ. Hier herrschte grenzenlose Pracht, gepaart mit den Überresten eines jahrhundertealten Konflikts. Ranken, üppige Vegetation und sonstige prächtige Flora hatten umgestürzte und zerstörte Belagerungsmaschinen und gewaltige, monströse Kriegswaffen überwuchert. Die Szene war eine Studie in Widersprüchen, ein atemberaubendes Schauspiel unkontrollierter Vernichtung und zugleich von unvergleichlicher Schönheit. Jedem Mitglied der Gruppe war klar, dass hier zahllose Leben geendet hatten und dass die atemberaubende Flora auf einem einst blutgetränkten Boden wuchs.

Auch hier gab es Wasser in Hülle und Fülle. Bäche, Schnellen, rauschende Wasserfälle ringsum und eine Vielzahl von in der Landschaft verstreuten Tümpeln, die sie als Einschlagkrater erkannten und die nun mit einer reinen silbernen Flüssigkeit gefüllt waren, die an die Silberquelle im Hain des Lichts erinnerte. Irrlichter, die im schwindenden Tageslicht zum Leben erwachten, erinnerten ebenfalls an die Zuflucht und ließen Torins Herz bei der Erinnerung an Wittabit schmerzen.

Während alle, die das Spektakel beobachteten, in Ehrfurcht verharrten, war vor allem Darylonde wie versteinert und zu Tränen gerührt. Hier fühlte der Wildniswahrer eine viel tiefere Verbundenheit mit der Natur als zu irgendeinem anderen Zeitpunkt seines Lebens, einschließlich des Rituals, bei dem er die Krallenhand erhalten hatte.

Der Wildniswahrer war so im Moment gefangen, dass er die vielen Tiere erst bemerkte, als sie auftauchten: Geschöpfe aller Art, von winzigen Mäusen, Eichhörnchen und Streifenhörnchen über Dachse, Vielfraße, Wildschweine, Dschungelkatzen, Wölfe und Löwen bis hin zu Pflanzenfressern wie Rehen, Elchen und Bisons und den größten von ihnen, einer Reihe von Schwarz- und Grizzlybären. Darunter waren von vielen Tierarten auch scheue, wachsame Jungtiere.

Als Nächstes schien eine lebendige Wolke über den Himmel zu ziehen, als Schwärme von Vögeln jeder Größe und Art, von Staren über Krähen bis hin zu mächtigen Adlern, das Blau füllten. Sie kreischten und krächzten, drehten ihre Kreise am Himmel, ehe sie sich auf Ästen und hervorstehenden Teilen von Belagerungsmaschinen niederließen.

Sie tauchten so plötzlich auf, dass alle Gruppenmitglieder davon völlig überrascht waren. Das Erstaunen, das sie bereits empfunden hatten, verstärkte sich noch um ein Hundertfaches. An die Stelle des Unglaubens trat ein wachsendes Gefühl der Angst, denn die Geächteten waren umzingelt und zahlenmäßig eindeutig unterlegen, und jedes einzelne Tierauge war bedrohlich auf sie gerichtet.

Ein Tiger und ein Panther stürmten heran, leises Knurren erklang aus ihren Kehlen. Auch die Wölfe rückten mit gefletschten Zähnen vor. Einer der größeren Schwarzbären machte zwei Schritte und richtete sich dann auf die Hinterbeine auf.

Die Abenteurer griffen vorsichtig nach ihren Waffen.

In diesem Moment hallte ein Gebrüll durch die Bäume, das Vögel aufflattern ließ, kleine Tiere aufscheuchte und alle nach Westen blicken ließ. Ein riesiger Grizzlybär trat aus dem Wald in das schwindende Licht. Auf seinem Rücken saß Wilhelm, der sein Kettenhemd und seinen Hut trug, breit lächelte und seinem alten Ich sehr ähnlich sah.

»Er ist wieder da!«, platzte Torin sichtlich erleichtert heraus. Der Zwerg drehte sich um und packte den feixenden Oldavei am Arm. »Er hat's geschafft!«

»Hey!«, rief Wilhelm der Gruppe zu, »sieht aus, als kämen wir gerade rechtzeitig!«

Die Raubkatzen und Wölfe wichen zurück und der Schwarzbär verschwand im Wald, während der Grizzly nur ein paar Meter von Xamus entfernt stehen blieb, der sich fast in der Mitte des Feldes befand.

»Begrüßt meinen neuen Freund Froedric«, forderte Wilhelm seine Gefährten auf.

Xamus musterte den Barden und den Bären fragend und sagte: »Wie du meinst ... Hallo, Froedric.«

»Freut mich, dich kennenzulernen«, entgegnete Froedric.

Torin stolperte mit verwirrtem Gesichtsausdruck herbei und rief: »Das ist ja wohl nicht dein Ernst!«

61
Asteria

»Diese Reisenden stellen keine Bedrohung dar!«, rief Froedric.

Nach dieser Versicherung näherten sich die Tiere der Umgebung wieder den Abenteurern, diesmal entspannt, sanftmütig und neugierig. Viele Vögel kamen und landeten auf dem weichen Gras oder auf den Rücken anderer Tiere und beäugten die Gruppe neugierig. Dann sprachen die Tiere fast gleichzeitig.

»Was sind sie?«, fragte ein Wolf einen anderen.

»Gute Frage«, antwortete ein alter grauer Wolf.

»Zweibeiner?«

»Ich dachte, die sind alle fort«, entgegnete der andere.

»Einer ist ein Zwerg«, fügte ein Tiger hinzu.

»Woher kommt ihr?«, rief ein Schwarzbär.

Eine Krähe meldete sich zu Wort. »Gibt es noch mehr von euch?«

Eine höhere Stimme, diesmal von einem Eichhörnchen, wollte wissen: »Warum seid ihr hier?«

»So«, sagte Froedric. »Jetzt lasst sie mal einen Moment in Ruhe. Ich bin sicher, sie sind ebenso überrascht wie wir.« Die Beobachtung des Grizzlys war zutreffend, denn alle Geächteten außer Wilhelm, der das Ganze verzückt beobachtete, standen stumm und verblüfft da.

»Folgt mir«, bat Froedric die Gruppe. »Ich möchte euch gerne jemandem vorstellen.«

Die neugierigen Tiere liefen oder flogen mit, während die Geächteten Froedric mit Wilhelm auf seinem Rücken folgten. Es ging durch Tümpel und entlang eines Baches über das Feld in den nördlichen Wald. Ein kurzer Weg führte sie zu einer Lichtung, auf der Baumwollsamen wie Schnee wehten und in Strähnen zwischen den Ästen kleinerer Bäume mit Blättern in den unterschiedlichsten Farben umherwirbelten – von den herbstlichen Orange- und Rottönen bis zum satten Grün des Sommers. Blumen aller Art, darunter zahlreiche Sorten, die nicht einmal Darylonde identifizieren konnte, blühten hier in einer Explosion von Farben: weiß, rosa, lila und gelb. Am Nordrand der Lichtung floss kristallklares Wasser zu einer Felsformation und stürzte über zwei horizontale Felsvorsprünge in ein niedriges, steinernes Becken. Am Rande des Felsbeckens stand das größte Pferd, das die Gesetzlosen je gesehen hatten, eine Stute mit langer Mähne, Federn an den Knöcheln und einem makellosen, strahlend weißen Fell.

Das Tier hob den Kopf und enthüllte ein einzelnes, spiralförmiges, perlmuttfarbenes Horn, das aus einer dichten Stirnlocke ragte. Smaragdgrüne Augen musterten die Geächteten, als das Einhorn sich umdrehte und vorwärtsschritt, wobei sich deutlich ausgeformte Muskeln bei jedem Schritt spannten und lockerten.

»Hochverehrte Gäste«, intonierte Froedric. »Darf ich vorstellen? Unsere geschätzte Hüterin und Wächterin Asteria.«

Ohne genau zu wissen, warum er den Drang dazu verspürte, stieg Wilhelm ab, nahm den Hut ab und verbeugte sich tief. »Es ist mir eine Ehre, Hoheit!«, sagte er. Dann richtete er sich auf und legte eine Hand auf die Brust. »Ich bin der bescheidene Barde Wilhelm.«

Einer nach dem anderen stellten sich die anderen Geächteten vor.

Asterias Blick blieb kurz auf jedem von ihnen haften, während zwei weitere Einhörner, kräftig gebaute Hengste, aus dem dichten Laub auftauchten.

»Willkommen«, begrüßte Asteria die Geächteten. In den Ohren der Gäste klang ihre Stimme so sanft und beruhigend wie ein langsam fließender Fluss. »Wie Froedric schon sagte, bin ich eine Wächterin und kümmere mich um diese und andere Zufluchten in der Nordwildnis.« Sie trat vor und drehte den Kopf zur Seite. »Wie ihr sicher schon bemerkt habt, bekommen wir nicht oft Besuch, schon gar nicht von Zweibeinern. Was führt euch zu uns?«

Xamus trat vor. »Wir sind … Geächtete aus dem Süden. Wir sind auf der Suche nach Wissen über die Vergangenheit.«

»Welches Wissen?«, fragte Asteria.

»Über den Auroboros«, antwortete Xamus.

Asteria schrak zurück. Die beiden Hengste traten vor. Plötzlich schien die gesamte Versammlung ihnen gegenüber argwöhnisch gestimmt zu sein.

Der größere Einhornhengst sagte: »Darüber reden wir nicht.«

Xamus hob die Hände. »Es war nicht respektlos gemeint. Wir wollen das alles nur besser begreifen.«

Oldavei trat vor. »Wenn das ein Tabuthema ist, verstehen wir das vollkommen und bitten um Verzeihung. Wir werden es nicht mehr erwähnen.« Er sah zu Xamus hinüber, der nickte.

Die Tiere schienen dadurch besänftigt und entspannten sich. Nach kurzem Schweigen sprach Asteria: »Eure Reise war offensichtlich lang, ihr könnt eine Weile bleiben. Erholt euch. Macht euch mit den Tausend Quellen vertraut. Wenn ihr euch ausgeruht habt, begebt euch wieder auf den Weg.«

»Ja, Herrin«, antwortete Oldavei.

Asteria und die Hengste trabten über das Feld und zurück in den schattigen Wald.

Torin stürmte auf Wilhelm zu, klopfte ihm auf den Arm und rief: »He! Schön, zu sehen, dass es dir gut geht. Du hast uns Sorgen bereitet, sogar mir.«

Wilhelm zuckte leicht die Achseln und legte den Kopf schief. »Ach, ich musste nur einen klaren Kopf bekommen. Das ist mir«, er sah zu Froedric »mit ein wenig Hilfe auch gelungen.«

Froedric unterhielt sich mit Wilhelm und Torin, einige der Tiere in der Nähe schlossen sich an.

Ein alter grauer Wolf näherte sich Oldavei. »Du!«, sprach er ihn mit einer vom Alter geprägten Stimme an. »Du hast etwas an dir ... wir alle spüren es. Du hast eine tiefe Verbindung zur Wildnis, ja?«

»Nun ... ja«, entgegnete der Ma'ii. »Ja.«

Viele der Tiere in der Nähe, darunter weitere Wölfe und mehrere Raubkatzen, kamen fasziniert näher.

»Aber da ist noch mehr« fuhr der Wolf fort. »Etwas, das ich nicht ...«

Oldavei legte seinen Reiserucksack und seinen Schwertgurt ab. Xamus wusste, was kommen würde, und trat zurück, als der Ma'ii seine Verwandlung vollzog. Ein Aufschrei ertönte aus den Reihen der Tiere. Ihre Augen weiteten sich und sie wichen zurück.

Als die Verwandlung abgeschlossen war, gab Oldavei in seiner Kojotengestalt ein kurzes, vergnügtes Bellen von sich.

Der graue Wolf feixte und schüttelte den Kopf. »Unglaublich!« Ein Raunen ging durch die Reihen der Tiere, als Oldavei vorwärtsging, die Nase des Wolfes berührte und sich dann unaufhörlich schnüffelnd durch die Versammlung bewegte.

Xamus lachte und trat zurück in die Richtung, aus der sie gekommen waren, als eine angenehme Stimme rief: »Du bist ein Elf, wenn ich mich nicht irre.«

Xamus blickte zu einem niedrigen Ast am Rande der Lichtung, auf dem ein großer Uhu saß und ihn mit seinem Blick fixierte. Die Bären und kleineren Tiere in der Nähe zogen sich zurück und musterten Xamus plötzlich, als wäre er ein Außenseiter unter Außenseitern.

»Ein Elf?«, fragte der Schwarzbär.

»Ich dachte, die Elfen wären ausgestorben«, flüsterte eine Stimme zu seinen Füßen etwas undeutlich.

Das Eichhörnchen hielt eine halb aufgegessene Nuss in der Pfote, die andere Hälfte hatte es im Maul.

»Das stimmt«, fuhr der Uhu fort und landete auf dem Rücken des Schwarzbären. »Wir dachten, die Elfen wären vor langer Zeit ausgestorben.«

Oldavei, der immer noch die Gestalt eines Kojoten hatte, rannte mit Raubkatzen und einem Wolfsrudel in Richtung Prärie davon. Xamus ging ebenfalls weiter, gemeinsam mit den Bären und dem Uhu.

»Einige Angehörige meines Volkes haben überlebt«, erklärte Xamus. »Sie leben zurückgezogen in einer Enklave namens Feyonnas.«

Während Xamus sein Gespräch fortsetzte, war Darylonde durch den Wald in die Prärie zurückgekehrt, auf der Suche nach einem bestimmten Tier, das er nur kurz gesehen hatte, als er den anderen gefolgt war, um Asteria zu treffen. In diesem Augenblick hatte der Wildniswahrer eine Aura ungeheurer Kraft und Weisheit wahrgenommen, die von der Kreatur ausging. Als er wieder in der offenen Ebene ankam, entdeckte Darylonde ihren Ursprung – einen großen Weißkopfseeadler.

Der Raubvogel hockte auf einer umgestürzten Belagerungsmaschine, die von üppigem Laub überwachsen war. Er spreizte die Flügel, die eine Spannweite von über zwei Metern hatten, bewegte die Krallen, um sich besser festhalten zu können, und legte dann die Flügel wieder an.

Darylonde näherte sich ihm bis auf wenige Schritte, sank auf ein Knie und senkte den Kopf. »Sei gegrüßt, Mächtiger«, sprach er.

»Mächtig?«, antwortete der Adler mit einer weiblichen Stimme, die erwachsen und leicht kratzig klang. »Ich weiß nicht.«

»Hör nicht auf sie«, fügte eine junge Steinadlerin hinzu, die gerade auf einem tiefer gelegenen Vorsprung des Wracks landete. »Du sprichst mit Arakalah, der Königin der Adler.«

»Es ist mir eine Ehre«, sagte Darylonde und erhob sich. »Ich heiße Darylonde.«

Arakalah senkte das Haupt. »Ich spüre, dass du von unseresgleichen gesegnet bist.«

Darylonde zog feierlich seinen Handschuh aus, wodurch seine Krallenhand zum Vorschein kam.

»Oh, sieh dir das an«, krächzte die jüngere Adlerin.

»In der Tat«, meinte Arakalah, »bist du gezeichnet, aber ich sehe auch, dass dein Geist in Banden liegt. Warum ist das so?«

Darylonde dachte nach. »Ich habe schreckliche Dinge gesehen und getan, habe wiederholt versagt und deswegen geliebte Personen verloren. Ich glaube, ich habe meinen Weg verloren, habe Verbindung zu Himmel und Wind und dem Herzen der Wildnis verloren.«

»Streck den Arm aus«, befahl Arakalah, und der Wildniswahrer gehorchte, denn er verstand, dass sie seine Krallenhand meinte. Die majestätischen Flügel flatterten und im Nu saß die Königin auf Darylondes Handgelenk. Sie schloss die Augen und neigte den Schnabel ... und Darylonde spürte einen sofortigen Rausch, eine Verschmelzung von Geist und Seele. Die unaussprechliche Pracht der Kreatur wurde ihm voll und ganz bewusst, selbst als Arakalah in die Gedanken und Erinnerungen des Wildniswahrers blickte. Nach einer kurzen Entrückung von Zeit, Ort und Körper endete die Verbindung und die Königin schwang sich wieder empor auf die höchste Stelle des Wracks.

»Ich sehe, dass dein Glaube erschüttert ist«, sagte sie. »Aber wisse: Oft liegt das, was wir für verloren halten, die ganze Zeit vor uns, wir verlieren es nur aus den Augen. Doch trotz allem, was geschehen ist, trotz all deiner Zweifel, bist du einer von uns, Darylonde Krallenhand. Ich lade dich ein, mit uns zu fliegen, im Wind zu gleiten. Fliege, wie du es einst getan hast.«

»Dein weiser Rat ist gut gemeint und ich danke dir von ganzem Herzen«, antwortete Darylonde. »Doch das kann ich nicht. Es ist mir nicht bestimmt.«

»Du meinst, du bist noch nicht bereit dazu«, entgegnete Arakalah. »Es ist allein deine Entscheidung. Du wirst wissen, wann der Zeitpunkt gekommen ist und wo du mich dann finden kannst. Leb wohl, Darylonde Krallenhand.« Damit spreizte die Königin noch einmal ihre Flügel und erhob sich in die Lüfte.

Als er sie aufsteigen sah, hob sich auch Darylondes Laune ein wenig. Der Wildniswahrer zog seinen Handschuh an, als die Kälte der Nacht hereinbrach, und sah die Steinadlerin an.

»Hast du schon mal ein richtiges Lagerfeuer gesehen?«, fragte er.

»Nein, würde ich aber gern«, erwiderte die Adlerin.

»Also, ein Feuer«, sagte Darylonde, und innerhalb weniger Augenblicke hatte er aus den Überresten einer alten Ballisteeines gemacht. Zuerst hatten die Tiere Angst, denn sie kannten nur das gefährliche, tödliche Feuer, das durch Blitzschlag entstand. Als sie erfuhren, dass die Flammen eingedämmt waren, versammelten sich die überraschten, erfreuten Tiere um die Feuerstelle. Wasserflaschen kreisten statt Whiskey, und Torin fand es seltsam beruhigend, dass er den Alkohol nicht so sehr vermisste, wie er es normalerweise getan hätte. Auch Früchte und Nüsse machten die Runde und wie das Essen in den Kannibushügeln waren auch sie sättigend und köstlich.

Oldavei, der nun wieder seine Ma'ii-Gestalt angenommen und mehrere Stunden mit den Tieren geplaudert hatte, nahm neben Xamus Platz und drückte seine Nase fast an die Wange des Elfen, was ihm einen Seitenblick einbrachte.

»Was hat es mit dir und dem Auroboros auf sich?«, fragte Oldavei und entfernte sich wieder ein Stück von ihm. »Warum fragst du immerfort danach?«

»Seine Präsenz hier ist unleugbar«, entgegnete Xamus. »Ich weiß, dass du sie ebenfalls spürst.«

Oldavei nickte. »Ich glaube, wir alle spüren sie auf die eine oder andere Weise.«

»Mich interessiert, warum sie hier so stark ist. Wie sie wirkt. Denn Tikanen nutzt sie. Mit ihr, seiner Armee, dem Blutstein und anderen Waffen will er die Gesellschaft neu gestalten. Deshalb denke ich ... dass wir, wenn wir sie zumindest verstehen könnten, vielleicht einen Weg finden, ihrer Macht entgegenzuwirken.«

»Verstehen oder beherrschen?«, fragte Oldavei mit einem spitzen, vielleicht sogar anklagenden Blick, der vor einem solchen Unterfangen warnte.

Ehe Xamus antworten konnte, rief ein Dachs in der Nähe des Feuers: »Erzähl uns mehr über den Süden!«, und schaute in Oldaveis Richtung.

»Ja, erzähl uns Geschichten!«, ließ sich ein Bärenjunges vernehmen.

Oldavei feixte. »Mir würden da schon ein oder zwei einfallen ...«

Zur Antwort jubelten die Tiere. Die jüngsten von ihnen kamen dem Feuer am nächsten, während Oldavei zu erzählen begann. Gegenüber dem Ma'ii saß Wilhelm neben Froedric und hielt den Stift und die kleinen Pergamentstücke in der Hand, die er in seiner Tasche aufbewahrt und seit der Reise der Gruppe in die Wüste nicht mehr hervorgeholt hatte. Im Laufe der Nacht schrieb er an verschiedenen Stellen mit, während die Gemeinschaft Geschichten erzählte und lachte. Während der Zeit an diesem magischen Ort erholten sich die Geächteten und erlangten eine gewisse Ähnlichkeit mit ihrem früheren Ich wieder, das ihnen durch das Jahr in den Minen von Galamok abhandengekommen war.

62

*Bewohner der
Dunkelheit*

Als Xamus erwachte, blickte ein majestätischer Pferdekopf mit spiralförmigem Horn auf ihn herab.

»Guten Morgen«, sagte Asteria.

Xamus setzte sich auf, woraufhin sich die anderen Geächteten, die am Feuer geschlafen hatten, regten. Vögel sangen Morgenlieder im nahen Wald. Froedric, der neben Wilhelm geschlafen hatte, hob den Kopf und gähnte ausgiebig. Kleinere Tiere sammelten eifrig Nüsse. Viele andere Tiere kamen an die Baumgrenze, um zu hören, was Asteria zu sagen hatte.

»Ich verstehe euch besser«, fuhr das Einhorn fort, »durch die Geschichten, die ihr erzählt, und die Zeit, die ihr hier verbracht habt.«

Xamus war verblüfft, denn er hatte weder Asteria noch die anderen Einhörner in der vergangenen Nacht gesehen.

»Ich glaube, ihr habt gute Absichten«, fuhr Asteria fort. »Deshalb sage ich Folgendes: Es gibt ein Volk, die Drow, das deiner Art ähnlich ist.« Bei diesen Worten sah sie Xamus immer noch intensiv an.

»Von denen habe ich gehört«, antwortete Xamus mit einer leichten Schärfe. Bei seinem Volk gab es Geschichten über einen Hass, der Jahrhunderte zurückreichte.

»Man sagt, dass einige von ihnen immer noch im Nordwesten leben, unter Berggipfeln, die sich wie Hörner erheben – die Zwillingsklippen. Diese Drow verfügen höchstwahrscheinlich über das Wissen, das ihr sucht.«

Xamus wusste nicht, was er sagen sollte. Es kursierten zahlreiche Geschichten über die Drow, einige davon widersprüchlich, aber alle stimmten darin überein, dass ihre archaische Zivilisation nicht mehr existierte. Konnten die Drow tatsächlich überdauert haben? Schließlich erhob sich der Elf und sagte: »Meinen aufrichtigen Dank.«

»Ich wünsche dir und den deinen eine gute Reise«, entgegnete Asteria. »Was auch immer ihr in Erfahrung bringt, nutzt dieses Wissen weise.« Damit entfernte sich die Hüterin anmutig in Richtung der Lichtung, auf der die Gruppe ihr zuerst begegnet war.

Die restlichen Tiere verabschiedeten sich von den Reisenden. Froedric meldete sich freiwillig, um sie durch die Wälder bis an den Rand der Alten Lande zu führen.

Ausgestattet mit Früchten und Nüssen machten sich die Geächteten auf den Weg durch die hoch aufragenden Wälder, entlang verschlungener Bäche, und hielten nur an, um ihre Wasserflaschen aufzufüllen. Als der Tag zu drei Vierteln vorüber war, erreichten sie einen Ort, an dem die Bäume im Norden und Süden eine Mauer bildeten, soweit das Auge reichte. Wächtern gleich bildeten sie eine Barriere, jenseits der der Wald in offene Felder überging.

Wilhelm stand einen Augenblick lang schweigend vor Froedric.

»Geht es dir gut?«, fragte der Bär.

»Ich versuche, Worte zu finden, um ›Danke‹ zu sagen, ohne einfach nur ›Danke‹ zu sagen, denn das scheint nicht genug zu sein. Ich war ausgebrannt. Schlimmer als jemals zuvor.«

Torin biss die Zähne zusammen und wandte den Blick ab. Froedrics breite Schultern hoben sich zu einem Achselzucken. »Du wirst deine Worte finden, daran habe ich keinen Zweifel, und du wirst sie in ein Lied packen. Und dieses Lied wird uns alle überdauern.« Er wandte den anderen den Kopf zu. »Jetzt geht, alle miteinander. Möget ihr finden, was ihr sucht. Ich hoffe, wenn ihr auf dem Rückweg wieder in der Gegend seid, schaut ihr vorbei und sagt Hallo. Vielleicht könnt ihr uns ja wieder ein Feuer machen.«

Der Barde beugte sich hinunter und legte die Wange an Froedrics Kopf. Die anderen verabschiedeten sich und die Gruppe nahm Kurs gen Nordwesten. Wilhelm warf einen letzten Blick über die Schulter auf den Bären, der zum Abschied den Kopf hob, sich umdrehte und im Wald verschwand.

Im Laufe des Tages wurde die Luft kühler und die Farben der Umgebung wurden immer gedeckter. Wiesen gingen in felsige

Erde über. Hohe Tannen, Zedern und Kiefern verschwanden und wichen größtenteils toten, knorrigen Eichen, verwachsenen, verrottenden Trauerweiden und einer seltsamen, nicht identifizierbaren Baumart mit knotigen Wurzeln, die an mehreren Stellen mehrere Meter weit aus der Erde ragten und wie kleine, seltsame Baumwesen aussahen, die aus unterirdischen Höhlen krochen.

Schon bald stießen sie auf Überreste einer Zivilisation: umgestürzte Steinblöcke und Schutthaufen, die einst Mauern und unbezwingbare Strukturen gebildet haben mussten. Sie entdeckten auch Überreste von Statuen. Leere Sockel zwischen langen, dünnen Steingebilden, die die Gruppe zunächst verwirrten, bis sie auch steinerne Unterleibe und Brustkörbe fanden und erkannten, dass die Trümmer einst Statuen von Riesenspinnen oder Spinnengottheiten gewesen waren.

In dieser Nacht lagerten sie in einer flachen Senke und waren sich erneut der absoluten Stille bewusst, mit dem Unterschied, dass diese hier im Gegensatz zu den Tausend Quellen unheimlich und beunruhigend war und dass nur das Seufzen eines schwermütigen Windes sie unterbrach. Trotz der allgegenwärtigen Schwermut waren sich die Reisenden der Macht der Weltenschlange bewusst, ihre Energie war allgegenwärtig, auch wenn sie wenig darüber sprachen.

Nach einer unruhigen Nacht brachen sie auf, als sich der Himmel aufhellte, auch wenn die Sonne hinter düsteren grauen Wolken verborgen blieb. Es gab weitere Anzeichen von Zivilisation, unterbrochen von weiten Abhängen, die mit Staub und Geröll bedeckt waren. Karge Sträucher klammerten sich an eine Art Halbdasein und krallten sich in Risse im steinigen Boden. Gegen Mittag entdeckten die Reisenden zwei nadelförmige Felsgipfel, die wie die Reißzähne einer großen Schlange aussahen.

Ein schwacher Wind wirbelte Kopf- und Körperbehaarung der Gruppe auf und sorgte dafür, dass sie fröstelten. Einige Stunden später erreichten sie endlich den Fuß der Zwillingsgipfel, eine massive steinerne Torkonstruktion, deren mit Steinmetzarbeiten verzierter Rahmen sich verzweigte, sodass er die Beine und den Kopf eines gigantischen Spinnentiers bildete, zierte die schräge Felswand. Bei näherer Betrachtung entdeckten sie Spinnenmotive, die in das düstere Konstrukt eingemeißelt waren, als sie vor dem torlosen, gähnenden Schlund standen, der zehn Meter breit und fünfzehn hoch war. In der abgrundtiefen Öffnung konnten sie den Boden nur mehrere Meter weit sehen, bevor er in undurchdringlichen Schatten verschwand.

Die Gruppe schüttelte das Gefühl ab, dass die Öffnung einem klaffenden Maul ähnelte, das sie verschlingen würde, und ging weiter. Einige Schritte später kam ein zweites Portal in Sicht, das einst massive Doppeltüren verschlossen hatten, von denen jetzt nur noch die Scharniere übrig waren. Langsam gewöhnten sich ihre Augen an das fahlviolette Licht, dessen Ursprung unklar war.

Der staubbedeckte Boden bestand aus Fliesen, deren Anblick einst atemberaubend gewesen sein musste, schwarz mit einer gesprenkelten weißen Marmorierung, die an Sternennebel erinnerte. Der Raum öffnete sich zu einer Galerie mit Blick auf eine höhlenartige Kammer, die von riesigen violetten Edelsteinleuchtern und frei stehenden, mit Edelsteinen besetzten Säulen erhellt war. Zu beiden Seiten führten Marmortreppen – die breit genug waren, dass fünf Personen nebeneinander hätten gehen können – in die untere Etage. Dahinter erhoben sich humanoide Statuen aus dunklem Stein bis zu den unteren Rändern der gewölbten Decke. In der Ferne verliefen elegante Brücken kreuz und quer durch die Kaverne.

Die Gruppe stieg die Stufen hinab und betrachtete die sorgfältig gearbeiteten Details an den Wänden: ein Spinnenmotiv mit dünnen Beinen, die verschlungene Linien bildeten, während die Unterleiber der Spinnentiere aus violetten Juwelen bestanden. An verschiedenen Stellen an den Wänden bemerkten sie auch Kampfspuren – Kratzer, Schrammen und fehlende Edelsteine. Am Fuß der Treppe war in einen zerkratzten Pilaster mit teilweise abgeplatzter Oberfläche ein grobes Bild des Auroboros eingemeißelt.

Ihre Schritte hallten auf dem schuttübersäten Boden wider, als sie sich den Statuen näherten, die sie von oben betrachtet hatten. Nun bemerkten sie weitere Details, wie die spitzen Ohren, die denen von Xamus ähnelten, aber etwas länger waren.

»Sie sehen dir ein bisschen ähnlich«, sagte Torin zu Xamus.

Der Elf schwieg und erinnerte sich an die Kammer unter der Zikkurat in Tanasrael mit den seltsamen Sigillen, die elfisch und doch nicht elfisch ausgesehen hatten. Das Handwerk der Drow? Wie auch immer, Xamus reagierte angespannt auf die Umgebung, was zweifellos an den hässlichen Geschichten lag, die unter seinem Volk kursierten. Doch das Ausmaß der Feindseligkeit, das er spürte, veranlasste ihn, sich zu fragen, ob vielleicht mehr dahintersteckte – eine Form von Groll, der ihm im Blut lag und über die Generationen hinweg anhielt?

Ein helles, widerhallendes Geräusch wie das Scharren von Füßen erreichte ihre Ohren. Torins Blick huschte zu den schattigen Nischen.

»Das gefällt mir nicht«, brummte der Zwerg und erschauderte leicht. »Möglicherweise Geister.«

»Vielleicht ein oder zwei trauernde Witwen«, neckte Oldavei.

»Halt die Klappe!«, gab Torin zurück.

»Hallo?«, rief Wilhelm. Seine Stimme hallte durch die Gänge, bevor sie verklang.

Darylonde, der grimmig dreinschaute, spannte seinen selbst gebauten Bogen und legte einen Pfeil auf. Alle hatten die Hände am Griff ihrer Waffen, während sie weitergingen und sich mehrere kleinere Kammern ansahen, die die Höhlenwände säumten. Auf einmal löste sich Wilhelm von der Gruppe und betrat eine davon.

Die anderen folgten ihm und fanden einen großen Raum vor, in dem Dutzende von staubbedeckten Gegenständen wahllos abgestellt oder weggeworfen worden waren. Kunstvolle Stühle, Tische und Einrichtungsgegenstände, von denen die Hälfte zerschlagen oder zerbrochen war, aber auch Musikinstrumente waren darunter. Wilhelm stand vor einem noch intakten Instrument, das in gewisser Weise einer Mandoline ähnelte, allerdings mit einem quadratischen Korpus aus poliertem Holz mit Spitzen und Schnörkeln, einem verzierten Gurt, zu vielen Saiten und seltsamen Kristallen an verschiedenen Stellen des Stegs, des Halses und der Kopfplatte.

»Seht euch das an«, sagte Wilhelm ehrfürchtig und weckte bei seinen Gefährten Erinnerungen an seine Obsession gegenüber dem Kleiderschrank im Herddahl-Vorgebirge. »Sie ist wunderschön, Mann, sie ist verdammt noch mal wunderschön.« Der Barde hob das Instrument behutsam an, wischte den Staub weg und zupfte an ein paar Saiten, woraufhin Töne erklangen, die durch den ganzen unterirdischen Komplex hallten.

»Du solltest sie mitnehmen«, sagte Xamus, der selbst über die Gefühllosigkeit in seiner Stimme überrascht war.

Wilhelm erinnerte sich daran, was Froedric über ein Musikinstrument gesagt hatte, das sich mit der Zeit finden würde. Hatte der Bär das etwa irgendwie vorausgesehen?

Wilhelm schnallte sich das Instrument um und folgte den anderen zu Oldavei, der eine weitere breite Steintreppe hinunterzeigte. »Ich höre, dass sich dort unten Leute bewegen«, berichtete er und führte sie hinunter.

An einer Wand hingen ausgeblichene Gemälde in üppigen, aber verwitterten Rahmen, dreimal so groß wie ein durchschnittlicher Mensch, die erhabene Gestalten mit dunkler Haut, weißen Augen und weißem Haar darstellten.

Auf der nächsten Etage gelangten sie zu einer Halle mit Kuppeldecke und direkt gegenüber zu einer Tür, hinter der ein langer Tisch mit einem zerschlissenen Tuch und staubigen Kandelabern zu sehen war. Auf der anderen Seite des Tisches stand eine männliche Gestalt, die jenen auf den Gemälden ähnelte: langes weißes Haar, weiße Augen und dunkle Haut. Der Mann trug elegante, wenn auch zerlumpte Kleidung, und seine Augen waren auf etwas gerichtet, das tiefer im Raum lag und das die anderen nicht sehen konnten. Jetzt aber hörten sie, was Oldavei zuvor schon wahrgenommen hatte: Füße, die sich über die Fliesen bewegten.

Die Gruppe stellte sich so, dass sie den Raum überblicken konnte. Es schien ein königliches Gemach zu sein, doch alles, was einst gewaltig und prächtig gewesen war, war nun heruntergekommen und vom Zahn der Zeit zernagt. An der linken Wand stand eine lange Tafel, die der ähnelte, die die Reisenden bereits gesehen hatten. Der mittlere Teil des Raumes war leer. Weiter hinten tanzte ein Drow-Paar, das sich in langsamen Kreisen bewegte. Ganz am Ende des Raumes stand jenseits der Tanzfläche ein Thron, der ein riesiges Spinnentier darstellte: Der Unterleib bildete die Sitzfläche, die Beine waren zu beiden Seiten gespreizt, der vordere Teil des Körpers war nach oben gewinkelt, als bereite die Kreatur sich darauf vor, eine Wand zu erklimmen, während Brustkorb und Kopf die Rückenlehne bildeten. Auf dem Thron saß eine weibliche Gestalt. Ihr sorgfältig frisiertes Haar war schneeweiß, ihr exquisites schwarzes Kleid grau vom Alter. Sie stützte den Kopf in eine Hand und den Ellbogen auf die geschnitzte Armlehne und schien mit den Gedanken ganz woanders zu sein, weder bei den Tanzenden noch bei den Besuchern, die am Eingang der Kammer standen.

Der Drow, der der Gruppe gegenüber am Tisch saß, würdigte sie schließlich eines desinteressierten Blicks, um sie dann ebenso desinteressiert zu begrüßen. »Wer seid ihr? Warum seid ihr hier?«

Als Xamus nicht sofort antwortete und auch sonst niemand das Wort ergriff, sagte Oldavei: »Wir kommen aus den Südlanden und wollen mehr über den Norden erfahren.« Der Ma'ii wählte seine Worte mit Bedacht. »Wir hoffen, mehr über eure Kultur zu erfahren, über eure Geschichte.«

»Ihre Majestät, die Königin, spricht nicht mit Fremden«, antwortete der Drow knapp. »Hinfort.«

Oldavei wollte gerade etwas erwidern, als eine tiefe weibliche Stimme aus dem hinteren Teil des Raumes ertönte: »Du!«

Der Tanz endete. Aller Augen waren auf die Drow auf dem Thron gerichtet. Sie deutete mit einem schwarzen Fingernagel auf Xamus und befahl: »Komm her, Elf!«

63
Tietliana

Das Tanzpaar huschte in die Schatten. Die Gruppe stand zusammen mit dem männlichen Drow vor der Königin-Majestrix, die sich auf dem Thron vorbeugte und Xamus mit ihren weißen Augen aufmerksam ansah. »Wie heißt du?«

»Xamus Frood, Majestät«, erwiderte der Elf und bemühte sich, sich seine Anspannung nicht anhören zu lassen.

Am Hals der Matriarchin traten Sehnen hervor. Sie ballte die linke Faust. »Ich wusste es! Dieses Gesicht ... ich hätte nie gedacht, dass ich dieses Gesicht jemals wiedersehen würde.«

»Es tut ... mir leid, Majestät, ich kann Euch nicht folgen«, sagte Xamus.

»Von unserem ruhmreichen Alash'eth, der Mitternachtsstadt, ist nicht mehr viel übrig«, antwortete die Königin mit einem abrupten Themenwechsel. »Nur Mäuse und Kakerlaken, Geister und das Wispern des Windes. Was seid ihr?« Sie sah die Geächteten an. »Mäuse, würde ich sagen.«

Die Gruppe schwieg peinlich berührt.

»Warum seid ihr wirklich hierhergekommen?«, fragte die Königin.

»Um zu erfahren«, erwiderte Xamus, »was im Norden geschehen ist. Was hier passiert ist.«

»Was hier passiert ist ...« Sie sah Wilhelm an, als bemerke sie ihn zum ersten Mal. »Die Aethari.«

»Bitte?«, entgegnete Wilhelm.

»Du hast die Aethari«, konstatierte die Königin.

Wilhelm schwieg verwirrt, bis ihm klar wurde, dass sie das Musikinstrument meinte, das er an sich genommen hatte. »Oh!

Äh, ja. Ja. Es tut mir leid. Ich lege sie wieder dahin zurück, wo ich ...«

»Bemüh dich nicht, die benutzt ohnehin niemand«, winkte die Matriarchin ab und richtete ihre Aufmerksamkeit wieder auf Xamus. »Was hier passiert ist. Ja, das wüsstest du wohl gern. Dein Volk hat hier eine Vergangenheit, deine Blutlinie ... Frood ... und die meine. Creppit. Tietliana.«

Xamus antwortete: »Tut mir leid, was ...«

»Tietliana Creppit. Mein Name, Mäuschen. Nicht dass er wichtig wäre. Xan'Gro, ein anderer Name, ein wichtigerer.« Xamus erinnerte sich, dass der Name Xan'Gro in seiner Heimatenklave mit großer Verachtung genannt worden war. »Auroboros«, fuhr die Königin fort. »Ein weiterer Name und der Grund eures Hierseins. Ihr jagt einem Gespenst nach. Was passiert ist ... was passiert ist, ist, dass die Welt versucht hat, sich selbst zu verschlingen. Es geschieht schon wieder, nicht wahr? Kämmerer!«

»Ja, Königin-Majestrix«, antwortete der Drow.

»Ich werde Wanderschuhe brauchen. Etwas Bequemes.«

»Wander...?« Das Entsetzen des Kämmerers war offensichtlich.

»Dazu einen Kanister mit Wasser«, fügte Tietliana hinzu und starrte immer noch Xamus an.

»Ihr wollt doch nicht etwa ...«, begann der Kämmerer.

»Ich habe schon viel zu lange hier herumgesessen, nicht wahr?«, entgegnete die Matriarchin. »Genau hier. Der Tag ist gekommen. Die Stunde hat geschlagen. Es wird Zeit.« Ohne offensichtliche Mühe oder Vorbereitung erhob sie sich binnen eines Lidschlags.

Der Kämmerer stieß einen leisen Schrei aus und fiel auf die Knie. »Ich werde ... ein Gefolge zusammenstellen.«

»Ich gehe allein«, erwiderte die Königin.

»Aber Majestät ...«

Tietliana wandte ihm ruckartig den Kopf zu.

Der Kämmerer, der immer noch kniete, sah entsetzt auf. »Sofort, Eure Eminenz«, brachte er hervor, bevor er aufstand und aus dem Saal rannte.

Die Königin wies die Gruppe an, am Spinnentor zu warten. Die Geächteten unterhielten sich und versuchten sich einen Reim darauf zu machen, was Tietliana gesagt hatte und was genau sie vorhatte.

Wenig später erschien die Königin mit einem sehr alten, aber gut gearbeiteten Wasserkanister über einer Schulter, die Schuhe unter dem Saum ihres verzierten Kleides verborgen. Sie musterte kurz die Umgebung, holte tief Luft, seufzte dann und riss ihr Kleid an einer Seite auf, um sich gut bewegen zu können.

»Es ist ein paar Jahrhunderte her«, sagte sie mit einem verschlagenen Funkeln in den Augen. »Schauen wir mal, wie sehr ich aus der Übung bin.« Damit setzte sie sich Richtung Südwesten in Bewegung.

Die Geächteten zögerten, unsicher, ob sie ihr folgen sollten.

»Kommt!«, rief Tietliana.

Sie sahen einander an, Torin zuckte die Achseln, und sie folgten der Königin im Gänsemarsch.

Tietliana legte ein erbarmungsloses Tempo vor, schien nie zu ermüden. Sie sprach kaum ein Wort und nahm ihre Anwesenheit kaum zur Kenntnis, während sie die Überreste des Reiches durchstreiften. Die Königin hatte immer einen sicheren Tritt, und wenn sie einmal die Orientierung verlor, ließ sie es sich nicht anmerken. Es schien sogar so, als wäre der bloße Akt des Gehens für sie eine Nebensächlichkeit, da sie sich zielsicher durch eine physische Welt bewegte, in der sie immer nur halb anwesend zu sein schien.

Sie hatten den kargen grauen Schieferboden hinter sich gelassen und waren in Regionen mit trockener brauner Erde vorgedrungen, die mit toter, vertrockneter Flora übersät war. Es war schon spät in der Nacht, als Wilhelm stolperte und außer Atem einen Augenblick liegen blieb. Die anderen riefen nach Tietliana, die weitergegangen war. Sie kehrte zurück und sah unentschlossen auf den Barden hinunter.

»Ruhe«, murmelte sie. »Ja, natürlich braucht ihr Ruhe.«

Die erleichterten Geächteten machten ein Lagerfeuer. Die ganze Zeit über stand Tietliana auf einer niedrigen Anhöhe in der Nähe, still wie eine Statue, und schaute nach Norden. Irgendwann rief sie: »Elf! Komm her!«

Xamus tat, wie ihm geheißen.

Tietliana wandte sich zu ihm um und starrte ihn an, dann legte sie eine Hand auf sein Gesicht. Ihre Haut war kalt und trocken. »Erzähle mir von deinen Eltern«, befahl sie.

Xamus zögerte, ehe er antwortete: »Ich habe sie nicht gekannt.«

»Was ist mit deiner Heimat?«, fragte Tietliana.

»Ich stamme aus einer Zuflucht«, erwiderte Xamus. »Gegründet von Waldelfen während der Goldenen Herrschaft. Verlassen und in Vergessenheit geraten, dann vor ein paar Tausend Jahren von meinem Volk neu besiedelt. Heute ist es nur noch ein Ort, an dem sie sich verstecken und so tun, als gebe es den Rest der Welt nicht.«

»Du lehnst sie ab«, sagte Tietliana. »Weil sie sich verbergen. Haben diese Elfen dir verraten, warum sie nach Süden geflohen sind?«

Xamus biss die Zähne zusammen. »Die Drow wandten sich gegen sie.«

»Hasst du mich?«, fragte die Matriarchin, und in diesem Augenblick spürte Xamus die magische Macht, die von ihr ausging. Sie stand da, umhüllt von einer Aura der Bedrohung, und ihr Blick durchbohrte ihn. Eine brodelnde Feindseligkeit baute sich in Xamus auf, doch er wandte den Blick ab und bemühte sich, den aufsteigenden Zorn zu zügeln.

»Ja, du hasst mich«, beantwortete Tietliana ihre eigene Frage. »Das solltest du auch.«

In diesem Moment drang eine Melodie an ihre Ohren, die in dem verlassenen Land völlig fehl am Platz zu sein schien. Xamus und Tietliana blickten auf und sahen Wilhelm beim Zupfen der Aethari.

»Hast du schon einmal eine Aethari gespielt?«, rief Tietliana.

»Nein«, entgegnete Wilhelm, nachdem er sein Spiel unterbrochen hatte.

»Doch du spielst sie, als wärst du dafür geboren.« Tietliana richtete die weißen Augen wieder auf Xamus. »Ist das nicht merkwürdig?« Sie sah wieder gen Norden. »Spiel ruhig weiter, Barde. Es gefällt mir.«

Einen Augenblick lang war nur der leise, beschwingte Klang von Wilhelms Melodie zu hören, während die Drow und der Elf nebeneinanderstanden.

»Hass kann sehr mächtig sein«, sagte Tietliana dann. »Zerstörerisch. Allverzehrend. Man kann sich ihm ergeben, ihm seinen Lauf lassen, aber immer wieder stellt sich die gleiche Frage: Wenn der Hass alles verzehrt, was lässt er dann zurück?«

Xamus blieb stumm.

»Geh«, befahl Tietliana melancholisch. »Ich will allein sein.«

Abermals gehorchte Xamus. Er und die anderen waren erschöpft von der langen Reise und schliefen sofort ein. Der stets argwöhnische Darylonde erwachte zu verschiedenen Zeiten und sah Tietliana an genau der gleichen Stelle stehen, den Blick gen Himmel gerichtet, als würde sie die Sterne bewundern, die über den Nachthimmel zogen. Bei Tagesanbruch hatte sich die Drow noch immer nicht bewegt, soweit Darylonde das beurteilen konnte.

Nach den ersten Stunden des Marsches, als Xamus, Darylonde und Wilhelm etwas hinter Torin und Oldavei zurückblieben, fragte der Barde Xamus leise: »Was glaubst du, warum Tietliana sich die Mühe macht, uns persönlich zu eskortieren?«

»Das habe ich mich auch gefragt«, gab Xamus zu. »Schuldgefühle vielleicht, für Dinge, die die Drow getan haben? Vielleicht auch etwas anderes. Ich weiß es nicht.«

»Behalte sie immer im Auge«, riet Darylonde. »Traue niemandem.«

Bald sahen sie erste Anzeichen von Zivilisation, aber die Trümmer hier waren gewaltiger als die Ruinen des Drow-Reiches. Brocken von Mauerwerk in der Größe von Fuhrwerken lagen in der Landschaft verstreut. Irgendwann erreichten sie einen Bergrücken, von dem aus sie eine Ebene überblicken konnten, die sich erstreckte, soweit das Auge reichte. Sie sahen die verfallenen Trümmer einer Metropole, deren Ausmaße in ihrer Blütezeit jede Handelsstadt in Rechtbrand in den Schatten gestellt hätten. Nun war nichts mehr übrig außer einem weitläufigen Feld voller Steintrümmer – umgestürzte Türme, eingestürzte Kuppeln, feuerzerfressene Mauern – mit einem einzigen gewaltigen Gebäude im Zentrum.

Das festungsähnliche Bauwerk, das noch teilweise intakt war, erinnerte architektonisch an die Kathedrale der Heiligen Varina in Sargrad – nur eben aus Stein und nicht aus Stahl und Glas – und war gewaltig. Wie bei Tanasraels Zikkurat schien es, als könne es eine eigene kleine Stadt beherbergen.

»Kommt«, befahl Tietliana und hielt auf die Ruinen zu.

Sie bahnten sich ihren Weg durch den Schutt und die monolithischen Steine bis zu einer freien Stelle, die nur wenige Meter von einem massiven Flügel des Bauwerks entfernt war. Die Gruppe sah sich um, lauschte und stellte fest, dass es hier keine Vögel oder Insekten gab. Nichts bewegte sich, nicht einmal ein leichter Luftzug. Auch gab es keinerlei Vegetation. Die unheimliche Stille in der verlassenen Stadt war erdrückend, beinahe übernatürlich.

Während Tietliana auf die bröckelnden Türme, die halb zerstörten Mauern und die zerbrochenen Strebepfeiler starrte, suchte Darylonde mit geübtem Blick die Umgebung ab und wurde das Gefühl nicht los, dass sich in den Trümmern etwas bewegte.

»Das«, sagte Tietliana und wies auf das Bauwerk vor ihnen, »war das Sanktorium. Der Regierungssitz von Torune, der Geburtsort der Sularischen Kirche. Diese Stadt«, ihr Blick schweifte über die Verheerung, »war einst eine Bastion der Ordnung. Aber ihre Ehrbarkeit war eine Lüge. Torunes ehrwürdige Herrscher waren mit mächtigen Hexern aus dem fernen Norden verbündet. Insgeheim beherrschten die beiden Mächte die gesamte nördliche Zivilisation, indem sie Angst, Lügen und Vorurteile verbreiteten, um die Bevölkerungen zu kontrollieren und ihre eigenen Interessen durchzusetzen.«

Dies waren die klarsten Worte, die Tietliana bisher gesprochen hatte. Aber Darylonde hatte nicht zugehört. Sein Unbehagen wuchs zu einer Gewissheit: Etwas beobachtete sie. Es pirschte sich unmittelbar außer Sichtweite an sie an. Der Wildniswahrer huschte ungesehen davon.

»Was ist hier passiert?«, fragte Xamus, obwohl er die Antwort bereits ahnte.

»Der Auroboros ist passiert«, antwortete die Königin. »Er hat Torune zerstört. Die wenigen, die überlebten, flohen nach Süden.« Tietlianas Augen richteten sich auf Xamus. »Ich sagte doch, der Hass verzehrt alles. Und die Frage ist: Was hinterlässt er … das ist die Antwort.« Sie machte mit der Hand eine weite Geste. »Schutt, Elend und Ruin.« Sie beugte sich vor. »Oder vielleicht eine Stadt in den Klippen, vergessen, bevölkert von Mäusen und Kakerlaken und Geistern und dem Wispern des Windes.«

Darylonde schlich zwischen den Trümmern umher, seine Sinne waren in einem Zustand der Vorsicht und Aufmerksamkeit, der an diesem Ort seine ohnehin schon außerordentliche Wachsamkeit noch übertraf. Es schien, als entwickle er eine Art zusätzlichen Sinn, eine Fähigkeit, Gefahren ohne die Hilfe von Augen, Geräuschen, Geruch oder Berührung wahrzunehmen. Mit dem Bogen in der Hand blieb der Wildniswahrer stehen, bemerkte die Gefahr, bevor sie auftauchte, und richtete seinen Bogen auf einen massiven Steinblock auf einem nahe gelegenen, fast zwei Stockwerke hohen Pfahl. Dort sah er in tödlichem Schweigen eine haarlose, wolfsähnliche Kreatur mit zu vielen Gliedmaßen stehen, eine lebende Silhouette mit Schattententakeln, die sich aus ihren Schultern erhoben. Sie entblößte dolchartige Reißzähne und ihre finsteren Augen funkelten voller Intelligenz und böser Absichten.

Darylonde schoss einen Pfeil *durch* das Herz der Bestie hindurch.

Dies war kein Gegner aus Fleisch und Blut, wie Darylonde erkannte. Dieser Feind war magischer Natur und in der Lage, sich aus der Wirklichkeit zu lösen. Der Wildniswahrer verließ sich auf seine geschärften Sinne, legte sofort einen weiteren Pfeil auf die Sehne und schoss, nicht dorthin, wo die Bestie auf einen niedrigeren Schutthügel sprang und dann verschwand, sondern in den leeren Raum einige Meter vor ihm. Dort materialisierte sich die Schattenkreatur, ein Pfeil ragte aus ihrer Brust, als sie zu Boden fiel und sich in einer Art schwarzem Nebel auflöste.

Die Sinne des Wildniswahrers schlugen Alarm: mehrere Feinde – ein sich schnell verengender Kreis.

»Waffen bereit machen!«, rief Darylonde, als er zu den anderen zurückeilte. »Wir werden angegriffen!«, schrie er und rannte zwischen den Trümmern hervor auf die Gruppe zu, die bereits zu ihren Waffen griff.

»Unsinn«, sagte Tietliana. »In diesem Land lebt seit ...« Sie hielt inne, als die Schattenbestien geräuschlos auftauchten und die Gruppe plötzlich vollständig umzingelt war.

64

Die Wilde Jagd

»Vorsicht!«, warnte Tietliana, als die Schattenbestien näher kamen. »Ihr könnt euren Augen nicht trauen.« Die Königin selbst schloss die Augen, als einer der Angreifer, der auf dem Sims eines Fensters im Sanktorium hockte, absprang und in der Luft verschwand. Sekunden später erschien die Bestie nur wenige Meter über der Matriarchin, die die Finger einer ausgestreckten Hand spreizte, Worte der Macht flüsterte und die Wolfsgestalt des Feindes in rauchige Schattenbänder zerfetzte.

Darylonde verließ sich auf sein neu geschärftes Gespür, um seine Pfeile auf ihre Ziele zu lenken. Diese Strategie war von wechselndem Erfolg gekrönt. Unerklärlicherweise waren manchmal wiederholte Schüsse auf dasselbe Ziel nötig, da sich sein sechster Sinn als nicht hundertprozentig genau erwies.

Eine berserkerhafte Wut überkam Torin, der sich ein Stück von seinen Verbündeten entfernte, um kein Risiko einzugehen, als der Kreis enger wurde und er auf jeden Zentimeter leeren Raum um sich herum eindrosch. Der rasende Zwerg schlitzte einen schattenhaften Feind in dem Moment auf, in dem er sich materialisierte, nur Sekunden bevor seine glitzernden Reißzähne Torins Kehle erreichten. Zusätzlich und ganz zufällig erledigte der Zwerg einen zweiten Schattenwolf, der sich gerade auf Wilhelm stürzte und den Barden um ein Haar erwischt hätte. Ein dritter Gegner riss eine tiefe Wunde in die rechte Schulter des Zwerges, bevor Torin ihn vernichtete.

Wilhelm, der in der Linken einen Kultisten-Krummsäbel trug, hatte das Gerät in die rechte Hand genommen und richtete seine Aufmerksamkeit auf ein umgestürztes Bauwerk, ein massives Durcheinander von schief aufgehäuften Steinen, in dem sich mehrere Bestien in schattigen Nischen versteckten und auf ihre Gelegenheit zum Angriff lauerten. Wilhelm wirbelte das eine Ende des Geräts über seinen Kopf, dann warf er die sich magisch ausdehnende Kette auf den äußersten Rand eines der Steine. Der Barde riss mit aller Kraft an dem bereits wackelnden Monolithen und brachte den gesamten Hügel zum Einsturz wie ein kolossales steinernes Kartenhaus. Der Boden unter der Gruppe erbebte, als gigantische Brocken auf die Erde stürzten und viele der arkanen Angreifer pulverisierten und auflösten, als sie versuchten zu fliehen.

Gleich zu Beginn des Kampfes nahm Oldavei Kojotengestalt an. Er flitzte zwischen seinen Mitstreitern umher, schlitzte die Gegner auf, biss sie und riss sie in Fetzen, sobald sie auftauchten. Obwohl er selbst Wunden erlitt, bewegte er sich so schnell und mit solcher Energie und Geschicklichkeit, dass weder feindliche Klauen noch gegnerische Reißzähne einen tödlichen Treffer landen konnten.

Obwohl er ein Langschwert des Kämpfenden Ordens schwang, versuchte Xamus, die Auroboros-Energien, die er in so hoher Konzentration spürte, anzuzapfen, um eine magische Verteidigung zu bewirken. Er versuchte, das zu tun, was Tietliana zu tun schien – arkane Fähigkeiten einzusetzen, um die Kreaturen auszulöschen. Gleichzeitig strebte er danach, den Rat der verstorbenen Amberlyn zu befolgen, das »Auge des Sturms« zu sein. Er musste jedoch feststellen, dass er die herbeigerufenen Kräfte aufgrund ihrer Macht oft nicht kontrollieren konnte. Außerdem gelang es ihm nicht zu erkennen, wo die Bestien wieder auftauchen würden, nachdem sie verschwunden waren. Einmal rettete ihm Tietliana das Leben, indem sie einen Schattenwolf vernichtete, dessen Kiefer sich fast um seinen Nacken geschlossen hatten.

Als sich der Kampf schließlich dem Ende zuneigte, verschwand einer der Angreifer, auf den der Elf seine Kraft richtete, nicht, sondern wuchs an. Die Bestie sprang vorwärts, verschwand, tauchte wieder auf und wuchs dabei ständig, bis das Wesen, das sich auf Xamus stürzte, anderthalb Mal so groß war wie der wütende Tyrannosaurus, gegen den die Gruppe im Großen Kolosseum von Lietsin gekämpft hatte. Oldavei sprang der Kreatur in seiner Kojotengestalt an die Gurgel, aber die Aktion erwies sich als unnötig, da das Monster nicht in der Lage war, seine vergrößerte Form zu halten. Der gewaltige Schattenwolf riss seinen Schlund auf, erzitterte dann aber heftig und zerbarst in dunkle Nebelschwaden. Damit endete der Angriff.

Tietliana öffnete die Augen und sah sich um. »Sieht aus, als hättet ihr alle überlebt«, sagte sie.

Oldavei nahm wieder Ma'ii-Gestalt an und versorgte sofort Darylonde, der einen Schlag in die Rippen erhalten hatte. Der Schamane war angenehm überrascht, als er feststellte, dass seine Bemühungen unmittelbare und dramatische Ergebnisse zeitigten: Die Verletzung heilte auf der Stelle spurlos. Dann kümmerte sich der Ma'ii um Torins Schulter.

»Was zur Hölle war das denn?«, fragte der atemlose Zwerg.

»Die Wilde Jagd«, erwiderte die Königin. »Sie existiert in Schattenform und springt zwischen den Realitäten. Ihr Angriff kam unerwartet. Dennoch«, sie sah zu Xamus, »ist deine Reaktion äußerst hilfreich, um eine Lektion zu veranschaulichen.«

»Welche denn?«, fragte der Elf.

In diesem Augenblick heulte Torin auf. Oldavei, der gerade dabei war, die Schulterwunde des Zwerges zu heilen, stellte fest, dass dies nicht nur fehlgeschlagen war, sondern dass zwei weitere ähnliche Wunden auftauchten: eine quer über Torins linkem Arm und eine weitere an seinem rechten Oberschenkel. »Was zum Henker ist das für eine Heilung?«, protestierte der Zwerg.

Tietliana fuhr fort und sah zu dem Ma'ii und dem Zwerg: »Sie veranschaulicht, dass die Schlange keinen Meister hat.« Sie sah wieder Xamus an. »Du versuchst, das Unkontrollierbare zu kontrollieren. Und du wärst dafür fast verschlungen worden.«

Xamus fragte sich, ob Tietliana die letzte riesige Wolfsbestie so nahe an ihn hatte herankommen lassen, um ihm etwas zu beweisen.

Trotz der Einwände des Zwerges versuchte Oldavei es noch einmal mit mehr Bedacht und Konzentration, und es gelang ihm, die Wunden zu versorgen. Erst dann kümmerte er sich um seine eigenen.

»Doch während die Schlange keinen Meister hat«, führte Tietliana weiter aus, »hat die Wilde Jagd einen. Einen alten Bekannten, der von eurer Gegenwart hier und euren Fragen weiß. Augenscheinlich missbilligt er sie. Bewegt euch!«, befahl sie Torin und

Oldavei, während sie auf einen Platz schritt, der weiter vom Sanktorium entfernt war. Sie hob eine Hand. Ein dreißig Zentimeter langer Steinbrocken schwebte empor, flog zwischen dem Schamanen und dem Zwerg hindurch und ließ sich senkrecht auf dem Boden nieder. Zwei weitere kleine Trümmerteile schwebten von nahe gelegenen Haufen und sanken zur Erde. Tietliana wies auf einen rundlichen Brocken und sagte: »Das sind wir.« Sie deutete auf den zweiten Stein, der hoch war und eine schräge Fläche hatte. Ein Stück war in der oberen Mitte abgebrochen und hatte zwei hornartige Vorsprünge hinterlassen. »Da sind die Zwillingsklippen und hier«, sie gestikulierte in Richtung des dünnen, höheren Stücks, »liegt Gil'Galar. Die Unheilsspitze. Wo sich der Befehlshaber der Jagd aufhält. Dort gibt es auch weitere Antworten, falls ihr sie zu suchen gedenkt.«

Am Himmel verdeckte eine dunkle Wolkenbank die Sonne. Die Gruppe studierte die Steine schweigend, bis Torin sich zu Wort meldete. »Wo liegt Mitholm?«

Tietliana machte eine Geste. Ein felsiges Eckstück segelte herüber und landete westlich des Steins, der die Spitze darstellte. Torin stand gedankenverloren daneben.

»Du willst deine Ahnen besuchen«, sagte Tietliana.

»Ich habe Geschichten über die Gebirgsfeste gehört«, antwortete der Zwerg. »Wollte sie immer schon mal sehen. Außerdem zeigte mir die letzte Vision, die ich im Bärenhügel hatte, eine besondere Axt, die mit Mitholm verbunden und unter Zwergen legendär ist. Die sogenannte Axt der Herrschaft. Damals habe ich mir nicht viel dabei gedacht, weil ich dachte, es sei unmöglich, Mitholm je zu sehen oder zu erreichen. Aber nun sind wir hier.«

Die Abenteurer sahen einander an. »Wenn du die Axt gesehen hast, dann muss sie wichtig sein«, meinte Oldavei. »Trotz allem, was geschehen ist und wohin uns die Visionen auch führen mögen«, Oldavei sah Darylonde an, »sie dienen einem Zweck. Einem wichtigen. Das verstehe ich jetzt.« Er sah auf den Steinbrocken. »Wir könnten zuerst nach Mitholm gehen, dann zum Turm.«

»Es steht nirgends geschrieben, dass ihr mitkommen müsst«, erwiderte Torin und erntete mehrere strafende Blicke. Der Zwerg kniff ein Auge zu und grinste.

»Seid gewarnt«, warf Tietliana ein. »Die Zwerge scheren sich wenig um jene außerhalb ihres Berges. Ich werde nicht nach Mitholm mitkommen, aber unsere Wege könnten sich im Turm kreuzen, wenn ihr lange genug lebt, um ihn zu sehen. Nun versammelt euch alle.«

Die Gruppe, die nicht wusste, was auf sie zukommen würde, gehorchte und trat in der Mitte der steinernen Landkarte zusammen.

»Es ist schon lange her, dass ich so viel Unterhaltung hatte«, erklärte die Königin. »Umherziehen, sich der Gefahr stellen!« Sie lächelte zum ersten Mal, seit sie sie kennengelernt hatten, und sah Xamus bedeutungsschwanger an. »Lebt wohl, Mäuschen.«

Tietliana entfernte sich, machte eine große Geste, und wieder spürte der Elf, wie ihre Macht ihn überflutete. Er spürte auch, wie eine Energiewand zu allen Seiten emporschoss und Staubpartikel in die Luft trug. Außerhalb der unsichtbaren Barriere schimmerte die Welt und verzerrte sich, als betrachtete die Gruppe sie durch Wasser. Es gab einen Blitz, ein schwindelerregendes Gefühl der Verschiebung und ein schmerzhaftes Ziehen im Magen, das alle dazu veranlasste, das Gesicht zu verziehen und die Augen zu schließen.

Als sie sie wieder öffneten, war die Drow-Königin verschwunden, ebenso wie das Sanktorium und die gesamte Stadt.

65

Mitholm

Es wurde schnell klar, dass sie sich auf einem hoch gelegenen Stück Land befanden. Hier gab es Anzeichen von Leben: Buschwerk und spärliche Gräser wuchsen zwischen den Felsen und Steinen auf dem Lehmboden. In der Ferne sahen sie in allen Richtungen die Wipfel hoher Bäume.

Ein starker, kalter Wind zerzauste ihr Haar und kühlte ihre Haut. Der Himmel über ihnen war klar und blau.

Sie musterten ihre neue Umgebung ungläubig und stumm. Wilhelm fand als Erster seine Sprache wieder. »Sie hat uns verdammt noch mal ... verlegt. Versetzt.«

»Teleportation«, sagte Xamus, der zwar von dem Zauber gehört, ihn aber noch nie direkt erlebt hatte. Ein Gedanke kam ihm in den Sinn: »Hm, das ist es. So sind Eisenburg und seine Vollstrecker vor uns gelandet oder direkt hinter uns ... die Vettel. Sie hat sie teleportiert! Ich wette, das ist es.«

»Ja«, stimmte Oldavei ihm zu und betrachtete immer noch die Landschaft. »Das mag sein.«

»So etwas habe ich noch nie erlebt«, meinte Wilhelm. »Ich habe immer noch ein flaues Gefühl im Magen.«

Darylonde wirkte tief beunruhigt und schwieg.

Torin schritt eine kurze Steigung hinauf und schaute sich von einem Felsvorsprung aus um. »Ja, sie hat uns ganz gut verpflanzt ...« Die anderen folgten ihm. »Direkt vor die Tore Mitholms.«

Auf der anderen Seite einer schmalen Schlucht erblickten sie riesige Eisentore, die in einen Berghang eingelassen und mit kantigen Zwergenrunen verziert waren. An anderer Stelle hatte man grobe, festungsähnliche Teile aus der Oberfläche des Berges herausgearbeitet: Rondelle, Stützpfeiler und Scharwachtürme. Die Tore und einige Teile des Berges trugen alte Kampfnarben – fehlende Felsbrocken und Brandspuren. Hier und da lagen noch kleinere Bruchstücke von Belagerungsmaschinen auf dem Boden.

Die Gruppe kletterte hinunter und durchquerte das flache Tal bis zu einem breiten Stück steinigen Bodens, der zum Fuß der mächtigen Tore führte.

»Wie kommen wir hinein?«, fragte Oldavei.

Weit rechts, jenseits einer Ansammlung von Steinen, schoss eine riesige Dampfwolke in den Himmel.

»Davon habe ich gehört«, sagte Torin. »Als sie in den Berg zogen, hatten sie mit Lavaeruptionen zu kämpfen. Also haben sie die Seen abgedeckt und Magma und Dampf umgeleitet. Dort drüben muss ein Schlot sein.«

Der Wind drehte sich und Oldavei wittert mehrmals. »Da drüben ist noch mehr«, verkündete der Ma'ii dann.

Aller Augen richteten sich auf die Steine.

Darylonde legte einen Pfeil auf und rief: »Komm da raus!«

Eine kleine, gedrungene Gestalt tauchte auf. Sie trug einen Vollbart, der aber nicht lang oder geflochten war wie Torins. Das Haar war dunkel, ebenso wie die Haut, aber nicht sonnenverbrannt wie die Torins. Sie war mit etwas bedeckt, das wie Ruß aussah, genug, um jegliche Tätowierungen zu verbergen. Der Kleidungsstil der Gestalt ähnelte dem Torins, allerdings war ihr schmuddeliger Kilt rot, und sie trug eine abgenutzte Rüstung, größtenteils aus Leder mit metallenen Teilen, wie etwa die eisernen Armschienen. In der linken Hand hielt sie eine einschneidige Axt. Auf der rechten Schulter trug sie einen großen Sack.

»Ich wollte euch nur etwas genauer ansehen«, rief der junge Zwerg. »Wer zum Teufel seid ihr?«

»Reisende«, gab Oldavei zurück, als der Fremde die Felsen hinunterkletterte. Als er den Boden erreichte und einige Schritte näher kam, musterte er die Gruppe vorsichtig und betrachtete Torin mit größtem Interesse. Darylonde schätzte, dass der Zwerg keine unmittelbare Bedrohung darstellte, und er senkte den Bogen.

»He, du bist ja noch ein Kind«, bemerkte Torin.

»Du siehst auch nicht besonders alt aus«, antwortete der Junge. »Woher kommst du?«

»Aus dem Süden«, entgegnete Torin.

»Ich wusste gar nicht, dass es Zwerge in den Süden geschafft haben«, sagte der Junge. »Kroeger wird staunen.«

»Wer?«, fragte Torin.

»Kroeger ist unser Anführer«, entgegnete der junge Zwerg. »Ich bin Brakn. Was führt euch her?«

»Ich möchte mehr über mein Volk erfahren«, antwortete Torin.

Der Junge dachte nach. Sein Blick schweifte über die Waffen der Gruppe. »Ihr seid Kämpfer«, sagte er.

»Wir haben den einen oder anderen Kampf hinter uns«, warf Wilhelm ein.

»Nun, wir könnten Kämpfer gebrauchen«, fuhr Brakn fort. Er neigte den Kopf in Richtung der Tore. »Wollt ihr es von innen sehen?«

»Ja«, erwiderte Torin.

»Folgt mir«, sagte Brakn und kletterte den Weg zurück, den er gekommen war.

Die Gruppe tat, wie ihr geheißen, und stieg über die Felsbrocken zu einer hohen, feuchten, steinigen Fläche, auf der Flechten und Moos Risse füllten und dicke Kissen bildeten.

Torin holte den Jungen ein und fragte: »Gehen wir nicht durch die Tore?«

»Wir müssen uns hineinschleichen«, erklärte Brakn.

»Warum?«, fragte Torin.

»Weil ich mich rausschleichen musste«, gab Brakn zurück, als sei das völlig offensichtlich. Er war stehen geblieben und musterte ein großes Loch im Felsen, das einige Schritte entfernt war. »Niemand verlässt den Berg«, fügte er hinzu. »Jedenfalls ist es nicht gern gesehen.«

Die anderen Geächteten holten auf. Darylonde warf einen Blick in den Sack des Jungen und sah eine Sammlung von Tannenzapfen und Eicheln. Brakn bemerkte das Interesse des Wildniswahrers.

»Ich sammle sie«, sagt er. »Tausche sie. In den Bergen sind sie fast nicht zu finden. Die Eicheln mit den Kappen sind die seltensten.«

»Mm«, antwortete Darylonde.

»Jetzt müssen wir nur ein bisschen warten«, sagte Brakn.

»Wora…«, begann Wilhelm, als eine drei Meter durchmessende Dampfsäule aus dem Loch schoss und einige Sekunden lang in der Luft hing, bevor sie sich auflöste und sie mit einem feinen Nebel bedeckte.

»So«, meinte Brakn. »Jetzt können wir.«

Er führte sie zum Rand des Lochs, hielt sich am Felsen fest und setzte den Fuß hinein. »Die Sprossen werden warm sein, aber nicht allzu sehr«, sagte er, und die anderen bemerkten jetzt auch die metallenen Handgriffe und Fußstützen, die in die Öffnung geschraubt waren.

Sie stiegen mehrere Minuten lang hinab und kamen schließlich zu einem horizontalen Tunnelabschnitt, der, soweit sie das beurteilen konnten, tiefer in den Berg führte. Einige Schritte vom Ende der Sprossen entfernt, befand sich eine in die Wand eingelassene Eisentür mit Sichtluke und Handrad. Der feuchte Boden vibrierte.

»Wir sollten uns beeilen«, bemerkte Brakn und machte sich daran, das Handrad zu drehen.

Das Rütteln wurde immer stärker, während die besorgten Gruppenmitglieder in die dunklen Tiefen des Tunnels schauten. Ein leises Rumpeln drang an ihre Ohren und plötzlich schien Brakn viel zu lange zu brauchen.

»Können wir dir helfen?«, bot Torin an und behielt den Tunnel im Auge.

Ein schweres Scheppern ertönte. »Geschafft!«, rief Brakn und riss die dicke Tür auf.

Die Gruppe eilte hindurch, während der ganze Tunnel bebte. Brakn schloss die Tür hinter ihnen und hatte gerade begonnen, das innere Rad zu drehen, als das Grollen ohrenbetäubend wurde und ein Schwall Dampf vorbeischoss, der durch das Bullauge sichtbar war.

»Puh, das hätte uns mit Sicherheit gekocht«, grinste der Junge, während er sich weiter abmühte, bis mit einem erneuten klappernden Geräusch ein Bolzen einrastete. Er griff nach einer Kette, die an der Wand hing, und wickelte das freie Ende um das Rad. »Also dann, los geht's«, sagte er und hob eine Laterne hoch, die angezündet auf dem Tunnelboden stand.

Die Gruppe stellte fest, dass dieser Gang trocken war. Schon bald hörten sie ferne Geräusche: Scheppern, Klirren und Klappern und gelegentlich eine schwach widerhallende Stimme. Etwas weiter tauchte eine Öffnung auf, durch die ein Handlauf sichtbar war. Brakn gab ihnen ein Zeichen, stehen zu bleiben, stellte die Laterne ab und rannte voraus. Kurz vor der Tür beugte er sich über das Geländer, schaute in beide Richtungen und winkte ihnen mitzukommen.

Torin nahm die Laterne auf.

Sie gelangten zu einem Metallsteg, von dem aus sie einen weiten, schwach beleuchteten Durchgang sahen. Im Gegensatz zu den grob behauenen Wänden des Tunnels waren die Wände hier glatt und viele von ihnen waren mit Dreck und Ruß überzogen. Große Staubpartikel schwebten durch die übel nach verbrannten Zündhölzern riechende Luft. Über allem hing ein feiner rötlicher Dunst.

Brakn nahm Torin die Laterne aus der Hand und drängte sie in Richtung einer Treppe. In einiger Entfernung konnte die Gruppe vage die Innenseite der massiven Tore und die Formen der gigantischen Maschinen, die sie bedienten, ausmachen. Sie erreichten den Boden und durchquerten den weitläufigen Raum, vorbei an ungenutzten Geräten und großen, verlassenen mechanischen Konstrukten. Gegenüber den Toren führte die Halle tiefer in die Schatten. An den Wänden zu beiden Seiten verliefen Rohre. Einige schepperten und klapperten. Irgendwo zischte Dampf.

Schwache, fast körperlose Stimmen drangen durch die Finsternis.

Bis jetzt war Torin sehr ernüchtert. Die Geschichten, mit denen er aufgewachsen war, zeichneten ein ganz anderes Bild: eine geschäftige, lebendige Zwergengemeinschaft im Herzen des Berges, eine mächtige Festungsstadt. Was war denn das hier? Wo war die Pracht? Wo waren die Leute, die hier leben sollten?

Brakn führte sie an der Wand entlang zu einer Tür, eine weitere Treppe hinunter und schließlich in einen großen Raum. Es war vermutlich eine Maschinenwerkstatt, in der zwei kleine Laternen brannten. Schmutzige Werkzeuge und mechanische Teile stapelten sich an den Wänden und in den Ecken.

In der Mitte des Raumes war eine Handvoll Zwerge um einen Metalltisch versammelt, auf dem etwas lag, das wie ein Grundriss aussah. Sie waren ähnlich gekleidet wie Brakn und hatten die gleiche raue Haut. Einer von ihnen war jung, drei waren grauhaarig und einer, ein dunkelhaariger Zwerg mit kahlem Kopf, schien gerade das mittlere Alter überschritten zu haben. Große Augen und offene Münder begleiteten das Eintreten der Gruppe. Ein paar der Zwerge wichen zurück. Einer keuchte auf.

Brakn ging zu dem Tisch und deutete auf den kahlköpfigen Zwerg. »Das ist Kroeger«, sagte er zu den Reisenden.

»Wer zum Teufel sind die?«, fragte Kroeger mit düsterer, ungläubiger Stimme.

»Reisende aus dem Süden«, antwortete Oldavei.

»Ein Zwerg aus dem Süden!«, rief einer der Grauhaarigen.

»Dragrans Schar hat überlebt«, äußerte ein anderer alter Zwerg.

Das war ein Name, den Torin kannte, ein hoch angesehener, furchtloser Zwergenanführer, der sein Volk vor langer Zeit durch die Grenzgipfel geführt hatte.

»Deserteure«, knurrte ein anderer alter Zwerg, und Torin musste feststellen, dass er sowohl ungläubige als auch spöttische Blicke erntete.

»Du bist nach draußen gegangen«, warf Kroeger Brakn vor, »und hast Fremde in unser Haus gebracht.«

»Nein, ich habe Krieger mitgebracht«, argumentierte Brakn. »Also verdiene ich eindeutig eine Belohnung und keine Bestrafung.« Er grinste schief.

»Was wollt ihr?«, wandte sich Kroeger an Torin.

»Ich will etwas über meine Ahnen erfahren«, entgegnete der.

»Hm«, überlegte Kroeger und kratzte sich am Bart. Er schaute zu den anderen und etwas Unausgesprochenes ging zwischen ihnen vor. »Ich erzähle euch, was ihr wissen wollt«, verkündete Kroeger. »Aber diese Informationen haben ihren Preis.«

66

Die Abmachung

»Wie mein junger Freund schon sagte«, fuhr Kroeger fort, »brauchen wir dringend Krieger.«

Sie standen alle um den Metalltisch herum, wobei viele der Zwerge Torin immer noch unverhohlen anstarrten.

»Kazrak Ambossdorn«, sagte Kroeger. »Es ist nun fast ein Jahr her, dass er den Thron bestiegen, die alte Garde abgeschlachtet, unsere Ingenieure versklavt und die Tiefen überrannt hat. Jetzt regiert er vom Herzen des Berges aus, trunken von der Macht, ein Tyrann.«

»Wir tun hier in der Vorkammer unser Bestes, um die Dinge am Laufen zu halten«, warf eine Zwergin ein. »Aber unser Wissen und unsere Erfahrung sind begrenzt. Kazrak scheint es nicht weiter zu interessieren.«

»Könnt ihr ihn nicht absetzen?«, fragte Torin.

»Es gibt einen Widerstand«, antwortete Brakn stolz. »Kroeger führt ihn an.«

»Er macht aber nicht viel her«, klagte Kroeger. »Wir sind nur wenige und Kazrak beherrscht Feuermagie ebenso mühelos wie eine Axt. Er hat bereits eine ganze Reihe von Leuten getötet, die nach seinem Putsch rebelliert haben. Jene von uns, die übrig geblieben sind, schmieden im Geheimen Pläne.« In diesem Augenblick ertönte eine Dampfpfeife. Kroeger sah nachdenklich zur Tür hinaus. Er warf einen Blick auf seine Leute und traf eine Entscheidung. »Kommt«, befahl er und rollte die Pläne ein. »Es ist Essenszeit.«

An der Durchgangsstraße hielt Brakn Ausschau nach Anzeichen für ihre Unterdrücker, bevor er signalisierte, dass die Luft rein war. »Kazraks Schläger führen gerne ›Überraschungsinspektionen‹ durch«, erzählte der Jugendliche, während sie zu einer anderen Tür und eine Treppe hinuntergingen.

Der nächste Raum, den sie betraten, war eine große Halle, ein Ort, an dem Torin lärmende Zwerge erwartet hätte, die um einen riesigen Tisch versammelt sangen, schrien, lachten und feierten. Es gab aber keinen zentralen Tisch. Schmutzverkrustete Zwerge kauerten in Grüppchen an den Wänden und nahmen Brot, Suppe und Wasser zu sich. Bettzeug deutete darauf hin, dass dieser Raum vielen als Behelfsunterkunft diente.

Als sie die Reisenden – vor allem Torin – sahen, zeigten sich viele der Zwerge schockiert. Manche standen auf, einige kamen auf sie zu.

Kroeger hob eine Hand. »Esst auf«, befahl er. »Wir können später noch reden.«

Die Bewohner gehorchten, starrten Torin aber weiterhin unverhohlen an und murmelten untereinander. Gesprächsfetzen drangen an die Ohren der Gruppe: »Sind sie gekommen, um uns zu retten?«

»Rache ... die Rache ist hier!«

»Ich hatte schon beinahe nicht mehr daran geglaubt.«

»Der Dunkle macht mir Angst«, sagte ein Kind, und auch in den Augen der anderen sah Torin Furcht. Er verstand, dass er zwar mit diesen Zwergen verwandt, aber auch ein völliger Fremder war.

»Wir sind die Ausgestoßenen«, erklärte Kroeger und ging mit den Zwergen aus der Maschinenwerkstatt am Ende des Raumes entlang. Sie kamen an einem niedergeschlagen aussehenden Mann vorbei, dem die untere Hälfte seines linken Beins fehlte. »Kazrak verbannte die Kranken, die Jungen und Widerspenstigen, die Alten und Gebrechlichen, die Verletzten, oder wie in meinem Fall, diejenigen, die er einfach nicht ausstehen konnte.«

»Habt ihr Waffen?«, fragte Torin.

»Spitzhacken, Schaufeln, Rohre, Schraubenschlüssel und was wir sonst noch von dem, was wir hier haben, nutzen können«, antwortete Kroeger. »Alle echten Waffen hat man uns direkt nach dem Putsch genommen.«

»Es gab eine Axt, von der ich gehört habe«, fuhr Torin fort, während sie um eine weißhaarige Frau herumgingen, die zu schlafen schien. »Eine legendäre Waffe ...«

Kroeger warf Torin einen Seitenblick zu und vollendete: »Die Axt der Herrschaft.«

»Genau«, bestätigte Torin und verspürte einen Schauer der Erregung.

»Abhandengekommen«, sagte Kroeger schlicht. »Soweit wir wissen.«

Torins Hoffnungen schwanden. Sie näherten sich einem Tischchen am Ende des Raumes, auf dem ein dampfender Topf, ein Haufen Brot und mehrere Tassen standen. Dahinter stand ein korpulenter Zwerg, dem der linke Arm knapp unterhalb der Schulter fehlte, bereit, eine Schöpfkelle in den Topf zu tauchen.

»Zu Beginn eines jeden Tages«, erzählte Kroeger, »bringen uns Kazraks Wachen Verpflegung. Gerade so viel, dass wir durchhalten. Wir haben nicht viel, aber ihr könnt gerne meinen Anteil haben.«

Torin hob die Hand. »Wir haben alles, was wir brauchen«, antwortete er und sah die anderen Geächteten an, die nickten.

»Na gut«, meinte Kroeger. Der einarmige Zwerg füllte eine Schale mit Suppe und schob sie mit der Kelle über den Tisch. Der Anführer klemmte sich die Pläne unter den Arm und nahm die Schale zusammen mit einem Stück Brot, das er sich in den Mund steckte, und einem Wasserbecher entgegen. Die Geächteten gingen zur Seite, um den anderen Zwergen Platz zu machen.

Torin trat dicht an Kroeger heran. »Du sagtest, ihr schmiedet Pläne.«

»Mm«, entgegnete Kroeger mit vollem Mund. Er ging zu einem freien Platz auf dem Boden, stellte alles ab, zog die Pläne heraus und entrollte sie. Die Geächteten setzten sich im Kreis um ihn und betrachteten, was sie für einen Plan der Vorkammer hielten. Kroeger verschlang das Brot in zwei Bissen, während die anderen Zwerge aus der Werkstatt ihre Mahlzeiten erhielten und sich in der Nähe niederließen.

»Wir haben darüber nachgedacht, die Wachen anzugreifen«, begann der Anführer. »Aber selbst wenn wir sie besiegen könnten, bekämen wir es mit Kazraks Golems zu tun.«

»Golems?«, fragte Xamus.

»Eisengolems«, bestätigte Kroeger. »Furchtbare Maschinen unter der Kontrolle des Despoten. Spitzhacken und Schaufeln sind nutzlos gegen sie. Mein letzter Plan kreiste um das hier.« Er wies auf eine Reihe paralleler Linien auf dem Plan. »Ein alter, nicht mehr benutzter Tunnel aus den Anfängen des Bauvorhabens. Er ist ...«

»Ich habe ihn gefunden!«, verkündete Brakn von dort aus, wo er saß.

Kroeger nickte lobend. »Stimmt. Er ist auf Kazraks Seite – in den Tiefen – zugemauert. Ich dachte, wenn wir die Mauer durchbrechen und einige Ingenieure befreien könnten, wäre es vielleicht möglich, die Golems zu zerstören. Aber dann hätten wir es immer noch mit Kazrak zu tun. Eine scheinbar aussichtslose Situation. Jedoch ... mit erfahrenen Kriegern auf unserer Seite gibt es vielleicht, nur vielleicht, eine Chance auf Erfolg. Helft uns, und ich erzähle euch alles, was du über deine Ahnen wissen willst. Ich fürchte, das ist alles, was ich euch anbieten kann.«

Torin sah seine Freunde an.

Xamus sprach zuerst. »Das Wissen über die Zwerge, die Geschichte dieses Ortes, das ist alles miteinander verbunden. Ich bin einverstanden, wenn ihr es auch seid.«

Oldavei, der sich im Raum umgesehen hatte, sagte: »Diese Leute brauchen unsere Hilfe. Dann sollten sie sie auch bekommen.«

Als Nächster äußerte sich Wilhelm, ohne Kroeger aus den Augen zu lassen. »Ihr nennt euch Ausgestoßene. Das klingt für uns sehr vertraut. Ich sehe es wie Oldavei.« Er legte dem Ma'ii eine Hand auf die Schulter. »Wir müssen das Richtige tun.«

Alle sahen Darylonde erwartungsvoll an. »Ich weiß nicht, ob es klug ist, sich in solche Angelegenheiten einzumischen«, sagte der Wildniswahrer. Er beobachtete die Reaktion der anderen und fügte dann hinzu: »Aber ich sehe, dass ich damit in der Minderheit bin.«

Torin grinste Kroeger an. »Abgemacht.«

67

In die Tiefen

Für den Rest des Abends hielten die Reisenden in der großen Halle Hof, erzählten Geschichten und beantworteten Fragen, nicht nur über das Leben im Süden, sondern auch außerhalb der Festungsstadt im Allgemeinen. Die Geschichten fanden großen Anklang, da die Zwerge – abgesehen von neugierigen Jünglingen wie Brakn – sich seit Jahrhunderten nicht mehr vor die Tore gewagt hatten.

Torin erzählte alles, was er über die Durchquerung und die anschließende Gründung Rotklippes wusste, und die Zuhörer hingen gebannt an seinen Lippen. Trotzdem verspürte er ein gewisses Unbehagen bei der Vorstellung, dass er einer von ihnen und doch ein Außenseiter war. Von einigen der älteren Zwerge nahm er eine kaum verhüllte Feindseligkeit wahr, weil er ein Nachkomme jener war, die während der Katastrophe aus Mitholm »desertiert« waren.

Kurz darauf aßen und tranken die Geächteten von ihren eigenen Vorräten, während sie mit Kroeger und seinen führenden Rebellen zusammensaßen und einen Plan aushecken. Nachdem sie sich auf eine Strategie geeinigt hatten, verbrachten die Besucher eine unruhige Nacht in der gruftartigen Halle.

Kurz vor Beginn des neuen Tages erwachten sie. Zur Vorbereitung auf die Konfrontation bekam Torin einen alten Hammer, der normalerweise zum Einschlagen von Nägeln diente. Obgleich es sich um eine ungewohnte und unhandliche Waffe handelte, hatte der Zwerg wenig Zweifel, dass sie ihren Zweck erfüllen würde.

Zur vereinbarten Stunde gingen Wilhelm, Darylonde und Oldavei zusammen mit elf Zwergen, die in der Lage waren, improvisierte Waffen zu führen, die breite Durchgangsstraße entlang. Sie passierten stillgelegte Maschinen und alte, klappernde Rohre und näherten sich einer massiven Stahlbarriere – eine von vielen Feuertüren, die im Notfall die Ausbreitung eines Infernos verhindern sollten und die jetzt geschlossen waren, um die Ausgestoßenen von ihren Unterdrückern abzuschotten. Die Rebellen postierten sich vor der Tür und warteten auf die Wachen, die die Tagesrationen bringen würden.

Oldavei sprach ermutigende Worte zu den Zwergen, von denen einige offenkundig verängstigt waren. Er überlegte, ob er seine magischen Fähigkeiten einsetzen sollte, um ihr Vertrauen zu stärken, aber angesichts der Instabilität des allgegenwärtigen Auroboros hielt er es für das Sicherste, solche Methoden nur anzuwenden, wenn es unbedingt notwendig war.

Zwei Stockwerke tiefer betraten Torin, Xamus, Kroeger, Brakn und die übrigen körperlich gesunden Zwerge durch ein winziges Labyrinth von kurzen Gängen einen staubigen alten Tunnel. Kroeger, der eine riesige Rohrzange in der Hand hielt, ging neben Torin und direkt hinter Brakn, der eine dicke Eisenstange in der einen und eine Laterne in der anderen Hand hielt, um ihnen den Weg zu weisen.

Nach ein paar Minuten meinte Kroeger: »Wir haben einen längeren Spaziergang vor uns, also frag mich ruhig, was du wissen willst.«

Xamus, der dicht hinter ihnen ging, kam näher.

»Meine drängendsten Fragen«, sagte Torin, »betreffen die Entstehung Mitholms. Was hat die Zwerge dazu gebracht, sich im Berg einzuschließen? Und was führte zu dem Zerwürfnis und dazu, dass Dragran unsere Leute durch den Pass mitnahm?«

»Viele Fragen«, antwortete Kroeger. »Aber ich werde mein Bestes tun. Vor langer Zeit gab es die Elfen und die Drow. Zwei große Völker. Die Elfen und wir Zwerge kamen gut miteinander aus. Zwergenhände bauten die meisten ihrer Städte und Monumente. Die Zwerge arbeiteten auch für die Drow, aber der Unterschied war, dass die Drow auf alle »niederen Völker« herabsahen, auch auf uns. Für die Drow waren wir nichts. Weniger als nichts! Aber wie sich herausstellte, waren auch die Elfen nicht gut genug. Die Drow hatten sich in den Kopf gesetzt, das einzige einflussreiche Volk im Land zu sein. Sie überrumpelten die Elfen und hätten sie beinahe ausgerottet.« Bei diesen Worten drehte sich Torin um und sah Xamus an, dessen Mund eine dünne, gerade Linie bildete, weil er die Zähne zusammenbiss.

Kroeger fuhr fort: »Danach bauten die Drow Alash'eth, die Mitternachtsstadt. Sie verboten den Gebrauch der Magie für alle Nicht-Drow, und schließlich, als sie uns Zwerge nicht mehr für nützlich hielten, schickten sie Orks und Goblins, um uns auszumerzen. So begann ein Krieg, die sogenannte Belagerung unter Tage, ein blutiger und für unser Volk verheerender Konflikt. Die Zwerge kämpften tapfer, aber der Krieg war letztlich ein aussichtsloses Unterfangen, und so gruben unsere Vorfahren Tunnel bis hinter die Nordgrenzen. Auf dem Höhepunkt des Konflikts flohen sie und sprengten die Tunnel hinter sich.«

Kroeger musterte die handbehauenen Wände des Gangs. »Sie flohen in die Wildnis und kamen zu diesem Berg. Zuerst war es ein unbeständiger, gefährlicher Ort, anfällig für geothermische Ausbrüche, bis unsere Vorfahren die Lavapfützen abdeckten und das Magma und den Dampf ableiteten. Dann schufen sie den Rest dessen, wovon sie hofften, dass es ein dauerhaftes Zuhause sein würde. Mitholm.« Kroeger verstummte, als sie um eine Biegung des Gangs traten.

»Und die Katastrophe?«, hakte Torin nach.

Im Licht der Laternen kam ein vermauertes Gangende in Sicht. »Wir sind da«, verkündete Brakn, als sie vor einer Mauer aus Backsteinen und Mörtel zum Stehen kamen.

»Das muss warten«, antwortete Kroeger. »Du und deine Freunde, ihr werdet gleich alle Hände voll zu tun haben.«

Torin sah Xamus an, der nickte und einen Schritt zurücktrat. Der Zwerg hob den Hammer. »Gut, dann wollen wir mal«, sagte er und holte zu einem mächtigen Schlag aus.

Zwei Stockwerke höher verstummten Wilhelm und die anderen und machten sich bereit, als von der Feuertür ein schweres Schaben und Scheppern zu hören war. Ein letztes Klirren ertönte und Augenblicke später schwang die massive Barriere langsam und gleichmäßig auf.

Für einen kurzen Moment waren die zwanzig leicht gepanzerten Zwergenwachen auf der anderen Seite, die Säcke, Töpfe und Wasserkrüge trugen, vor Schreck wie erstarrt. Darylonde wählte den größten und stärksten und schoss ihm einen Pfeil in die

Kehle. Die verblüfften Unterdrücker ließen die Vorräte fallen und zogen ihre Äxte, als Wilhelm brüllte: »Lasst es uns verdammt noch mal tun!«, und mit Oldavei an seiner Seite zum Angriff überging.

Derart ermutigt stürmten die ausgestoßenen Zwerge vor, und ihre Kampfschreie fügten sich in das schallende Klirren von Stahl auf Stahl.

Zeitgleich gelang es auch Torin, Kroeger und Brakn, genug von der Mauer einzureißen, um ihrer Gruppe den Durchgang zu ermöglichen. Ein tiefes Klirren ertönte von oben, als sie die nahe gelegene Treppe nahmen und zwei Stockwerke hinaufrannten, um in einen weitläufigen Raum zu gelangen. Er wurde von Dampfentlüftungsrohren aller Größen gesäumt, die vertikal und horizontal verliefen und an denen Ketten unterschiedlicher Dicke von der hohen Decke hingen.

Die Gruppe registrierte kaum die Anwesenheit von Zwergen, von denen Torin annahm, dass es sich um Ingenieure handelte. Sie waren tiefer im Raum an den Knöcheln angekettet und arbeiteten an verschiedenen Maschinen. Das Hauptaugenmerk des Sturmtrupps hingegen war auf den Ursprung der klirrenden Geräusche gerichtet: sieben Eisengolems, die sich ihren Weg in Richtung des sich rasch entfaltenden Kampfes bahnten, der gerade außer Sichtweite der Feuertür stattfand. Die Golems hielten inne, als sie das Herannahen von Torin und den anderen bemerkten, und fuhren herum, um sich der Bedrohung zu stellen. Sie waren vage humanoid geformt, etwas größer als Xamus, aber dick und plump, aus rostigen Teilen gefertigt, mit kuppelförmigen Köpfen. Ihre zylindrischen Körper beherbergten Schmelzöfen, in denen hinter kleinen, vergitterten Fenstern Flammen loderten. Ihre langen Arme endeten in Stachelkeulen oder massiven, hackebeilartigen Klingen.

Xamus nutzte die Energien, die er in den Eingeweiden des Berges spürte, um die Flamme in der Brust des nächstgelegenen Golems zu löschen, in der Annahme, sie sei die Kraftquelle, die ihn belebte. Der erste Versuch des Elfen war erfolgreich: Die Flamme erlosch und binnen Sekunden fiel der auf sie einstürmende eiserne Feind flach aufs Gesicht. Xamus' zweiter Versuch ging nach hinten los: Anstatt zu erlöschen, schlugen die Flammen aus dem Inneren des Metalltorsos hervor. Der Golem wurde in Stücke gesprengt und tödliche Splitter flogen in alle Richtungen.

Wie durch ein Wunder blieb der größte Brocken im Rücken der nächstgelegenen Maschine stecken. Ein kleinerer, aber nicht minder tödlicher Splitter flog so dicht an Torin vorbei, dass er ihm den Streifen sandblonden Haars auf dem Kopf teilte.

Torin, der sich mitten im Angriff befand, kam durch die Wucht der Explosion vom Kurs ab. Trotzdem stürzte er sich auf den Golem mit dem Brocken im Rücken, der nun auf einem Bein balancierte und versuchte, wieder Tritt zu fassen. Der Zwerg holte aus und traf mit dem Hammerkopf die Innenseite des eisernen Knies seines Gegners. Der Hieb zerstörte das Gelenk und ließ den schweren Körper zu Boden stürzen.

Nachdem drei der arkanen Angreifer neutralisiert worden waren, brüllten Brakn, Kroeger und die übrigen Ausgestoßenen ihren Trotz heraus und stürzten sich in den Kampf.

Derweil war die Szene vor der Feuertür ein Tumult aus Blut und Schreien. Oldaveis und Wilhelms Krummsäbel hielten blutige Ernte, während Darylonde mit gefiederten Schäften Ziele durchbohrte, die sich ihm boten.

Die ausgestoßenen Zwerge schlugen sich wacker, nur einer von ihnen – der einarmige Rationsverteiler – erlitt einen tiefen Schnitt in der Bauchdecke, ein anderer ging durch einen Schlag auf den Kopf bewusstlos zu Boden.

Innerhalb weniger Atemzüge war der Boden rot gefärbt und mit den Leichen der Unterdrücker übersät. Oldavei nahm sich einen Augenblick Zeit für den einarmigen Zwerg und konzentrierte sich mit aller Kraft darauf, nur die heilenden Eigenschaften des instabilen Auroboros zum Tragen zu bringen, denn er fürchtete das Ergebnis, falls seine Bemühungen fehlschlagen sollten.

Glücklicherweise war dies nicht der Fall. Der einarmige Zwerg bedankte sich und schloss sich wieder den anderen an. Oldavei beschloss, sein Glück nicht zu sehr zu strapazieren. Er vergewisserte sich, dass das Herz des bewusstlosen Zwerges noch schlug, bevor er der Gruppe folgte, die sich nun weiter in die Tiefen bewegte, in Richtung der widerhallenden Kakofonie des Kampfes.

Die Auseinandersetzung mit den Golems hatte ein Rohrventil zerstört, sodass eine stetige Wolke aus heißem Dampf über den halben Boden ausströmte. Von den sieben Eisenkonstrukten waren nur noch zwei übrig. Torin hatte in seiner Raserei drei der Automaten im Alleingang ausgeschaltet, eine schockierende Darbietung für seine rebellischen Verwandten. Vor allem für die Ältesten unter ihnen war es eine überraschende, demütigende und aufschlussreiche Erfahrung, solche Tapferkeit und solchen Mut bei einem »niedrig geborenen« Zwerg zu sehen.

Als sich der Kampf dem Ende zuneigte, nutzte Xamus seine Fähigkeiten, um einen der Automaten zu übernehmen und ihn hinter zwei große Rohre zu zwingen, ehe er erneut versuchte, die Flamme des Golems zu löschen. Diesmal dehnte sich der Brand aus und wogte aus dem Brustfenster, während Feuerfäden aus den Gelenken und Nähten des Konstrukts hervortraten. Der Golem befreite sich von den Rohren und rannte in vollem Tempo auf Xamus zu, der immer verzweifelter versuchte, die Flammen mit Magie zu ersticken.

Der Elf hatte sich an die gegenüberliegende Wand gelehnt und wollte ausweichen, als Torin hereinstürmte, einen Urschrei ausstieß und die flammende Todesmaschine mit solcher Wucht mit der Breitseite seines Hammers traf, dass der Torso zerbrach und die Gliedmaßen abfielen.

Die ausgestoßenen Zwerge, zu denen sich nun auch ihre Gefährten von der Feuertür gesellten, stießen einen Jubelschrei aus und schlugen den letzten Golem in Stücke. Wilhelm umrundete die Dampfwolke und lächelte Xamus an. Dann weiteten sich die Augen des Barden und er sah über Xamus' Schulter. Ein furchtbares Fauchen ertönte und die gesamte Durchgangsstraße leuchtete auf. Wilhelm stürzte zur Seite, ebenso wie Torin und die meisten anderen. Die Übrigen, drei Zwerge, darunter auch der Einarmige, verschlang ein riesiger Feuerball – drei Viertel so breit wie der Gang selbst –, ehe er an feurigen Golemtrümmern vorbei durch den Dampf weiter den Gang hinunterraste, von der Position der Ingenieure in Richtung der Feuertür.

Aus den Tiefen des Gebirges dröhnte eine donnernde Stimme: »Wer von euch Wichsern will als Nächstes sterben?«

68
Kazrak

Die Rebellen hielten sich dicht an den Wänden, während sie vorwärtsstürmten, die Geächteten an der Spitze, dicht gefolgt von Kroeger und den meisten anderen ausgestoßenen Zwergen. Eine Gruppe unter der Führung Brakns blieb zurück, um die Ingenieure zu befreien.

Tiefer im Inneren des Berges erreichten die Rebellen eine riesige Schlucht, die ein drei Meter breiter Metallsteg überspannte, an dem auf beiden Seiten hüfthohe Geländer angebracht waren. Die Luft brannte, die Hitze war drückend und trug Funken in aufsteigenden Wellen über die ganze Schlucht, in der tief unten ein träger Magmastrom floss. Auf der Brücke stand ein Zwerg mit glühenden Augen und einem Gesicht, das von wilden, flackernden Flammen umrahmt war, die sowohl Haare als auch Bart bildeten. In der einen Hand hielt er eine zweischneidige Axt, deren Klingen von Feuer umhüllt waren, in der anderen einen juwelenbesetzten Ofenrost als Schild. Seine Rüstung bestand sowohl aus Leder als auch aus Platten mit massiven Panzerstacheln. Darunter trug er ein helles Gewand, das länger war als ein Kilt, mit Flammenakzenten entlang des Saums, der bis knapp zu den eisernen Beinschienen reichte.

Die Geächteten, die vorsichtig in die Straßenmitte traten, hatten nicht mit einer derartigen Erscheinung gerechnet. Bei dem Feuerzwerg handelte es sich eindeutig um ein sehr altes und mächtiges Wesen, das von den Kräften der Elemente berührt war.

»Ihr habt Hilfe geholt, was?«, grummelte Kazrak. »Habt Söldner angeheuert, um eure Schlacht zu schlagen, ihr verdammten Idioten – und ein desertierter Zwerg ist unter ihnen! Ihr kennt wirklich keinen Stolz. Aber egal! Wer von euch Schwachköpfen hat die Eier ...«

Torins Kriegsschrei unterbrach den Spott des Feuerzwerges, als er im Eiltempo losstürmte, auf den Steg sprang, den Hammerstiel mit beiden Händen packte und einen Überkopfschlag führte. Kazrak war von der Plötzlichkeit des Angriffs überrascht, fing sich aber schnell genug, um seinen Schild zu heben. Torins Hieb zerschmetterte den mittleren Edelstein und der Schmerz durchfuhr den Arm des Magiers bis zur Schulter.

Torin wich dem Hieb aus, mit dem Kazrak ihn enthaupten wollte, und antwortete mit einem Stoß des Stielknaufs seines Hammers, der den Feuermagier gegen die Stirn traf und ihn zwei Schritte zurücktaumeln ließ. Aus dieser Nähe spürte Torin die Hitze, die mehr von seinem Gegner als von der Lava weit unter ihnen ausging. Die lodernden Flammen in Haar und Bart trieben ihm den Schweiß auf die Haut und zwangen ihn, die Augen zusammenzukneifen, als Kazrak seine Axt in weitem Bogen auf ihn niedersausen ließ. Torin wich im letzten Augenblick zur Seite aus, sodass die feurige Klinge Funken auf dem Brückenboden schlug. Er trat seinem Gegner gegen das Handgelenk, wodurch Kazrak die Axt verlor. Der Magier schwang seinen Schild und stürzte sich auf ihn, wobei er Torin ans Geländer drängte und dann die Spitze des Schildes auf Torins Fuß niederkrachen ließ.

Torin brüllte vor Wut und lockerte absichtlich seinen Griff um den Hammerstiel, sodass der Kopf in seine Hand rutschen konnte. Er führte einen Hakenschlag um den Schild herum aus und traf mit dem Hammerkopf die ungeschützten Rippen unter Kazraks ausgestrecktem Arm, was dem Magier einen schmerzhaften Aufschrei entlockte. Kazrak riss den Schild weg und drehte sich, um sich seinem Widersacher wieder zuzuwenden. Torin wechselte den Hammerstiel in die linke Hand und rollte sich in die Mitte der Brücke, wobei er den Stiel der gefallenen Axt ergriff, deren Flammen inzwischen erloschen waren. Als er wieder auf den Beinen war, stürmte Torin vor und holte mit der Axt weit aus, sodass Kazrak gezwungen war, seinen Schild zu heben, aber es war lediglich eine Finte. Torin verzichtete auf den Schlag und holte von der anderen Seite mit dem Hammer aus.

Kazrak schnappte sich Torins Handgelenk. Die Hitze war fast unerträglich, als Torin in die Augen seines Gegners blickte und nur tiefe Feuergruben sah. Die behandschuhte Hand des Magiers glühte auf. Intensive Hitze versengte Torins Haut. Er trat den Schild beiseite, um Platz zu schaffen, dann holte er mit der Axt aus und schlug von oben zu, wobei er Kazraks rechten Arm am Ellbogen abtrennte.

Der Schrei des Magiers war ohrenbetäubend. Er stolperte zurück, warf den Schild beiseite, rannte dann zum Geländer, blickte hinunter und sprang. Torin hörte, wie die Stiefel seines Feindes auf Metall aufschlugen. Als er das Geländer erreichte und nach unten schaute, sah er eine weitere Brücke, die eine Ebene tiefer diagonal über die Schlucht führte. Kazraks linker Handschuh leuchtete hellrot, als der Magier die Hand auf seinen blutenden Stumpf presste und vor Schmerz schrie, während die Hitze seine Wunde kauterisierte. Dann rannte der Magier tiefer ins Herz des Berges, während Torin ihm hinterhersprang.

Obwohl der Aufprall Torins Knie nachgeben ließ, war er sofort wieder auf den Beinen und nahm die Verfolgung auf, wobei er schwach die Geräusche seiner Kameraden wahrnahm, die ebenfalls sprangen, dicht gefolgt von Kroeger.

Torin, der aufgrund seines verletzten Fußes hinkte, folgte dem Klang von Kazraks schweren Stiefeln durch ein Labyrinth von Stegen und Metalltreppen, vorbei an riesigen Zahnrädern und Ventilen, massiven Schwungrädern, rasselnden Rohren und bebenden Kesseln. Die Luft war so feucht, dass Torins Haar sich glatt an seinen Kopf legte. Die Kleidung der Gefährten klebte auf der Haut und jedes Einatmen brannte in den Nasenlöchern und in der Lunge.

Die ganze Zeit über drangen abgehackte Rufe Kazraks an ihre Ohren: »Ich brenne alles nieder und euch gleich mit!«, »Ich nehme euch alle mit!«, und: »Ersauft alle in den Feuerseen!«

»Was hat dieser Scheißkerl vor?«, rief Wilhelm.

Kroeger schob sich an Darylonde vorbei direkt hinter Torin und sagte: »Der verrückte Wichser will die Schlote schließen und die Magmakappen öffnen! Eine reicht schon, um eine Kettenreaktion auszulösen. Er könnte den ganzen verdammten Berg überfluten!«

Die Gruppe beschleunigte ihr Tempo und kam zu einer riesengroßen Kammer, in der ein Metalldeckel, der eine Fläche, so groß wie der Hain des Lichts in den Kannibushügeln, einnahm, ein gigantisches Lavagewässer abdeckte. Das unheimliche rote Glosen, das aus den Bullaugen des Deckels drang, tauchte die ganze Szene in ein infernalisches Licht.

Eine Metalltreppe führte diesseits des Deckels hinauf zu einem Steg, der sich über ihn erstreckte und mit einem senkrechten Steg auf der anderen Seite verbunden war. Der wiederum führte an einem massiven Hebel vorbei, der an einer Reihe riesiger Zahnräder an der Kammerwand befestigt war, und weiter zu einem Tunnel, von dem die Gruppe annahm, dass er zu weiteren Lavakappen führte. Entlüftungsrohre verliefen entlang der Begrenzungen des Raums in alle Richtungen.

Kazrak hatte den Steg zur anderen Seite schon überquert.

Torin rannte die Stufen hinauf, hielt aber abrupt inne, als der Feuerzwerg rief: »Bleib stehen!«, nachdem er den riesigen Hebel erreicht hatte und offenbar bereit war, ihn umzulegen. »Einen verdammten Schritt weiter, und ich ...«

Seine Drohung erstarb, als ein Pfeil Darylondes in eins seiner flammenden Augen drang und auf halber Höhe der Befiederung stecken blieb. Der Schaft fing Feuer, als die Hand des Magiers schlaff von dem Hebel fiel. Er stürzte erst gegen das Geländer, dann hinunter auf den Steg, und binnen weniger Augenblicke ging sein gesamter Körper in Flammen auf.

69

*Ein Zeichen der
Dankbarkeit*

Zum zweiten Mal innerhalb weniger Tage befanden sich die Geächteten in einem Thronsaal, diesmal in der königlichen Kammer des selbst gekrönten und nun abgesetzten Königs Kazrak.

Der leere, aus Stein gehauene Thron erhob sich auf einem Podest im hinteren Teil des großen Raums. Davor stand ein Tisch, wie ihn keiner der Gesetzlosen je gesehen hatte, beladen mit den Speisen und Getränken, die der zum Tode verurteilte Diktator zuvor gehortet hatte: Braten von Schweinen aus den königlichen Ställen und Honigmet aus der Hofbrauerei, von dem ein Fass in der Mitte des Tisches stand.

Torins Fuß fühlte sich gut an. Oldavei hatte nur geringe Anstrengungen unternehmen müssen, um ihn zu heilen. Der Zwerg nahm am Kopfende des Tisches Platz, mit dem Rücken zum Thron. Zu seiner Rechten saßen die anderen Geächteten, zu seiner Linken Kroeger und die Rebellen. Auf den restlichen Plätzen saßen dankbare Zwerge aus Mitholm, darunter auch die befreiten Ingenieure.

»Die Drow fielen den Orks und Goblins und einer dunklen Macht im Norden zum Opfer«, setzte Kroeger die Geschichtsstunde fort, die er im Stollen begonnen hatte. »Der sularische Glaube gewann an Bedeutung. Die Menschen erhoben sich als Herrschervolk. Schreckliche Kriege tobten – Gut gegen Böse, Licht gegen Dunkelheit. Aber den Legenden zufolge war es nicht immer so einfach, das eine vom anderen zu unterscheiden. In einer letzten Schlacht bei Auroch'Thiel kämpften Sularia und eine zusammengewürfelte Armee der rebellierenden Völker bis zum bitteren Ende, und beide blieben für immer geschwächt zurück. Das einfache Volk erlangte im ganzen Land wieder die Macht. Eine Zeit lang schien alles gut zu sein und dann ... verbreitete sich die Nachricht von einer schrecklichen Bedrohung aus dem Norden, einem magischen Sturm, der gewaltig genug war, die Welt zu zerstören. Panik breitete sich im Reich aus. Einige unseres Volkes, darunter auch der Zwergenrat, hielten es für das Beste, die Tore zu verschließen, andere wollten nach Süden fliehen. Am Ende war es Dragran, der fast ein Drittel der alten Klans wegführte und damit den ewigen Zorn des Rates und vieler anderer, die zurückblieben, auf sich zog.«

Torins Blick wanderte über den Tisch zu einigen der betagteren Zwerge. Jene, die ihn anfangs mit Abneigung betrachtet hatten, blickten ihn jetzt mit grimmigem Respekt an.

»Du hast uns etwas bewiesen«, sagte Kroeger zu Torin. »Uns allen. Dass es so etwas wie einen niedrig geborenen Zwerg nicht gibt.« Er hob seinen Becher. »Auf Freunde, auf Krieger, auf den Sieg!«

Jubelschreie erfüllten den Raum und die Becher leerten sich.

Brakn, der kurz zuvor gegangen war, kam mit einem großen, in ein Tuch gewickelten Gegenstand zurück. Kroeger zog Torin den Teller mit Schweinefleisch weg. Der verblüffte Geächtete griff seinen Becher, als Brakn den Gegenstand vor ihm auf den Tisch legte.

»Was ist das?«, fragte Torin.

»Sieh es dir an«, antwortete Kroeger, während Brakn sich wieder setzte.

Die anderen Reisenden schauten erwartungsvoll zu, wie Torin das Bündel nahm und es auspackte, um eine Axt zu enthüllen – die Waffe aus seiner Vision. Ein Kriegsbeil, das man nur mit einem Wort beschreiben konnte: atemberaubend. Es war wunderschön gearbeitet, von der ledernen Handschlaufe, dem kunstvollen Knauf und dem blauen Leder, das sich um den Griff wickelte, über die Metallverarbeitung und die azurblauen Edelsteine am Mittelsteg bis hin zu den beiden Köpfen, dem Hammer auf der einen und der Axtklinge auf der anderen Seite. Aus der Spitze ragte eine tödlich scharfe Stachelspitze heraus.

»Die Axt der Herrschaft«, flüsterte Torin ehrfürchtig.

»Verdammt«, fluchte Oldavei.

»Das nenne ich mal eine Axt«, fügte Wilhelm hinzu.

Xamus und Darylonde betrachteten die Waffe mit Anerkennung.

»Ich habe Geschichten gehört«, meinte Torin, »denen zufolge diese Axt einst Bronjar Gräberwolf gehört hat, Dragrans Mentor.«

»So ist es«, bestätigte Kroeger. »Als ich vorhin sagte, die Axt sei abhandengekommen, habe ich gelogen. Ich war mir über eure Absichten nicht im Klaren. Deshalb musste ich zuerst wissen, dass ihr uns aus den richtigen Gründen unterstützt. Inzwischen bin ich mir dessen sicher. Es heißt, die Ahnen hätten die Spitzhacken und Schaufeln, die sie benutzten, als sie sich den Weg in die Freiheit bahnten, eingeschmolzen und für die Herstellung der Axt verwendet. Sie steht für Charakterstärke, Trotz, Widerstandsfähigkeit und letztlich natürlich für Herrschaft.«

Torin hob die Axt und war erstaunt über die Präzision und die perfekte Ausgewogenheit. Sie fühlte sich mehr als angenehm in seinen Händen an – vertraut, wie ein geliebter Gegenstand, den er verloren und erst jetzt wiederentdeckt hatte.

»Sie gehört dir, wenn du sie willst. Zusammen mit dem …« Kroeger zeigte hinter Torin. Der Geächtete drehte sich um und erschrak, als er erkannte, dass der Anführer auf den Thron deutete. »Und mit der Krone, die dazugehört.«

Oldavei drehte sich um und spie einen Mundvoll Met aus. »König?«, fragte er Kroeger und wischte sich das Kinn ab. »Er?«

Torin lachte. Er überlegte zehn Sekunden lang und sagte dann: »Eher nicht.« Zögernd schob er Kroeger die Axt wieder zu. »Danke für das Angebot, aber ich war noch nie gut darin, lange an einem Ort zu bleiben. Ich wurde geboren, um zu wandern, nicht um in einem Berg eingesperrt zu sein. Nichts für ungut«, fügte er hinzu und schaute sich am Tisch um. »Außerdem habe ich das Gefühl«, er sah zu seinen Mitreisenden, »dass diese Halunken und ich noch nicht am Ende unserer gemeinsamen Reise angekommen sind.«

Kroegers Enttäuschung war nicht zu übersehen, genau wie die vieler anderer. »Es tut mir leid, das zu hören«, bekannte er. Trotzdem schob er Torin die Axt zu. »Du solltest sie dennoch annehmen. Als Zeichen unserer ewigen Dankbarkeit. Wir haben schon lange keinen Zwerg mehr gesehen, der so viel Mut bewiesen hat wie Bronjar. Keiner hier ist der Axt so würdig wie du.«

»Bist du dir sicher?«, vergewisserte sich Torin.

Kroeger sah mehrere der anderen Zwerge an und erwiderte, nachdem er keine Einwände gehört hatte: »*Wir* sind uns sicher.« Er hob seinen leeren Becher. »Jetzt her mit einem weiteren Fass!«

Einer der ergrauten Zwerge, die weiter unten am Tisch saßen, trug das leere Fass fort.

Torin nahm die Axt wieder in die Hand und fuhr mit dem Daumen über die Schneide.

»Wohin führen euch eure Reisen als Nächstes?«, fragte Kroeger.

»Zu einem Turm im Nordosten«, erwiderte Torin.

»Dort, wo der Zaubersturm seinen Ursprung hatte«, antwortete der Anführer.

»Es gibt noch mehr zu erfahren«, fügte Xamus hinzu. »Zu verstehen, was geschehen ist, ist vielleicht der einzige Weg zu verhindern, dass sich die Geschichte wiederholt.«

Sie sprachen weiter, bis der alte Zwerg ein neues Fass herangeschleppt hatte, woraufhin Kroeger Torins leeren Becher und seinen eigenen nahm und sagte: »Morgen geleite ich euch durch einen alten Tunnel, der in Richtung des Turms führt.« Er füllte beide Becher und brachte sie zurück. »Das sollte euch stundenlanges Bergsteigen ersparen. Doch bis dahin«, er stellte Torins nun vollen Becher zurück auf den Tisch und verschüttete dabei Met, »feiern wir!«

70
Gil'Galar

Bei Tagesanbruch folgten die Reisenden Kroeger durch einen lange nicht mehr genutzten Tunnel. Mehrere Stunden lang stapften sie im Schein von Kroegers Laterne, die ihren Weg erhellte. Nach einiger Zeit begann eine stetige Steigung, die ewig anzudauern schien, bis sie schließlich vor einer massiven, verrosteten Tür ankamen.

Kroeger zog einen uralten Schlüsselring aus seinem Gürtel und probierte mehrere Schlüssel aus, bis er einen fand, der den Riegel schließlich mit einem durchdringenden Kreischen zurückschnappen ließ. Die Tür schwang mit knarrenden Angeln auf und das Sonnenlicht blendete die Gruppe für einen Moment.

Einer nach dem anderen traten die Reisenden auf steiniges Gelände unweit eines niedrigen Bergrückens. Die Kälte war beißend und heftiger Wind wirbelte ihr Haar durcheinander. Torin wandte sich zu Kroeger um, der in der Tür stand und in eine Richtung deutete. »Einfach hier geradeaus«, sagte er. »Ihr könnt ihn kaum verfehlen.«

»Du könntest doch mitkommen«, schlug Torin vor. »Du musst nicht dein Leben lang eingesperrt bleiben.«

Kroeger schüttelte den Kopf. »Danke, aber danke, nein. Außerdem habe ich gehört, dass unser neuer Rat gestern Abend abgestimmt hat und ich derjenige bin, den sie auf den Thron setzen wollen.«

»Ich zweifle nicht daran, dass du ein guter König sein wirst«, erwiderte Torin.

»Leb wohl, Torin Blutstein«, verabschiedete sich Kroeger und legte die Rechte auf Torins linke Schulter.

Torin erwiderte die Geste. »Du auch, Kroeger Steinzorn.«

Die Reisenden entfernten sich, während die Tür sich knarrend hinter ihnen schloss.

Den Rest des Tages überwanden sie Gebirgspässe und zogen dabei durch immer dichter werdende Wälder. Die Nacht verbrachten sie in einem stillen, engen Tal, wo Wilhelm auf der Aethari spielte und seine Lieder weiterschrieb. Torin saß währenddessen schmunzelnd da, die Axt auf dem Schoß.

Als der Barde irgendwann aufhörte zu spielen, sagte Oldavei zu dem Zwerg: »Du siehst so glücklich aus, wie ich dich schon lange nicht mehr gesehen habe.«

Torin schwieg einen Augenblick, dann erwiderte er: »Dass ich im Süden geboren bin, weit weg von Mitholm, dass meine Eltern sich entschieden haben, über den Pass zu kommen, all das – ich schätze, das muss mich irgendwie gestört haben. Aber ich habe es nicht mal gemerkt. Mutter und Vater … ich kannte nicht einmal ihre Namen. Die wenigen anderen, die sie von der Reise in den Süden kannten, waren bei dem Angriff gefallen …« Oldavei nickte, der Schmerz stand Torin ins Gesicht geschrieben. »Aber wenn ich in die Berge gehe und Zwerge wie Kroeger, Brakn und die anderen sehe, bekomme ich eine Vorstellung davon, wie meine eigenen Leute gewesen sein müssen. In gewisser Weise glaube ich, sie jetzt besser zu kennen, und das gibt mir eine Art Frieden, von dem ich gar nicht wusste, dass ich ihn vermisst habe.«

Oldavei nickte lächelnd. »Gut. Ich bin froh, dass wir alle dabei waren.«

Etwas knackte im Feuer.

Wilhelm wandte sich an Darylonde: »Das war ein verdammt guter Schuss. Kazrak.«

Der Wildniswahrer starrte ins Feuer. »In diesem Moment«, antwortete er, »erinnerte ich mich mit vollkommener Klarheit an meine Aufgabe: andere zu schützen. Auch wenn meine Leute alle nicht mehr sind, bleibt diese Pflicht bestehen. Ich frage mich, ob ich vielleicht langsam wieder Halt finde.«

»Ich hoffe es«, antwortete Wilhelm. »Ein Schritt nach dem anderen. Nächster Schritt …«

»Der nächste Schritt ist der Turm«, warf Xamus ein. »Ich spüre ihn, seit wir den Tunnel verlassen haben. Ein Ziehen, fast wie eine magnetische Anziehungskraft.«

»Ich habe es auch gespürt«, gestand Wilhelm.
»Dito«, verkündete Torin.
»Ja, ich auch«, stimmte Oldavei zu.
»Als wüsste er, dass wir kommen«, sinnierte Darylonde und zog damit die Blicke der anderen auf sich.

Wilhelm spielte nicht länger und die Gruppe bettete sich zur Nachtruhe.

Stunden später erwachten sie durch den Lärm von etwas Gewaltigem, das in einiger Entfernung durch den Wald brach. Sie lauschten nervös auf die Geräusche des vorbeiziehenden Etwas, bis das Getrampel verklungen und das, was die Störung verursacht hatte, offenbar weitergezogen war.

Im Morgengrauen machten sie sich wieder auf den Weg. Gegen Mittag erreichten sie eine Bergkuppe und etwas, das auf den ersten Blick wie ein monumentaler Steinblock aussah. Bei näherer Betrachtung stellte es sich jedoch als Ruine einer alten Festung heraus, deren Außenmauern eingestürzt waren und die komplett von Bäumen, Reben und Gestrüpp überwuchert war.

Die Geächteten wanderten die erste Hälfte des Tages weiter und erreichten schließlich einen Gipfel, von dem aus man über ein tiefes Tal hinweg zu einem weiteren schauen konnte. Dieser war in einen Nebel gehüllt, wie ihn die Gruppe noch nie zuvor gesehen hatte. Er war vielfarbig, bestand hauptsächlich aus Violett-, Jade- und Zyan-Tönen und wurde von scharfzackigen Blitzen durchzogen. Durch den Dunst sahen sie in seiner Mitte den oberen Teil eines hohen, breiten Schattens, von dem sie annahmen, dass es sich um die Unheilsspitze handelte. Bei der Betrachtung spürten sie alle, wie sich ihr Atem und ihr Herzschlag beschleunigten und die Energien, die das Epizentrum der Macht des Auroboros umwirbelten, sie immer mehr anzogen.

Nach einer zweistündigen Kletterpartie erreichten sie einen Wald, der in einen seltsam gefärbten Nebel gehüllt war. Hier hörten sie gelegentlich unverständliches Geflüster, was Torin besonders beunruhigte.

»Scheißgeister«, sagte der Zwerg, der in alle Richtungen gleichzeitig zu schauen versuchte. Die Luft war wie aufgeladen und jeder von ihnen spürte eine Vibration in der Brust. Ein kaum wahrnehmbares Summen durchdrang die Umgebung.

Am Rande des Grates lag oberhalb der Baumgrenze ein weiter, flacher Landstrich. In der Mitte erhob sich unverkennbar der kolossale schwarze Turm Gil'Galar. Er ragte in den bunten Nebel hinein und verjüngte sich in der Nähe der Spitze, mit langen Ausläufern an den Zinnen, die nach außen und oben ragten und an klammernde Finger erinnerten. Zackige, unnatürliche Blitze umzuckten grell den Turm.

In einiger Entfernung von der Basis des Turms erkannte die Gruppe die Überreste von Gebäuden. Am bemerkenswertesten war aber die Tatsache, dass große Teile der Bauwerke sowie etwas, das wie Bruchstücke des Bodens selbst aussah, in der Luft schwebten und sich langsam drehten, nicht nur um ihre eigene Achse, sondern mit der Zeit auch um den Turm. Ein weiterer merkwürdiger Effekt war zu beobachten: Je länger ein Mitglied der Gruppe auf den Turm starrte, desto mehr schien dieser abwechselnd zu verschwimmen, sich zu verschieben oder zu schimmern, manchmal bis zu einem Punkt, an dem er fast durchsichtig wurde.

Das Vibrieren und Brummen, das die Geächteten im ganzen Leib spürten, nahm zu, je weiter sie vorwärtskamen, bis sich jedes einzelne Haar an ihrem Körper aufrichtete. Das Geflüster ohne erkennbaren Ursprung hielt an und schien aus dem Nebel selbst zu kommen, der sich nun verdunkelte, als wäre mit einem Mal die Nacht hereingebrochen. Wiederholt drangen Rufe an ihre Ohren, manche hallten in der Ferne, andere waren so nah, dass alle Augen auf die vermeintliche Quelle gerichtet waren, nur um festzustellen, dass dort niemand war. Torin brach der Schweiß aus, sein Herz hämmerte, sein Puls raste. Die Waffen hatten sie jederzeit griffbereit.

»Wo ist unsere Freundin, die Königin?«, fragte Wilhelm. »Ich vermute, es könnte nützlich sein, sie bei uns zu haben. Sie sagte doch, sie würde uns hier treffen, oder?«

»Sie sagte, dass unsere Wege sich hier kreuzen könnten«, korrigierte Torin. »Woher weiß sie überhaupt, dass wir hier sind?«

»Bei ihr überrascht mich rein gar nichts mehr«, erklärte Wilhelm.

»Vielleicht ist sie im Turm«, sagte Xamus.

Während sie sich durch die Ruinen am Rand drängten, bestaunten die Geächteten die schwebenden Massen. Obwohl viele von ihnen teilweise durch den Nebel verdeckt waren, schwebte eine von ihnen – ein Stück Erde von der Größe eines Hauses – so dicht über ihnen, dass sie einzelne Wurzeln erkennen konnten, die aus dem Boden ragten, ehe es weiterflog.

Das Geflüster und die Stimmen hörten nicht auf und bald entdeckten sie vertraute Schattengestalten. Die Wilde Jagd spähte zwischen den Ruinen hindurch zu ihnen herüber. Die Gruppe bereitete sich darauf vor, sich gegen einen ähnlichen Angriff wie in Torune zu verteidigen, aber es vergingen einige Atemzüge, ohne dass es dazu kam. Die dunklen Gestalten bewegten sich lediglich lautlos zwischen den Trümmern und glühende Augen beobachteten sie aus schattigen Nischen.

»Warum greifen sie nicht an?«, staunte Oldavei.

»Vielleicht hat ihr Meister es ihnen verboten«, erwiderte Xamus.

Sie lenkten ihre Schritte zum Fuße des gewaltigen Turms, während Darylonde nach einem Vorstoß der Schattenwesen Ausschau hielt. Achthundert Meter von der Unheilsspitze entfernt, bemerkten sie etwas, das zunächst wie ein Wassergraben aussah, doch als sie näher kamen, stellten die Reisenden fest, dass der Boden direkt um die Basis herum fast vollständig fehlte. Ein bodenloser, vierhundert Meter breiter Ring umgab den Fuß des Gebäudes. Der Rand des Abgrunds bestand aus einer zerklüfteten, gezackten Linie aus Torf und Stein. Nachdem sie sich dem Rand genähert hatten, sahen sie, dass der finstere Abgrund unergründlich tief war, und als sie hinüberspähten, bemerkten sie Klumpen von unterschiedlicher Größe, die sich innerhalb des Rings langsamer als mit Schrittgeschwindigkeit in einer kreisförmigen Bewegung um den Sockel bewegten. Der Turm selbst, der sich über eine große Entfernung in beide Richtungen erstreckte, schien aus monolithischen Steinen zu bestehen. Sie waren tiefschwarz, obwohl dies weniger der Färbung als der Tatsache geschuldet schien, dass sie Licht verschluckten, statt es zu reflektieren.

»Wie kommen wir da rüber?«, fragte Wilhelm, während es über ihren Köpfen blitzte.

Torin sah sich immer noch um, er rechnete jeden Augenblick damit, dass sich ein Geist aus dem Nebel materialisierte.

Wie als Antwort auf Wilhelms Frage kam zu ihrer Linken langsam eine Landzunge in Sicht, die innerhalb des Rings schwebte. Mit einer Breite von etwa drei Metern und einer flachen Oberseite nahm sie fast den gesamten Raum von der Außenseite der

Kluft bis zur Innenseite ein und bildete so quasi eine natürliche Brücke.

Die Gruppe beobachtete die Insel und wartete darauf, dass sie sich näherte.

»Na gut, wenn's sein muss!«, sagte Torin, rannte zum Rand, sprang über die Lücke und landete auf der schwebenden Brücke. Die anderen Geächteten folgten ihm schnell, einer nach dem anderen, und Darylonde sprang als Letzter. Nachdem alle den Sprung geschafft hatten, lächelten die Gruppenmitglieder zunächst, dann wurde ihnen bewusst, dass sie auf etwas standen, das offenbar allein durch arkane Magie in der Luft gehalten wurde. Sie machten noch ein paar zögerliche Schritte, liefen dann schnell über die gesamte schwebende Insel und sprangen erneut, diesmal auf den Landgürtel, der die Basis des Turms umgab.

Eine Arkade, die der des Kolosseums in Lietsin ähnelte, aber dreimal so groß war und einen ganz eigenen architektonischen Stil aufwies, erstreckte sich rings um den Fuß der Unheilsspitze. Die Gruppe huschte durch einen der Bogen zu einer Innenwand und sie liefen einige Augenblicke weiter, bevor sie zu einer breiten Öffnung kamen, die ins Erdgeschoss des Turms führte, wie die Geächteten annahmen. Gegenstände und Teile der Einrichtung – Möbel, Statuen, große Vasen, Säulen – schwebten und trieben in der Weite, die sich in alle Richtungen in die Finsternis erstreckte. Der nächstgelegene Orientierungspunkt war die Öffnung hinter ihnen, die den Blick auf den Abgrund und den Nebel freigab, doch beides schien sich schneller zu entfernen, als es ihre Gehgeschwindigkeit rechtfertigte. Je nach Perspektive schien sich der Abgrund sogar im Verhältnis zu ihrem Standort zu bewegen. Ein Blick nach oben gab keine weiteren Hinweise auf das Innere des Turms, sondern offenbarte nur schwebende Gegenstände und dunkle Schatten.

Hier überschnitten sich die Stimmen, und als die Geächteten versuchten, ihre Quelle aufzuspüren, erschienen auf allen Seiten nebulöse Lichtanomalien, die sich zunächst als schwebende Kugeln manifestierten und dann zu humanoiden Gestalten formten. Torin keuchte auf, als einige von ihnen näher kamen und die Form großer, an Todesalben gemahnende Monstrositäten mit Kapuzen und zerschlissenen, dunkel wallenden Gewändern annahmen. Die kreischenden Phantome griffen perfekt aufeinander abgestimmt an, und die Reisenden reagierten, ohne zu zögern. Skeletthände schlugen zu, und dort, wo diese Gliedmaßen in und durch die Körper der Geächteten drangen, bildete sich eiskalter Frost, der ihre Bewegungen verlangsamte und ihre Kräfte schwinden ließ. Obwohl sie größtenteils körperlos waren, konnte man die Gespenster mit Waffen verletzen, auch wenn es dazu wiederholter Hiebe und Schläge in schneller Folge bedurfte, gepaart mit wilder Entschlossenheit. Xamus kanalisierte die Schwingungen, die er in seinem Körper spürte, und hatte Erfolg. Er durchlöcherte zwei der Phantome mit arkaner Energie, was ein qualvolles Gebrüll auslöste, ehe sich die Geister ganz auflösten.

Torin hatte weniger Glück. Er hackte auf einen Todesalb ein, ließ aber zu, dass zwei andere ihn von beiden Seiten packten. Seine Sicht verschwamm, seine Bewegungen wurden träge, und er spürte, wie seine Lebensessenz schwand. Vage hörte er die Schreie Oldaveis und Wilhelms, die seine Angreifer bekämpften. Der Zwerg war auf den Boden gesunken, schwankte zwischen Bewusstsein und Bewusstlosigkeit und sah die Gesichter seiner Freunde über sich. Er hatte das Gefühl, in eine Art Nichts zu versinken, aber seine Gefährten, vor allem Oldavei, brachten ihn durch Worte und Handauflegen endlich wieder zu vollem Bewusstsein.

»Ich habe es schon einmal gesagt und werde es immer wieder sagen. Ich hasse Geister, verdammt noch mal!«, verkündete Torin, als die anderen ihm aufhalfen.

Nachdem die Todesalben verschwunden waren, schauten sich die Geächteten um und sahen nur noch schwebende Objekte. Die Öffnung, durch die sie den Turm betreten hatten, war verschwunden.

In diesem Moment hörten sie eine krächzende Stimme von oben rufen: »Gewöhnt euch besser an die Geister. Ihr werdet bald selbst welche sein.«

71

Bosheit

Die Geächteten hoben die Köpfe und sahen eine Gestalt herabsteigen. Langes, ungekämmtes weißes Haar verdeckte das Gesicht, ließ aber vermuten, dass der Neuankömmling ein Drow war. Die Gewänder – grünliches Lederwams, Lederhose, schwarz-violette Stola – waren zerlumpt, zerrissen, ausgefranst und ausgeblichen. Viele der Runenplatten an seiner Halskette waren beschädigt oder zerbrochen. Die Haut war durch etwas verdeckt, das wie graue Stoffstreifen aussah und einen ausgemergelten, gebeugten Körper bedeckte. In der Linken hielt der Fremde einen Stab. An der rechten Hüfte hing ein Langschwert.

Beim Anblick der Person war sich Torin nicht sicher, ob es sich um ein weiteres Gespenst handelte oder nicht. Trotzdem lief ihm ein Schauer über den Rücken.

»Es wurde auch Zeit, dass ihr kommt«, sagte die hagere Gestalt mit einer rauen Männerstimme, und ihre gestiefelten Füße berührten lautlos den Boden, woraufhin die Geächteten zurückwichen. »Wie ihr euch vielleicht denken könnt«, er breitete die Arme aus, »bekomme ich nicht oft Besuch.«

»Wer bist du?«, fragte Xamus.

»Was spielt das für eine Rolle?«, lautete die Gegenfrage des Drow. Sein Gesicht blieb durch das schüttere weiße Haar verschleiert.

»Bist du der Meister der Wilden Jagd?«, wollte Oldavei wissen.

»Ja!«, entgegnete der Drow, ein Schmunzeln in der Stimme.

»Bist du der Herr dieses Turms?«, erkundigte sich Wilhelm.

»Ihr seid ein ziemlich neugieriger Haufen, nicht wahr?«, grinste der Drow und trat einen Schritt vor. Die Geächteten wichen geschlossen zurück.

»Du hast den Sturm ausgelöst«, konstatierte Xamus.

»Ja!«, erwiderte der Fremde. »Der Auroboros. Deswegen seid ihr hier. So viele Fragen, doch was soll ich euch sagen, was nicht schon längst gesagt ist? Er ist eine urtümliche Kraft, älter als die Welt selbst. Unendlich wie das Universum.« Er hob den Stab. Sein oberes Ende leuchtete sanft, und ein durchscheinender, in warmem Blau aus sich selbst heraus leuchtender Drache erschien einige Schritte vor dem Zauberer. Der Drache ähnelte dem, der auf dem Fliesenmosaikboden unter Tanasrael und in dem Buch abgebildet war, das Xamus' Mentor ihm verboten hatte zu lesen. Er trieb durch die Luft, während die Reisenden vor ihm wegstolperten. »Er ist alles auf einmal« sagte der Fremde. »Leben, Verfall, Liebe, Verzweiflung, Energie und Entropie.« Der Drache wand sich, bildete eine Acht und verschlang seinen eigenen Schwanz. »Er ist in allem und jedem. Er ist ein perfektes Monster aus Energie und Zerstörung, und er wird sich noch durch die Schöpfung winden und schlängeln, lange nachdem diese Welt vergangen ist.«

Der Magier stand da und starrte wie gebannt die Schlange an.

»Ich hatte Freunde«, fuhr er fort. »Eine fröhliche Bande, nicht unähnlich der euren.« Seine Stimme wurde leiser. »Ich war ein großer Held. Xan'Gro.« Sein Tonfall hellte sich wieder auf. »Ein Name, der die Jahrhunderte überdauern würde! Meine Freunde ... Alrick, Jenhra, Robert, Bronja«, er sah zu Xamus, »und Galandil. Wir, wir alle bedienten uns der Macht der Weltenschlange.«

Xamus war wie vom Donner gerührt, als er Galandil erwähnte. Sein eigenes Blut war irgendwie mit diesem ganzen Wahnsinn verbunden, und jetzt, so viele Jahre später, schien es ein unmöglicher Zufall zu sein, dass ein direkter Nachfahre im Epizentrum des Geschehens stand, dort, wo alles begonnen hatte.

Die Illusion fraß sich weiter selbst, der Kopf bewegte sich in einer Schleife entlang des Körpers. Xan'Gro streckte die Hand aus und berührte den Schemen. »Wir haben den Auroboros angezapft und er hat uns verschlungen.«

»Mein Onkel ...«, sagte Xamus.

»Er hat sich gegen mich gewandt«, antwortete Xan'Gro. »Wie alle. Ich wollte nur die Welt retten. Tabula rasa, Neuanfang. Ich habe den Auroboros in seiner rohesten Form gegen die unwissenden Massen entfesselt.«

Der Kopf der Illusion löste sich und schoss mit aufgerissenem Maul nach vorn. Die Reisenden zogen ihre Waffen, aber das Abbild erwies sich als harmlos, wuchs zu einer gewaltigen Größe an und verblasste immer mehr, bis es schließlich ganz verschwand.

»Die Leute ... korrupt, fehlerhaft, unfähig, sich selbst zu regieren. Armselig. Sie schrien und flohen in Furcht. Der Auroboros fraß die Wirklichkeit und entschuf Land und Himmel. Es war, mit einem Wort, herrlich.« Xan'Gros Ton wurde finster. »Leider haben meine Freunde meine Vision nicht geteilt. Sie haben mir Vorwürfe gemacht! Mich angegriffen und verraten! Am meisten geschmerzt hat der Verrat meines lieben Freundes Galandil. Er war nicht damit zufrieden, mich einfach nur auszuschalten, sondern er gab sein eigenes Leben, um den Sturm umzukehren. Galandil hat die Weltenschlange gegen sich selbst gewandt. Er zwang die Energien, zu *erschaffen* statt zu zerstören, und hauchte der Nordwildnis neues Leben ein, indem er den Tieren Sprache und Bewusstsein verlieh. Lächerlich!« Xan'Gro hob sein Schwert und starrte auf die Klinge. »Es sollte eine Abrechnung geben, aber stattdessen durfte die Zivilisation ... die niederträchtige, absurde, dekadente Zivilisation ... weiter bestehen.«

Xamus wurde übel bei der Erkenntnis, dass die Rhetorik des Drow – von einer Abrechnung, der Wiederherstellung einer kaputten Welt, der Vernichtung der dekadenten Gesellschaft – dem Unsinn unheimlich ähnlich war, den Tikanen von sich gegeben hatte.

Xan'Gro wandte sich an Xamus. »Du bist in den Norden gekommen, um ein tieferes Verständnis des Auroboros zu erlangen.« Er brachte das sanft leuchtende Kopfstück seines Stabes in die Nähe seines Gesichts. Als er sein Haupt anhob, enthüllte er einige Stoffstreifen unter dem Haar, die um etwas gewickelt waren, das kaum mehr als ein Schädel zu sein schien. »Das ist der wahre Preis für die Macht der Schlange. Der völlige Ruin von Leib und Seele. Ich habe mein Bestes getan, um sie zu nutzen. Aber am Ende war ich es, der entschaffen wurde, gerettet nur durch meine eigene Voraussicht, durch Selbstverwandlung in den Lich, der jetzt vor euch steht, just im Augenblick meines Todes.« Der Drow feixte. »Wisst ihr, was witzig ist? Ich würde es jederzeit wieder tun. Die

Zunge der Schlange küssen. Ein solches Schicksal muss dich aber nicht erwarten. Weil du mich an sie erinnerst, an deinen Onkel«, er sah Xamus an, »werde ich dir diese Qual ersparen! Anstelle eines langsamen und schmerzhaften Ablebens werde ich dir die besondere Ehre erweisen, schnell durch meine Hand zu sterben.« Er zog das Schwert an seiner rechten Seite. »Ich gewähre dir ein Ende durch meine Klinge, Bosheit.« Die lange Klinge war vom Knauf bis zur Spitze ebenholzschwarz, mit einem Griff, der an die Beine einer Spinne erinnerte, und einem kleinen Schädel in der Mitte der Parierstange.

Torin ließ den Lich nicht ausreden. Der Zwerg stürmte vor, die Axt der Herrschaft zu einem tödlichen Hieb erhoben. Doch ehe er sein Ziel erreichen konnte, leuchtete der Kopf des Drow-Stabs heller auf, und eine unsichtbare Kraft hob Torin hoch und drehte ihn so, dass er parallel zum Boden schwebte, strampelte, um sich schlug und wie wild fluchte.

Xamus flüsterte etwas, gestikulierte und war bereit, einen Blitz zu schleudern, als plötzlich alle Geräusche verstummten. Die Sicht des Elfen war durch eine durchsichtige Barriere leicht verzerrt. Er streckte die Hand aus und ertastete das Hindernis, obwohl er es nicht sehen konnte, und musste feststellen, dass er in einer unsichtbaren Kugel gefangen war.

Wilhelm krümmte sich, umklammerte seinen Bauch und verspürte die stärksten Unterleibsschmerzen, die er je erlebt hatte. Er gab dem unwiderstehlichen Drang nach, sich zu erbrechen, öffnete den Mund weit und spie einen Schwarm winziger Insekten aus.

Oldavei stürmte vor, stolperte und fiel auf alle viere. Er machte eine erzwungene Verwandlung durch, erreichte aber die Gestalt zwischen Ma'ii und Kojote – die eines Hungernden. Dann verwandelte er sich wieder in einen Ma'ii, und der Vorgang wiederholte sich, eine schmerzhafte Tortur, die ihn sich am Boden winden ließ.

Darylonde spannte die Sehne und hob den Bogen, aber das Licht auf Xan'Gros Stab glomm so hell, dass alles schneeweiß schien. Dann erlosch der Glanz, wich undurchdringlicher Schwärze, und der Wildniswahrer erkannte plötzlich mit Schrecken, dass er blind war.

»Es ist bewundernswert, dass ihr euch für fähig genug haltet, mich herauszufordern«, sagte Xan'Gro und schien aufrichtig begeistert zu sein.

Xamus stellte fest, dass die unsichtbare Kugel um ihn herum immer kleiner wurde. Torin erhob sich in die Luft. Wilhelm fiel auf alle viere, wobei er immer noch einen Strom von Insekten hervorwürgte. Oldavei wälzte sich in seiner ständigen Verwandlung hin und her.

Der Drow fuhr fort: »So viel Spaß hatte ich schon lange nicht mehr.« Darylonde, der auf den Klang von Xan'Gros Stimme gewartet hatte, schoss einen Pfeil ab. Unbemerkt von ihm neigte Xan'Gro seinen Stab, und das Geschoss flog hoch in die Luft und blieb in einem schwebenden Stuhl stecken. »Aber hier endet euer Abenteuer«, schloss der Drow.

Er hob Stab und Schwert über seinen Kopf. Magische Energie breitete sich in Wellen aus.

Doch ehe er seinen letzten Angriff ausführen konnte, gab es einen plötzlichen Blitz, woraufhin eine knisternde dunkle Kugel aus arkaner Energie den Lich umhüllte.

Xan'Gro schrie auf und zuckte zurück. Torin ging mit dumpfem Aufprall zu Boden. Die Kugel um Xamus verschwand. Der Insektenschwarm aus Wilhelms Schlund endete und die in der Luft verbliebenen Käfer fielen tot zu Boden. Oldavei nahm seine Ma'ii-Gestalt an und hielt sie, um zu Atem zu kommen ... und Darylondes Sicht klärte sich. Sie sahen, wie Tietliana ein paar Schritte entfernt einige Meter über dem Boden schwebte, eine Hand ausgestreckt, die von derselben dunklen Energie umhüllt war, die Xan'Gro peinigte.

Ein Todesalb ähnlich dem, der die Gruppe zuvor angegriffen hatte, materialisierte sich und stürzte sich auf die Königin. Tietliana wandte dem Gespenst ihre Aufmerksamkeit lange genug zu, um es auszulöschen, aber das war die einzige Ablenkung, die Xan'Gro brauchte, um die Magie der Königin zu bannen. Gerade als die Geächteten den Angriff wieder aufnehmen wollten, erschienen weitere Todesalben und griffen die Königin an.

»Nicht sehr sportlich von dir, Base«, sagte der Lich.

»Wie tief du gefallen bist«, ätzte Tietliana. »Wie erbärmlich du bist!« Sie machte eine Geste, und die Dunkelheit um sie herum verdichtete sich zu einer riesigen Schattengestalt, die auf Xan'Gro zustürzte.

»Du hast kein Recht, über mich zu urteilen!«, spie Xan'Gro. Er neigte seinen Stab. Dunkle Tentakel tauchten aus dem Boden auf, wickelten sich um den schattenhaften Angreifer und zogen ihn nach unten und außer Sichtweite. »Du und der Rest, ihr krabbelt wie Kakerlaken in dunklen Ecken herum. Wir hätten Götter sein können!«

Die Geächteten setzten ihre Angriffe auf die Geister fort, während Tietliana beide Hände hob und erwiderte: »Du wärst ein armseliger Gott gewesen!«

Eine glühende Energiekugel von der Farbe eines Amethysts bildete sich über ihrem Kopf und raste auf Xan'Gro zu. Ein strahlend blauweißer Blitz schoss aus dem Stab des Lichs, durchbohrte das Geschoss der Königin, löste es auf und traf Tietliana mitten in die Brust. Sie schrie auf und sank auf die Knie.

Xamus, der gerade zwei Todesalben aufschlitzte, sah, wie Tietliana fiel. Er hörte, wie Xan'Gro rief: »Was, hast du geglaubt, was passiert, wenn du mich in meinem eigenen Allerheiligsten angreifst?« Xamus erkannte, dass der Lich recht hatte – dieser verstand den Auroboros eindeutig mehr als jeder von ihnen. Alle magischen Angriffe, die Xamus oder Tietliana gegen den Lich einsetzten, würden sich als vergeblich erweisen. Aber wenn er die Weltenschlange ganz kurz für einen Zauber anzapfte, den er noch nie ausprobiert hatte ...

Xan'Gro näherte sich Tietliana, die auf den Knien lag, eine Hand auf dem Boden, die andere an die Brust gepresst, bis auf wenige Schritte. Eine durchsichtige blaue Wellenlinie aus Licht zog sich vom Stab des Lichs bis zur Königin.

Xamus löschte den Todesalb vor sich aus, während sich ein weiterer näherte. Er schloss die Augen, flüsterte etwas, gestikulierte mit der freien Hand, spürte einen scharfen Schmerz in seinen Eingeweiden ... Dann öffnete er plötzlich die Augen und fand sich direkt hinter Xan'Gro wieder. Der Lich spürte es, aber zu spät. Xamus' Krummsäbel drang bereits in Xan'Gros Rücken, spießte sein von finsterer Magie korrumpiertes Herz auf, und die Spitze durchstieß seine Brust.

Für einen kurzen Augenblick blitzte in Xamus' Geist ein Bild aus einer anderen, weit zurückliegenden Zeit auf, von einem Elfen, der ihm sehr ähnlich sah, mit hellem Haar, schwarzer Lederbekleidung und Umhang. Es war Galandil, sein Onkel, der ein

Langschwert durch Xan'Gro trieb, bevor er sich in einen Lich verwandelt hatte – auch wenn er damals nicht weniger wahnsinnig wirkte.

So schnell, wie die Vision aufgetaucht war, war sie auch wieder verschwunden. Die Arme des Lichs sanken herab, und was von seinem verfluchten Körper übrig war, zerstob zu Asche. Stab und Schwert klapperten zu Boden.

Als die anderen Geächteten die letzten Todesalben beseitigt hatten, drehten sie sich um und sahen Xamus, der über Xan'Gros Überresten stand, und Tietliana, die immer noch auf den Knien lag und tief und schwer atmete. Sie rannten hinüber, Oldavei wollte Tietliana helfen, doch sie stieß ihn weg.

»Zurück!«, befahl sie, noch immer nach Atem ringend. »Das war lange überfällig. Vor langer Zeit habe ich Xan'Gro unterstützt, ihm bei seinen Bemühungen geholfen. Ich habe ihm geholfen, die Magie zu verstehen, die den Schlangensturm auslöste, ohne zu ahnen, dass er wahnsinnig genug sein würde, es zu versuchen.« Ihr Blick wanderte in weite Ferne. »All diese Todesopfer ... endlich ist nun ... mein Tribut fällig.« Die schwebenden Gegenstände in der Nähe wirbelten wie wild umher. Darylonde, der sich nach dem Ausgang umsah, nahm nur Finsternis wahr. »Bleibt dort«, befahl Tietliana und nickte mit dem Kopf in Richtung der freien Fläche neben ihr. Als sich die Geächteten versammelten, sahen sie, wie auf allen Seiten glühende Augenpaare aus den schwärzesten Schatten auftauchten – die Wilde Jagd.

»Du musst das nicht tun«, sagte Xamus, während Tietliana eine Faust ballte und eine Barriere um sie herum bildete. Ihre Mägen zogen sich zusammen. Immer mehr der roten Augen, Hunderte von ihnen, erschienen in der Finsternis.

»Das ist sehr lieb von dir, kleine Maus, aber mach dir keine Sorgen«, lächelte Tietliana. »Nun muss ich ruhen.«

Das Letzte, was die Geächteten sahen, ehe sie wegteleportierten, war der Ansturm der Wilden Jagd.

72
*Glaubens-
sprung*

Die Geächteten befanden sich in einem ausgedehnten, grasbewachsenen Tal. Hinter ihnen und auf der einen Seite erstreckte sich der Rand eines dichten Waldes, auf der anderen Seite schroffe Felsen und vor ihnen eine offene Weite, die zu bewaldeten Hängen, Vorhügeln und Bergen führte. Dort sahen sie einen flachen Gipfel, der von einem andersweltlichen Nebel umhüllt war und in dessen Mitte ein dunkler, fingerartiger Vorsprung lag, der im letzten Licht des Tages kaum zu erkennen war.

»Sie hat es wieder getan«, sagte Wilhelm und hielt sich den Bauch.

»Glaubst du, sie …«, begann Oldavei.

Xamus schüttelte den Kopf. »Sie hat es auf keinen Fall geschafft«, unterbrach er den Ma'ii.

»Sie wollte es auch gar nicht«, bemerkte Torin. Er drehte sich nach links, wo die Sonne hinter den Berggipfeln unterging. »Sie hat uns nach Süden gebracht«, stellte er fest. »Mindestens eine Tagesreise, wenn nicht mehr.«

»Wir sollten ein Lager aufschlagen«, regte Darylonde an.

Sie gingen nach Süden bis zur Baumgrenze, sammelten Holz und entfachten ein Feuer. Darylonde stand da und starrte schweigend auf die Klippe, die weniger als anderthalb Kilometer entfernt war, eine steinerne Masse, fast so hoch wie die höchsten Türme der Kathedrale der Heiligen Varina in Sargrad.

Die anderen Geächteten ließen sich nieder, aßen und tranken von ihrem Proviant. Wilhelm nahm seinen Hut ab und fuhr sich mit den Fingern durchs Haar, das gerade wieder anfing, seinen Kopf zu bedecken. »Ich hätte mir nie die verdammten Haare schneiden sollen«, brummte er, verstummte dann und machte sich daran, Texte zu schreiben.

»Tja«, schnaubte Torin. »Was nun?«

»Ich mache mir Sorgen«, gestand Xamus plötzlich. »Sorgen, dass Tikanen tun wird, was Xan'Gro versucht hat: die volle Macht des Auroboros entfesseln. Ich wüsste nicht, wer ihn daran hindern sollte.«

»Er kann sie gegen Eisenburg entfesseln, so viel er will«, erklärte Torin. »Gegen ihn und seine Vollstrecker. Erspart uns die Mühe, nach allem, was diese Wichser getan haben.«

»Wir haben auch vieles getan«, entgegnete Oldavei. »Du hast es selbst gesagt, ehe wir den Süden verlassen haben. Was Eisenburg in den Kannibushügeln getan hat, tat er unseretwegen.«

»Fangen wir nicht wieder damit an«, bat Torin mit einem kurzen Blick zu Wilhelm, der immer noch schrieb.

»Ich will damit nur sagen, dass wir vielleicht eine Verantwortung haben, vor allem mit unserem jetzigen Wissen, alles zu tun, um den Kult und Tikanen zu stoppen.«

»Was schlägst du vor?«, fragte Torin. »Zurückgehen? Wir sind aus einem bestimmten Grund gegangen.«

»Oldavei hat recht«, antwortete Xamus. »Ich weiß, dass ich gesagt habe, wir sollten das alles hinter uns lassen, aber wir haben jetzt ein besseres Verständnis der Lage. Wenn Tikanen die Macht des Auroboros nicht kontrollieren kann, löscht er möglicherweise alles Leben aus. Auch hier. Er könnte alles zerstören, was wir je gekannt haben. Nichts und niemand auf dieser Welt wäre dann sicher.«

»Was schlägst du vor?«, wiederholte Wilhelm Torins Frage, ohne aufzublicken.

»Wir können zumindest die Leute warnen«, meinte Oldavei. »Sie dazu bringen, zuzuhören, hinzusehen.«

Torin seufzte tief. »Ich würde gern sehen, wie all diese Drecksäcke bekommen, was sie verdienen. Die Kirche. Das System. Eisenburg ... auch Tikanens Sekte, weil sie uns eingesperrt und uns ein Jahr unseres Lebens genommen hat. Scheiß auf sie alle. Wenn der Plan beinhaltet, ein paar Schädel zu zertrümmern, dann hast du meine Aufmerksamkeit.«

»Ich stimme ihm zu«, meinte Wilhelm, während er weiterschrieb. »Nieder mit Tikanen. Er hat uns zu viel genommen. Das Maß ist voll.«

»Dann ist es also beschlossen«, sagte Xamus. »Wenn auch aus unterschiedlichen Gründen, wir sind uns einig, dass wir zurückgehen sollten.« Er sah den Wildniswahrer an. »Darylonde, hast du zugehört?«

»Die Unschuldigen verdienen unseren Schutz«, antwortete Darylonde, der immer noch auf die Klippe starrte.

»Also gut«, sagte Xamus. »Wir sind uns einig.«

Einige Minuten später kam Darylonde ans Feuer. Er und die anderen schwiegen, und es dauerte nicht lange, bis Müdigkeit sie überkam und sie einschliefen.

Als der Morgen graute, wachten sie auf, und Darylonde war fort.

»Ich frage mich, wo er hin ist«, meinte Oldavei.

»Wahrscheinlich folgt er nur dem Ruf der Natur«, sagte Wilhelm und rollte sein Bettzeug ein.

Torin feixte.

»Ich werde mich mal umsehen«, verkündete Oldavei. Da er sich daran erinnerte, dass der Wildniswahrer so lange auf die Klippe gestarrt hatte, ging der Ma'ii in diese Richtung. Abseits des Lagers nahm er die Gestalt eines Kojoten an. Als er sich dem Fuß der Klippe näherte und der Wind drehte, witterte er Darylonde. Als er den Kopf hob, konnte er gerade noch seine Gestalt ausmachen, die zwischen hohen Eschen und Tannen stand.

Statt sich um seinen Freund zu sorgen, begriff Oldavei sofort: Darylonde bereitete sich auf das druidische Ritual vor, das er vor langer Zeit mit ihm besprochen hatte, das Ritual, bei dem der Wildniswahrer einst seine Krallenhand erhalten hatte. Oldavei blieb stehen, lehnte sich zurück und stieß ein lang gezogenes, ermutigendes Heulen aus.

Darylonde stand oben auf der Klippe, sah nach unten und hielt einen Dolch des Kämpfenden Ordens in der rechten Hand, als er Oldaveis Ruf der Unterstützung vernahm. Er zweifelte nicht daran, dass sein Freund an ihn glaubte. Die wichtigste Frage war, ob er an sich selbst glaubte.

Die Antwort lautete schon seit vielen Jahren Nein. Seit seinem Scheitern im Krieg, den Todesopfern, den Teilen seiner selbst, die er unterwegs verloren hatte. Aber dann, vor ein paar Tagen, war da dieser Funke gewesen, dieser Reflex. Er hatte nicht gezögert, als sich die Gelegenheit bot, dem Feuerzwerg Kazrak ein Ende zu bereiten ... Er hatte seine Chance gewittert und sie genutzt. Diese eine Tat hatte ihn an seine Bestimmung erinnert, daran, dass sein wahrer Wert darin lag, jene zu schützen, die es brauchten, es verdienten. Aber um das in ausreichendem Maße tun zu können, musste er sich von seiner besten Seite zeigen, und das konnte er nicht, wenn er sich weiterhin in Selbstmitleid und Selbstvorwürfen suhlte. Wo er und die anderen von nun an hingehen würden, war kein Platz für Angst oder Zweifel, und er verstand jetzt, dass sein Versagen in der Vergangenheit nicht die Verheißung dessen zunichtemachen sollte, was er in der Zukunft erreichen könnte – das Gute, das er noch tun konnte, bevor sein eigenes Ende kam. Der Wildniswahrer musterte den Dolch.

Ja, das war die Frage: Glaubte er an sich selbst? Nach so langer Zeit spürte er endlich, dass die Antwort Ja lauten könnte.

Darylonde hob die rasiermesserscharfe Klinge und schnitt zuerst sein Haupthaar, dann den Bart, den er in den Minen von Galamok nicht gepflegt hatte. Die abgeschnittenen Haare warf er in den Wind. Als er fertig war, steckte er den Dolch in die Scheide und war froh, sich wieder ähnlich zu sehen. Dann blickte er über den Rand der Klippe.

Der Wildniswahrer wusste, dass er seinen unerschütterlichen Glauben unter Beweis stellen musste, wenn er wirklich wieder an sich glauben wollte. Und so stand er da und starrte hinunter, dem sicheren Tod entgegen.

»Ich habe keine Angst«, sprach er zum Himmel und dem Wind. »Auch ohne Flügel werde ich fliegen.«

Mit diesen Worten schloss Darylonde die Augen und sprang.

Einen Augenblick lang gab es nur den Wind in seinem Gesicht und die sich schnell nähernde Erde. Dann erklang ein ohrenbetäubendes Geräusch – ein hohes Kreischen und das donnernde Schlagen mächtiger Flügel, die ihn in einen wütenden Sturm hüllten. Sein Sinkflug verlangsamte sich, weil seine plötzlichen Begleiter die Luft aufwirbelten und ihn in der Luft hielten. Für einen Augenblick vernahm er die Stimme Arakalahs, der Königin der Adler, die ihm ihren Segen gab, und damit verschwanden alle Ängste und Zweifel. Darylonde war eins mit den mächtigen Greifvögeln, sein Geist schwebte in einem unbeschreiblichen Rausch. Tränen, hervorgerufen durch das Glück des Augenblicks, trübten seine Sicht.

Die Kraft des heftigen Windes, den seine geflügelten Geschwister erzeugten, trug Darylonde bis zum Boden, wo er sanft aufsetzte und sich bei der davonfliegenden Schar bedankte.

Oldavei, nun in Ma'ii-Gestalt, näherte sich und ihm wurde warm ums Herz, als er die Miene des Wildniswahrers sah, einen Gesichtsausdruck, den er noch nie bei ihm gesehen hatte: Frieden.

Der größte der Adler ließ sich auf dem Ast einer hohen Kiefer nieder. »Es freut mich, deinen Glauben bestätigt zu sehen«, sagte Arakalah zu Darylonde, der an sie herantrat.

»Ich ging so lange in die Irre«, erklärte Darylonde trübsinnig. »Aber jetzt sehe ich meinen Weg wieder klar. Danke für deine Weisheit und Führung.«

»Der Weg war all die Jahre da«, meinte Arakalah. »Du warst nur ein wenig davon abgekommen.«

Darylonde wandte sich an Oldavei. »Danke für deinen Beistand.«

»Jetzt müssen wir beide nicht mehr davonlaufen«, antwortete Oldavei.

In diesem Moment näherten sich die anderen Geächteten mit ihrem Gepäck.

»Da seid ihr ja«, freute sich Wilhelm und sah Arakalah an. »Alles in Ordnung?«

»Es ging mir nie besser«, entgegnete Darylonde und tauschte einen Blick mit dem grinsenden Oldavei.

»Dann betrübt es mich, die Überbringerin schlechter Nachrichten zu sein«, teilte eine weibliche Stimme mit. Die Steinadlerin, mit der sich Darylonde bei seinem ersten Treffen mit der Königin angefreundet hatte, landete einen Zweig entfernt von Arakalah.

»Kenna, was ist los?«, fragte Arakalah.

»Eine Flut von Dunkelheit kommt von den nördlichen Bergen herab«, erwiderte die Adlerin. »Schattenbestien, mehr als tausend, sind auf dem Weg hierher.«

»Wie lange noch?«, erkundigte sich Darylonde.

»Höchstens einen Tag«, antwortete Kenna.

Oldavei tauschte mit den anderen ahnungsvolle Blicke aus. Xan'Gros nun wütende und herrenlose Schoßhündchen liefen Amok. Die Wilde Jagd war auf Rache aus und auf ihrer Suche nach Beute bereit, alles zu zerstören, was sich ihr in den Weg stellte.

»Wir müssen uns vorbereiten«, sagte Darylonde.

73
Der dräuende Sturm

Die Wiedersehensfreude zwischen den Geächteten und den Tieren der Tausend Quellen war nur von kurzer Dauer. Das Gespräch drehte sich schnell um die Vorbereitungen auf die heranstürmende Flut der Wilden Jagd.

Die Reisenden standen auf der Waldlichtung, auf der sie die Hüterin Asteria und ihre männlichen Einhorngefährten zum ersten Mal getroffen hatten, und erhielten von Kenna einen ausführlichen Bericht über die Bedrohung. Die Steinadlerin sprach von einem Platz in der Nähe von Arakalah, am Rand des steinernen Beckens, während das Sonnenlicht auf dem unberührten Wasser hinter ihnen glitzerte.

Nachdem sie die Warnung bis zum Ende angehört hatte, ordnete Asteria an: »Ich will Späher und ständige Statusberichte.«

»Meine Adler werden das übernehmen«, erbot sich Arakalah. »Kenna ...«

»Ich werde ständig wechselnde Patrouillen organisieren«, antwortete die Adlerin und flog los.

»Das ist unsere Schuld«, sagte Darylonde.

»Er hat recht«, gab Wilhelm zu. »Wenn wir nicht herumgeschnüffelt hätten, wenn wir diesen Drow oder Lich oder was auch immer er war, nicht vernichtet hätten ...«

»Die Schattenwölfe sind schon lange eine Bedrohung für unsere Art«, wandte Asteria ein. »Ihre Angriffe waren zwar selten und kurz, aber ich habe immer vermutet, dass sie eines Tages in größerer Zahl auftauchen könnten.«

»Doch nicht alle auf einmal«, warf einer der Hengste ein. »Über tausend, während wir nur ein paar Hundert sind ...«

»Ich will euch unterstützen«, sagte Darylonde.

»Das wollen wir alle«, fügte Torin hinzu.

»Ich weiß das zu schätzen«, versicherte Asteria ihnen. Sie trat zu Xamus. »Hast du die Antworten gefunden, die du gesucht hast?«

»Wir haben viel gelernt«, erwiderte der Elf.

»Gedenkt ihr, dieses Wissen hier zu nutzen?«, fragte Asteria.

Xamus sah die anderen an. »Je nachdem, wie schlimm es wird und wie viele es sind, könnte das unvermeidbar sein«, entgegnete der Elf.

»Wir brauchen sie nicht«, sagte der zweite Hengst.

»Bitte«, flehte Darylonde. »Ich habe Erfahrung in der Kriegsführung, in der Organisation von Verteidigungsmaßnahmen. Was auf euch zukommt, übersteigt wahrscheinlich alles, was ihr je erlebt habt, aber wenn wir es richtig machen, müsst ihr die Wilde Jagd nie wieder fürchten.«

Asteria lächelte und wandte sich an Froedric. »Was sagst du?«

Die braunen Augen des Bären weiteten sich in erkennbarer Überraschung darüber, dass sie ihn nach seiner Meinung fragte. »Die Zweibeiner genießen mein Vertrauen«, verkündete er feierlich.

Dann wandte sich Asteria an die Adlerkönigin. »Arakalah?«

»Darylonde wird uns den richtigen Weg weisen«, erwiderte die Königin. »Daran habe ich keinen Zweifel.«

»Euer Vertrauen beschämt mich«, antwortete der Wildniswahrer und sah dann Asteria eindringlich an. »Aber es ist nicht unangebracht. Ich werde euch beschützen und euch und euresgleichen beibringen, wie ihr euch selbst schützen könnt, wenn ihr mich lasst.«

Nach kurzem Zögern entschied Asteria: »So sei es.«

»Asteria …«, protestierte einer der Hengste, doch sie schnitt ihm das Wort ab.

»Ich habe entschieden, Bolden«, verkündete sie. Dann sah sie von Xamus zu Darylonde. »Lasst es mich nicht bereuen.«

Von da an überwachte Darylonde die Vorbereitungen zur Verteidigung. Die Tiere arbeiteten schnell, aber effizient, um das Tageslicht optimal zu nutzen. Die Berichte der Adlerpatrouillen trafen stündlich ein. Darylonde inspizierte die Belagerungsausrüstung und wählte eine Handvoll Ballisten, Mangonel und eine

Steinschleuder aus, die am wenigsten beschädigt waren. Nachdem das Blattwerk, das die alten Maschinen bedeckt hatte, weggeschnitten war, leitete Darylonde die Geächteten an, sie kampfbereit zu machen. Einen der umgestürzten Belagerungstürme machten sie ebenfalls wieder funktionstüchtig, richteten ihn zu seiner ursprünglichen Höhe von drei Stockwerken auf und verlegten ihn in die südöstliche Ecke der Wiesen.

Zur gleichen Zeit errichteten die Tiere Bollwerke an strategischen Stellen im dichten Wald östlich und westlich des offenen Geländes. In vielen Fällen, wie etwa im Osten mit seinen sanften Hügeln und rauschenden Wasserfällen, bestanden die Hindernisse, die Bären, Maulwürfe und Biber gemeinsam errichteten, aus einer Mischung aus Steinen, Erde und Holz. Im Westen, in den Freiräumen zwischen den hoch aufragenden Baumstämmen, schleppten Bisons die hölzernen Überreste von Belagerungsmaschinen herbei. Daraus errichteten sie dann Barrikaden, die von hinten mit Erde und Bruchholz befestigt wurden. Vom nördlichsten Ende des Feldes ragten die Wälle in einem Winkel von fünfundsiebzig Grad auf beiden Seiten nach außen, um einen Trichter zu bilden. Obwohl die Bestien zweifellos in der Lage sein würden, die behelfsmäßigen Mauern zu überwinden, hoffte Darylonde, dass der Anblick und die Stärke der Barrieren ausreichen würden, um ihren Angriff auf das Schlachtfeld zu lenken und sie daran zu hindern, den Verteidigern in die Flanke zu fallen.

Den ganzen Tag über erteilte Darylonde den Tiergruppen Anweisungen zur bevorstehenden Schlacht, zur Verteidigungsstrategie und zu seinen Erwartungen, damit die Rollen jeder Einheit klar waren. Im schwindenden Licht brachten sie die Belagerungsmaschinerie am südlichen Rand der Weide mit Blick auf die Quellen in Stellung. Dem letzten Adlerbericht zufolge war die marodierende Meute noch Stunden entfernt. Asteria versammelte alle empfindungsfähigen Wesen vor der Maschinerie, und Darylonde, der auf dem Sockel einer Mangonel stand, rief: »Entweder heute Nacht oder im Morgengrauen wird der Feind über uns herfallen. Das wird eine harte Prüfung für uns alle. Nicht jeder wird überleben ... aber wisset: Falls ihr sterbt, sorgt euer Opfer dafür, dass andere weiterleben können und die Jungen die Chance haben, an diesem wunderbaren und heiligen Ort alt zu werden. Ich bin ein Fremder, aber ich werde mein Blut, meinen Schweiß und meinen letzten Atemzug dafür geben, dass dies geschehen kann. Das gilt auch für meine Freunde. Keiner von uns kann allein Berge versetzen, aber gemeinsam ... glaube ich, dass wir das Unmögliche schaffen werden.«

Damit endete Darylonde und die Tiere zerstreuten sich. Asteria nickte kurz und ging davon.

Bevor der Wildniswahrer von der Mangonel wegtrat, kam Arakalah und landete auf dem Holzgestell. »Gute Rede«, lobte sie.

Darylonde verbeugte sich. »Danke, Königin.«

»Tu uns allen einen Gefallen und lass dich nicht umbringen«, antwortete Arakalah, bevor sie sich in die Lüfte erhob.

Darylonde stieg von der Belagerungsmaschine und trat auf die Geächteten zu. »Ihr kennt alle eure Plätze«, sagte er.

»Ja«, bestätigte Wilhelm.

»Gut.« Der Wildniswahrer nickte und gab jedem von ihnen einen Klaps auf die Schulter.

»Wir sehen uns auf der anderen Seite«, meinte Xamus.

»Genau«, erwiderte Darylonde. Dann begab er sich zum Belagerungsturm und stieg die Leiter hinauf.

Wilhelm nahm seinen Platz neben einer Mangonel ein und sah zu Froedric hinüber, der auf der gegenüberliegenden Seite wartete. »Bereit, einem Schattenwolf in den Arsch zu treten, Bär?«

»Bereit, Mensch.«

Wilhelm hörte das Lächeln in der Stimme seines Freundes.

Feuer und Fackeln loderten auf. Die Geächteten und die Tiere kauerten sich zusammen, beobachteten und warteten.

Eine Stunde später sahen sie die ersten Wolken.

74

*Die Schlacht
der Tausend Quellen*

Die Verteidiger schliefen während der langen Nacht nur kurz, einige von ihnen gar nicht.

Der Regen, der kurz nach Mitternacht als leichtes Nieseln begonnen hatte, steigerte sich zu einem Wolkenbruch, der die Flammen der Fackeln und des Lagerfeuers löschte und die unzähligen kleinen Senken auf dem Feld zu matschigen Pfützen werden ließ. Blitze erhellten die Szenerie, gefolgt von Donner.

Obwohl sich der Himmel inzwischen aufgehellt hatte, verbreiteten pechschwarze Gewitterwolken weiterhin eine düstere Stimmung, als die ersten Schattenwölfe auf das Feld stürmten, deren Ankunft der letzte Bericht der Adler eine halbe Stunde zuvor angekündigt hatte.

Torin, Xamus und Wilhelm standen bei den ihnen zugewiesenen Belagerungsmaschinen. Vor ihnen warteten Reihen von Verteidigern, alle bis auf die Knochen durchnässt. Hinter den Belagerungsmaschinen auf einer niedrigen Anhöhe beobachtete Asteria, flankiert von den Einhornhengsten, die in nervöser Erwartung mit den Zähnen knirschten, die Ankunft des Feindes. Am Himmel flogen Hunderte von Greifvögeln wie ein lebendiger Wirbelsturm. Sie kreisten flatternd, kreischten und bereiteten sich auf den Angriff vor.

Die etwa dreißig Schattenbestien stürmten über das Feld und die wildesten der Beschützer – die Dachse, Vielfraße, Dschungelkatzen und Wildschweine – konnten sich nur mit Mühe beherrschen, ihnen nicht entgegenzustürmen. Aber Darylondes Befehle waren unmissverständlich gewesen, und sie warteten, bis der Feind weniger als fünf Schritte entfernt war.

Dann kam noch mehr von Darylondes Strategie ins Spiel, denn er hatte die Tiere angewiesen, sich nicht auf ihr Sehvermögen, sondern auf ihre Sinne zu verlassen, auf ihren wilden Instinkt, um ihre Reißzähne und Krallen zu lenken. Die Angreifer, so hatte er sie informiert, konnten ihnen erst Wunden zufügen, wenn sie stofflich wurden. Bis dahin konnten sie jedoch zwischen fester Form und Dunst wechseln, sich auflösen und sofort wieder auftauchen.

Die Tiere hatten zugehört und nun gehorchten sie. Sie warteten wie gespannte Federn, und im letzten Moment, bevor sich die Zähne des Feindes um ihre Halsschlagadern schlossen, schossen sie vor und rissen ihre Gegner in Stücke. In kürzester Zeit war die Vorhut dezimiert, mit nur einem Opfer aufseiten der Beschützer.

Die Freude darüber währte jedoch nur kurz, denn der Großteil der Wilden Jagd stürmte auf den nördlichen Teil des Feldes. Die schwarze Flut wogte heran, eine große, schreckliche Masse aus Dunkelheit und Tod, deren Ende nicht abzusehen war. Die meisten der Bestien bewegten sich durch oder um Lagerfeuer herum oder über Tümpel hinweg, einige stürzten die letzten noch brennenden Fackeln um und liefen durch die seichteren Quellen.

Darylonde lehnte sich über die Mauer des Belagerungsturms und rief: »Bereit machen!«

Wilhelm ergriff das Abzugsseil der Mangonel, neben der er stand. Xamus packte seines und trat zur Seite, bereit zum Ziehen. Hinter ihnen hielt Torin das deutlich längere Seil der Steinschleuder.

»Macht euch bereit!«, rief auch Arakalah ihren Vogelkameraden zu, wobei sie die Belagerungswaffen genau im Auge behielt.

Darylonde hielt eine Hand über die Seitenwand des Belagerungsturms und beobachtete das Feld. Blitze zuckten. Donner krachte. Der Wildniswahrer senkte die Hand und schrie: »Schießt!«

Wilhelm, Xamus und Torin zogen an ihren Seilen. Die Spannung löste sich, die kräftigen Arme der Mangonel schnappten hoch und schleuderten zweihundertpfündige Steinblöcke in den hämmernden Regen. Gleichzeitig schwang das Gegengewicht der Steinschleuder nach unten, der Arm schnellte nach oben und wuchtete einen dreihundert Pfund schweren Felsbrocken aus seiner Schlinge.

»Jetzt!«, brüllte Arakalah.

Die gigantischen Geschosse segelten durch die Regenflut und wurden wie geplant von den Greifvögeln eskortiert, die die Steine bis zur Sekunde des Einschlags verdeckten.

Hier erwies sich der größte Vorteil der Wilden Jagd – ihre schiere Anzahl – als ihre größte Schwäche beim ersten Ansturm. Die Schulter an Schulter, Nase an Schwanz gedrängten Leiber ließen den Angreifern kaum Platz, und so war es ihnen unmöglich, plötzlich einfach auszuweichen. Auch die in den Wäldern im Osten und Westen errichteten Schutzwälle erzielten die gewünschte Wirkung, da die Schattenwölfe von beiden Seiten hereinstürmten und die Barrieren sie wie beabsichtigt zurückdrängten, was das Gedränge noch verstärkte und verdichtete.

Da es keine Vorwarnung gab, lösten sich nur wenige der Angreifer in Dunst auf, als die mächtigen Felsbrocken herabstürzten. Die Geschosse rissen Krater in die aufgeweichte Erde, zertrümmerten, prallten ab und wieder auf, wobei sie Scharen von Angreifern vernichteten.

Sobald die Geschosse abgefeuert waren, wandte sich Torin von der Steinschleuder ab, da sie viel zu lange zum Nachladen brauchte, um noch von Nutzen zu sein. Der Zwerg und Xamus kurbelten fieberhaft die Arme der Mangonel zurück, während Froedric und ein Schwarzbär weitere Felsbrocken herbeirollten und sie mithilfe der Geächteten in die Kübel stießen. Wilhelm bezog hinter einer der Ballisten Stellung. Torin und Xamus, die ihre Arbeit an den Mangonel erledigt hatten, taten das Gleiche, während die Bären die Abzugsseile der Belagerungsgeräte in die Mäuler nahmen und auf das Kommando des Wildniswahrers warteten.

»Schießt!«, rief Darylonde.

Felsbrocken flogen, begleitet vom bebenden Grollen des Donners, als die Geschosse erneut Schneisen in die unerbittliche dunkle Flut schlugen.

Froedric und die anderen Bären gingen an vorderster Front in Stellung.

Von der Turmspitze aus erledigte Darylonde größere Feinde mit Pfeilen. Zwischen zwei Schüssen brüllte er: »Ballisten!«

Die Tiere vor den Ballisten vergewisserten sich, dass sie sich außerhalb der Schusslinie befanden. Wilhelm, Xamus und Torin riefen von ihren Positionen hinter den massiven Waffen: »Freie Bahn!«

»Schießt!«, schrie Darylonde.

Sie betätigten die Auslöser. Mit Speerspitzen bewehrte Bolzen, fast anderthalb Meter lang, durchschnitten die Luft, rasten über das Feld und rissen lange Lücken in die feindlichen Reihen.

»Bereit für den Nahkampf!«, brüllte Darylonde und schoss seinen letzten Pfeil ab.

Wilhelm, Xamus und Torin zogen die Waffen und stürmten auf ihre Position an vorderster Linie.

Froedric und die anderen Bären bäumten sich auf den Hinterbeinen auf. Entlang der Verteidigungslinie spannten sich Körper an, blitzten Zähne und hämmerten Herzen. Wilhelm, Torin und Xamus holten tief Luft und hielten ihre Schwerter fester umklammert.

Die glänzenden Augen und Reißzähne der Angreifer rasten in der Dunkelheit auf sie zu. Blitze zuckten und erhellten die heranstürmende Woge vielgliedriger Wolfsgestalten.

»Jetzt!«, brüllte Darylonde.

Die Front drängte sich dem Angriff entgegen. Es gab kein Klirren von Klinge auf Klinge, nur die Kriegsschreie der Geächteten und das Schnaufen und Knurren der tierischen Verteidiger, die in den dunklen und tödlichen Strom von Gegnern wateten.

Arakalah und ihre Vögel bedrängten die Schattenbestien von oben, indem sie im Sturzflug herabschossen, mit den Krallen hackten und mit den Schnäbeln bissen. Zahlreiche Feinde verleitete dies dazu, stofflich zu werden, um sich zu verteidigen, und so lieferten sie sich den Angriffen der Beschützer aus. Das Manöver brachte die Vögel in große Gefahr, und mehr als einer von ihnen fiel den Tentakeln auf dem Rücken der Angreifer zum Opfer, darunter auch Kenna, die zu nahe an eine der Extremitäten heranflog und zerquetscht wurde.

Wilhelm, Xamus und Torin stürmten vor, ihre Klingen blitzten, schnitten und zerteilten den Feind in unförmige Stücke. Froedric und die anderen Bären griffen ebenfalls an, und es war keine Seltenheit, dass ein einziger ihrer Hiebe drei Feinde auf einmal zerfetzte, wobei die Bären ein größeres Ziel darstellten und ebenfalls schweren Schaden nahmen.

Torin stürmte vorwärts, die Axt der Herrschaft in seinen Händen wirbelte und schlug in alle Richtungen, sodass er seinen Feinden längere Zeit keine Blöße bot. Seine Augen strahlten vor

Kampfeslust. Wie die anderen spürte auch Torin die Macht des Auroboros in seinen Adern pulsieren, sie machte ihn zu einer unvergleichlichen Kraft, mit der man rechnen musste. Der Nachteil seiner Raserei war, dass er in der Hitze des Gefechts keinen Unterschied zwischen Freund und Feind machte. Seine Kameraden waren der umhersausenden Klinge ebenso schutzlos ausgeliefert wie der Feind, was Wilhelm am eigenen Leib erfahren musste, als Torins Axtblatt den oberen Ärmel seines Kettenhemdes streifte.

Der Barde wich dem Schlag aus und war ebenfalls wie berauscht von diesem Moment. Er fühlte sich beinahe unbesiegbar, was ihn tief in die feindlichen Reihen trieb, ihm aber auch mehrere harte Treffer einbrachte. Das Schwert und der Dolch, die er den gefallenen Soldaten des Kämpfenden Ordens in den Kannibushügeln abgenommen hatte, forderten jedoch einen hohen Tribut.

Nicht weit davon entfernt kämpfte Xamus gegen die aufsteigenden Auroboros-Energien in ihm, Kräfte, die mit oder ohne sein Zutun plötzlich auszubrechen drohten. Das Blatt wendete sich, als ein Schattenwolf verschwand und in einer Lücke direkt neben ihm wieder auftauchte, Xamus' Handgelenk umklammerte und ihn dazu brachte, sein Schwert fallen zu lassen. Ein Dolch in die Kehle erledigte die Bestie, doch was danach kam, war nicht sein Werk – er spürte die Macht der Schlange wie einen Druck in seinem Innern, der sofort nachlassen musste.

Er schloss die Augen, stemmte die Füße in den regennassen Boden und stellte sich dem Feind, während eine Energiewelle aus ihm herausbrandete. Die Schlangenkraft durchdrang den angreifenden Schwarm und riss wie eine riesige, unsichtbare Pflugschar, die die oberste Schicht des Bodens aufriss, eine Schneise über die gesamte Länge des Feldes. Als die Druckwelle verebbt war, hob Xamus atemlos das fallen gelassene Schwert auf und starrte in den Regen, wobei er sofort tiefes Bedauern empfand, als er mehrere Vogelverteidiger über der Furche, die er unabsichtlich in die feindlichen Massen gezogen hatte, vom Himmel fallen sah.

Darylondes Krummsäbel machte kurzen Prozess mit einer Schar von Schattenbestien, die den Belagerungsturm umschwärmten. Er ließ den Blick über das Schlachtfeld schweifen und sah noch nicht, was er verzweifelt erhoffte. Wie die anderen Geächteten spürte auch der Wildniswahrer die Wellen der Macht des Auroboros. Er nahm die stärkste Konzentration nicht vom Land wahr, sondern von dem Sturm über ihm, und als dieser sich verstärkte, wuchs auch die Schlangenkraft. Selbst jetzt, als der Donner grollte, spürte er die wütende Energie des Sturms, die ihm die Haare auf der Haut aufstellte. Dann brachen sich die Kräfte des Mahlsturms jäh ihre Bahn.

Blitze zuckten in gezackten Gabeln über die Bestienarmee hinweg und verbrannten ganze Gruppen. Einer schlug auch in den aufrechten Arm der Steinschleuder ein, spaltete ihn in zwei Hälften und schleuderte ein langes, schweres Stück Holz auf die Kämpfer zu, darunter auch ein ahnungsloser Dschungelkatzen-Verteidiger.

Wilhelm erkannte die Bedrohung sofort und reagierte. Er sprang nach rechts und stürzte sich in die Flanke des Panthers. Die beiden konnten sich gerade noch wegrollen, als die durchtrennte Stange umstürzte, Miniaturwellen auf beiden Seiten aufwirbelte und eine ganze Reihe von Angreifern vernichtete. Im Turm darüber flüsterte Darylonde ein Dankgebet, denn er wusste, dass der Auroboros seine Energie irgendwie durch ihn hindurchgeleitet hatte.

Auf dem flachen Hügel hinter den Belagerungsmaschinen kämpften Asteria und ihre Gefährten gegen eine kleine Gruppe von Angreifern, denen es gelungen war, die Verteidigungsanlagen zu umgehen. Die drei schlugen sich tapfer, traten, stampften und stachen und erlitten dabei schwere Wunden. Besonders Bolden musste wiederholt Bisse von Gegnern einstecken, die vom Boden auf seinen Rücken sprangen, sich an seiner Mähne festhielten und ihm den Hals aufschlitzten.

Darylonde beobachtete den Angriff auf die Hüterin und ihre Kameraden. Er warf einen letzten Blick auf das nördliche Ende des Feldes und sah in einem Blitz endlich das, worauf er gewartet hatte: eine Verjüngung in dem bis dahin endlosen Strom von Schatten. Der Wildniswahrer griff nach einem Horn, das über seiner Schulter hing, führte es an die Lippen und blies hinein. Als das Signal erschallt war, sprang er vom Turm auf das Gestell der Steinschleuder und dann zu Boden, um Asteria zu Hilfe zu eilen.

Für Oldavei war es eine Qual gewesen, sich zusammen mit seinen Wolfsverbündeten hinter den Bollwerken im Wald westlich des Feldes zu verstecken und auf Darylondes Ruf zu warten. Der Ma'ii hatte in seiner Kojotengestalt an der Seite der Wölfe kurzen Prozess mit den verirrten Schattenbestien gemacht, die sich durch die Mauer gezwängt hatten, aber das vermochte seinen überwältigenden Wunsch, sich ins Getümmel zu stürzen und an der Seite seiner Freunde zu kämpfen, kaum zu lindern. Lange vor dem Angriff hatte Darylonde den Schamanen jedoch davon überzeugt, dass seine Beteiligung an der Schlacht und der Zeitpunkt des Eintreffens von ihm und den Wölfen entscheidend war. Dasselbe galt für die Bisons, die im Wald am östlichen Rand der Tausend Quellen Stellung bezogen hatten.

Mit dem Erklingen des Horns preschte Oldavei mit seinen Wölfen von der Baumgrenze aus in die westliche Flanke des Ansturms. Sie überraschten die Angreifer völlig, indem sie ausschwärmten, die feindlichen Gegner in tintenschwarze Fetzen rissen und einen tiefen Keil in die wütende Schar trieben. Oldavei verließ sich vor allem auf seinen ausgeprägten Instinkt, der die Anwesenheit feindlicher Bestien spürte, wenn sie verschwanden und wieder auftauchten. In einigen Fällen sprang er sogar über die Rücken seiner Kameraden, um die Angreifer genau dann zu erwischen, wenn sie sich materialisierten.

Auf der östlichen Seite des Schlachtfelds lief es ähnlich, als die Bisons die Marodeure aufspießten und zertrampelten, wobei ihre Hufe den Schlamm und das Gras aufwühlten und die Erde bebte. Innerhalb weniger Augenblicke löschte die Herde ein Drittel der verbliebenen Feinde aus. Trotz schwerer Verluste verlangsamten die Bisons ihren Angriff nicht, sondern hielten erst inne, als sie in der Mitte des Schlachtfelds auf Oldavei und seine Wolfsgefährten trafen. Die beiden Gruppen verteilten sich dann über die gesamte Breite des Feldes und richteten ihre Aufmerksamkeit nach Norden auf die verbliebenen Angreifer, wobei sie weitere Verluste erlitten, aber dennoch jeden Feind auf ihrem Weg vernichteten. Im Süden überwältigte die Verteidigungslinie, die auf fast ein Viertel des Feldes vorgedrungen war, die letzten Schattenwölfe – und damit war die Schlacht endlich geschlagen.

Als der Wolkenguss nachließ, befleckte das Blut der gefallenen Verteidiger die Erde. Auch Bolden erlag seinen Verletzungen, bevor Oldavei ihn erreichen und ihm Hilfe leisten konnte. Darylonde sprach Worte der Anerkennung für das gefallene Einhorn, ebenso wie Asteria. Dann begleitete der Wildniswahrer die Hüterin, als sie auf die regen- und blutgetränkte Weide schritt.

Xamus' Herz war schwer beim Anblick der gefallenen Vögel. Einen Teil dieser Verluste hatte er selbst durch den Einsatz des Auroboros verursacht.

Asterias Blick ruhte kurz auf ihm, als sie das Blutbad und die Verwüstung begutachtete, die die Schlacht angerichtet hatte. Dutzende von Toten lagen überall umher. Einige Tiere schrien vor Schmerz. Oldavei, der wieder Ma'ii-Gestalt angenommen hatte und seine eigenen Wunden vorerst ignorierte, kümmerte sich um die am schwersten Verwundeten, wobei er stets darauf achtete, dass er seine Konzentration nicht vernachlässigte und die Heilung beim ersten Anzeichen der Verschlimmerung einer Verletzung abbrach.

»Arakalah!«, rief Asteria. Die Adlerin, der einige Federn am linken Flügel fehlten, flog herbei und landete ein paar Schritte entfernt. »Würdest du in meine Nische fliegen und die Eichel holen? Du weißt, welche ich meine.«

Die Königin sah Darylonde an. »Natürlich«, antwortete sie und hob ab.

Die überlebenden Tiere versammelten sich um die Hüterin. Froedric, der aufgrund eines verletzten Vorderbeins hinkte, stellte sich neben Wilhelm, der aus vielen oberflächlichen Wunden blutete. Auch Torin hinkte blutverschmiert und arg mitgenommen in den inneren Kreis.

»Wir haben einen hohen Preis bezahlt«, sagte Asteria ruhig, »aber nach all diesen Jahren ist der Feind endlich besiegt.« Sie sah Darylonde an. »Das verdanken wir dir. Ich glaube nicht, dass wir ohne dein Wissen und deine Führung überlebt hätten ...« Sie wandte ihren Blick zu Xamus, Oldavei – der gerade einen furchtbar verstümmelten Schwarzbären behandelte –, Torin und Wilhelm. »Ebenso hätten wir ohne euren Mut und eure Entschlossenheit nicht triumphiert. Dafür danke ich euch.«

Die Wolkendecke riss endlich auf. Das Sonnenlicht spiegelte sich im Wasser der Quellen und tauchte die Weiden in einen warmen goldenen Farbton.

Arakalah kehrte zurück, eine Eichel in ihren Krallen.

»Darylonde«, sprach Asteria, »halte die Hand auf.« Der Wildniswahrer gehorchte. Arakalah ließ die Eichel in seine Handfläche fallen und landete in der Nähe, während Asteria fortfuhr: »Um meine Dankbarkeit für alles, was du getan hast, auszudrücken, schenke ich dir diese heilige Eichel. Ihre Macht ist beträchtlich. Auch wenn der Tod nur eine Umdrehung im großen Kreislauf ist, wird die Eichel neues Leben hervorbringen, wo immer es am nötigsten ist.«

Darylonde, dem Tränen über die schmutzigen Wangen liefen, barg die Eichel an seiner Brust, dankte für das Geschenk und wusste genau, wo er sie pflanzen wollte.

TEIL V
Bis ans Ende der Welt

75

*Ein letzter Besuch
in den Kannibushügeln*

Die Reise gen Süden dauerte einschließlich der Durchquerung des Grenzpasses mehrere Tage und verlief ohne Zwischenfälle. Wilhelm schrieb die ganze Zeit über an seiner »Hymne«. Xamus träumte unterwegs immer wieder von dem Gemälde in der Burg in den Vorhügeln von Herddahl – dem Jüngling auf dem Rücken des Pferdes, der auf die Rüstung starrte. Nach all der Zeit konnte Xamus es noch immer nicht richtig deuten. Am Morgen danach fragte er sich stets, warum ihn das Bild nicht losließ.

Auf der Reise hatten sie reichlich Zeit, auch um über die Kräfte des Auroboros zu diskutieren, insbesondere darüber, wie sie bei der Schlacht der Tausend Quellen durch manche von ihnen gewirkt hatten. Man konnte von Glück reden, dass die Energien in diesem Konflikt nicht mehr Opfer in ihren eigenen Reihen gefordert hatten, doch die Geschehnisse lieferten den unwiderlegbaren Beweis dafür, dass keiner von ihnen die Kraft der Weltenschlange kontrollieren oder lenken konnte. Obgleich der Einfluss des Auroboros schwächer zu werden schien, als sie in den Süden zurückkehrten, spürten sie seine Macht auch dort lauern wie ein ausgehungertes Wolfsrudel im Dickicht rund um ein Lagerfeuer. Vor allem Xamus fragte sich, wie sich die Macht der Weltenschlange in Tikanen manifestieren würde und ob auch er einen gewaltigen Schlangensturm heraufbeschwören würde, um das Antlitz der Welt zu läutern. Der Elf ging nicht davon aus, konnte aber nicht genau sagen, warum. Welche Gestalt der Zorn des Kultes auch annehmen würde, Xamus war sicher, dass er mindestens so furchtbar, mächtig und zerstörerisch wüten würde wie das, was der verrückte Drow Xan'Gro damals entfesselt hatte.

Darüber hinaus drehten sich Xamus' Gedanken zunehmend um etwas anderes: die Mitglieder seines Volkes in Feyonnas, der Enklave, die er einst sein Zuhause genannt hatte. Dem Elfen fiel auf, dass ihm sein Volk nach allem, was er in der Nordwildnis gesehen hatte, in einem anderen Licht erschien. Nun, da er besser verstand, womit seine Ahnen zu kämpfen gehabt hatten, welche Kräfte sich im Norden gegen sie verschworen hatten, ebbte die Feindseligkeit, die er den Bewohnern von Feyonnas gegenüber empfunden hatte, nach und nach ab. Ein Fünkchen Bitterkeit blieb jedoch zurück, außerdem hatte er noch immer Fragen. Er hatte inzwischen eine Ahnung, warum sein Mentor Illarion ihm das Wissen über den Auroboros hatte vorenthalten wollen, doch eine einfache Frage ließ ihn nicht mehr los: Wie viel wussten die Elfen von Feyonnas über die Weltenschlange? Die Tatsache, dass sie einen ganzen Folianten darüber besaßen, ließ für Xamus nur den Schluss zu, dass es sehr viel sein musste.

Obwohl sie jede Nacht rasteten, hielt die Gruppe ein strammes Tempo, und die Geächteten waren müde von der Reise, als sie im Schatten des Bärenhügels das Vorgebirge des Effron passierten. Hier fiel Darylonde wieder einmal die Stille der Wälder auf, er fühlte sich an die Szenerie erinnert, die sie bei ihrem letzten Besuch in den Kannibushügeln erwartet hatte. Schwermut überkam ihn, die durch den Anblick von Orams Rast und der ausgebrannten Hülle der uralten Eiche sowie das Fehlen des vormals stets spürbaren Windhauchs, den Darylonde oft für Orams Geist gehalten hatte, noch verstärkt wurde.

Der Wildniswahrer führte sie zum Hain des Lichts, wo nichts vom Waldlied übrig war außer der steinernen Tribüne und der mehrstufigen Vertiefung. Darylonde stieg hinab, trat in die Mitte der freien Fläche, wo einst der Silberquell gewesen war, und kniete nieder. Er nahm die heilige Eichel aus der Tasche, das Geschenk Asterias, und schaufelte Erde aus dem weichen Boden. Obgleich die anderen ihm gern geholfen hätten, spürten sie, dass der Wildniswahrer diesen Akt allein vollziehen wollte, auch wenn er es nicht aussprach. Sie blieben oben stehen und sahen stumm und andächtig dabei zu, wie Darylonde ein etwa sechzig Zentimeter tiefes Loch aushob, die Eichel behutsam hineinlegte und sie wieder mit Erde bedeckte.

Oldavei drehte sich um, die Hand am Griff des Krummsäbels,

als er den Geruch von jemandem wahrnahm, der sich von der Mündung des Pfades in die südlichen Wälder her näherte. Alle sahen dem Neuankömmling entgegen.

Darylonde, der die Hälfte der Stufen aus der Grube erklommen hatte, schrie: »Lara!« Er rannte auf die Druidin zu und umarmte sie, dann wich er zurück und sah ihr in die Augen. »Ich dachte, ich hätte dich verloren«, sagte er mit erstickter Stimme. Die Druidin wirkte abgekämpft, verwahrlost und schien seit ihrer letzten Begegnung mit der Gruppe gealtert zu sein. »Wie gut, dich zu sehen«, fuhr Darylonde fort.

»Ich war nicht hier, als es geschah«, antwortete Lara mit einem verzweifelten Blick in die weite Grube. »Doch ein Teil von mir ist mit ihnen gestorben. Mit diesem Ort.« Sie wandte ihre Aufmerksamkeit wieder Darylonde zu. »Was ist mit dir? Wo warst du all die Zeit? Wie bist du Eisenburg und seinen Vollstreckern so lange entkommen?«

Es folgte ein detaillierter Bericht auf den Rängen des ehemaligen Amphitheaters, in dem Darylonde und die anderen Lara alles darüber erzählten, was seit ihrer letzten Begegnung, am Tag vor ihrem Aufbruch nach Baker, geschehen war. Sie teilten vor allem ihr Wissen über den Auroboros und die Gefahren, die seine Macht mit sich brachte.

Als sie geendet hatten, saß Lara eine Weile stumm da und dachte angestrengt nach.

»Wir fürchten«, sagte Xamus, »dass Tikanen etwas Ähnliches versuchen wird wie Xan'Gro.«

Lara nickte. »Ihr habt einiges verpasst. Rechtbrand steht in Flammen. Die Kinder der Sonne sind schon vor einigen Wochen in ihrem unerreichten Fanatismus aus der Wüste ausgezogen, um ihren gerechten Krieg zu führen.«

»Es hat also begonnen«, seufzte Wilhelm.

»Kommen wir zu spät?«, fragte Oldavei.

»Sie belagern Lietsin seit zwei Wochen. Die Stadt wird bald fallen. Ich glaube, dann werden die Kinder der Sonne als Nächstes in Weitflut einmarschieren, vielleicht sogar versuchen, seine Flotte unter ihre Kontrolle zu bringen, und danach … könnten sie ohne Widerstände in die Hauptstadt segeln und das Herz Rechtbrands mit Verderben überziehen.«

»Die Kathedrale«, flüsterte Xamus, und Lara nickte.

Wilhelm erhob sich und ging unruhig auf und ab.

»Heilige Scheiße«, fluchte Torin.

Oldavei legte die Hände auf den Kopf.

»Die Büttel dort sind dem Feind hoffnungslos unterlegen«, fuhr Lara fort. »Tikanen hat Priester, die Ash'ahand, deren Flammenzauber alles übertreffen, was ich je gesehen habe. Es gibt auch noch seltsam gerüstete Soldaten, die Ash'ahar. Außerdem verfügt der Kult über gigantische Belagerungswaffen, die enorme Explosionsgeschosse schleudern.«

»Der Blutsteinschiefer«, erklärte Torin. »Wie wir befürchtet hatten.«

»Wo sind die Paladinritter?«, fragte Darylonde.

»Der Kämpfende Orden wurde nach Sargrad zurückbeordert, um die Hauptstadt zu schützen. Damit hat er die Handelsstädte sich selbst überlassen.«

»Vermaledeite Hurensöhne!«, spie Torin.

Wilhelm ballte die Fäuste.

Xamus sah Oldavei an. »Du hast gesagt, wir müssen sie dazu bringen zuzuhören. Die Wahrheit zu begreifen. Vielleicht ist dafür noch genug Zeit. Ich glaube, ich weiß, wie wir es anstellen müssen … Aber es wird das gefährlichste Unterfangen aller Zeiten.«

»Das will was heißen«, entgegnete Oldavei.

»Es ist mir egal, wie gefährlich es wird«, sagte Torin. »Ich habe die Schnauze voll von diesen Kultisten-Ärschen. Es wird Zeit, dass wir sie abschlachten wie tollwütige Hunde.«

Wilhelm nickte. »Es wird Zeit, dass wir in die Kämpfe eingreifen. Ganz gleich, wie schlimm es wird.«

Lara fixierte das Zentrum der Grube. »Ich will verdammt sein!«, fluchte sie, erhob sich und ging zu dem zarten Stängel, der sich an der Stelle aus dem Boden erhob, an der Darylonde die Eichel vergraben hatte. Der Spross hatte drei Blätter getrieben, die aussahen wie die einer Buche, die Art von Baum, die auch Goshaedas gewesen war. »Ich hätte nicht geglaubt, dass hier je wieder etwas wächst«, sagte Lara.

Darylonde trat zu ihr. »Selbst wenn die Welt in Stücke bricht«, sagte er sanft, »keimt Hoffnung.«

76

Um ehrlich zu sein

Auf dem Platz vor der gewaltigen Kathedrale der Heiligen Varina in Sargrad hatte ein Regiment von Friedenswahrern des Kämpfenden Ordens Stellung bezogen, das ausgesprochen angespannt, zu Fuß oder auf dem Pferderücken, Wache hielt und kampfbereit war. Die spätnachmittägliche Sonne spiegelte sich grell in den Fenstern und dem glänzenden Stahl der Kathedrale. Die Straßen, in denen es sonst vor Einwohnern und Reisenden nur so wimmelte, waren bis auf umherziehende Soldatenpatrouillen wie ausgestorben. Ladenbesitzer harrten unruhig hinter verschlossenen Türen aus.

In der Mitte des Platzes erregte ein Knistern die Aufmerksamkeit zweier Fußsoldaten. Die Luft stand auf einmal unter Spannung. Eine unsichtbare Hand schien sie nach unten zu drücken, weshalb die Männer einen Schritt zur Seite traten. Im nächsten Augenblick erschienen die Geächteten und schwebten für einen Sekundenbruchteil knapp zwei Meter über den Pflastersteinen in der Luft, ehe sie unsanft auf dem Boden landeten.

Xamus stand auf, ächzte leise und hielt sich den Bauch.

Torin erhob sich und beugte sich vor, die Hände auf den Knien. »Wofür zum Henker hältst du uns? Vögel?«

»Es ist nicht alles nach Plan verlaufen«, gab Xamus zu. »Aber ich habe uns immerhin hergebracht.«

Der Elf war überrascht, dass der Zauber überhaupt gelungen war. Seinem Verständnis nach hätte er nämlich auf mannigfaltige Arten schiefgehen können, aber wundersamerweise hatte die Aufforderung an seine Gefährten, sich auf den Platz vor der Kathedrale zu konzentrieren, während er die Worte sprach und sich dem Auroboros öffnete – was dessen Mächte als Einladung verstanden hatten –, sie tatsächlich im Handumdrehen von den Kannibushügeln nach Sargrad transportiert. Der Elf war unentschlossen, ob er erleichtert sein sollte oder nicht. Das würde die Zeit zeigen.

Sobald sich die umstehenden Friedenswahrer aus der Schockstarre gelöst hatten, die das jähe Auftauchen fünf Fremder in ihrer Mitte hervorgerufen hatte, zogen sie die Waffen und kreisten die Gruppe ein.

»Sagt euren Befehlshabern«, rief Wilhelm, »dass die meistgesuchten Verbrecher Rechtbrands – die, nach denen Eisenburg unermüdlich fahndet, die er aber nie zu fassen vermochte – hier sind, um sich mit ihnen zu treffen!«

Die Soldaten schauten zögerlich zum nächsten Feldmarschall auf einem Pferd, der selbst nicht so recht zu wissen schien, wie er damit umgehen sollte. Schließlich zeigte er auf einen Friedenswahrer nahe der Treppe. »Geh!«

»Beeil dich!«, schrie Torin.

Die Geächteten warteten mit Blick auf die Kathedrale. Wenige Atemzüge später öffneten sich die riesengroßen, metallbeschlagenen Türen. Eisenburg trat ins Licht.

»Wie geht es dem Gesicht?«, rief Wilhelm.

Eine Böe wehte über den Platz, umspielte das grau melierte Haar des Paladinritters und den pelzverbrämten Umhang über einer seiner Schultern. Sein gesundes und sein weißes Auge hinter der eisernen Halbmaske fixierten die Reisenden, als er die breiten Stufen hinunter und über den Platz schritt, den geflanschten Streitkolben auf dem Rücken, wobei sich die Sonne in seiner silbernen Rechtbrand-Brustplatte spiegelte.

Mehrere Friedenswahrer kamen aus der Kathedrale und postierten sich auf dem oberen Treppenabsatz.

Darylonde nahm aus dem Augenwinkel eine Bewegung wahr, schaute auf und sah rechts über sich den Schützen Daromis auf einem Dach Stellung beziehen, den Bogen im Anschlag. Zwischen zwei Läden auf der linken Seite machten Soldaten der buckligen Vettel Platz, die in gebeugter Haltung heranhumpelte, den verkümmerten Arm eng an den Körper gedrückt, den anderen auf einen knorrigen Holzstab gestützt.

Die Inhaber der Läden auf beiden Seiten des Platzes und entlang der Straße zur Kathedrale warteten gebannt an ihren Fenstern und lauschten.

Eisenburg blieb vor ihnen stehen und verschränkte die kräftigen Arme vor der breiten Brust. »So, so«, sagte er, »ihr anarchistischen Scheißer habt also endlich genug vom Leben auf der Flucht.«

Xamus trat vor. »Ja, wir haben eure Gesetze gebrochen«, gab er zu. »Vielleicht verdienen wir es auch, für unsere Taten bestraft zu werden. Aber wenn euch arroganten Arschlöchern daran gelegen ist, dass Rechtbrand überdauert, solltet ihr erst mal zuhö...«

»Ich habe genug gehört«, sagte Eisenburg. »Tötet die ...«

»Nein!«, erschallte die befehlsgewohnte Stimme einer Frau von einem Balkon weit über den gigantischen Pforten der Kathedrale. Dort stand in einem dunklen Gewand die Großjustiarchin der Sularischen Kirche, Laravess Kelwynde. Während alle sie anstarrten, erschienen sechs Kardinäle in roten Roben ebenfalls auf dem Balkon und flankierten sie, je drei auf jeder Seite.

»Ich kenne diese Männer«, erklärte sie. »Sie haben viele von uns vor den Malisath gerettet und vor dem Theatermassaker bewahrt. Was sie auch verbrochen haben mögen ... ich werde mir anhören, was sie zu sagen haben.«

Eisenburg drehte den Kopf zur Seite und spie auf den Boden.

»Wir waren im Norden«, führte Xamus aus. »Dort sahen wir die Ruinen einer einst großen Stadt, gegen die Sargrad wie ein verschlafenes Dorf wirkt. Sie liegt in Schutt und Asche – wegen der Macht eines Wahnsinnigen. Eines Drow, der eine Kraft entfesselte, die den gesamten Norden verheerte und die ganze Welt zerstört hätte, hätte man ihn nicht aufgehalten.«

»Erfüllt diese Geschichtsstunde einen Zweck oder spielst du nur auf Zeit?«, verlangte Eisenburg zu wissen.

»Ihr Zweck ist es«, fuhr Xamus fort, »euch darüber zu informieren, dass die Kinder der Sonne und ihr Anführer Tikanen dieselbe Macht in diesem Moment gegen Rechtbrand einsetzen. Das wissen wir, weil wir ein Jahr als Sklaven des Kultes unter der Zikkurat in Tanasrael verbracht haben.«

Einwohner der Stadt kamen auf den Platz, viele von ihnen hatten in ihren Häusern die Unterhaltung gehört. Auch Ladenbesitzer verließen ihre Geschäfte und traten zögerlich auf die Straße zur Kathedrale.

Xamus fuhr fort: »In diesem Augenblick belagern sie Lietsin. Die Stadt steht in Flammen und ihre Bewohner sterben, während ihr hier in Sicherheit ausharrt und euch nur um euer eigenes Überleben schert.«

»Das ist armselig«, ergänzte Wilhelm.

Dann ergriff Oldavei das Wort. »Die Rechtbrander verlassen sich auf euch«, sagte er, »darauf, dass ihr sie führt und ihnen dient. Sie schützt.«

Torin brüllte: »Ihr seid nichts als verdammtes Hurenpack!« Die Beleidigung ließ die Bürgerschaft aufkeuchen und von der Großjustiarchin erntete er eine hochgezogene Braue. »Ihr habt euch an die Macht und an eure Trugbilder von Größe verkauft!« Er starrte Eisenburg an, dann wanderte sein Blick über die Friedenswahrer. »Wenn auch nur einer von euch Wichsern einen Funken Ehre oder Tapferkeit in sich trägt ... dann würdet ihr jetzt an vorderster Front kämpfen.«

»Du bist der Schlimmste von ihnen allen!«, rief Darylonde anklagend und wies mit dem behandschuhten Finger auf Eisenburg. »Wie viele Hunderte Zivilisten sind gestorben, als du uns durchs Land gejagt hast? Wie viele Morde hast du im Namen der Kirche begangen? Du hast ...« An dieser Stelle versagte ihm die Stimme, er fletschte die Zähne und versuchte es dann erneut. »Du hast eine ganze Gemeinschaft friedlicher Druiden abschlachten lassen ...«

»Es ist nicht meine Schuld, dass sie der Befragung nicht standgehalten haben«, entgegnete Eisenburg.

»Du hast sie niedergemetzelt, um Rache zu nehmen«, widersprach Darylonde. »An uns! Dafür, dass wir dir immer wieder entkommen sind, dich wie einen Narren dastehen ließen. Du hast den Rahmen deiner Jurisdiktion und deiner Befugnisse überschritten, um deinen gekränkten Stolz zu heilen. Du stehst für alles, was die Kirche angeblich verabscheut.«

»Vielleicht haben die Kinder der Sonne recht«, nahm Oldavei den Gesprächsfaden auf. »Wenn die Kirche wirklich so tief gesunken ist, verdient die Zivilisation vielleicht den Untergang.«

»Genug!«, schrie Eisenburg.

»Noch nicht«, widersprach Großjustiarchin Kelwynde.

»Militärische Angelegenheiten fallen in mein Ressort!«, bellte Eisenburg in Richtung Balkon. »Diese Leute sind anarchistisches Gesindel! Räuber und Aufrührer!« Seine blitzenden Augen fixierten die Gruppe. »Ihr wisst nichts über Ehre oder Tapferkeit. Ich würde alles, was ich getan habe, noch Hunderte Male wiederholen, im Namen der Gerechtigkeit.«

Die Geistlichen, die von diesem erschütternden Eingeständnis sichtlich geschockt waren, sahen die Justiarchin an, während sich Eisenburg wieder den Geächteten zuwandte und fortfuhr: »Die Zeit der Abrechnung ist gekommen. Ihr wurdet gerichtet und für schuldig befunden, und es ist mir eine große Freude, euer Todesurteil zu verkünden. Exekutiert sie!«, rief er, dann wanderte sein Blick zur Vettel und zu Daromis. »Sofort!«

Obgleich Daromis bereits einen Pfeil aufgelegt hatte, zielte er nicht. Er befand sich in einem Zwiespalt, das war deutlich an seinen dryadischen Gesichtszügen abzulesen. Auch die Vettel zögerte, trat von einem Fuß auf den anderen, zitterte dabei ein wenig und gab wimmernde Laute von sich.

»Heilige Scheiße, ich sagte, tötet sie!«, schrie Eisenburg.

Die beiden warteten noch immer verunsichert ab.

»Du!«, rief Eisenburg einem Friedenswahrer zu seiner Rechten zu, einem Jüngling, der kaum zwanzig sein durfte.

Der Soldat umklammerte den Griff seines Schwertes, blieb aber reglos stehen und schaute zur Großjustiarchin, die seinen Blick stumm erwiderte.

Eisenburg knirschte mit den Zähnen, knurrte und schlug dem Mann mit der linken Faust ins Gesicht. Da der Helm keinen Schutz bot, zertrümmerte er ihm dabei die Nase und schleuderte ihn zu Boden.

Die Geächteten gingen wie ein Mann mit gezogenen Waffen auf ihn los. Eisenburg wandte sich zu ihnen um, zog seinen Streitkolben und machte mit erhobener Waffe zwei Schritte auf sie zu, doch Wilhelm war in Windeseile bei ihm, hielt das Handgelenk des Paladinritters fest und hinderte ihn so am Angriff. Er stieß Eisenburg den Krummsäbel unter den ausgestreckten Arm. Oldavei näherte sich ihm rasch von hinten und stach mit seinem Dolch in den Lendenbereich des Paladinritters. Torin knurrte, sprang hoch und hieb die Axt der Herrschaft in Eisenburgs linken Oberschenkel. Dann wich der Zwerg zurück, ließ die Axt, wo sie war, und Darylonde bohrte sein Schwert unter der silbernen Brustplatte und Kette in Eisenburgs linke Seite. Xamus trat vor und versenkte einen Dolch, den er vor ihrem Aufbruch in den Norden in den Kannibushügeln einem von Eisenburgs Soldaten abgenommen hatte, in der Kehle des Paladinritters.

Eisenburgs angstgeweitetes Auge trat hervor und er sah sich nach Hilfe von seinen Vollstreckern und Friedenswahrern um. Ein schmales Rinnsal aus Blut rann aus seinem Mund, als er tot zusammensackte. Die Geächteten sammelten ihre Waffen ein und entfernten sich. Eisenburg kippte nach hinten auf die Steine, den entsetzten Blick gen Himmel gerichtet, während sich unter ihm eine Blutlache bildete.

Einen Moment lang herrschte völlige Stille, niemand regte sich. Soldaten warfen einander hektische Blicke zu. Zu beiden Seiten der Geächteten sahen ein paar von ihnen den nächststehenden Feldmarschall an, der nickte.

Die Friedenswahrer schickten sich an, die Geächteten zu verhaften, doch die Stimme der Justiarchin ließ sie erstarren. »Ihr handelt nur auf meinen Befehl!«

Xamus wischte die Klinge des Dolches an seinem Wams ab. »Ihr könnt uns festnehmen, wenn ihr wollt!«, rief er und sah hinauf zur Großjustiarchin.

»Das können sie gern versuchen«, sagte Torin und trat an Xamus' Seite.

»Oder«, er drehte sich um und musterte die Schar versammelter Friedenswahrer, Einwohner und Kaufleute, »ihr könnt das Richtige tun: euch auf das Wesentliche konzentrieren und eure Leute vor der Vernichtung bewahren.« Der Elf sah schnell zu Daromis, dann zur Vettel.

Niemand regte sich. Alle Augen waren gespannt auf die Justiarchin gerichtet, die verkündete: »Ordnung bedeutet rein gar nichts, wenn Unschuldige bei ihrer Durchsetzung zugrunde gehen.« Ihr Blick wanderte zu Eisenburgs blutüberströmter Leiche. »Ich glaube, der Gerechtigkeit wurde Genüge getan. Lasst sie ziehen.«

Die Geächteten wandten sich ab und schritten Schulter an Schulter die Durchgangsstraße entlang, wo die Friedenswahrer den Weg freigaben. Auch die Einwohner und Ladenbesitzer machten ihnen Platz und starrten sie ehrfürchtig an, als sie an ihnen vorbeigingen.

Eine vertraute Kutsche näherte sich. Die Tür öffnete sich und Archemus Strand beugte sich heraus. »Seid ihr entschlossen, euch in den Tod zu stürzen?«, fragte der alte Mann. »Dann steigt ein!«

77

Passage

»Woher wusstet Ihr, dass wir hier sind?«, fragte Wilhelm, der am Fenster der Kutsche saß und sich die enge Sitzbank mit Torin und Darylonde teilte.

Strand saß ihm direkt gegenüber, zusammen mit Xamus und Oldavei. »Habt ihr das etwa schon vergessen?«, antwortete der alte Mann und grinste. »Ich habe überall in der Stadt Spione. Trotzdem habe ich vorhin nicht gescherzt. Ich habe wirklich geglaubt, ich würde euch tot vorfinden.«

»Wir mussten kommen«, sagte Xamus.

»Die Druiden haben auch Spione«, informierte Darylonde Strand. »Sie glauben, wenn Lietsin fällt, wird Weitflut das nächste Ziel sein.«

»Die Bohen-Dur-Mönche und ich sind zu demselben Schluss gekommen«, entgegnete Strand. »Piotr und die anderen sind bereits auf dem Weg, um bei der Verteidigung Weitfluts zu helfen.« Die Kutsche ruckelte. Strand räusperte sich. »Ich muss sagen, dass es mir sehr leidtut, das von eurem Freund Nicholas zu hören. Er war ein guter Mann.«

»Das war er«, bestätigte Xamus.

Strand fuhr fort: »Ich habe auch von euren weiteren Heldentaten gehört, einschließlich des Auftritts bei der KurzweylMANIA, aber danach nicht mehr viel.«

Oldavei meldete sich zu Wort: »Sagen wir einfach, wir haben genug erfahren, um zu verstehen, welche Macht die Kinder der Sonne haben. Ganz Rechtbrand ist in Gefahr, wenn wir sie nicht aufhalten. Wir wollen uns ihnen mit allen Mitteln entgegenstellen.«

»Ich nehme an, ihr wollt zur Bucht«, sagte Strand.

»Wir haben Zugang zu Transport ohne Zeitverzug«, erwiderte Wilhelm und lächelte Xamus breit an.

»Heute hatten wir Glück«, dämpfte der Elf die Begeisterung des Barden. »In mehr als einer Hinsicht. Wenn ich das nächste Mal versuche, uns zu teleportieren, haben wir vielleicht weniger Glück.« Dann wandte er sich an Strand. »Bringt uns zur Bucht. Wir werden uns ein Schiff mieten.«

»Das wird nicht nötig sein«, antwortete Strand. Er streckte den Kopf ein Stück aus dem Kutschenfenster. »He, Fahrer! Zur Vorderbucht, zügig!«

»Jawohl, Herr!«, kam die Antwort.

Die Kutsche kam gut voran. Als sie sich den Docks näherten, sagte Strand: »Helling neunundneunzig. Ihr werdet das Schiff und den Kapitän erkennen.« Die Geächteten dankten dem alten Mann und stiegen aus. »Die Mönche und meine Leute werden alles tun, was in unserer Macht steht, um die Kriegsanstrengungen zu unterstützen«, versprach Strand. »Ihr habt mein Wort.«

Die Geächteten bedankten sich erneut, verabschiedeten sich und begaben sich zu der vorgegebenen Anlegestelle, wo sie eine vertraute Einmastkogge, die *Schöner Tag,* und Kapitän Hackebeil mit seiner Lockenmähne vorfanden.

»Seid gegrüßt, Freunde!«, rief Hackebeil vom Boot aus. »Kommt an Bord, schnell! Wir haben gerade erfahren, dass Lietsins Mauern gefallen sind und die Stadt so gut wie erobert ist.« Die Geächteten gingen an Bord, während Hackebeil die Leinen losmachte. »Also nach Weitflut?«, fragte er.

Xamus bestätigte ihr Ziel, während Wilhelm mit den Tauen half. Wenige Augenblicke später segelte die *Schöner Tag* in Richtung offenes Meer.

Der Kapitän sprach sein Beileid zu dem Verlust von Nicholas aus, als sich die Gruppe neben ihm am Steuer versammelte. »Es gibt Berichte«, informierte Hackebeil die Geächteten, »über enorme unnatürliche Sandstürme, die in den letzten zwei Tagen über die Bucht von Weitflut hinweggezogen sind.«

Xamus erinnerte sich an die tobenden Sandstürme, die ihnen nach ihrer Flucht aus Tanasrael aus der Wüste gefolgt waren. »Die Kultisten«, flüsterte er.

»Aber warum schicken sie Sandstürme nach ...«, begann Oldavei.

»Um die Schiffe daran zu hindern, in See zu stechen«, antwortete Wilhelm.

»Lara hatte tatsächlich recht«, stellte Darylonde fest. »Sie kommen, um sich die Flotte zu holen.«

»Wie lange?«, fragte Xamus Hackebeil.

»Bis Weitflut? Drei Tage, aber wenn die Sandstürme noch toben ...«

»Bring uns einfach so dicht heran, wie du kannst«, sagte Xamus.

Die Gruppe erörterte erste Strategien und zog sich bei Sonnenuntergang in den Laderaum zurück, wo sie sich wieder mit Hackebeils geliebtem Grog versorgten.

»Es ist schon viel zu lange her, dass wir alle *haggö* waren!«, verkündete Torin freudig.

»*Haggö*«, lächelte Wilhelm.

Xamus drehte sich einen Rauchstängel und die anderen schmauchten zusammen mit dem Kapitän ein Pfeifchen. Weiterer Alkoholkonsum führte zu nostalgischen Erinnerungen an ihre ersten Begegnungen.

»Ich wusste sofort, dass es Schwierigkeiten gibt, als du sagtest, du könntest nicht reiten«, sagte Xamus zu Oldavei.

Sie erinnerten sich an die Abenteuer, die sie erlebt hatten, und an all die schillernden Persönlichkeiten, denen sie auf ihrem Weg begegnet waren.

»Rhoman!«, rief Oldavei frohgemut. »Der irre Wüstenrennfahrer! Der Mann war mein Held!«

Bis spät in die Nacht lagen sie in ihren Hängematten und sangen mit Hackebeil Seemannslieder, während Wilhelm auf der Aethari spielte, bis sie mit den Grogflaschen in der Hand einschliefen.

Am nächsten Morgen fand Wilhelm Xamus am Heck des Bootes auf der Backbordseite, die Ellbogen auf die Reling gestützt, scheinbar in Gedanken versunken, während Hackebeil in der Nähe am Ruder stand.

»Oje«, klagte Wilhelm. »Ich habe einen Riesenkater von dem Grog und der Raucherei.«

»Das heißt nur, dass du nicht genug getrunken hast!«, rief Hackebeil, als Wilhelm sich zu Xamus an die Reling stellte.

Der Elf schien es nicht zu bemerken, denn er starrte weiter aufs Wasser hinaus.

Wilhelm wedelte mit einer Hand vor seinem Gesicht herum. »Was beschäftigt dich so sehr?«, fragte er.

»Es ist dieses dumme Bild«, gab Xamus zu. »Aus dem Turm.«

»Der Junge auf dem Pferd, der sich die Rüstung ansieht?«, fragte Wilhelm.

Xamus nickte. »Ich kann nicht aufhören, daran zu denken, und ich habe keinen blassen Dunst, warum.«

Wilhelm lehnte sich an die Reling und schaute aufs Meer. »Kunst ist etwas sehr Persönliches, Mann. Sie bedeutet das, was du willst, verstehst du? Sie kann für jeden etwas anderes sein. Sie kann sogar anders sein, je nachdem, was in deinem Leben passiert.«

Xamus dachte darüber nach. Projizierte er sich selbst in das Gemälde? Hatten die Fragen, die ihm das Bild stellte, mit seinen eigenen über die Enklave und die von ihm getroffenen Entscheidungen zu tun? Hatte er das Gefühl, dass der Jüngling seiner Heimat und seiner Familie den Rücken gekehrt hatte? Und wenn ja, bedeutete es, dass das Gemälde eine Art unterbewusste Schuld heraufbeschwor, weil Xamus sein Volk verlassen hatte? Das wiederum ließ ihn an das Buch mit dem Auroboros-Symbol auf dem Einband denken, das sein Mentor ihm in der Bibliothek vorenthalten hatte – nur eines von hundert Dingen, die Xamus vertrieben hatten. Aber es brachte ihn auch dazu, sich zu fragen, wie viel sein Volk wirklich über die Weltenschlange wusste und ob dieses Wissen im Kampf gegen Tikanen hilfreich sein würde oder nicht.

Zu Hackebeil gewandt sagte er: »Wir müssen vor Weitflut noch einen anderen Hafen ansteuern. Ich zeige dir, wo.«

»Aye, aye«, entgegnete der Kapitän.

»Wohin segeln wir?«, fragte Wilhelm.

»An einen Ort, den es nicht gibt«, erwiderte Xamus.

78

Heimkehr

Drei Stunden später legte die *Schöner Tag* bei Ebbe an der von Xamus benannten Stelle an.

»Wenn du nichts von uns hörst, bis die Flut kommt«, sagte der Elf, »warte nicht auf uns. Wir werden den Weg von hier aus allein finden.«

»Falls wir uns nicht wiedersehen, Hackebeil …«, verabschiedete sich Oldavei. »Danke. Für alles.«

»Ich kann nicht behaupten, es wäre langweilig mit euch gewesen«, entgegnete Hackebeil mit einem schiefen Grinsen. »Viel Glück, Freunde.«

Die Geächteten gingen von Bord und wanderten, geführt von Xamus, landeinwärts. Sie gelangten in den üppigen Illischen Wald, wo Vogelgesang sie begleitete, während sie auf dem weichen Grund dahinwanderten. An einer Stelle kamen sie zu einem Gnoll-Lager, das aus Hütten bestand, bei denen Fell über Holzrahmen gespannt war. Zum Glück waren die Gnolle nirgends zu sehen. Die Gruppe umging die Ansiedlung und zog weiter, wobei sie an einigen Stellen uralte Steine und mit Moos und Ranken bewachsene Trümmer entdeckte.

»Die Überreste der alten Völker«, erläuterte Xamus. »Überall im Wald gibt es Ruinen. Verschiedene Zivilisationen, darunter auch, so sagen manche, das Salamar-Reich von Ax'oloth.«

Bisher hatte der Elf lediglich erklärt, die Bewohner seiner Heimatenklave Feyonnas besäßen Wissen, das ihnen im Kampf gegen die Kinder der Sonne helfen könnte. Tief im Wald, nach einigen Stunden des Marsches, bemerkten die Geächteten, die Xamus folgten, dass sie anscheinend eine unsichtbare Barriere überquert hatten. Der Vogelgesang endete mitten im Lied. Die Erde unter ihren Füßen änderte ihre Beschaffenheit. Insektengeräusche verstummten und selbst die Luft fühlte sich anders an – schwer und still und doch energiegeladen. Während die Geräusche gedämpft schienen, wirkten die Farben hier lebendiger, und es gab Variationen der Flora, die anderswo im Wald nicht zu finden gewesen waren. Hoch droben huschten leuchtende Feengeister zwischen den Ästen und Blättern umher und tummelten sich in den schmalen Sonnenstrahlen, die das Blätterdach durchdrangen.

»Wir sind in der Leywildnis«, teilte Xamus den anderen mit. »Einer Art Zwischenort.«

»Zwischen was und was?«, fragte Torin argwöhnisch.

»Der Welt, die ihr kennt«, antwortete Xamus, »und einem Stück einer anderen, die durch Magie aufrechterhalten wird und vor Außenstehenden verborgen ist.«

»Deine Heimat«, meinte Oldavei.

»Die Enklave meines Volkes«, korrigierte Xamus ihn.

Nach einiger Zeit kamen sie an einen waldigen Abhang. Bei näherer Betrachtung entdeckten sie ein Geflecht aus dornigen Ästen und Ranken, die mit üppigen Knospen und Blüten an der Erdoberfläche verwoben waren und ein annähernd kreisförmiges Muster bildeten, das doppelt so hoch wie Wilhelm und viermal so breit wie Torin war.

Hier kniete Xamus nieder, flüsterte die Worte seiner Ahnen und streckte die Hand aus, um die Blätter im Kreis vor ihm zu berühren.

Leise knarrende und seufzende Geräusche ertönten, als sich die Zweige bewegten, lockerten und lösten. Das Laub, das sich über den Bereich innerhalb des Kreises gelegt hatte, zog sich zurück und offenbarte keinen Hügel, sondern einen abfallenden, steinigen Korridor.

Mit einem Blick zu den anderen sagte Xamus: »Kommt«, und trat hinein.

Der Gang war schummrig, es war keine Lichtquelle zu sehen. Der Tunnel führte nach unten, flachte für einige Schritte ab und stieg dann stetig an.

»Sie werden wissen, dass wir hier sind«, teilte Xamus den anderen über die Schulter mit. »Ich bin nicht sicher, wie sie uns empfangen werden.«

Was als stechender Lichtpunkt begann, nahm langsam die Form eines Tunnelendes an, während sie immer weiter vordrangen und schließlich in hellen Sonnenschein und das sanfte Rauschen naher Wasserfälle hinaustraten.

Sie standen am Rand einer grasbewachsenen Terrasse, die einen atemberaubenden Blick auf die gesamte Enklave bot: Wege schlängelten sich zwischen glitzernden Seen und Teichen, die in einem inneren Licht zu leuchten schienen. Gebäude unterschiedlicher Größe mit Kuppel- und Giebeldächern, die in einem architektonischen Stil erbaut waren, der Xamus' Gefährten vollkommen fremd war, säumten die Landschaft. Prächtige Gärten blühten in Hülle und Fülle, vor allem im Zentrum der Siedlung. Überall in den Randgebieten erstreckten sich dicke Äste, die sich miteinander verwoben, um Erhöhungen und Brücken zwischen riesengroßen Bäumen zu bilden, die in ihren grünen Ästen kleinere Behausungen beherbergten. Zur Linken der Gruppe ragte ein ebenso elegantes wie schroffes Bauwerk zwischen herabstürzenden Wasserfällen aus dem Berghang hervor.

Die Zuflucht war auf allen Seiten von Felsen und Wald begrenzt und erweckte den Eindruck eines der Welt entrückten Ortes, an dem Abgeschiedenheit und scheinbar auch Frieden herrschten. Doch sogar hier konnten die Geächteten die Anwesenheit einer unterschwelligen Präsenz spüren ...

»Er ist hier«, meinte Darylonde. »Der Auroboros.«

Die anderen nickten. »Ich habe ihn nie zuvor gespürt«, entgegnete Xamus. »Oder vielleicht war es nur unbewusst, und ich wusste einfach nicht zu deuten, was ich fühlte.«

»Ich würde sagen, es gibt eine ganze Menge, was du nicht verstehst.« Eine Frau trat aus einem Weg heraus, der von dem riesigen Gebäude zwischen den Wasserfällen wegführte. Ihr Kopf war mit einer Tiara geschmückt. Seidiges blondes Haar, das auf beiden Seiten durch spitze Ohren gescheitelt war, floss ihr über Schultern und Rücken. Sie trug ein kunstvoll gemustertes, mehrlagiges Gewand, auf dem die Sonnenstrahlen funkelten. »Du hast deine Wahl schon vor langer Zeit getroffen«, sagte die Frau, und ihr strenger Gesichtsausdruck spiegelte ihren Tonfall wider.

»Hallo Shallandra«, begrüßte Xamus sie.

»Du hast das Wissen gegen leichtsinnige und kindische Unternehmungen eingetauscht«, fuhr die Frau fort, den Blick auf

Xamus gerichtet und die anderen ignorierend. »Du bist gegangen. Du hast dich von deinem Volk abgewandt und dein Erbe verleugnet.«

»Ich habe die Freiheit gekostet«, entgegnete Xamus.

»Die der Rest von uns dem Gemeinwohl geopfert hat«, konterte Shallandra. »Du warst und bist selbstsüchtig.«

»Das Wissen, das ich hier gesucht habe, hat man mir verwehrt«, erwiderte Xamus mit einem scharfen Unterton in der Stimme.

»Du sprichst von dem Buch«, unterbrach eine klangvolle Männerstimme das Wortgefecht. Xamus' ehemaliger Mentor Illarion trat auf einem Weg hervor, der dem Shallandras gegenüberlag. Der Elf trug ein ähnliches Gewand wie sie, war aber schlichter gekleidet. Sein Haar war ebenso lang wie das Shallandras, aber von einem satten dunklen Braun. Seine Augen schillerten grün wie Smaragde.

»Hätte ich dir erlaubt, den Folianten zu behalten, hättest du ihn dann überhaupt gelesen? Oder hättest du ihn nur überflogen und nach einer Abkürzung gesucht, wie du es immer getan hast? Wie oft habe ich dir schon gesagt, dass man Magie nicht einfach ›nach Gefühl‹ erlernen kann. Es erfordert Zeit und gewissenhaftes Studium. Leidenschaft, Geduld ... all das hat dir gefehlt. Du hast nie zugehört, wusstest es immer besser. Ich habe dir das Buch weggenommen, weil du noch nicht reif genug warst, um seine Geheimnisse zu begreifen.«

Xamus spürte, wie eine vertraute Wut in ihm aufstieg. Illarion schalt ihn wieder einmal, und doch musste der Elf zugeben ...

»An dem, was du sagst, ist etwas Wahres dran«, gestand Xamus ein.

Illarion hob eine Augenbraue.

»Ich war hochmütig«, fuhr Xamus fort. »Ja, ich war selbstsüchtig.« Er schaute zu Shallandra. »Ich war unzufrieden, weil ich in dieser Zuflucht eingesperrt war. Also bin ich gegangen, aber ich habe meine Abstammung nie verleugnet. Ich habe einfach beschlossen, nicht darauf aufmerksam zu machen.«

»Und nun bist du zurückgekehrt«, sagte Shallandra. »Auch noch in Begleitung von Fremden.« Dabei ließ sie den Blick kurz über die anderen schweifen.

»Ich bin zurückgekehrt, weil ich Wissen erlangt habe«, erklärte Xamus. »Ich – wir – sind im Norden gewesen. Wir wissen nun, was vor langer Zeit geschehen ist, mit Xan'Gro und Galandil, dem Schwarzen Turm, dem Schlangensturm. Ich habe mich ... verändert, habe viel gelernt. Über den Auroboros, die Weltenschlange, was sie ist und vermag.« Shallandra und Illarion tauschten einen Blick. »Was damals passiert ist, wird wieder geschehen, wenn wir«, er deutete auf seine Freunde, »es nicht aufhalten. Und um das zu erreichen, glaube ich, dass wir den Auroboros kanalisieren müssen, obgleich wir wissen – und akzeptieren –, dass wir seine Macht nicht kontrollieren können. Deshalb sind wir hierhergekommen, in der Hoffnung, dass ihr uns vielleicht ein wenig helft.«

Die beiden anderen Elfen dachten schweigend nach.

Torin räusperte sich. »Es ist eine beschissene Welt da draußen«, ließ sich der Zwerg vernehmen und erntete dafür tadelnde Blicke der älteren Elfen. »Aber eine, die es zu retten lohnt.«

»Das überlasse ich dir«, sagte Shallandra zu Illarion, ehe sie sich umdrehte und den Weg zurückging, den sie gekommen war.

Illarion senkte für einen Augenblick den Kopf. »Wir haben eure Rückkehr vorausgesehen«, erzählte der Lehrer. »Genau wie die Ereignisse, die du beschreibst.«

»Visionen«, meinte Xamus.

»Nur weil wir hier Schutz suchen, heißt das nicht, dass wir blind sind. Noch etwas, das du nie verstanden hast.«

Xamus unterdrückte eine Antwort, als sein alter Mentor sich näherte. »Streck die Hände aus«, sagte er und hielt seine eigenen mit den Handflächen nach oben, um zu zeigen, was er wollte.

Nach kurzem Zögern tat Xamus es ihm nach.

Illarion flüsterte etwas und machte eine Geste. Ein dicker Foliant materialisierte sich auf Xamus' Handflächen und wurde schwerer, als er sich verfestigte. Sobald er sich ganz manifestiert hatte, erkannte Xamus das Schlangensymbol auf dem Ledereinband, dessen Schuppen in der Sonne glitzerten.

»Du sagst, du hast dich verändert«, sprach Illarion und wies auf das Buch. »Beweise es.«

79
*Eine eindringliche
Warnung*

Die nächsten fünf Stunden verbrachten die Geächteten in der Bibliothek von Atesh'ar, einer der größten Baumkonstruktionen in der Zuflucht, die aus mehreren Bauwerken, teils mit Giebel-, teils mit Kuppeldächern, bestand. Darin fanden sich Regale voller Bücher, Folianten und Schriftrollen, auch an den Innenwänden und offenen Balkonen, die zur Enklave hinausführten, in der das Tageslicht bereits zu schwinden begann.

Xamus saß an einem Tisch und las den anderen aus dem Auroboros-Buch vor. Es war eine Augen öffnende, erstaunliche Lektüre, und sie schilderte nicht nur die Geschichte der Schlangenmacht im Norden – der einzige Teil, den Xamus nur überflog und in dem sich einige Punkte bestätigten, die ihm bereits bekannt waren. Das Buch enthielt auch eine weitere Geschichte, von der Xamus all die Jahre nichts geahnt hatte. Lange vor der Entfesselung des Schlangensturms durch Xan'Gro, als die Drow mit der Ausrottung der Elfen im Norden begonnen hatten, war eine Handvoll Familien geflohen. Sie waren in die Wüste Tanaroch gezogen und dort in Tanasrael auf die Ruinen eines vergessenen Volkes gestoßen – die Aldan Thei. Unter dem Wüstensand hatten sie das Auroboros-Mosaik erschaffen, das als Warnung für all jene gedacht war, die es wagen wollten, seine Energien zu kanalisieren.

Die Flüchtlinge waren dann in den Illischen Wald gereist, wo sie sich mittels Magie vor der Welt verbargen. Was er nicht gewusst hatte – und was ihn am meisten überraschte –, war der Umstand, dass die Elfen die Energien des Auroboros genutzt hatten, die tief unter den Wäldern verborgen waren, um diese unglaubliche Leistung zu vollbringen.

Diese magischen Kräfte hatten entsetzliche Auswirkungen, allen voran, dass die Elfen innerhalb des magischen Feldes weder altern noch sich fortpflanzen konnten. Die beinahe unsterblichen Elfen würden nie sterben, sondern die Ewigkeit in einer Art zeitloser Stasis verbringen. Dies war eines der vielen Dinge, die Xamus am »Leben« in der Zuflucht unzumutbar fand.

Er verstand jetzt, dass dies eine Nebenwirkung war, ausgelöst durch den Einsatz der Energien der Weltenschlange.

Als er dies alles den anderen erklärte, stellten sie Fragen. »Bist du denn nicht hier geboren?«, wollte Wilhelm wissen.

Xamus entgegnete: »Als die Drow die Hochelfen abschlachteten, floh meine Familie nicht mit den anderen Überlebenden. Aus welchem Grund auch immer blieb sie im alten Sularia. Sie versteckten sich unter den Menschen, nahmen den Namen Frood an, um weniger aufzufallen, zogen von Ort zu Ort und hielten ihre wahre Natur jahrhundertelang verborgen. Ich war noch sehr jung, als der Trümmerkrieg tobte und der Schlangensturm alles auslöschte, und kann mich an nichts davon erinnern. Was ich weiß, ist, dass alle von meiner Familie, mit Ausnahme meiner Tante Sevestra, in dem ganzen Wirrwarr starben. Sie rettete mich und nahm mich mit in den Süden. Wir zogen jahrelang umher und lebten wie Vagabunden ... während Rechtbrand und seine Städte Gestalt annahmen.« Xamus lächelte melancholisch. »Ich kann mich noch an ihr Gesicht erinnern, an ihr Lächeln. Ihr Blick war freundlich, aber traurig und immer müde. Sie sagte oft, dass sie nach all den Entbehrungen und Verlusten nur wolle, dass ich in Sicherheit bin. Wir hatten Gerüchte über Feyonnas gehört – dass andere unserer Art ein Versteck für sich geschaffen hatten. Nach langem Suchen fand sie die Schwelle und brachte mich her. Ich war erstaunt, diesen Ort zu sehen. Aber als ich in der ersten Nacht, die wir hier verbrachten, erwachte, war sie verschwunden.«

»Warum?«, fragte Torin.

»Ich habe später herausgefunden, dass sie Illarion gesagt hat, Feyonnas sei nichts für sie. Als sie wusste, dass es mir gut ging«, seine Stimme wurde leiser, »wollte sie wohl einfach mit dem Leben abschließen. Der Gedanke, hier für immer mit ihrem Kummer gefangen zu sein, war zu viel für sie. Ich habe sie nie wiedergesehen.«

»Wie alt warst du damals?«, wollte Oldavei wissen.

»Ich war ein wütender, enttäuschter Achtzehn- oder Neunzehnjähriger, zumindest nach Menschenjahren.«

»Das war doch vor Jahrhunderten«, sagte Wilhelm ungläubig.

»Die Zeit vergeht hier nicht wie in der Außenwelt. Ich habe lange hier gelebt, aber ich hatte nie wirklich das Gefühl dazuzugehören, und in gewisser Weise habe ich diesem Ort und seinen Bewohnern stets die Schuld an Sevestras Verlust gegeben. Schließlich bin ich einfach weggegangen, habe Feyonnas vergessen und nie zurückgeblickt. Als ich euch Abschaum kennenlernte, war ich schon seit etwa zwanzig Jahren allein in Rechtbrand.«

»Ich werde dich ab jetzt Opa nennen«, flachste Torin.

»Ururopa«, fügte Oldavei feixend hinzu.

Xamus schüttelte den Kopf und sah auf das Buch hinunter. »Ich fand es schon immer lächerlich, dass die Elfen einen Zauber aufrechterhielten, der sie isolierte, sie daran hinderte, zu altern oder ein richtiges Leben zu führen, sie daran hinderte, sich fortzupflanzen. Doch nun weiß ich ...«

»... dass sie nur versucht haben, den Auroboros einzudämmen«, vollendete Darylonde seinen Satz.

In diesem Augenblick drangen die Klänge einer sanften Melodie an ihre Ohren. Als Antwort auf die Blicke der anderen sagte Xamus: »Die Blumen der Singenden Gärten musizieren am Ende jedes Tages, wenn sie im Mondlicht blühen.«

»Schön«, hauchte Wilhelm mit andächtig geschlossenen Augen.

In diesem Moment erhob sich ein Chor von Stimmen, die in die beruhigende Melodie der Gärten einfielen. Sie schienen von überallher zu kommen, obwohl die meisten im Osten des Archivs zu hören waren. Xamus erhob sich und ging zu den gewölbten Fenstern des Balkons, der auf das größte Gebäude der Zuflucht, den Schrein von Nar'lithyl, hinausging. Die anderen schlossen sich ihm bald an und schauten auch hinaus, wo sich eine Schar von Elfen auf den Erdterrassen nahe der Spitze des Bauwerks und entlang des Geländes an seinem Fuß versammelt hatte. Ihre Stimmen erhoben sich zu einem eindringlichen Klagelied.

»Ich dachte immer, dieses Ritual sei traurig und sinnlos«, gestand Xamus.

Jetzt wusste der Elf, dass sein Volk den nächtlichen Gesang nutzte, um seine dunkelsten Gedanken und Neigungen, einige der intimsten Teile von sich selbst darzubringen, um die Schlange zu besänftigen und zu verhindern, dass sie sich erhob und die Zuflucht komplett einnahm. Die ganze Wucht des Geschehens traf ihn und rief Emotionen wach, die er jahrelang unterdrückt hatte. Er wischte sich eine Träne von der Wange, als Oldavei ihm eine Hand aufmunternd auf die Schulter legte.

Die Geächteten sahen flüchtige Energien in verschiedenen Farben, die von den versammelten Sängern ausgingen, brandeten und kreisten, ehe sie in den Boden und außer Sichtweite sanken, unter den Schrein, wo, wie Xamus jetzt wusste, der Auroboros in seiner größten Konzentration existierte. Das hatte er noch nie gesehen, so oft er auch zugesehen oder an diesem Ritual teilgenommen hatte. Es war, als seien seine Augen zum ersten Mal wirklich offen, und er sah die Zuflucht buchstäblich auf eine neue Weise.

»Ich wusste so viel nicht«, sagte Xamus. »So vieles habe ich nicht begriffen ... oder wollte es nicht begreifen. Ich habe ein größeres Verständnis für«, der Elf senkte den Kopf, »das Opfer, das diese Leute jeden Tag bringen.«

»Nicht ›diese Leute‹«, widersprach Illarion, nur wenige Schritte hinter ihnen. Die Geächteten wandten sich zu ihm um. »*Deine* Leute.«

Xamus hob leicht das Kinn. »Ja«, bestätigte er. »Meine Leute.«

Der Lehrer musterte über den Tisch hinweg den Folianten. »Du hast das Buch gelesen.«

»Ja«, antwortete Xamus.

»Dann weißt du, dass es einen Weg gibt«, fuhr Illarion fort, »ein gewisses Maß an Kontrolle über die Schlange zu erlangen.«

Xamus nickte. Ganz am Ende des Buches gab es einen Abschnitt, in dem von den elfischen Tätowierern die Rede war, den außerordentlich talentierten Tir'Assar, deren Kunst auch Xamus' Körper zierte, und von einem sogenannten Mal der Schlange. »Von allen Kapiteln des Buches war dieser Abschnitt der unklarste«, meinte Xamus.

»Aus gutem Grund«, erwiderte Illarion. »Das Mal kann dem Träger ein gewisses Maß an Kontrolle über den Auroboros verleihen, das ist wahr. Aber es ist nur ein letzter Ausweg ... es lässt sich nie wieder rückgängig machen. Wer es trägt, trägt es für immer.«

»Wenn es uns helfen kann, den Auroboros zu bändigen, ist es das wert«, warf Torin ein.

»Ihr versteht nicht«, warnte Illarion sie. »Die Kontrolle über die Weltenschlange wird euch alles nehmen, jedes Quäntchen eures Wesens. Ihr werdet in gewisser Hinsicht gottgleich werden, aber eure außergewöhnlichen Fähigkeiten werden nur von kurzer Dauer sein, denn Sterbliche sind nicht dazu bestimmt, über solche Macht zu verfügen. Die Kraft des Auroboros wird sich nach innen wenden und sich verzehren, die tapfersten Herzen und die furchtlosesten Seelen verschlingen. Es ist nur eine Frage der Zeit. Ich sage es euch ganz deutlich: Wählt ihr das Mal, werdet ihr sterben.«

80

Die Grube der Schuppen

»Weißt du, wie oft man mir schon gesagt hat, dass ich sterben werde?«, flüsterte Wilhelm Torin zu. Die beiden folgten Illarion, der die Geächteten durch einen schwach beleuchteten Gang führte.

Sie stiegen unter den Schrein von Nar'lithyl hinab. Hier gab es einen geheimen Ort weit unter dem Bauwerk, der Xamus all die Jahre, die er in der Zuflucht gelebt hatte, verborgen geblieben war. Der Erdstollen führte in einer ständigen Kurve nach unten.

»Ich würde mir nicht zu viele Sorgen machen«, fuhr Wilhelm fort. »Außerdem müssen wir ja noch die Prüfung bestehen.«

Illarion hatte ihnen erklärt, sie müssten sich, bevor sie das Mal erhielten, »dem Ritual« unterziehen.

Die Konzentration der Auroboros-Energien in dem unterirdischen Raum war schwindelerregend, sogar noch ausgeprägter als in der Nordwildnis. Leise Stimmen drangen durch die gewundenen Tunnel, begleitet von einem gleichmäßigen Pochen, während die Gruppe weiterging und feststellte, dass die Wände mit großen, sich überlagernden Schieferplatten bedeckt waren, über deren Oberfläche ein geheimnisvolles, unheimliches Licht wellenförmig pulsierte. Die funkelnden Steine erinnerten Xamus an die Haut der Weltenschlange und ließen ihn vermuten, dass sie auch der Ursprung des Namens der Grotte waren: die Grube der Schuppen.

Das sich wiederholende Klopfen wurde deutlicher, als sie eine größere Kammer erreichten, in der Oldavei mit schnellem Schnüffeln einen Geruch von Schwefel wahrnahm. Ein leuchtendes Becken in der Mitte erhellte die Höhle. Auf eine Geste Illarions hin stellten sich die Geächteten ringsum und starrten in die wirbelnde gelbe Flüssigkeit hinab. Tief drinnen, kaum erkennbar, schienen lange, dünne Schatten zu gleiten und zu wandern.

»Hier«, erklärte Illarion, »könnt ihr eine Vision sehen oder auch nicht. Das Ergebnis wird darüber entscheiden, ob ihr geeignet seid, das Mal zu erhalten.«

»Wir haben uns schon ähnlichen Visionen unterzogen«, berichtete Xamus. »Bei den Druiden.«

»Dann habt ihr einen Vorteil gegenüber den wenigen, die vor euch kamen«, entgegnete Illarion. Er wies auf den Boden. »Nehmt Platz.« Die Geächteten gehorchten. »Schaut in das Becken.«

Die Geächteten sahen in die hypnotisierende Flüssigkeit und passten ihre Atmung an, wie sie es früher im Bärenhügel getan hatten. Die Stimmen in der Umgebung verstummten. Der Herzschlag der Reisenden suchte den Einklang mit dem Klopfen, das durch die Kammer hallte, während sie sich in dem wirbelnden Spiel von Licht und Schatten im Becken verloren.

Vor allen blitzte plötzlich dieselbe Vision auf: ein Baum mit weitverzweigten Ästen, fast unbegreiflich in seiner Größe, mit leuchtenden Sternen anstelle von Blättern – der in ätherischem Nebel schwebte. Die Weltenschlange, die sich zunächst nicht bewegte, regte sich, wand sich langsam um die riesigen Wurzeln – und verschlang dabei ihren eigenen Schwanz. Sie rollte sich zusammen, erstickte an sich selbst und ließ Sterne von den Ästen über ihr fallen. In den sich bewegenden Auroboros-Schuppen spiegelten sich elfenähnliche Wesen in verschiedenen Gewändern, einige hellhäutig, andere dunkel. Sie sangen mit erhobenen Händen und geschlossenen Augen und schienen zugleich Sklaven und Meister der Weltenschlange zu sein. Dann endete die Offenbarung jäh und das Bild des Baumes und der Schlange wich wieder dem geheimnisvollen Teich vor ihnen.

»Was zur Hölle war das denn?«, fragte Wilhelm.

Illarion schwieg zunächst. Er musste ebenfalls Zeuge der Vision gewesen sein, denn seine Züge waren von einer Mischung aus Unglauben und Unbehagen getrübt. Schließlich sagte er: »Die Vision sagt eine mögliche Zukunft voraus, einen Blick ins Herz der Schöpfung und eine Vorhersage dessen, was geschehen wird, sollte die Schlange wieder erwachen: Die Welt würde fallen wie die Sterne der Himmelskrone. Die Welt würde vergehen.«

»Was waren das für Leute?«, wollte Wilhelm wissen.

»Die Aldan Thei?«, mutmaßte Xamus. »Mit ihnen hat alles angefangen ...«

»Korrekt«, bestätigte Illarion leicht überrascht.

»Na schön«, erkundigte sich Torin. »Haben wir nun bestanden oder nicht?«

»Ich glaube, eure Geschicke sind mit der Schlange verbunden«, erwiderte Illarion. »Eure bisherigen Interaktionen mit dem Auroboros haben eine Verbindung hergestellt und euch mit ihm verknüpft. Diese Verbindung wird sich verstärken, wenn ihr das Mal tragt. Aber ihr müsst es in vollem Wissen um die Konsequenzen annehmen.«

Die Geächteten erhoben sich. Xamus sah die anderen an. »Beim Versuch, die Welt zu retten, draufgehen ... oder zusehen, wie sie in Flammen aufgeht ...«

»... nur um gleichwohl draufzugehen«, vollendete Oldavei.

Xamus sah Illarion an. »Ich werde das Mal tragen«, verkündete er.

»Ich ebenso«, schloss sich ihm Darylonde an.

»Klar, ich auch«, kam von Torin.

»Scheiß drauf, ich bin dabei«, erklärte Wilhelm.

»Wir haben keine andere Wahl«, fügte Oldavei grimmig entschlossen hinzu.

»Dann folgt mir«, sprach Illarion und schritt tiefer in den Tunnel.

Während die Geächteten sich ihm anschlossen, fragte Torin: »Was ist mit den anderen Visionen? Worum ging es da im Bärenhügel?«

»Zuerst waren die meisten nur Fingerzeige«, antwortete Darylonde. »Sie haben uns den Weg hierher gewiesen – die Wagen, die Karawane, die Zikkurat. Die nächsten waren eine Mischung aus Hinweisen – etwa Eric im Kolosseum – und Bildern von Dingen, an die wir uns verzweifelt klammerten: Ängste und Zweifel und die Lasten, die uns bedrückten.«

»Ich hatte eine Vision dessen, was mich von meinem Volk wegtrieb«, erzählte Oldavei. »Tod durch Feuer. Viele Dinge, die wir sahen, sind die, die wir loslassen mussten, um Frieden zu finden. Wir Ma'ii glauben, dass uns die Dinge, an denen wir festhalten, nach unserem Tod von diesem Leben ins nächste begleiten.«

»Wir werden aber nicht sterben«, sagte Wilhelm, der direkt hinter Illarion ging, über die Schulter.

Torin dachte an seine Vision, nicht nur an die Axt der Herrschaft, sondern auch an die Grabhügel, die für seine Eltern standen, seine ungewisse Abstammung, eine anhaltende Sorge, die seine Zeit in Mitholm gemildert hatte.

Darylonde dachte an die Bilder, die er gesehen hatte, seine tote Patrouille, seine gequälten Freunde, die Albträume, die er hinter sich gelassen hatte, als er in der Nordwildnis erneut einen Glaubenssprung gewagt hatte.

Wilhelm dachte an seine Vision bei ihrem zweiten Besuch im Bärenhügel, an die leere Arena, und fragte sich, woran er noch immer festhielt.

Xamus hatte eine Erkenntnis. »Ich habe mich getäuscht, was das Bild angeht«, wandte er sich an Wilhelm. »Ich dachte, der Jüngling schwelge in der Vergangenheit, trauere um das Leben und das Zuhause, was er zurücklässt. Ich dachte, der Jüngling sei ich oder eine Version von mir ... aber das ist nicht der Fall. Er steht für uns alle. Er ist nicht in der Vergangenheit gefangen, sondern schaut in die Zukunft, um eine ganz neue Verantwortung zu übernehmen. Er ist bereit, der Kindheit und der unbesonnenen Jugend den Rücken zu kehren, das Vergangene loszulassen und sich auf die vor ihm liegende Aufgabe zu konzentrieren.«

»Jetzt wirst du aber tiefsinnig«, sagte Wilhelm.

Xamus feixte. »Wie gesagt, Mann, das Wichtigste an der Kunst ist nicht das, was der Schöpfer beabsichtigt, sondern das, was der Betrachter davon mitnimmt.«

Illarion warf stumm einen Blick zurück, als er sie in eine größere Kammer führte, in der dieselbe gelblich schimmernde Flüssigkeit aus dem Teich in Kaskaden an der gegenüberliegenden Wand hinunterlief. Aus der steinernen Decke ragten zwei massive Stalaktiten, die nach unten reichten und sich nach innen bogen, sodass sie riesigen Reißzähnen ähnelten. Darunter stand ein Elf.

Genauer: ein Tir'Assar.

Die Tir'Assar gehörten zu den ältesten und begabtesten Künstlern der Welt. Die Empfänger ihrer Tätowierungen galten als lebende Leinwände, auf denen die Körperkünstler ihre Meisterwerke verwirklichten, die nicht nur ihren eigenen Stil und ihr Fachwissen zum Ausdruck brachten, sondern auch die Kreativität in ihrer reinsten Form, ohne Rücksicht auf Erwartungen, Rezeption oder kritische Analyse.

Der elfische Künstler war besonders groß und in vornehme, mehrlagige rote Gewänder gekleidet. Sein langes Haar war sorgfältig frisiert, hochgesteckt und fiel in sanften Wellen bis zu den Hüften. Er trug glänzenden Schmuck in Nase, Ohren und Unterlippe. Sein Gesicht war geschminkt und seine grünen Augen leuchteten. Zu seinen Füßen standen mehrere mit flimmernder Flüssigkeit gefüllte Tintenflaschen. In seiner rechten Hand befand sich eine Tätowiernadel.

»Willkommen«, sagte der Tätowierer mit tiefer Stimme, die das Rauschen des Wassers übertönte. Er wies auf den freien Platz an seiner Seite. »Kommt nun und empfangt euer Schicksal.«

81

*Das Mal der
Schlange*

Im Laufe der Nacht legten sie sich einer nach dem anderen auf den harten, feuchten Stein und erhielten das Mal.

Die Tätowierungen waren alle gleich und dennoch einzigartig. Sie alle zeigten den Auroboros in Form einer Acht, den eigenen Schwanz fressend, und dennoch spiegelte jede entweder die Persönlichkeit oder die Kultur ihres Trägers wider, manche sogar beides. Torins Tätowierung war kantig, mit breiten Linien, ganz im Stil der Zwerge. Oldaveis Mal war in den gedeckten, matten Farbtönen gehalten, die typisch für sein Wüstenvolk waren. Darylondes Schlange war beklemmend detailreich und mit Abstand die realistischste von allen. Wilhelms sah beinahe expressionistisch aus, übertrieben und abstrakt hinsichtlich ihrer Züge und Proportionen. Xamus' war einfach und elegant gehalten, strotzte jedoch ganz im Sinne der Elfen vor Lebendigkeit und satten Farben.

Nach der Fertigstellung spürte jeder von ihnen eine überwältigende Woge von Energie und eine Verbindung zu der zeitlosen Kraft, die unter ihren Füßen schlummerte.

»Wie fühlst du dich?«, fragte Illarion Xamus.

Xamus' Sinne waren geschärft. Er konnte klarer denken als je zuvor, und seine Gedanken wanderten so schnell, dass er Mühe hatte, mit ihnen Schritt zu halten. Er streckte die Hände seitlich aus. Ein Ächzen entfuhr den Steinen, als sich der gesamte Tunnel leicht ausdehnte und dann wieder zusammenzog. Er sah Illarion an.

»Gottgleich, um ehrlich zu sein«, antwortete er. Mit einem Blick auf die anderen vergewisserte sich Xamus, dass ihnen ähnliche Offenbarungen zuteilwurden.

»Ein jeder von euch trägt nun Kräfte in sich, die jenseits eurer Vorstellungskraft liegen«, sagte Illarion. »Das Mal stellt eine unmögliche Bürde dar. Ihr müsst euch dafür wappnen und sorgsam auf euren Geist achten. Ein fehlgeleiteter Gedanke, eine gewalttätige Fantasie könnte diese Kräfte entfesseln und irreparablen Schaden anrichten, ungeachtet eurer Absichten. Ihr müsst stets die Kontrolle über den Auroboros behalten. Wir lehren die Träger des Mals traditionell einen besonnenen Umgang damit. Besonders in diesem Frühstadium.«

»Ich fürchte, Besonnenheit ist ein Luxus, den wir uns nicht leisten können«, erwiderte Xamus.

»Wenn ihr die Kräfte zu oft und in zu schneller Folge einsetzt, werden die Qualen und der unvermeidliche Untergang des Trägers ebenfalls rascher eintreten«, mahnte Illarion.

Die Geächteten warfen einander ernüchterte Blicke zu.

»Ich denke, wir sind uns der Risiken bewusst«, erklärte Xamus. »Das ändert aber nichts daran, was wir tun müssen.«

Illarion sah ihnen nacheinander ins Gesicht und fand darin nur unerbittliche Entschlossenheit. Seine Miene zeugte von Respekt, als er sich umdrehte und sie zurück zum Schrein führte.

Die andersweltliche Tinte brannte leicht, aber unaufhörlich, als die Gruppe dem Lehrmeister folgte, wobei ihre Tätowierungen im Dunkeln hell schimmerten.

»So«, wandte sich Illarion an Xamus, der neben ihm herging. »Was nun?«

»Nun stellen wir uns den Kindern der Sonne«, antwortete Xamus. »Wir haben keine Zeit, uns auszuruhen. Ich fürchte, wir sind schon zu lange hier. Wenn der Kult die Flotte von Weitflut unter seine Kontrolle bringt, wird Sargrad fallen. Wenn er die Hauptstadt einnimmt, ist Rechtbrand verloren.«

Illarion nickte, als sie aus dem Tunnel in die untere Etage des Schreins traten. »Geht zur Terrasse, auf der ich euch empfangen habe«, sagte der Lehrmeister. »Ich will euch noch etwas geben, ehe ihr aufbrecht.« Mit diesen Worten verschwand er im angrenzenden Saal.

Die Gruppe wartete nur wenige Augenblicke unter dem Sternenhimmel, bis Illarion zurückkehrte, ein in ein Tuch geschlagenes Bündel in den Händen. Er trat vor Xamus.

»Es hat einst Sevestra gehört«, berichtete der Lehrmeister. »Sie bat mich, es dir erst zu geben, wenn ich spüre, dass du bereit dazu bist. Du bist damals ohne Vorankündigung aufgebrochen. Doch selbst wenn ich davon gewusst hätte, hätte ich es dir damals nicht überlassen, weil ich das Gefühl hatte, dass du es noch nicht verdientest. Nun, da ich erlebt habe, wie du dich verändert hast, sehe ich das anders.«

Illarion schlug den Stoff zurück und ein elfisches Kurzschwert kam zum Vorschein. »Nimm es«, sagte er.

Xamus legte die Finger um den Griff, hielt die Scheide mit der linken Hand fest und zog die Waffe. »Es ist Teil eines Sets«, fuhr Illarion fort, »das deinem Onkel gehörte. Es heißt Sorro'mir, und es ist an der Zeit, dass du es führst.«

»Sorro'mir«, wiederholte Xamus. »Dämmerflüstern.«

Das Schwert war ein Meisterstück der Schmiedekunst mit lederumwickeltem Griff, einer gekrümmten Klinge, auf deren Fehlschärfe Sigille geätzt waren, und mit einer filigranen goldenen Parierstange. Als Xamus die Waffe vor sich hielt, reflektierte sie einen Mondstrahl in sein staunendes Gesicht.

»Danke«, flüsterte Xamus ehrfürchtig und schob das Schwert wieder in die Scheide.

»Ehe du wieder losziehst«, sprach Illarion mit eindringlichem Blick, »möchte ich dir noch etwas auf den Weg mitgeben. Ob du es selbst so siehst oder nicht«, er legte eine Hand auf Xamus' Schulter, »Feyonnas ist dein Zuhause und wird immer dein Zuhause sein.«

Seine Gefühle überwältigten Xamus. Er konnte nicht sprechen, deshalb nickte er nur stumm und wischte sich die Augenwinkel trocken. Gleich darauf verabschiedeten sich die Reisenden und gingen zur Passage in den Illischen Wald.

Als sie an die Schwelle kamen, waren alle außer Xamus verblüfft, Sonnenlicht zwischen dem Blätterdach durchschimmern zu sehen. Der Elf ergriff das Wort. »Wie gesagt, die Zeit vergeht in Feyonnas anders.«

Es dauerte nicht lange, bis sie den Wald durchquert hatten, doch als sie aus dem Dickicht auf eine Lichtung nahe der Küste traten, war die *Schöner Tag* nirgends zu sehen. Oldavei schaute zur Sonne, die sich den Bergkuppen im Westen näherte.

»Schon gut«, meinte Xamus. »Ich hätte ihn ohnehin gebeten, ohne uns aufzubrechen, denn ich kann uns schneller und zuverlässiger dorthin bringen.« Er betrachtete seine Tätowierung. »Ich bin mir sicher.«

»Alles hat sich verändert«, stellte Torin fest und betrachtete das Mal auf seinem Unterarm.

»Zum Glück«, sagte Xamus, »war ich schon mal in Weitflut. Ich kann mich noch gut an die Holzstraße erinnern, die aus dem Norden hineinführt. Dorthin bringe ich uns, damit wir uns ein Bild der Lage machen können.«

Einen Augenblick lang herrschte Stille, begleitet von einem Gefühl der Schwere und Endgültigkeit.

Xamus musterte die anderen. »Wenn der Weltuntergang oder unser eigenes Ende bevorsteht, dann bin ich froh, diesen Weg mit euch zu gehen, Freunde.«

Darylondes strenge Stimme entgegnete: »Wir sind keine Freunde.« Die anderen sahen ihn an, und in sanfterem Tonfall fuhr er fort: »Nach all dem Dreck, den wir gemeinsam erlebt haben, sind wir Brüder.«

Die Gruppe bildete einen Kreis. Xamus ergriff das Wort: »Amberlyn lehrte mich, dass Magie gleichsam Ordnung und Chaos bedeutet. Wie ein Sturm. Um die wilde Magie zu kontrollieren, musste ich das Auge sein …« Er hielt inne, musterte seine Tätowierung, spürte die Energie unter seiner Haut kribbeln. Dann trat er in die Mitte des Kreises und streckte die Hand aus. Einer nach dem anderen taten seine Gefährten es ihm gleich und legten die Hände aufeinander. Xamus sah jedem von ihnen in die Augen, dann sagte er: »Nun ist es an der Zeit, der Sturm zu sein.«

Der Elf flüsterte Worte der Macht und binnen eines Lidschlags waren sie alle verschwunden.

82

*Die Belagerung
Weitfluts*

Ein Nordwind hatte die unnatürlichen Sandstürme zum Teil von der Bucht Weitfluts ins Landesinnere geweht. Als die Gefährten auf der schmutzigen Landstraße vor dem Haupttor ankamen, waren sie von dichtem, staubigem Dunst umgeben.

Die Straße führte über eine Lichtung, die in jeder Richtung viele Meter lang keine Besonderheiten aufwies, sondern nur mit Stümpfen übersäte Erde, auf der man vor langer Zeit Bäume für die örtlichen Holzfabriken gefällt hatte. Jenseits des Kahlschlags erhob sich zu allen Seiten dichter Wald, unterbrochen nur durch das breite Band der Landstraße, das sich nach Norden durch die Bäume hindurchschlängelte, bis es außer Sichtweite war.

Im Westen gloste die Sonne wie eine purpurne Kugel durch den Staub.

Einige Meter weiter südlich hörten sie den Lärm und die Stimmen unruhiger Soldaten.

Die Verteidiger Weitfluts, die in der wolkenverhangenen Ferne kaum zu erkennen waren, standen in Reih und Glied vor den Toren und den stabilen Holzpalisaden, die die festungsartigen Mauern der Stadt bildeten.

Ein großer Schemen näherte sich, und die Gruppe hielt auf ihn zu, um ihn zu begrüßen.

»Es scheint, als hätte der Wind irgendeinen Wüstenabschaum hergeweht«, brummte eine grollende Stimme, die jedoch nicht wirklich bösartig klang.

Die Gruppe erkannte Molt Donnerhuf, den Minotaurengladiator, dem sie beim Bardenfeld-Musikfest begegnet waren. Sein Oberkörper war nackt und er trug einen riesigen Holzhammer auf dem Rücken. In der einen Hand hielt er eine Flasche und er stank nach Bier.

»Na, so was«, begrüßte ihn Torin. »Hätte nicht erwartet, deinen betrunkenen Arsch hier zu sehen.«

»Du hast sicher gehört, dass Lietsin gefallen ist«, entgegnete Molt. »Mein Kolosseum ist jetzt in den Händen dieser stinkenden Sekte. Ich will verdammt sein, wenn ich zusehe, wie sie eine weitere Stadt einnimmt.«

»Wir sind der gleichen Meinung«, erklärte Wilhelm.

»Wie ich höre, ist euch das Kolosseum auch nicht fremd, Mannschaft Haggö.« Auf die irritierten Blicke der Gruppe hin sagte Molt: »Ich wusste von den Beschreibungen her, dass ihr Schafsköpfe das sein müsst!«

»Wir kommen ganz schön rum«, antwortete Oldavei.

Als sie sich den Toren näherten, trafen sie auf eine bunt zusammengewürfelte Gruppe von Verteidigern. Leicht gepanzerte Weitflut-Marinesoldaten – die lokalen Ordnungshüter – bildeten die vordersten Linien. Unterstützt wurden sie von ungerüsteten Bürgern, hauptsächlich Schiffszimmerleuten, Wirten, Hafenarbeitern, Kaufleuten und kräftigen Einheimischen. Bogenschützen standen auf den Wällen.

Molt stellte die Geächteten einigen seiner Gladiatoren-Mitstreiter vor, raue Gestalten, die kaum Rüstung trugen und eine Reihe von Waffen mit sich führten. Diese Krieger, die es gewohnt waren, in der Arena zu kämpfen, trugen die Wunden und die grimmigen Gesichter von Soldaten, die die wahren Schrecken des Krieges gesehen hatten, gewiss aufgrund ihrer Erlebnisse in Lietsin.

»Was habt ihr getan?«, rief eine Stimme.

Xamus drehte sich um und sah Piotr auf sich zukommen. Statt der angespitzten Kampfstecken, die er in Sargrad getragen hatte, hingen zwei Sicheln an seinem Gürtel. Er trat direkt auf Xamus zu, ergriff sein Handgelenk und hielt es mit dem Schlangenmal nach oben. »Es wird euch verzehren. Euch alle!«

Die anderen Bohen-Dur-Mönche, darunter jene, die Nicholas aus den Kerkern der Draconis Malisath befreit hatte, kamen sichtlich besorgt näher.

»Diesmal haben wir es nicht mit Nachtteufeln zu tun«, entgegnete Xamus, »sondern mit etwas viel Schlimmerem. Der Anführer des Kults nutzt dieselbe Kraft und will die Zivilisation zerstören.

Er wird alles einäschern, wenn wir ihn nicht aufhalten. Also werden wir Feuer mit Feuer bekämpfen. Aber mit offenen Augen. Wir wissen um die Risiken und die Verantwortung, die wir tragen.«

Die Mienen der Bohen Dur wurden weicher.

Piotr dachte über Xamus' Worte nach und ließ seinen Blick über die anderen Geächteten schweifen, dann wich er zurück und verneigte sich respektvoll. »Es wird uns eine Ehre sein, an eurer Seite zu kämpfen.«

Die anderen Mönche verbeugten sich ebenfalls.

»Ich danke euch«, antwortete Xamus.

»Was ist mit Sargrads Militär?«, fragte Torin Piotr. »Dem Kämpfenden Orden?«

»Soweit ich weiß, hat er nichts von sich hören lassen«, erwiderte Piotr.

»Feige Hurensöhne!«, schimpfte Torin.

Jemand brüllte: »Ho!«

Torin drehte sich um und sah eine Gruppe von Wüstenzwergen, die die Geächteten aus den Minen unter Tanasrael befreit hatten. Zu ihnen gesellte sich ein größeres Kontingent von Rotklippe-Zwergen die alle für den Krieg gerüstet waren. Torin freute sich, die ehemaligen Gefangenen zu sehen, die wieder an Gewicht zugelegt hatten. Sie begrüßten die Geächteten mit Entschlossenheit im Blick und Feuer im Herzen. Der erste unter ihnen war ein Zwerg, an dessen Namen sich Torin erinnerte: Donigan. Er hatte dunkles Haar, graue Schläfen und trug einen Kriegshelm unter einem Arm.

»Ich muss den Kindern der Sonne zwei Jahre Sklavenarbeit heimzahlen«, tönte er. »Das müssen viele von uns, und wir haben einige unserer Verwandten davon überzeugt, dass, wenn der Kult gewinnt …« Donigan hielt abgelenkt inne.

Torin erkannte, worauf er starrte, und nahm die Axt von seinem Rücken. »Die Axt der Herrschaft«, sagte er, während sich die anderen Zwerge aus Rotklippe ehrfürchtig um ihn scharten.

Während Torin eine kurze Geschichte über die Herkunft der Axt erzählte, musterte Xamus die eilig zusammengetrommelte Armee. Es war eine imposante Truppe, auch wenn er schätzte, dass sie weniger als fünfhundert Mann umfasste.

»Wissen wir, wie weit die Kinder der Sonne entfernt sind?«, fragte Xamus Molt.

»Ich habe gehört, sie sollen schon sehr nah sein«, erwiderte der Minotaurus.

Darylonde kniete nieder, runzelte die Stirn und legte eine Hand auf die harte Erde. »Näher, als ihr ahnt«, murmelte er.

Bald spürten alle Verteidiger, wie der Boden vibrierte. Geräusche drangen aus der Ferne an ihr Ohr: Knacken, Knirschen, Krachen. Die Vibrationen wurden stärker, die Geräusche lauter. Alle Augen richteten sich nach Norden, auf die Schneise, die sich hell inmitten des schattigen Waldes abzeichnete. Der Lärm wurde ohrenbetäubend, als lichte Flecken im dunklen Grün aufflackerten. Funken stoben. Holz knackte, brach, barst und stürzte schwer zu Boden. Glut wurde in den Schleier aus Staub geschleudert, während der Horizont in einer Feuerwand explodierte.

Unbeugsame Gestalten schritten durch die Flammen, gekleidet in düstere, schwer gepanzerte Rüstungen, Schwerter in der einen, Schilde in der anderen Hand. Sie bildeten eine sechs Reihen tiefe Formation, die sich zu beiden Seiten fast bis zum Horizont erstreckte, und marschierten den Abhang hinunter, während die schiere Intensität der Hitze hinter ihnen den einst dichten Wald in lodernde Glut und Asche verwandelte. Xamus vermutete, dass dies die Soldaten – die Ash'ahar – waren, vor denen Lara Regenruferin sie gewarnt hatte.

Durch die Asche kam die nächste Welle von Truppen, gekleidet in die vertrauten Wüstenfarben der Kinder der Sonne. Einige von ihnen, die mit purpurnen Kapuzen und kunstvolleren Ornaten geschmückt waren, erregten die Aufmerksamkeit der Geächteten, da sie außergewöhnliche magische Fähigkeiten bei ihnen spürten. Xamus vermutete, dass es sich um die Priester handelte, die Lara erwähnt hatte, die Ash'ahand. Die Kultisten in ihren Roben waren leicht doppelt so zahlreich wie die gepanzerten Soldaten.

Der Boden bebte noch heftiger, als die Umrisse riesiger, schwerfälliger Apparate aus dem Rauch auftauchten. Soweit die Geächteten es erkennen konnten, handelte es sich bei den Maschinen um Steinschleudern, aber sie ließen das Belagerungsgerät von den Tausend Quellen geradezu winzig erscheinen. Sie sahen eher aus wie rollende Häuser, die leicht drei Stockwerke hoch waren und am Horizont eine Stadtlandschaft bildeten. Als die mächtigen Apparate zum Stillstand kamen, hörte die Erde endlich auf zu beben. Einen Augenblick lang war das einzige Geräusch das anhaltende Rauschen von Wind und Sand.

»Was meinst du, wie viele das sind?«, fragte Molt Torin, als die Verteidiger untereinander zu flüstern begannen.

»Ein paar Tausend«, antwortete Torin.

Der Minotaurus nahm einen Schluck aus seiner Flasche. »Ich hatte gehofft, ich sehe doppelt!«

Oldavei spürte die Angst der Verteidiger, deren Äußerungen untereinander auf Zweifel und Hoffnungslosigkeit schließen ließen.

Eine einsame Gestalt ging von irgendwo aus den hinteren Reihen der Kultisten auf eine Stelle zu, die sich ein Stück vor den gepanzerten Truppen befand.

»Verteidiger Weitfluts!«, brüllte sie.

»Eric«, sagte Xamus, und auch die anderen Geächteten erkannten den Sektenführer.

»Die Machtübernahme kann ohne Blutvergießen vonstattengehen«, fuhr Eric fort. »Ihr seht, womit ihr es zu tun habt. Widerstand ist zwecklos. Die Säuberung Rechtbrands hat begonnen. Lietsin hat sich widersetzt und wir haben die Stadt zu Staub zermalmt.« Er deutete auf Weitflut. »Aber ihr dürft euch noch zu den Auserwählten zählen! Legt die Waffen nieder, schwört unserem Gebieter, dem Propheten Tikanen, die Treue, und ihr habt mein Wort ... Wir werden euch verschonen!«

Das Getuschel verstummte. Die allgemeine Angst war mit Händen zu greifen. Viele der Versammelten sahen einander hoffnungslos an. Marinesoldaten schauten zu ihren Kapitänen, die ebenso wenig ein noch aus zu wissen schienen wie alle anderen. Der zahlenmäßige Unterschied war deutlich. Es schien keine Hoffnung auf einen Sieg zu geben. Die Stille zog sich in die Länge.

»Ich warte immer noch auf eure Antwort!«, brüllte Eric.

Dann ertönte eine ruhige, harmonische Melodie von Wilhelms Aethari. Der Barde trat vor und entfernte sich einige Schritte von der Frontlinie. Er merkte, wie seine Schlangentätowierung intensiv glühte, und spürte, wie der Auroboros durch ihn hindurchströmte. Wilhelm bündelte die Energie, wandelte sie um in einen perfekten Ausdruck von Vitalität, Wille und Leidenschaft. Er verband seine Stimme mit den Akkorden, laut, volltönend und kristallklar:

Wenn nur noch Staub und Feuer bleibt, nur Tod auf allen Wegen,
Dann stell'n wir uns den Bastarden zum letzten Kampf entgegen.

Marinesoldaten und Einwohner runzelten verwirrt die Stirn, da sie von der Darbietung des Barden überrascht waren. Sie sahen einander zögernd an, dann richteten sie ihre volle Aufmerksamkeit auf Wilhelm. Auf der anderen Seite der großen Kluft schien sogar Eric überrumpelt, unsicher, wie er reagieren sollte.

Getroffen hat uns mancher Tritt, verwundet mancher Schlag,
Doch spucken wir in ihr Gesicht, und sei's der letzte Tag.

Das Tempo und die Intensität der Akkorde änderten sich und steigerten sich im weiteren Verlauf des Liedes nach und nach, während Wilhelm von einem Ende der Front zum anderen schritt. Als Lautstärke und Tempo zunahmen, spürten die Beschützer, wie die Musik ihr Herz berührte. Ermüdete Glieder belebten sich mit neuem Schwung. Die Herzen rasten. Mut, wie ihn keiner von ihnen je gekannt hatte, erwuchs in ihnen. Sie fühlten sich angespornt, gestärkt und ähnlich wie die Träger des Zeichens nahezu unbesiegbar. Nur die Mönche blieben von Wilhelms Lied unberührt, da sie sich auf ihre eigene innere Stärke verließen und einen besonnenen Geist bewahrten, der keinen äußeren Einfluss zuließ.

Wir glauben nicht ganz einfach blind, sind keines Herren Knecht,
Wir stehen füreinander ein, für Freiheit und für Recht!

Als Wilhelm sein Lied beendete, war die Stimmung der Verteidiger auf dem Höhepunkt.

Sie jauchzten und heulten, schlugen ihre Schwerter gegen die Schilde und verhöhnten die gegnerischen Truppen. Wilhelm stand wieder in ihrer Mitte und starrte die Aethari an.

»War das dein Lied, an dem du seit der Nordwildnis schreibst?«, fragte Xamus.

»Ja, stell dir vor«, antwortete der Barde, dem plötzlich klar war, was er loslassen musste: die Vorstellung, dass Berühmtheit seinen Wert definierte. Die Angst vor dem leeren Zuschauerraum. Er lachte plötzlich, packte das Instrument am Hals, beugte sich hinunter und zertrümmerte es. Die Verteidiger johlten.

»Euer Gebieter kann mich kreuzweise!«, brüllte Wilhelm über den offenen Platz. »Ihr wollt Weitflut? Dann kommt und holt es euch!«

Die Verteidigerlinie brach in trotzige Rufe aus und die Bogenschützen auf der Mauer schlossen sich an.

»Macht euch bereit!«, rief Xamus.

Die Geächteten verteilten sich über die Frontlinie.

Die Antwort der anderen Seite kam schnell: Knarrende Geräusche hallten über die Ebene. Die gewaltigen Arme der Steinschleudern peitschten nach oben und katapultierten apokalyptische Geschosse in den Himmel. Die »perfekten Bomben« der Kinder der Sonne, dreihundert Kilo schwere Brocken aus gepresstem Blutstein, die in eisernen Ringen brannten und knisterten, zogen eine Funkenspur hinter sich her, als sie durch den rötlichen Dunst rasten.

83

Blut und Feuer

Die Kinder der Sonne setzten sich langsam in Bewegung und marschierten auf das gegnerische Heer zu.

»Vorwärts!«, schrie Torin.

Die Reihe drängte voran, angeführt von Torin und den Zwergen aus Rotklippe, dann kamen Molt und die Gladiatoren. Als Nächstes folgten Oldavei und Wilhelm, Piotr und die Mönche und Darylonde am gegenüberliegenden Ende, dazwischen Marinesoldaten und Bürger Weitfluts. Xamus blieb stehen und ließ die Verteidiger um sich herumfließen wie Wasser, das an einer Klippe vorbeirauscht, während er seine neu verbesserten Fähigkeiten auf den Meteoritenregen des Blutsteinschiefers konzentrierte.

Es bedurfte keiner Worte der Macht. Denken und Handeln waren eins. Der Elf konzentrierte sich auf die drei Felsbrocken in seiner unmittelbaren Sichtlinie, und durch eine leichte Geste bremsten die schwelenden Geschosse ab und hingen in der Luft. Im selben Augenblick schlugen die Geschosse links und rechts mit verheerender Wirkung ein. Schreie durchdrangen den Dunst, als Holzwände explodierten. Inmitten des plötzlichen Chaos behielt Xamus seine Konzentration bei und schleuderte die drei brennenden Steine mittels schierer Willenskraft den Weg zurück, den sie gekommen waren.

Rauch und Feuer wogten an der Mauer entlang, als Xamus in vollem Tempo losrannte und sich mitten im Lauf teleportierte. In der einen Sekunde war er noch hinter den Verteidigern, in der nächsten direkt vor ihnen und setzte seinen Sprint fort. Dabei konnte er die ihm entgegenkommenden Angreifer aus nächster Nähe beobachten. Die magmaähnlichen Risse in ihren sich überlappenden Plattenpanzern, den Rauch, der aus den Fugen und Nähten aufstieg, die wie Sägeblätter gezackten Schilde und das magische Licht, das in ihren Helmen brannte.

Zwei der drei Blutsteinbrocken, die abrupt den Kurs gewechselt hatten, kamen kreischend zurückgeschossen. Sie schlugen tief in den Reihen der Gegner ein, explodierten beim Aufprall und schleuderten Dutzende flammender Kultisten in Roben durch die Luft. Das dritte Geschoss zerstörte die Basis der Steinschleuder, die es abgeschossen hatte, und ließ die oberen zwei Drittel in die feindliche Formation stürzen.

Eric stand lächelnd da, den Krummsäbel in der Hand, als Xamus auf ihn zustürmte, Sorro'mir noch in der Scheide.

Kurz bevor er Eric erreichte, teleportierte Xamus an ihm vorbei und materialisierte sich zwischen dem Sektenführer und den Ash'ahar. Er stieß die Arme nach vorn, und ein unsichtbarer Rammbock schien auf die Angreifer einzuschlagen, sie wie Spielzeugsoldaten zu verstreuen und ihre Rüstungen in Stücke zu reißen.

Xamus wirbelte herum, Sorro'mir nun in der Hand, während Eric zum Angriff überging. Die Schlangenenergien verliehen dem Elfen überlegene Geschwindigkeit, genug, um seine mittelmäßigen Fähigkeiten im Schwertkampf auszugleichen. Das Duell war in wenigen Sekunden vorbei, nachdem Xamus eine Reihe von Hieben pariert und mit einem Stoß von unvorstellbarer Geschwindigkeit geantwortet hatte, der seine Klinge in Erics Brust trieb, bevor er reagieren konnte.

Eric schien vollkommen überrascht zu sein und verstand erst in den letzten Sekunden seines Lebens, was gerade geschehen war, als seine Augen auf Xamus' Schlangentätowierung fielen und er zu Boden sackte.

Molt schoss vorbei, stürzte sich auf die vorrückenden Truppen und schwang seinen Hammer heftig genug, um Knochen damit bersten zu lassen. Doch Xamus fragte sich, ob unter der magischen Rüstung ihrer Gegner überhaupt Fleisch und Knochen existierten. Die Gladiatoren-Mitstreiter des Minotaurus prallten mit den Soldaten zusammen. Einer von ihnen hatte offenbar die Haltbarkeit seines Schwertes überschätzt. Die Klinge brach an der siedend heißen Brustplatte des Angreifers ab und sein Fehler kostete ihn den Kopf.

Xamus machte eine Geste und einige Schritte vor ihnen riss eine unsichtbare Kraft ein Loch in die feindlichen Linien. Der Elf teleportierte sich dorthin und hob die Hände, um die Kämpfer in seiner unmittelbaren Nähe in die Luft zu befördern, beinahe bis zur Höhe der Belagerungsmaschinen. Dann ließ er die Arme fallen, um die stummen Soldaten auf die Erde zu schleudern und ihre düsteren Rüstungen in Stücke zu schlagen. Den Elfen überkam ein plötzliches Schwindelgefühl, und er musste einen Schritt zur Seite machen, um wieder sicheren Halt zu finden. Er wischte sich den Schweiß von der fiebrigen Stirn und konzentrierte sich wieder auf seine Bemühungen.

An der Westflanke sprang Torin, der den Zwergen aus Rotklippe vorausgeeilt war, mit der Axt der Herrschaft in der Hand unvorstellbar hoch. Er stürzte mitten unter die Ash'ahar, spaltete einen Soldaten vom Helm bis zum Schamberg und schlug mit so viel Wucht auf den Boden, dass ein Krater entstand und Erde und Feinde in einem weiten Radius aufgewirbelt wurden. Der Zwerg drehte die Axt und richtete die Klingen parallel zum Boden aus. Während seine Kameraden staunend zusahen, sprang er aus der Grube und drehte sich mit solcher Geschwindigkeit, dass seine Umrisse verschwammen und er sich vor ihren ungläubigen Augen in einen Wirbelwind verwandelte. Der lebende Orkan bahnte sich einen Weg durch die dunkle Legion und zerschlug Metallplatten zu Schrapnellen, die Dutzende feindliche Krieger binnen eines Atemzugs auslöschte.

Die Zwerge von Rotklippe, angeführt von Donigan, nutzten den Vorteil und trieben einen tiefen Keil in die Reihen der Kultisten. Dann jedoch tauchte eine Priesterin auf, die einen Sprechgesang anstimmte. Feuer umhüllte ihre ausgestreckten Hände, und ein flammender Strahl schoss aus ihnen hervor, der Donigan und mehr als die Hälfte der Zwerge innerhalb von Sekunden einäscherte.

Torin blieb stehen und stieß einen Kampfschrei aus. Er stellte sich vor, dass ein Energiestrang ihn mit seiner Axt verband, und warf sie, wobei die wirbelnde Klinge der Priesterin die obere Hälfte des Schädels abtrennte. Dann riss Torin die Axt aus der Luft in seine Hand zurück. Während er ein stummes Gebet für seine gefallenen Verwandten sprach, schmeckte er, wie ihm Blut aus der Nase lief, obwohl er noch keinen Treffer erlitten hatte.

Die Auroboros-Energien brannten wie Feuer in seinen Adern und trieben ihm Schweiß auf die Stirn. Angestachelt von Wut und Rache drängte Torin weiter, unterstützt von den wenigen verbliebenen Rotklippe-Zwergen und einigen heranstürmenden Marinesoldaten.

Noch bevor Torin und Xamus zum Angriff übergegangen waren, hatte Oldavei mitten im Lauf von der Ma'ii-Gestalt zum Kojoten gewechselt. Während er den Abstand zu den Angreifern verringerte, setzte er seine Auroboros-Fähigkeiten ein, um zu wachsen, und als seine Tiergestalt auf die vordersten Ash'ahar traf, war er zehnmal so groß wie normal. Er umklammerte Gegner mit seinen gigantischen Kiefern, ignorierte den Schmerz ihrer Schwerthiebe gegen seine Beine und ihre kantige Rüstung in seinem Maul, warf den Kopf hin und her und schleuderte die Feinde durch die Luft, während er mit Klauen zuschlug, die dunkle Rüstungen wie Pergament zerfetzten.

Als ein Kontingent von Weitflut-Marinesoldaten und ungerüsteten Bürgern bis zu Oldavei vorstieß, wurden eine Wachtmeisterin, ein Hafenarbeiter und ein Holzfäller im Getümmel ebenfalls tödlich getroffen. Oldavei, der von einer grünlichen Aura umhüllt war, setzte die Kräfte der Weltenschlange ein, um alle drei Opfer zu heilen, ehe ihre Herzen aufhörten zu schlagen, und nicht ein Kratzer war mehr an ihnen zu sehen. Einem Angreifer biss er den Kopf und den rechten Arm ab. Dann war er gezwungen, kurz innezuhalten, als er eine plötzliche Steifheit in den Gelenken spürte und Hitze durch seinen Körper raste. Seine Zunge zuckte und von seinen sabbernden Lippen troff Schaum.

Oldavei schüttelte die Qualen ab, sammelte seine Kräfte und stürzte sich erneut auf die rasenden Kultisten.

Zur gleichen Zeit verringerte Wilhelm den Abstand zum Feind und rannte vor Piotr und den Mönchen her, wobei er das Gerät in immer schnelleren Umdrehungen schwang, bis der Bogen seiner Drehung nur noch verschwommen zu erkennen war. Als die Ash'ahar in Reichweite kamen, riss der Enterhaken sie in Fetzen. Wilhelm stürzte vorwärts und hinterließ eine große Fläche aus gepanzerten Körperteilen, die kurzerhand in den Dreck stürzten. Wilhelm verlangsamte sein Tempo und zog das Gerät zurück, schnappte sich einen der Sägeblattschilde und schleuderte ihn in die Reihen der Kultisten, wobei er sowohl gepanzerte

Feinde als auch solche in schlichten Roben in zwei Hälften teilte und die dicken Balken einer Belagerungsmaschine im hinteren Teil durchtrennte, bevor die Scheibe außer Sichtweite segelte. Als Wilhelm sich darauf vorbereitete, den nächsten Gegner in Reichweite anzugreifen, zuckte dieser ruckartig zur Seite, bewegte sich wie eine Marionette an Fäden und griff unvermittelt einen anderen Ash'ahar an. Nicht weit entfernt tat ein anderer gepanzerter Gegner das Gleiche.

Piotr und seine Brüder stellten sich mit einem Ausdruck äußerster Konzentration neben Wilhelm, die Hände ausgestreckt, während sie die Aktionen der Gegner kontrollierten. Marinesoldaten und Bürger strömten ebenfalls herbei und kreuzten die Klingen mit Ash'ahar und Robenträgern.

Überall ertönten Schreie, Klingen klirrten, Blut floss, und Sterbende stolperten zwischen den bereits Toten umher, während das Sonnenlicht versuchte, den purpurnen Dunst zu durchdringen.

Die Angreifer luden die Belagerungsmaschinen mit unvorstellbarer Geschwindigkeit nach. Dicke Schleuderarme schossen mit schwerem Ächzen in die Höhe und katapultierten eine zweite Salve Blutsteinschiefer durch den Rauch in Richtung Palisaden. Dort verließen die Bogenschützen ihre Posten, während Dutzende von Felsbrocken einschlugen und explodierten, ganze Abschnitte der Wehrmauer pulverisierten und die Tore zu Asche und Kleinholz machten.

»Wir müssen diese Schleudern ausschalten«, schrie Wilhelm Piotr über den Schlachtenlärm hinweg zu.

Während Oldavei sich vom Ma'ii in einen Kojoten verwandelte, setzte Darylonde zur gleichen Zeit an der östlichen Flanke seinen sechsten Sinn ein und erspürte die Ladungen und Energien in der staubigen Luft. Er nutzte diese Kräfte, um einen gewaltigen Blitz zu erzeugen. Mehrere gleißende Zacken schlugen ein und hinterließen dort, wo einst hundert Gegner gestanden hatten, nur rauchende Rüstungsteile.

Als die verbleibenden Truppen vorrücken wollten, schossen riesige Wurzeln aus dem Boden und wickelten sich um die Körper und Gliedmaßen der Angreifer, zogen sich Sekunden später zurück und rissen zahlreiche Feinde mit sich. Kultisten wichen zur Seite, als ein Priester vortrat, zwischen dessen ausgestreckten Händen sich eine Feuerkugel drehte. Die Kugel flog, wurde immer größer und drohte, den Wildniswahrer zu verschlingen. Darylonde lenkte seinen Geist auf die lodernde Flamme, spürte ihre natürliche Energie und befahl ihr mithilfe des Auroboros, ihre Feuersbrunst harmlos zu zerstreuen. Dann spannte er den Bogen in einer Bewegung, die für das Auge zu schnell war, und jagte einen Pfeil direkt ins Herz des erstarrten Priesters.

Als die Weitflut-Marinesoldaten den Ort des Geschehens stürmten, schwenkten die Ash'ahar-Truppen, deren Formationen bis zur Baumgrenze reichten, um. Darylonde richtete furchterregende druidische Magie auf den nahen Kahlschlag. Zwei der abgetrennten Stämme trieben innerhalb weniger Sekunden aus, als wollten sie Jahrzehnte des Wachstums aufholen, und wurden zu ausgewachsenen Baumhirten. Obwohl sie beseelt waren, besaßen die Diener keinen eigenen Willen, sondern folgten dem Gebot ihres Schöpfers: den Feind zu vernichten. Auf Stammbeinen stampften sie vorwärts und schlugen mit ihren dicken Gliedmaßen auf die Ash'ahar ein, packten, würgten und zerrissen die gepanzerten Soldaten.

Ein kurzer Schwindelanfall ließ Darylonde innehalten. Seine Haut strahlte Hitze aus, das Atmen fiel ihm plötzlich schwer, und er schmeckte Blut, das ihm aus der Nase auf die Lippen troff. Der Soldat verdrängte das Fieber und atmete einige Male tief durch, legte einen weiteren Pfeil auf und rief den Wind an, ihn in die Lüfte zu erheben. So konnte er seine Verbündeten besser sehen und leichter Ziele unter den Kultisten ausmachen.

Die Bohen Dur bedienten sich ihrer übernatürlichen Gaben, um die Kultisten zur Seite zu stoßen, ohne sie auch nur zu berühren. Gleichzeitig nutzte Wilhelm den Auroboros, um es Oldavei gleichzutun, und er wuchs exponentiell, bis er auf gleicher Höhe mit den Belagerungsmaschinen war. Er bewegte sich deutlich langsamer, aber mit kolossaler Kraft, und zerstampfte die Kultisten unter seinen gigantischen Stiefeln, ohne auf die Schwerthiebe seiner Feinde zu achten, während er auf die Reihe der Steinschleudern zustürmte. Einen Schleuderarm zertrümmerte er in der Mitte, just als dieser nach oben zuckte, sodass der Blutsteinbrocken auf halbem Weg nach Weitflut auf die Straße krachte, wo er harmlos verpuffte.

Wilhelm hob die zerbrochene Vorrichtung auf und warf sie über Kopf in die benachbarten Schleudern im Osten, sodass nur noch zwei übrig blieben. Dann drehte er sich um und schlug und trampelte sich durch die Reihen, wobei er Holz und Trümmer überall verstreute. An der westlichsten Flanke hob er zwei Felsbrocken aus den Schleudern, schmetterte sie in die umherwimmelnden feindlichen Reihen, weit weg von allen Verbündeten, und zermalmte die Kultisten.

Inmitten eines herzhaften, ohrenbetäubenden Lachens fasste sich Wilhelm an die Brust, wo er einen plötzlichen krampfartigen Schmerz spürte. Er schrumpfte, bis er wieder seine normale Größe hatte, dann fiel er auf Hände und Knie und spie einen Strom blutigen Auswurfs aus.

Ein Wirbelwind peitschte durch die Kultisten in den Roben, die auf den Barden eindringen wollten, und hinterließ eine Spur aus Blut, Eingeweiden und zerfetzten Überresten. Als der Sturm verebbte und die Gestalt Torins annahm, stolperte der hustende Zwerg mit blutverschmierter unterer Gesichtshälfte zu Wilhelm und half dem Barden auf.

»Du gibst einfach nicht auf, was?«, flachste Torin heiser.

»Ich bin munter wie eine ... verdammte Geige«, antwortete Wilhelm. Die beiden fuhren herum, als ein Geräusch von Norden an ihre Ohren drang. Über die Aschehügel hinweg konnten sie sehen, dass aus etwa hundert Metern Entfernung mehrere Reihen Verstärkungstruppen der Kinder der Sonne auf ihre Position vorrückten.

An der Spitze der Neuankömmlinge marschierten Ash'ahand-Priester. Eine Frau formte einen Feuerball, der immer weiter anwuchs, bis er die Größe der gelben Kugel auf dem Gasthaus *Zur aufgehenden Sonne* erreicht hatte. Dann schleuderte sie ihn über die Lücke zwischen den beiden Heeren.

Doch ehe er einschlagen konnte, schoss die lodernde Kugel plötzlich in die Höhe, beschrieb einen Bogen und flog in die entgegengesetzte Richtung. Die Priesterin hob die Hände in einem offensichtlichen Versuch, ihren Irrflug zu stoppen, aber ohne Erfolg. Sie schrie gellend, ehe der Feuerball sie und sechs weitere Ash'ahar in Brand setzte. Trotz des flammenden Infernos marschierten die gepanzerten Soldaten weiter. Die Priesterin nicht.

Wilhelm und Torin drehten sich zu dem Geräusch hämmernder Hufe um, als Reiter des Kämpfenden Ordens aus Sargrad von Westen her auf das Feld galoppierten. An der Spitze ritt Daromis, hinter ihm die Vettel, die zweifellos verantwortlich für die verblüffende Umkehr des Feuerballs war. Als die fünfhundert Mann starke Kavallerie herandonnerte und den Kindern der Sonne in die Flanke fiel, brachte Daromis sein Pferd neben Wilhelm und Torin zum Stehen und sagte: »Wir sind so schnell gekommen, wie wir konnten.«

Torin schnaubte. »Ihr habt Glück, es gibt Gegner genug.«

Daromis nickte und hielt auf die feindlichen Reihen zu.

Einige Meter entfernt, zwischen den verstreuten Leichnamen der dezimierten Frontlinie der Angreifer, drehte sich ein blutverschmierter Hafenarbeiter zur Palisade um und sah, wie sich eine Gruppe von Kindern der Sonne, angeführt von einem Priester, auf die Stadttore zubewegte.

»Sie sind an den Toren!«, rief er und erregte damit Xamus' Aufmerksamkeit. Einen Augenblick, bevor der Hafenarbeiter ihr Vorankommen bemerkt hatte, waren der männliche Ash'ahand und vier mit Krummsäbeln bewaffnete Kinder der Sonne auf die zerstörten Tore vorgerückt. Während sie sich näherten, schaltete der Priester überlebende Bogenschützen, die versuchten, die Gruppe zu beschießen, mit einem Wink aus.

Inmitten der Trümmer wartete trotzig eine Gruppe von Einwohnern Weitfluts. Ganz vorn stand ein weißhaariger Mann, der kaum in der Lage war, sein verrostetes Schwert in die Höhe zu halten. Hinter ihm bezogen Männer und Frauen ähnlichen Alters Stellung, zusammen mit einer Handvoll Jungen und Mädchen, die beinahe noch Kinder waren.

Der dunkeläugige Priester lachte und hob die Hände. Auf ihnen tanzte von der Handfläche bis zur Fingerspitze Feuer, doch bevor die Flammen ihr Ziel erreichen konnten, schlug ein Pfeil in die Schläfe des Kultisten ein. Die dunklen Augen rollten zurück, als der Priester zusammenbrach.

Die übrigen Angreifer drehten sich um und sahen einen prächtigen weißen Hirsch auf sich zukommen. Lara Regenruferin ritt mit gezogenem Schwert in die gegnerische Gruppe, ihre Klinge blitzte, sie parierte und konterte mit Leichtigkeit und machte mit den unterlegenen Eiferern kurzen Prozess. Als die letzten Gegner fielen, teleportierte sich Xamus herbei, Sorro'mir in der Hand. Er wischte sich das Blut von der Nase, schaute zu Lara und sagte: »Ich sehe ... du hast alles im Griff.«

»Ich wünschte, die Umstände wären erfreulicher«, antwortete Lara. »Aber ich bin gekommen, um eine eindringliche Warnung auszusprechen. Unsere Kundschafter haben bestätigt, dass sich Tikanen in Tanasrael aufhält, um einen Zauber von beispiellosem Ausmaß vorzubereiten.«

»Was für ein Zauber?«, fragte Xamus zwischen röchelnden Atemzügen.

»Ich habe gehört, dass er die Macht der Sonne anrufen will«, entgegnete Lara. »Um seine Armeen unbesiegbar zu machen.«

84

*Sonnen-
untergang*

Die Schlacht zwischen der Verstärkung der Kultisten und den Verteidigern, die nun von der Kavallerie Sargrads unterstützt wurden, tobte weiter.

Nachdem er mit Lara gesprochen hatte, holte Xamus Wilhelm, Torin, Darylonde und Oldavei – nun wieder in Ma'ii-Gestalt – aus dem Konflikt heraus und teleportierte sie an einen freien Platz direkt vor den Haupttoren Weitfluts. Lara und die Einwohner, die sie gerettet hatte, sowie eine kleine Gruppe von Druidinnen und Druiden hielten draußen als letzte Verteidigungslinie Wache.

»Jetzt, wo die Friedenswahrer hier sind, und dank des Schadens, den wir angerichtet haben, gibt es eine Chance … diese Schlacht noch zu wenden«, sagte Xamus. Er war schweiß- und blutüberströmt, das Herz hämmerte in seiner Brust. »Aber wenn das, was Lara sagt, wahr ist … falls Tikanen einen Zauber wirken könnte, der seine Leute unbesiegbar macht …«

»Wir müssen los«, unterbrach Darylonde ihn einfach. Seine normalerweise hellen silbernen Augen waren mattgrau und Schweiß rann über sein blasses Gesicht.

»Ich weiß, es ist viel verlangt«, seufzte Xamus und schaute seine Freunde an. Oldavei ließ Kopf und Schultern hängen, sein Gesicht war eine Grimasse aus Schmerz und Entschlossenheit. Wilhelm presste eine Hand auf seinen Bauch, mit der anderen stützte er sich auf Torin, während er versuchte, sich auf das Geschehen zu konzentrieren. Der Zwerg, der schlecht Luft bekam, atmete immer noch in schweren, keuchenden Stößen ein und aus, wobei sich sein Brustkorb heftig hob und senkte. »Die Energie, die es braucht, um Tikanen aufzuhalten …«

»Das wissen wir«, unterbrach ihn Oldavei.

»Darylonde hat recht«, krächzte Torin. »Wir ... müssen los.«

Der Barde nickte. »Lasst es uns zu Ende bringen.«

Darylonde drehte sich um und sah Lara, die abgestiegen war, auf sich zukommen. Er schaute zurück zu Xamus, der nickte. Der Wildniswahrer löste sich und ging auf die Druidin zu, deren Gesichtszüge große Sorge ausdrückten.

»Dein Freund hat mir von den Tätowierungen erzählt«, sagte sie. »Dass sie ... euch schaden.« Sie musterte ihn kritisch. »Es ist mehr als das, nicht wahr?«

Darylonde stieß einen zittrigen Seufzer aus, drehte den Kopf und hustete, dann sah er wieder Lara an. »Ich komme nicht mehr zurück«, gestand er. Tränen liefen über Laras Wangen. »Wenn ich ... die Sanduhr umdrehen könnte, dann würde ich vor allem eines anders machen ...« Er legte seine linke Hand auf ihr Gesicht. »Ich war ein Narr, dass ich dich je habe gehen lassen.«

Lara rang darum, ihre Stimme unter Kontrolle zu halten. »Ich glaube mich zu erinnern, dass ich dir das Gleiche gesagt habe.«

»Du hattest recht«, bestätigte Darylonde. Dann umarmte er sie, so fest er konnte. Nachdem er sie einen langen Augenblick gehalten hatte, schaute er zu den anderen, die sich im Kreis versammelt hatten. »Es ist Zeit«, seufzte er, küsste sie auf die Wange, löste sich dann von ihr und kehrte zur Gruppe zurück.

Xamus streckte eine Hand aus und die anderen legten ihre Hände auf seine. Darylonde sah Lara ein letztes Mal in die Augen und im nächsten Atemzug waren sie verschwunden.

Die fünf erschienen hoch oben auf der Zikkurat von Tanasrael, nicht weit vom östlichen Rand des Gebäudes entfernt. Unten waren die Sprechchöre Tausender zu hören, die von Legionen von Gläubigen stammten, die sich am Fuße des gigantischen Bauwerks versammelt hatten. Einige Meter entfernt, in der Mitte des Daches, umringten zehn Kultisten-Leibwächter in ihren charakteristischen ärmellosen Gewändern Säulen, die in einer quadratischen Formation auf erhöhten Stufen standen. Was auch immer das Licht verursacht hatte, das sie zuvor von dem Gebäude hatten ausstrahlen sehen, war jetzt nicht mehr da. In der Mitte der Plattform, auf einem hohen, rechteckigen Podest, stand Tikanen mit dem Rücken zur Gruppe, die Hände erhoben, und murmelte eine sich wiederholende Beschwörungsformel, die die Menge unten nachsprach. Die tief im Westen stehende Sonne warf ihre Strahlen auf den Propheten. Auf unheimliche Weise erschien sie viel größer, als sie sein sollte. Sie nahm einen großen Teil des Horizonts ein und ließ schimmernde Wellen von den gepflasterten Dächern aufsteigen, eine drückende Hitze, die die Geächteten dazu brachte, noch schwerer um Atem zu ringen.

Als die Leibwächter die Neuankömmlinge bemerkten, zogen sie Krummsäbel mit breiter Klinge und gingen zum Angriff über.

»Wir müssen … unsere Kräfte schonen«, mahnte Xamus und zog Sorro'mir. »Erledigt sie auf die altmodische Art.«

Trotz ihrer Erschöpfung ging die Gruppe mit einer geübten Leichtigkeit vor, die aus Erfahrung und Vertrautheit rührte. Darylonde, der erfahrene Soldat, schoss dem Kultisten, den er für die größte Bedrohung hielt, einen Pfeil ins Herz. Dann hängte er sich seinen Bogen wieder um, zog blank und trat dem nächststärkeren Gegner entgegen. Wilhelm und Torin, deren Kampfstile sich besonders gut ergänzten, koordinierten ihre Offensive, wobei Torin tief links von Wilhelm angriff, während der Barde seinen Reichweitenvorteil ausnutzte und seine Schläge auf Brusthöhe hielt.

Xamus füllte die Lücke, die Darylondes Eliminierung des ersten Leibwächters geschlagen hatte, indem er den Wildniswahrer auf seiner rechten Seite hielt und seine Bemühungen auf einen Gegner konzentrierte. Oldavei nahm die Gestalt eines Kojoten an und bewegte sich trotz seines geschwächten Zustands so flink wie möglich zwischen zwei Kultisten. Er blieb stets in Bewegung, um beide Feinde abzulenken, bis Xamus seinen Gegner ausgeschaltet hatte und Oldavei sich nur noch einem Kämpfer gegenübersah. Der Ma'ii sprang vor und schloss seine Reißzähne um die Halsschlagader des letzten Kultisten.

Der Kampf dauerte weniger als eine Minute. Die Geächteten trugen nur leichte Wunden davon, mit Ausnahme Oldaveis, der aus einem breiten Schnitt quer über den linken Rippen blutete. Da er nun wieder seine Ma'ii-Gestalt angenommen hatte, winkte er ab, als die anderen ihn aufforderten, sich zu versorgen. Er war nicht willens, seine Heilfähigkeiten einzusetzen, ehe Tikanen nicht erledigt war.

Die Gruppe kämpfte sich über das Dach vor, in der Absicht, den Kultführer direkt anzugreifen. Als sie sich dem tempelähnlichen Aufbau näherten, stellten sie jedoch fest, dass das, was wie eine Welle aufsteigender Hitze aussah, in Wirklichkeit eine unsichtbare Barriere war. Die Gruppe umrundete die Säulen, um festzustellen, dass der Schild den Propheten ganz umschloss. Sie standen auf der Westseite vor ihm, aber Tikanen schien nicht zu bemerken, was um ihn herum vorging. Er hatte die Augen geschlossen, die Hände erhoben und sprach Beschwörungsformeln. Sie spürten die Hitze der unvorstellbar großen Sonne im Rücken, während sie Luft in ihre Lungen pressten und ihre Waffen gegen den Schild richteten – ohne Erfolg.

Dann dröhnte die Stimme des Sektenführers in ihren Köpfen, obwohl die Augen des Propheten geschlossen blieben und er weiter Beschwörungsformeln murmelte: »Wie glorreich ihr seid! Was für ausgezeichnete Kinder der Sonne ihr abgegeben hättet! Eure Fähigkeiten sind außergewöhnlich, doch eure Bemühungen sind zum Scheitern verurteilt, denn meine Zeit ist gekommen!« Nun sah der Prophet sie direkt an. Seine Augen brannten wie Sonnen, und seine Stimme war ohrenbetäubend, als er laut sprach: »Das große Werk ... ist endlich vollendet!«

Um sie herum verblasste das Licht. Sie drehten sich um und sahen, wie sich die Sonne verdunkelte, während die Gläubigen unten in plötzlicher Pein aufschrien. Die Geächteten stolperten an den Rand des Dachs und starrten auf ein Meer sich windender Leiber in Roben hinunter.

»Was zum Henker passiert gerade?«, fragte Wilhelm.

Die Betenden schrien, rissen an ihren Kleidern, stürzten zu Boden, einige krümmten sich, andere zuckten.

»Der Bastard bringt sie um«, keuchte Torin, als die Kultisten scharenweise zusammenbrachen und sich im Todeskampf wanden, bevor sie still liegen blieben.

Die Gruppe beobachtete, wie sich nebulöse leuchtende Formen von den reglosen Leichen erhoben und spiralförmig nach oben stiegen, bis zum Dach und darüber hinaus, hoch über die Köpfe der Geächteten hinweg.

Tikanen hob den Kopf zum Himmel. »Euer Opfer bereitet mir keine Freude, meine Kinder«, erklärte er. »Wisset, dass ihr nun alle Teil von etwas Größerem seid ... ihr seid das Licht!«

Die entwichenen Essenzen wirbelten auf und verschmolzen zu einem Strudel aus Seelenenergie. In der Mitte des Wirbels zündete ein Funke. Flammen entfachten den kolossalen Sturm, bis es schien, als brenne eine zweite Sonne über ihnen. Die Geächteten schirmten ihre Augen ab, während die Feuersbrunst die Form eines in Fötushaltung zusammengerollten Wesens annahm.

Die gigantische Gestalt entfaltete sich, und die Gruppe sah durch die schützenden Hände erkennbare Merkmale in der sich wandelnden Flamme: einen schlangenartigen Kopf, Reißzähne, einen Schlangenleib und einen langen Schwanz. Als sich das Geschöpf zu seiner vollen Größe aufgerichtet hatte, breiteten sich prächtige lodernde Schwingen aus.

Oldaveis Mund blieb offen stehen und er zitterte am ganzen Körper. Er sah Darylonde an und sagte: »Das ist meine Vision ...« Dann wandte er sich wieder dem Schauspiel über ihm zu. »Tod durch Feuer.«

Der Wildniswahrer packte Oldavei mit versteinertem Gesicht fest an der Schulter.

Das Wesen stieß einen Triumphschrei aus, der die Geächteten in die Knie zwang, als Tikanens Stimme fortfuhr: »Mein Wille hat sich manifestiert! Der Zorn der fleischgewordenen Sonne! Durch sie ist meine Macht absolut. Sie wird Ungläubige zu Asche verbrennen und diejenigen meiner Kinder, die von ihrem Licht berührt werden, werden niemals sterben. Sehet!«

Auf der gegenüberliegenden Seite des Tempels erhoben sich die gefallenen Leibwächter langsam.

Oldavei spürte, wie die Welt verschwamm, während Blut aus seiner Wunde floss.

Dennoch stolperte er an den Rand der Zikkurat und sah die gefallenen Körper der Eiferer, die sich zu regen begannen.

Tikanen sprach weiter: »Die Flamme der Schlange wird alle Herzen entzünden! Die Flamme der Wahrheit, der Reinheit!«

In seinem Missmut stellte sich Torin erneut vor, wie er die Axt der Herrschaft an sich band, und schleuderte sie, um den Propheten zu enthaupten. Die Klinge prallte wirkungslos an der Barriere ab und flog zurück in die Hand des Zwerges, als Oldavei gerade wiederkam.

»Denn sie ist der Glaube ...«, predigte Tikanen, und seine Augen brannten heller als je zuvor. »Der Glaube entflammt die Herzen! Ihr werdet glauben ... ob ihr wollt oder nicht.«

»Ihn anzugreifen ... bringt nichts«, keuchte Xamus. »Wir müssen uns um das da kümmern.« Sein Blick fiel auf die Feuerschlange, die immer mehr anwuchs, den Himmel verschlang und drohte, die Luft in Brand zu setzen. »Jetzt. Es ist Zeit.«

Instinktiv rückten die fünf zusammen und fassten einander an Nacken und Schultern. Sie schauten von einem zum anderen und nickten, um sich gegenseitig Mut zu machen. Die gemeinsame Erfahrung stand ihnen in die purpurroten Gesichter geschrieben – Lachen, Tränen, Herzschmerz, alles führte zu diesem Augenblick und spendete ihnen Frieden in der unerschütterlichen Gewissheit, was sie jetzt tun mussten.

»Scheiße«, sagte Wilhelm. Blut lief ihm aus der Nase, während er seine Freunde fester packte. »Wir werden diesmal wirklich sterben.« Seine Brust hob und senkte sich heftig. »Scheiße.«

Torin hustete und flüsterte heiser: »Haggö ... ihr verdammter Abschaum!« Der Zwerg warf einen grimmigen letzten Blick auf seine Freunde.

Die letzten Worte, die sie hörten, kamen von Wilhelm. Der Satz war, wie der Barde selbst, unorthodox und doch irgendwie perfekt: »Wir sind der Auroboros.«

Xamus hob den Arm und das Schlangenmal zeichnete sich in starkem Kontrast auf seiner Haut ab. Torin legte seine Hand auf die des Elfen. Oldavei war der Nächste, als die Welt ihm langsam zu entgleiten drohte. Darylonde folgte mit grimmig entschlossener Miene. Wilhelm legte lächelnd als Letzter seine Hand auf die der anderen. Gemeinsam schlossen sie die Augen und übergaben ihre Körper dem Auroboros.

Die Leibwächter hoben ihre Waffen auf und rückten vor. Sie bewegten sich auf eine unnatürliche Weise, die an fadengelenkte Marionetten gemahnte, und ihre Augen brannten wie die Tikanens.

Die Schlangentätowierungen der Geächteten leuchteten hell auf.

Der Prophet bemerkte die Male, und seine Miene verfinsterte sich, denn er wusste nur zu gut, welche Macht sie verliehen.

Die Geächteten schrien auf, ihre Körper vergingen in ätherischen vielfarbigen Flammen. Das Seelenfeuer wurde hinfortgerissen und stieg nach oben. Alle fünf brachen tot zusammen, als sich ihre leuchtenden Seelengestalten spiralförmig zusammenschlossen und einen scharfkantigen Bolzen bildeten, der direkt in das Herz der Feuerschlange schoss. Tikanen und die Schlange brüllten. Die gesamte Zikkurat erbebte von seismischer Kraft. Die Flammen des Wesens dehnten sich aus, ihre Leuchtkraft verstärkte sich ...

Es war vollkommen still, als die Schlange für einen atemlosen Augenblick in der Schwebe hing, bevor sie nach unten kippte. Ihre Flügel falteten sich schlaff zusammen, als sie herabstürzte, ein Stern, der vom Himmel fiel und die Zikkurat wie der Hammerschlag eines zornigen Gottes traf.

Die Welt färbte sich gleißend weiß, als das imposante Gebäude, die Zeltstädte und das umliegende Ackerland binnen eines Augenblicks in einem unvorstellbaren Feuersturm vergingen.

Das Inferno wütete in einem weiten Umkreis in der Tanaroch. Die Erde bebte. Die über den Sand verstreuten Ma'ii und Wüstenzwerge, die Zeuge dieses Ereignisses wurden, würden ihren Kindern später erzählen, dass es schien, als wäre der Himmel geborsten. Das Licht flammte hell auf und dann ... herrschte Stille.

Kein Laut war zu hören und kein Wind wehte über die zurückgebliebene Verwüstung.

EPILOG

Ein Jahr später

Das letzte Licht des Tages verblasste, als Lara den Hain des Lichts betrat.

Die Äste bildeten wieder einen Baldachin über der steinernen Bühne des Waldlied-Amphitheaters. Silbriges Wasser glitzerte im Silberquell. Vogelgesang klang durch den Wald und Irrlichter huschten wieder durch die Bäume.

Lara trat an den Rand der Quelle und starrte ihr Spiegelbild an.

»Worüber denkst du nach?«, fragte eine tiefe Stimme. Die Druidin drehte sich um und sah einen Baumhirten, der Goshaedas verblüffend ähnlich sah, auch wenn er nicht ganz so groß war. Sein Bart aus Moos und Laub war gerade erst gewachsen, und die biegsamen Beine knarrten kaum, wenn der neue Hüter ging.

»Ich habe an Darylonde gedacht«, erwiderte Lara, »und an die anderen.« Sie wandte sich wieder dem Becken zu und hörte, wie der Hüter die irdenen Stufen der Grube hinunterstieg. »Ich habe darüber nachgedacht, wie schade es ist, dass Rechtbrand nie erfahren wird, was sie getan, was sie geopfert haben … um eine Welt zu retten, die selbst so wenig für sie übrighatte.«

»Sie sind vielleicht nicht so vergessen, wie du denkst«, antwortete das Baumwesen und beugte seine Beinstämme, um sich auf der untersten Bankreihe niederzulassen. »Komm«, sagte er und tippte mit einer Asthand auf den leeren Platz neben sich. »Erzähl mir … erzähl mir mehr Geschichten über deine ›geächteten‹ Freunde.«

Weit entfernt in Skarstadt versammelte sich eine lärmende Menge im weltberühmten *Tagebau* zur offenen Lautennacht und trommelte in Erwartung des ersten Auftritts mit den Flaschen auf die Tische. Eine dunkelhaarige junge Frau, die eine Mandoline trug, ging selbstbewusst zur Mitte der Bühne.

»Was geht ab, ihr sturzbesoffenen Wichser!«, rief die Bardin und erntete lautstarken Beifall.

Sie zupfte ein paar Saiten und ließ ihren Blick über die Menge schweifen. »Ich weiß nicht, wer das zuerst gesungen hat ... ich habe es nur von jemandem, der von jemandem gehört hat, dass es bei der Belagerung Weitfluts erklang. Es handelt von Tapferkeit. Davon, sich abzumühen, von Entbehrungen und absolut wahnwitzigen Erfolgschancen, und davon, so richtig fies Ärsche zu treten, mit echten Freunden an deiner Seite! Also, auf geht's!«

Die Finger der Bardin fuhren in fieberhaftem Tempo über die Saiten und griffen fast genau die Akkorde, die Wilhelm vor den Toren Weitfluts gespielt hatte. Die Stimme der Frau sang laut und deutlich:

Wenn nur noch Staub und Feuer bleibt, nur Tod auf allen Wegen,
Dann stell'n wir uns den Bastarden zum letzten Kampf entgegen.
Getroffen hat uns mancher Tritt, verwundet mancher Schlag,
Doch spucken wir in ihr Gesicht, und sei's der letzte Tag.
Wir glauben nicht ganz einfach blind, sind keines Herren Knecht,
Wir stehen füreinander ein, für Freiheit und für Recht.

ENDE

AUSSPRACHEHILFE

Aethari *(ä-tha-rih)*
Ahdami *(a-dah-mi)*
Alash'eth *(al-ash-eth)*
Aldan Thei *(al-dan thei)*
Altach *(al-tach)*
Amandreas *(ah-man-dre-ass)*
Amberlyn *(am-ber-lin)*
Arakalah *(ar-rah-kah-lah)*
Archemus Strand *(ark-eh-mus)*
Arkanimus *(ar-KAN-ih-muss)*
Ash'ahand *(ASH-ah-HAND)*
Ash'ahar *(ASH-ah-HAR)*
Asteria *(as-tee-ri-ah)*
Auroboros *(or-o-BOR-os)*
Auroch'Thiel *(arh-ock Thiel)*

Bohen Dur *(BO-hen-durr)*
Brakn *(Crackten)*
Brandyn *(bran-din)*
Bronjar Gräberwolf *(bron-jar)*

Dargonnas *(dar-gon-nass)*
Daromis *(dar-ohm-iss)*
Darylonde Krallenhand *(da-ry-lon-de)*
Draconis Malisath *(dra-KON-iss MAL-i-sath)*
Dragran Steinzorn *(DRAG-ran)*

Feyonnas *(fay-ON-as)*
Froedric *(frode-rik)*

Gil'Galar *(GILL-gal-arr)*
Goshaedas *(go-shae-dass)*
Gundr *(gun-dr)*

Heilige Jenhra *(DSCHEN-rah)*

Illarion *(Ill-ahr-ion)*
Illischer Wald *(illyrisch)*

Kannibushügel *(kah-nih-bus)*
Katrina *(ka-trie-na)*
Kawati *(ka-wati)*
Kazrak Ambossdorn *(Kass-rak)*
König Varl *(var-l)*
Korosoth, Berg *(kor-oh-SOTH)*
Kreischender Hagebutt *(Ha-ge-butt)*
Kroeger Steinzorn *(kroe-ger)*

Lara Regenruferin *(lah-rah)*
Laravess Kelwynde *(larr-ah-VESS kell-wind-e)*
Lietsin *(liet-sien)*
Lyanna Eisenzopf *(lie-ann-ah)*

Ma'ii *(mah-IE)*
Mah'wari *(mah-wa-ri)*
Malis *(Ma-liss)*
Minen von Galamok *(gal-ah-mock)*

Nicholas Amandreas
   (ah-man-dre-ass)

Oldavei (Ol-dah-vai)
Oram Hai (or-am Hei)
Oram Mondlied (or-am)
Orinfell (or-in-fel)

Palonsus (pal-ON-sus)
Piotr (pjo-tr)

Raka (rak-kah)
Raldon Rhelgore
   (ral-don rel-gor)
Rhoman (roh-man)

Saldred Oth'Sular
   (oth-SUU-lar)
Sargrad (saar-graad)
Sevestra Frood (se-vess-trah)
Shallandra (shall-AN-drah)
Shayan Shibaar
   (sha-jan shie-bar)
Skarstadt (skaar-stadt)
Sorro'mir (sor-roh-mihr)
Sularia, Alt-Sularia
   (suh-la-ri-ah)
Sularische Kirche
   (suh-la-risch-e)

Talis (ta-liss)
Talisande, Fluss (ta-liss-ande)
Tanaroch-Wüste (ta-na-roch)
Tanasrael (ta-nass-rah-el)
Taron Braun (tah-ron)
Tietliana Creppit
   (tiet-liah-na krep-pit)
Tikanen, der Prophet
   (tie-KAN-en)
Tir'Assar (tier-ah-szar)
Tohtach (toh-tach)
Torin Blutstein (To-rihn)
Torune (to-RUU-ne)
Tovi (toh-wie)

Wilhelm Wallaroo
   (wil-helm wall-a-roh)
Wittabit (Wit-ah-bit)

Xamus Frood (Xah-muss)
Xan'Gro Creppit
   (zan-gro krep-pit)
Xu'keen (ksuu-keen)

NEUE ROMANE ZU BLIZZARDS
VIDEOGAME-BESTSELLERN

WORLD OF WARCRAFT: SYLVANAS

16,–€, ISBN 978-3-8332-4189-5

Die epische Geschichte der berühmt-berüchtigten Bansheekönigin Sylvanas Windläufer. Erzählt von Bestseller-Autorin Christie Golden.

WORLD OF WARCRAFT: DER TAG DES DRACHEN

Überarbeitete Neuausgabe, endlich wieder lieferbar.

16,–€, ISBN 978-3-8332-4188-8

DIABLO: DER ORDEN

Überarbeitete Neuausgabe, endlich wieder lieferbar.

16,–€, ISBN 978-3-8332-4190-1

JETZT NEU IM BUCHHANDEL

© 2022 Blizzard Entertainment Inc.
All Rights Reserved.

www.paninibooks.de

JETZT NEU IM BUCH-HANDEL ERHÄLTLICH

DIABLO: Das Vermächtnis des Blutes
Roman, ISBN 978-3-8332-3896-3

DIABLO: Der dunkle Pfad
Roman, ISBN 978-3-8332-3897-0

Ebenfalls erhältlich:

Mit über 500 Artworks aus *Diablo*, *Diablo II*, *Diablo III* und *Diablo IV* präsentiert dieses Buch zahlreiche bemerkenswerte Kunstwerke, die für das ikonische Action-Rollenspiel von Blizzard Entertainment kreiert wurden, das Generationen von Fans ewig währende Albträume beschert hat.

The Art of Diablo
Hardcover, ISBN 978-3-8332-3835-2

PANINI BOOKS
www.paninishop.de

© 2020 Blizzard Entertainment. Alle Rechte vorbehalten.

NEUE KOCHBÜCHER VON PANINI

**TOMB RAIDER:
DAS OFFIZIELLE KOCHBUCH**
Eine kulinarische Reise kreuz und quer über den Planeten, auf den Spuren von Lara Croft.

ISBN 978-3-8332-4187-1

**DAS ULTIMATIVE
FINAL FANTASY XIV KOCHBUCH**
Ein aufregender kulinarischer Reiseführer durch Hydaelyn und Norvrandt.

ISBN 978-3-8332-4127-7

**JURASSIC WORLD:
DAS OFFIZIELLE KOCHBUCH**
Dinotastische Rezepte für alle Pflanzen- und Fleischfresser sowie viele Infos rund um die legendären Riesen der Urzeit.

ISBN 978-3-8332-4184-0

**SUPERNATURAL:
DAS OFFIZIELLE KOCHBUCH**
Mit den Lieblingsgerichten der Gebrüder Winchester von unterwegs.

ISBN 978-3-8332-4186-4

JETZT NEU IM BUCHHANDEL ERHÄLTLICH

Weitere Titel und Info unter www.paninishop.de